Monika Felten
Elfenfeuer

PIPER

Zu diesem Buch

Finsternis und Unterdrückung herrschen im Land Thale, seit man die Gütige Göttin vertrieben und Elfen und Druiden ermordet hat. Doch bevor er starb, prophezeite der letzte Druide die Ankunft eines Retters, der die dunklen Mächte besiegen und dem zerstörten Land Frieden und Freiheit schenken werde. Viele Jahre später, in einer einsamen Nacht, als sich die Monde verdunkeln, bringt eine Frau aus dem einfachen Volk eine Tochter zur Welt: Sunnivah, ein Mädchen, das für eine große Aufgabe bestimmt ist. Noch ist Sunnivah ein wehrloses Kind, das mit allen Mitteln vor den Soldaten und Kreaturen des dunklen Herrschers versteckt werden muss. Doch der Tag wird kommen, da sie als Kriegerin vor die Festung des Unbesiegbaren treten und ihn mithilfe ihrer Gefährten zur letzten Schlacht herausfordern wird ...

Monika Felten, geboren 1965, gewann mit ihrer »Saga von Thale« zweimal den Deutschen Phantastik Preis. Die Trilogie »Das Erbe der Runen« und das Abenteuer um »Die Königin der Schwerter« waren ebenfalls große Erfolge. Jüngst erschien »Die Nebelelfen«, der neue Roman aus der Welt von Thale, der die Saga um das »Elfenfeuer« komplettiert. Monika Felten lebt mit ihrer Familie in der Holsteinischen Schweiz.

Weiteres zur Autorin: www.monikafelten.de

Für Sabine Streufert,
meine Schwester und Freundin

»Du wirst nicht lange über dieses Land herrschen,
Ausgeburt der Finsternis!

In zehn Sommern, wenn To und Yu sich verdunkeln,
wird einer das Licht der Welt erblicken,
der das Mal der Monde trägt und die unschuldigen
Menschenleben rächen wird.

Fürchte dich, denn er wird die Macht besitzen, unsere
geliebte Göttin zu befreien und dich zu vernichten.«

Aus der Prophezeiung Anthorks

Prolog

Die Ebene war nicht mehr leer.

Zunächst waren es nur wenige, die ihr Lager des Nachts um einzelne, weit verstreute Feuerstellen errichteten. Doch mit jedem Sonnenuntergang waren es mehr geworden. Und nun, fast einen halben Mondlauf nachdem der erste Krieger sein Lager auf der steinigen Erde errichtet hatte, hatte sich in der Finstermark ein gewaltiges Heer versammelt.

Shari lag, wie schon so oft in den vergangenen Sonnenläufen, in ihrem Versteck auf einem der dicht bewaldeten Hügel an der Grenze zur Finstermark und blickte gespannt auf die unzähligen Feuer des Heerlagers. Wie alle Nebelelfen besaß sie gute Augen, aber immer wenn sie ihren Blick über die Ebene wandern ließ, schien es ihr, als blicke sie durch eine Wand aus zähem, dunklem Nebel, der es ihr fast unmöglich machte, Einzelheiten zu erkennen.

Dieser Abend war anders.

Irgendetwas schien die Krieger dort unten in Spannung versetzt zu haben. Regungslos saßen sie um die Feuer und Shari konnte auch ohne ihre feinen Elfensinne erkennen, dass sie auf etwas warteten.

Auch Shari wartete. Hin und wieder verlagerte sie vorsichtig ihr Gewicht, um ihre schmerzenden Gelenke etwas zu entlasten, hatte damit auf dem felsigen Boden ihres Verstecks allerdings nur wenig Erfolg. Shari seufzte. Sie hatte die Sümpfe von Numark vor zehn Mondläufen verlassen, um hier in den Hügeln nach seltenen Kräutern zu suchen, die in der sumpfigen Erde ihrer Heimat nicht gediehen. Nun lagen die prall gefüllten Beutel unbeachtet an ihrem Lagerplatz und Shari vermutete, dass sie inzwischen nicht mehr zu gebrauchen waren. Eigentlich wollte sie auch längst auf dem Heimweg sein, aber als sie eines Morgens die ersten schwarzen Krieger in der Ebene erblickt hatte, hatte sie beschlossen in der Finstermark zu bleiben, um herauszufinden, was dort unten vor sich ging.

Shari war sich bewusst, dass sie sich schon viel zu lange hier aufhielt. In ihrer Heimat würde man sich große Sorgen um sie machen. Und nicht zum ersten Mal ärgerte sie sich darüber, dass sie noch ein wenig zu jung war, um sich der Gedankensprache bedienen zu können. Damit wäre sie mühelos in der Lage gewesen, selbst über weite Entfernungen eine Nachricht in die Hauptstadt des Elfenreiches zu senden und Unterstützung anzufordern. Doch ihre Ausbildung in dieser überaus schwierigen Kunst würde erst im kommenden Winter beginnen. So blieb ihr nichts anderes übrig, als sich so bald wie möglich auf den Heimweg zu machen und den anderen Elfen selbst von ihrer Entdeckung zu berichten. Eigentlich wollte sie schon vor sechs Sonnenläufen aufbrechen. Doch dann hatten die Krieger damit begonnen, in der Mitte des Heerlagers ein großes Zelt zu errichten. Es gab nur dieses eine und es sah so prachtvoll aus, dass sie unbedingt herausfinden wollte, wozu es diente, bevor sie nach Numark zurückkehrte.

Inzwischen war Shari fest davon überzeugt, dass die Krieger aus dem Norden kamen. Dort, jenseits der Grenzen der Finstermark, lag eine düstere, unerforschte Gegend, deren Boden noch niemals von einem Sonnenstrahl berührt worden war.

Der Gedanke daran ließ Shari erschauern. Um nichts in der Welt würde eine Nebelelfe freiwillig eine solch lebensfeindliche Gegend betreten. Shari war sich sicher, dass es nichts Gutes verhieß, wenn Krieger von dort kamen.

Auch die Finstermark wurde normalerweise von ihrem Volk gemieden. Dieser karge und unbewohnte Landstrich bildete die nördliche Grenze von Thale, dem Land, das einst ganz den Elfen gehörte und in dem nun die Finsternis regierte. Mit ihrer eintönigen, roten Erde glich die Finstermark einer steinigen Wüste, die sich schon seit vielen hundert Jahreszeiten erfolgreich dem Leben spendenden Einfluss der gütigen Göttin entzog. Nicht einmal das genügsame Silbermoos wuchs an den windgeschützten Stellen hinter den riesigen Felsen, die gleichmäßig über die ganze Ebene verstreut lagen.

Eine plötzliche Bewegung am Himmel riss sie aus ihren Gedanken. Das undurchdringliche Schwarz, welches die Sterne an jedem Abend wie ein dicker Mantel bedeckte, schien direkt über dem Heereslager einen schmalen Riss zu bekommen.

Gebannt starrte Shari zum Himmel hinauf, wo sich der Riss langsam immer weiter öffnete. Das pulsierende rote Licht eines gewaltigen Feuers erfüllte die Öffnung. Mit jedem Augenblick, der verstrich, wurde es kräftiger, bis es schließlich so aussah, als fließe glühende Lava direkt vom Himmel herab. Und während sich der Riss beständig vergrößerte, stimmten die Krieger in der Ebene einen monotonen, stampfenden Gesang an, der zunächst leise und dann immer lauter zu ihr hinaufklang.

Etwas würde geschehen.

Das rhythmische Stampfen und Singen der Krieger wurde immer schneller und steigerte sich zur Ekstase, als aus der glühenden Öffnung grelle Blitze zur Erde hinabzuckten.

Im selben Augenblick, als der Gesang seinen Höhepunkt erreichte, zerriss ein gewaltiger Funken sprühender Blitz, gefolgt von einem ohrenbetäubenden Donnerschlag, die Luft und fuhr mitten in das große Zelt hinein.

Geblendet schloss Shari die Augen und presste die Hände auf ihre Ohren. Ihr Kopf dröhnte und ihre überreizten Elfensinne drängten sie zur Flucht. Doch sie war fast unfähig sich zu bewegen. So presste sie sich dicht an den Boden und schob sich langsam rückwärts hinter die Hügelkuppe. Als sie das Gefühl hatte, so weit gekommen zu sein, dass man sie von der Ebene aus nicht mehr sehen konnte, rollte sie sich auf der harten Erde zusammen und schlief erschöpft ein.

Die Nacht ging ihrem Ende entgegen, als sie erwachte. Ein leises scharrendes Geräusch in unmittelbarer Nähe verriet ihr, dass sie nicht mehr allein war. Furcht stieg in ihr auf, denn wer immer dort neben ihr stand und darauf wartete, dass sie erwachte, konnte kein Freund sein.

Als sie endlich den Mut aufbrachte, die Augen zu öffnen, wünschte sie sich sogleich es nicht getan zu haben. Weniger als drei Schritte von ihr entfernt saß ein hünenhafter schwarzer Krieger auf einem Felsen. Der unheimliche Blick seiner rot glühenden Augen ruhte mit tödlicher Gelassenheit auf ihr. Er bemerkte sofort, dass sie erwacht war. Dennoch rührte er sich zunächst nicht.

Schlagartig wurde Shari klar, wie sehr sie die Gefahr unterschätzt hatte, in der sie sich befand, und wie unendlich dumm es von ihr gewesen war, nicht sofort zurückgekehrt zu sein, um ihr Volk zu warnen. Doch dem Elfenmädchen blieb keine Zeit, über seine Fehler nachzudenken.

Ein triumphierender Laut, der nichts Menschliches an sich hatte, klang plötzlich aus der Kehle des Kriegers. Die Eisenringe seiner schwarzen Rüstung klirrten und hartes Leder knarrte, als er sich erhob. Langsam kam er auf Shari zu, während er mit seiner gewaltigen, zweischneidigen Axt zu einem einzigen tödlichen Hieb ausholte.

Shari lag am Boden. Namenloses Entsetzen lähmte sie und ihre angstgeweiteten Augen sahen, wie sich die blitzende Klinge schnell und unerbittlich auf sie herabsenkte. Aus ihrer Kehle löste sich ein letzter verzweifelter Schrei, aber es gab niemanden, der ihr jetzt noch helfen konnte.

Als die Axt den schlanken Körper der jungen Nebelelfe berührte, verstummte sie und auf der Harfe im Thronsaal von Numark erklang eine klagende Weise. Selbst die Blumen im Garten des Palastes weinten und schlossen für einen Sonnenlauf ihre Blüten.

Erstes Buch
Die Prophezeiung

1

Es war ein trüber, wolkenverhangener Herbsttag und die Bäume und Sträucher im Garten ließen das graue Licht des späten Nachmittags noch dunkler wirken. Ein kühler, böiger Wind wehte vom Ylmazur-Gebirge herab und brachte in seinem Gefolge trockenes, braunes Laub mit sich. Unbarmherzig trieb er die unzähligen Blätter über die steinigen Straßen des Dorfes. Manche von ihnen versuchten sich vor der Gewalt des Windes hinter großen Steinen oder Häuserecken zu verstecken. Doch er fand sie schnell und gönnte ihnen keine Rast.

Gedankenverloren beobachtete Ilahja das hektische Treiben durch das Fenster der kleinen Webstube, während das Tageslicht mehr und mehr schwand. Sie konnte ihren Blick nicht von der wilden Jagd vor dem Haus lösen, denn die kleinen braunen Überreste des vergangenen Sommers taten ihr Leid. Das prächtige grüne Gewand, welches sie den Sommer über getragen hatten, war verdorrt und zerrissen. Jetzt waren sie trocken und tot, doch sie schienen es nicht zu wissen und versuchten hilflos der zerstörerischen Kraft des Windes zu entfliehen.

... Überall war Feuer. Lodernde Flammen leckten mit feurigen Zungen an den tief hängenden Wolken und erhellten die alles verschlingende Finsternis über der Festungsstadt mit ihrem grellen Licht. Stinkender, schwarzer Rauch wälzte sich durch die schmalen Straßen von Nimrod und nahm den unzähligen Menschen, die dort schreiend umherirrten, die Sicht. Ihre Flucht wurde von den vielen Sterbenden und Verwundeten behindert, die zu Hunderten in den engen Gassen lagen und ihre Hände flehend jenen entgegenstreckten, die an ihnen vorübereilten.

Die junge, hoch gewachsene Frau im weißen Gewand der Heilerinnen setzte ihren Weg fort, ohne auf die verzweifelten Schreie der Menschen um sie her zu achten. Es brach ihr fast das Herz, das viele Elend mit ansehen zu müssen, ohne helfen zu können. Verzweifelt presste sie das Kind in ihren Armen fest an sich und beschleunigte ihre Schritte, um das Tor am anderen

Ende der Festungsstadt zu erreichen, bevor der Feind auch dort einfiel.

Das kleine rothaarige Mädchen verbarg sein Gesicht an der Schulter der Frau und weinte still. Zuerst hatte sie noch geschrien und sich gewehrt. Doch die Frau hielt sie mit eisernem Griff und ließ nicht zu, dass sie sich von ihr losriss.

Mit ihren vier Sommern konnte Ilahja nicht begreifen, was geschah. Eben erst war ihre Mutter aufgeregt in die kleine Schlafkammer gestürzt und hatte sie aus ihrem tiefen Schlaf gerissen. Ohne ihrer verwirrten und verängstigten Tochter etwas zu erklären hatte sie Ilahja eilig dazu gedrängt, einen Mantel über ihr dünnes Nachtgewand zu ziehen und ins Freie zu laufen. Dort hatte die fremde, dunkelhaarige Frau bereits auf sie gewartet und sie sofort auf den Arm genommen. Ilahja konnte die Worte, die ihre Mutter mit der Frau wechselte, nicht verstehen, doch sie spürte deutlich die Furcht in beiden Stimmen. Auch ihre Mutter weinte.

Ein letztes Mal strich sie Ilahja über das lange Haar und gab ihr einen Kuss auf die Wange, bevor sie hastig ins Haus zurücklief, um Ilahjas ältere Schwester zu holen.

Die fremde Frau drehte sich wortlos um und nahm Ilahja mit sich. Doch das kleine Mädchen wollte nicht fort. Immer wieder schrie sie nach ihrer Mutter und strampelte verzweifelt, um sich zu befreien. Nachdem die Frau einige hundert Schritte gelaufen war, hielt sie plötzlich inne und schaute zurück. Ilahja spürte, dass etwas Schreckliches geschehen sein musste. Sie hatte zu weinen aufgehört und hob den Kopf. Durch einen Schleier aus Tränen erkannte sie das Haus, in dem sie eben noch geschlafen hatte. Helle Flammen schossen aus dem reetgedeckten Dach und verbreiteten sich in Windeseile über das ganze Haus, aus dessen Innern verzweifelte Schreie zu hören waren. Aber niemand eilte den Eingeschlossenen zu Hilfe, denn viele der umstehenden Häuser brannten ebenfalls und die Menschen flüchteten in heller Panik.

Die Frau lief zunächst wieder einige Schritte zurück, blieb jedoch stehen, als das Dach des Hauses mit einer gewaltigen Stichflamme in sich zusammenstürzte. Die furchtbaren Schreie verstummten. Eilig verbarg die Frau Ilahjas Gesicht in ihren schwarzen Locken, um dem Mädchen den entsetzlichen Anblick zu ersparen. Dann fluchte sie leise, drehte sich um und rannte los.

Ilahja wehrte sich nicht mehr gegen die fremde Frau. Teilnahmslos ließ sie alles mit sich geschehen. Das Bild des brennenden Hauses hatte einen festen Platz in ihrer jungen Seele gefunden und ihr kindliches Bewusstsein ahnte bereits, dass sie ihre Mutter und ihre große Schwester niemals wiedersehen würde.

Sie war allein.

Auf ihrem Weg durch das verschlungene Gewirr der Straßen sahen sie noch unzählige brennende Häuser und sterbende Menschen. Aber die gemarterten Sinne des kleinen Mädchens waren taub und ihre Tränen verbraucht. Alles, was nach der Zerstörung ihres Elternhauses geschah, erlebte Ilahja wie im Traum. Sie verspürte keine Furcht. Auch nicht, als sie zum ersten Mal einen der unheimlichen schwarzen Krieger erblickte, die nun immer häufiger zwischen den Häusern auftauchten und die Bewohner der Stadt vor sich hertrieben wie Blätter im Wind ...

Ilahja fröstelte. Die grauenhaften Bilder ihrer Kindheit verschwanden so plötzlich, wie sie gekommen waren, und über die Straßen wehten nur noch die braunen Blätter.

Mit Einbruch der Dunkelheit hatte der Wind weiter zugenommen und drückte die kalte Herbstluft durch die verwitterten Mauer- und Fensterritzen in die kleine Webstube, deren eiserner Ofen zu dieser Jahreszeit noch nicht beheizt wurde. Ilahja rieb ihre kalten Finger aneinander und versuchte sie zu wärmen, indem sie beide Hände in die Ärmel ihres Hemdes zurückzog. Während sie darauf wartete, dass die Wärme in ihre Finger zurückkehrte, betrachtete sie nachdenklich den halb fertigen Teppich auf dem einfachen, aber großen Webstuhl, der fast das ganze Zimmer ausfüllte. Tha-Ury würde auch diesmal wieder nicht mit ihr zufrieden sein. Wie schon in den vergangenen Sonnenläufen hatte sie auch heute viel zu wenig geschafft, um den Teppich rechtzeitig zur Sonnenwendfeier fertig zu bekommen.

In letzter Zeit hinderten ihre furchtbaren Erinnerungen sie immer wieder daran, wie gewohnt zu arbeiten. Unbemerkt schlichen sich die entsetzlichen Bilder in ihre Gedanken und übernahmen für eine kurze Zeitspanne die Kontrolle über ihr Bewusstsein. Dabei hatten sich ihre Pflegemutter Tha-Ury und die Heilerin Tassea so viele Jahreszeiten geduldig darum bemüht, Ilahja die schrecklichen Erlebnisse vergessen zu lassen.

Seufzend nahm Ilahja das Schiffchen mit der Wolle wieder zur Hand, um noch einige Längen des fein gesponnenen Fadens in dem Teppich zu verarbeiten, solange das Licht noch hell genug war. Aber ihre Finger waren durch das lange untätige Sitzen vor dem Fenster steif und klamm geworden und protestierten schmerzend gegen jede Bewegung. So legte sie bereits nach kurzer Zeit das Schiffchen wieder fort und beobachtete erneut die wilde Jagd auf dem Platz vor der kleinen Webstube.

Tief in ihre Gedanken versunken bemerkte sie nicht, dass die Tür der Webstube vorsichtig geöffnet wurde. Eine mittelgroße, etwas rundliche Frau betrat leise den Raum. Ihre leicht gebückte Haltung und das nebelgraue Haar unter dem schlichten Kopftuch ließen keinen Zweifel daran, dass sie den Herbst ihres Lebens bereits erreicht hatte. Behutsam schloss sie die Tür hinter sich und betrachtete Ilahja voller Zuneigung. Schließlich schüttelte sie mitfühlend den Kopf. »Kind, Kind«, sagte sie sanft, um ihre Pflegetochter nicht zu erschrecken. »Hattest du wieder einen dieser Wachträume?«

Ilahja blickte ihre Pflegemutter schuldbewusst an, antwortete ihr jedoch nicht.

Diese schüttelte traurig den Kopf. »Du musst dagegen ankämpfen, Ilahja. Du darfst nicht zulassen, dass deine Erinnerungen dich quälen, mein Liebes.« Sie machte eine Pause und zog sich den niedrigen Schemel, der neben dem Webstuhl stand, heran. Dann setzte sie sich neben Ilahja und nahm sie so liebevoll in die Arme, wie sie es schon getan hatte, als Ilahja noch ein kleines Mädchen war. »Du weißt, dass wir die schrecklichen Dinge, die damals geschehen sind, nicht mehr ändern können«, sagte sie leise. »Deshalb musst du lernen, dich gegen deine Erinnerungen zu wehren. Nur dann wird es dir gelingen, in Frieden zu leben und glücklich zu sein. Versuche nach vorn zu schauen und denke an etwas Schönes.«

Bei den Worten ihrer Pflegemutter schloss Ilahja die Augen. Wie immer, wenn Tha-Ury sie auf diese Weise umarmte, fühlte sie sich geliebt und geborgen. Die Weberin hatte sie damals ohne zu fragen bei sich aufgenommen und sie wie eine eigene Tochter aufgezogen. Dafür war Ilahja ihr unendlich dankbar. Dennoch sehnte sie sich gerade in solchen Augenblicken schmerzhaft nach ihrer richtigen Mutter.

»Oder hast du vielleicht andere Sorgen?«, fragte Tha-Ury, während sie über Ilahjas Haar strich. »Wenn das so ist, solltest du es mir sagen. Häufig ist ein Kummer nur noch halb so groß, wenn man ihn mit jemandem teilt.«

Ilahja öffnete die Augen und sah ihre Pflegemutter zärtlich an. Tha-Urys Angebot rührte sie und zeigte ihr, wie gut ihre Pflegemutter sie kannte. Aber Ilahja wusste, wie gefährlich es für sie war, ihren Kummer jemandem anzuvertrauen, selbst wenn es sich dabei um ihre Pflegemutter handelte.

Verbissen kaute sie auf ihrer Unterlippe, während sie nach einer Antwort suchte. Tha-Ury schien es jedoch nicht eilig zu haben. Geduldig wartete sie auf eine Antwort Ilahjas.

Die setzte sich auf, blickte ihrer Pflegemutter gerade in die

Augen und erklärte kopfschüttelnd: »Ich denke, du wirst es bald erfahren, Mutter. Aber ich kann wirklich nicht darüber sprechen, nicht heute.« Ilahja hoffte, dass Tha-Ury sich mit dieser ausweichenden Erklärung zufrieden gab.

Doch so schnell wollte diese nicht aufgeben. »Ist etwas mit dir und Kjelt?«, forschte sie weiter.

Ach du meine Güte, dachte Ilahja erstaunt. Ausgerechnet mit Kjelt? Wie kam Tha-Ury bloß auf solch einen Gedanken. Kjelt war doch ihre große Liebe. Nachdrücklich schüttelte sie den Kopf und zwang sich zu einem Lächeln. »Nein, Mutter, das ist es wirklich nicht. Mit Kjelt und mir ist alles in Ordnung. Mach dir bitte keine Sorgen. Ich bin sicher, dass es mir bald wieder besser gehen wird.«

Ilahja wollte jetzt nicht mehr reden und wünschte, Tha-Ury würde sie in Ruhe lassen. Ihre Pflegemutter schien das zu spüren und drang nicht weiter in sie. So saßen die beiden Frauen noch eine Weile schweigend beisammen, während sich die Dunkelheit langsam in der kleinen Webstube ausbreitete und der heftige Wind draußen an den Fensterläden zerrte.

Schließlich stand Tha-Ury auf und sagte: »Wenn du doch einmal darüber reden möchtest, Liebes, komm zu mir. Es bekümmert mich sehr, dich so traurig zu sehen, und es schmerzt mich, mit ansehen zu müssen, wie deine Erinnerungen dich quälen.« Sie seufzte. »Ich wünschte, ich könnte dir helfen.« Dann drehte sie sich um und schickte sich an, die Webstube zu verlassen. Im Hinausgehen hielt sie jedoch noch einmal an und blickte sich um. »Mach Schluss für heute, Ilahja«, sagte sie freundlich. »Das Abendessen ist gleich fertig.« Damit trat sie auf den schmalen Flur hinaus und schloss die Tür leise hinter sich. Als die Geräusche ihrer Schritte verklungen waren, schaute Ilahja wieder gedankenverloren aus dem Fenster.

Inzwischen herrschte Dunkelheit über dem Dorf und schwarzgraue Schatten strichen vorüber, als die Zwillingsmonde irgendwo hinter den Wolken mit ihrer nächtlichen Wanderung begannen.

Ohne sich dessen bewusst zu sein, hatte sie ihre Hände dabei in einer beschützenden Geste über dem Bauch gefaltet. Denn dort, winzig klein und noch tief in ihrem Innern verborgen, lag der Grund für ihren großen Kummer.

Bereits vor einem Mondlauf hätte ihre monatliche Reinigung einsetzen müssen. Sie war zwar noch sehr jung und unerfahren, dennoch war ihr bewusst, was das bedeuten konnte. Und auch wenn ein kleiner Teil in ihr noch verzweifelt darauf hoffte, dass sie sich irrte, war sie sich inzwischen fast sicher, dass ihre Liebe zu Kjelt bereits Früchte getragen hatte. Sie erwartete ein Kind.

Aber das war völlig unmöglich!

Schon seit drei Sommern verhinderte An-Rukhbar mithilfe seines magischen roten Auges, dass die Frauen in Thale fruchtbar wurden. Die Bewohner des Landes wussten nicht, warum er das tat, doch es gab Gerüchte, wonach der Erhabene sich mit diesem Verbot vor dem Fluch eines Druiden schützen wolle. Es war jedoch schon vorgekommen, dass die Magie des roten Auges bei einigen Frauen versagt hatte. In diesem Fall musste jeder, der davon erfuhr, die Frau sofort in Nimrod melden, sofern sie es nicht selbst tat. Jeder Frau, die sich nicht meldete, und jedem, der sein Wissen für sich behielt, drohten grausame Strafen.

Ilahja hatte in den vergangenen Sommern zweimal miterlebt, dass Frauen, die ein Kind erwarteten, von den Kriegern des finsteren Herrschers abgeholt und in die Festungsstadt Nimrod gebracht wurden.

Niemand erfuhr, was dort mit ihnen geschah, denn nur eine von ihnen war in das Dorf zurückgekommen. Allein der Gedanke an das grausame Schicksal dieser Frau machte Ilahja Angst. Zu deutlich stand ihr immer noch das Bild der jungen Frau vor Augen, die verwirrt und zitternd inmitten des Dorfes stand und sich nicht einmal mehr daran erinnern konnte, wo sie zu Hause war. Ihre Familie nahm sie wieder auf, doch einige Mondläufe später wurde die junge Frau im nahen Fluss tot aufgefunden. Damals hieß es, dass sie aus Verzweiflung in das eisige Wasser gesprungen sei, um ihrem Leben selbst ein Ende zu bereiten.

Ilahja hatte lange nicht verstehen können, warum die Frau das getan hatte. Doch jetzt wusste sie es und war gewarnt. Denn wenn ihre Befürchtung zutraf, durfte niemand etwas von ihrem Zustand erfahren.

Aber was sollte sie tun? Wie sollte es weitergehen?

Inzwischen war es draußen völlig dunkel geworden. Ilahja vermutete, dass das Abendessen längst vorüber war, aber es machte ihr nichts aus. Sie war nicht hungrig. Nur müde. Seufzend erhob sie sich, verließ die Webstube und machte sich mit einer Kerze in der Hand auf den Weg in ihre Kammer.

Tha-Ury hatte die Öllampe auf dem kleinen Tisch in ihrer Kammer bereits entzündet. Ihre kleine Flamme verbreitete einen angenehmen Duft und tauchte den spärlich eingerichteten Raum in ein warmes Licht.

Ihre Pflegemutter musste damit gerechnet haben, dass Ilahjas Platz bei der gemeinsamen Mahlzeit an diesem Abend leer bleiben würde. Fürsorglich hatte sie ein wenig Brot und Obst auf dem kleinen Tisch bereitgestellt, und obwohl Ilahja keinen Hunger verspürte, setzte sie sich auf ihr Bett, nahm sich einen der Äpfel und biss nachdenklich hinein.

Später, als sich Ilahja fröstelnd in ihr Bett kuschelte, stellte sie erfreut fest, dass ihre Pflegemutter auch daran gedacht hatte, einen warmen, in Tücher gewickelten Ziegelstein unter ihre Decke zu legen. So war das Bett schon herrlich warm und sie streckte sich behaglich unter der dicken Decke aus. Die angenehme Wärme machte sie schläfrig und es dauerte nicht lange, bis ihr trotz allen Kummers die Augen zufielen.

Es wurde kein ruhiger Schlaf.

Sofort nachdem sie eingeschlafen war, träumte sie. Die ganze Zeit über war sie sich völlig darüber im Klaren, dass sie träumte, dennoch gelang es ihr nicht, aufzuwachen, um den Schrecken, den der Traum mit sich brachte, zu beenden. Sie sah sich selbst in zerrissenen Kleidern, einen qualvoll schreienden Säugling an sich gepresst, durch einen nächtlichen Wald fliehen. Sie konnte nicht erkennen, wovor sie floh. Sie sah nur einen dunklen, drohenden Schatten zwischen den Bäumen und spürte die Gefahr und das Entsetzen in ihrer Brust. Sie rannte, so schnell sie konnte, und die Luft brannte in ihren Lungen, aber es war, als hingen schwere Gewichte an ihren Beinen und hielten sie erbarmungslos zurück. ER durfte ihr Kind nicht bekommen! Aber sie war viel zu langsam. Ihr schrecklicher Verfolger kam immer näher. Ohne sich umzublicken wusste sie, dass ER nun direkt hinter ihr war. Sein glutheißer Atem brannte in ihrem Nacken und eine feurige, unmenschliche Hand berührte grob ihre Schulter. Dann packte sie zu, riss Ilahja herum und zwang sie dazu, ihren Verfolger anzublicken.

Ihr gellender Schrei befreite Ilahja endlich aus den Fängen des Alptraums und hallte noch eine Weile in der kleinen Kammer nach. Mit klopfendem Herzen und atemlos vor Furcht setzte Ilahja sich auf und sah sich um. Sie konnte noch nicht sehr lange geschlafen haben, denn die Kerze, die zu löschen sie vergessen hatte, war noch nicht sehr weit heruntergebrannt. Schuldbewusst blies sie die Kerze trotz ihrer Ängste aus. Kerzenwachs war kostbar und nur schwer zu bekommen. Da sie fürchtete, der Traum könne zurückkehren, gelang es ihr zunächst nicht, wieder einzuschlafen. Innerlich aufgewühlt und mit klopfendem Herzen lag sie deshalb auf ihrem Bett, verschränkte ihre Arme hinter dem Kopf und versuchte sich zu beruhigen, indem sie in die Stille der Nacht hinauslauschte.

Der Wind hatte nachgelassen und ein einsames Käuzchen rief. Alles war friedlich.

Allmählich verlangsamte sich ihr Herzschlag und ihr Atem wurde ruhig und regelmäßig. Zögernd kehrte die Müdigkeit zurück, doch schneller als gedacht war sie schon bald wieder eingeschlafen.

Mitten in der Nacht erwachte Ilahja erneut.

Kaum wahrnehmbare Schwingungen erfüllten die Luft in ihrer Kammer und das beklemmende Gefühl, nicht mehr allein zu sein, ergriff von ihr Besitz. Die feinen Haare in ihrem Nacken stellten sich auf und sie wagte nicht zu atmen. Ängstlich zog sie die Decke bis unter das Kinn. Sie hatte nicht den Mut, die Kerze neben ihrem Bett wieder zu entzünden, und versuchte die Dunkelheit mit den Augen zu durchdringen.

Als sie ihr Gesicht dem Fenster zuwandte, durchfuhr sie ein eisiger Schrecken. Nicht einmal zwei Schritte von ihrem Bett entfernt erschien plötzlich eine dünne wirbelnde Lichtsäule mitten im Raum, die sich rasch vergrößerte. In ihrem Innern begann sich, eingehüllt von einer strahlenden Aura, die schimmernde Gestalt einer schlanken jungen Frau aus Millionen winziger Funken abzuzeichnen. Gleichzeitig verließen unzählige silberne Strahlen die Lichtsäule und strichen sanft über das Gesicht des verängstigten Mädchens. Als die Strahlen sie berührten, durchströmten Ilahja beruhigende Gefühle. Freundlichkeit und Wärme, Vertrauen und Sicherheit flossen in breitem Strom in ihre Gedanken und ließen die Furcht verblassen. Ilahja betrachtete die schimmernde Gestalt nun staunend und ohne Angst.

Die Frau schwebte zweifellos inmitten der Lichtsäule, doch die langsamen Bewegungen ihrer Arme erweckten den Eindruck, als befände sie sich unter Wasser. Ihr langes, dunkles Haar fiel, entgegen aller Vernunft, nicht bis zu den Hüften hinab, sondern wallte, ohne das Gesicht zu verdecken, offen um ihren Kopf herum. Sanft wogend schien es dabei jeder

Schwerkraft zu trotzen. Die tiefschwarze Haarfarbe stand in starkem Kontrast zu dem elfenbeinfarbenen Gesicht und den strahlend blauen Augen der Frau, deren Erscheinung ganz in ein fließendes weißes Gewand gehüllt war, das ihren Körper in sanft strömenden Bewegungen umfloss und nur die feingliedrigen Hände unter den weiten Ärmeln hervorschauen ließ.

Überwältigt von dem Anblick solch makelloser Schönheit starrte Ilahja in die Lichtsäule. Die Zeit hatte ihre Bedeutung verloren und sie dachte nicht mehr daran, zu fliehen oder um Hilfe zu rufen.

Als die Frau sicher war, dass Ilahja ihr zuhören würde, begann sie mit heller, wohlklingender Stimme zu sprechen. Ihre Worte erzeugten einen seltsamen Widerhall, der den Eindruck erweckte, als spreche sie in einem riesigen, leeren Saal.

»Höre mir gut zu und fürchte dich nicht, mein Kind«, sagte sie mit gedämpfter Stimme. »Mir bleibt nicht viel Zeit, denn in deiner Welt wandeln in diesen düsteren Tagen mächtige Geschöpfe der Finsternis, die meine Anwesenheit spüren und schon bald nach mir suchen werden.«

Die Frau sprach sehr eindringlich, doch ihre Worte waren freundlich und Ilahja lauschte gebannt.

»Du hast erkannt, dass du ein Kind in dir trägst, und fürchtest dich, weil du weißt, dass man dir dein Kind nehmen wird, wenn man es entdeckt«, erklärte die Frau. »Doch du sollst wissen, dass meine Herrin, die verbannte Gütige Göttin, dieses Kind mit all ihren Kräften beschützen wird. Eine große Aufgabe ist ihm bestimmt und sein Schicksal ist eng mit dem meiner Herrin verbunden.« Sie schwebte etwas näher und blickte Ilahja aus tiefschwarzen Augen beschwörend an. »Es ist sehr wichtig, dass dein Kind lebt. Nicht nur für meine Herrin, sondern auch für dein Volk. Versprich mir, Ilahja, dass du alles tun wirst, damit dein Kind leben kann.«

Die Frau verstummte und Ilahja begriff, dass sie eine Antwort von ihr erwartete. Doch was konnte sie ihr sagen? Bis zu diesem Moment war sie sich nicht einmal sicher gewesen, dass sie wirklich ein Kind erwartete. Sie war verwirrt und fühlte sich nicht dazu in der Lage, das geforderte Versprechen zu geben. Sie hatte Angst, und ohne dass sie es wollte, tauchte das Bild der toten, im Fluss treibenden Frau vor ihren Augen auf.

Würde dies auch ihr Schicksal sein?

Die Frau bemerkte Ilahjas Zögern und deutete es richtig. Plötzlich verschwand das Bild der toten Frau aus Ilahjas Gedanken und wich dem einer jungen Kriegerin. Inmitten eines tosenden Unwetters erklomm die schlanke Frau die steilen, felsigen Hänge eines schneebedeckten Berges. Sie wirkte erschöpft und suchte mit ihren Händen verzweifelt nach einem sicheren Halt, während der Sturm an ihrem Harnisch zerrte und ihr den Helm vom Kopf riss.

Bei diesem Anblick zog Ilahja die Luft scharf durch die Zähne. Sie selbst war es, die dort stand. Das flammend rote Haar vom Wind zerzaust, wandte sie ihr Gesicht wütend den wirbelnden Schneewolken zu, aus denen unentwegt grelle grüne Blitze zuckten, und schrie etwas in den Sturm hinein.

Die Vision verschwand. Aber die Frau war noch da und wartete geduldig auf eine Antwort.

»Ich werde einmal eine Kriegerin sein?«, fragte Ilahja verwirrt.

Die Frau ließ ein leises, glockenhelles Lachen erklingen und schüttelte ihren Kopf. »Nicht dich hast du gesehen, mein Kind«, sagte sie sanft. »Die tapfere junge Frau auf dem Berg ist deine Tochter, Sunnivah.« Sie machte eine bedeutungsvolle Pause, blickte Ilahja nachdenklich an und fügte dann beschwörend hinzu: »Das heißt, sie könnte es einmal sein, wenn du zulässt, dass sie lebt.«

Ilahja schluckte. Woher kannte die Frau den Namen, welchen sie ihrer Tochter einmal geben würde? Und wie kam es, dass sie ihr Bilder von Dingen zeigen konnte, die erst in vielen Sommern geschehen würden?

Gerade wollte sie danach fragen, als eine ungewöhnliche Wärme zwischen ihren Brüsten ihre Gedanken unterbrach. Eilig öffnete Ilahja ihr Nachtgewand und blickte hinein. An einem einfachen Lederband um ihren Hals hing ihr Talisman. Ein kleiner, orangefarbener Stein von außergewöhnlicher Schönheit, der so leicht war, dass sie sich schon häufig gefragt hatte, ob es wirklich ein Stein war. Sie besaß ihn bereits sehr lange, doch was sie nun erblickte, ließ sie für einen Moment überrascht die Luft anhalten. Vorsichtig nahm sie den wundersamen Stein in die Hand. Ein schwaches orangenes Leuchten ging von ihm aus und er fühlte sich sehr warm an. Aber Ilahja bemerkte auch, dass das Leuchten und die Wärme bereits schwächer wurden.

»Was geschieht mit meinem Talisman?«, fragte sie erstaunt und hielt den Anhänger der unbekannten Frau entgegen. Dabei ließen die hellen Strahlen, welche die Frau umgaben, den Stein noch einmal in einem kräftigen Orange aufleuchten und Ilahja bemerkte zum ersten Mal, dass etwas in ihm eingeschlossen war.

»Er ist etwas ganz Besonderes«, sagte die Frau lächelnd, ohne Ilahjas Frage zu beantworten. »Erinnerst du dich noch daran, wie du ihn bekommen hast?«

»Der Talisman ...« Wie von selbst wanderten Ilahjas Gedanken viele Sommer zurück ...

Zitternd vor Kälte saß sie als kleines Mädchen auf einem dicken verwitterten Baumstamm. Sein modriges, morsches Holz war an vielen Stellen mit einer dicken Schicht aus dunkelgrünem Moos bewachsen, auf dem sich eine Vielzahl verschiedener Pilze angesiedelt hatte. Ein halbes Dutzend hungriger Schnecken kroch auf der Suche nach der besten Morgenmahlzeit zwischen den Pilzen umher und hinterließ ihre silbernen Spuren auf dem feuchten Moos.

Die Sonne war noch nicht aufgegangen und das unheimliche

Leuchten der brennenden Stadt erhellte noch immer den Himmel im Osten. Zäher grauer Nebel hing zwischen den Bäumen und überdeckte mit seinem üblen Brandgeruch den würzigen Duft des morgendlichen Waldes.

Ilahja fror in ihrem dünnen Nachtgewand. Ihr Mantel war feucht von den unzähligen Wassertropfen, die der Nebel auf den Blättern der Büsche und Bäume entstehen ließ, bis sie wie Regen zur Erde hinabfielen. Die kalten Wassertropfen perlten aus Ilahjas feuchtem Haar und liefen wie Tränen über ihr Gesicht, während sie ohne besonderes Interesse die Schnecken bei ihrer Nahrungssuche beobachtete. Sie wartete. Die junge Frau, auf deren Armen sie die Stadt verlassen hatte, war ein Stück vorausgegangen, um zu sehen, ob der Weg, den sie einschlagen wollte, noch frei war. Sie hatte Ilahja auf dem Stamm abgesetzt und ihr erklärt, dass sie hier sicher sei. Dann hatte sie zu Ilahja gesagt, dass sie ein wenig vorausgehen würde, und ihr streng verboten den Baumstamm zu verlassen, bevor sie zurückgekehrt war.

Es war noch nicht viel Zeit verstrichen, als Ilahja das leise Knacken trockener Zweige hinter sich hörte, doch es schien, als habe sie die Fähigkeit, Furcht zu empfinden, in den Flammen von Nimrod verloren. Selbst als sie die raschen Schritte eiliger Füße in unmittelbarer Nähe vernahm, löste sie ihren Blick nicht von den kleinen, nackten Pilzfressern auf dem Stamm. Erst als sie spürte, dass sich jemand neben sie setzte, drehte sie ihren Kopf langsam ein wenig zur Seite. Zunächst sah sie nur ein weißes Gewand und vermutete, dass die junge Frau schon zurückgekehrt war. Doch auf den zweiten Blick erkannte sie, dass sie sich getäuscht hatte.

Die Frau neben ihr war ebenfalls jung und sehr groß. Aber ihr fein geschnittenes und von langen goldenen Haaren eingerahmtes Gesicht war so wunderschön, dass Ilahja staunend den Mund öffnete. Noch bevor sie etwas sagen konnte, legte die Frau beschwörend ihren Zeigefinger auf die Lippen und bedeutete dem Mädchen zu schweigen. Dann stand sie auf und hockte sich *vor Ilahja hin.* »Ich habe ein Geschenk für dich, mein Kind«, *sagte sie leise und blickte das Mädchen mit ihren tiefblauen Augen liebevoll an. Ihre Stimme war warm und freundlich und Ilahja empfand sofort große Zuneigung zu ihr. Zunächst war sie sich nicht sicher, ob sie ein Geschenk von der Frau annehmen durfte. Aber dann erinnerte sie sich, dass es ja niemanden mehr gab, der es ihr verbieten konnte.*

Die Frau löste ein Lederband von ihrem Hals und zog ein Amulett aus ihrem Gewand hervor. Sie nahm es in die Hand und reichte es dem Mädchen. An dem Lederband hing ein ungeschliffener, orangener Stein von außergewöhnlicher Schönheit. Er war in einen silbernen, kunstvoll verzierten Ring gefasst, auf dessen Oberseite viele geschwungene Schriftzeichen eingraviert waren. Das Amulett war so schön, dass Ilahja zunächst nicht glauben konnte, dass die Frau es ihr wirklich geben wollte.

»Diesen Stein möchte ich dir schenken. Er bringt Glück!«, *erklärte die Frau.* »Möchtest du ihn haben?«

Ilahja konnte den Blick nicht von dem wunderschönen Anhänger lassen. Sie nickte stumm und die Frau fuhr fort: »Du musst mir aber versprechen, dass du gut auf ihn Acht gibst und ihn immer bei dir trägst.«

Sie legte eine Hand unter Ilahjas Kinn und blickte ihr direkt in die Augen. »Versprich es mir«, *verlangte sie freundlich, aber bestimmt. Wieder nickte Ilahja und ließ es zu, dass die Frau das Amulett um ihren Hals legte.*

»Von nun an wirst du es stets tragen«, *sagte sie feierlich.* »Du wirst sehen, es wird dir Glück bringen.« *Dann lächelte sie Ilahja an.* »Jetzt muss ich dich verlassen, mein Kind.« *Sie deutete in Richtung der brennenden Stadt.* »Mein Schicksal wird sich dort erfüllen und ich muss mich beeilen, damit ich den armen Menschen an jenem Ort helfen kann.« *Nachdenklich blickte sie Ilahja an und strich ihr zärtlich eine feuchte Haarsträhne aus der Stirn.* »Dir ist ein anderes Schicksal bestimmt, meine Kleine. Vertraue auf deine Göttin, sie wird immer bei dir sein.« *Dann hauchte sie Ilahja noch einen Kuss auf die Stirn und machte sich eilig auf den Weg.*

Nur wenige Augenblicke nachdem die schöne Frau im Nebel verschwunden war, hörte Ilahja hinter sich die leise Stimme ihrer Begleiterin. »Komm schnell, Ilahja. Der Weg ist frei, wir müssen hier fort.«

Seit diesem Tag hatte Ilahja das Amulett immer getragen. Nun blickte sie zweifelnd auf den Stein, dessen Leuchten inzwischen ganz erloschen war. »Es ist streng verboten, in dieser Zeit ein Kind zu erwarten«, sagte sie nachdenklich. »Ich begebe mich in große Gefahr, wenn ich mich für das Kind entscheide. Wird mein Talisman mich auch dann beschützen können?«

»In deiner Welt gibt es keinen mächtigeren Beschützer«, erwiderte die Frau viel sagend. »SIE, die einst über alles wachte, hat ihn dir gegeben, weil SIE wusste, dass du ihn eines Tages brauchen würdest.«

»Ihr kennt die Frau, von der ich das Amulett bekommen habe?«, fragte Ilahja überrascht.

Auf dem Gesicht der leuchtenden Erscheinung zeigte sich ein freundliches Lächeln. »Meine Herrin zeigte sich nicht oft in ihrer menschlichen Gestalt«, erklärte sie feierlich. »In jenen Tagen machte sie einen letzten verzweifelten Versuch, ihr geliebtes Land vor der Finsternis zu bewahren. Doch es gelang ihr nicht. Der Herrscher der Finsternis war bereits zu mächtig und sie wurde von An-Rukhbar besiegt und verbannt.«

Ilahja war sprachlos und starrte die Frau ungläubig an. Die Gütige Göttin selbst war damals zu ihr gekommen, um ihr den Talisman zu schenken!

Plötzlich wusste sie, dass ihr gar keine Wahl blieb. Alles, was geschah, war schon lange vorherbestimmt und das Schicksal hatte ihr auferlegt dieses Kind zu bekommen.

»Ich bin froh, dass du dich so entschieden hast, mein Kind.«

Der zufriedene Gesichtsausdruck der Frau zeigte Ilahja, dass sie ihren Entschluss schon gekannt hatte, bevor Ilahja ihn laut aussprach. »Meine Herrin hat mit dir eine weise Wahl getroffen. Du bist sehr mutig. Doch sei vorsichtig und vertraue niemandem, denn deine ungeborene Tochter hat bereits heute mächtige Feinde.« Plötzlich verstummte die Frau und blickte sich erschreckt um. Ihre Erscheinung begann zu flackern. »Ich muss jetzt gehen«, sagte sie hastig. »Meine Anwesenheit in dieser Welt wurde bemerkt. Ich würde dich sonst verraten und die finsteren Diener An-Rukhbars zu dir führen.«

Sie legte ihre Hand auf Ilahjas Stirn und die zarte Berührung war leicht wie eine Feder. »Doch bevor ich gehe, werde ich noch einen Zauber für dich erwirken, der die Schwellung deines Leibes vor den Augen anderer Menschen verbirgt«, sagte sie und mahnte dann: »Aber sei vorsichtig. Nicht jeder wird sich täuschen lassen.« Die Frau schloss ihre Augen und Ilahja verspürte ein leichtes, angenehmes Kribbeln unter der Haut. Zunächst war es nur auf ihrer Stirn, dort wo die Frau sie noch immer berührte. Doch dann breitete es sich mit rasender Geschwindigkeit über ihren ganzen Körper aus und erfüllte sie mit wohltuender Wärme. Die Frau nahm ihre Hand fort und das Kribbeln verschwand. Ohne ein Wort des Abschieds verblasste die Erscheinung und die kleine Kammer war wieder dunkel und ruhig. Nichts erinnerte mehr an die wundersamen Ereignisse der vergangenen Minuten. Aber Ilahja fühlte sich plötzlich viel zu müde, um noch weiter darüber nachzudenken. Erschöpft fiel sie in einen tiefen, traumlosen Schlaf.

Am nächsten Morgen weckte sie der Regen. Es war noch dunkel und ein starker Wind trieb große Regentropfen vor sich her, die heftig gegen das kleine Fenster ihrer Kammer trommelten. Die Windböen zerrten an Fenstern und Türen und ließen die alten Dachbalken des Hauses seufzen und knarren. Ilahja verspürte nicht die geringste Lust, aus ihrem warmen Bett zu steigen. Wohlig streckte sie sich unter ihrer Decke aus und schloss noch einmal die Augen, um sich an die ungewöhnlichen Ereignisse der vergangenen Nacht zu erinnern. Sie wusste, der Weg, den sie gewählt hatte, war nicht nur schwierig, sondern auch gefährlich. Aber sie hatte sich entschieden und würde für ihr Kind kämpfen. Ihr Tochter sollte leben. Ihre Tochter Sunnivah!

»Wann genau ist es so weit?« Ohne anzuklopfen hatte der oberste Kriegsherr die Tür zum Arbeitszimmer seines Sternendeuters geöffnet und ließ sie nun krachend hinter sich ins Schloss fallen. Die harten Sohlen seiner schweren Reitstiefel verursachten auf dem Holzfußboden des Raumes ein scharrendes Geräusch und ließen den Sternendeuter, der sich bereits seit vielen Stunden in dem nur spärlich beleuchteten Turmzimmer aufhielt und seine Berechnungen überprüfte, überrascht aufblicken. Er hatte dem obersten Kriegsherrn erst vor kurzem eine Nachricht über seine ungewöhnliche Entdeckung zukommen lassen und nicht damit gerechnet, dass dieser ihn schon so bald aufsuchen würde.

Der Sternendeuter war an Tareks forsche Art gewöhnt, fürchtete jedoch, der oberste Kriegsherr könnte denken, es mangele ihm am nötigen Respekt. So legte er die Pergamente auf den Tisch und erhob sich mit einer leichten Verbeugung, um seinen Besucher zu begrüßen.

Tarek erwiderte den Gruß mit einem knappen Kopfnicken. »Sagt mir, wann es so weit ist, Nahfarel«, forderte er den Sternendeuter ohne Umschweife auf. Und seiner tiefen und wohlklingenden Stimme war die Anspannung, die ihn zu diesem überraschenden Besuch getrieben hatte, deutlich anzuhören.

Tarek war mehr als einen Kopf größer als der hagere Astronom. Seine ganze Haltung zeugte von Disziplin und einer Selbstsicherheit, die häufig als Arroganz missverstanden wurde. Dazu besaß er eine überaus männliche Ausstrahlung, die durch eine kurze Narbe unter dem linken Auge noch verstärkt wurde. Seine langen schwarzen Haare ließen schon vereinzelt graue Strähnen erkennen und wurden, wie es bei den Kriegern in Nimrod üblich war, im Nacken von einem schlichten Lederband zusammengehalten. Unter seinem prächtigen, nachtblauen Umhang trug er eine aufwändig gearbeitete Halbrüstung, die seinen muskulösen Oberkörper durch Hunderte glänzender Metallplatten schützen sollte.

Seine kriegerische Erscheinung stand in krassem Gegensatz zu der des Sternendeuters. Dieser war etwa doppelt so alt wie sein Besucher und seine dünnen braunen, von unzähligen silbernen Strähnen durchzogenen Haare waren oberhalb der Stirn gerade abgeschnitten. Im Ansatz wurden sie von einer schwarzen Gelehrtenkappe verdeckt, die ihn als Meister seiner Zunft auswies. Ein pelzgefütterter purpurner Umhang fiel schwer bis auf den Boden hinab und schützte ihn vor der bitteren Kälte, die in den Wintermonaten in seinem Arbeitszimmer herrschte. Er war ein bedächtiger Mann, der sich nicht so leicht aus der Ruhe bringen ließ.

Ohne Hast suchte er sich zunächst einen Weg durch das mit astronomischen Geräten gefüllte Zimmer, bis er schließlich vor einer großen kupfernen, in zwölf Segmente unterteilten Scheibe stehen blieb. In jedem Segment der Scheibe waren ein Mond- und ein Sonnensymbol dargestellt. Darüber hinaus enthielt sie noch eine Vielzahl weiterer Symbole und Buchstaben, deren Bedeutung jedoch für Fremde nicht leicht zu erkennen war.

Gewissenhaft prüfte der Sternendeuter nochmals in aller Ruhe seine Berechnungen auf einer kleinen Schreibtafel, deren schlechter Zustand darauf schließen ließ, dass er sie in den letzten Mondläufen häufig benutzt hatte. So verharrte er geraume Zeit, völlig in die Aufzeichnungen vertieft.

»Wann, Nahfarel?«, drängte Tarek ungeduldig und der Blick seiner braunen Augen verlangte nach einer sofortigen Antwort. Energisch machte er einige Schritte auf den Sternendeuter zu. Wobei die lauten Geräusche seiner Stiefel auf dem hölzernen Boden in der mitternächtlichen Stille der Festungsstadt sonderbar fremd und störend wirkten.

Darauf bedacht, keinen Rechenfehler zu begehen, ließ Nahfarel sich jedoch Zeit, seine Überprüfung zu beenden, bevor er schließlich nickte. »Hier!« Er deutete auf das dritte Segment der großen Kupferscheibe. »Vierzehn Sonnenläufe vor Beginn des Frühlings wird es so weit sein, Tarek, mein Gebieter. In dieser Nacht«, er berührte ein Symbol im dritten Segment, »werden die Zwillingsmonde To und Yu sich nacheinander verdunkeln, wenn sie in den Schatten dieser Welt eintauchen. Ein äußerst seltenes Ereignis. Wenn unsere Aufzeichnungen stimmen, und daran besteht für mich kein Zweifel, liegt die letzte Zwillingsmondfinsternis bereits zweihundertvierzig Sommer zurück.«

Nachdenklich trat Tarek an eines der fünf hohen, mit kunstvollen Mosaiken eingerahmten Fenster und blickte in die frostige und sternklare Winternacht hinaus. »Ich habe schon fast nicht mehr daran geglaubt, dass Anthorks Worte der Wahrheit entsprechen«, sagte er. »Seit drei Sommern warten wir auf dieses Ereignis. Wenn Ihr Recht behaltet und es im Frühling tatsächlich eintreten wird, bedeutet das, dass wir nur noch weniger als drei Mondläufe Zeit haben, das Ungeborene zu finden«, rechnete er nach. »Das ist nicht viel und wir dürfen keine Frau übersehen. Die Gefahr, dass sich Anthorks Prophezeiung erfüllt, ist zu groß.«

Der Sternendeuter legte seine rechte Hand auf die Brust und senkte unterwürfig sein Haupt. »Tarek, mein Gebieter, erlaubt mir, Euch darauf hinzuweisen, dass wir in den vergangenen Mondläufen immer weniger Meldungen über die betreffenden Frauen erhalten«, sagte er vorsichtig. »Es scheint sich inzwischen herumgesprochen zu haben, was mit den verbotenen Kindern geschieht. Unsere Berichte deuten darauf hin, dass einige der Frauen ihren Zustand verheimlichen und ihre Kinder im Verborgenen gebären. Und es gibt vermehrt Hinweise darauf, dass sie dabei Unterstützung erhalten.«

Tareks nachtblauer Umhang bauschte sich und fegte einige Pergamente vom nahen Schreibpult, als er sich mit einer ungehaltenen Bewegung zu seinem Sternendeuter umdrehte. »Dies alles ist mir wohl bekannt, Nahfarel. Doch von nun an muss sich das ändern!« Aufgebracht schlug er mit seiner Faust so hart auf das Schreibpult des Astronomen, dass Feder und Tintenfass einen Satz machten und zu Boden fielen. Dort hinterließen sie einen großen dunklen See und verteilten gleichzeitig eine Vielzahl hässlicher, schwarzer Flecke auf Möbelstücken und Pergamenten. Hastig trat der Sternendeuter einige Schritte vor und bückte sich, um seine wertvollen Aufzeichnungen zu retten und Schlimmeres zu verhindern.

Tarek selbst war so aufgebracht, dass er dem Missgeschick keinerlei Beachtung schenkte. Seine wichtigste Aufgabe war es, von nun an zu verhindern, dass in der Nacht der Zwillingsmondfinsternis ein Kind geboren wurde. Er durfte nicht versagen. Zu viel stand für ihn auf dem Spiel. Tarek hatte den Posten des obersten Kriegsherrn erst vor kurzem und gegen den Willen des Sequestors erhalten. Und der oberste Richter An-Rukhbars war längst nicht der Einzige, der ihn für zu jung und zu unerfahren für diese Aufgabe hielt. Aber jetzt bot sich Tarek endlich die Gelegenheit, seinen Gegnern zu beweisen, dass er eher als jeder andere in der Lage war, die Rückkehr der verbannten Göttin zu verhindern und die Macht An-Rukhbars zu sichern.

Mit einer leichten Bewegung zog er eine versiegelte Schriftrolle aus seinem Umhang hervor. »Geht sofort zu Asco-Bahrran«, befahl er dem Sternendeuter. Die Zeit drängte und er würde sein Ziel niemals ohne die Unterstützung des Meistermagiers von Nimrod erreichen können. »Auch wenn Ihr ihn dafür wecken müsst. Berichtet ihm von Eurer Entdeckung und richtet ihm aus, dass er bis morgen Mittag alle Vorbereitungen dafür treffen muss, um einen seiner Traumflüsterer zu beschwören.« Er reichte dem Sternendeuter die Schriftrolle. »Hier findet der Meistermagier meine genauen Anweisungen. Und richtet ihm aus, dass ich in dieser Sache keine Verzögerung dulde.«

Nahfarel wog die Schriftrolle nachdenklich in der Hand, machte jedoch keine Anstalten, den Raum zu verlassen.

»Worauf wartet Ihr noch?«, fragte der oberste Kriegsherr ungehalten.

»Ein Flüsterer wird für seine Dienste einen hohen Lohn verlangen, mein Gebieter«, wagte der Sternendeuter vorsichtig einzuwenden. »Was gedenkt Ihr ihm als Bezahlung anzubieten?«

Diese Frage war durchaus berechtigt. Auch Tarek wusste, dass Traumflüsterer ihre Dimension nur dann verließen, wenn ihre Belohnung interessant genug war. Er überlegte und ließ sich mit seiner Antwort ein wenig Zeit. Meist gaben sich solche Kreaturen damit zufrieden, einige der Gefangenen aus der Festungsstadt mit in ihre eigene Welt zu nehmen. Doch Tarek hatte bereits eine Belohnung gefunden, die den Traumflüsterer dazu bringen würde, seine Aufgabe besonders sorgfältig auszuführen. »Sagt Asco-Bahrran, er kann dem Flüsterer alle ungeborenen Kinder versprechen, die er findet«, antwortete Tarek mit unbewegter Miene. »Nur das eine, welches das Mal der Zwillingsmonde trägt, muss hier bleiben, damit es dem Erhabenen übergeben werden kann.«

Nahfarel war mit dieser Art von Lohn offensichtlich nicht einverstanden, doch er lächelte gezwungen und verbeugte sich noch einmal, um dem Blick des obersten Kriegsherrn auszuweichen. »Ich bin sicher, bei einer solch großzügigen Bezahlung wird jeder Flüsterer sofort mit seiner Arbeit beginnen wollen«, sagte er. Dann verneigte er sich erneut und erklärte: »Ihr müsst mich nun entschuldigen, mein Gebieter. Ich werde mich sofort in die unteren Gewölbe begeben, um Asco-Bahrran zu informieren und ihm Eure Befehle auszuhändigen.«

Tarek schwieg und entließ den Sternendeuter mit einem leichten Kopfnicken, worauf dieser das Turmzimmer mit raschen Schritten verließ.

Nachdenklich betrachtete der Zurückgebliebene die Symbole auf der großen Kupferscheibe. Sein Blick ruhte dabei auf dem dritten Segment, und nur die steile Falte, welche sich senkrecht auf der Stirn seines jungen Gesichts abzeichnete, verriet, unter welch enormer Anspannung er stand. Nahfarels Berechnungen zufolge würde sich Anthorks Prophezeiung, die das Ende der Herrschaft seines Meisters und die Rückkehr der verbannten Göttin voraussagte, im dritten Mondlauf erfüllen.

Entschlossen ballte er seine Fäuste. Er würde das ungeborene Kind finden! Er würde den Erhabenen nicht enttäuschen!

Es sollte jedoch noch bis zum nächsten Abend dauern, ehe Tarek von Asco-Bahrran die Nachricht erhielt, dass alles für die Beschwörung eines Traumflüsterers vorbereitet sei. Ohne zu zögern beendete der oberste Kriegsherr seine Abendmahlzeit und machte sich sofort auf den Weg zu den Kellergewölben, in denen die Magier An-Rukhbars ihrer Arbeit nachgingen.

Dort wurde er schon erwartet. Asco-Bahrran und ein knappes halbes Dutzend seiner Magier standen im lockeren Halbkreis um ein großes Pentagramm, welches in roter Farbe auf den steinernen Boden des Raumes gezeichnet war. Als Tarek näher kam, schlug ihm ein vertrauter, unangenehmer Geruch entgegen und er erkannte sofort, dass die roten Striche auf dem Boden nicht aus gewöhnlicher Farbe bestanden.

»Ah, Tarek«, rief der Meistermagier aus, »Ihr kommt im rechten Moment. Wir wollten soeben mit der Beschwörung beginnen.« Er winkte und bedeutete dem obersten Kriegsherrn, sich neben ihn an das Pentagramm zu stellen.

Das Blut auf dem Boden war so frisch, dass es an einigen Stellen noch feucht glänzte und in den Vertiefungen der Steinplatten kleine Pfützen bildete. Tarek verdrängte die Vorstellung daran, woher es stammte, und blickte angewidert auf das Pentagramm. An jeder der fünf Spitzen des Sterns befanden sich drei magische Symbole, die ebenfalls mit Blut geschrieben waren. Deren Striche waren allerdings sehr viel feiner gezeichnet und schon getrocknet.

»Wir beginnen!« Die Worte Asco-Bahrrans hallten durch den Raum. Mit den anderen Magiern bezog er Aufstellung zwischen den Zacken des fünfstrahligen Sterns, während Tarek einige Schritte zurücktrat. Die Magier reichten sich die Hände. In voller Konzentration schlossen sie ihre Augen und Asco-Bahrran begann die Beschwörung mit einem kurzen auf und ab schwellenden Spruch, dessen monotoner Rhythmus an Gesang erinnerte. Siebenmal sprach er ihn allein, während die anderen Magier sich auf ein leises Summen beschränkten. Bei der achten Beschwörung stimmten schließlich alle mit ein und der Gesang wurde lauter.

Spannung lag in der Luft. Mit jeder Wiederholung wurde der Ruf der Magier dringender und steigerte sich immer weiter, bis die Luft in dem Kellergewölbe so sehr mit Magie erfüllt war, dass Tarek glaubte nicht mehr atmen zu können.

Plötzlich erkannte Tarek in der Mitte des Pentagramms einen schwachen roten Schimmer, der sich rasch vergrößerte. Millionen leuchtender Staubteilchen wirbelten in dem Licht herum, während es sich immer weiter streckte und dehnte, bis es schließlich eine fünfeckige Säule bildete, die bis zur Decke des Gewölbes reichte. Als sich die Bewegungen innerhalb der Lichtsäule beruhigten, verstummten die Magier. Alle bis auf den Meistermagier traten schweigend zurück und blickten gespannt in das rote Leuchten hinein. Das Tor war geöffnet.

Der Meistermagier begann damit, kurze gutturale Laute in einer unbekannten Sprache in das Licht hineinzurufen. Doch nichts geschah. Als auch wiederholtes Rufen erfolglos blieb, gab Asco-Bahrran einem der Magier ein Zeichen, worauf der hinter einer niedrigen, mit Eisen beschlagenen Tür, die mit einem dicken Schloss verriegelt war, verschwand. Als er zurückkehrte, führte er einen gefesselten und geknebelten Gefangenen mit sich. Auch die Augen des Mannes waren verbunden. Er wirkte abgemagert und erschöpft und folgte dem Magier auf unsicheren Beinen, ohne sich zu wehren. Der Magier übergab den Gefangenen schweigend an Asco-Bahrran, der ihn sofort unmittelbar vor die Lichtsäule schob.

Erst jetzt bemerkte der Gefangene die drohende Gefahr. Er begann am ganzen Körper zu zittern, sein Kopf ruckte wild hin und her und aus seinem geknebelten Mund drangen dumpfe würgende Laute.

Der Meistermagier handelte schnell. Noch während er einen weiteren Ruf in die Lichtsäule sandte, gab er dem Gefangenen einen so kräftigen Stoß in den Rücken, dass dieser taumelnd vornüberfiel und lautlos in dem roten Licht verschwand. Der Meistermagier wartete. Wenig später wurde seine Geduld belohnt. In der Lichtsäule erschien, zunächst noch undeutlich, die Gestalt eines fremdartigen Wesens. Ein aufgeregtes Gemurmel ging durch den Raum, doch Asco-Bahrran brachte seine Magier mit einer raschen Geste zum Schweigen.

Das grobschlächtige Wesen in dem Pentagramm war nun deutlich zu erkennen. Es war sehr viel größer als ein Mensch, spärlich behaart und besaß überlange Arme. Sein Kopf wirkte riesig und die funkelnden grünen Augen blickten den Meistermagier fragend an.

»Warum habt ihr mich gerufen?«

Tarek sah sich verwirrt um. Er war sich sicher, dass der Mund des Traumflüsterers sich nicht bewegt hatte. Dennoch schien der Meistermagier sich mit dem Wesen zu unterhalten. Auch er bewegte seinen Mund nicht und Tarek erkannte, dass sich die beiden über ihre Gedanken verständigten.

Er konnte nicht hören, was Asco-Bahrran zu dem Wesen sagte, doch die Worte des Flüsterers dröhnten in seinem Kopf. »Was erhalte ich für meine Dienste?«, fragte er. In den fremdartigen Gesichtszügen des Traumflüsterers konnte Tarek jedoch nicht erkennen, ob ihm die Antwort des Meistermagiers gefiel.

»Aber ich habe jetzt Hunger!«, sagte der Flüsterer und wartete. Der Meistermagier schien einen anderen Vorschlag zu machen, doch der Flüsterer schüttelte seinen großen Kopf und forderte: »Neun!«

Asco-Bahrran wandte sich nun an Tarek. »Der Flüsterer fordert von uns das Leben von neun Gefangenen, bevor er überhaupt bereit ist uns zu helfen«, erklärte er und überließ damit Tarek die Entscheidung.

Neun Menschenleben! Das war wirklich ein hoher Preis, doch die Zeit drängte. »Gebt sie ihm«, befahl Tarek, auch wenn er sich dabei nicht ganz wohl fühlte.

Der Meistermagier nickte und wandte sich an den Magier, der unmittelbar neben Tarek stand. »Geht nach unten und sagt den Wachen, sie sollen mir unverzüglich neun Gefangene heraufbringen«, forderte er ihn auf. Der Angesprochene nickte und machte sich sofort auf den Weg. Eilig verschwand er hinter derselben Tür, aus der schon der erste Gefangene gekommen war. Diesmal dauerte es jedoch etwas länger, bis er zurückkam.

Als er die Tür wieder öffnete, konnte man hinter ihm bereits die verzweifelten Schreie der Gefangenen und das laute Knallen von Peitschen hören. Wenig später betraten vier Soldaten mit neun gefesselten Männern und Frauen das Gewölbe. Auch diesen Gefangenen waren die Augen verbunden worden, doch die Soldaten hatten in der Eile darauf verzichtet, sie zu knebeln. Die sechs Männer und drei Frauen wehrten sich heftig und zerrten so stark an ihren Ketten, dass die Soldaten große Mühe hatten, sie zusammenzuhalten. Nur die kräftigen Hiebe ihrer Peitschen verhinderten, dass die Gefangenen trotz ihrer verbundenen Augen versuchten zu fliehen.

Ihre gellenden Schreie wurden von der hohen Decke des großen Gewölbes noch verstärkt und schmerzten Tarek in den Ohren. Er gab dem Meistermagier ein Zeichen, dass er ihn vor die Tür begleiten solle. Doch Asco-Bahrran konnte Tarek nicht sofort folgen. So verließ der oberste Kriegsherr zunächst allein das Gewölbe und trat auf den Flur hinaus. Als sich die schwere Flügeltür hinter ihm schloss und damit auch die Schreie zurückblieben, atmete er erleichtert auf.

Bald darauf kam auch Asco-Bahrran heraus und überließ es seinen Magiern, dem Traumflüsterer die Gefangenen zu übergeben. »Ihr wolltet mich sprechen?«, fragte er, während er die Tür hinter sich schloss und so die furchtbaren Schreie der Gefangenen erneut aussperrte.

»Ist der Traumflüsterer mit unserem Angebot einverstanden, dass er alle gefundenen Kinder bekommt?«, wollte Tarek wissen.

»Er wird schon bald mit seiner Suche beginnen!«, antwortete der Meistermagier ernst. »Menschliche Ungeborene sind, selbst wenn sie tot sind, in seiner Dimension äußerst selten zu bekommen und deshalb sehr wertvoll für ihn.«

Tarek nickte. »Seid Ihr ganz sicher, dass er freiwillig zurückkehren wird, wenn er seine Aufgabe erfüllt hat?«, fragte er.

Asco-Bahrran lächelte. »Das wird er, darüber braucht Ihr Euch keine Sorgen zu machen«, sagte er. »Unsere Welt ist für ihn sehr lebensfeindlich und er wird froh sein, wenn er sie wieder verlassen kann.« Die Antwort des Meistermagiers beruhigte Tarek, denn der Gedanke, dass diese abscheuliche, blutrünstige Kreatur sich frei in Thale bewegte, gefiel ihm überhaupt nicht.

»Wenn der Traumflüsterer fertig ist, werdet Ihr ihm befehlen sofort mit der Suche zu beginnen«, verlangte Tarek. »Er soll Eurem Medium eine Nachricht zukommen lassen, sobald er eine Frau gefunden hat, die ein Kind in sich trägt. Meine Männer werden sich dann darum kümmern.«

Asco-Bahrran nickte knapp und sagte: »Ich werde ihm Eure Befehle übermitteln.« Rücksichtsvoll wartete er damit, das Kellergewölbe wieder zu betreten, bis Tarek den langen Flur verlassen hatte und nicht mehr zu sehen war. Dann erst öffnete er die Tür.

Der Frühling kam früh. Ein feuchter und viel zu milder Winter, der sich erst in den letzten Sonnenläufen seinen Namen verdient hatte, überließ das Land lange vor der Zeit widerstandslos den Vorboten des herannahenden Frühlings.

Bereits zwei Mondläufe nach der Wintersonnenwende streckten die ersten Blumen ihre zarten Köpfe vorsichtig der noch niedrig stehenden Sonne entgegen und an den Zweigen des Johannisstrauches zeigten sich schon winzige grüne Knospen.

Die Dorfbewohner machten sich wieder an die Arbeit und begannen ihre Felder zu bestellen.

An einem kühlen sonnigen Morgen, der erfüllt war vom Gesang unzähliger Vögel, saßen Ilahja und ihre beiden Freundinnen Nagika und Iowen auf dem Kutschbock eines Pferdegespanns, um zum Pflügen auf die Felder zu fahren. Es würde eine längere Fahrt werden, denn die drei Mädchen waren am vergangenen Abend für ein Feld weit oben in den Vorbergen des Valdor-Gebirges eingeteilt worden.

»Seht!«, rief Iowen und deutete mit ihrem Finger auf einen

dunklen Streifen am östlichen Horizont. »Die Blauschwäne kommen zurück.« Vor dem von der tief stehenden Morgensonne in zartes Rosa und Hellblau getauchten, wolkenlosen Himmel war die Gruppe der großen, majestätischen Vögel deutlich zu erkennen.

Nagika hob den Kopf. »Jetzt wird es gewiss keinen Winter mehr geben«, sagte sie und blinzelte in das helle Sonnenlicht.

Die präzise Pfeilformation der Vögel flog nun direkt über die drei Mädchen hinweg. Ihre mächtigen Schwingen erzeugten in der klaren Luft ein Geräusch, das Gesang sehr ähnlich war und für die Bewohner von Thale den Beginn des Frühlings verkündete.

»Schläfst du noch?« Nagika wandte sich Ilahja zu, die neben ihr saß, und sah sie besorgt an. »Oder fühlst du dich nicht wohl?«

Ilahja wich ihrem Blick aus und murmelte etwas Unverständliches. Sie fühlte sich an diesem Morgen tatsächlich nicht sehr gut, denn obwohl sie ihr Kind nun schon acht Mondläufe unter dem Herzen trug, quälte sie morgens noch immer eine hartnäckige Übelkeit, die häufig erst am Nachmittag wieder verschwand. Außerdem ärgerte sie sich darüber, dass man sie zum Pflügen eingeteilt hatte. Jede andere Frau in ihrem Zustand wäre im Dorf geblieben, um sich zu schonen. Doch um unangenehmen Fragen aus dem Weg zu gehen, musste sie die Arbeit annehmen, obgleich das Kind inzwischen sehr groß war und sie immer mehr daran hinderte, sich wie gewohnt zu bewegen. Ihr Rücken schmerzte jetzt häufig und sie bekam schlecht Luft. Dennoch beklagte sie sich nicht, denn der Zauber, mit dem die Götterbotin sie belegt hatte, wirkte noch immer und niemand schien etwas von ihrem Zustand zu ahnen.

»Mir geht es gut. Aber wir werden Ärger bekommen, wenn wir noch lange hier herumsitzen und den Himmel anstarren«, antwortete sie gereizt und fuhr, als sie die verwunderten Blicke ihrer Freundinnen bemerkte, etwas freundlicher fort: »Die Ältesten hoffen, dass wir in diesem Jahr zweimal ernten können. Da werden wir uns mächtig anstrengen müssen, um die ganze Arbeit rechtzeitig zu schaffen. Also worauf wartet ihr noch?«

Entschlossen nahm sie die Zügel in die Hand und reichte sie Iowen. »Lasst uns endlich losfahren, damit wir unser Feld heute Abend fertig haben. Die anderen Frauen können dann schon morgen mit der Aussaat beginnen.«

»Du möchtest wohl beim Erntefest den Ährenkranz für besonderen Arbeitseinsatz erhalten«, neckte Nagika und strich sich eine widerspenstige braune Locke aus dem Gesicht. Dabei sah sie Ilahja schmunzelnd von der Seite an.

Diese hob die Hände in einer abwehrenden Geste und sagte: »Die Gütige Göttin bewahre mich, dann müsste ich ja mit dem Dorfältesten tanzen.«

Bei diesen Worten wurde es plötzlich sehr still auf dem Wagen. Iowen und Nagika sahen sich betroffen an. Ilahjas Worte waren sehr leichtsinnig, denn es war streng verboten, den Namen der verbannten Göttin öffentlich auszusprechen. Vorsichtig blickte sich Nagika nach allen Seiten um und stellte erleichtert fest, dass außer ihnen offenbar niemand Ilahjas Worte gehört hatte. Alle, die sich in ihrer Nähe befanden, waren damit beschäftigt, sich für die Arbeit auf den Feldern vorzubereiten. »Bist du verrückt geworden, Ilahja?«, flüsterte sie erschrocken. »Du bringst dich mit solchen Äußerungen noch vor das Tribunal in Nimrod.« Sie sah ihre Freundin kopfschüttelnd an, doch diese zuckte nur gleichgültig mit den Schultern.

»Ich glaube, es ist besser, wir fahren jetzt«, sagte Iowen hastig, um zu verhindern, dass Ilahja noch einmal etwas Unüberlegtes sagte. Eilig band sie sich ihr Tuch um den Kopf und nahm die Zügel wieder zur Hand. Dann gab sie den Pferden mit den ledernen Riemen einen leichten Klaps auf den

Rücken und schnalzte mit der Zunge. »Na los, ihr Braunen!«, rief sie. »Wir haben heute noch einen weiten Weg vor uns.«

Als der Wagen rumpelnd anfuhr, setzte sich Ilahja so bequem wie möglich hin und schloss die Augen. Sollten die anderen ruhig denken, dass sie noch müde war. Sie brauchte all ihre Kraft, um auf den unwegsamen, vom Winterregen ausgewaschenen Straßen ihre Übelkeit zu unterdrücken und ihr Gewicht zu verlagern, um den kräftigen Bewegungen ihres Kindes Raum zu verschaffen.

Ilahja war so sehr mit sich selbst beschäftigt, dass sie zunächst nicht bemerkte, dass Iowen die Pferde anhielt.

»Aufwachen, Ilahja«, rief diese. »Wir sind da!«

Ilahja öffnete die Augen und blinzelte. Direkt vor ihr lag das große Feld und wartete darauf, von fleißigen Händen aus dem Winterschlaf geweckt zu werden. Der feuchte Boden dampfte im Sonnenlicht und verbreitete einen angenehm würzigen Geruch nach warmer Erde und feuchtem Gras.

Ilahja streckte sich und drückte in einer verräterischen Geste die Hände gegen den Rücken, bevor sie vom Wagen stieg. Ihre Freundinnen schienen das jedoch nicht zu bemerken. Sie waren bereits dabei, die Pferde auszuspannen und die beiden großen Pflüge vom Wagen zu laden.

Als sie damit fertig waren, nahm Nagika die Zügel des größeren Pferdes und klopfte ihm auf die Flanke. »Ich werde dort drüben beginnen«, sagte sie und deutete mit ihrer freien Hand auf den linken Feldrand.

Ilahja wollte sich auf keinen Fall anmerken lassen, wie schlecht sie sich fühlte. Deshalb griff sie wortlos nach den Zügeln des zweiten Tieres und führte es zum rechten Feldrand.

Weiße Wolken stiegen aus den Nüstern des Tieres und erhoben sich in den Himmel, als sie das Pferd mit lauten Rufen zur Arbeit antrieb. Kraftvoll und gleichmäßig zog es den Pflug über das Feld. Ilahja war froh, mit einem so erfahrenen Pferd zu arbeiten, denn sie spürte, dass sie nicht mehr genügend Kraft besaß, um ein störrisches Tier zur Arbeit zu bewegen.

Während Ilahja und Nagika mit dem Pflügen begannen, suchte Iowen nach einem trockenen und sonnigen Lagerplatz. Schon bald hatte sie in der Nähe des Wagens eine Stelle gefunden, an der die Wärme der Sonnenstrahlen die weichen Halme des Schöngrases zu einem dichten Teppich wachsen ließ. Sorgfältig breitete sie die mitgebrachten Decken aus und stellte das Essen in den spärlichen Schatten eines niedrigen Busches, der schon sein erstes Grün trug. Dann setzte sie sich und beobachtete ihre Freundinnen bei der Arbeit. Nagika und Ilahja schienen jedoch keine Schwierigkeiten zu haben. Die Pferde waren munter und die Feldarbeit gewohnt. Der Boden war locker und es gab hier nur wenige große Steine, sodass der Pflug fast ungehindert hindurchfahren konnte.

Iowen seufzte und gestattete es sich, für einen kurzen Moment die Augen zu schließen.

Die Luft war erfüllt vom Gesang der kleinen Feldgraulinge und aus einem Gehölz hinter Iowen trug ein schwacher Luftzug den lieblichen Duft von Wildpflaumenblüten zu ihr herüber. Nach dem langen Winter nahm sie all diese Dinge überdeutlich wahr und genoss das herrliche Gefühl der warmen Frühlingssonne auf ihrem Gesicht.

»Iowen, Iowen!« Jemand rief sie und rüttelte energisch an ihrem Arm. Benommen richtete sie sich auf und blinzelte in das helle Sonnenlicht. Anscheinend war sie, ohne es zu wollen, eingeschlafen, denn ein rascher Blick zum Himmel zeigte ihr, dass die Sonne auf ihrer Himmelsbahn schon ein ganzes Stück weitergewandert war. »Iowen! Komm endlich zu dir.« Es war Nagika, die sie so aufgeregt bedrängte. »Wir müssen Ilahja helfen. Schnell!« Iowen stand auf und blickte sich suchend um. Doch so sehr sie sich auch bemühte, sie konnte Ilahja zunächst nirgendwo entdecken.

»Wo ist sie? Was ist passiert?«, fragte sie besorgt. Nagika

deutete aufgeregt in Richtung des zweiten Pfluges. »Sie liegt dort hinten bei ihrem Pflug. Sie ist gestürzt oder zusammengebrochen. Ich habe nicht gesehen, was geschehen ist. Schnell, steh auf. Wir müssen ihr sofort helfen!«

Jetzt war Iowen hellwach. Eilig liefen die beiden Mädchen über das Feld zu ihrer Freundin, die nur wenige Schritte hinter ihrem Pflug besinnungslos auf dem frisch gepflügten Boden lag. So vorsichtig wie möglich hoben sie Ilahja auf und trugen sie zu ihrem Lagerplatz. Iowen befeuchtete ein Tuch mit kühlem Wasser aus ihrem Wasserschlauch und legte es auf Ilahjas heiße Stirn. Ilahjas Atem ging stoßweise und ihr Gesicht glühte fiebrig.

»Hier können wir nicht viel für sie tun«, sagte Iowen nachdenklich. »Wir müssen sie zu Tassea bringen. Die Heilerin wird wissen, wie sie ihr helfen kann.«

»Wenn wir die Pflüge hier lassen, können wir Ilahja auf die Ladefläche legen«, sagte Nagika. »Ich fürchte nur, das wird sehr unbequem für sie sein.«

»Wir haben keine andere Wahl, Nagika«, sagte Iowen nachdrücklich und erhob sich. »Bleib du bei ihr. Ich werde inzwischen die Pferde wieder anspannen und den Wagen holen.«

Sie kamen nicht so schnell voran, wie sie es sich gewünscht hätten, denn Iowen lenkte den Wagen so behutsam wie möglich über die steinigen Straßen zurück nach Hause. Ilahja stöhnte unterwegs häufig und bewegte sich unruhig hin und her, wenn Iowen einer der vielen Unebenheiten des Weges nicht ausweichen konnte. Endlich erreichten sie das Haus der Heilerin. Es lag etwas abseits des Dorfes auf einem sonnenbeschienenen flachen Hügel. Die Tür der kleinen weiß gekalkten Kate war verschlossen. Aber die hölzernen Fensterläden und die dahinter liegenden Sprossenfenster waren weit geöffnet, um nach den langen Wintermonaten Sonne und frische Frühlingsluft ins Innere des Hauses zu lassen.

Die kleine graue Katze der Heilerin lag zusammengerollt

auf einer der Fensterbänke und blinzelte bei ihrer Ankunft verschlafen in das helle Sonnenlicht.

Iowen zügelte die Pferde und sprang sofort vom Wagen. Eilig lief sie den schmalen Kiesweg entlang, der zum Haus führte, und klopfte mit der Faust heftig gegen die Tür. »Heilerin, seid Ihr zu Hause?«, rief sie, so laut sie konnte, um ihr Klopfen zu unterstützen. Da sie keine Antwort erhielt, klopfte sie weiter, während sie gleichzeitig versuchte durch das Fenster neben der Tür einen Blick ins Haus zu werfen.

»Kannst du etwas erkennen?«, rief Nagika ungeduldig vom Wagen herüber. »Ist die Heilerin da?«

Iowen schüttelte stumm den Kopf, erklärte ihrer Freundin aber nicht, welche der beiden Fragen sie verneinte. Stattdessen begann sie, noch lauter gegen die Tür zu klopfen. Es durfte einfach nicht sein, dass Tassea jetzt nicht zu Hause war, betete sie. Alle Fenster waren geöffnet, also musste jemand hier sein.

Hinter dem Haus klapperte etwas und kurz darauf war das aufgeregte Gegacker von Hühnern zu hören. Gleichzeitig sauste ein großer, brauner Hund laut bellend um die Hausecke. Seine Augen waren unter dem langen, zotteligen Fell nicht zu erkennen, aber er hatte Iowen sofort gesehen und sprang an ihr hoch.

»Ich komme ja schon. Ihr braucht doch nicht gleich meine Tür einzuschlagen«, ertönte eine Stimme hinter dem Haus. »Brox, komm sofort wieder her«, befahl sie streng. »Wie oft habe ich dir schon gesagt, dass du meinen Besuch nicht so erschrecken darfst.«

Der Hund ließ sofort von Iowen ab und verschwand hinter dem Haus. Wieder hörten die Mädchen eine Tür ins Schloss fallen und eine große, schlanke Frau unbestimmbaren Alters trat aus dem schattigen Durchgang neben dem Haus, der die Hütte der Heilerin von einem einfachen, etwas verfallen wirkenden Ziegenstall trennte. Ihre langen, krausen Haare mussten einmal schwarz gewesen sein. Doch im Laufe unzähliger

Jahreszeiten hatte sich ein helles Grau so gleichmäßig in dem Haar verteilt, dass man glauben konnte, sie hätte sich die Mühe gemacht, jedes dritte Haar einzufärben. Die Heilerin hatte ihre Haare im Nacken zu einem dicken Zopf geflochten, der von einem bunten Lederband zusammengehalten wurde. Sie trug den üblichen schlichten, hellgrauen Arbeitskittel der Dorfbewohner und eine grüne Schürze, deren unzählige Flecken verrieten, dass sie gerade im Garten gearbeitet hatte.

»Tassea!«, rief Iowen erleichtert aus und trat der Heilerin entgegen. »Ich hatte schon Angst, Ihr wäret nicht zu Hause. Ilahja ist krank. Wir brauchen dringend Eure Hilfe! Kommt schnell!« Sie winkte der Heilerin zu, sie zum Wagen zu begleiten. Tassea folgte ihr ohne zu zögern, während sie eilig versuchte den gröbsten Schmutz von ihren Händen an der Schürze abzuwischen.

Am Wagen angekommen legte sie ihre Hand besorgt auf Ilahjas Stirn. Gleichzeitig ertastete sie mit drei Fingern den Pulsschlag am Hals des Mädchens. Dabei machte sie ein ernstes Gesicht. »Wie lange geht es ihr schon so?«, wollte sie wissen. »War sie heute Morgen schon krank?«

»Nein«, antwortete Iowen. »Sie war zwar noch etwas müde und schlecht gelaunt, als wir losfuhren, aber gewiss nicht krank. Sie hat auch gleich mit dem Pflügen angefangen.«

»Und dabei ist sie wohl unglücklich gestürzt und hat das Bewusstsein verloren«, setzte Nagika den Bericht ihrer Freundin fort. »Aber wir wissen es nicht genau, denn Iowen war eingeschlafen und ich habe gearbeitet.«

Die Heilerin machte ein nachdenkliches Gesicht. »Zunächst müssen wir sie ins Haus bringen. Dort kann ich sie besser untersuchen«, sagte sie und eilte auf das Haus zu. Als sie kurz darauf wieder herauskam, hielt sie in ihren Händen eine einfache Trage. »Ihr müsst mir jetzt helfen«, sagte sie und stellte die Trage auf dem Boden vor dem Wagen bereit. Dann nickte sie Iowen zu und bedeutete ihr, Ilahja in den Kniegelenken festzuhalten, während sie selbst das Mädchen unter den Schultern fasste. Vorsichtig hoben Tassea und Iowen Ilahja vom Wagen herunter, legten sie sanft auf die Trage und brachten sie ins Haus.

Die Luft in dem einzigen großen Raum des Hauses war angefüllt mit dem starken Duft der verschiedenen Kräuter, die in dicken Bündeln unter der Decke zum Trocknen aufgehängt waren. Es brannten keine Öllampen, aber das Sonnenlicht reichte aus, um den behaglich eingerichteten Raum zu erhellen.

»Dort hinüber.« Die Heilerin deutete mit einem Kopfnicken auf ein Lager dicht am Kamin, in dem noch ein kleines Feuer brannte, um auch die letzte Kälte des Winters aus dem Raum zu vertreiben. Ilahja stöhnte gequält auf, als die beiden Frauen sie etwas unsanft auf das harte, mit frischem Leinen bezogene Bett aus Heidekraut und Farnen legten, erwachte aber nicht. Bevor Tassea sich gründlich die Hände wusch, schichtete sie schnell ein paar neue Holzscheite auf die Glut und schürte das Feuer mit einem eisernen Haken. Bald darauf sprangen die kleinen Flammen auf der Feuerstelle Funken sprühend in die Höhe und in dem kleinen Raum wurde es gemütlich warm.

»Wenn ihr warten wollt, setzt euch dort drüben an den Tisch«, forderte Tassea die beiden Mädchen auf und deutete auf einen Tisch am Fenster. »Ich will jetzt sehen, wie ich eurer Freundin helfen kann.« Sie ging zu Ilahja hinüber und begann behutsam die dicke Arbeitskleidung des Mädchens zu öffnen.

Plötzlich hielt sie in ihrer Arbeit so abrupt inne, dass Iowen und Nagika besorgt aufsprangen, es aber nicht wagten, näher an das Lager heranzutreten. Gütige Göttin! Die Heilerin konnte nicht glauben, was sie sah. Dieses Mädchen erwartete schon sehr bald ein Kind! Tassea kannte An-Rukhbars strenge Gesetze und konnte sich gut vorstellen, welche Ängste Ilahja in den vergangenen Mondläufen ausgestanden haben musste. Wie hatte sie ihren Zustand nur so lange verbergen können?

Eine Bewegung am Fenster riss Tassea aus ihren Gedanken. Nagika war jetzt doch besorgt näher getreten und die Heilerin musste handeln. Sicher wussten die beiden nichts von den Umständen, in denen sich ihre Freundin befand. Sie wandte sich den Mädchen so zu, dass sie ihnen die Sicht auf Ilahja versperrte, und lächelte. »Ihr könnt beruhigt wieder an die Arbeit gehen«, sagte sie betont sachlich, um sich ihre Aufregung nicht anmerken zu lassen. »Macht euch keine Sorgen. Ilahja ist nichts Schlimmes passiert. Eure Freundin braucht nur etwas Ruhe. Ich werde ihr einen Tee bereiten, der sie wieder munter macht. Wenn sie sich dann ein oder zwei Sonnenläufe schont, kann sie sicher bald wieder mitarbeiten.«

Iowen und Nagika sahen sich unsicher an und zögerten. Die Heilerin erkannte, dass sie die Mädchen mit ihrer Erklärung keineswegs beruhigt hatte, und zwang sich zu einem sorglosen Lächeln. »Nun geht schon. Was ihr für Ilahja getan habt, war völlig richtig. Doch sie wird auch nicht schneller gesund, wenn ihr hier herumsitzt«, sagte sie freundlich, aber bestimmt. »Ihr werdet sehen, es wird ihr schon bald wieder besser gehen.« Sie trat zwischen die beiden, legte jedem Mädchen eine Hand auf die Schulter und schob sie sanft auf die Tür zu.

»Sollten wir nicht wenigstens Ilahjas Pflegemutter Bescheid sagen?«, begann Nagika vorsichtig.

»Aber nein«, unterbrach Tassea sie. »Das kann eure Freundin später selbst machen. Ich werde sie nach Hause begleiten, sobald sie sich dazu in der Lage fühlt.« Noch während sie sprach, öffnete Tassea die Tür und bedeutete den beiden Mädchen hinauszugehen. Widerstrebend verabschiedeten sich Nagika und Iowen von der Heilerin, bestiegen ihren Wagen und fuhren davon.

Erleichtert kehrte Tassea in den einzigen großen Raum ihres Hauses zurück, der ihr sowohl als Wohnraum als auch als

Krankenzimmer diente. Es erschien ihr fast wie ein Wunder, dass bis zu diesem Tag niemand etwas von Ilahjas Zustand bemerkt hatte.

In den vergangenen Sommern hatte die Heilerin es bereits zweimal erlebt, dass eine Frau trotz der Magie des roten Auges ein Kind erwartete. Beiden Frauen war es jedoch nicht gelungen, ihren Zustand zu verbergen, und beide hatten ein schlimmes Ende gefunden.

Die Heilerin seufzte und wandte ihre Aufmerksamkeit wieder dem schlafenden Mädchen zu. Wie jung sie ist, dachte sie und haderte mit dem Schicksal, das diesem Mädchen eine solch harte Prüfung auferlegte. »Nun ja«, murmelte sie. »Es ist uns eben nicht gegeben, unsere Bestimmung selbst zu wählen.«

Ilahja atmete nun ruhig und gleichmäßig. Für Tassea ein Zeichen, dass ihr Körper bereits anfing sich zu erholen, und sie begann damit, einen Kräutertee für Ilahja zu bereiten. Als er fertig war, kehrte sie an das Lager des Mädchens zurück, um ihr vorsichtig ein wenig von dem dampfenden Getränk einzuflößen.

Der Tee zeigte schon bald Wirkung und die Heilerin wartete geduldig, bis das Mädchen die Augen öffnete.

Unsicher sah Ilahja sich um. Ihr Blick war verschwommen und wurde nur sehr langsam wieder klar. »Wo bin ich?«, fragte sie mit heiserer Stimme.

Die Heilerin reichte ihr erneut den Becher mit dem Kräutertee und Ilahja trank dankbar einige Schlucke. »Du bist im Haus der Heilerin, Ilahja«, erklärte Tassea freundlich. »Deine Freundinnen haben dich zu mir gebracht, weil du bei der Feldarbeit zusammengebrochen bist und sie sich Sorgen um dich machten.« Sie schüttelte den Kopf. »Du bist sehr leichtsinnig gewesen, mein Kind«, schalt sie, aber es war kein echter Vorwurf in ihrer Stimme.

Erschrocken richtete Ilahja sich auf, blickte auf ihren halb geöffneten Kittel und versuchte hastig ihn wieder zu schließen. Aber als sie den Blick wieder hob und Tassea anschaute, erkannte sie, dass die Heilerin Bescheid wusste.

»Bitte verratet mich nicht«, flehte sie. Tränen füllten ihre Augen und sie legte schützend die Hände auf ihren gerundeten Bauch. Tassea nahm das Mädchen wortlos in die Arme und Ilahja konnte ihre Tränen nicht länger zurückhalten. All die Verzweiflung, die Unsicherheit und die Ängste der vergangenen Mondläufe bahnten sich einen Weg aus ihrem Innern und fielen in einem nicht enden wollenden Strom aus Tränen in den Schoß der Heilerin. Diese wartete geduldig und hielt das Mädchen tröstend fest, bis die Tränen versiegten.

»Ich werde dich nicht verraten, Ilahja«, sagte Tassea ernst und strich eine letzte Träne von Ilahjas Wange. »Im Gegenteil. Wenn du mir vertraust, werde ich versuchen dir zu helfen.«

»Ihr wollt mir helfen?« Erstaunt sah Ilahja die Heilerin an. »Aber damit bringt Ihr Euch in große Gefahr.«

Tassea lächelte zuversichtlich. »Das lass nur meine Sorge sein, mein Kind«, antwortete sie. »Trink erst einmal deinen Tee. Danach erzählst du mir alles, was in den letzten Mondläufen geschehen ist.«

Als Ilahja ihren Bericht beendet hatte, wirkte die Heilerin sehr nachdenklich. »Das ist wirklich eine ungewöhnliche Geschichte«, sagte sie kopfschüttelnd. »Diese nächtliche Erscheinung an deinem Bett, so etwas habe ich noch niemals gehört.« Tassea sah Ilahja zweifelnd an. »Könnte es nicht sein, dass du das Ganze nur geträumt hast?«

Ilahja machte ein empörtes Gesicht und schüttelte heftig den Kopf. »Die Frau war wirklich bei mir«, erklärte sie aufgebracht und wollte noch mehr sagen, doch Tassea unterbrach sie. »Nun, darüber werden wir uns ein anderes Mal unterhalten«, sagte sie einlenkend und wechselte das Thema. »Bist du auch ganz sicher, dass niemand etwas von deinem Zustand ahnt?«

Ilahja nickte. »Nicht einmal Tha-Ury«, beteuerte sie.

Tassea nickte zufrieden. »Es gibt aber etwas, das du wissen musst, bevor du dich entscheidest, ob du meine Hilfe annehmen willst«, sagte sie und sah Ilahja eindringlich an. »Du weißt, dass es seit drei Sommern verboten ist, Kinder zu bekommen. Deshalb musst du das Dorf einen Mondlauf vor der Geburt verlassen, um dein Kind unbemerkt zur Welt zu bringen. Wenn es am Leben bleiben soll, darf niemand etwas davon erfahren.«

Sie ergriff Ilahjas kalte Hände und streichelte sie liebevoll.

»Ich kenne einen sicheren Ort, hoch oben in den Bergen. Dort lebt eine alte Heilerin. Sie hat schon einigen Frauen geholfen, denen es wie dir erging. Bei ihr bist du sicher. Aber ...« Sie zögerte und Ilahja ahnte, dass die Heilerin ihr das Wichtigste noch verschwiegen hatte. »... Wenn dein Kind geboren ist, wirst du allein in unser Dorf zurückkehren. Dein Kind muss bei der Heilerin bleiben.«

Tassea ahnte, wie ihre Worte auf Ilahja wirken mussten, war sich jedoch sicher, dass Ilahja vernünftig genug war zu erkennen, dass sie keine andere Wahl hatte.

Ilahja schwieg lange und kaute verbissen auf ihrer Unterlippe.

Tassea stand auf und ging zum Feuer hinüber. Es war fast heruntergebrannt und sie legte einige neue Scheite in die Glut. Sie wollte das Mädchen nicht zu sehr drängen. Es war wichtig, dass Ilahja ihre Entscheidung aus freiem Willen traf, denn der Weg, der vor ihr lag, war anstrengend und gefährlich.

Endlose Minuten verstrichen, in denen außer dem Knistern des Feuers kein Laut die bedrückende Stille durchbrach. Schließlich seufzte Ilahja und wandte sich mit tränennassen Augen der Heilerin zu, die noch immer am Kamin stand. »Ich werde es so machen, wie Ihr gesagt habt«, sagte sie mit leiser Stimme und Tassea spürte, wie schwer dem Mädchen diese Entscheidung gefallen war.

Lächelnd ging sie zu Ilahja hinüber und setzte sich wieder zu ihr.

»Es ist das Beste, was du für dein Kind tun kannst«, sagte sie sanft.

»Für meine Tochter«, korrigierte Ilahja.

Die Heilerin sah sie erstaunt an. »Keine Frau weiß vor der Geburt, ob die Göttin ihr einen Sohn oder eine Tochter schenkt.«

»Aber ich weiß es!«, beharrte Ilahja. »Und ich werde sie Sunnivah nennen.«

Sie wollte noch etwas hinzufügen, doch plötzlich zuckte sie schmerzhaft zusammen. »Hast du Schmerzen?«, erkundigte sich Tassea besorgt. Ilahja schüttelte den Kopf. Dann stöhnte sie erneut und drehte sich auf die Seite.

»Es ist nichts«, sagte sie schwer atmend. »Ich glaube, Sunnivah hat gehört, dass wir über sie sprechen, und tritt mich kräftig.«

»Das ist ein gutes Zeichen«, sagte die Heilerin. »Dann hat ihm ... nein, ihr dein leichtsinniges Verhalten von heute Morgen wenigstens nicht geschadet. In den nächsten Sonnenläufen musst du dich unbedingt schonen, Ilahja«, mahnte sie. »So etwas wie heute darf nicht noch einmal geschehen. Du hättest dein Kind leicht verlieren können.«

Ilahja sah schuldbewusst zu Boden. »Wie lange dauert es noch bis zur Geburt?«, fragte sie.

»Ich vermute, dass du deine Tochter noch etwa zwei Mondläufe in dir tragen wirst«, antwortete Tassea. »Das bedeutet, dass wir genügend Zeit haben, deine Reise vorzubereiten.«

Sie drehte sich um, ging zum Fenster und schaute hinaus.

»Es ist schon fast dunkel«, stellte sie fest. »Wenn du dich kräftig genug fühlst, werde ich dich jetzt besser nach Hause begleiten.« Sie blickte Ilahja fragend an. »Oder möchtest du die Nacht lieber bei mir verbringen?«

Ilahja schüttelte den Kopf. Zwar fürchtete sie sich tatsächlich im Dunkeln, doch sie wusste auch, dass Tha-Ury sich große Sorgen machen würde, wenn sie nicht heimkam.

Die Heilerin nickte verständnisvoll und sagte: »Wir haben Glück, To und Yu gehen gerade auf. Sie werden uns genügend Licht für den Weg spenden.«

Die Zwillingsmonde To und Yu waren gerade aufgegangen. Rund und voll standen sie am nächtlichen Himmel und verzauberten die Wiesen und Wälder mit ihrem silbernen Schein in eine atemberaubend schöne Landschaft aus Licht und Schatten.

Vor Millionen funkelnder Sterne glitt ein riesiger Schatten lautlos über das schlafende Land. Einen weiten Bogen fliegend ließ sich der felsgraue Vogel von der warmen Luft über den Feldern noch höher hinauftragen. Die Aussicht war einmalig Weit in der Ferne, dort, wo die Sonne am Ende des Tages den Horizont berührte, sah er das breite Band des Junktun wie geschmolzenes Silber im Mondlicht glänzen. Er bedauerte, dass die Luft an diesem Abend mit Feuchtigkeit so voll gesogen war, denn sonst hätte er weit hinter dem Fluss die majestätische Silhouette seiner Heimat, des Ylmazur-Gebirgsmassivs, erkennen können. Sein Blick wanderte weiter in die Richtung, wo die ersten Sonnenstrahlen am Morgen die Dunkelheit vertrieben. Hier erhob sich die mächtige Gebirgskette der Valdor-Berge, von deren höchstem Gipfel das rote Auge des Herrschers über Thale wachte. Irgendwo im grauen Dunst unterhalb der schneebedeckten Gipfel lag die gewaltige Festungsstadt Nimrod. Vor vielen Sommern war die prächtige Festung am Fuße der Berge Sitz des mächtigen Druidenrates von Thale gewesen. Doch seit der Herrscher der Finsternis die Stadt erobert und sie zum Ausgangspunkt seiner Schreckensherrschaft gemacht hatte, schwand ihre Schönheit zusehends dahin und der einstige Stolz des Landes verfiel immer schneller.

Viele schmerzliche Erinnerungen waren für den großen Vogel mit der Festungsstadt verbunden und er hatte es stets vermieden, bei seinen nächtlichen Ausflügen diese Richtung einzuschlagen. Doch in dieser Nacht würde er wagen, wozu ihm bisher der Mut fehlte. Diesmal führte ihn sein Weg dem roten Auge entgegen.

Wie von selbst wanderten die Gedanken des großen Vogels zurück. In eine bessere Zeit, als die Finsternis das Land Thale noch nicht beherrschte. Damals bestand ein enges Band der Freundschaft zwischen den weisen, mächtigen Druiden von Thale und den klugen, langlebigen Vögeln, die sie in ihrer Sprache Riesenalpe nannten. Fast alle der großen Vögel hatten für diese Freundschaft ihr Leben gelassen, als sie versucht hatten, den von der Finsternis bedrohten Druiden in Nimrod zu Hilfe zu eilen. Doch auch die riesigen Vögel mit ihren unerschöpflich anmutenden Kräften hatten den Druiden in ihrem aussichtslosen Kampf gegen das gewaltige Heer An-Rukhbars nicht helfen können.

Damals war er noch ein Jungvogel gewesen. Eben dem Nest entflogen, hatten ihn die Ältesten seiner Kolonie für zu unerfahren gehalten, um mitzukämpfen, und ihm befohlen in den sicheren Höhlen zu bleiben. Trotzdem war er ihnen heimlich gefolgt. Das grauenhafte Sterben seiner Brüder und Schwestern, das er daraufhin mit ansehen musste, würde er niemals vergessen können. Und selbst die vielen Jahreszeiten der Einsamkeit hatten Trauer und Schmerz in ihm nicht mildern können.

Nach dem Sieg der Finsternis und dem Tod seiner Artgenossen hatte er sich allein und verängstigt auf den Himmelsturm, den höchsten Berg des Ylmazur-Gebirges, geflüchtet. Dort hoffte er, der gnadenlosen Verfolgung durch An-Rukhbar entgehen zu können. Erst viele Winter später, als die Einsamkeit für ihn unerträglich wurde, hatte er sich wieder hervorgewagt und begonnen, nach Überlebenden seines Volkes Ausschau zu halten.

Viele Sommer lang dauerte seine Suche, und die Furcht, entdeckt zu werden, war sein ständiger Begleiter. Doch sosehr er sich auch bemühte, er fand keinen anderen Riesenalp mehr.

Eines Nachts war er erschöpft und mutlos in seine Höhle zurückgekehrt. In seinem Herzen trug er die traurige Gewissheit, der letzte lebende Riesenalp zu sein. Sein Lebensmut hatte ihn verlassen. Er konnte keine Nahrung mehr zu sich nehmen und sehnte sich danach, dass der Tod ihn endlich aus seiner Einsamkeit befreie und ihn mit seinen verlorenen Brüdern und Schwestern vereine.

Da erschien ihm im Traum plötzlich ein wunderschönes Mädchen mit feuerroten Haaren. Mit ihren großen, braunen Augen blickte sie ihn flehend an. Ihr Mund bewegte sich und schien eine dringende Bitte an ihn zu richten, doch sosehr er sich auch bemühte, er konnte ihre Worte nicht verstehen.

Von da an träumte er in jeder Nacht denselben Traum und glaubte zunächst, seine vom Hunger gemarterten Sinne spielten ihm einen Streich. Aber der seltsame Traum hatte sein Interesse geweckt und er begann zögernd wieder zu essen. Daraufhin verschwand der Hunger, doch der Traum kam immer wieder.

Eines Nachts konnte er seine Tatenlosigkeit nicht mehr ertragen und begann nach dem geheimnisvollen rothaarigen Mädchen seiner Träume zu forschen. In den ersten Nächten überflog er im Schutze der Dunkelheit nur ein kleines Gebiet in unmittelbarer Nähe seiner Höhle. Er hatte Angst, denn er wusste von den unheimlichen Dienern An-Rukhbars, die zur Nachtzeit im Land umherstrichen. Aber die Gegend in diesem Teil des Gebirges war karg und unbewohnt und er erkannte, dass er noch viel weiter fliegen musste, wenn er auf menschliche Ansiedlungen stoßen wollte.

Doch auch die Menschen waren ängstlich und hielten sich nach Einbruch der Dunkelheit im Schutze ihrer Häuser auf. Nur selten erblickte der große Vogel einen einsamen Wanderer oder einige Hirten, die um ein wärmendes Feuer saßen. Dennoch dachte der Riesenalp nicht daran, aufzugeben. Die Träume hatten seinem Leben wieder einen Sinn gegeben und er würde so lange suchen, bis er das Mädchen gefunden hatte.

Ein plötzlicher Schrecken durchzuckte den Riesenalp und riss ihn aus seinen Gedanken. Ohne es zu bemerken hatte er mit seinen Flügelspitzen die oberen Äste einiger Baumkronen gestreift. Mit wenigen kräftigen Flügelschlägen gewann er wieder an Höhe. Dann setzte er seinen nächtlichen Flug über den Teil eines Waldes fort, der nicht weit entfernt an einen niedrigen Gebirgszug grenzte. Schon bald hatte er das dichte Blätterdach des Waldes hinter sich gelassen und glitt langsam über die sanften, grünen Hügel der Vorberge hinweg. Die Gegend hier war ihm fremd und er beobachtete mit seinen scharfen Augen aufmerksam die Landschaft unter sich. Die zahlreichen Felder und Wege unter ihm wiesen auf eine menschliche Ansiedlung ganz in seiner Nähe hin. Der Riesenalp entschloss sich, einem der Wege ein Stück zu folgen. Schließlich erblickte er nicht weit entfernt die Lichter eines Dorfes und flog darauf zu.

Die Bewegung auf einer Lichtung nahe des Dorfes war zwar kaum sichtbar gewesen, hatte aber ausgereicht, um seine Neugier zu wecken. Fast geräuschlos suchte sich der große Vogel einen geeigneten Landeplatz auf einem kräftigen Ast am Rande der Lichtung. Der Ast knackte Besorgnis erregend unter seinem großen Gewicht, doch die beiden Frauen, die unter ihm über die mondbeschienene Lichtung auf das Dorf zugingen, unterhielten sich miteinander und hörten es nicht. Nur der zottige, braune Hund, der den Frauen vorauseilte, kehrte um und schickte ein drohendes Knurren in die Dunkelheit der Baumkronen hinauf.

Eine der Frauen beugte sich zu ihm hinunter, streichelte seinen Kopf und redete beruhigend auf ihn ein. Als sie sich wieder erhob, rutschte ihr das Tuch, welches sie zum Schutz gegen die nächtliche Kälte über dem Kopf trug, hinunter. Leuchtend rote Haare kamen darunter zum Vorschein und flossen wie ein Strom geschmolzenen Kupfers über ihren Rücken, während sie ihren Weg im Mondlicht fortsetzte.

Aufgeregt reckte der große Vogel seinen Kopf, um besser sehen zu können, doch die Frauen hatten das Ende der Lichtung schon fast erreicht und kehrten ihm den Rücken zu.

War sie die Frau aus seinen Träumen?

Der Riesenalp brannte darauf, ihr Gesicht zu sehen.

Es war nur ein leiser und kurzer Ruf, den er aussandte. Doch in der Stille der Nacht verfehlte er seine Wirkung nicht. Die Frau mit den kupferroten Haaren drehte sich erschrocken um und blickte ängstlich in die Dunkelheit der Baumkronen hinauf. Geradewegs in die Augen des Riesenalps. Sie sah ihn nicht, doch für den großen Vogel gab es nun keinen Zweifel mehr. Die junge Frau dort unten auf der Lichtung trug dieselben Gesichtszüge wie das Mädchen aus seinen Träumen. Sie musste es sein! Aber im Gegensatz zu dem Mädchen aus seinen Träumen trug sie die Kleidung einer einfachen Bäuerin und war ganz sicher keine Kriegerin.

Nachdem die beiden Frauen die Lichtung verlassen hatten, saß der Riesenalp noch lange auf dem Ast und dachte nach. Er konnte nicht glauben, dass er die falsche Frau gesehen hatte, denn dafür war die Ähnlichkeit mit dem Mädchen aus seinen

Träumen viel zu groß, selbst wenn die Frau keine Kriegerin war.

Die erste zarte Morgenröte hinter den Bergen zwang ihn schließlich dazu, sich wieder auf den Weg in seine Höhle zu machen. Aber er würde wiederkommen.

Ungeduldig und voller Sorge saß Tha-Ury im Mondlicht hinter einem der kleinen Fenster ihres Hauses. Angestrengt blickte sie den dunklen Weg entlang, der zu ihrem Haus führte, und wartete. So viel Schreckliches war seit dem Morgen geschehen und Ilahja war noch immer nicht zurück. Tha-Ury fürchtete, ihre Pflegetochter niemals wiederzusehen.

Am späten Vormittag war mehr als ein Dutzend Krieger in das Dorf gekommen. Auf ihren Rüstungen prangte das Wappen einer schwarzen Schlange mit grünem Kopf, die ihren Leib um ein blutiges Schwert wand. Jeder, der sie sah, wusste sofort, dass es sich bei ihnen um Angehörige des Schlangenordens, der am meisten gefürchteten und gehassten Einheit unter den Kriegern An-Rukhbars, handelte. Wo immer sie auftauchten, hinterließen sie eine Spur aus Tod und Verderben, und sie waren dafür bekannt, dass sie selbst die grausamsten Befehle rücksichtslos und ohne Gnade ausführten.

Im Zentrum des Dorfes stiegen sie von ihren Pferden, durchsuchten jedes Haus und trieben die Bewohner auf dem Dorfplatz zusammen. Als sie feststellten, dass alle arbeitsfähigen Männer und Frauen auf den Feldern bei der Ernte waren und sich nur noch die Alten und Kinder im Dorf befanden, befahl ihr Hauptmann einem der älteren Männer, die Krieger zu den Feldern zu führen. Doch bevor sie das Dorf verließen, ergriffen seine Krieger wahllos zwei ältere Mädchen und zwei

Jungen und nahmen die verzweifelt schreienden Kinder mit sich, als sie ihrem Hauptmann folgten.

Bei dieser Erinnerung begann Tha-Ury unwillkürlich zu zittern. Ohnmächtig und hilflos mussten die Dorfbewohner mit ansehen, wie die Kinder fortgebracht wurden. Sie sollten nicht die Einzigen bleiben, die die Krieger verschleppten. Wieder dachte sie voller Sorge an Ilahja, doch die einsetzende Dunkelheit hielt sie davon ab, nach ihr zu suchen. Seit AnRukhbar das Land beherrschte, wagten es nur noch wenige Menschen, sich des Nachts im Freien aufzuhalten, denn fremdartige und unheimliche Wesen strichen im Schutze der Dunkelheit durch das Land. Nur wenn es sich wirklich nicht vermeiden ließ, verließen die Bewohner der Dörfer in der Dunkelheit ihre Hütten.

Eine Bewegung im Mondlicht erregte ihre Aufmerksamkeit. Sie kniff die Augen zusammen und versuchte die Dunkelheit auf dem Weg zu durchdringen. Das musste Ilahja sein. Tha-Urys Herz machte einen Sprung, als sie sie in Begleitung von Tassea endlich den schmalen Weg zu ihrer Hütte heraufkommen sah. Als die beiden Frauen nur noch wenige Schritte von dem kleinen Haus entfernt waren, öffnete sie die Tür und lief ihnen entgegen. Überglücklich schloss sie ihre Pflegetochter in die Arme. Tränen der Erleichterung liefen über ihre Wangen, als sie Ilahja fest an sich drückte und ihr liebevoll über das Haar strich. »Ich bin ja so froh, dass dir nichts passiert ist«, sagte sie mit zitternder Stimme. »So viele schreckliche Dinge sind geschehen. Aber kommt erst einmal herein.«

Ilahja setzte sich sofort erschöpft auf einen Stuhl, doch Tassea wollte ihren Mantel nicht ablegen, obwohl es sehr warm war und ihr Hund sich bereits schläfrig vor dem Herdfeuer zusammengerollt hatte. »Was ist passiert?«, fragte sie.

Mit Tränen in den Augen schilderte Tha-Ury die Ereignisse des Nachmittags. Dabei zitterte sie so stark, dass Ilahja sich erhob und sie tröstend in den Arm nahm.

»Vier Kinder?« Tassea war sichtlich entsetzt. »Und wie viele haben sie noch mitgenommen?«

»Acht!« Tha-Ury wischte ihre Tränen mit dem Ärmel fort. »Und sie haben eines der Felder niedergebrannt. Ihr Hauptmann soll gesagt haben, dass wir es nicht mehr brauchten, weil wir nun weniger Mäuler zu stopfen hätten.« Sie drückte Ilahja fest an sich. »Ach Kind, ich hatte ja solche Angst, dass sie dich auch ...« Tha-Ury seufzte und verstummte.

»Der Schlangenorden!«, sagte Tassea kopfschüttelnd. »Ich habe schon Ähnliches aus anderen Dörfern gehört, aber zwölf Menschen aus einem einzigen Dorf, so viele haben sie noch nie geholt!«

»Warum haben sie das getan?«, fragte Tha-Ury traurig. »Wir haben doch nichts verbrochen. Und die Kinder ...« Erneut füllten sich ihre Augen mit Tränen und sie konnte nicht weitersprechen.

»Ich weiß es nicht.« Die Heilerin hob bedauernd die Schultern. »Ich weiß nur, dass die Krieger sie in die Festungsstadt bringen. Von dort ist noch kein Gefangener zurückgekehrt.«

»Mutter, was ist mit Kjelt, Nagika und Iowen?«, fragte Ilahja ängstlich.

»Ihnen geht es gut«, sagte Tha-Ury und streichelte beruhigend über Ilahjas Hand. »Aber wieso weißt du das nicht? Du warst doch den ganzen Tag über mit ihnen zusammen.«

»Ilahja ist krank.« Nur zu gern ergriff Tassea die Gelegenheit, das Thema zu wechseln. Die Zeiten waren hart und ungerecht. Und ebenso wie alle anderen war auch ihr Dorf der Willkür An-Rukhbars wehrlos ausgeliefert. Doch konnte man wirklich nicht dauernd darüber sprechen.

Mit wenigen Worten erzählte die Heilerin Tha-Ury, was am Morgen geschehen war, ohne jedoch den wahren Grund für Ilahjas Zusammenbruch zu nennen. Geduldig beantwortete sie jede Frage, umschrieb aber auch hier geschickt die wahren Gründe für Ilahjas ›Krankheit‹. Zuletzt gab sie noch einige

Anweisungen und erklärte, dass Ilahja ihr Lager in den kommenden Sonnenläufen nicht verlassen dürfe und sich schonen müsse.

Als Tassea sich wenig später verabschieden wollte, bat Tha-Ury die Heilerin inständig, nicht noch einmal hinauszugehen und die Nacht lieber in ihrem Haus zu verbringen.

»Macht Euch um mich keine Sorgen«, sagte Tassea leichthin und deutete auf ihren Hund. »Brox wird mich beschützen. Ich bin oft im Dunkeln unterwegs. Die Kranken brauchen mich zu jeder Zeit.« Sie verabschiedete sich von Ilahja und machte einige Schritte auf die Tür zu. Dann richtete sie das Wort noch einmal an Tha-Ury. »Ich werde bald wiederkommen und nach Ilahja sehen. Bis dahin sorgt dafür, dass sie sich an meine Anweisungen hält.«

In den folgenden vier Sonnenläufen blieb Ilahja die meiste Zeit in ihrem Bett und schonte sich.

Gegen Mittag des fünften Sonnenlaufes hielt sie es schließlich nicht mehr aus, nur tatenlos im Bett zu liegen, und stand auf.

Eilig zog sie sich an und ging in die Küche, wo Tha-Ury gerade dabei war, in einem großen Kupferkessel das Mittagessen für die kommenden Sonnenläufe zu bereiten. Der herbe Geruch von gekochten Kohlrüben erfüllte den Raum und zog durch die weit geöffneten Fenster nach draußen.

Als Ilahja die Küche betrat, schaute Tha-Ury überrascht auf. »Solltest du nicht besser noch ein wenig im Bett bleiben?«, fragte sie besorgt.

»Aber ich fühle mich schon viel besser, Mutter«, erwiderte Ilahja wahrheitsgemäß. »Ich wollte fragen, ob ich dir etwas helfen kann?«

Doch Tha-Ury schüttelte energisch den Kopf. »Das brauchst du nicht, ich bin schon fast fertig«, sagte sie und lächelte dann viel sagend. »Aber Kjelt wird sich sicher freuen zu sehen, dass es dir wieder besser geht, wenn er heute Nachmittag kommt.«

Ilahja erschrak. »Kjelt kommt?«, fragte sie überrascht und Tha-Ury nickte. »Du freust dich ja gar nicht. In letzter Zeit bist du so abweisend zu Kjelt, das hat er wirklich nicht verdient.« Sie schüttelte verständnislos den Kopf. »Er liebt dich doch, Kind. Du kannst wirklich froh sein, dass er so viel Geduld mit dir hat. Ein anderer hätte dich schon längst verlassen … So schlecht, wie du ihn behandelst.«

»Ich weiß, Mutter, und ich liebe ihn doch auch. Wirklich!«, verteidigte sich Ilahja. »Es ging mir in letzter Zeit nur nicht gut.«

Draußen waren eilige Schritte zu hören. Kurz darauf klopfte jemand heftig an die Tür. »Ich gehe«, sagte Ilahja schnell. Froh, das Gespräch mit Tha-Ury nicht weiterführen zu müssen, beeilte sie sich die Tür zu öffnen.

Draußen stand, völlig außer Atem, ein zierliches, dunkelhaariges Mädchen von etwa fünfzehn Sommern. Ilahja hatte sie schon häufig gesehen und wusste, dass sie Xara, die Schülerin von Tassea, war. Sie musste sehr schnell gelaufen sein, denn ihr hageres Gesicht mit dunklen, auffallend tief liegenden Augen war gerötet und auf ihrer Stirn glitzerten winzige Schweißtropfen.

»Gut, dass du schon aufgestanden bist«, sagte sie zu Ilahja. »Die Heilerin möchte dich sprechen. Kannst du gleich mitkommen?«

Ilahja war überrascht. Was konnte Tassea von ihr wollen? »Natürlich«, sagte sie. »Warte einen Moment, ich hole nur schnell meinen Mantel.«

Rasch ging sie in die Küche zurück, um sich von Tha-Ury zu verabschieden. Ihre Pflegemutter war jedoch überhaupt nicht damit einverstanden, dass Ilahja das Haus verließ, und erklärte Xara energisch, es sei wohl besser, wenn die Heilerin selbst ins Haus käme, um die Kranke zu besuchen. Ilahja hatte inzwischen ihren Mantel geholt und hörte Tha-Urys aufgeregte Worte. Eilig kehrte sie in die Küche zurück. »Mutter«, sagte sie freundlich, aber bestimmt. »Es geht mir schon viel besser. Du brauchst dir keine Sorgen um mich zu machen.« Sie ging zur Tür und gab Tha-Ury im Vorbeigehen einen Kuss auf die Wange. Gerade als sie die Tür hinter sich schließen wollte, fiel ihr noch etwas ein. »Falls ich noch nicht wieder zurück bin, wenn Kjelt kommt, sei bitte so lieb und richte ihm aus, dass ich mich schon viel besser fühle. Und sag ihm, dass ich mich freuen würde, wenn er mich ein anderes Mal besuchen kommt.«

Ihr Weg führte die beiden Mädchen mitten durch das Dorf. Die Vögel sangen hoch oben in den Bäumen und unzählige Bienen summten von Blüte zu Blüte. Nach den vielen eintönigen Sonnenläufen in ihrem Zimmer genoss Ilahja diesen herrlichen Frühlingstag besonders. Die Wärme der Sonnenstrahlen tat ihr gut. Für einen kurzen Moment schloss sie die Augen und wandte ihr Gesicht der niedrig stehenden Sonne zu.

Als sie die Augen wieder öffnete, hielt sie erschrocken die Luft an. Unmittelbar vor ihr auf dem Weg stand Kjelt. Energisch versperrte er Ilahja den Weg, indem er sich direkt vor sie stellte. »Ilahja, ich denke, du bist krank«, sagte er vorwurfsvoll und Ilahja konnte ihm ansehen, dass er nicht so recht wusste, ob er über ihr unverhofftes Auftauchen zornig oder erleichtert sein sollte.

»Das war ich auch. Aber seit heute Morgen geht es mir schon viel besser«, erklärte Ilahja und bedachte ihren Gefährten mit einem liebevollen Blick. Zärtlich nahm sie seine Hand und sagte: »Es ist wirklich lieb von dir, Kjelt, dass du dich so um mich sorgst, doch ich bin sehr in Eile. Die Heilerin hat nach mir geschickt. Sie möchte mich noch einmal untersuchen.«

Kjelt löste seine Hand aus Ilahjas Griff und wandte sich an

Xara, die ein paar Schritte voraus ungeduldig wartete. »Ist das so?«, fragte er misstrauisch und das Mädchen nickte stumm. Sie wollte auf keinen Fall in den Streit der beiden hineingezogen werden. »Wenn in meiner Familie jemand krank ist«, fuhr Kjelt fort und schaute Ilahja fragend an, »kommt die Heilerin immer zu uns ins Haus, um den Kranken zu versorgen. Es ist noch niemals vorgekommen, dass wir zu ihr gehen mussten.«

Er sprach es nicht direkt aus, doch Ilahja spürte, dass er auf eine Erklärung von ihr wartete. Doch so schnell fiel ihr keine passende Antwort ein. »Diesmal ist es eben anders«, erwiderte sie hilflos und machte einen vergeblichen Versuch, an Kjelt vorbeizutreten.

Dieser ergriff ihren Arm und hielt sie fest. »Einen Moment noch, Ilahja.« Seine Stimme klang scharf und so wütend, dass Ilahja es nicht wagte, weiterzugehen. »Du bist noch immer krank, also werde ich dich begleiten.« Ohne Ilahjas Zustimmung abzuwarten ging er los. Seine kräftige Hand hielt ihren Arm dabei noch immer fest im Griff und sie hatte große Mühe, den weit ausgreifenden Schritten ihres Gefährten zu folgen.

»Bitte, Kjelt, lass uns etwas langsamer gehen«, keuchte sie, während sie vergebens versuchte ihren Arm aus seiner Hand zu befreien. Ihr Rücken schmerzte von der Anstrengung und vor ihren Augen tanzten kleine schwarze Punkte. Kjelt antwortete nicht, schien aber zu merken, dass es Ilahja nicht gut ging, und verlangsamte seine Schritte. Bald darauf standen sie vor der Hütte der Heilerin.

Xara verschwand sofort hinter dem Haus.

Kjelt ließ Ilahja nun endlich los. »Setz dich dort hin«, befahl er unwirsch und deutete auf eine kleine hölzerne Bank vor dem Haus. »Ich werde jetzt hineingehen und ein ernstes Wort mit der Heilerin reden.«

Entschlossen drehte er sich um und wollte gerade an die Tür klopfen, als diese von innen geöffnet wurde und Tassea heraustrat. Sie schenkte Kjelts wütendem Gesichtsausdruck keine Beachtung, sondern reichte ihm zur Begrüßung die Hand. »Es ist wirklich nett von dir, Kjelt, dass du Ilahja hierher begleitest«, sagte sie freundlich, noch bevor Kjelt das Wort ergreifen konnte.

Dieser war sichtlich durcheinander und suchte verzweifelt nach den passenden Worten. »Sie ... sie ist noch sehr krank«, begann er unsicher und versuchte seine Fassung wiederzufinden. »Sie hätte den weiten Weg nicht gehen dürfen, dazu ist sie noch viel zu schwach.« Die Worte waren schlecht gewählt, doch in seinen Augen erkannte die Heilerin aufrichtige Sorge um Ilahja.

»Hat Ilahja dir denn nichts über ihre Krankheit berichtet?«, fragte Tassea und zwinkerte Ilahja dabei unauffällig zu, die vor Schreck die Luft anhielt.

»Nein«, kam die ehrliche Antwort von Kjelt. »Doch ich sehe, wie schlecht sie zu Fuß ist und wie schnell sie außer Atem gerät.«

Tassea schüttelte missbilligend den Kopf und sah Ilahja tadelnd an. »Ilahja, du musst den Menschen, die dich lieben, doch sagen, was dir fehlt«, tadelte sie. »Ich sehe jedenfalls keinen Grund dafür, deinem Gefährten die Gründe für deine Krankheit zu verschweigen. Aber ich denke, wir gehen erst einmal hinein und setzen uns.«

Tassea deutete auf die Tür und schon bald saßen die drei an dem kleinen Tisch im Wohnraum der Heilerin. Ilahja war erschöpft und hätte sich am liebsten hingelegt, doch sie wollte auf keinen Fall, dass Kjelt bemerkte, wie sie sich fühlte. So riss sie sich zusammen und überließ es der Heilerin, das Wort zu ergreifen.

»Du musst wissen, dass Ilahja ihre Krankheit schon sehr lange in sich trägt«, erklärte Tassea gedehnt und schien noch nach den richtigen Worten zu suchen. »Doch erst in den letzten Mondläufen ist sie bei ihr richtig ausgebrochen. Es handelt sich dabei nicht direkt um eine Krankheit, sondern um ein seltenes Gift, das sich in ihrem Körper ausgebreitet hat.« Sie machte eine Pause und beobachtete, wie ihre Erklärung auf Kjelt wirkte.

Der machte ein erschrockenes Gesicht und räusperte sich, um eine Frage zu stellen. »Wie konnte das geschehen? Und woher kommt dieses Gift?«, wollte er wissen.

»Das kann ich nach einer so langen Zeit nicht mehr feststellen«, sagte Tassea ernst. »Ich weiß jedoch aus Erfahrung, dass häufig schon eine winzige Verletzung zu einer solchen Vergiftung führen kann, wenn sie mit dem Pilz, der dieses Gift in sich trägt, in Berührung kommt. Es hätte Ilahja wahrscheinlich getötet, wäre sie nicht vor einigen Sonnenläufen zu mir gebracht worden.« Tassea lächelte beruhigend und ergriff Ilahjas kalte Hände. »Sie hatte großes Glück. Es gelang mir, die Ausbreitung des Giftes aufzuhalten, obwohl es sich in ihrem Körper schon sehr weit ausgebreitet hat.« Die Heilerin wartete, ob Kjelt sich mit der Erklärung zufrieden geben würde.

Kjelt wirkte plötzlich sehr nachdenklich. Zuerst sah er Tassea und dann Ilahja an. Schließlich senkte er seinen Blick und sagte leise zu Ilahja: »Ich denke, ich muss mich bei dir entschuldigen. Du hättest mir aber ruhig etwas sagen können.« Er gab ihr zärtlich einen Kuss auf die Wange. »Es ist wohl besser, wenn ich euch jetzt allein lasse«, sagte er sanft.

Kjelt erhob sich und wollte sich verabschieden. Doch Tassea hielt ihn zurück. »Warte noch einen Moment«, sagte sie ernst. »Es gibt noch etwas, das du wissen musst. In zwei Sonnenläufen wird Ilahja meine Schülerin begleiten, wenn diese mit den Ziegen zu den Sommerweiden aufbricht. Dort oben gibt es Kräuter, die das Gift aus ihrem Körper filtern können, und die Luft in den Bergen wird ihr gut tun.«

Kjelt sah die Heilerin überrascht an. Auch Ilahja war sprachlos. Tassea hatte doch gesagt, sie hätten noch viel Zeit. Und nun sollte sie schon in zwei Sonnenläufen aufbrechen.

»Nun, ich denke, Ihr wisst am besten, was für Ilahjas Heilung nötig ist. Das Wichtigste ist, dass sie schnell wieder gesund wird«, hörte sie Kjelt sagen. Dann reichte er der Heilerin die Hand und dankte ihr für ihre Bemühungen. Ilahja gab er einen liebevollen Kuss auf die Wange und sagte: »Egal wie lange es dauert, bis du wieder gesund bist, ich werde auf dich warten.« Tief in Gedanken versunken verließ er die Hütte und machte sich auf den Heimweg.

Die Heilerin wartete, bis Kjelt hinter der nächsten Wegbiegung verschwunden war, ehe sie ihre Aufmerksamkeit wieder Ilahja zuwandte. »Du siehst erschöpft aus«, sagte sie besorgt und deutete auf das Krankenbett in der Mitte des Raumes. »Am besten, du legst dich hin, während wir uns unterhalten. Es gibt wichtige Neuigkeiten.«

Ilahja nickte dankbar. Umständlich erhob sie sich von ihrem Stuhl und legte sich mit Tasseas Hilfe auf das Bett. Aufatmend schloss sie die Augen und hörte, was Tassea zu berichten hatte.

»Heute Morgen erreichte mich eine Nachricht von Mino-They, einer Heilerin aus Daran«, begann Tassea. »Darin teilt sie mir mit, dass Tarek, der oberste Kriegsherr von Nimrod, seit einigen Mondläufen besonders sorgfältig nach Frauen suchen lässt, die ein Kind erwarten. Um alle Frauen zu finden, hat er durch den Meistermagier von Nimrod einen Traumflüsterer beschwören lassen, der ihm bei seiner Suche hilft. Wie Mino-They es beschreibt, ist dieses Wesen in der Lage, die Gedanken der Menschen zu lesen, während sie schlafen. So erfährt er alles, auch das, was wir Menschen lieber für uns behalten wollen.«

»Gibt es denn eine Möglichkeit, sich vor einem solchen Wesen zu schützen?«, fragte Ilahja ängstlich.

Tassea blickte sie schweigend an und schüttelte den Kopf. »Ich fürchte nein«, antwortete sie ehrlich. »Immerhin können wir sicher sein, dass er unser Dorf bisher noch nicht erreicht hat. Sonst hätte er dich sicher entdeckt. Die einzige Möglichkeit, die wir haben, ist, vor ihm zu fliehen.« Sie sah Ilahja fest in die Augen. »Du musst das Dorf so schnell wie möglich verlassen, Ilahja«, sagte sie beschwörend. »Das ist unsere einzige Hoffnung.« Ilahja war entsetzt und brachte kein Wort heraus. »Ich habe lange darüber nachgedacht. Willst du meinen Plan hören?«, fragte Tassea.

Ilahja nickte stumm. Dass sie das Dorf für eine Weile verlassen musste, damit sie ihre Tochter unbemerkt zur Welt bringen konnte, hatte sie gewusst, doch nun ging alles so schnell.

»… werde darüber mit deiner Pflegemutter sprechen …« Ilahja hatte die ersten Worte der Heilerin nicht mitbekommen, wagte aber nicht nachzufragen, denn Tassea sprach bereits weiter und schien auch nicht zu bemerken, dass Ilahja ihr nicht zugehört hatte.

»… Auch sie wird annehmen, dass du Xara und meine Ziegen auf die Weiden in den Bergen begleitest und den Sommer dort mit ihnen verbringst. So wird sich niemand darüber wundern, dass du länger fort bist.«

Ilahja wünschte, sie könnte Tasseas Zuversicht teilen. Doch das wollte ihr nicht gelingen. Verbissen blickte sie zu Boden und rang mit ihren Gefühlen. »Was habe ich vorher noch zu tun?«, presste sie hervor und versuchte die Tränen zurückzuhalten, die in ihren Augen brannten.

»Ich werde dich jetzt nach Hause begleiten und mit Tha-Ury sprechen«, erklärte Tassea. »Du wirst in dieser Zeit alles zusammenpacken, was du für die Reise benötigst. Und danach werden wir hierher zurückkehren.«

»Aber Ihr sagtet doch, dass wir erst übermorgen aufbrechen«, rief Ilahja erschrocken aus. Nun ging ihr doch alles viel zu schnell.

»Ilahja! Wir dürfen von nun an kein Risiko mehr eingehen«, mahnte die Heilerin. »Jederzeit kann der Traumflüsterer unser Dorf erreichen. Bei Tha-Ury wärst du ihm schutzlos ausgeliefert. In meinem Haus kann ich zumindest versuchen, uns vor ihm zu schützen.« Tassea sah, wie Ilahja bei ihren Worten die Stirn runzelte. »Ja, du hast richtig gehört«, sagte sie. »Auch ich befinde mich in großer Gefahr. Ich kenne dein Geheimnis und der Traumflüsterer könnte aus meinen Gedanken alles über dich erfahren. Deshalb müssen wir beide schon bald das Dorf verlassen.«

Ilahja war noch immer nicht mit dem überstürzten Aufbruch einverstanden, doch tief in ihrem Innern wusste sie, dass Tassea Recht hatte.

Tha-Ury war zunächst strikt dagegen, ihre Pflegetochter gehen zu lassen. Doch es gelang der Heilerin, sie davon zu überzeugen, dass ein Sommer in den Bergen für Ilahjas Gesundheit sehr wichtig sei, und versicherte ihr, dass sie danach gesund heimkehren würde. So erhielt Ilahja schließlich doch die Erlaubnis für ihre Reise. In der Zwischenzeit hatte sie die wenigen Sachen zusammengesucht, von denen sie glaubte, sie auf ihrer Reise zu benötigten. Dazu kamen dann noch all die Dinge, von denen Tha-Ury behauptete, dass man sie in den Bergen unbedingt brauchte. Als endlich alles gepackt war, begann es draußen zu dämmern und Tassea drängte zum Aufbruch.

Im Haus der Heilerin angekommen, beobachtete Ilahja, wie Tassea ein dickes Bündel halb getrockneter Kräuter über die Flamme einer Kerze hielt. Gierig griffen die Flammen nach den langen Halmen und setzten sie in Brand.

»Du solltest dich jetzt besser hinlegen«, riet die Heilerin und deutete auf Ilahjas Lager. Dann erstickte sie die Flammen an dem Kräuterbündel mithilfe einer tönernen Schale und hielt Ilahja die schwelenden Halme entgegen.

»Atme den Rauch tief ein«, erklärte sie. »Er wird deine Gedanken in einen dichten Nebel hüllen und sie vor Eindringlingen verbergen.«

Ilahja tat, wie ihr geheißen, und zog den Rauch tief in ihre

Lungen. Der beißende Geruch der verbrannten Kräuter ließ sie husten und ihr wurde schwindelig. Trotzdem atmete sie so lange weiter, bis Tassea erklärte, dass es genug sei.

»Schlaf jetzt«, sagte Tassea und Ilahja tastete benommen nach ihrer Decke. Aufatmend wickelte sie sich darin ein, schloss die Augen und war augenblicklich eingeschlafen.

Sie schlief tief und traumlos und erwachte am nächsten Morgen so ausgeruht wie schon lange nicht mehr.

Umständlich erhob sie sich und sah sich um. Tassea war bereits aufgestanden. Ihr Lager war verlassen, aber die Tür in den Garten stand einen Spalt offen und Ilahja hörte, wie die Heilerin draußen leise mit Xara sprach. Mit wiegendem Schritt machte sie sich auf den Weg in den Garten, um die beiden Frauen zu begrüßen. Der Morgen war wolkenverhangen, aber ein Blick zum Himmel sagte ihr, dass sich die hohe, dünne Wolkendecke schon bald auflösen würde. Spätestens am Nachmittag würde die Sonne wieder ungehindert scheinen.

In einem abgelegenen Teil der gewaltigen Festungsanlage von Nimrod hallten an diesem Morgen die gequälten Schreie einer Frau durch die menschenleeren Gänge.

Selbst die beiden Wachen, die der Sequestor an dem einzigen Zugang zu diesem Teil der Burg postiert hatte, erschauerten bei den unmenschlich klingenden Lauten. Man hatte ihnen nicht gesagt, was hinter den schweren, eisenbeschlagenen Türen am Ende des langen Flures vor sich ging, und keiner der beiden war neugierig darauf, es zu erfahren. Ihre Aufgabe bestand allein darin, Unbefugte zu hindern, den langen Flur zu betreten. Und wie alle Soldaten An-Rukhbars taten sie ihre Pflicht ohne zu fragen und interessierten sich nicht für das, was um sie herum geschah.

Noch vor Sonnenaufgang war der Sequestor mit seinen engsten Vertrauten und zwei Magiern hierher gekommen. In ihrer Mitte führten sie eine gefesselte junge Frau mit stark gerundetem Leib, die sich immer wieder ängstlich nach allen Seiten umsah. Ihre Haare waren schmutzig und die Kleidung zerrissen. Sie roch stark nach Pferden, an ihrem Rock hingen Gräser und ihr Zustand wies darauf hin, dass sie gerade erst angekommen war. Als die Männer sie den langen Flur entlangführten, wehrte sie sich heftig und flehte den Sequestor mit schriller Stimme um Gnade an.

Sie war nicht die Erste, die diesen Weg ging. Fünf Frauen hatte der Sequestor in den vergangenen Mondläufen schon in den Raum am Ende des Flures geführt und jedes Mal hatten die beiden Soldaten hier Wache gehalten.

Als die lauten, schrillen Schreie der Frau nach einer kleinen Ewigkeit endlich verstummten, atmeten die beiden erleichtert auf. Es war ihnen gleich, ob die Frau noch lebte, Hauptsache, der Lärm war vorbei. Die Tür am Ende des Ganges wurde geöffnet und einer der Magier huschte eilig an ihnen vorüber. Schon bald kam er in Begleitung des obersten Kriegsherrn zurück. Als die Wachen Tarek die gewundene Treppe vor ihnen herunterkommen sahen, nahmen sie sofort Haltung an und salutierten gehorsam. Doch dieser beachtete sie nicht, sondern folgte dem Magier, der mit schnellen Schritten den Flur entlanghastete.

Am Ende des Flures blieb Tarek vor der halb geöffneten Tür stehen und verzichtete darauf, den Raum zu betreten. »Ist es diesmal das richtige?«, fragte er von draußen.

Der Sequestor kam heraus und schüttelte bedauernd den Kopf. »Ich fürchte, nein. Diesmal ist es zwar ein Junge, doch ihm fehlt das Mal«, erklärte er und winkte einen der Magier heran. »Seht selbst«, forderte er Tarek auf, worauf der Magier dem obersten Kriegsherrn ein blutbeflecktes Leintuch entgegenhielt, in das etwas sehr Kleines eingewickelt war. Er wollte es öffnen, doch Tarek hob abwehrend die Hände und schüttelte den Kopf. »Das ist nicht nötig«, sagte er schnell. »Ich bezweifle nicht, dass Ihr mir die Wahrheit sagt.« Angewidert blickte er auf das blutige Bündel. »Bringt es zu den anderen nach unten«, befahl er dem Magier, der sich daraufhin verbeugte und sich sofort auf den Weg machte.

Tarek wandte sich wieder an den Sequestor. »Die Zeit läuft uns davon«, sagte er nachdenklich. »In wenigen Sonnenläufen wird der Traumflüsterer seine Suche beenden und wir haben das Kind noch immer nicht gefunden.«

Der Sequestor schien die Sorge des obersten Kriegsherrn jedoch nicht zu teilen. »Wenn es dieses Kind überhaupt gibt«, antwortete er lächelnd und deutete mit seiner Hand in den Raum hinein. »Ihr müsst mich nun entschuldigen, Tarek, wir sind noch nicht ganz fertig«, sagte er und verschwand, ohne eine Antwort abzuwarten, hinter der Tür, während Tarek sich verdrossen umdrehte und sich auf den Rückweg in seine Gemächer machte.

Ilahja war missmutig, denn nach dem Frühstück bestand Tassea wieder darauf, dass sie sich hinlegen sollte, um ihre Kräfte für die weite Reise zu schonen. Als Ilahja widersprechen wollte, verbot die Heilerin ihr energisch jede Anstrengung. Tassea und Xara waren hingegen sehr beschäftigt und eilten eifrig im Haus umher.

Gegen Nachmittag konnte Ilahja es nicht mehr ertragen, tatenlos herumzusitzen, und bedrängte Tassea so lange, etwas helfen zu dürfen, bis diese schließlich kopfschüttelnd nachgab. Sie hatte alle Vorräte für die Reise auf dem Tisch bereitgestellt und erlaubte Ilahja, sie in die Rucksäcke zu verpacken. Froh, endlich mithelfen zu dürfen, machte Ilahja sich an die Arbeit. Die Sachen waren schnell verpackt und Ilahja wollte nur noch die Rucksäcke vom Tisch heben, um sie neben der Tür abzustellen. Doch als sie den ersten ein Stück getragen hatte, durchzog ein heftiger, stechender Schmerz ihre Lenden. Der Rucksack fiel polternd zu Boden und Ilahja musste sich an der Wand festhalten, um nicht zu stürzen. Schnell setzte sie sich auf einen der Stühle, die an dem Tisch standen, aber die Schmerzen hielten an und Ilahja bekam große Angst. Wie konnte sie nur so unvernünftig sein. Die Schmerzen trieben ihr Tränen in die Augen und sie biss die Zähne zusammen, um nicht zu weinen. Zitternd schloss sie die Augen und wartete, dass der Schmerz nachließ.

Als die Heilerin das Haus betrat und fast über den Rucksack stolperte, der mitten im Raum lag, erkannte sie sofort, was geschehen war. »Das darf doch nicht wahr sein«, rief sie entsetzt und lief zu Ilahja hinüber. »Was bist du doch für ein unvernünftiges Mädchen.« Sie war sehr aufgebracht, doch die Sorge um Ilahja nahm ihren Worten die Schärfe. Sie half dem geschwächten Mädchen aufzustehen und führte sie zum Bett hinüber. Als Ilahja sich vorsichtig hinlegte, zog Tassea einen Stuhl heran, um sie zu untersuchen. »Ich hätte nicht zulassen dürfen, dass du mir hilfst«, sagte sie kopfschüttelnd zu sich selbst, während sie Ilahjas harten Bauch abtastete. Danach setzte sie die Untersuchung fort, ohne ein Wort zu sagen. Auch Ilahja schwieg verbissen. Sie schämte sich wegen ihrer Dummheit und fürchtete, die Reise nun nicht mehr antreten zu können.

Die Untersuchung dauerte sehr lange. Einmal stand Xara vor der Tür und richtete eine Frage an die Heilerin, doch sie erhielt nur eine knappe Antwort und Tassea befahl ihr, so lange draußen zu bleiben, bis sie die Untersuchung beendet hatte. Als Xara die Tür hinter sich geschlossen hatte, hob die Heilerin wortlos ihren Zeigefinger und zeigte ihn Ilahja. An dem Finger war Blut!

»Woher …? Heißt das …?«, stammelte Ilahja und suchte nach den richtigen Worten. Sie wünschte, die Heilerin würde etwas sagen, doch Tassea schüttelte nur stumm den Kopf, während sie ihren Finger mit einem feuchten Tuch säuberte.

Schließlich erhob sich die Heilerin und seufzte. »Nun,

dann werde ich mal sehen, ob ich im Dorf jemanden finde, der uns ein Pony für die Reise ausleiht. Vielleicht habe ich ja Glück und bekomme sogar einen Karren für dich. Du darfst jetzt auf keinen Fall mehr laufen.« Sie machte ein sehr ernstes Gesicht. »Was hast du dir nur dabei gedacht, als du den schweren Rucksack tragen wolltest?«, fragte sie vorwurfsvoll. »Du kannst von Glück sagen, dass du dein Kind nicht verloren hast.«

Ilahja blickte schuldbewusst zu Boden und zuckte hilflos mit den Schultern. Eigentlich hatte sie an gar nichts gedacht. Sie wollte nur helfen.

»Du wirst dein Lager heute nicht mehr verlassen«, sagte Tassea bestimmt. »Ich wünschte, wir hätten eine andere Möglichkeit, aber die Zeit drängt und wir müssen morgen in aller Frühe aufbrechen. Ruh dich aus, Ilahja, und versuche so viel wie möglich zu schlafen.« Mit diesen Worten verließ sie das Haus und machte sich auf den Weg hinunter ins Dorf.

Ilahja tat, wie ihr geheißen, aber der Schlaf wollte nicht kommen. Sie hatte geblutet! Durch ihr leichtsinniges Handeln hatte sie Sunnivah in große Gefahr gebracht. Von nun an wollte sie vernünftig sein und jede Anweisung der Heilerin genau befolgen. Wenn sie Sunnivah verlor, war alles, was sie in den vergangenen Mondläufen auf sich genommen hatte, vergebens gewesen.

Ilahja lag noch lange wach und horchte in sich hinein, doch abgesehen von ein paar sanften Tritten blieb alles ruhig. Als die letzten rotgoldenen Strahlen der tief stehenden Abendsonne ihr Bett erreichten, schlief sie endlich ein.

Schon früh am nächsten Morgen erwachte sie. Ein kleiner Vogel hatte sich seinen Platz direkt vor ihrem Fenster gesucht und schmetterte sein kurzes Lied unermüdlich in die Morgendämmerung hinaus. Ilahja blinzelte verschlafen. Im Haus war noch alles ruhig, und wenn der stimmgewaltige Sänger sein

Lied für einen kurzen Moment unterbrach, konnte sie sogar die gleichmäßigen Atemzüge der Heilerin hören.

Ilahjas Mund war trocken und sie erhob sich langsam, um etwas Wasser zu trinken. Ihr Bauch fühlte sich ungewohnt hart und schwer an, als sie mit vorsichtigen Schritten zu dem irdenen Krug hinüberging, der auf dem Tisch stand. Sie goss etwas Wasser in einen Becher und wollte den Krug gerade wieder auf den Tisch stellen, als sie erneut einen stechenden Schmerz in ihrem Unterleib spürte. Instinktiv suchte sie Halt an der Tischkante. Dabei fiel ihr der Krug aus der Hand und zerbrach mit lautem Getöse auf dem Fußboden.

»Ilahja!« Tassea war sofort hellwach und sprang aus dem Bett. Besorgt schloss sie Ilahja in ihre Arme und führte das Mädchen zurück zu ihrem Lager. »Was war denn los?«, fragte sie.

Ilahja wollte nicht, dass die Heilerin sich noch mehr sorgte. »Es geht schon wieder«, antwortete sie ausweichend. Und als sie Tasseas misstrauischen Blick bemerkte, fügte sie noch schnell hinzu: »Ich habe mich nur erschreckt.«

Tassea runzelte die Stirn, sagte aber nichts. Als Ilahja sich wieder hingelegt hatte, drehte sie sich um, ging zum Fenster und blickte hinaus. »Xara ist schon dabei, das Pony für dich vorzubereiten«, stellte sie fest und wechselte damit das Thema.

»Ihr habt wirklich eines bekommen?«, staunte Ilahja und versuchte umständlich sich aufzurichten, um das Pony zu sehen.

»Kjelt war sofort bereit mir seines zu überlassen«, berichtete Tassea und lächelte. »Er ist sehr besorgt um dich. Leider konnte er mir wegen der vielen Arbeit auf den Feldern keinen Karren geben.« Sie trat an Ilahjas Bett und bedeutete ihr sich wieder hinzulegen. »Du bleibst liegen, solange ich mich um das Essen kümmere«, sagte sie. »Gleich nach dem Frühstück brechen wir auf.«

Die drei Männer im Thronsaal der Festungsstadt richteten ihre Blicke erwartungsvoll nach oben.

Das grüne Licht, welches eben noch den gesamten Thronsaal ausgefüllt hatte, verdichtete sich immer weiter und wirbelte schließlich als leuchtende Lichtsäule um den Thron. Dabei begann es im Inneren der Säule so hell zu glühen, dass die Männer geblendet ihre Augen schlossen.

Als das gleißende Licht endlich schwächer wurde, atmete Tarek erleichtert auf. Vorsichtig öffnete er seine Augen und blickte ehrfurchtsvoll auf den gewaltigen schwarzen Thron, dessen Sitz sich nun im Zentrum der leuchtenden Säule befand. Wie so oft, wenn er hier auf An-Rukhbars Erscheinen wartete, ließ ihn der Anblick des schwarzen Kolosses erschauern und er fragte sich nicht zum ersten Mal, wie dieser grauenhafte Thron wohl entstanden sein mochte.

Trotz seiner enormen Größe schien er nur aus ineinander verkeilten menschlichen Leibern zu bestehen. Viele von ihnen hatten die Arme in einer flehenden Geste erhoben. Andere kauerten starr vor Schrecken in geduckter Haltung und es gab sogar einige, die ihre Arme schützend um einen anderen Menschen oder ein Kind schlangen. Doch alle, egal wie sie sich auch verhielten, zeigten den gleichen Gesichtsausdruck.

Noch niemals hatte Tarek größere Furcht und solches Entsetzen gesehen wie in diesen steinernen Gesichtern. Ihre weit geöffneten Münder waren in lautlosem Schreien erstarrt und in ihren erloschenen Augen stand der Anblick unermesslichen Grauens.

Nur ein einziges Mal hatte Tarek es gewagt, die schwarze, polierte Oberfläche des Throns mit seinen Händen zu berühren. Damals hatte er erwartet, die leblose, kalte Oberfläche von behauenem Stein zu spüren, doch zu seinem Entsetzen fühlte sich der Thron unter seinen Fingern an, als streiche er über die weichen, warmen Brüste seiner Gefährtinnen. Die kurze Berührung hatte in ihm eine so heftige Erregung ausgelöst, dass er seine Hand nur mit gewaltiger Willensanstrengung wieder von dem Thron lösen konnte.

Seit jenem Tag verlangte eine dunkle Seite in ihm wie ein Süchtiger danach, den Thron erneut zu berühren, und so focht er auch diesmal einen stummen Kampf mit sich selbst aus, um der Versuchung nicht noch einmal zu erliegen.

Ein eisiger Lufthauch, der einen modrigen Geruch mit sich brachte, blies ihm ins Gesicht und riss ihn aus seinen Gedanken. Das grüne Leuchten wurde schwächer und in den finsteren Schatten oben auf dem Thron bewegte sich eine undeutliche Gestalt. Fast gleichzeitig ließen sich die drei Männer demütig auf die Knie sinken, dorthin, wo die unnatürliche Kälte in zähen Schwaden über den Boden des Saales wallte und mit eisigen Fingern sanft über ihre Gesichter strich.

»Berichtet!«

Ohne ein Wort der Begrüßung hallte die tiefe Stimme des Erhabenen durch den Raum und ließ Tarek erschauern. An-Rukhbar hatte seinen Namen nicht genannt. Trotzdem wusste Tarek sofort, dass dieser Befehl ihm galt, und erhob sich. Mit festem Blick trat er vor seinen Meister.

Wie immer, wenn der Erhabene diese Welt betrat, war er in einen dunkelblauen Mantel gehüllt. Die weite Kapuze des Mantels bedeckte seinen Kopf, und dort, wo man das Gesicht vermuten konnte, wallte ein dichter blaugrauer Nebel, der niemals stillzustehen schien. Zwei leuchtend grüne Augen funkelten Tarek aus dem Nebel heraus an und ihr ungeduldiges Aufblitzen erinnerte ihn daran, dass sein Bericht dem Erhabenen nicht gefallen würde.

»Mächtiger Fürst und erhabener Herrscher von Thale«, begann er ehrfürchtig. »Für die morgige Nacht erwarten meine Sternendeuter die vorhergesagte Zwillingsmondfinsternis. Ich kann Euch mitteilen, dass der Traumflüsterer seine Arbeit fast beendet hat und in seine Dimension zurückkehren wird, sobald er die Festungsstadt erreicht. Wir haben sechs Frauen gefunden, die trotz Eurer Gesetze versuchten ihre Ungeborenen vor uns zu verbergen. Drei der Frauen trugen einen Sohn, doch der Sequestor kann Euch bestätigen, dass keiner der Jungen das Mal der Zwillingsmonde trägt.« Tarek verneigte sich tief und schwieg. Er hatte alles gesagt.

Mit einer ungehaltenen und ruckartigen Bewegung wandten sich die glühenden Augen An-Rukhbars dem Sequestor zu. Dieser erwiderte den wütenden Blick des Erhabenen so gelassen, dass Tarek ihn nur bewundern konnte. »Ist das wahr, Sequestor?«

Die zornige Stimme An-Rukhbars hallte durch den Raum, doch der Sequestor blieb ruhig. »Ja, Meister! Die Worte des obersten Kriegsherrn entsprechen der Wahrheit«, antwortete er mit fester Stimme. »Wir haben alle Jungen besonders sorgfältig untersucht, doch es war keiner unter ihnen, an dem sich Anthorks Prophezeiung erfüllen könnte.«

»So habt ihr also versagt!« Aufgebracht drehte sich An-Rukhbar um und Tarek zuckte zusammen, denn der Blick des Erhabenen traf ihn mit der Schärfe eines Schwertes. »Wenn dieser Junge noch am Leben ist, wird er eines Tages zu einer großen Gefahr werden und Ihr ...«, der rechte Arm An-Rukhbars schnellte in die Höhe und deutete mit seinem langen, krummen Finger direkt auf Tarek, »... werdet für Euer Versagen bezahlen, wenn Ihr ihn bis dahin nicht gefunden habt.«

Für den Erhabenen gab es also nicht den geringsten Zweifel, dass es das Kind mit dem Zeichen der Zwillingsmonde gab. Nicht jeder der Anwesenden teilte diese Meinung, doch keiner wagte es, seine Einwände vorzubringen.

»Geht!«, befahl An-Rukhbar. »Und sucht das Kind!«

Noch während die Worte An-Rukhbars in dem riesigen Thronsaal verhallten, verstärkte sich das Leuchten wieder. Zunächst noch schwach, dann aber immer schneller begann es sich um den Thron zu drehen, während die drei Männer sich tief verneigten und warteten. Kurz darauf waren die Kälte und der modrige Geruch verschwunden. Auch das Licht war fort und der Grauen erregende, schwarze Thron stand wieder verwaist in dem leeren Thronsaal.

Die erste Strecke ihres Weges legten die drei Frauen in einem bunten Durcheinander von weißen, braunen und gefleckten Ziegen zurück. Und während Xara mit dem Ziegenbock vorweg ging, beobachtete Ilahja, wie Brox geschickt dafür sorgte, dass keine der Ziegen unterwegs verloren ging.

Um die Mittagszeit brach die Sonne endgültig durch die Wolken und es wurde sehr warm. Ilahja zog ihren Umhang aus und legte ihn hinter sich über das Bündel, welches Xara auf dem Rücken des Ponys festgebunden hatte.

Obwohl Xara und Tassea langsam gingen und die Heilerin versuchte, das Pony um jede Unebenheit auf dem Weg zu führen, plagten Ilahja gegen Ende des Nachmittags heftige Rückenschmerzen. Schon bald sah sie sich dazu gezwungen, Tassea zu bitten, das Nachtlager herzurichten. Sie hatten Glück und fanden schnell einen geeigneten Platz am Rande einer kleinen Lichtung. Dort schlugen sie ihr Lager an der Seite auf, wo ihnen die ersten Sonnenstrahlen am Morgen etwas Wärme spenden würden.

Schweigend nahmen die drei Frauen das Nachtmahl ein. Ilahja war müde und versuchte erst gar nicht ein Gespräch zu beginnen. Sie folgte Tasseas Rat und legte sich früh zum Schlafen nieder. Und obwohl die Sonne ihre Himmelsbahn noch längst nicht vollendet hatte, war sie schon bald fest eingeschlafen. Auch Tassea war erschöpft, sie wünschte Xara eine gute Nacht und rollte sich in ihre Decke ein.

Mitten in der Nacht erwachte sie. Ein seltsames Geräusch hatte sie geweckt, doch inzwischen war es wieder verklungen. Aufmerksam lauschte die Heilerin in die Dunkelheit. Da war es wieder! Hoch oben in den Baumkronen knackten die Äste und zerbarsten wie unter einem großen Gewicht. Tassea glaubte das schlagende Geräusch von Flügeln zu hören, als kämpfe dort oben ein großer Vogel um sein Gleichgewicht. Dann war alles ruhig. Die Heilerin setzte sich auf und blickte neugierig zu Xara und Ilahja hinüber. Beide schliefen tief und fest und hatten offenbar nichts gehört. Selbst Brox, der mitten auf der Lichtung bei den Ziegen wachte, rührte sich nicht und schien nichts Ungewöhnliches bemerkt zu haben. Tassea wartete noch eine Weile, konnte aber außer dem sanften Rauschen der Bäume und dem leisen Rascheln und Piepsen kleiner Nager im trockenen Laub keinen ungewöhnlichen Laut vernehmen. Müde kroch sie schon bald wieder unter ihre Decke und versuchte einzuschlafen.

Auch der große Vogel hoch oben in den Baumwipfeln hatte seine Augen geschlossen. Er war es nicht gewohnt, im Sonnenlicht zu fliegen. Seine Domäne war die Nacht, doch wenn er die drei Reisenden nicht aus den Augen verlieren wollte, war er gezwungen ihnen am nächsten Morgen zu folgen.

Bei Einbruch der Dunkelheit hatte er die drei Frauen zufällig entdeckt. Wie so oft in den letzten Mondläufen war er unterwegs gewesen, um die Siedlung zu beobachten, in der die junge rothaarige Frau lebte, die ihm, ohne es zu wissen, seinen Lebensmut zurückgegeben hatte. Doch etwa eine Tagesreise von ihrem Dorf entfernt hatte er ein kleines Feuer am Rande des Weges bemerkt. Einer plötzlichen Eingebung folgend entschloss er sich nachzusehen, wer dort im Wald sein Lager aufgeschlagen hatte. Fast lautlos war er herangeglitten, um eine gute Sicht auf den Lagerplatz zu bekommen. Dabei musste er sehr vorsichtig sein, um die vielen Ziegen, die auf einer Lichtung nahe dem Lagerplatz grasten, nicht zu erschrecken. Trotz aller Vorsicht hatte er nicht verhindern können, dass einige dünne Äste unter seinem Gewicht brachen. Damit hatte er eine der Frauen aufgeweckt, doch sie hatte ihn nicht gesehen und sich schon bald wieder schlafen gelegt.

Als er die beiden anderen Frauen betrachtete, erlebte er eine Überraschung. Niemals hätte der Riesenalp vermutet, dass ausgerechnet sie es war, die dort unten auf dem harten Waldboden schlief. Das kupferrote Haar umrahmte ihr nun schon vertrautes Gesicht und ließ sein Herz höher schlagen.

Was wollte sie hier? Wohin waren die Frauen unterwegs?

Er musste es herausfinden und entschloss sich zu bleiben. Denn wenn er in seine Höhle zurückkehrte, bestand die Gefahr, dass er die drei Frauen am nächsten Abend in dem immer dichter werdenden Wald nicht mehr wiederfand.

Gedankenverloren ordnete der Riesenalp sein graues Gefieder. Morgen würde er den Frauen unauffällig folgen. Müde streckte er noch einmal seine mächtigen Schwingen, schüttelte sich und verbarg seinen Schnabel unter einem der Flügel. Ein leichter Schlaf trug ihn davon. Doch wie bei allen Tieren blieb auch bei ihm ein Teil seines Bewusstseins wachsam, um ihn zu warnen, falls Gefahr drohte.

Es konnte noch nicht viel Zeit vergangen sein, als der große Vogel plötzlich erwachte. Alle seine Sinne schrien danach, sofort die Flucht zu ergreifen, doch der Riesenalp zwang sich ruhig zu bleiben, um den Grund für das eisige Entsetzen, das ihn erfasst hatte, zu erfahren. Vorsichtig rückte er sich auf seinem Ast so zurecht, dass er eine bessere Sicht auf den Waldweg und das Lager der Frauen hatte.

Die Lichtung war verlassen und alle Ziegen fort. Die drei Frauen schliefen noch. Nur der zottige Hund kauerte dicht neben der rothaarigen Frau und knurrte leise in den Wald hinein. Plötzlich spürte der Riesenalp, wie eine fremde Wesenheit versuchte in seine Gedanken einzudringen. Die Berührung in seinem Geist war eisig und so fremd, dass der Vogel es kaum ertragen konnte. Eilig errichtete er eine Barriere um seine Gedanken, die seine Intelligenz verbarg und dem Eindringling den Eindruck einer niederen Vogelart vermittelte. Daraufhin zog sich der fremde Geist zurück, doch die Kälte, die er hinterließ, war nicht von dieser Welt. Nur mit einer gewaltigen Willensanstrengung konnte der Riesenalp sich dazu zwingen, nicht sofort davonzufliegen.

Als er wenig später die alptraumhafte Gestalt erblickte, die mit unnatürlichen Bewegungen über den Waldweg auf ihn zukam und ihren Kopf immer wieder witternd in die Höhe hob, gab es jedoch nichts mehr, was ihn an diesem Ort halten konnte. Von eisigem Entsetzen geschüttelt flüchtete er in die Nacht. In seinem Kopf war nur noch ein einziger Gedanke. Er wollte fort. Nur fort von diesem fürchterlichen Diener An-Rukhbars. In seiner Angst vergaß er völlig, was er sich geschworen hatte. Hilflos überließ er die drei Frauen ihrem Schicksal.

Das unheimliche, schattenhafte Wesen auf dem Waldweg blieb stehen und blickte dem großen Vogel ohne besonderes Interesse nach. Es war nicht auf der Suche nach Tieren.

Der gedrungene Körper des Wesens erschien im Verhältnis zu seinem großen, unförmigen Kopf viel zu klein geraten und war nur sehr spärlich mit langen, schwarzen Borsten behaart. An den überlangen Armen, die bisweilen auf dem Boden schleiften, saßen Hände mit nur drei Fingern, deren messerscharfe Krallen im Mondlicht blitzten. Große klauenbewehrte Füße an kurzen kräftigen Beinen verliehen dem Wesen die nötige Standfestigkeit, um sein Gleichgewicht zu halten. Das Fürchterlichste an dem Wesen aber waren die lidlosen, grün leuchtenden Augen, mit denen es in der Lage war, jedem schlafenden Lebewesen auf den Grund der Seele zu blicken. Deshalb nannte man ihn, der in seiner eigenen Dimension keinen Namen hatte, in dieser Welt einen Traumflüsterer.

Ilahja erwachte, weil Brox geduckt neben ihr lag und leise knurrte. Mit angelegten Ohren und gebleckten Zähnen starrte er durch die Dunkelheit auf den schmalen Waldweg. Ilahja spürte sofort die unheimliche Spannung in der Luft und ein sonderbares Angstgefühl beschlich sie. Ein leichter Schauer lief ihr über den Rücken. Das Amulett zwischen ihren Brüsten wurde seltsam warm und begann zu pulsieren. Aus lauter Angst wagte sie kaum zu atmen und blickte Hilfe suchend zu Tassea hinüber. Die Heilerin war schon wach und sah sich mit angstgeweiteten Augen um. Nur Xara schlief noch, aber sie bewegte sich im Schlaf unruhig hin und her und würde sicher bald erwachen. Die Ziegen und das Pony waren fort.

Plötzlich wurde der Stein auf ihrer Brust unerträglich heiß. Vorsichtig zog sie ihn hervor und nahm ihn in ihre Hände. Ein schwaches oranges Glühen drang durch ihre Finger, doch sie hatte keine Zeit, sich darüber zu wundern, denn Brox begann angstvoll und in so hohen Tönen zu winseln, wie sie Ilahja noch nie von einem Hund gehört hatte. Was immer dort draußen war, musste ihnen schon sehr nahe sein, und es bewegte sich so langsam, als suche es nach etwas.

Ilahja versuchte sich an die Worte der Heilerin zu erinnern: »... Er hat ein mächtiges Wesen aus einer anderen Dimension beschworen, das ihm bei seiner Suche nach Frauen wie dir helfen soll ...« So oder ähnlich lautete die Nachricht, von der Tassea ihr berichtet hatte. Lähmende Furcht ergriff Ilahja. Wenn dort in der Dunkelheit nun dieses Wesen lauerte? In ihrer Angst nahm sie das Amulett noch fester in die Hände und presste es an ihre Brust, während sie verzweifelt darum betete, nicht entdeckt zu werden. Noch während sie dies tat, begann das Leuchten zwischen ihren Fingern sich immer weiter auszubreiten. Es dehnte und streckte sich, bis es Ilahja, den Hund und schließlich den ganzen Lagerplatz umschloss.

Gleichzeitig erlebte Ilahja ein wunderbar tröstliches Gefühl. Auch Brox beruhigte sich und hörte auf zu winseln. Xara war jetzt ebenfalls wach. Ebenso wie die Heilerin hatte sie sich aufgesetzt und sah Ilahja erstaunt an. Keine von ihnen wagte zu sprechen oder sich zu bewegen. Ängstlich warteten sie darauf, was nun geschehen würde.

Etwas stimmte nicht.
 Verwirrt blickte sich der Traumflüsterer um. Eben noch hatte er ganz deutlich die Träume schlafender Frauen gespürt, doch nun waren sie plötzlich verschwunden. Suchend dehnte er seine empfindlichen Sinne nach allen Seiten aus, doch die Frauen blieben verschwunden. Von der Magie des Amuletts getäuscht bemerkte er nicht, dass sie noch immer direkt vor ihm waren. Seine grünen Augen konnten den magischen Lichtkegel, der sie umgab, nicht durchdringen und die tastenden Gedanken, die er immer wieder nach allen Richtungen aussandte, glitten von dem Licht ab und vermittelten dem Flüsterer ein Bild von Leere und Dunkelheit.
 Der Traumflüsterer schnaubte angewidert. Er hasste diese fremde Welt voller Licht und Leben. Nur sein unstillbarer Hunger hatte ihn dazu veranlassen können, dem Ruf des Meistermagiers zu folgen. Menschliche Seelen waren in seiner Dimension nur schwer zu bekommen und viele Gefangene aus der Festungsstadt hatten ihr Leben lassen müssen, bevor er überhaupt bereit war zu verhandeln. Das Angebot des Meistermagiers erwies sich jedoch als überaus großzügig und so hatte der Flüsterer eingewilligt ihm für eine Weile zu dienen. Inzwischen sehnte er sich jedoch danach, die für ihn lebensfeindliche Umgebung wieder zu verlassen. Nur ein Dorf musste er noch absuchen, bevor er endlich zurückkehren konnte. Da er keine Anzeichen von Menschen entdecken konnte, setzte der Flüsterer seinen Weg schließlich fort. Die Nacht ging ihrem Ende entgegen und er musste sich beeilen, um ein geeignetes Versteck zu finden, wo ihn das verhasste Sonnenlicht nicht erreichen konnte.

Eine Ewigkeit schien vergangen, bis der Schein des Amuletts schwächer wurde und schließlich ganz erlosch.

»Was ... was war das?«, fragte Xara verwirrt und ihre heisere Stimme zeigte, wie angespannt sie noch immer war.

»Ein Traumflüsterer«, antwortete Tassea knapp.

Umständlich stand sie auf, ging zu Ilahja hinüber und nahm ihr das Amulett aus der Hand, um es zu betrachten.

»Kommt er wieder?«, fragte Ilahja ängstlich.

»Nein, ich denke nicht«, sagte Tassea und wog das Amulett nachdenklich in der Hand. »Er muss auf dem Weg in unser Dorf sein«, überlegte sie laut. Doch als sie Ilahjas erschrockenes Gesicht sah, fügte sie rasch hinzu: »Du brauchst dich nicht zu sorgen, Ilahja, die Menschen im Dorf wissen nichts von dir. Er wird dort nichts finden und ihnen wird nichts geschehen, da bin ich mir sicher.«

»Was ist ein Traumflüsterer? Und was ist das für ein Amulett?«, wollte Xara wissen, deutete auf den Talisman in der Hand der Heilerin und sagte: »Dieses Licht! Es hat uns gerettet, nicht wahr?«

Tassea antwortete nicht sofort. Aufmerksam sah sie sich um und lauschte in den nächtlichen Wald. Dann seufzte sie und drehte sich zu Xara um. »Ein Traumflüsterer ist eine Kreatur, die An-Rukhbar in unsere Welt gerufen hat«, erklärte sie. »Er besitzt die Fähigkeit, unsere geheimsten Gedanken zu lesen.«

Xara sah Ilahja erstaunt an. »Besitzt du magische Kräfte? Hast du ihn damit vertrieben?«, fragte sie und deutete auf das Amulett.

Da Ilahja nicht wusste, was sie darauf antworten sollte, schaute sie Hilfe suchend zu Tassea. Die Heilerin schüttelte fast unmerklich den Kopf, um Ilahja zu zeigen, dass sie Xara nichts verraten sollte.

»Ich kann mich nicht erinnern, dass ich mich jemals so gefürchtet habe«, sagte Ilahja ausweichend, ohne Xaras Frage zu beantworten.

»Auch ich hatte große Angst«, sagte Tassea schnell und reichte Ilahja das Amulett.

Aber Xara war mit den Antworten noch nicht zufrieden. »Sind wir denn jetzt vor ihm sicher?«, fragte sie und schaute sich ängstlich um. »Oder kommt er wieder?«

»Ich denke, er wird nicht zurückkommen«, sagte Tassea betont zuversichtlich. Dann kraulte sie Brox aufmunternd das Fell und wechselte das Thema. »Auf dich wartet morgen viel Arbeit, mein Freund«, sagte sie zu dem Hund. »Ich kann nur hoffen, dass wir alle Ziegen wiederfinden, bevor wir weitergehen.«

An Schlaf war nicht zu denken. Dennoch verzichteten die drei trotz der beängstigenden Dunkelheit auf ein Feuer. Zu groß war die Furcht, dass der Flüsterer es bemerken und zurückkehren könnte. So saßen sie noch eine Zeit lang im schwachen Mondlicht zusammen und flüsterten leise miteinander. Schließlich ermahnte Tassea die beiden Mädchen, noch ein wenig zu schlafen, damit sie genügend Kräfte für den weiteren Weg sammeln konnten. Und obgleich Ilahja und Xara behaupteten, wirklich nicht mehr schlafen zu können, begann die Heilerin damit, die Schlafplätze umzuräumen und sie dicht nebeneinander zu rücken. Sie bestand darauf, dass die Mädchen sich wieder hinlegten, und rollte sich ebenfalls in ihre Decken ein.

Und während das Amulett unter Ilahjas Mantel unbemerkt wieder schwach zu leuchten begann, um das Lager mit seinem sanften Licht vor Feinden zu schützen, schliefen die Frauen tatsächlich ein. So bemerkte nur Brox, dass die ersten Ziegen und das Pony zögernd auf die Lichtung zurückkehrten, doch auch er gähnte nur schläfrig und schloss sofort wieder die Augen.

7 »Naemy, wach auf ... Naemy ...«

Nicht zum ersten Mal rief die drängende Stimme ihren Namen.

Verschlafen regte sich etwas unter dem ungeordneten Haufen aus Decken und Fellen, welche die einsame Bewohnerin der Höhle gegen die Kälte der Nacht schützen sollten.

»Naemy, wach auf ...«

Plötzlich warf eine schlanke, blasse Hand die Decken zur Seite und griff fast gleichzeitig nach dem kurzen, gebogenen Dolch, der unmittelbar neben dem Lager bereitlag. Mit einer geschmeidigen Bewegung sprang eine hoch gewachsene Nebelelfe unbestimmbaren Alters unter den Decken hervor und landete katzengleich auf dem harten Felsboden. Lange, bläulich schimmernde Haare fielen über ihre Schultern. Sie umrahmten ein blasses, ebenmäßiges Gesicht mit grauen leicht geschlitzten Augen und waren so lang, dass sie den oberen Teil ihres ledernen Harnischs bedeckten.

»Wer bist du?«, fragte sie furchtlos und blickte misstrauisch in eine leuchtend grüne Lichtsäule, die über der erloschenen Feuerstelle zu schweben schien und fast bis zur Höhlendecke emporragte. Ihr sanftes Licht vertrieb die Dunkelheit aus der Höhle und in dem Licht bewegte sich die Gestalt einer wunderschönen Frau. Obwohl sie zweifellos in der Luft schwebte, erweckten ihre schwimmenden Bewegungen den Eindruck, als befinde sie sich im Wasser.

»Ich bin eine Botin, Naemy, und es ist sehr gefährlich für mich, hierher zu kommen«, sagte die Frau mit sanfter Stimme. »Meine Herrin schickt mich, um dir eine wichtige Nachricht zu überbringen. Ich habe nicht sehr viel Zeit, denn An-Rukhbar spürt meine Anwesenheit bereits. Höre nun, was ich dir zu sagen habe ...«

»Wer ist deine Herrin?« Naemy hatte viele Feinde. Sie traute der Erscheinung nicht und war deshalb sehr vorsichtig.

»Sie ist die Verbannte, deren Name in deiner Welt nicht mehr ausgesprochen werden darf«, antwortete die Frau eilig und ihre Erscheinung flackerte für einen kurzen Moment. Dann sprach sie rasch weiter und gab Naemy nicht mehr die Gelegenheit, sie zu unterbrechen. »Meine Herrin hat eine wichtige Aufgabe für dich«, begann sie. »Heute Nacht wird Anthorks Prophezeiung sich erfüllen. Und du, Naemy, musst das neugeborene Kind an dich nehmen und es zu den einzigen noch verbliebenen Priesterinnen der Göttin bringen … Ich weiß, du kennst den Weg. Das Kind ist … Ah, sie haben mich gefunden!«

Die Erscheinung blickte sich nervös um und statt einer Erklärung erschien plötzlich das Bild eines dunklen nebelverhangenen Waldes in Naemys Gedanken. Eine Frau lag blutend neben einem kleinen Feuer und eine zweite kniete neben ihr. Ein Pony stand auf dem Weg und sie sah einen braunen Hund regungslos im hohen Gras liegen.

»Geh dorthin, wenn die Monde sich verdunkeln …« Die Stimme der Frau war jetzt sehr leise und ihre Erscheinung schon fast verblasst.

»Warte!«, rief Naemy der Frau hinterher. »Wie kann ich wissen, dass dies keine Falle ist?« Doch sie erhielt keine Antwort, denn das grüne Licht war bereits verschwunden.

Nachdenklich erhob sich die Nebelelfe von ihrem Lager und ging zu der Feuerstelle hinüber. Mit ihren klammen Fingern legte sie trockenes Gras auf die kalte Asche, griff nach den Feuersteinen und versuchte das Feuer neu zu entfachen.

Sie hatte vor den Gefahren der Nacht Zuflucht in dieser Höhle am Fuße des Ylmazur-Gebirgsmassivs gesucht. Doch die Felsen der Höhle trugen noch die Kälte des vergangenen Winters in sich und ohne das Feuer und ihre wärmenden Decken fror die Nebelelfe erbärmlich. Sie wünschte sehnlichst, dass der Sommer endlich Einzug in diese unwirtliche Gegend halten möge.

In ihrer Heimat, den Sümpfen von Numark, sank die Temperatur niemals unter den Gefrierpunkt. Doch der Weg dorthin war ihr verwehrt. An-Rukhbar hatte das Volk der Nebelelfen bereits vor vielen Sommern aus den Sümpfen vertrieben. Die meisten derer, die es geschafft hatten, den Schwertern seiner Krieger zu entkommen, waren schon bald an dem für Nebelelfen tödlichen Klima außerhalb der Sümpfe zugrunde gegangen. Nur wenigen von ihnen war es gelungen, zu überleben, und sie lebten in diesen finsteren Tagen meist völlig auf sich allein gestellt über das ganze Land verstreut.

Dass Naemy außerhalb der Sümpfe überleben konnte, verdankte sie allein der Tatsache, dass ihr Vater nur ein Halbelf gewesen war. Er war das Ergebnis einer leidenschaftlichen Beziehung, die ihre Großmutter vor vielen hundert Jahreszeiten mit einem Menschen hatte, und sein menschliches Erbe lebte in Naemy weiter.

Endlich brachte ein großer Funke das Gras zum Brennen. Nachdenklich beobachtete sie, wie die kleinen züngelnden Flammen das trockene Gras verzehrten, während sie ihre kalten Hände über dem Feuer wärmte. Dann nahm sie eine Hand voll trockener Hölzer, legte sie auf die Feuerstelle und blickte in die rasch größer werdenden Flammen.

War Shari damals auch so allein gewesen? Schon oft hatte sie sich diese Frage gestellt, denn sie gab sich die Schuld an dem, was ihrer Schwester zugestoßen war. Und obwohl Naemy wusste, dass sie niemals erfahren würde, wie ihre Schwester wirklich gestorben war, quälte sie noch immer der Gedanke, dass sie im entscheidenden Moment nicht an Sharis Seite war, um ihr zu helfen. Eigentlich wollte Naemy ihre kleine Schwester damals in die Finstermark begleiten, doch Shari hatte darauf bestanden, allein zu gehen, und behauptet, längst alt genug für eine solche Reise zu sein. Wütend zerbrach Naemy einen kleinen Ast und warf ihn auf das Feuer. Wäre sie doch nur mit ihr gegangen! So viele waren danach gestorben, doch den Tod ihrer Schwester würde sie niemals verwinden können.

Viele Sommer waren seitdem vergangen. Einsame Sommer, in denen sich Naemy viel zu oft auf der Flucht vor den Kriegern An-Rukhbars befunden hatte und rastlos im Land umhergewandert war. Das Einzige, was sie noch davon abhielt, dieses Land zu verlassen, war ihr brennender Wunsch, Sharis Tod zu rächen.

Und nun tauchte diese Botin auf. Sie schien Naemy gut zu kennen. Wie hätte sie sonst wissen können, dass Naemy den geheimen Ort kannte, an dem sich die Priesterinnen verborgen hielten. Doch das musste nichts bedeuten. Naemy war sich noch immer nicht ganz sicher, dass es sich bei der Erscheinung tatsächlich um eine Botin der Gütigen Göttin handelte, denn sie wusste, dass die Göttin verbannt und machtlos war.

Vielleicht war es nur eine neue List, die sich An-Rukhbar ausgedacht hatte, um die letzten überlebenden Nebelelfen endlich zu fangen.

Naemy war verwirrt. Nach einer einfachen Mahlzeit wickelte sie sich wieder in ihre Decken und dachte nach. Das Feuer strahlte jetzt eine wohltuende Wärme aus und der Blick der Nebelelfe ruhte auf den Flammen, als könne sie in ihnen eine Antwort auf ihre Frage finden.

Sollte sie wirklich dorthin gehen?

Der Ort, den die Botin ihr gezeigt hatte, lag weit abseits der von ihr gewählten Route. Und eigentlich wollte sie an diesem Morgen mit ihrer Reise in den Süden beginnen, denn sie hoffte, dort schon wärmere Temperaturen vorzufinden.

Anthorks Prophezeiung! Sie war die große Hoffnung der Menschen in Thale. Allein der Gedanke, dass es einmal einen Befreier geben würde, ließ die Menschen ihr Leid geduldig ertragen, denn ihre Göttin war fort und es gab nichts mehr, an das sie sonst glauben konnten. Naemy war sich nicht sicher, ob der Wortlaut der Prophezeiung heute noch den wahren Worten des Druiden entsprach. Sie selbst hatte die Worte damals nicht gehört, denn sie befand sich zu diesem Zeitpunkt schon auf der Flucht. Es war gut möglich, dass die Menschen den Worten des Druiden im Laufe der Zeit vieles hinzugedichtet hatten. Doch wenn die Worte so weitergegeben wurden, wie Anthork sie gesprochen hatte, und wenn es wirklich so kam, wie Anthork es vorausgesehen hatte, wäre dies für Naemy endlich eine Möglichkeit, mit ihrer Rache zu beginnen.

Und plötzlich wusste sie, was sie zu tun hatte.

Entschlossen stand sie auf und löschte das Feuer. Während sie ihre wenigen Sachen zusammensuchte und fest verschnürte, ging sie in Gedanken noch einmal die einzelnen Schritte durch, die nötig waren, um den gewünschten Ort zu erreichen. Dann zeichnete sie mit einem langen Stock ein großes Pentagramm in den feinen Sand, der den Höhlenboden überall bedeckte. An jeden der fünf Zacken des Sterns schrieb sie ein magisches Symbol. Als das Pentagramm fertig war, schulterte sie ihr Bündel und stieg vorsichtig in seine Mitte. Langsam erhob sie ihre geöffneten Hände in Richtung der Sonne. So stand sie eine Weile völlig regungslos da und nur ihre Lippen bewegten sich lautlos, während sie die uralten Worte der Elfen sprach, die sie durch die kalte Zwischenwelt an den Ort bringen würden, wo sich die Prophezeiung erfüllen sollte.

An diesem Morgen erwachte Ilahja sehr früh. Sie fror entsetzlich.

Die letzte Glut des Feuers war erloschen und der Geruch kalter, feuchter Asche hing noch in der Luft. Der Tau machte ihre Kleidung klamm und ihre kalten Glieder schmerzten. Ein Blick zum Himmel sagte ihr jedoch, dass die Sonne bald aufgehen würde, und so wartete sie unter ihren Decken sehnsüchtig auf die ersten wärmenden Sonnenstrahlen.

Als die blasse, runde Scheibe der Sonne endlich am Horizont erschien, setzte sie sich auf und schlang ihre Decke um die Schultern.

Ein Blick auf die nebelverhangene Lichtung zeigte Ilahja, dass die meisten geflohenen Ziegen bereits zurückgekehrt waren. Brox strich aufmerksam um die Ziegen herum und scheuchte jede, die sich zu weit von der Herde entfernen wollte, sofort zurück. Auch das Pony war wieder da und graste friedlich unter den weißen Nebelschwaden, die wie eine dicke Decke über der Lichtung lagen.

Neben der Feuerstelle kniete Xara. Sie hatte ein einfaches, kaltes Frühstück zubereitet. Die Tatsache, dass sie das Feuer dazu nicht wieder entzündet hatte, ließ Ilahja vermuten, dass sie es eilig hatte, weiterzuziehen. Ilahja konnte das gut verstehen. Auch sie wollte diesen Ort so schnell wie möglich verlassen. So beklagte sie sich auch nicht, obwohl ihr nach der feuchtkalten Nacht ein heißer Tee willkommen gewesen wäre.

Tassea war nirgends zu sehen und Ilahja vermutete, dass sie im Wald nach den fehlenden Ziegen suchte.

Erst als der feurige Sonnenball endgültig aus dem Nebel über den Bäumen aufging und begann, die Kälte von der Lichtung zu vertreiben, kehrte sie zurück. Offenbar war ihre Suche erfolglos geblieben, denn während die Frauen schweigend ihr kaltes Mahl verzehrten, schaute sie immer wieder nachdenklich zu den Ziegen hinüber.

Nachdem sie ihre wenigen Sachen gepackt hatten, holte Xara das Pony und half Ilahja beim Aufsteigen. Tassea rief nach Brox. Der zottige Hund kam sofort angelaufen und sprang bellend um sie herum. Wie schon am ersten Tag ihrer Reise ging Xara mit dem Leittier der Herde vorweg und die anderen Ziegen folgten ihr bereitwillig. Tassea nahm die Zügel des Ponys wieder in die Hand und führte es vorsichtig von der Lichtung.

Diesmal setzten bei Ilahja schon gegen Mittag so heftige Rückenschmerzen ein, dass sie gezwungen waren eine längere Rast einzulegen. »Ich hatte schon befürchtet, dass Reiten dir auch nicht viel besser bekommen würde als Laufen«, sagte Tassea nachdenklich, während sie über der kleinen Feuerstelle einen Kräutertee für Ilahja zubereitete. »Hier, trink das! Der Tee wird deine Schmerzen etwas lindern«, sagte sie und reichte Ilahja einen Becher mit dem dampfenden Getränk. »Es wäre schön, wenn wir heute noch ein gutes Stück vorankämen.«

»Ich bin froh, wenn diese Reise zu Ende ist«, seufzte Ilahja. Sie hob den Becher an den Mund und verbrannte sich fast die Lippen, als sie versuchte an dem Getränk zu nippen.

Tassea löschte unterdessen das Feuer. Um zu verhindern, dass es qualmte, streute sie etwas Sand auf die Glut.

»Bisher haben wir wirklich viel Glück gehabt«, überlegte sie laut. »Dieser Weg führt direkt nach Nimrod und Tareks Krieger benutzen ihn häufig. Ich kann nur hoffen, dass wir keinem von ihnen begegnen.« Nachdenklich betrachtete sie Ilahja. »Trink deinen Tee, solange er heiß ist, Ilahja«, riet sie fürsorglich. »So wirken die Kräuter am schnellsten und du wirst dich schon bald besser fühlen.«

Tatsächlich spürte Ilahja wenig später, wie ihre Schmerzen langsam verschwanden, und sie erklärte, dass sie die Reise nun fortsetzen konnte.

»Von nun an werde ich laufen«, verkündete sie zuversichtlich und ließ sich auch durch die besorgten Einwände der Heilerin nicht von ihrer Entscheidung abbringen.

So trug das Pony wenig später nur die Bündel der drei Frauen, während Ilahja und Tassea schweigend neben dem Tier herliefen.

8

Am frühen Abend kamen Reiter. Zunächst spürten die drei Frauen nur, wie der Waldboden unter dem Stampfen eisenbeschlagener Hufe erzitterte. Doch schon wenige Augenblicke später sahen sie mehr als ein halbes Dutzend Reiter in glänzenden Rüstungen hinter der nächsten Wegbiegung auftauchen. Tassea führte das Pony an den Wegrand und legte ihren Arm schützend um Ilahja, während sie darauf wartete, dass die Reiter vorüberritten. Auch Xara, die mit den Ziegen schon ein ganzes Stück weiter war, hielt an und starrte angespannt voraus. Dabei hatte sie große Mühe, den aufgeregt bellenden Brox an seinem Halsband festzuhalten.

Der Anblick der heranpreschenden Pferde machte die Ziegen nervös. Verwirrt und ängstlich drängten sie sich zusammen und wandten sich unentschlossen mal hierhin, mal dorthin. Doch auf dem schmalen, von hohen Brombeersträuchern gesäumten Weg gab es für sie kaum eine Fluchtmöglichkeit.

In vollem Galopp kamen neun Reiter heran. Ohne anzuhalten trieben sie ihre Pferde mitten durch die völlig verängstigten Ziegen hindurch. Dabei schien es ihnen großen Spaß zu machen, die kleinen verängstigten Tiere vor sich her zu treiben. Eine schwarz gefleckte Ziege war jedoch nicht schnell genug, um den wirbelnden Hufen der Pferde auszuweichen, und wurde rücksichtslos niedergeritten. Blutend und schreiend lag sie auf dem Weg und versuchte vergeblich sich mit ihren gebrochenen Beinen aufzurichten.

Die Reiter zügelten ihre Pferde so dicht vor Tassea und Ilahja, dass die beiden Frauen erschrocken zurückwichen. Sie hörten die Pferde nervös schnauben und sahen, wie sie wild mit den Augen rollten, als die Trensen hart in ihre weichen Mäuler schnitten. Schaum tropfte zu Boden und die schweißbedeckten Flanken der Tiere zitterten.

»Wen haben wir denn da?« Die Stimme des vordersten Reiters klang unter seinem eisernen Helm seltsam verzerrt.

Ebenso wie die anderen Krieger trug er eine tiefschwarze Rüstung. Auf seiner Brust leuchtete ein Wappen mit dem blutroten Auge An-Rukhbars. Es ließ keinen Zweifel daran, dass es sich bei den Reitern um Angehörige der Ritterschaft von Nimrod handelte. Auch ihre aufwändig gearbeiteten Rüstungen wirkten gepflegt und befanden sich in bestem Zustand. Doch die Ritterschaft war im ganzen Land wegen ihres grausamen und unbarmherzigen Auftretens gefürchtet und die drei Frauen hofften, dass die Krieger bald weiterreiten mochten.

Aber die Reiter machten keine Anstalten, ihren Weg fortzusetzen. Während die verletzte Ziege auf dem Weg noch immer qualvoll schrie, winkte der vorderste Reiter, bei dem es sich offenbar um den Befehlshaber der Gruppe handelte, seine Männer mit einer knappen Handbewegung zu sich. Tassea und Ilahja konnten die Worte, die er mit den Kriegern wechselte, nicht verstehen. Doch während er sprach, deutete er mit seiner Hand zuerst auf die Ziegen und dann auf sie.

Zwei der Krieger wendeten daraufhin ihre Pferde und ließen sie langsam den Weg zurücktraben. Unmittelbar vor Xara hielten sie an. Einer von ihnen stieg vom Pferd und packte die verletzte Ziege am Hals. Mit ausgestrecktem Arm hielt er das zappelnde Tier triumphierend in die Höhe, während er ihm ganz langsam die Kehle zudrückte. Die kleine Ziege rollte mit den Augen, öffnete ihr Maul und versuchte zu schreien. Doch in ihren Lungen gab es dafür keine Luft mehr.

Ilahja schloss entsetzt die Augen, um den verzweifelten Todeskampf des armen Tieres nicht länger mit ansehen zu müssen. Sie spürte, wie Tassea den Arm noch fester um ihre Schultern presste. Xara stand völlig regungslos neben dem Krieger und starrte ihn hasserfüllt an. Mit ihrer rechten Hand hielt sie den wütend bellenden Brox mit eisernem Griff am Halsband, obwohl er sich immer wieder auf die Hinterläufe stellte und rasend vor Wut nach dem Krieger schnappte.

Schließlich erschlaffte die kleine Ziege in der Hand des Kriegers. Wie ein erlegtes Wild warf er sie über den Rücken seines Pferdes, bevor er selbst wieder aufsaß und zu seinem Befehlshaber ritt. Triumphierend hielt er das leblose Tier in die Höhe und rief lachend: »Unsere Abendmahlzeit, Hauptmann!«

Der Hauptmann betrachtete das kleine Tier abschätzend und schüttelte in gespieltem Bedauern den Kopf. »Die ist viel zu mager. Von der werden wir nicht satt«, erklärte er und nickte dem anderen Krieger zu, der noch immer auf dem Weg wartete.

Dieser zog sein Schwert und gab seinem Pferd die Sporen. Sofort sprengte es los. Er lenkte sein Tier genau zwischen Tasseas Ziegen, die sich nun ängstlich am Wegrand zusammendrängten. Als sie das große Pferd näher kommen sahen, flohen sie in alle Richtungen.

Eine kräftige weiße Ziege machte dabei den Fehler, den Waldweg entlangzulaufen. In vollem Galopp verfolgte der Krieger das flüchtende Tier. Schon bald hatte er die Ziege eingeholt und die scharfe Klinge seines Schwertes blitzte im letzten Licht des Tages unheilvoll auf, als er zu einem wuchtigen Schlag ausholte. Mit einem einzigen, gut gezielten Streich trennte er den Kopf der Ziege direkt über den Schultern ab. Dieser rollte ein kurzes Stück über den steinigen Weg, während das Licht in den Augen der Ziege erlosch. Ihr Körper rannte noch einige Längen den Weg entlang, bevor er endlich zusammenbrach.

Wenig später kam der Krieger mit seiner Beute zurück. Das kopflose Tier hielt er mit einer Hand an den Hinterbeinen fest. In einem dünnen, nicht enden wollenden Strahl floss das Blut aus dem erschlafften Körper und hinterließ eine lange rote Spur auf dem Waldweg.

»Ich denke, das wird genügen«, verkündete der Hauptmann großzügig. Er beugte sich zu Tassea herab, legte eine Hand unter ihr Kinn und fügte mit kaltem Lächeln hinzu: »Wir sind ja keine Unmenschen!«

Tassea hielt dem spöttischen Blick des Kriegers stand und unterdrückte den Impuls, ihm ins Gesicht zu spucken. Auch die giftigen Worte, die ihr auf der Zunge lagen, schluckte sie hinunter und schwieg. Sie konnte nur hoffen, dass die beiden Mädchen ebenso vernünftig waren.

Plötzlich riss einer der Krieger sein Pferd herum und jagte auf Xara zu. Das Mädchen begriff sofort, dass der Angriff ihm galt. Augenblicklich ließ sie Brox los und stürzte in den Wald. Der tapfere Hütehund warf sich dem herangaloppierenden Pferd entgegen und schnappte nach dessen Beinen. Doch das hervorragend ausgebildete Tier beachtete den Hund überhaupt nicht, sondern verpasste ihm mit seinem Hinterlauf einen heftigen Tritt. Die Wucht des Schlages ließ Brox einige Längen durch die Luft fliegen. Dicht neben einem Baum prallte er auf den Boden, wo er regungslos liegen blieb, während Pferd und Reiter im dichten Unterholz verschwanden.

»Nein, nein ... Das dürft ihr nicht«, schrie Tassea verzweifelt. Sie ließ Ilahja los und hämmerte mit ihren Fäusten in blinder Wut auf das Bein des Hauptmanns ein.

Dieser schaute in gespielter Verwunderung zu der Heilerin hinunter und brachte sie mit einem kurzen Faustschlag zum Schweigen. »Du solltest froh sein, dass du zu alt bist, Frau«, sagte er warnend. »Sonst hätte er sich vielleicht dich ausgesucht. Oder ...« Er verstummte. Auch Tassea schwieg entsetzt, denn aus dem Wald erklangen plötzlich laute, schrille Schreie. Das reiterlose Pferd des Kriegers trabte aus dem Unterholz heraus und begann am Wegrand zu grasen, während die spitzen Schreie in ein qualvolles Wimmern übergingen und schließlich ganz verstummten.

Von ihrem Versteck in den dichten Ästen eines Baumes hatte Naemy alles mit angesehen.

Nur mühsam war es ihr gelungen, das übermächtige Verlangen, hinunterzuspringen und den wehrlosen Frauen auf dem Weg zu helfen, zu unterdrücken. Es wäre nicht ihr erster Kampf mit den Kriegern An-Rukhbars gewesen, denn in den vielen Sommern seit der Schlacht um Nimrod war sie schon Dutzenden von ihnen begegnet. Kein Krieger hatte ein solches Aufeinandertreffen bisher überlebt. Doch diesmal waren es zu viele. Mit einem oder zwei wäre die Nebelelfe mühelos fertig geworden, doch neun gut ausgebildete und berittene Krieger waren auch für eine solch kampferfahrene Elfenamazone wie Naemy unmöglich zu besiegen.

Unzufrieden mit sich selbst blieb sie daher auf dem Ast sitzen, in der Hoffnung, den bedrängten Frauen doch noch irgendwie helfen zu können.

»Bei so vielen Frauen ist es eigentlich schade, dass nur Spark seinen Spaß haben soll. Findet ihr nicht auch, Männer?« Ein grausames Lächeln umspielte die Lippen des Hauptmanns. Zustimmendes Gemurmel erhob sich und die Krieger lenkten ihre Pferde mit klirrenden Rüstungen noch enger zusammen, um seine Befehle besser verstehen zu können. »Ihr«, der Hauptmann deutete auf drei der Reiter, »sucht nach Spark.« Lachend gab er einem der Pferde einen kräftigen Klaps auf das Hinterteil: »Na, macht schon. Worauf wartet ihr noch? Sonst lässt er euch von dem hübschen Kind nichts mehr übrig.«

Das ließen sich die Krieger nicht zweimal sagen. Eilig wendeten sie ihre Pferde und ritten den Weg zurück. Dort, wo das Pferd ihres Kameraden graste, stiegen sie ab und verschwanden im Unterholz.

Währenddessen betrachtete ihr Hauptmann Ilahja mit einem abschätzenden Blick. »Du bist zwar nicht so schlank wie die andere«, stellte er bedauernd fest. »Aber was soll's. Du scheinst mir unter deinem schäbigen Mantel ein hübsches Ding zu sein.«

Ilahja biss sich auf die Unterlippe und schwieg. Die Art, wie die Krieger sie betrachteten, flößte ihr schreckliche Angst ein. Doch der Hauptmann machte bereits eine einladende Handbewegung, stieg aus dem Sattel und sagte: »Steigt ab, Männer. Wir werden unser Nachtlager hier aufschlagen.«

Schützend legte Tassea ihre Arme um Ilahja. Doch zwei der Krieger kamen schon auf sie zu. Sie packten die Heilerin mit eisernem Griff am Arm und zerrten sie von Ilahja fort, ohne auf Tasseas heftige Gegenwehr zu achten. »Bindet die Alte dort drüben an«, befahl der Hauptmann und deutete auf den Baum, neben dem der regungslose Körper des Hundes noch immer im hohen Gras lag. Die Krieger gehorchten sofort.

»Das dürft ihr nicht, ihr Bastarde«, schrie Tassea die Krieger hasserfüllt an und versuchte verzweifelt sich zu befreien. »Sie hat euch doch nichts getan.«

Der Hauptmann sah sich verärgert um. »Und vergesst nicht der Alten den Mund zu stopfen«, rief er seinen Männern nach. Dann wandte er sich wieder Ilahja zu.

Und Ilahja rannte los.

Sie wusste nicht, wohin sie lief, doch die Angst verlieh ihr ungeahnte Kräfte. Ihr Herz raste und ihr Rücken schmerzte, als sie das dornige Gestrüpp am Wegrand erreichte, aber sie achtete nicht darauf. Die Dornen der Brombeerranken schnitten tief in ihre Hände und zerkratzten ihr Gesicht, doch sie spürte es nicht. Der keuchende Atem ihrer Verfolger ließ sie alles andere vergessen. Plötzlich verfing sich ihr rechter Fuß in einer langen Brombeerranke. Ein stechender Schmerz schoss mit rasender Geschwindigkeit vom Gelenk bis zur Wade hinauf und ließ sie gequält aufschreien. Die Tränen in den Augen nahmen ihr die Sicht und sie stürzte zu Boden.

Dann waren die Krieger heran. Rücksichtslos packten sie Ilahja und schleiften sie auf den Weg zurück. In diesem Moment wusste Ilahja, dass sie verloren hatte. Es war genau wie damals, bei ihrer Flucht aus dem brennenden Nimrod. Sie wehrte sich nicht mehr. Alles, was nun geschah, drang nicht mehr bis in ihr Bewusstsein vor. Die Angst war fort, die Schmerzen hatten ihre Bedeutung verloren und ihr Geist zog sich zurück.

Durch einen kräftigen Schlag mitten ins Gesicht holte der Hauptmann sie schmerzhaft in die Wirklichkeit zurück. Noch immer spürte sie das heftige Pochen in ihrem Knöchel und ihre Wange brannte wie Feuer. Der Hauptmann legte seine kräftige Hand unter ihr Kinn, bog ihren Kopf weit nach hinten und zwang sie ihn anzusehen.

»Du wolltest uns doch nicht etwa davonlaufen?« Seine Finger strichen grob über ihre Wangen.

Ilahja rollte mit den Augen und versuchte instinktiv sich aus dem festen Griff zu befreien. Aber damit hatte sie keinen Erfolg. »Nehmt Eure Finger weg, Ihr tut mir weh«, fauchte sie und versuchte, sich ihre Angst nicht anmerken zu lassen. »Seht Ihr denn nicht, dass ich verletzt bin?«

Aber ihr Peiniger dachte nicht daran, sie loszulassen. Er griff sogar noch etwas fester zu und an dem lüsternen Aufblitzen seiner dunklen Augen erkannte Ilahja, dass sie gerade einen Fehler gemacht hatte. Der Hauptmann begann ihren Kopf langsam in beide Richtungen zu drehen. Obgleich sie sich dagegen wehrte, zwang er sie dazu, auch die anderen vier Männer anzusehen, die nun unmittelbar neben ihr an einem kleinen Feuer standen und sie erwartungsvoll betrachteten. Was sie in den Augen der Männer erblickte, ließ sie um ihr Leben fürchten. Ihre Situation war aussichtslos.

»Habt ihr das gehört, Männer?«, fragte der Hauptmann und blickte sich triumphierend um. »Die Kleine hier kann nicht mehr laufen. Wirklich jammerschade! Wir sollten sie zu einem bequemeren Platz bringen.« Zwei seiner Krieger gehorchten sofort. Unsanft hoben sie Ilahja hoch und legten sie in das hohe Gras auf der anderen Seite des Feuers.

Die Bewegung verursachte Ilahja entsetzliche Schmerzen. In ihrem Knöchel hämmerte es wie wild und ihre Lippe blutete noch immer von dem harten Schlag. Am schlimmsten jedoch waren die reißenden Schmerzen in ihrem Unterleib. Noch niemals hatte sie etwas Ähnliches gespürt. Aber sie konnte nicht mehr fort. Die beiden Männer hielten sie erbarmungslos fest und warteten geduldig. Aus den Augenwinkeln erkannte Ilahja, dass die anderen beiden Krieger dicht bei ihrem Hauptmann standen und sich mit ihm heftig über etwas stritten. Ein paar Augenblicke später beendete dieser jedoch die Auseinandersetzung, indem er einen der Männer mit der geballten Faust zu Boden schlug. Daraufhin trat der andere respektvoll zurück und stellte sich neben Ilahja.

Ohne Hast kam der Hauptmann wieder auf das am Boden liegende Mädchen zu. Sein Lächeln schien in der kühlen Luft des nächtlichen Waldes gefroren zu sein und in seinen dunklen Augen glitzerte lüsterne Erwartung. Ilahja lag zitternd vor Angst und Schmerzen vor ihm und blickte mit angstgeweiteten Augen auf die Furcht einflößende Gestalt des Kriegers. Dieser ließ sich jedoch viel Zeit. Jeden Moment auskostend weidete er sich an ihrer Furcht. Lächelnd beugte er sich zu ihr hinab, öffnete langsam ihren Mantel und schob seine kalte Hand in den Ausschnitt ihres Kittels. Wie flüssiges Eis spürte Ilahja die Hand des Mannes auf ihrer warmen Haut immer tiefer hinabgleiten, bis sie schließlich auf einer ihrer geschwollenen Brüste liegen blieb.

Die Berührung war unerwartet sanft und verspielt. Aber Ilahja ahnte bereits, dass es nicht so bleiben würde. Sie schloss die Augen, presste die Lippen aufeinander und hoffte verzweifelt auf ein Wunder.

»Du wirst doch jetzt nicht schlafen wollen, meine Kleine«, hörte sie ihren Peiniger tadeln und ein stechender Schmerz durchzog ihre Brust. Ilahja schrie auf und öffnete die Augen. Ihre heftige Reaktion schien dem Krieger zu gefallen. Er lächelte zufrieden, hielt ihre Brust aber weiterhin so fest in der Hand, dass seine langen Fingernägel schmerzhaft in die weiche Haut schnitten. Mit dem Zeigefinger seiner anderen Hand strich er viel sagend über Ilahjas trockene Lippen.

Dann drehte er sich um und rief: »Seht jetzt genau hin, Männer, gleich bekommt ihr etwas Hübsches zu sehen.« Die Männer grinsten und leckten sich erwartungsvoll die Lippen, während sie der Aufforderung ihres Hauptmanns nur allzu gern Folge leisteten. Dieser packte den Ausschnitt von Ilahjas Kittel mit beiden Händen und riss ihn, unter dem lauten Gejohle seiner Krieger, mit einer einzigen, kraftvollen Bewegung so weit auf, dass er ihre Brüste völlig entblößte. Damit gab er sich jedoch nicht zufrieden. Zielstrebig wanderten seine Hände weiter hinab und verschwanden schließlich ganz unter Ilahjas dickem Mantel.

Als Ilahja die kalten Berührungen seiner Hände auf der Innenseite ihrer Schenkel spürte, versuchte sie mit einem verzweifelten Ruck ihre Beine zusammenzudrücken. Doch die beiden Männer, die sie gepackt hatten, hielten ihre Beine unnachgiebig in einer halb geöffneten Stellung. Erschöpft gab sie jede Gegenwehr auf. Tränen der Verzweiflung füllten ihre Augen und liefen über ihre Wangen. Starr vor Entsetzen spürte sie, wie sich die Hände des Kriegers langsam immer höher schoben, während eine weitere heftige Woge aus Schmerz durch ihren Unterleib zog.

»Nun mach schon, Vegto, wir haben lange genug gewartet.« Einer der Krieger war herangetreten und hatte dem Hauptmann seine Hand auf die Schulter gelegt. Er konnte sich nur noch mühsam beherrschen und schaute gierig auf Ilahjas halb entblößten Körper hinab. Der Hauptmann nickte und seine riesigen Hände näherten sich nun zielstrebig dem Teil des Kittels, der noch immer geschlossen war.

Als der Krieger den Stoff mit einer einzigen Bewegung zerriss, begann sich alles um Ilahja herum zu drehen und das Blut in ihren Ohren rauschte im Takt ihres hämmernden Herzschlags. Mit letzter Kraft bäumte sie sich auf und ihr langer spitzer Schrei gellte in den Wald hinaus. Sie schrie, bis es in ihren Lungen keine Luft mehr gab und ihr ein gnädiges Schicksal das Bewusstsein raubte.

Nach Einbruch der Dunkelheit kehrte der Riesenalp aus seiner Höhle am Himmelsturm zurück. Er schämte sich für seine Furcht, die ihn in der vergangenen Nacht dazu gebracht hatte, so überstürzt zu fliehen und die drei Frauen ihrem ungewissen Schicksal zu überlassen. Und er fürchtete sich davor, was er an dem Lagerplatz der Frauen vielleicht vorfinden würde.

Von bösen Vorahnungen getrieben folgte er dem Verlauf des schmalen Waldwegs in geringer Höhe und suchte den Waldboden sorgfältig nach einem Lebenszeichen der Frauen ab.

To und Yu erschienen am Horizont und begannen mit ihrer Wanderung über das Land. Ihr silbernes Licht erhellte den nächtlichen Wald, doch seine Suche blieb erfolglos. Endlich erreichte er die Lichtung, auf der die Frauen in der Nacht zuvor ihr Lager aufgeschlagen hatten. Zarte Nebelschwaden schwebten dort über dem Boden und begannen über der Wiese zu einer dichten, weißen Decke zu verschmelzen.

Lautlos landete der große Vogel auf dem weichen Gras zwischen den Bäumen und blickte sich aufmerksam um. Nichts deutete darauf hin, dass hier in der vergangenen Nacht ein Kampf stattgefunden haben könnte.

Der Riesenalp schöpfte neue Hoffnung. Es musste den Frauen tatsächlich gelungen sein, der entsetzlichen Kreatur An-Rukhbars zu entkommen.

Als er noch überlegte, wo er seine Suche fortsetzen sollte, zerriss ein langer gellender Schrei die Stille des schlafenden

Waldes und ließ ihn alarmiert aufhorchen. Es war nur ein einziger Schrei und er verhallte bereits wieder zwischen den Bäumen. Doch für den großen Vogel gab es keinen Zweifel. SIE hatte geschrien! SIE war in großer Gefahr!

Mit wenigen kraftvollen Flügelschlägen erhob sich der riesige Vogel wieder in die Luft und schoss in schnellem, lautlosem Gleitflug über die Baumwipfel hinweg.

Eine gewaltige Explosion erschütterte den Wald.

Ein glühender Feuerball stieg über dem bewusstlosen Mädchen in die Höhe und erleuchtete den Wald in einem Umkreis von vielen Längen. Ein Mann schrie vor Schmerzen und ein Ekel erregender Geruch nach verbranntem Fleisch lag in der Luft.

Als sich der Rauch verzog, wichen die Krieger entsetzt und furchtsam von dem bewusstlosen Mädchen zurück. Keiner wagte es, sie noch einmal anzurühren.

Unmittelbar vor ihnen wand sich ihr Hauptmann schreiend auf dem Boden und presste verzweifelt die Hände vor sein entstelltes Gesicht. Seine langen Haare und der kurz geschnittene Bart waren fast völlig verbrannt. Die Kopfhaut bestand nur noch aus blutigen Fetzen und dunkles, dickflüssiges Blut sickerte in schmalen Rinnsalen zwischen seinen Fingern hervor.

Hilflos wand er sich in einer rasch größer werdenden Lache seines eigenen Blutes, während seine lidlosen, blinden Augen noch immer entsetzt und ungläubig auf das Mädchen neben ihm zu starren schienen.

Im selben Moment, als er sich über das Mädchen gebeugt hatte, um es endlich ganz zu besitzen, hatte sich die Magie des Amuletts, das sie an einem Lederband um den Hals trug, in einem grellen Feuerball entladen. Das gleißende Licht blendete seine Augen und eine heiße Druckwelle verbrannte sein Gesicht und schleuderte ihn zurück.

Inzwischen war das Licht wieder erloschen, aber das Amulett pulsierte noch immer drohend in einem schwachen Orange, jederzeit bereit, seine Besitzerin erneut zu verteidigen.

Aus den Augenwinkeln sah der Riesenalp den Nebel unter sich wie von einem gewaltigen Feuer aufleuchten. Dort musste sie sein! Und obwohl er nicht erkennen konnte, was ihn unter dem undurchdringlichen Blätterdach erwartete, hielt der Riesenalp direkt auf das feurige Leuchten zu.

Kurz bevor er es erreichte, warf er seinen Kopf in den Nacken, öffnete den riesigen Schnabel und zum ersten Mal seit vielen Jahreszeiten ertönte über dem Wald wieder der Furcht erregende Kampfschrei eines Riesenalps. Alle Vorsicht missachtend tauchte er in das dichte Blätterdach der riesigen Baumkronen ein und brach knirschend und krachend durch das dichte Gewirr aus Ästen und Zweigen.

Die acht Männer auf dem Waldboden hoben verwirrt die Köpfe und starrten entsetzt in seine Richtung. Von namenloser Furcht getrieben hasteten sie zu ihren Pferden und versuchten zu fliehen. Doch die von der Explosion völlig verängstigten Tiere hatten die Nähe des Vogels bereits gewittert und seinen Schrei gehört. Voller Panik zerrten sie an ihren Zügeln und traten mit den Hinterläufen aus. Ihr Blick war wild und weißer Schaum tropfte aus ihren Mäulern, während sie mit aller Kraft versuchten sich zu befreien.

Die meisten Krieger handelten sich bei dem Versuch, ihr Pferd zu besteigen, schmerzhafte Verletzungen ein. Doch sie kümmerten sich nicht darum. Jeder, dem es endlich gelang, den Sattel eines der tobenden Tiere zu erreichen, preschte, ohne sich noch einmal umzublicken, in die Nacht hinaus. Nicht einer von ihnen kümmerte sich dabei um den schwer verletzten Anführer. Blind und hilflos ließen sie ihn auf dem

Waldweg zurück und verschwanden in der Dunkelheit des Waldes.

Halb besinnungslos vor Schmerzen krümmte sich der Krieger im trockenen Laub. Die Hufschläge der fliehenden Pferde waren verklungen und sein lautes, gequältes Stöhnen wurde nur noch von dem leisen Knistern des Feuers und Ilahjas stoßweisen Atemzügen begleitet. Seine blinden Augen sahen nicht, dass sich der Riesenalp in rasender Wut näherte. Und so blieb es ihm auch erspart, die grenzenlose Furcht eines Mannes zu spüren, der seinem sicheren Tod ins Auge blickt, als der Riesenalp dicht vor ihm stehen blieb und seinen gewaltigen Kopf hob. Mit einem entsetzlichen, reißenden Laut fuhr der scharfe Schnabel des Vogels tief in den Leib des Kriegers und der Kopf des Verwundeten kippte mit einem letzten, erstickten Schrei zurück. Dann packte der Riesenalp den Leichnam mit seinem Schnabel und schleuderte ihn weit in das dichte Unterholz hinaus.

In den nächtlichen Wald kehrte gespenstische Ruhe ein. Nachdenklich betrachtete der Riesenalp die entblößte Gestalt des Mädchens, die regungslos vor ihm auf dem laubbedeckten Boden lag. Die Reste getrockneter Blätter hingen an ihrem geöffneten Mantel und Millionen Wassertropfen, die der Nebel zurückgelassen hatte, glitzerten in ihrem kupferroten Haar. Ihr Atem ging stoßweise und ihre Haut schimmerte ungesund in einem blassen Blau. Der Riesenalp wusste nicht, wie er dem Mädchen helfen konnte. Deshalb hockte er sich so dicht wie möglich neben sie und breitete vorsichtig einen seiner Flügel über ihrem halb nackten Körper aus, um sie zu wärmen.

Bevor der Kampfschrei des Riesenalps erschollen war, hatte selbst Naemy nicht bemerkt, dass sich der große Vogel näherte. Ihre ganze Aufmerksamkeit galt dem Geschehen auf dem Waldboden, denn sie suchte noch immer verzweifelt nach einer Möglichkeit, den wehrlosen Frauen zu helfen.

Die gewaltige Explosion, die plötzlich von dem Mädchen ausging, überraschte sie zwar, aber sie erschien ihr auch sehr günstig. Doch als sie ihr Versteck verlassen wollte, um den Frauen zur Hilfe zu eilen, sah sie die anderen vier Krieger aus dem Unterholz hervorstürzen. Die Nebelelfe sah sich erneut gezwungen abzuwarten und zog sich eilig wieder auf den dicken Ast zurück, der sie vor den Blicken der Krieger verbarg.

Als der Riesenalp kurz darauf durch die Baumkronen gebrochen war, hatten seine Schwingen ihr Versteck nur um wenige Handbreit verfehlt und Naemy so sehr erschreckt, dass sie einen Sturz nur mit Mühe verhindern konnte. Leise fluchend suchte sie sich einen neuen Halt und beobachtete, was der riesige Vogel dort unten tat. Als sie merkte, dass der Riesenalp die Krieger angriff, um das Mädchen zu beschützen, erkannte sie ihre Chance sofort. Mit der Gewandtheit einer Katze kletterte sie den Baum hinunter und nutzte das große Durcheinander, um die gefesselte Frau unbemerkt zu befreien. Noch bevor die Frau bemerkte, dass sie wieder frei war, verschwand Naemy auf der Suche nach dem anderen Mädchen im dichten Unterholz.

Die Dunkelheit und der Nebel behinderten sie nicht. Nur wenige hundert Schritte von dem Waldweg entfernt sah sie den leblosen, nackten Körper des Mädchens mit verdrehten Gliedern auf einer kleinen, von Schöngras und Farnen bewachsenen Lichtung im Mondschein schimmern. Ihr Haar war zerzaust und die grauen, halb geöffneten Augen starrten blind in die grauen Nebelschwaden über der Lichtung. Zwischen ihren Beinen sickerte noch immer frisches Blut aus dem geschundenen, jungen Körper und die zahllosen Schnitt- und Bisswunden auf ihrer blassen Haut zeugten davon, dass ihr kein sanfter Tod vergönnt gewesen war.

Bei dem Anblick des geschändeten Mädchens ärgerte sich Naemy über ihre Vernunft, die sie davon abgehalten hatte, dem Mädchen sofort zur Hilfe zu eilen. Es war wie damals bei ihrer

Schwester und die Erinnerung daran riss alte Wunden wieder auf, die niemals verheilen würden, solange sie Sharis Tod nicht gerächt hatte. Energisch schüttelte die Nebelelfe den Kopf, um die quälenden Gedanken zu vertreiben. Schließlich wusste sie nur zu gut, dass ihre Kräfte auch heute nicht gereicht hätten, um das, was geschehen war, zu verhindern.

Naemy seufzte leise. Hier gab es nicht mehr viel für sie zu tun. Andächtig kniete sich die Nebelelfe neben das tote Mädchen ins feuchte Gras und schloss ihr mit einer Hand die Augen. Und während ein Käuzchen hoch oben in den Bäumen sein trauriges Rufen anstimmte, sandte die Nebelelfe ein kurzes Gebet an die Gütige Göttin und bat um Frieden für das unschuldige Mädchen.

Dann erhob sie sich und suchte zwischen den weit verstreuten Kleidungsstücken auf der Lichtung nach dessen Mantel. Sie fand ihn etwa zwanzig Schritte entfernt. Offenbar hatte er sich in den dornigen Brombeerranken zwischen den Bäumen verfangen und das Mädchen bei seiner Flucht so lange aufgehalten, dass die Krieger sie schließlich einholen konnten.

Vorsichtig löste sie den Mantel aus den Dornen und hüllte den leblosen Körper darin ein. Dann hob sie ihn auf ihre Arme und machte sich langsam auf den Rückweg.

Die Reiter waren fort und Tassea spürte, wie sich ihre Fesseln lösten. Dann waren ihre Hände frei und sie riss sich den Knebel aus dem Mund. Überrascht spähte sie in die Dunkelheit hinter dem Baum, um zu sehen, wer ihr geholfen hatte. Doch die Tränen in ihren Augen ließen den Wald vor ihren Blicken verschwimmen. So sah Tassea nur einen schlanken Schatten mit sehr hellen, blau schimmernden Haaren im Unterholz verschwinden.

Eine Nebelelfe?!

Eilig wischte sie die Tränen fort und schaute sich noch einmal um. Aber Dunkelheit und Nebel hatten die Gestalt ihrer heimlichen Retterin bereits verschluckt.

Die ersten Gedanken der Heilerin galten Ilahja. Hilflos hatte sie mit ansehen müssen, was die Krieger dem wehrlosen Mädchen antaten, und sorgte sich um ihre Gesundheit. Auch um Xara machte sie sich große Sorgen. Doch in der Dunkelheit war es völlig aussichtslos, nach ihr zu suchen. Brox lag noch immer leise winselnd neben ihr und bewegte sich nur schwach. Es brach ihr fast das Herz, als sie sah, wie ihr geliebter Hund litt, doch sie musste sich zuerst um Ilahja und das Ungeborene kümmern.

Der Riesenalp bewachte Ilahja noch immer.

Was suchte er hier? Und warum hatte er Ilahja geholfen?

Tassea fürchtete sich vor dem unbekannten Tier, das mit seinen dunklen ausdruckslosen Vogelaugen jede ihrer Bewegungen verfolgte, als sie sich ihm vorsichtig näherte.

Neben dem Feuer hielt Tassea an und sah sich unschlüssig um.

Würde der Vogel sie zu Ilahja gehen lassen?

Zögernd machte sie einen weiteren Schritt auf Ilahja zu. Daraufhin erhob sich der Riesenalp und wich ein wenig von dem Mädchen zurück.

Selbst im schwachen Licht des heruntergebrannten Feuers erkannte Tassea, dass Ilahja in den Wehen lag.

Ohne weiter auf den Riesenalp zu achten eilte die Heilerin zu dem Mädchen und schloss hastig deren Mantel, um sie vor der nächtlichen Kälte zu schützen. Dann zog sie ihren eigenen Mantel aus und legte ihn zu einem Kissen zusammen, das sie behutsam unter Ilahjas Kopf schob.

Obwohl es kalt war, glänzten Schweißperlen auf Ilahjas Stirn. Die blassen Hände des Mädchens waren zu Fäusten geballt und ihr Körper wurde immer wieder von heftigen Krämpfen geschüttelt. Sie hatte tatsächlich Wehen! Das Kind würde bald kommen!

Tassea stand auf und lief ein kurzes Stück den Weg hinunter. Vor einem dichten Gebüsch, in dessen Schutz sich das verängstigte Pony geflüchtet hatte, machte sie Halt und spähte in die Dunkelheit dahinter. Das Pony war noch da. Sie löste seine Zügel gerade so weit von den dornigen Ästen, dass es ungehindert fressen konnte, und nahm ihm das Gepäck vom Rücken. Dann ergriff sie ihr Bündel und eilte wieder zu Ilahja hinüber.

In der Zwischenzeit hatte der Riesenalp damit begonnen, mit seinem Schnabel trockene Äste aus dem Unterholz zu brechen, um das heruntergebrannte Feuer neu zu entfachen.

Tassea nahm eines ihrer Instrumente zur Hand und horchte Ilahjas geschwollenen Leib mit einem langen trichterförmigen Rohr ab. Dabei warf sie einen kurzen Blick zur Seite und sah im Zwielicht am äußersten Rand des Feuerscheins die schlanke Frau wieder aus dem Wald treten. Sie hatte sich nicht getäuscht. Es war eine Nebelelfe.

Als sie näher kam, erkannte Tassea, dass sie ein großes Bündel auf den Armen trug. Einen Mantel, in den etwas Schweres eingewickelt war.

Xaras Mantel!

Plötzlich war ihr, als lege sich ein eiserner Ring um ihre Brust, der ihr langsam die Luft abschnürte. Gütige Göttin, lass es nicht wahr sein, betete sie und blickte flehend zum Himmel hinauf. Doch als die Frau das schwere Bündel auf der anderen Seite des Feuers ablegte und Tassea die dunklen Locken erkannte, die unter dem wollenen Mantel hervorschauten, wusste sie, dass sie Recht hatte.

»Ist sie ... tot?«, presste Tassea mit leiser Stimme hervor und wusste selbst, wie überflüssig diese Frage war.

Die Nebelelfe senkte ihren Blick und nickte stumm.

Xara war tot.

Ein heftiger Schmerz wütete in Tasseas Brust und ihr Herz krampfte sich zusammen. In welch einer grausamen Welt sie doch lebte! Einer Welt, in der die Unschuldigen das meiste

Leid ertragen mussten. Xara war doch noch so jung. Warum musste gerade sie so qualvoll sterben? Ein lang gezogenes Stöhnen von Ilahja riss sie aus ihren Gedanken und sie wandte sich sofort dem Mädchen zu. Die Krieger hatten Xara getötet. Ilahja und das Kind würden sie nicht bekommen.

Entschlossen schluckte sie die Tränen hinunter und wandte sich an die unbekannte Frau am Feuer. »Das Mädchen erwartet noch in dieser Nacht ein Kind und ich brauche dringend Eure Hilfe, Nebelelfe«, sagte sie.

Naemy hob erstaunt den Blick. Sie war davon ausgegangen, dass auch das andere Mädchen tot war. Aufmerksam betrachtete sie Ilahja mit ihren mandelförmigen Augen. Und endlich wusste sie, warum die Botin sie hierher gerufen hatte.

Wortlos stand sie auf, nahm Xaras leblosen Körper noch einmal auf die Arme und legte ihn ein Stück von der Feuerstelle entfernt ins Gras. Nachdem sie ihre Hände in einem nahen Bach gesäubert hatte, kehrte die Nebelelfe zur Heilerin zurück.

»Mein Name ist Naemy«, sagte sie knapp. »Wie kann ich dir helfen?«

»Sie ist bewusstlos«, erklärte Tassea. »Aber sie muss aufwachen und mithelfen, sonst wird ihr Kind während der Geburt ersticken.«

Hoffnungsvoll sah sie Naemy an. »Euer Volk war einst bekannt für seine Heilkünste. Kennt Ihr einen Weg, der sie erwachen lässt?«

Naemy nickte. »Das, worum du mich bittest, ist nicht unmöglich, aber ich bin keine Heilerin. Ich habe in solchen Dingen wenig Erfahrung und es besteht die Gefahr, dass mein Versuch scheitert.«

»Ihr müsst es versuchen!«, drängte Tassea und schaute besorgt auf Ilahja hinunter, deren Kleider vom Schweiß inzwischen völlig durchnässt waren. »Es ist unsere einzige Hoffnung.«

Naemy nickte und kniete sich neben Ilahja. Vorsichtig legte sie ihre schlanke Hand auf die schweißnasse Stirn des Mädchens und schloss die Augen. Sanft berührte sie mit ihrem Geist den des Mädchens und drang vorsichtig immer tiefer in ihn ein. Viele schon fest verschlossene Tore musste die Nebelelfe auf ihrem Weg öffnen, während sie den Ort in Ilahjas Geist suchte, an den sich ihr Bewusstsein zurückgezogen hatte. Als sie es endlich fand, gelang es Naemy nur mühsam, es an sich zu binden, denn Ilahja wehrte sich heftig dagegen, zu erwachen. Doch die Nebelelfe blieb hartnäckig. Sie spürte deutlich, wie schwach das Mädchen war, und sah die winzige Flamme, die es noch am Leben erhielt, schon flackern. Doch die Aufgabe, die das Schicksal diesem Mädchen gegeben hatte, war noch nicht erfüllt. Schließlich war der Widerstand gebrochen und sie führte Ilahja sanft zurück und ließ sie erwachen.

Licht!

Die Flammen eines Feuers tanzten verschwommen vor Ilahjas Augen. Gleichzeitig spürte sie einen heftigen, ziehenden Schmerz in ihren Lenden und irgendwie wusste sie auch sofort, was er zu bedeuten hatte. Aber das durfte nicht sein. Nein, noch nicht, dachte sie erschrocken, es ist doch noch viel zu früh. Nach Tasseas Berechnung waren es noch mehr als dreißig Sonnenläufe bis zur Geburt. Doch da spürte sie bereits die nächste reißende Woge unaufhaltsam in sich aufsteigen. Ilahja schloss die Augen und zog die Luft scharf durch die zusammengebissenen Zähne. Niemand hatte sie auf solche Schmerzen vorbereitet. Als die Woge endlich verebbte, blickte Ilahja sich Hilfe suchend um. Aber ihr Blick war verschwommen und sie konnte nichts erkennen. Unsicher tastete sie mit ihrer Hand um sich. Wenn ihr Kind jetzt schon kommen wollte, benötigte sie dringend Hilfe. Panik ergriff sie, als sich die nächste Wehe in ihr ankündigte. Wimmernd lag sie auf dem kalten Boden und krallte ihre Finger in das weiche Gras.

Sie hatte entsetzliche Angst und fühlte sich so allein wie noch nie in ihrem Leben.

Jemand nahm tröstend ihre Hand.

Ein kühles feuchtes Tuch wurde auf ihre Stirn gelegt und jemand befeuchtete ihre trockenen Lippen.

»Tassea?«, fragte sie mit heiserer Stimme und hoffte inständig, dass sie sich nicht täuschte.

»Ich bin hier, mein Kind«, erklang die sanfte Stimme der Heilerin unmittelbar neben ihr. »Du musst jetzt sehr tapfer sein, Ilahja. Deine Tochter drängt ins Leben. Und sie braucht deine Hilfe.«

»Mein Kind, meine Sunnivah«, flüsterte Ilahja ängstlich. »Sie ... Es ist zu früh ... Sie darf nicht sterben.«

»Beruhige dich, Ilahja«, sagte Tassea zuversichtlich, »dein Kind kommt zu früh, aber es wird leben!«

Dann kam die nächste Wehe und traf Ilahja wie ein Donnerschlag. Hinter ihren Augen hämmerten dumpfe Schläge, ihre Lippen schienen von Tausenden kleiner Ameisen bevölkert zu sein und ihr Kopf summte wie ein Bienenschwarm.

»Oh, Tassea ... Es tut so weh«, schluchzte sie atemlos, während das heftige Ziehen und Reißen in ihrem Unterleib langsam ausklang.

»Du darfst dich nicht gegen die Schmerzen wehren, Ilahja«, ermahnte sie die Heilerin. »Du musst dich öffnen, und wenn wieder eine Wehe kommt, musst du mit aller Kraft versuchen dein Kind aus dir herauszupressen. Hast du verstanden?«

Ilahja hielt ihre Augen geschlossen, doch sie nickte erschöpft.

Plötzlich waren die Schmerzen für eine viel zu kurze Zeit fort, der Druck in ihrem Unterleib wurde schwächer und sie bemerkte, dass ihre Beine und Röcke feucht waren von Blut und Wasser. Vor Schreck verschluckte Ilahja sich. Sie hustete und spürte, wie erneut Wasser aus ihren Lenden floss. Mit dem

Wasser kehrte auch der Schmerz zurück. »Tassea«, schrie sie verzweifelt und klammerte sich an die Hand der Heilerin. »Was soll ich tun?«

»Du musst pressen, Ilahja, und tief atmen«, drängte die Heilerin und Ilahja versuchte trotz der Schmerzen ihrem Rat zu folgen. Wieder und wieder kamen die Schmerzen. Der Druck auf ihren Unterleib verstärkte sich so sehr, dass sie glaubte, ihr Becken würde zerspringen. Mit aller Kraft versuchte sie das Kind aus sich herauszudrücken, doch ihre Kräfte verließen sie nun immer schneller.

»Sie ist zu schwach«, hörte sie eine fremde Stimme hinter dem pulsierenden Rauschen in ihren Ohren sagen.

»Aber sie muss weitermachen, das Kind steckt fest. Wenn es nicht bald kommt, werden wir sie beide verlieren.« Tasseas Stimme war voller Sorge. Mehr hörte Ilahja nicht, denn eine erneute Wehe überrollte sie und ließ sie gequält aufschreien. Sie wollte sich aufbäumen, doch dann spürte sie, wie jemand mit den Armen fest auf ihren Unterkörper drückte und dabei ihr Kind ein winziges Stück nach vorn schob.

»Ist es vorangekommen?«, fragte die unbekannte Stimme. Die Antwort der Heilerin wurde von den Schmerzen der nächsten Wehe verschluckt. Wieder presste jemand mit aller Kraft auf ihren Leib, aber Ilahja empfand es nicht als unangenehm. Mit jedem Druck schien sich ihr Kind auf seinem Weg ein winziges Stück vorzuarbeiten.

Als Ilahja glaubte, ihr Unterleib würde jeden Moment auseinander reißen, verließ ihr Kind mit einer fließenden Bewegung den schützenden Mutterleib und nahm die Schmerzen mit sich.

Ein kräftiger Schrei ertönte wie aus weiter Ferne und Ilahja versuchte vergeblich den Kopf zu heben, um ihr Kind zu sehen. Dann spürte sie, wie sich Tassea neben sie kniete, und öffnete mühsam die Augen. Es war sehr dunkel.

»Was ist mit dem Mondlicht?«, hörte sie Tassea verwundert

fragen. »Es ist so dunkel geworden. Wirf mehr Holz auf das Feuer, Naemy, wir brauchen mehr Licht!«

Wenig später flammte das Feuer hell auf und Millionen leuchtender Funken stoben knisternd in die Höhe. Trotzdem erkannte Ilahja das winzige, blutverschmierte Wesen in den Armen der Heilerin durch den roten Nebel vor ihren Augen nur sehr undeutlich. Aber sie sah, wie es seine winzigen Hände bewegte. »Sunnivah«, hauchte sie zärtlich und wünschte, sie besäße noch genügend Kraft, um den Arm zu heben und ihre Tochter zu berühren.

»Du hattest Recht, es ist ein Mädchen«, bestätigte die Heilerin. »Aber du brauchst dir um deine Tochter keine Sorgen zu machen. Sie ist kräftig und gesund. Sie wird leben!« Tassea lächelte Ilahja aufmunternd an. »Jetzt ruh dich aus, mein Kind. Die Geburt war nicht leicht.« Noch während sie sprach, wickelte die Heilerin das Neugeborene behutsam in eine ihrer Decken, um es gegen die nächtliche Kälte zu schützen. Dann reichte sie es der fremden Frau, die soeben näher getreten war und sich besorgt zu der Heilerin hinabbeugte.

»Es hört nicht auf zu bluten«, flüsterte sie. Dann nahm sie Sunnivah an sich und verschwand in der Dunkelheit hinter dem Feuer.

Ilahja fühlte sich schwindelig und benommen. Von einer dunklen Ahnung getrieben, hatte sie es plötzlich sehr eilig. Sie musste all ihre Kräfte aufbieten, damit es ihr gelang, sich ein wenig aufzurichten und das Amulett über den Kopf zu streifen. »Tassea«, rief sie schwach und die Heilerin beugte sich zu ihr herunter. »Versprich mir, dafür zu sorgen, dass ER mein Kind nicht bekommt«, bat sie und sah Tassea flehend an.

»Was redest du, Kind«, versuchte die Heilerin sie zu beruhigen. »Dafür kannst du in wenigen Sonnenläufen doch selbst sorgen.« Doch es gelang Tassea nicht, ihre Tränen zurückzuhalten, und selbst Ilahja sah, dass sie log.

Obwohl Ilahja spürte, wie das Leben unaufhaltsam aus ihr

hinausfloss, hatte sie keine Furcht. Es gab noch etwas sehr Wichtiges, das sie erledigen musste. Mit einer kraftlosen Bewegung hob sie ihren Arm und reichte Tassea das Amulett. »Dies ist für meine Tochter«, flüsterte sie und begann zu husten. »Es ist ... das Einzige, was ich ihr geben kann, und ich möchte, dass sie es bekommt.«

Sanft nahm die Heilerin den Talisman aus Ilahjas bleichen, kalten Händen und streichelte ihre Wange. »Sie wird ihn ihr ganzes Leben lang tragen, das verspreche ich dir, mein Kind«, schluchzte sie und wandte ihren Blick ab, damit Ilahja die Tränen nicht sah, die nun unaufhaltsam über ihre Wangen liefen.

»Komm, Ilahja!«

Wer rief sie da? Suchend blickte Ilahja sich um. Der Wald und Tassea waren hinter einem undurchdringlichen Nebel verschwunden. Alle Schmerzen waren fort. Sie war allein. »Es wird Zeit, wir müssen gehen.« Nicht weit von ihr entfernt trat die Botin der Gütigen Göttin aus dem Nebel und streckte ihr auffordernd die Hände entgegen. Sie war so schön und freundlich wie in jener Nacht, als sie in ihrer Kammer erschienen war, und Ilahja fühlte sich sofort zu ihr hingezogen. Froh, nicht mehr allein zu sein, ergriff sie die ausgestreckte Hand der Frau und folgte ihr. Doch plötzlich hielt sie inne. Sie konnte doch nicht einfach fortgehen. Sunnivah brauchte sie! Abrupt riss sie sich los und lief einige Schritte zurück. Dann blieb sie stehen. Wo war ihre Tochter? Wo war Tassea?

»Du musst mit mir kommen.« Die Frau war herangetreten und legte ihr tröstend den Arm um die Schultern. »Meine Herrin erwartet dich bereits.«

»Aber meine Tochter ...«, begann Ilahja verzweifelt.

»Deine Aufgabe in deiner Welt ist beendet«, unterbrach sie die Frau. »Du kannst nicht bleiben. Du würdest Sunnivah nur in Gefahr bringen.«

Verständnislos blickte Ilahja die Frau an. Wie konnte sie so etwas sagen, schließlich war sie Sunnivahs Mutter und liebte ihr Kind.

»An-Rukhbar würde sie durch dich leicht finden und das dürfen wir nicht zulassen«, erklärte die Frau und schob Ilahja nachdrücklich vor sich her. »Sunnivah hat noch eine wichtige Aufgabe zu erfüllen.«

Doch Ilahja war noch immer nicht bereit zu gehen und wehrte sich heftig. Was war mit Tassea, Tha-Ury und Kjelt? All diesen geliebten Menschen würde es großen Kummer bereiten, wenn sie einfach fortging.

»Ilahja«, drängte die Frau. »Du kannst dich nicht gegen dein vorbestimmtes Schicksal wehren und außerdem ...«, sie machte eine Pause und deutete nach vorn, »... wirst du dort schon sehnlichst erwartet.«

Ilahja konnte sich nicht vorstellen, wer sie in diesem Nebel erwarten sollte. Neugierig hob sie ihren Blick und erstarrte. Unmittelbar vor ihr öffnete sich der Eingang zu einem leuchtenden Tunnel. Als sie genauer hinsah, erkannte sie, dass sich in dem silberen Licht undeutlich die Gestalten von zwei Menschen bewegten. Doch erst als die beiden an das Tor des Tunnels traten, vergaß Ilahja all ihre Bedenken und trat in das Licht. Wie lange hatte sie sich danach gesehnt.

»Mutter, oh Mutter«, rief sie überglücklich und schloss ihre Mutter und ihre Schwester fest in die Arme.

Das rothaarige Mädchen atmete nicht mehr.

Fassungslos hörte der Riesenalp auf, trockene Äste aus dem Unterholz zu brechen, mit denen er das Feuer die ganze Zeit am Leben erhalten hatte.

SIE war fort!

Kein Feuer der Welt würde ihren Körper je wieder erwärmen, und die Träume, die ihm vor vielen Mondläufen seinen Lebensmut zurückgegeben hatten, würden nun niemals Wirklichkeit werden.

Er hatte keine Tränen, doch der Anblick des toten Mädchens zerriss ihm fast das Herz. Er musste hier weg.

Traurig breitete er seine mächtigen Schwingen aus und floh in die Nacht, während die runden, leuchtenden Scheiben der Monde To und Yu sich wieder aus dem finsteren Schatten, der beide für wenige Augenblicke völlig verdeckt hatte, hervorschoben und der Welt ihr silbernes Licht zurückgaben.

Das Mondlicht war zurückgekehrt und der Nebel fast verschwunden.

Ilahjas Augen waren geschlossen. Ein dünnes Lächeln lag auf ihren Lippen, doch sie atmete nicht mehr.

Tassea breitete eine Decke über Ilahjas leblosen Körper und setzte sich an das erlöschende Feuer. Schweigend starrte sie in die Glut und quälte sich mit Selbstvorwürfen.

Naemy stand auf der anderen Seite des Feuers. In ihren Armen lag das schlafende Kind und sie wiegte es sanft hin und her. Das winzige Mädchen tat ihr Leid und sie fragte sich, ob das so zerbrechlich wirkende Kind der Aufgabe, die das Schicksal für es bereithielt, gewachsen sein würde.

Sie seufzte und sah zu Tassea hinüber. Das grenzenlose Leid im Blick der Heilerin rührte sie, doch sie fand keine Worte, die sie trösten konnten.

Plötzlich hatte sie das Gefühl, der Heilerin erklären zu müssen, warum sie hier war. Sie ging um das Feuer und setzte sich zu ihr, aber Tassea schien sie gar nicht zu bemerken.

»Deine Freundin war sehr tapfer«, sagte Naemy leise. »Doch sie hat ihre Aufgabe erfüllt und musste gehen.«

Sie erhielt keine Antwort, hoffte aber, dass Tassea ihr zuhörte. »Eine Botin der Göttin kam am Morgen zu mir und sagte, dass dieses kleine Mädchen dringend meine Hilfe benötigt«, erklärte Naemy weiter. Vorsichtig zog sie die Decke über der Schulter des Kindes ein wenig zur Seite.

»Sieh selbst«, forderte sie die Heilerin auf.

Trotz des schwachen Mondlichts war das kleine Muttermal auf dem Rücken des Mädchens gut zu erkennen. Zwei ebenmäßige schwarze Kreise gleicher Größe standen dicht beieinander und wurden durch einen ebenso breiten dunkelbraunen Streifen miteinander verbunden.

Tassea blickte ungläubig auf das Kind. »Sie trägt das Mal!«, sagte sie fassungslos.

Naemy nickte. »Mit ihr wird sich Anthorks Prophezeiung erfüllen«, sagte sie. »Und meine Aufgabe ist es, sie an einen sicheren Ort zu bringen.«

Tassea strich mit einem Finger liebevoll über die faltige Stirn des Mädchens und fragte: »Kennt Ihr einen solchen Ort?«

Naemy nickte erneut, verzichtete jedoch darauf, der Heilerin Genaueres zu erklären.

»Dann solltet Ihr sofort aufbrechen«, erklärte Tassea. »Das Kind wird Hunger haben, wenn es erwacht.«

Naemy wusste, dass die Heilerin Recht hatte. Behutsam reichte sie ihr das Kind und begann einen fünfzackigen Stern auf den Boden des Weges zu zeichnen. Als sie damit fertig war, schulterte sie ihre Sachen und trat schweigend zu Tassea.

Diese reichte ihr das Kind, doch Naemy spürte, dass sie zögerte. »Du kannst mir vertrauen! Wo ich sie hinbringe, wird es ihr an nichts fehlen«, erklärte sie. »Es wird ihr gut gehen. Darauf hast du mein Wort.«

Tassea nickte und gab dem schlafenden Mädchen zum Abschied einen Kuss auf die Stirn. »Ilahja wollte, dass sie den Namen Sunnivah bekommt«, sagte sie tonlos.

Plötzlich fiel ihr noch etwas ein. Hastig griff sie in ihr Gewand, holte Ilahjas Talisman hervor und legte das Amulett neben dem Kopf des Mädchens auf die Decke.

»Dieses Amulett gab mir Ilahja kurz vor ihrem Tod«, sagte sie leise. »Es ist für Sunnivah. Sorgt dafür, dass sie es bekommt, wenn sie alt genug ist.«

Naemy nahm das Amulett in die Hand und betrachtete es

eingehend. »Das ist ein sehr kostbares Erbe«, sagte sie ernst.
»Sie wird es erhalten. Du kannst dich auf mich verlassen.«
Naemy trat in die Mitte des Pentagramms.
»Vernichte dieses Pentagramm, sobald ich fort bin.«
Tassea trat vor und reichte Naemy zum Abschied die Hand.
»Das werde ich. Die Göttin möge Euch beschützen.«
»Und dich, Heilerin«, erwiderte die Nebelelfe. Dann wob sie mit ihrem Finger einige verschlungene Zeichen in die Luft und sprach leise die uralten Worte, die das Tor zur Zwischenwelt öffneten.

Wenig später war das Pentagramm leer und Tassea allein. Sorgfältig verwischte sie die Zeichen auf dem Boden mit einem Ast und löschte das heruntergebrannte Feuer.

Ein leises Bellen von Brox ließ sie aufhorchen und erinnerte sie daran, dass sie nicht ganz allein war. Ihr treuer Hütehund lag noch immer neben dem Baum und hob winselnd den Kopf, als er ihre Schritte hörte.

»Brox, oh Brox«, flüsterte Tassea und kraulte liebevoll sein von Blättern verschmutztes Fell, während sie ihn untersuchte. Brox' rechter Hinterlauf war gebrochen.

»Wie es aussieht, wirst du nie wieder Ziegen hüten können«, sagte sie leise zu dem Hund und machte sich daran, das Bein zu schienen.

Danach begann die Heilerin aus jungen, weichen Ästen eine Bahre für die toten Mädchen zu flechten, die das Pony später ziehen sollte. Die Arbeit gestaltete sich sehr mühsam. Erst als die Monde wieder am Horizont erschienen, machte sich Tassea mit ihrer traurigen Last auf den langen Heimweg.

»Wirklich erstaunlich.« In den Augen des Sequestors blitzte es spöttisch, als er von den Pergamenten, die vor ihm auf dem Tisch lagen, aufblickte. Der engste Vertraute und oberste Richter An-Rukhbars war von kleinwüchsiger und gedrungener Statur, die er an diesem Abend äußerst vorteilhaft in eine elegante Tunika aus weinrotem Stoff gehüllt hatte. Sein Gesicht war ebenso rund wie sein Bauch und zeigte noch keine Falten, obwohl der Sequestor den Zenit des Lebens schon lange überschritten hatte. Als er weitersprach, umspielte ein bösartiges Lächeln seine Mundwinkel, das Tarek schon häufig bei ihm beobachtet hatte. Er und der oberste Richter An-Rukhbars hatten kein besonders gutes Verhältnis zueinander. Es gab zwar keinen offenen Streit zwischen ihnen, aber Tarek wusste, dass der Sequestor gern jemand anderen auf seinem Posten gesehen hätte.

»Trotz der Hilfe eines Traumflüsterers ist es Euch nicht gelungen, mehr als sechs Frauen zu finden, bei denen die Magie des roten Auges versagt hat«, fuhr der Sequestor fort. »Und nicht eines dieser Kinder trägt das Mal der Zwillingsmonde.« Selbstgefällig lehnte er sich in seinem Stuhl zurück und verschränkte die Arme vor der Brust. »Seit drei Sommern warten wir nun schon darauf, dass sich Anthorks düstere Prophezeiung erfüllt, und gestern Nacht war es so weit. Also ehrlich gesagt, ich habe ohnehin nicht daran geglaubt, dass der alte Druide mit seinen törichten Worten Recht behalten würde.« Er seufzte, doch auch das wirkte nicht echt. »Wie schade, dass Ihr das Kind nicht finden konntet. Ich möchte wirklich nicht mit Euch tauschen, wenn Ihr An-Rukhbar von Eurem Versagen berichtet. Mir scheint, der Flüsterer ist der Einzige, der mit dem Ergebnis Eurer Suche wirklich zufrieden sein kann. Asco-Bahrran sagte mir, dass er es gar nicht erwarten konnte, mit den toten Kindern in seine Dimension zurückzukehren.« Er schüttelte sich in gespieltem Entsetzen. »Wie auch immer, es ist gut, dass er endlich fort ist. Wirklich eine schauderhafte Kreatur.«

Der Sequestor stand auf und kam schwerfällig um den Tisch herum. Als er direkt vor Tarek stand, beugte er sich herab und blickte dem obersten Kriegsherrn direkt in die Augen. »Wenn Ihr meine Meinung hören wollt, Tarek, war der ganze Aufwand von Anfang an völlig unnötig. Anthork wollte sich damit nur wichtig machen, ein todgeweihter alter Mann, der wusste, dass er alles verloren hatte. Dieses Kind wird es niemals geben!«

Tarek fragte sich allmählich, warum der Sequestor ihn eigentlich hatte kommen lassen. Er verspürte nicht die geringste Lust, sich dessen Sticheleien noch länger anzuhören. Verärgert hob er den Kopf und blickte seinem Gegenüber fest in die Augen. »Ihr scheint vergessen zu haben«, bemerkte er mit fester Stimme, »dass gestern vor Sonnenaufgang noch einmal eine Botin der verbannten Göttin in unserer Dimension entdeckt wurde. Leider war sie ebenso schnell wieder verschwunden, wie sie aufgetaucht war, und Asco-Bahrrans Kreaturen konnten sie wieder nicht ergreifen. Aber wir sollten nicht den Fehler machen, die Verbannte zu unterschätzen. Ich bin sicher, dass ihre Macht noch immer ausreicht, um die Prophezeiung zu erfüllen.«

Der Sequestor trat einige Schritte zurück und machte eine wegwerfende Handbewegung. »Ohne ihren Stab ist sie machtlos«, wies er den Einwand des obersten Kriegsherrn zurück. »Sie kann uns nicht mehr schaden.« Er zuckte mit den Schultern und lächelte verschwörerisch. »Ihr wisst ja, jede Gottheit ist nur dann mächtig, wenn es Menschen gibt, die an sie glauben. Und ich bezweifle sehr, dass es in Thale noch jemanden gibt, der an SIE glaubt. Dafür habe ich gesorgt. Ihr Stab der Weisheit befindet sich an einem sicheren Ort, den sie niemals erreichen wird. Solange sie ihn nicht zurückbekommt, wird es für sie völlig unmöglich sein, die Herrschaft des Erhabenen zu gefährden. Ich bin sicher, die Verbannte hat sich schon längst damit abgefunden, für immer an ihrem trostlosen Verbannungsort zu bleiben.«

Der oberste Kriegsherr ärgerte sich insgeheim über das selbstgefällige Gerede des Sequestors, und dessen gehässige Schadenfreude ließ Tarek innerlich vor Wut kochen. Das Kind mit dem Mal zu finden wäre ein großer Erfolg für ihn gewesen. Doch trotz aller Bemühungen war es ihm nicht gelungen. Wenn es das Kind überhaupt gab. Vielleicht behielt der Sequestor ja Recht und die Macht der verbannten Göttin war wirklich so geschwächt, dass sie keine Gefahr mehr für die Herrschaft An-Rukhbars darstellte.

Tarek fand, dass es allmählich Zeit wurde, das unangenehme Gespräch zu beenden. Mit einer kraftvollen Bewegung erhob er sich aus dem bequemen Sessel, der für die Besucher des Sequestors bereitstand, und fragte barsch: »Also, was wollt Ihr von mir? Eure Meinung über die erfolglose Suche kenne ich jetzt. Dennoch habe ich keinen Zweifel daran, dass ich dieses Kind finden werde«, fuhr er selbstsicher fort, während er sich anschickte das Zimmer zu verlassen.

»Auf ein Wort noch, Tarek, mein Freund.« Der Sequestor war herangetreten und legte ihm in einer freundschaftlichen Geste die Hand auf die Schulter. »Wie Ihr sicher wisst, haben wir unter den Frauen einige Verluste zu beklagen. Alle Bemühungen unserer Heiler konnten es bedauerlicherweise nicht verhindern, dass drei der Frauen unseren kleinen Eingriff nicht überlebten. Und zwei weitere ...«, er schüttelte in falscher Trauer den Kopf, »... das ist wirklich besonders tragisch, haben ihrem Leben hinterher selbst ein Ende bereitet.«

Die Worte des Sequestors widersprachen seinem kalten Tonfall und ließen keinen Zweifel daran, dass er den Tod der Frauen weder bedauerlich noch besonders tragisch fand.

»Ihr solltet Euch besser darauf vorbereiten, dass es in den Heimatorten dieser Frauen etwas unruhig werden könnte«, riet der oberste Richter und klopfte Tarek kameradschaftlich auf die Schulter.

Mit einer kurzen, schnellen Drehung entfernte Tarek die Hand des Sequestors von seiner Schulter und sah ihn ärgerlich an. »Ihr braucht mich nicht auf die Folgen Eures rücksichtslosen Umgangs mit Menschenleben hinzuweisen«, antwortete er gereizt. »Es wäre ja nicht das erste Mal, dass es deshalb in den Dörfern Schwierigkeiten gibt. Aber seid unbesorgt, damit werden meine Krieger schon fertig.« Schwungvoll drehte er sich um und verließ das Arbeitszimmer. Dieser Mann widerte ihn an.

Auf dem Rückweg in seine Gemächer beschäftigte ihn nur ein Gedanke. Wurde in der vergangenen Nacht wirklich kein Kind mit dem Mal der Zwillingsmonde geboren? Oder hatte er es nur nicht gefunden? In seinen Gedanken hörte er noch einmal die Worte An-Rukhbars: »Ihr werdet für Euer Versagen bezahlen, wenn Ihr das Kind nicht zu mir bringt.«

Doch wo sollte er noch suchen?

Wo könnte man ein solches Kind versteckt halten?

Nachdenklich durchschritt er die langen Gänge der gewaltigen Festungsanlage und legte dabei den weiten Weg zu seinem Arbeitszimmer in erstaunlich kurzer Zeit zurück.

In der Hoffnung, noch eine Weile ungestört nachdenken zu können, suchte er jedoch zunächst seine privaten Räume auf.

Die schwere Eichentür zu seinen Gemächern stand einen Spalt offen und ein angenehm frischer Windzug streifte sein Gesicht, als er sein Schlafzimmer betrat.

Zu unruhig, um sich hinzusetzen, trat Tarek an eines der weit geöffneten Fenster, schloss die Augen und genoss für einen Moment den Duft des Frühsommers in der frischen Bergluft. Als er sie wieder öffnete, sah er in der Ferne die letzten Strahlen der untergehenden Sonne hinter den sich hoch auftürmenden Wolken am Ylmazur-Gebirge verblassen. Ein Gewitter zog auf.

Wer konnte ihm seine Fragen beantworten?

Nicht zum ersten Mal bedauerte er, dass An-Rukhbar nach seinem Sieg über die Gütige Göttin alle Seher des Landes hatte hinrichten lassen.

Soweit ihm bekannt war, gab es im ganzen Land niemanden mehr mit solchen Fähigkeiten. Niedergeschlagen sah Tarek auf die gewaltige Festungsanlage hinab. Ohne besonderes Interesse beobachtete er die Menschen in den engen Gassen und ließ seinen Blick gelangweilt über die Festungsmauern des inneren Verteidigungsrings schweifen, bis er schließlich an den dicken, weiß gekalkten Mauern eines großen Gebäudes hängen blieb.

Der Kerker von Nimrod!

Tarek hatte schon öfter daran gedacht, ihn zu betreten und nachzusehen, ob sich unter den Gefangenen nicht doch noch ein Seher befand. Das war ihm bisher jedoch so unwahrscheinlich erschienen, dass er den Gedanken jedes Mal wieder verworfen hatte.

Diesmal nicht. Entschlossen verließ er das Zimmer und machte sich auf zum Kerker.

Sein Weg führte ihn durch schwach erleuchtete und fast menschenleere Gänge in die finstersten Gewölbe der Festungsstadt. Einen Weg, den schon so viele gegangen waren, die das Sonnenlicht niemals wieder erblicken würden. Nicht zuletzt deshalb war der Kerker von Nimrod im ganzen Land gefürchtet. Auch Tarek betrat ihn nur äußerst ungern. Doch wenn er eine Antwort auf seine Fragen erhalten wollte, hatte er keine andere Wahl.

Lange bevor er die gewundene Treppe zu den Kellergewölben hinunterging, schlug ihm ein so unangenehmer Geruch von Schimmel und faulem Wasser entgegen, dass er sich angeekelt die Hand vor Mund und Nase hielt. Der Gestank verschlimmerte sich, je weiter er die Treppe hinabstieg. Gleichzeitig wurde es feucht und kalt. Tarek hielt sich noch immer die Hand vor den Mund, doch das half hier nicht viel. Endlich hatte er das Gewölbe erreicht, in dem sich die Zellen befanden. Vor dem vergitterten Eingang gab es eine kleine Wachstube und eine Kammer für den Kerkermeister. Tarek durchquerte die Wachstube ohne anzuklopfen und achtete nicht auf die vier ungepflegt wirkenden Soldaten, die erschrocken aufsprangen und ihre Spielkarten achtlos auf den Tisch fallen ließen. Auch die Kammer des Kerkermeisters betrat er ohne ein Zeichen. Dieser war jedoch in seinem Stuhl so fest eingeschlafen, dass er den obersten Kriegsherrn überhaupt nicht bemerkte.

Ein harter Tritt gegen den Stuhl ließ den Schlafenden verwirrt aufspringen. »Kerkermeister, ich habe nicht viel Zeit«, erklärte Tarek knapp. »Seid Ihr so wach, dass Ihr mir sagen könnt, ob sich unter den Gefangenen in den Zellen noch ein Seher befindet?« Der Kerkermeister antwortete nicht sofort. Umständlich versuchte er in aller Eile seine ungepflegte Uniform zu ordnen, hatte jedoch wenig Erfolg damit, denn trotz seiner verzweifelten Bemühungen und dem trüben Licht ließ sich ihr schlechter Zustand noch immer deutlich erkennen.

»Nun antwortet schon!« Ungeduldig schlug Tarek mit der flachen Hand auf den Tisch. »Gibt es hier unten einen Seher oder nicht?«

Der Kerkermeister räusperte sich und begann unsicher zu sprechen: »Einer ist noch da. Es könnte sogar sein, dass er noch am Leben ist. Aber macht Euch nicht zu viele Hoffnungen. Der sitzt schon seit elf Sommern hier. Mit solchen Gefangenen ist meistens nicht mehr viel los.«

»Bring mich sofort zu ihm!«, befahl Tarek. Er hatte nicht daran geglaubt, dass in diesem Kerker noch ein Seher am Leben war. Nun war er umso ungeduldiger, ihn endlich befragen zu können. Mit dem Kerkermeister und einem der Wachsoldaten machte er sich auf den Weg zu dem Gefangenen.

Unten im Zellengewölbe wurde der Gestank beißend und unerträglich. Hier vermischte sich der unangenehme Geruch von Schimmel und Moder mit dem widerlichen Gestank von Exkrementen und Tod. Je tiefer sie in das Gewölbe vordrangen, desto schlimmer wurde es. Tarek kämpfte gegen die aufkommende Übelkeit an und konnte plötzlich gut verstehen, dass der Dienst im Kerker unter seinen Befehlshabern eine beliebte Strafe für ungehorsame Soldaten war.

Endlich machte der Kerkermeister vor einer der halb vermoderten Zellentüren Halt, die offensichtlich nur noch von einigen rostigen Eisenstangen zusammengehalten wurde.

»Wir haben sie schon lange nicht mehr geöffnet«, entschuldigte er sich, während er umständlich nach dem passenden Schlüssel suchte.

»Also essen tut er noch«, beeilte er sich zu sagen und deutete auf eine kleine Klappe im unteren Teil der Tür, wo in einer hölzernen Schale die Reste einer Mahlzeit standen. Allerdings konnte Tarek den Essensresten, auf die der Kerkermeister ihn aufmerksam machte, beim besten Willen nicht ansehen, ob sie erst seit gestern oder schon seit einigen Sommern dort lagen.

Im selben Moment, als der Kerkermeister den Schlüssel im Schloss herumdrehte, erleuchtete der erste grelle Blitz den pechschwarzen Himmel über Nimrod, gefolgt von wütendem Donnergrollen. Doch die Männer in dem Gewölbe bemerkten nichts davon. Tarek nahm eine der rußenden Fackeln aus ihrer Halterung. »Ich werde allein hineingehen«, erklärte er und bückte sich, um die Zelle zu betreten.

Der Gestank im Innern der Zelle war unerträglich. Tarek hielt die Fackel mit einer Hand und bedeckte mit der anderen gleichzeitig Mund und Nase, musste jedoch feststellen, dass es für ihn keine Möglichkeit gab, dem beißenden Geruch zu entkommen, ohne dabei zu ersticken. Im schwachen Licht der Fackel blickte er sich in der Zelle um. Das

Bild, das sich ihm bot, verschlug ihm die Sprache. Angewidert unterdrückte er den Impuls, auf der Stelle kehrtzumachen und diesen Ekel erregenden Ort weit hinter sich zu lassen.

Die Zelle war winzig klein und ohne jedes Licht. Außer einer kleinen Tonschale, in der die Gefangenen ihr Essen erhielten und vor der sich gerade zwei Ratten um die Reste der letzten Mahlzeit stritten, gab es in diesem Raum nur noch ein halb verrottetes, mit feuchtem Moos bewachsenes Brett. Es war an einer der Wände befestigt und diente dem Gefangenen als Schlafplatz. Auf diesem Brett saß ein verwahrloster alter Mann mit langem, verfilztem Bart und schütteren, weißen Haaren. Er war blind und starrte Tarek mit weit geöffneten Augen an. Den obersten Kriegsherrn beschlich für einen Moment das unheimliche Gefühl, dass der Alte ihn bereits erwartet hatte.

Am meisten überraschte Tarek jedoch die Haltung des Mannes. Sie zeugte von einer Würde, wie er sie noch nie bei einem Gefangenen gesehen hatte. Offensichtlich hatten selbst die vielen Sommer in dieser menschenunwürdigen Umgebung es nicht geschafft, den Stolz des Alten zu brechen.

»So hat Euch Eure Verzweiflung endlich zu mir geführt«, begann der Seher mit heiserer Stimme. »Der mächtige Tarek ist ratlos und sucht die Antworten auf seine quälenden Fragen bei einem Todgeweihten.«

Wie konnte der Gefangene das wissen? Verwirrt suchte Tarek nach den richtigen Worten. Er war sich jetzt so sicher wie nie zuvor, dass der Alte die Antworten auf seine Fragen kennen musste. Es würde ihn auch nicht wundern, wenn er sogar die Fragen schon kannte, die er ihm stellen wollte.

Der Seher begann erneut zu sprechen und der Klang seiner brüchigen Stimme ließ erahnen, wie unendlich lange kein Ton mehr aus seiner Kehle gekommen war. »Du vermutest richtig. Ich kenne deine Fragen und ich kenne auch die Antworten dazu, aber noch ist es nicht sicher, ob du sie auch hören wirst.«

Die Worte des Alten machten Tarek zornig. Wen glaubte dieser einfältige alte Mann vor sich zu haben? Er würde seine Antworten bekommen, selbst wenn der Seher nicht bereit war freiwillig zu sprechen. Dafür kannte er viele erfolgreiche Methoden.

Tarek steckte die Fackel in eine rostige Halterung. »Du solltest mir besser alles, was du über das Kind mit dem Mal weißt, erzählen, alter Mann«, sagte er drohend. Er war sich über das Alter des Mannes nicht sicher, aber der Seher machte den Eindruck, als hätte er die übliche Lebenserwartung bereits weit überschritten. »Solltest du dich weigern, werden die letzten Stunden deines Lebens sehr unangenehm und schmerzhaft für dich werden«, drohte er.

Doch der Alte ließ sich nicht so leicht einschüchtern. »Mächtiger Gebieter«, erklärte er in einem Tonfall, der deutlich machte, dass Macht ihm nichts bedeutete. »Ihr versucht jemandem zu drohen, der bereits tot ist.« Er schüttelte sein greises Haupt und deutete mit seiner knochigen Hand in die Richtung, wo er den Himmel vermutete. »Die Zwillingsmonde haben sich verfinstert, wie Anthork es einst vorhergesagt hat. Ein Kind wolltet Ihr finden und habt dazu ein mächtiges Wesen der Finsternis beschworen, Euch zu helfen. Dennoch blieb Eure Suche erfolglos.«

Wie aus weiter Ferne rollte ein Donner heran und ließ den Boden des Kerkers erbeben. Er war gerade laut genug, um zu verkünden, dass sich das Gewitter nun direkt über der Festungsstadt befand.

Tarek schenkte dem Unwetter keine Beachtung. »Du hast die Wahl, Seher«, drängte er. »Entweder du antwortest freiwillig oder wir werden dich dazu zwingen. Wähle gut, alter Mann, denn wenn du uns hilfst, könnte dies für dich die Freiheit bedeuten.«

Der Seher seufzte und schüttelte erneut den Kopf. »Ihr verschwendet Eure Zeit, mächtiger Tarek. Die Freiheit, nach der ich mich sehne, könnt Ihr mir in diesem Leben nicht mehr bieten. Schon bald wird die Göttin ihre Hand nach mir ausstrecken und mich zu sich rufen. Dann ... werde ich wirklich frei sein!«

Zornig packte Tarek den alten Mann bei den Schultern und hob ihn hoch. Wie konnte dieser halb tote Gefangene es wagen, sich ihm zu widersetzen und sein großzügiges Angebot verhöhnen! Der Seher wirkte so leicht und zerbrechlich wie ein kleines Kind, seine Muskeln waren schlaff und er hing wie eine Puppe in Tareks Händen, der ihn erbost anblickte. »Du wirst mir jetzt sofort antworten«, schrie er aufgebracht. »Sag mir, ob die Prophezeiung des Druiden sich gestern Nacht erfüllt hat! Gibt es in Thale ein Kind mit dem Mal der Zwillingsmonde?« Wütend schüttelte er den alten Mann hin und her.

In diesem Moment ließ ein lauter Donner den Boden des Kerkers erzittern. Feiner Staub rieselte von der Decke.

»Ah!« Der Seher stöhnte vor Schmerzen, versuchte jedoch nicht, sich aus Tareks Griff zu befreien. »Es ist Euch nicht bestimmt, das Kind mit dem Mal zu finden.« Die Stimme des Sehers war schwach und kaum zu verstehen. Dennoch sprach er weiter, während er mit seinen blinden Augen zur Zellendecke hinaufstarrte, als würde er von dort Hilfe erwarten. »Verborgen wird es bleiben, noch viele Jahre lang. Erst wenn es zu spät ist, werdet Ihr es erkennen.«

»Also wurde es doch geboren!« Tareks Wut über sein eigenes Versagen kannte keine Grenzen und richtete sich unmittelbar gegen den Gefangenen. Wutentbrannt hob er den Alten hoch und wollte ihn gerade in eine Ecke schleudern, als ihm einfiel, dass der Seher auch wissen musste, wo man das Kind versteckt hielt. »Sag mir, wo es ist. Sag mir, wo ich das Kind finden kann!«, schrie er den Seher an und schüttelte ihn erneut.

Plötzlich ließ ein gewaltiger Donnerschlag die Grundmauern der Feste erbeben und riss Tarek von den Füßen. Erschrocken ließ er den alten Mann los und stürzte zu Boden. Der Seher fiel dicht neben ihm auf den harten Stein, wo er regungslos und mit verdrehten Gliedern liegen blieb. Das Beben wollte kein Ende nehmen. Wände und Decke der Zelle begannen zu knirschen und immer mehr Staub rieselte aus den Ritzen und Fugen. Die beiden Ratten in der Zelle verschwanden mit aufgeregtem Gekreische gerade noch rechtzeitig in einem kleinen Loch unter dem Bett, bevor sich ein großer Brocken von der Zellendecke löste und direkt neben der Tonschale auf den Boden schlug. Auch die Fackel löste sich aus ihrer rostigen Halterung und fiel Funken sprühend auf den mit altem Stroh bedeckten Boden.

Draußen auf dem Gang schrie der Kerkermeister etwas, das Tarek nicht verstehen konnte. Dann erschien der Kopf des Kerkermeisters in der Zellentür. Sein Gesicht war von Panik gezeichnet. »Raus hier! Schnell!«, schrie er Tarek zu und dieser reagierte sofort. Denn die Fackel hatte das Stroh auf dem Zellenboden in Brand gesetzt und der beißende Qualm nahm ihm die Sicht. Hustend und mit tränenden Augen verließ er die Zelle.

Auch die Luft in dem engen Gang vor der Zellentür war voller Staub. Die Gefangenen in den Zellen schrien panisch um Hilfe, aber niemand beachtete sie. Die Wachsoldaten waren längst geflohen. Der Boden bebte noch immer und das Chaos wurde schlimmer, als erneut ein Donner den Kerker erschütterte. Nur wenige Augenblicke nachdem Tarek die Zelle verlassen hatte, stürzte die Decke hinter ihm ein. Tonnenschwere Gesteinsbrocken löschten das Feuer und begruben den alten Mann unter sich.

Tarek blieb keine Zeit zum Nachdenken. Der Kerkermeister hatte ihn am Arm gepackt und zerrte ihn durch einen undurchdringlichen Nebel aus Staub und Dunkelheit hinter sich her. Tarek wehrte sich nicht und folgte ihm widerstandslos. Ohne die Hilfe des Kerkermeisters würde er den Weg aus diesem Chaos niemals finden. Es erschien ihm fast wie ein Wunder, dass sie die Wachstube unverletzt erreichten.

Als sie den Kerker hinter sich ließen, blieben sie überrascht stehen. Die Luft war wieder klar und auch der Boden bebte nicht mehr. Alle Zeichen von Zerstörung waren verschwunden. Nur das Gewitter tobte noch mit unverminderter Heftigkeit über der Festungsstadt.

Es war unglaublich! Tarek war fest davon überzeugt gewesen, dass die ganze Festung einstürzte, doch die Verwüstungen beschränkten sich nur auf den Kerker, wo die Schreie der Gefangenen allmählich verstummten.

Der Kerkermeister saß zitternd und völlig erschöpft auf dem Boden. Er stützte seinen Kopf mit den Händen und hatte die Augen geschlossen. Tarek wusste, dass der Mann ihm das Leben gerettet hatte. In einer kameradschaftlichen Geste legte er ihm seine Hand auf die Schulter. »Ich danke dir«, sagte er freundlich. »Du wirst noch von mir hören.« Dann stand er auf und verließ mit raschen Schritten den Ort der Zerstörung.

Das Kind lebte! Die Worte des Sehers brannten in Tareks Gedanken, während er sich auf dem Weg in sein Arbeitszimmer machte, um seinen Bericht zu schreiben. Er hatte versagt! Aber er würde nicht ruhen, bis er das Kind gefunden hatte!

Zweites Buch
Die Schwertpriesterin

Der körperlose Wächter beendete seine Runde und gesellte sich zu seinem Bruder. Schweigend schwebten sie nebeneinander in der undurchdringlichen Dunkelheit, die den einzigen erleuchteten Ort dieser Dimension von allen Seiten umschloss. Unmittelbar hinter ihnen erhob sich die magische Außenhülle einer gewaltigen Kugel, deren phosphoreszierendes Leuchten es den Wächtern unmöglich machte, einen Blick ins Innere des Gefängnisses zu werfen, das sie nun schon eine Ewigkeit bewachten.

Die Wächter kannten nur ihre Aufgabe und besaßen kein Gedächtnis. Sie konnten sich nicht daran erinnern, dass die Kugel einmal transparent gewesen war. Damals hatten sie die beiden Gefangenen, die sich im Innern der Kugel befanden, noch deutlich sehen können, doch dann begann das Licht ganz allmählich immer stärker zu werden und verwehrte ihnen schließlich jeden Einblick. Sie hätten es melden müssen, aber die Veränderung verlief so langsam, dass sie es gar nicht bemerken konnten.

Irgendwann begann der zweite Wächter mit seinem Rundgang. Aufmerksam tasteten seine Sensoren die magische Hülle der Kugel ab, während er gleichzeitig in ihrem Inneren nach den Gefangenen suchte. Deutlich spürte er die Aura der beiden Frauen. Alles schien in Ordnung. Erst als er die Runde schon fast beendet hatte, entdeckte er den feinen Riss in der Außenhülle. Oranges Licht floss in einem feinen Rinnsal aus der Kugel und zog sich wie ein langer leuchtender Faden durch die Unendlichkeit der Dimension.

Es war bereits der dritte Vorfall dieser Art. Und auch ihn vermerkte der Wächter in seinem Protokoll. Dann verschloss er den Riss sorgfältig, beendete seine Runde und sandte seinen Bericht an das Medium in Nimrod.

Aufmerksam, jedoch ohne Eile verfolgten die beiden Jäger die glänzende Blutspur auf dem feuchten Waldboden. Sie waren zufrieden, denn sie hatten gut gezielt. Die große graue Wölfin, die seit einigen Mondläufen in den Wäldern von Daran herumgestreift war und das wenige und daher kostbare Vieh der Bauern gerissen hatte, war schwer verwundet.

Sie war auf der Flucht, bewegte sich jedoch nur noch langsam vorwärts. Die Jäger wussten, dass es lediglich eine Frage der Zeit sein würde, bis sie das erschöpfte Tier eingeholt hatten.

Wenig später sahen sie die Wölfin.

Sie lag auf einer kleinen Lichtung im hohen Gras. Die beiden Pfeile der Jäger steckten noch immer in ihrer Flanke und ihr helles Bauchfell glänzte rot. Auf dem Boden hatte sich bereits eine dunkle Blutlache gebildet, die sich rasch vergrößerte. Aber das Tier lebte noch. Zwar ging ihr Atem nur flach und stoßweise, doch ihre schwarzen Augen funkelten die Jäger auch jetzt noch gefährlich an.

Die Männer hatten keine Eile. Geduldig verharrten sie am Rande der Lichtung und warteten darauf, dass die erschöpfte Wölfin starb. Als es endlich so weit war, machten sie sich daran, sie als Beweis ihrer erfolgreichen Jagd mitzunehmen.

Einer der Jäger ging zurück in den Wald, um einen dicken Ast aus dem Unterholz zu schneiden, während der andere neben der Wölfin niederkniete, um ihre Pfoten mit einem Lederband zusammenzubinden. Plötzlich hörte er ein merkwürdiges sirrendes Geräusch über sich. Es war nicht sehr laut, aber in der Stille des Waldes deutlich zu vernehmen. Verwundert schaute der Jäger nach oben.

Überwältigt von dem unglaublichen Anblick sah er, wie sich eine leuchtende orange Kugel lautlos durch das grüne Blätterdach der Bäume herabsenkte und langsam auf ihn zuschwebte. Erschrocken sprang der Jäger auf und wich einige Schritte zurück. Die Kugel war etwa so groß wie ein Apfel, doch ihre leuchtende Aura ließ sie weitaus größer erscheinen. Über dem noch warmen Körper der Wölfin verharrte die Kugel regungslos, während sich ihr Glanz weiter dehnte und streckte, bis er das Tier schließlich ganz einhüllte. Nun setzte sich auch die Kugel wieder in Bewegung. Zielstrebig schwebte sie über das dichte graue Fell, bis sie schließlich über dem Schädel der Wölfin erneut stehen blieb. Gleichzeitig begann sie zu rotieren. Zunächst langsam, dann immer schneller wirbelte sie um ihre eigene Achse, während sich das seltsame Sirren und Vibrieren immer weiter verstärkte.

Starr vor Schrecken beobachtete der Jäger das unheimliche Geschehen und wagte nicht sich zu rühren. Erst als sich die rotierende Kugel in einen kleinen wirbelnden Strudel verwandelte und geräuschlos im Schädel der Wölfin verschwand, erwachte er aus seiner Erstarrung. Den Blick noch immer auf das tote Tier gerichtet, tastete er sich vorsichtig rückwärts auf das schützende Unterholz des Waldes zu.

Das Leuchten war fort und mit ihm die Geräusche. Für einen winzigen Moment lag die Wölfin da, als sei nichts geschehen. Dann bewegte das Tier plötzlich seinen Kopf. Ein eisiger Schrecken durchfuhr den Jäger, als die tot geglaubte Wölfin plötzlich die Augen öffnete und ihn aus orange glühenden Augen anstarrte. Das Lederband entglitt seinen Händen. Ein nie gekanntes Grauen ließ ihn herumfahren und schreiend in den Wald hineinstürzen.

Im selben Augenblick trat der zweite Jäger aus dem Unterholz. Er hörte seinen Kameraden schreien und warf einen raschen Blick auf die Wölfin. Als er erkannte, dass sie wieder zum Leben erwacht war, weiteten sich seine Augen in grenzenlosem Entsetzen. Voller Panik ließ er den Ast fallen und folgte seinem Freund in heilloser Flucht.

Die Wölfin sah den Männern nach, folgte ihnen aber nicht. Sie wusste, sie würden nicht zurückkommen. Gelassen wandte sie den Kopf und zog die beiden Pfeile aus ihrem Körper. Zufrieden beobachtete sie, wie sich die Wunden schlossen und der Blutstrom versiegte. Dann säuberte sie mit ihrer rauen Zunge das Fell vom Blut. Als sie damit fertig war, hob sie ihre feine Nase witternd in den Wind und sah sich um.

Der Ort war gut gewählt.

Die Wölfin gähnte. Sie hatte noch viel Zeit. Erst wenn die Monde über den Bäumen erschienen, würde sie sich auf den Weg machen. Langsam erhob sich das graue Tier und schritt gemächlich zu einer mit weichem Gras bewachsenen Stelle zwischen zwei jungen Bäumen. Eine lange Reise lag vor ihr und ihre Aufgabe würde nicht leicht werden. Ein lang gezogener Seufzer drang aus der Kehle der Wölfin. Dann rollte sie sich im Schatten zusammen, um noch etwas zu schlafen.

Die Sonne würde bald untergehen.

Über dem kleinen Weiher in den riesigen, undurchdringlichen Wäldern von Daran lag silbern schimmernder Dunst. Mannshohes Schilfgras wiegte sich sanft in der leichten Abendbrise und die tiefgrünen Blätter der Ufererlen raschelten leise. Und während das letzte Licht des milden Spätsommerabends immer schneller schwand, verdichtete sich der Dunst über dem Weiher zu einem bizarren Gespinst aus dünnen Nebelschwaden.

Sunnivah saß auf einem alten, morschen Eichenstamm und blickte über das dunkle Wasser. Seufzend schloss sie die Augen, zog die kühle, feuchte Luft tief in ihre Lungen und versuchte eins zu werden mit dem Frieden, der sie von allen Seiten umgab. Sie liebte diesen Ort. Er war ihre Zuflucht, so lange sie zurückdenken konnte, und sie suchte ihn auf, wann immer sie allein sein wollte.

Es war die letzte Nacht, die sie in der vertrauten Umgebung des Hauses der Novizinnen verbringen würde. Schon morgen Abend gehörte sie zu den Priesterinnen. Der Gedanke daran jagte ihr einen leichten Schauer über den Rücken und sie schalt sich wegen ihrer kindischen Furcht. Gedankenverloren brach sie einige Stücke von der losen Rinde des Baumstamms ab und warf sie ins Wasser. Wie kleine Boote trieben sie auf dem Weiher, wo sich ihre ringförmigen Wellen immer weiter ausbreiteten.

In einer gewohnten Geste wanderten Sunnivahs Hände durch den schmalen Halsausschnitt ihres Gewandes zu dem kunstvoll eingefassten Stein, den sie an einem dünnen Lederband um den Hals trug. Er war ein Geschenk ihrer Mutter und das Einzige, was sie von ihr besaß. Traurig drehte sie den orangefarbenen Stein in den Händen und fragte sich, was ihre Mutter wohl für eine Frau gewesen sein mochte.

Es gab nicht viel, was Sunnivah über sie wusste. Man hatte ihr nur gesagt, dass sie eine junge Priesterin gewesen sei, die bei ihrer Geburt gestorben war.

Auch ihren Vater kannte Sunnivah nicht, doch das war unter den Priesterinnen nicht ungewöhnlich, denn dort, wo sie zu Hause war, gab es keine Männer.

Als An-Rukhbar vor mehr als dreißig Sommern die Druiden besiegt und die Gütige Göttin verbannt hatte, waren die überlebenden Priesterinnen an diesen geheimen Ort geflohen. Sie hatten ihm den Namen In-Gwana-Thse gegeben, was in der alten Sprache der Druiden so viel bedeutete wie: »Der Göttin geweiht«. Ein mächtiger Elfenzauber verbarg sie seitdem vor den Augen An-Rukhbars und schützte sie vor seinen Kriegern.

Doch die Sommer vergingen und die Zahl der Priesterinnen wurde immer geringer. Niemand fand den Weg zu ihnen, denn nur die Nebelelfen kannten die verborgenen Pfade, auf denen In-Gwana-Thse zu erreichen war. Um das Wissen der Priesterinnen zu erhalten und ihren Fortbestand zu sichern, hatte sich die Priesterinnenmutter vor zwanzig Sommern zu einem ungewöhnlichen Schritt entschlossen. In jedem Jahr wählte sie zwei junge Priesterinnen aus, die ihre Heimat für kurze Zeit verlassen sollten, um sich in Daran einen Gefährten zu suchen. Dort wurden sie von einer Heilerin namens Mino-They aufgenommen, die sie als ihre Schülerinnen ausgab. Sobald die Priesterinnen ein Kind empfangen hatten, kehrten sie in ihre Heimat zurück, um ihre Kinder hier zur Welt zu bringen. Es waren ausnahmslos Mädchen. Keine Priesterin hatte jemals einem Jungen das Leben geschenkt.

Eine plötzliche Bewegung auf der anderen Seite des Weihers riss Sunnivah aus ihren Gedanken. Aufmerksam lauschte sie auf die Geräusche des Abends, konnte jedoch nichts Ungewöhnliches entdecken. Müde erhob sie sich und streckte ihre steifen Glieder. Es war bereits dunkel, Zeit, sich auf den Heimweg zu machen.

Erst als das Geräusch ihrer Schritte in der nächtlichen Stille verklungen war, trat die nebelgraue Wölfin an den Weiher. Das Licht der aufgehenden Monde ließ ihr dichtes Fell schimmern, während sie ihren Durst stillte. Dann trottete sie langsam zu dem alten Baumstamm hinüber und nahm mit ihrer empfindlichen Nase den Geruch des rothaarigen Mädchens in sich auf. Anschließend wandte sich die Wölfin wieder dem Wasser zu und suchte witternd den Boden ab. Die Fährte des Mädchens war noch frisch. Aber die Wölfin brauchte ihr in dieser Nacht nicht zu folgen. Sie würde das Mädchen jederzeit wieder erkennen.

Sunnivah hatte die Tempelstadt fast erreicht und spähte aufmerksam voraus. Und wie so häufig, wenn sie ihre Heimat betrachtete, kam ihr der Gedanke, dass die bescheidene Ansammlung der zehn runden Hütten auf der großen, von hohen Bäumen gesäumten Lichtung ihren hochtrabenden Namen eigentlich nicht verdiente.

Die hölzernen Bauten unterschiedlicher Größe dienten den Priesterinnen als Schlaf- oder Vorratshäuser und waren kreisförmig um ein großes rundes Gebäude, das Gebetshaus, errichtet worden. Von jeder Hütte führte ein steinerner Weg dorthin, denn das Gebetshaus war der zentrale Ort in der Gemeinschaft der Priesterinnen. Alle Zeremonien und Rituale wurden dort abgehalten und vor Sonnenuntergang versammelten sich dort alle Bewohner In-Gwana-Thses zum Gebet.

Leise ging Sunnivah durch den kleinen Kräutergarten hinter dem Haus der Novizinnen. Die Geschöpfe der Nacht waren inzwischen erwacht. Fledermäuse jagten im Mondlicht zwischen den Hütten nach großen Faltern, die den Tag im Schatten der Bäume verschlafen hatten. Hoch oben in den Baumkronen riefen zwei Eulen und die leuchtenden Augen eines Fuchses blitzen kurz hinter einem Gebüsch auf.

Sunnivah nahm all dies überdeutlich war, während sie mit ihren nackten Füßen langsam über die warme, feuchte Erde auf dem schmalen Weg zwischen den Beeten auf das Haus zu schritt. Doch die kleine Tür, die vom Garten aus ins Haus führte, war von innen verriegelt und sie sah sich gezwungen die Eingangstür zu benutzen.

Als Banya-Leah, die Priesterinnenmutter der Gütigen Göttin, ihren Blick für einen Moment von den Aufzeichnungen erhob und aus dem Fenster sah, erkannte sie Sunnivah, die im hellen Mondlicht hinter dem Haus der Novizinnen hervorkam. Das weiße Gewand des Mädchens schimmerte silbern und ihr langes, rotes Haar flutete über die Schultern bis zur Hüfte hinab. Nachdenklich beobachtete die Priesterinnenmutter, wie Sunnivah die Tür des Schlafhauses öffnete und leise hineinschlüpfte.

Morgen schon!

Der Gedanke jagte ihr einen schmerzhaften Stich durch den Körper. »Oh, Göttin, warum schon morgen?« Sie seufzte leise, legte die Pergamente aus der Hand und schaute zu den Sternen hinauf.

Wie schnell die Jahre doch vergangen waren. Aus dem winzigen, hungrig schreienden Säugling, den ihr die Nebelelfe

Naemy vor sechzehn Sommern in die Arme gelegt hatte, war viel zu schnell eine junge Frau geworden. Damals war Banya-Leah noch nicht Priesterinnenmutter gewesen und hatte, nur wenige Sonnenläufe bevor die Nebelelfe in In-Gwana-Thse erschien, ihre eigene kleine Tochter im Alter von nur einem Mondlauf verloren.

Man hatte ihr nichts verschwiegen. Von Anfang an hatte sie gewusst, welches Schicksal ihrer Pflegetochter bestimmt war, auch wenn Sunnivah selbst noch nichts davon ahnte. Traurig hoffte die Priesterinnenmutter, dass Sunnivah verstehen würde, warum sie ihr stets die Wahrheit vorenthalten hatte. Denn morgen würde auch sie alles über ihr Schicksal erfahren.

Sunnivah hatte kaum geschlafen. Immer wieder war sie in wirre Träume und Visionen geglitten, an die sie sich jedoch nicht mehr erinnern konnte.

Noch vor dem Morgengrauen stand sie auf und kleidete sich so geräuschlos an, dass sie keine der anderen Novizinnen weckte. Leise ging sie in den Garten hinaus und setzte sich hinter dem Haus auf eine Bank. Es war kühl. Die Vögel erwachten gerade. Auch wenn sie so spät im Sommer nicht mehr sangen, huschten sie doch geschäftig in den Büschen zwischen den Hütten umher.

Sunnivah gähnte und blinzelte die Müdigkeit aus ihren Augen. Sie fühlte sich unausgeschlafen und ärgerte sich darüber. Was für ein schlechter Anfang für diesen Tag, dachte sie mürrisch und sah zu den Bäumen hinauf. Dort schickte die niedrig stehende Sonne gerade ihre ersten rotgoldenen Strahlen durch die Baumkronen und bedeckte den Boden mit einem komplizierten Muster aus Licht und Schatten. Müde lehnte Sunnivah ihren Kopf an die Hauswand und schloss noch einmal die Augen.

»Ein schöner Morgen!«

Sunnivah erschrak. Offenbar war sie noch einmal eingeschlafen, denn die Sonne stand schon über den Bäumen, und ihr Nacken schmerzte.

»Ich habe dich gesucht.« Kyany, ihre beste Freundin, trat aus dem Haus und setzte sich zu ihr auf die Bank. Unter ihrem dünnen Mantel trug sie nur ein leinenes Nachtgewand und ihre schulterlangen, widerspenstigen Locken kringelten sich noch ungebändigt in alle Richtungen. »Bist du schon lange wach?«, fragte sie.

»Ja, ich habe sehr schlecht geschlafen.« Sunnivah streckte sich ausgiebig.

»Ich habe auch so gut wie gar nicht geschlafen«, erklärte Kyany. »Und wenn, dann habe ich nur wirres Zeug geträumt. Ich habe sogar gehört, als du dich ins Haus geschlichen hast. Und ich glaube, dass Roven dich auch bemerkt hat. Aber sie hat so getan, als ob sie schliefe.«

Sunnivah lächelte. »Gute, alte Roven. Ich glaube, ich werde unsere strenge Lehrerin vermissen.«

»Das freut mich zu hören!« Die rundliche Gestalt Rovens erschien in der geöffneten Tür zum Kräutergarten. Ihre grauen, fast weißen Haare waren noch nicht geflochten, doch sie war schon fertig angekleidet.

»Es ist an der Zeit, dass meine Schülerin mit den Vorbereitungen für das Ritual beginnt«, sagte sie feierlich und setzte sich neben Sunnivah auf die Bank. »Du weißt, dass du bis zum Abend im Haus bleiben musst, um zu fasten und die rituellen Reinigungen vorzunehmen.« Sie legte ihren Arm um Sunnivahs Schulter und bedeutete ihr sich zu erheben.

»Komm mit, Sunnivah«, sagte sie freundlich und führte das Mädchen zur Tür. »Es ist so weit.«

Als die vollen runden Scheiben der Monde hoch am östlichen Himmel standen und ihre silbernen Strahlen über die Wälder von Daran sandten, verließ Sunnivah gemessenen Schrittes das Haus der Novizinnen und ging den vertrauten Weg zum Gebetshaus entlang. Ihr langes Haar war zum ersten Mal in der Art der Priesterinnen geflochten und ihr weißes Gewand fiel gürtellos bis zum Boden.

Zu beiden Seiten des schmalen Weges waren große Feuer entzündet worden. Ihr flackerndes Licht ließ die Schatten der Priesterinnen, die schweigend neben dem Weg Aufstellung bezogen hatten, unstet auf und ab tanzen.

Sunnivah hielt den Blick gesenkt und schritt langsam über die Schatten. Sie brauchte ihre ganze Aufmerksamkeit, um nicht zu schwanken, denn das Fasten hatte sie geschwächt und der quälende Hunger machte sie schwindelig. Aber sie war bereit.

Sunnivah erreichte das Gebetshaus und sprach leise die rituellen Worte, mit denen sie um Einlass bat. Zwei Priesterinnen mit verhüllten Gesichtern öffneten das große Tor und nahmen sie in ihre Mitte. Schweigend führten sie Sunnivah durch den von unzähligen Fackeln erhellten Versammlungsraum in eine kleine Kammer. Der herbe Geruch verbrannter Kräuter erfüllte den Raum, in dem ein kleines Talglicht vergeblich versuchte das Dunkel zu vertreiben.

Die Priesterinnen begleiteten Sunnivah zu einem Stuhl. Sie reichten ihr einen Becher mit einem dampfenden Getränk und banden ihr ein schwarzes Tuch vor die Augen.

Sunnivah zögerte nicht. Sobald ihre Augen verbunden waren, setzte sie den Becher an die Lippen und ließ die heiße, brennende Flüssigkeit durch ihre Kehle rinnen, bis der Becher völlig geleert war.

Vor dem Gebetshaus hatten sich inzwischen alle Priesterinnen der Tempelstadt um die Feuer versammelt und stimmten einen uralten Gesang an. Sein gleichmäßiger Rhythmus drang durch das geschlossene Fenster in die Kammer und verband sich mit der rasch einsetzenden Wirkung des Trankes.

Sunnivah spürte nicht mehr, dass die Priesterinnen sie stützten und ihr das Tuch von den Augen nahmen. Ihr Bewusstsein glitt weit fort, sanft getragen von dem monotonen Rhythmus des Gesanges.

… Einsam watete Sunnivah durch einen endlosen dichten Nebel. Sie wusste nicht, wohin sie sich wenden sollte.

»Sunnivah!« Der gellende Schrei wurde von dem dichten Nebel gedämpft, aber Sunnivah wandte sich sofort um. Sie lauschte. Doch der Schrei wiederholte sich nicht.

Als sie schon weitergehen wollte, lichtete sich nicht weit vor ihr der Nebel. Ein Wald tauchte auf. Eine junge Frau lag zwischen den Bäumen auf dem Boden und eine andere kniete neben ihr. Sunnivah sah, wie die kniende Frau einen winzigen Säugling in eine Decke wickelte und ihn an jemanden weiterreichte, dessen Gestalt vom Nebel verdeckt wurde.

»Sunnivah!« Die am Boden liegende Frau bäumte sich auf und streckte ihre Hand nach dem Kind aus.

In diesem Moment lief Sunnivah los, doch bevor sie die Stelle erreichte, war das Bild verschwunden. Wohin sollte sie jetzt gehen? Unschlüssig machte sie ein paar Schritte in die eine, dann wieder in die andere Richtung. Schließlich blieb sie einfach stehen und starrte in den Nebel.

Ohne Vorwarnung begann sich die Luft vor Sunnivah zu kräuseln und sie erkannte die Gestalt eines weißhaarigen, alten Mannes. Er trug einen langen Bart und hielt einen Stab in seiner Hand. Ein Druide! Sunnivah war noch nie zuvor einem begegnet, doch sie erkannte ihn sofort. Der Druide hob seinen Stab und rief etwas, das Sunnivah zunächst nicht verstand. Als die Worte endlich wie aus weiter Ferne zu ihr drangen, verblasste die Gestalt bereits wieder. »… Wenn To und Yu sich verdunkeln, wird einer das Licht der Welt erblicken, der das Mal der Monde trägt … wird die unschuldigen Menschenleben rächen … wird die Macht besitzen, unsere geliebte Göttin zu befreien und dich zu vernichten …«

Wieder war sie allein. Oder nicht?

Irgendetwas schien sie aus dem Nebel zu beobachten. Sunnivah fühlte es ganz deutlich. Zuerst war es vor und dann hinter ihr.

»Komm heraus und zeige dich!« Sunnivah fuhr herum und schrie die Worte dem heimlichen Beobachter entgegen. Doch in dieser unwirklichen Welt blieb ihre Stimme nicht mehr als ein Flüstern.

Plötzlich sprang eine riesige graue Wölfin aus dem Nebel hervor, deren Augen in dem spärlichen Licht wie glühende Kohlenstücke leuchteten. Sunnivah erschrak. Ihr Herz raste und sie floh. Blind vor Furcht und Entsetzen irrte sie ziellos umher, in der verzweifelten Hoffnung, dem Ungetüm zu entkommen.

Längst hatte sie jedes Zeitgefühl verloren.

Irgendwann hörte sie den Hufschlag eines Pferdes. In vollem Galopp preschte ein Streitross heran, dessen Reiter sein Tier erst im letzten Moment vor dem erschrockenen Mädchen zügelte. Wortlos zog er sein mächtiges Schwert aus der Scheide und hob es in die Höhe. Sunnivah erstarrte, doch der Reiter schlug nicht zu. Während er die Klinge mit seiner behandschuhten Hand ergriff, senkte er das Schwert und bot Sunnivah den kunstvoll verzierten Griff dar. Sunnivah wollte nach dem Schwert greifen, doch ihre Hand glitt durch den Schwertgriff hindurch – und die Vision verschwand.

Sunnivah hastete weiter. Ihre Schritte erzeugten keine Geräusche auf dem mit dichten grauen Schwaden bedeckten Boden. Die vollkommene Stille drohte sie zu erdrücken.

Doch dann lichtete sich der Nebel für einen Augenblick und sie sah zwei Gestalten auf dem Rücken eines riesigen Vogels durch die Luft reiten. Ein lautes Donnergrollen zerriss die Stille und ließ Sunnivah erschrocken herumfahren. Unmittelbar hinter ihr erhob sich plötzlich ein gewaltiger Berg. Auf seinem schneebedeckten Gipfel tobte ein heftiger Sturm. Felsen und Steine polterten mit zerstörerischer Kraft von den

Hängen in die Tiefe, doch sie erreichten Sunnivah nicht. Und schließlich begann der Berg um sie herum zu kreisen. Schneller und schneller drehte er sich, bis Sunnivah den Boden unter den Füßen verlor und wie von einem gewaltigen Wirbel emporgerissen wurde.

Unendlich langsam öffnete Sunnivah die Augen.

Die beiden Priesterinnen hockten noch immer neben ihr und stützten sie. Das Talglicht war heruntergebrannt und der monotone Gesang vor dem Haus verstummt.

Jemand klopfte leise an die Tür. Die Priesterinnen erhoben sich und halfen Sunnivah beim Aufstehen. Aber ihre Beine wollten sie nicht tragen und sie hätte sich gern noch ein wenig ausgeruht, doch ihre Begleiterinnen drängten sie zu gehen.

Die Tür zur Kammer der Priesterinnenmutter stand offen. Sunnivah wurde hineingeführt und durfte sich auf das vorhandene Bett legen. Erleichtert schloss sie die Augen, während die beiden anderen Frauen lautlos den Raum verließen. Kurze Zeit später betrat die Priesterinnenmutter in ihrem dunkelblauen Zeremoniengewand den Raum und setzte sich zu ihr.

»Mutter, ich …«, begann Sunnivah. Doch Banya-Leah legte ihr sanft den Finger auf die Lippen und ermahnte sie zu schweigen.

»Du hast den Trank der Göttin getrunken, meine Tochter«, sprach sie die rituellen Worte. »Nun berichte mir, was du gesehen hast.«

Stockend begann Sunnivah zu erzählen.

Die Priesterinnenmutter spürte, wie sehr sie die Visionen verängstigt hatten. Am liebsten hätte sie Sunnivah in die Arme geschlossen. Doch in diesem Moment war Sunnivah nicht ihre Tochter, sondern eine Novizin in der Weihe, und ihre Aufgabe war es, die Visionen der Novizin zu deuten und zu erkennen, welchen Weg die Göttin ihr bestimmte.

»Sagt mir, ehrwürdige Mutter, was haben meine Visionen

zu bedeuten?« Sunnivah hatte ihren Bericht beendet und sah ihre Pflegemutter erwartungsvoll an.

Es ist so weit, dachte Banya-Leah und seufzte. »Die Göttin hat dich für eine besondere Aufgabe erwählt«, erklärte sie und ihre Stimme bebte. »Es ist ihr Wille, dass du diesen Ort verlässt, um ihr außerhalb unserer Gemeinschaft zu dienen.« Sunnivahs erschrockener Gesichtsausdruck bereitete ihr großen Kummer, doch jetzt war nicht die richtige Zeit für lange Erklärungen, denn draußen warteten die Priesterinnen, um Sunnivah als eine der Ihren zu begrüßen.

»In einer der Visionen reicht dir ein Krieger sein Schwert. Das bedeutet, dass die Göttin dich als ihre Schwertpriesterin erwählt hat.«

»Ihre Schwertpriesterin?«, fragte Sunnivah verwirrt.

»Die Göttin erteilt dir damit eine ehrenvolle, aber schwierige Aufgabe, mein Kind«, erklärte Banya-Leah und bemühte sich um eine feste Stimme. »Wie du weißt, haben wir uns zu einem Leben in Bescheidenheit und Demut verpflichtet und der Gebrauch von Waffen ist uns verboten. Dennoch kann die Göttin in schweren Zeiten eine oder mehrere aus unseren Reihen erwählen, die das Schwert für sie tragen soll.« Sie sah Sunnivah ernst an. »Du bist die Erste, die diese Aufgabe erhält, Sunnivah. Niemals zuvor hat es eine Schwertpriesterin gegeben.«

Der Ausdruck in Sunnivahs Augen brach ihr fast das Herz. Oh Göttin, warum ausgerechnet meine Tochter, dachte sie verbittert und ließ sich in einer plötzlichen Anwandlung von Zärtlichkeit dazu hinreißen, Sunnivah in die Arme zu schließen. Für einen kurzen Moment war sie nicht mehr die Priesterinnenmutter, sondern nur noch eine Mutter, die ihr geliebtes Kind schon bald verlieren würde.

»Wir alle dienen der Göttin, mein Kind«, sagte sie leise. »Dein Weg ist dir schon lange vorausbestimmt und es steht nicht in unserer Macht, dies zu ändern.«

Sunnivah entzog sich der Umarmung und fragte bestürzt: »Muss ich denn wirklich fort? Selbst wenn ich es nicht will? Kann ich nicht ...«

»Nein, Sunnivah. Es ist deine Bestimmung!«, unterbrach sie die Priesterinnenmutter und sah Sunnivah ernst an. »Niemand kann sich gegen sein Schicksal auflehnen. Auch wenn du dich mit aller Kraft dagegen wehrst, wirst du es niemals abwenden können. Du musst es annehmen.«

Doch Sunnivah konnte sich nicht so leicht damit abfinden. Die Ungeheuerlichkeit dessen, was die Visionen ihr offenbarten, war für sie nur schwer zu begreifen.

Ohne auf Banya-Leah zu achten, die sie zurückhalten wollte, stand sie plötzlich auf, öffnete die Tür und lief hinaus. Tränen verschleierten ihren Blick. Sie hörte nicht auf die erstaunten Rufe der Priesterinnen, die im Schein der großen Feuer auf sie warteten, und achtete auch nicht auf die Hände, die sich ihr vor dem Gebetshaus entgegenstreckten.

Sie musste allein sein.

Die nebelgraue Wölfin hörte Sunnivah, lange bevor sie sie sah. Das Mädchen gab sich keine Mühe, leise zu sein, und der Lärm, den sie verursachte, schmerzte in ihren empfindlichen Ohren. Langsam erhob sie sich von ihrem nächtlichen Lager am Weiher und zog sich in den Schutz der Bäume zurück.

Ich werde nicht fortgehen! Sie können mich nicht dazu zwingen. Die Worte kreisten unaufhörlich in Sunnivahs Kopf und ließen keinen Raum für andere Gedanken. Ihre Füße fanden den Weg zum Weiher wie von selbst. Erschöpft setzte sie sich neben der Eiche auf die taufeuchte Erde und lehnte ihren Rücken an den vertrauten Stamm.

Die Visionen konnten alles Mögliche bedeuten. Wie konnte sich Banya-Leah nur so sicher sein? Schwertpriesterin! Ausgerechnet sie, die noch nicht einmal zusehen konnte, wenn Roven ein Huhn schlachtete, sollte kämpfen.

Sunnivah lachte bitter und wischte ihre Tränen mit dem Ärmel ihres neuen Priesterinnengewandes fort. Außerhalb der Tempelstadt gab es nur Not und Elend. Niemals würde sie freiwillig dorthin gehen. Wie konnte ihre Pflegemutter nur so etwas von ihr verlangen!

2

Dünne Schleierwolken verdeckten das verräterische Mondlicht über den kargen, felsigen Hängen der Valdor-Berge.

Vhait sah erleichtert nach oben. Ein leichter Wind blies ihm ins Gesicht und brachte den Geruch verbrannten Holzes mit sich. Vorsichtig spähte der junge Hauptmann über die niedrige Anhöhe, die seine Männer noch von dem Lager der Rebellen trennte. Sie hatten Glück. Die elf Männer hatten sich rund um das Feuer zum Schlafen gelegt und schienen sich sicher zu fühlen. Weiter unten auf einem großen Felsen erkannte Vhait einen einzelnen Wachtposten. Doch der wandte ihnen den Rücken zu und spähte hinunter ins Tal.

Der junge Hauptmann lächelte siegesgewiss. Wie er vorausgesehen hatte, rechneten die Rebellen nicht mit einem Angriff von den Hängen und bewachten nur den unteren Teil ihres Lagers.

Der mühselige Aufstieg hatte sich gelohnt. Auch wenn ihn seine zwölf Krieger mehr als einmal dafür verflucht hatten, dass er sie in ihren schweren Rüstungen zu Fuß die steilen Hänge hinaufgetrieben hatte.

Es würde ein kurzer und leichter Kampf werden. Die meisten Rebellen würden nicht einmal erwachen, wenn ein Schwerthieb ihr Leben beendete. Langsam hob Vhait seine Hand und gab seinen Männern das Zeichen zum Angriff. Die

Krieger reagierten sofort und liefen los. Jede Deckung ausnutzend rückten sie rasch auf das Rebellenlager vor.

Während er ging, sah Vhait immer wieder zu dem Wachtposten hinunter, doch dieser hatte die Gefahr noch nicht bemerkt und rührte sich nicht. Auch die Rebellen lagen noch in tiefem Schlaf. Alles verlief wie geplant.

Plötzlich zerriss ein markerschütternder Schrei die Stille. Von einer der schroffen Felswände im Osten stieß ein gewaltiger Schatten auf das Lager herab. Augenblicklich waren die Rebellen auf den Beinen und griffen nach ihren Waffen. Als sie die Angreifer bemerkten, entbrannte ein heftiger Kampf, den die schlecht ausgerüsteten Rebellen sicher verloren hätten. Doch das riesige Ungetüm half den Rebellen aus der Luft und hackte mit seinem scharfen Schnabel immer wieder nach den Angreifern. Einige von ihnen packte der Vogel mit seinen Klauen und schleuderte sie wie Spielzeug durch die Luft.

Bestürzt musste Vhait mit ansehen, wie seine Männer starben, und er sah sich bald gezwungen den Angriff abzubrechen.

Mit einem kurzen kräftigen Hieb seines Schwertes brachte er einen Rebellen zu Fall, der ihn mit seiner Axt bedrängte, und blies in sein Signalhorn. Die Krieger reagierten sofort und traten den Rückzug an. Doch viele von ihnen schafften es nicht. Am Ende erreichten nur Vhait und zwei seiner Krieger, die schützenden Bäume am Fuße der Hänge.

Für die anderen gab es kein Entkommen. Der riesige Vogel wütete unter ihnen wie ein Berserker. Immer wieder stieß er auf die Flüchtenden herab und verwundete sie schwer. Sobald einer von ihnen stürzte, waren die Rebellen heran und beendeten das blutige Werk.

Vhait konnte kaum glauben, was er sah. Zwar hatte er schon vereinzelt Berichte über einen geflügelten Drachen gehört, der wie ein Dämon mitten im Kampf auftauchte und den Rebellen beistand, doch bisher gab es noch keinen Beweis für diese Berichte und er hatte die Geschichten deshalb nie wirklich ernst genommen.

Etwas zischte dicht an seinem Kopf vorbei.

Der Krieger an seiner Seite gab einen gurgelnden Laut von sich und brach zusammen. Ein Pfeil hatte seine Kehle durchbohrt und erinnerte Vhait daran, dass sie noch lange nicht in Sicherheit waren.

»Wir müssen hier weg, Kerym!«, sagte er leise zu dem jungen Krieger neben sich. Dann wandte er sich um und verschwand in dem schützenden Dickicht zwischen den Bäumen. Der Krieger folgte ihm.

Sie hatten Glück. Die Wolkendecke begann sich aufzulösen. In immer längeren Abschnitten sandten To und Yu ihr Licht auf den Wald hinab und erleichterten ihnen die Flucht.

Trotzdem kamen sie nur langsam voran. Ihre Rüstungen und Waffen behinderten sie erheblich, aber noch wagten sie es nicht sich von ihnen zu trennen. Die Gefahr, dass der Vogel sie verfolgte, war zu groß. So bahnten sich die beiden jungen Männer mühsam ihren Weg durch das dichte Unterholz und ließen die Schreie ihrer sterbenden Kameraden hinter sich zurück.

An einem kleinen Bach hielten sie erschöpft an und löschten ihren Durst. Vhait war wütend und verzweifelt. Alles war schief gelaufen. Und dabei hatte es so einfach ausgesehen. Nach mehreren erfolgreichen Einsätzen gegen die Rebellen, die ihn zu einem angesehenen Hauptmann gemacht hatten, endete sein Angriff diesmal mit einer Katastrophe. Er hatte fast alle seine Männer verloren. Aufgebracht schlug er mit der Faust auf den Waldboden und starrte grimmig in den jetzt sternklaren Himmel hinauf. Eine nie gekannte Wut brannte in ihm und er schwor sich, den riesigen Vogel so lange zu jagen, bis er ihn gefunden und getötet hatte.

Sobald er wieder in Nimrod war, würde er mit seinem Vater darüber sprechen.

Als Vhait und Kerym das Tal erreichten, in dem sie am Abend ihre Pferde zurückgelassen hatten, dämmerte es bereits.

Doch die Pferde waren fort und von den beiden Kriegern, die Vhait als Wachen zurückgelassen hatte, fehlte jede Spur. Leise fluchend ging Vhait zu dem kleinen Gehölz, in dessen Schutz sie die Pferde festgebunden hatten.

Zunächst erkannte er nicht viel. Der weiche Boden war von den Abdrücken unzähliger Pferdehufe so stark aufgewühlt, dass er die dunkle Blutspur erst entdeckte, als er die feuchte Erde genauer untersuchte. Das Blut war bereits geronnen und die Spur im schwachen Licht der aufgehenden Sonne nur schlecht zu erkennen. Dennoch gelang es Vhait, ihr zu folgen. Fast wäre er dabei über einen der Wachtposten gestolpert, der, von einem halben Dutzend Pfeilen getroffen, im hohen Gras am Waldrand lag.

Nicht weit entfernt fand er den Leichnam des zweiten Kriegers, dessen grausam zugerichteter Körper den Schluss zuließ, dass sein Tod längst nicht so gnädig gewesen war.

»Was machen wir jetzt?« Kerym war herangetreten und blickte betroffen auf seine toten Kameraden. Obwohl er drei Sommer älter war als sein Hauptmann, war der Angriff auf das Rebellenlager erst sein zweiter Einsatz gewesen. Der Anblick des verstümmelten Leichnams war für ihn deshalb nur schwer zu ertragen und er wandte sich schauernd ab.

Vhait antwortete nicht sofort. Schweigend drehte er sich um und ging zurück in den Wald. Hier konnten sie nicht bleiben. Die Wachtposten waren zwar schon seit einiger Zeit tot, aber es war gut möglich, dass sich die Rebellen noch ganz in der Nähe befanden.

»Wir müssen versuchen, uns irgendwo neue Pferde zu besorgen«, sagte er und begann seinen ledernen Harnisch zu öffnen. »Unsere Rüstungen lassen wir hier und verbergen sie im Unterholz. Sie würden uns nur behindern.«

Die wenigen Sachen waren schnell versteckt. Ohne Waffen

und nur mit ihren erdfarbenen Tuniken bekleidet sahen die beiden jungen Krieger fast wie einfache Landbewohner aus und Vhait hoffte, dass sie dies vor weiteren Angriffen schützen würde.

Sorgfältig verwischten sie ihre Spuren und machten sich auf den Weg nach Süden.

Als die Sonne aufging, gelangten Vhait und sein Begleiter endlich auf einen breiten Weg. Tief ausgefahrene Wagenspuren in dem weichen Waldboden deuteten darauf hin, dass er häufig benutzt wurde, und Vhait hoffte, dass sie bald ein Dorf erreichen würden.

Die Männer waren übermüdet und erschöpft. Quälender Hunger machte ihnen zu schaffen und die Strapazen des Vormittags hatten ihre letzten Kraftreserven verbraucht. Da weder Kerym noch Vhait wussten, in welche Richtung sie sich nun wenden sollten, setzten sie sich an den Wegrand und warteten.

»Dort entlang?« Müde deutete Vhait den Weg hinauf. »Oder dort?« Er zeigte in die andere Richtung.

Kerym antwortete ihm nicht sofort. Er lehnte mit dem Rücken an einem Baumstamm und hatte die Augen geschlossen. »Warum warten wir nicht hier, bis jemand kommt? Der wird schon wissen, wohin wir gehen müssen«, murmelte er schläfrig.

»Weil diese Gegend hier so abgelegen ist, dass wir wahrscheinlich verhungert sind, bevor wir jemandem begegnen«, antwortete Vhait gereizt und strich mit den Fingern nachdenklich über seinen sorgfältig gestutzten Kinnbart. Dann stand er auf und stieß Kerym sanft mit dem Stiefel in die Seite. »Steh auf«, sagte er und deutete nach links. »Wir gehen dort entlang.«

An diesem Morgen erhob sich Sunnivah zitternd und mit steifen Gliedern. Sie trug keinen Mantel und ihr dünnes Gewand war feucht und klamm. Es bot ihr keinen Schutz gegen die Kälte, die sich längst in ihren Knochen festgesetzt hatte.

Sunnivah war sicher, dass die Priesterinnen nach ihr suchten, doch hier würden sie sie niemals finden.

Niemand außer ihr kannte diesen Ort. Nicht einmal Kyany.

Ich werde nicht fortgehen! Sie können mich nicht dazu zwingen! Sunnivah griff nach einem Stein und schleuderte ihn aufgebracht in die Mitte des Weihers. Das klatschende Geräusch scheuchte einen Purpurreiher auf, der im seichten Wasser gestanden und regungslos auf Beute gewartet hatte. Mit lautem Geschrei erhob er sich in die Lüfte und verschwand zwischen den Baumkronen. Sunnivah starrte ihm hinterher, bis er nicht mehr zu sehen war. Als sie den Blick wieder dem Weiher zuwenden wollte, erstarrte sie. Etwas hatte sich verändert! Ganz deutlich spürte sie den Blick eines verborgenen Augenpaares auf sich ruhen.

Jemand beobachtete sie!

»Kyany?«, fragte sie zaghaft. »Bist du da?«

Nichts rührte sich. Sunnivah stand auf und sah sich aufmerksam um. Dunkelgrünes Laub, das zum Teil schon die Farben des Herbstes trug, umgab sie von allen Seiten. Auf der spiegelglatten Wasserfläche des Weihers schwamm einsam eine kleine braune Ente und hoch oben in den Bäumen turnten zwei Eichhörnchen über die dünnen Äste.

Alles war friedlich.

Sie musste sich getäuscht haben.

Ein leises Knacken trockener Zweige im Unterholz ließ Sunnivah erschrocken herumfahren. Diesmal war sie ganz sicher. Irgendetwas versteckte sich im Gebüsch hinter dem Eichenstamm. Sunnivah spürte die Gegenwart des Fremden jetzt überdeutlich. Ein leichter Schauer lief ihr über den Rücken und sie wich langsam immer weiter zurück. Hinter dem Eichenstamm rührte sich nichts. Was immer sich dort versteckte, es verfolgte sie nicht.

Endlich spürte Sunnivah die dornigen Zweige der Weinbeerbüsche in ihrem Nacken, die die Lichtung begrenzten.

Sie warf noch einen letzten Blick auf das Dickicht hinter dem Eichenstamm, dann drehte sie sich um und floh aus dem Wald. Eine namenlose Furcht trieb sie voran. Und obwohl sie sich eben noch dagegen gesträubt hatte, In-Gwana-Thse wieder zu betreten, war sie nun froh, als die ersten hölzernen Gebäude des Dorfes endlich vor ihr auftauchten.

»Sunnivah, Kind.« Die rundliche Gestalt Rovens trat zwischen den Häusern hervor. Besorgt lief sie dem erschöpften Mädchen entgegen.

»Was bist du nur für ein unvernünftiges Mädchen«, schalt sie liebevoll und drückte Sunnivah fest an sich. »Wir haben uns große Sorgen um dich gemacht. Warum, im Namen der Göttin, bist du fortgelaufen und wo hast du so lange gesteckt?« Sunnivah senkte schuldbewusst den Kopf. Ihre Schultern bebten.

»Ich möchte keine Priesterin werden«, murmelte sie, ohne auf Rovens Fragen zu antworten.

»Sunnivah!« Roven war entsetzt. »Wie kannst du nur so etwas sagen?«

»Sie wollen mich fortschicken, Roven.« Heiße Tränen schossen Sunnivah in die Augen, als sie ihre Lehrerin ansah.

»Wer will das?« Roven konnte nicht glauben, was Sunnivah ihr da erzählte. »Die Göttin, die Priesterinnenmutter – meine Mutter«, schluchzte Sunnivah. »Aber ich will nicht fort, ich will es nicht. Lieber sterbe ich als meine Heimat zu verlassen.« Sie verbarg ihr Gesicht an Rovens Schulter und ließ ihren Tränen freien Lauf.

»Aber, aber ...« Liebevoll drückte Roven ihre Schülerin an sich. »Ich denke, es ist das Beste, wenn wir zu deiner Mutter gehen und du noch einmal mit ihr sprichst.« Sie lächelte Sunnivah aufmunternd an. »Sicher hast du in der ganzen Aufregung etwas falsch verstanden. Ich kann mir nicht vorstellen, dass man dich von hier fortschickt.«

Wenig später klopfte es an der Tür der Priesterinnenmutter und sie erhob sich, um zu öffnen. Blass und mit verweinten Augen stand Sunnivah vor ihr und sah sie traurig an. Oh, Göttin, wie sehr sie mich liebt, dachte Banya-Leah. Warum kann ich uns den Schmerz der Trennung nicht ersparen? Wortlos zog sie Sunnivah in ihre Arme. Das Mädchen wehrte sich nicht. Hinter ihnen schloss Roven die Tür und blieb auf dem schmalen Flur zurück.

»Mutter, bitte, schick mich nicht fort«, flehte Sunnivah. »Ich bin nicht das, wofür die Göttin mich hält.« Ihre Schultern zuckten, doch sie schluckte die Tränen hinunter. Banya-Leah schob eine Hand unter Sunnivahs Kinn und sah sie ernst an.

»Du hättest nicht fortlaufen sollen«, sagte sie tadelnd. »Es gibt so vieles, das ich dir erzählen muss. Wenn du es erst gehört hast, wirst du die Dinge sicher anders sehen.«

Sie deutete auf einen Stuhl. Sunnivah löste sich aus ihren Armen und setzte sich. »Was immer du mir erzählst, wird nichts ändern. Ich werde nicht fortgehen«, erklärte sie nachdrücklich.

»So, glaubst du?« Die Priesterinnenmutter zog sich einen Stuhl heran und setzte sich Sunnivah gegenüber. »Dann höre mir jetzt gut zu, Sunnivah, denn ich werde dir nun die ganze Wahrheit über deine Herkunft berichten.«

»Aber ich trage kein Mal auf meiner Schulter.« Aufgebracht griff Sunnivah nach dem rauen Stoff ihres Gewandes und entblößte ihre Schulter. Was sie in den letzten Stunden von ihrer Pflegemutter erfahren hatte, erschreckte sie zutiefst. Doch die Tatsache, dass sich auf ihrer Schulter kein Muttermal in Form der Zwillingsmonde befand, weckte in ihr die Hoffnung, dass alles nur ein schrecklicher Irrtum war.

»Sieh selbst«, sagte sie und kehrte Banya-Leah den Rücken zu. Kopfschüttelnd blickte die Priesterinnenmutter auf Sunnivahs makellose weiße Haut. »Niemand kann es sehen, Sunnivah«, sagte sie leise. »Aber es ist da. Bevor Naemy dich damals in meine Obhut gab, belegte sie dich auf Geheiß der alten Priesterinnenmutter mit einem Elfenzauber, der das Mal vor unseren Augen verbirgt.«

»Warum hat sie das getan?« Umständlich versuchte Sunnivah einen Blick auf ihre Schulter zu werfen.

»Um dich zu schützen«, erklärte Banya-Leah. Sie erhob sich und trat an das Fenster. Die Sonne stand nun hoch über den Bäumen, welche die Tempelstadt von allen Seiten umgaben. Doch ihre goldenen Strahlen erreichten nur vereinzelt den Boden, wo sie ein bewegtes Muster aus Licht und Schatten bildeten. »Niemand, nicht einmal die anderen Priesterinnen durften davon erfahren«, fuhr sie fort. »Du weißt, dass zwei von ihnen sich in jedem Sommer einen Gefährten in Daran suchen. Die Gefahr, dass man dich entdecken könnte, war zu groß.«

»Ich glaube dir erst, wenn ich das Mal mit eigenen Augen sehe«, erklärte Sunnivah.

»Es ist ein Elfenzauber, Sunnivah. Nur eine Nebelelfe kann ihn aufheben.« Banya-Leah drehte sich zu Sunnivah um, die ihren Blick fest erwiderte.

»Dann soll das geschehen«, forderte sie. »Du bist die Priesterinnenmutter, bitte sorge dafür.« Sunnivah war sich durchaus bewusst, wie respektlos ihre Worte waren.

»Sunnivah, Kind. Du weißt nicht, in welche Gefahr du dich begibst. Nur wenn niemand dein Mal sehen kann, bist du wirklich sicher«, mahnte Banya-Leah eindringlich, doch Sunnivah schüttelte den Kopf.

»Mutter, verstehe doch«, drängte sie. »Wenn ich es nicht selbst sehe, kann ich niemals von meiner Aufgabe überzeugt sein.«

Banya-Leah setzte sich wieder und ergriff Sunnivahs Hände. »Ich kann dich ja verstehen«, gab sie zu. »Auch ich wünschte, diese Aufgabe träfe jemand anderen. Du bist meine Tochter und ich liebe dich mehr als mein Leben. Aber ich habe deine Bestimmung von Anfang an gekannt, und auch wenn es mir schwer fällt, werde ich dich gehen lassen.« Sie schenkte Sunnivah ein zärtliches Lächeln. »Du weißt jetzt, dass ich es für sehr gefährlich halte, den Zauber zu lösen. Doch ich kann auch verstehen, dass du das Mal mit eigenen Augen sehen willst, und werde daher versuchen Naemy zu rufen.«

Sunnivah öffnete den Mund und wollte noch etwas sagen, doch die Priesterinnenmutter hatte ihre Augen geschlossen und hielt sich die Hände an die Schläfen. Sie wirkte völlig entspannt. Nur einmal schwankte sie und Sunnivah wollte aufspringen, um ihr zu helfen, doch da öffnete Banya-Leah bereits wieder die Augen und lächelte. »Naemy wird gleich hier sein«, sagte sie matt.

Bald darauf begann die Luft in dem kleinen Raum zu vibrieren. Direkt vor dem Fenster begann sie sich wie unter großer Hitze zu kräuseln und wenige Augenblicke später stand die hoch gewachsene Gestalt der Nebelelfe vor ihnen. Sie drehte sich um und machte eine knappe Handbewegung, worauf sich die Luft sofort wieder beruhigte.

»Ich grüße dich, Banya-Leah, und dich, Sunnivah!« Die Nebelelfe nickte der Priesterinnenmutter zu und betrachtete das rothaarige Mädchen mit einem schwer zu deutenden Blick.

Banya-Leah lächelte. »Und ich grüße dich, Naemy. Hab Dank, dass du so schnell gekommen bist. Ich habe dich gerufen, weil wir deine Hilfe brauchen.« Sie deutete auf Sunnivah. »Gestern sollte Sunnivah geweiht werden, doch sie vermochte die Bedeutung ihrer Visionen nicht zu ertragen und floh in den Wald.«

»Das ist nicht gut«, sagte die Nebelelfe missbilligend. »Ist es möglich, die Weihe nachzuholen?«

Banya-Leah schüttelte den Kopf. »Erst zum Ende des nächsten Sommers. Es besteht keine Verbindung mehr.«

»So viel Zeit haben wir nicht«, erwiderte die Nebelelfe. »Die Rebellen beginnen sich in den Valdor-Bergen zu sammeln, doch ohne den Schutz der Göttin sind sie den Kriegern An-Rukhbars hoffnungslos unterlegen.«

Die Priesterinnenmutter machte ein erschrockenes Gesicht. »Sie sammeln sich? Aber für einen Angriff ist es doch noch viel zu früh!«

Naemy nickte. »Sie benehmen sich wie Kinder. Seit sie einige schwere Waffen aus der Garnison an der Grenze zur Finstermark erbeutet haben, fühlen sie sich stark und glauben, den Kampf auch ohne die Hilfe der Göttin gewinnen zu können«, erklärte sie. »Außerdem sind sie des Wartens müde. Viele von ihnen glauben nicht mehr daran, dass sich Anthorks Prophezeiung erfüllen wird. Ihr wisst ja, dass Tarek damals im ganzen Land eine Lüge verbreiten ließ, mit der er das Volk glauben machen wollte, dass er das Kind mit dem Mal gefunden und getötet hat.«

»Aber Sunnivah weigert sich zu gehen, bevor sie das Mal mit eigenen Augen gesehen hat«, sagte Banya-Leah.

Naemy schaute besorgt auf das Mädchen. »Wenn ich den Zauber von dir nehme, werde ich ihn nicht wieder erneuern können«, gab sie zu bedenken. »Es bedarf der Hilfe einer Elfenpriesterin, ihn zu weben.« Sie machte ein trauriges Gesicht. »Aber die Priesterin, die mir damals zur Seite stand, wurde von An-Rukhbars Kriegern entdeckt und hat vor drei Sommern die ewige Reise angetreten. Überlege gut, Sunnivah. Sobald ich das Mal sichtbar mache, wird dich jeder Fremde sofort erkennen.«

»Zeigt es mir!« Sunnivah überlegte nicht lange.

»Nun gut«, antwortete Naemy. »Du bist alt genug, um die Verantwortung für dein Handeln zu übernehmen.«

Zunächst spürte Sunnivah nur, wie Naemys Finger in sanften, kreisenden Bewegungen über ihren Rücken strichen. Dann begann ihre Haut zu kribbeln, als ob Hunderte kleiner Ameisen sich dort versammelten. Eine angenehme Wärme floss in sanftem Strom von ihrem Schulterblatt über den ganzen Rücken und zog sich dann langsam wieder dorthin zurück.

Naemy nahm ihre Hand fort und trat einen Schritt zurück. Banya-Leah keuchte überrascht. »Ich hätte nie gedacht, dass es so groß ist«, sagte sie fassungslos.

Sunnivah drehte ihren Kopf und versuchte etwas zu erkennen, doch erst als Naemy sie vor den runden Spiegel neben der Tür führte und ihr einen Handspiegel reichte, konnte sie das Mal richtig erkennen. Es bestand aus zwei dunklen, unregelmäßigen Kreisen von der Größe einer Kupfermünze, die durch einen etwas helleren Schatten miteinander verbunden waren.

Bestürzt legte Sunnivah den Spiegel aus der Hand. »Dann ist es also wahr«, sagte sie niedergeschlagen und blickte Banya-Leah fragend an. »Wieso ich?«

Die Priesterinnenmutter erhob sich und schloss Sunnivah in ihre Arme. »Das kann ich dir nicht sagen. Die Göttin weiht uns nicht in ihre Pläne ein, doch wenn sie dich erwählt hat, für sie zu kämpfen, dann wirst du es schaffen!«

»Aber was erwartet die Göttin von mir?«, fragte Sunnivah verwirrt.

»Auch für mich liegt deine Zukunft im Dunkeln, Sunnivah«, erwiderte Banya-Leah. »Meine Mission bestand darin, dich auf deine schwere Aufgabe vorzubereiten. Doch was auch geschieht, ich bin sicher, dass die Göttin dich leiten wird.«

»Du weißt, dass Sunnivah früher oder später nach Nimrod gehen muss«, warf die Nebelelfe ein. »Irgendwo dort hält An-Rukhbar den Stab der Weisheit verborgen, den er unserer geliebten Göttin in der Schlacht um Nimrod gestohlen hat. Nur so war es ihm möglich, die Göttin zu verbannen, und sie kann nur befreit werden, wenn sie gleichzeitig auch ihren Stab zurückbekommt.«

»Nach Nimrod?« Fassungslos starrte Sunnivah Naemy an.

Doch die Nebelelfe sprach bereits weiter: »Ja. Aber nicht sofort. Zuerst werde ich dich nach Daran bringen. Dort wird dich die Heilerin Mino-They bei sich aufnehmen und als ihre Schülerin ausgeben. Du wirst den ganzen Winter bei ihr verbringen und alles über das Leben außerhalb eurer Gemeinschaft erfahren.« Sie machte eine Pause und trat an das Fenster. Die Dämmerung hatte bereits Einzug gehalten.

»Das Leben dort draußen ist gefährlich und völlig anders als hier«, fuhr sie fort. »Du musst lernen, dich frei und unauffällig zwischen den vielen fremden Menschen zu bewegen. Erst wenn du dazu in der Lage bist, kannst du nach Nimrod gehen.«

»Werdet Ihr mich begleiten?«, fragte Sunnivah hoffnungsvoll.

Doch Naemy schüttelte bedauernd den Kopf. »In der Festungsstadt würde ich zu sehr auffallen. Wir Nebelelfen werden noch immer gejagt. Man würde sofort versuchen mich gefangen zu nehmen. Nein! Ich werde dich nur zu Mino-They begleiten. Von da an wird sie sich allein um dich kümmern.«

»Ist das auch dein Wille, Mutter?«

Banya-Leah nickte. »So habe ich es vor vielen Sommern mit Naemy besprochen.«

Sunnivah spürte, dass sie keine andere Wahl hatte. »Wie viel Zeit bleibt mir noch?«, fragte sie betrübt.

»Wenig«, erwiderte Naemy. »Schon morgen, wenn die Sonne aufgeht, brechen wir auf.«

Am späten Nachmittag entdeckten Vhait und Kerym endlich die Umrisse eines kleinen Dorfes, das sich in der zunehmenden Dämmerung vor einer kleinen Hügelkette abzeichnete.

Nachdem sie sich vergewissert hatten, dass sie nicht beobachtet wurden, verließen die beiden Männer die Straße und machten sich in einem weiten Bogen durch das unwegsame Gelände auf den Weg ins Dorf.

Nicht weit von den ersten Häusern entfernt hielten sie an und versteckten sich hinter einem Gebüsch. »Wir müssen warten, bis es ganz dunkel ist«, flüsterte Vhait und deutete auf eine abseits gelegene Scheune. »Vielleicht finden wir dort ein paar Pferde.«

Als die letzten Lichter in den Häusern neben der Scheune erloschen, wagten sich Vhait und Kerym aus ihrem Versteck und schlichen lautlos zur Scheune hinüber. Das Tor war verschlossen. Aber an der hinteren Wand fanden sie einige verwitterte, lose Bretter, die sie mühelos entfernen konnten.

Im Stall war es dunkel. Es roch streng nach altem Stroh und Pferdemist. Schnaubende Geräusche deuteten darauf hin, dass sich gleich mehrere Pferde in der baufälligen Scheune befanden. Die Tiere hatten die Eindringlinge längst bemerkt und waren unruhig geworden.

Vhait und Kerym hatten Glück. An der Wand gegenüber den Pferdeboxen fanden sie das Zaumzeug. Kurz entschlossen wählten sie zwei Pferde aus und legten ihnen die Halfter an. Kerym hielt beide Tiere fest am Zügel, während Vhait zum Scheunentor schlich. Leise öffnete er eines der beiden Tore und spähte aufmerksam hinaus.

To und Yu erhoben ihr Antlitz gerade über dem Wald und ihr fahles Licht erhellte durch einen dünnen Wolkenschleier den Platz vor der Scheune. Niemand schien etwas bemerkt zu haben. Das ganze Dorf lag noch in tiefem Schlaf.

Vorsichtig trat Vhait auf den Hof hinaus und sah sich um. Dann gab er Kerym das Zeichen, ihm mit den Pferden zu folgen. Die Tiere schnaubten gereizt und das Geräusch ihrer eisenbeschlagenen Hufe klang verräterisch laut auf dem gepflasterten Hof.

Rasch führte Kerym die Pferde auf den sandigen Weg und

reichte Vhait die Zügel eines der Tiere. Ohne zu zögern schwang sich der junge Hauptmann auf den Rücken des Pferdes. Auch Kerym wollte aufsitzen, doch dabei schrammten seine schweren Stiefel schmerzhaft über den Rücken des Pferdes. Laut wiehernd bäumte es sich auf und galoppierte in das Dorf hinein.

Mit der nächtlichen Ruhe war es vorbei. Ganz in der Nähe begann ein Hund zu bellen. Ein weiterer stimmte ein. In den umliegenden Häusern wurden Lichter angezündet. Und während Kerym inmitten der Häuser verzweifelt versuchte, sein scheuendes Pferd zu beruhigen, wurden die ersten Türen geöffnet. Unzählige Männer kamen heraus und liefen auf Kerym zu. Viele waren mit Sensen und Spitzhacken bewaffnet, die sie wütend über ihren Köpfen schwangen.

»Kerym!« Vhait brüllte vergeblich. Seine Stimme ging in dem allgemeinen Geschrei einfach unter. Auch die Bauern hatten ihn noch nicht bemerkt. Ihre ganze Wut richtete sich allein gegen Kerym. Innerhalb weniger Augenblicke hatten sie den jungen Krieger eingekreist und ihm den Weg versperrt. Zornig hieben sie auf Kerym ein und nur die wirbelnden Hufe des Pferdes hielten die aufgebrachten Bauern noch davon ab, sich ganz auf ihn zu stürzen.

An eine Flucht war nicht zu denken. Vhait konnte seinen Kameraden nicht im Stich lassen, auch wenn er sich selbst damit in große Gefahr brachte. Jede Vorsicht missachtend, trat er seinem Pferd in die Flanken und preschte los.

Die Bauern bemerkten ihn erst, als sich die schweren Hufe seines Pferdes rücksichtslos ihren Weg durch die Menschenmenge bahnten. Wem es nicht gelang, sich im letzten Augenblick durch einen Sprung zur Seite zu retten, wurde einfach niedergeritten.

Die gellenden Schreie der Verletzten trieben die Menschen auseinander und sorgten für ein heilloses Durcheinander. Die Bauern hörten auf, Kerym zu bedrängen. Verwundert sahen sie sich um und versuchten einzuschätzen, mit wie viel neuen Angreifern sie es plötzlich zu tun hatten.

Vhait wusste, dass ihm nicht viel Zeit blieb. Sobald die Bauern erkannten, dass er allein und unbewaffnet war, war er verloren. Auch sein Pferd wurde immer nervöser. Mit einem letzten großen Satz gelangte er neben Kerym, sah aber aus den Augenwinkeln, dass sich die entstandene Lücke in der Menschenmenge bereits wieder schloss.

»Kerym, schnell!«, brüllte er und deutete auf die Lücke. Der junge Krieger verstand sofort. Die Gegenwart des zweiten Pferdes schien sein eigenes Tier zu beruhigen und endlich gelang es ihm, sein Pferd wieder zu führen. Mit großen, weit ausgreifenden Sätzen folgte er Vhait durch die tobenden Menschen, hinaus aus der tödlichen Falle. Als er die Bauern schon fast hinter sich gelassen hatte, ließ ein gut gezielter Sensenhieb sein Pferd durchgehen.

Kerym musste all seine Kraft darauf verwenden, sich auf dem Rücken des gepeinigten Tieres zu halten. In rasendem Galopp preschte er an Vhait vorbei, der den nahen Wald schon fast erreicht hatte, und verschwand in der Dunkelheit. Erst tief im Wald wurde sein Pferd langsamer und blieb bald erschöpft stehen. Kerym stieg ab und suchte in der Dunkelheit nach dem Grund für die Schmerzen des Tieres.

Im Mondlicht erkannte er einen langen Schnitt an der Flanke des Pferdes. Helles Blut sickerte heraus und tropfte zu Boden. Kerym sah aber auch, dass die Wunde nicht sehr tief war. Wenn er sein Pferd bis zum Sonnenaufgang schonte, würde sie sicher heilen.

Vhait hatte ihn inzwischen eingeholt und zügelte sein Pferd. »Kannst du reiten?«, fragte er mit einem besorgten Blick auf die blutende Wunde.

»Der Schnitt ist nicht tief«, erklärte Kerym. »Wenn wir langsam reiten, wird es durchhalten.« Er hob den Blick und sah Vhait dankbar an. »Du hast mir das Leben gerettet, Vhait. Das werde ich dir niemals vergessen.« Vhait machte eine wegwerfende Handbewegung. »Ich reite nun mal nicht gern allein, weißt du?«, sagte er leichthin und gab dem jungen Krieger einen freundschaftlichen Schlag auf die Schulter.

Kerym versuchte ein Lächeln, doch die Anstrengung saß ihm noch tief in den Gliedern und es wollte ihm nicht so recht gelingen. »Wohin reiten wir?«, fragte er verlegen.

»Nach Daran«, antwortete Vhait. »Mit deinem verletzten Pferd schaffen wir es nicht nach Nimrod. In der Garnison von Daran können wir uns frische Pferde besorgen.«

Am nächsten Morgen standen Sunnivah und Naemy gemeinsam mit der Priesterinnenmutter auf einer einsamen Lichtung mitten im Wald. Die Luft war kühl und feucht. Nebel hatte Millionen winziger Tautröpfchen auf dem herbstlich gefärbten Laub der Bäume und Sträucher hinterlassen.

Sunnivah wirkte unausgeschlafen. Sie trug das einfache graue Gewand der Bauern, und ein erdfarbenes Tuch hielt ihr offenes Haar zurück. Schweigend beobachtete sie, wie Naemy mit einem Stock einen großen fünfzackigen Stern auf den dunklen, feuchten Waldboden zeichnete, schien aber die Worte, welche die Nebelelfe mit der Priesterinnenmutter wechselte, nicht zu hören.

Dann war alles bereit.

Banya-Leah trat auf Sunnivah zu und umarmte sie ein letztes Mal. Ihr Herz war schwer und ihre Gedanken voller Gram. »Die Göttin beschütze dich und bewahre dich vor allem Bösen.« Ganz bewusst wählte sie dieselben förmlichen Worte, mit denen sie auch alle anderen Priesterinnen verabschiedete.

»Ich werde Eure Erwartungen nicht enttäuschen, Mutter.«

Auch Sunnivah hielt ihre wahren Gefühle sorgsam verborgen und betonte das Wort »Mutter« ganz bewusst in der förmlichen Art der Novizinnen und nicht wie eine Tochter.

»Komm, Sunnivah«, sagte Naemy freundlich.

Sunnivah zuckte zusammen. Dann löste sie sich aus der Umarmung ihrer Pflegemutter, griff nach ihrem Bündel und trat erhobenen Hauptes zu der Nebelelfe in den fünfzackigen Stern.

Leise sprach Naemy die uralten Worte der Elfen, und noch während sich ihre Lippen bewegten, begann die Gestalt Banya-Leahs zu flimmern. Dann war sie verschwunden und um Sunnivah herum wurde es dunkel.

Das Nächste, das sie wieder klar erkennen konnte, ließ sie ihre Enttäuschung kaum verbergen. Außer dass die Sonne bereits aufgegangen war, unterschied sich die Lichtung, auf der sie nun stand, kaum von der vorherigen und von der Reise auf den Elfenpfaden hatte sie so gut wie gar nichts mitbekommen.

»Enttäuscht?« Naemy blickte sie fragend an.

»Ein wenig.« Sunnivahs Tonfall verriet, wie untertrieben das war.

Lachend schüttelte Naemy den Kopf. »Es ist doch jedes Mal das Gleiche, wenn ich eine Priesterin zum ersten Mal mitnehme. Alle erwarten, in der Zwischenwelt etwas Besonderes zu erleben«, sagte sie. »Dabei ist die Zwischenwelt absolut leer … jedenfalls meistens. Nun komm!«

Sunnivah ging nicht weiter darauf ein. Wortlos schulterte sie ihr Bündel und folgte der Nebelelfe, die die Lichtung zielstrebig überquerte.

»Ist es noch weit bis Daran?«, fragte sie ungeduldig.

Naemy blieb stehen und drehte sich zu Sunnivah um. »Wenn du erwartet hast, dass ich dich durch die Zwischenwelt bis vor das Haus der Heilerin bringe, dann irrst du dich«, sagte sie ernst. »Mino-Theys Haus befindet sich zwar etwas außerhalb der Stadt, aber selbst dort stehen die Häuser noch eng beieinander. Wenn wir so einfach aus dem Nichts direkt vor ihrer Tür erschienen, würde das zu viel Aufmerksamkeit erregen. Das kann ich nicht riskieren.« Sie sah Sunnivah eindringlich an. »An-Rukhbars Augen und Ohren sind überall, und gerade dort, wo du es am wenigsten vermutest, wirst du auf sie treffen. Deshalb sei stets auf der Hut, bei allem, was du sagst oder tust.«

Sunnivah sah betreten zu Boden. »Entschuldigt«, sagte sie leise, »daran habe ich nicht gedacht.«

»Aber ich kann dich beruhigen«, fuhr Naemy fort. »Die Lichtung ist nicht weit von Daran entfernt. Ich vermute, dass wir die Stadt gegen Abend erreichen.«

Sie machte einige Schritte in den Wald hinein.

»Komm mit«, sagte sie nun wieder freundlich. »Während wir gehen, werde ich versuchen, dir alle deine Fragen zu beantworten.«

Im Laufe des Nachmittags fiel es Sunnivah zunehmend schwerer, Naemy durch das dichte Unterholz zu folgen. Immer häufiger verlor sie die Nebelelfe aus den Augen und fürchtete, sich im Wald zu verlaufen. Außerdem hatte es gegen Mittag auch noch zu regnen begonnen.

»Wenn wir weiter so schlecht vorankommen, müssen wir noch im Wald übernachten«, meinte Naemy.

Sunnivah lehnte sich erschöpft an einen Baum. »Können wir nicht einen richtigen Weg benutzen?«, fragte sie. Naemy schüttelte zunächst den Kopf. Dann überlegte sie es sich jedoch anders und nickte.

»Du hast Recht. Wenn wir Daran noch vor Einbruch der Dunkelheit erreichen wollen, brauchst du einen einfacheren Weg.« Sie deutete auf einen dicht bewaldeten Steilhang.

»Dort oben verläuft eine breite, gut ausgebaute Straße, die nach Daran führt. Mit etwas Glück gelingt es uns, dass du auf der Straße weitergehst, während ich dich im Schutze der Bäume begleite.«

Als sie die Straße erreichten, fanden sie diese verlassen vor. Sunnivah war froh, nicht mehr über dornige Ranken und trockenes Geäst steigen zu müssen. Sie schritt kräftig aus und bemühte sich, die verlorene Zeit wieder aufzuholen.

Gegen Abend wurde es wieder wärmer. Die dichte Wolkendecke riss immer weiter auf und der Regen ließ allmählich nach.

Bisher war Sunnivah nur wenigen Reisenden begegnet. Meist war die Straße leer.

Plötzlich tauchte Naemy an ihrer Seite auf.

»Von dem Hügel aus kannst du Daran schon sehen«, sagte sie leise und deutete ein Stück voraus. Sie begleitete Sunnivah noch, bis die Steigung endete und die Straße in sanft geschwungenen Bögen wieder abwärts führte.

Der atemberaubende Anblick Darans verschlug Sunnivah die Sprache. Vor dem Hintergrund einer blutroten Sonne, die ihre letzten Strahlen über die gewaltigen Gipfel des Ylmazur-Gebirges schickte, erstreckte sich vor ihnen das dichte, grüne Blätterdach des Waldes, bis hin zu einer weiten Ebene, die von den Gebäuden der riesigen Stadt fast völlig bedeckt wurde. Der Wald umschloss Daran von drei Seiten und seine Ausläufer reichten bis zum Fuße des Ylmazur-Gebirges weit im Westen.

Naemy bemerkte Sunnivahs Staunen und lächelte. »Auch für mich ist es immer wieder ein überwältigender Anblick«, gab sie zu.

Sunnivah nickte, antwortete aber nicht. Fasziniert betrachtete sie das bunte Durcheinander von Straßen und Häusern. Selbst aus dieser Entfernung hatte sie das Gefühl, als könne sie das pulsierende Leben hinter den Toren der Stadt spüren. Und plötzlich konnte sie es nicht mehr abwarten, an dem Leben der Menschen dort unten teilzuhaben. Naemy sah ihre vor Aufregung geröteten Wangen.

»Ach, Sunnivah«, sagte sie und legte ihren Arm um die Schulter des Mädchens. »Auch wenn du die Erste bist, die ich gegen ihren Willen nach Daran begleite, so ergeht es dir doch nicht anders als all denen, die vor dir hier standen und Daran zum ersten Mal erblickten.« Freundschaftlich drückte sie Sunnivah an sich und sagte: »Dann wollen wir uns die Stadt mal aus der Nähe ansehen.«

Auch den beiden Reitern, die wenig später den Hügel erreichten und ihre Pferde zügelten, bot sich ein phantastisches Bild. Unmittelbar vor ihnen lag Daran unter einem blutroten Himmel, dessen glühende Wolken die Gipfel des Ylmazur-Gebirges zu berühren schienen.

»Geschafft!«, sagte Vhait erleichtert und schlug Kerym mit der flachen Hand auf den Rücken.

»Hoffentlich ist es nicht ganz so verlassen wie diese Straße«, seufzte Kerym. Vhait musste lachen. »Hast du Angst, dass du nichts zu essen bekommst, oder fürchtest du dich vor einer einsamen Nacht?« Kerym knurrte etwas Unverständliches und wollte gerade sein Pferd antreiben, als eine Bewegung weiter unten auf der Straße seine Aufmerksamkeit erregte.

»Wen haben wir denn da?«, rief er erfreut und galoppierte los, ohne auf Vhait zu warten.

Sunnivah hörte das Pferd erst, als es sich schon dicht hinter ihr befand. Hastig trat sie zur Seite, um dem Reiter Platz zu machen, aber dieser ritt nicht vorbei. Stattdessen zügelte er sein Pferd und schaute lächelnd zu ihr hinunter.

»Wohin so spät, schönes Kind?«, fragte er und stieg vom Pferd. Er war jung und kräftig, aber die Spuren eines langen Rittes ließen ihn ungepflegt erscheinen. Seine einfache erdfarbene Tunika und die ledernen Reitstiefel waren staubig und der dicke, braune Mantel, den er sich zum Schutz gegen die Kälte um die Schultern geschlungen hatte, war an vielen Stellen zerrissen.

»Nach Daran«, antwortete sie leise.

Der Mann trat dicht an sie heran und schob seine Hand unter ihr Kinn. »Na, so ein Zufall«, sagte er lächelnd. »Dann haben wir ja den gleichen Weg.« Er hob ihren Kopf ein wenig und der Blick seiner grauen Augen hielt sie fest. »Es ist ziemlich gefährlich für ein so hübsches Mädchen, allein in der Dunkelheit zu reisen«, bemerkte er. »Möchtest du nicht bis Daran auf meinem Pferd mitreiten?«

Sunnivah zögerte. Das Angebot des Mannes war sehr verlockend, doch sie fürchtete, Naemy aus den Augen zu verlieren, wenn sie es annahm. »Nein, habt vielen Dank«, sagte sie und versuchte ihr Gesicht der Hand des Mannes zu entwinden. »Es ist ja nicht mehr weit. Ich gehe lieber zu Fuß weiter.«

»Wenn du einen warmen Platz für die Nacht suchst, kannst du gern bei mir schlafen«, sagte der junge Mann und musterte Sunnivah neugierig. Plötzlich ließ er die Zügel seines Pferdes fallen, zog Sunnivah an sich und presste seinen Mund fest auf ihre Lippen. Starr vor Schreck spürte Sunnivah, wie er versuchte seine Zunge in ihren Mund zu schieben. Sie wollte sich losreißen, aber der Mann hielt sie fest und seine Kraft nahm ihr den Atem.

»Lass sie los, Kerym!«

Tatsächlich gab der Mann sie frei. Sunnivah nutzte die Gelegenheit und trat rasch einige Schritte zurück. Nur wenige Schritte hinter ihr saß jetzt ein weiterer Mann auf seinem Pferd und seine Augen funkelten Kerym wütend an. Er war ähnlich gekleidet wie dieser Kerym und wirkte ebenso ungepflegt.

»Was soll denn das?«, fragte er ungehalten und stieg vom Pferd. »Kannst du damit nicht warten, bis wir in Daran sind?«

»Bei den drei Toren! Als Krieger ist es mein Recht, mir jede Frau zu nehmen«, verteidigte sich Kerym. »Du kannst es mir nicht verbieten, Vhait, das weißt du.«

Vhait stand nun genau zwischen Kerym und Sunnivah. »Du unterstehst noch immer meinem Befehl, Kerym. Und du weißt, dass ich ein solches Verhalten bei meinen Männern nicht dulde«, sagte er streng. »Dein Dienst endet erst in Daran und dort findest du genügend Straßendirnen, die heute Nacht bereitwillig dein Lager wärmen.« Kerym murmelte etwas Unverständliches. Wütend trat er mit seinem Stiefel einige Steine ins Gebüsch und ging zu seinem Pferd.

Jetzt wandte sich der Mann Sunnivah zu. »Mein Name ist Vhait«, stellte er sich vor und sah das Mädchen freundlich an. »Kerym und ich sind auf dem Weg nach Daran. Er hat Recht. Hier im Wald ist es wirklich sehr gefährlich für dich. Erlaube mir, dich auf meinem Pferd zu begleiten. Es wird dir kein Leid geschehen, darauf hast du mein Wort.«

»Ich hab's doch geahnt«, rief Kerym beleidigt dazwischen. »Du willst sie nur für dich allein haben.« Aber Vhait beachtete ihn nicht. Wortlos streckte er die Hand aus, um Sunnivah beim Aufsteigen zu helfen.

»Geh mit ihm!«

Sunnivah sah sich verwirrt um. Ganz deutlich hatte sie Naemys Worte gehört, konnte die Nebelelfe aber nirgends entdecken.

»Willst du nicht aufsitzen?« Vhait lächelte und klopfte mit der flachen Hand einladend auf den Rücken seines Pferdes. »Du kannst mir vertrauen – wirklich!« Sunnivah zögerte noch immer.

»Reite mit ihm, Sunnivah«, drängte Naemys leise Stimme in ihren Gedanken. »So kommen wir schneller voran.«

Sunnivah war noch immer unsicher, doch wenn Naemy dem Fremden traute, würde sie es auch tun.

»Also gut. Ich reite mit Euch«, entschied sie und ergriff Vhaits Hand. Dann ritten sie los.

Naemy begleitete die drei im Schutze der Bäume. Mühelos hielt sie mit dem Tempo der Pferde mit, wobei sie die Reiter nicht aus den Augen ließ.

Sie hatte nicht wirklich damit gerechnet, dass ihr Gedankenruf Sunnivah erreichen würde. Deshalb überraschte es sie umso mehr, als sie feststellte, dass Sunnivah sie tatsächlich hören konnte. Banya-Leah hatte nie etwas davon erwähnt und die Nebelelfe vermutete, dass die Priesterinnenmutter nichts von der seltenen Gabe ihrer Pflegetochter geahnt hatte. Naemy seufzte. Die Gabe war ein Geschenk der Göttin, und wer sie besaß, benötigte eine gute Ausbildung, um sich ihrer zu bedienen. Sie würde ihre Pläne für den kommenden Winter wohl ändern müssen.

»Wo willst du hin, Mädchen?« Vhait stellte diese Frage nun schon zum zweiten Mal. Entweder hatte die Rothaarige hinter ihm seine Worte nicht gehört oder sie wollte ihm nicht antworten.

Auch diesmal antwortete Sunnivah nicht sofort. Sie suchte noch immer nach einer passenden Antwort, schließlich wusste sie gar nicht, wo Mino-They wohnte. »Ich bin auf dem Weg zu einer Heilerin namens Mino-They«, antwortete sie ausweichend und hoffte, dass ihr Begleiter sich damit zufrieden geben würde.

»Zu einer Heilerin? Bist du krank?«, wollte Vhait wissen.

»Nein, ich werde dort meine Ausbildung zur Heilerin beginnen«, log Sunnivah.

»Sag mir doch, wo sie wohnt, dann kann ich dich zu ihr bringen«, bot Vhait an.

Doch Sunnivah schüttelte den Kopf. »Ich weiß es nicht genau«, sagte sie wahrheitsgemäß. »Irgendwo außerhalb der Stadtmauern, glaube ich. Man sagte mir, die Menschen in der Stadt würden sie kennen und mir den Weg zeigen.« Der Mann vor ihr drehte sich kurz im Sattel um und lachte. »Mädchen, du bist wirklich sehr leichtsinnig.« Kopfschüttelnd wandte er seinen Blick wieder nach vorn. »Zuerst wanderst du mutterseelenallein durch den Wald und dann glaubst du doch tatsächlich, einfach irgendjemanden nach dem Weg zu deiner Heilerin fragen zu können. Weißt du denn nicht, wie gefährlich eine Stadt wie Daran für ein so junges und hübsches Mädchen wie dich ist?« Seine Worte ließen Sunnivah erröten und sie schwieg verbissen.

»In Daran treibt sich so viel übles Gesindel herum, dass man dort selbst am Tage nicht sicher ist«, erklärte Vhait. »Und auch die Krieger aus der Garnison hätten sicher Verwendung für dich. Hab ich nicht Recht, Kerym?«

Doch Kerym brummte nur missmutig und verzichtete darauf, Vhait zu antworten.

Wenig später erreichten sie die Stadttore von Daran. Vhait zügelte sein Pferd. »Ich werde mich jetzt nach dem Weg erkundigen und dich zur Heilerin begleiten«, erklärte er und lenkte sein Pferd, ohne Sunnivahs Antwort abzuwarten, auf einen der Wachtposten zu.

»Na, dann viel Spaß beim Suchen, Vhait«, rief Kerym. »Ich für meinen Teil bin hungrig und müde und habe nicht die Zeit, schöne Jungfrauen zu beschützen.« Ohne sich zu verabschieden riss er die Zügel seines Pferdes herum und preschte durch das halb geöffnete Tor.

Vhait blickte ihm kopfschüttelnd nach. Langsam ließ er sein Pferd auf das Tor zugehen, stieg ab und wandte sich an einen der Wachtposten. Er hatte Glück. Der Wachtposten kannte Mino-They und konnte ihm den Weg zu ihrem Haus sofort beschreiben.

Vhait lenkte sein Pferd sicher durch die engen, spärlich erleuchteten Gassen. Als sie die äußeren Häuser der Stadt erreichten, bog er in einen langen, schmalen Weg ein, dessen Ende sich irgendwo in der Dunkelheit des Waldes verlor.

Vor einer kleinen reetgedeckten Kate ließ Vhait sein Pferd schließlich anhalten und drehte sich um. »Wir sind da«, sagte er und stieg vom Pferd. Dann streckte er seine Hände aus und half auch Sunnivah herunter.

Ihre Ankunft war nicht unbemerkt geblieben. Ganz in der

Nähe bellte ein Hund und hinter einigen Fenstern sah Sunnivah neugierige Gesichter.

Die schmale Tür der Kate wurde geöffnet und eine hoch gewachsene Frau mit langem, schwarzem Haar und mandelförmigen Augen trat heraus. Sie schien nicht sonderlich überrascht zu sein, musterte die beiden Fremden aber mit großem Interesse.

»Einen friedlichen Abend wünsche ich euch«, sagte sie freundlich. »Was führt euch zu mir?«

Sunnivah wollte antworten, doch Vhait kam ihr zuvor. »Ich bin Vhait, Hauptmann in der Garnison von Nimrod«, sagte er. »Ich traf Eure Schülerin auf dem Weg nach Daran. Sie war allein und es wurde bereits dunkel. Deshalb habe ich mir erlaubt sie auf meinem Pferd hierher zu begleiten.« Mino-They musterte seine zerschlissene Tunika und nickte. Vhait vermutete zu Recht, dass sie ihm den Rang eines Hauptmanns nicht recht glauben wollte.

»Das war wirklich sehr freundlich von Euch«, sagte sie, trat vor Sunnivah und legte ihr die Hände auf die Schultern. »Sunnivah!«, sagte sie erstaunt. »Ich habe dich zuerst gar nicht erkannt. Lass dich ansehen, Kind. Du hast dich wirklich sehr verändert. Eine richtige junge Frau bist du geworden.«

Sunnivah war sprachlos. Woher kannte die Frau ihren Namen?

»Ich komme, um meine Ausbildung bei Euch zu beginnen, so wie Ihr es mit meinem Vater besprochen habt.« Nur zögernd kam die Lüge über Sunnivahs Lippen. Wie würde die Heilerin darauf reagieren?

»Ganz allein? Warum hat dich denn niemand begleitet?« Wie selbstverständlich führte Mino-They das frei erfundene Gespräch fort. »Weiß dein Vater nicht, wie gefährlich der Weg nach Daran ist?« Sie nickte Vhait dankbar zu. »Du kannst von Glück sagen, dass dieser junge Mann dich begleitet hat.«

Sunnivah senkte beschämt den Blick. »Zu Hause sind noch alle bei der Ernte und haben keine Zeit«, murmelte sie kleinlaut.

Mino-They seufzte ergeben. »Na, Hauptsache, du bist jetzt hier und dir ist nichts geschehen«, sagte sie und nahm die Hände von Sunnivahs Schultern. Dann wandte sie sich wieder an Vhait.

»Wie kann ich Euch für Eure Hilfe danken, Hauptmann?«, fragte sie, doch Vhait schüttelte nur den Kopf und hob abwehrend die Hand. »Ich habe gern geholfen«, erwiderte er ehrlich. »Ihr schuldet mir nichts.«

Mit diesen Worten ging er zu seinem Pferd, stieg in den Sattel und wollte gerade losreiten, als Sunnivah neben das Pferd trat und zu ihm aufblickte.

»Danke, für alles«, sagte sie leise und sah ihm nach, bis er in der Dunkelheit nicht mehr zu sehen war.

»Komm, Sunnivah«, Mino-They legte den Arm um ihre Schultern. »Lass uns ins Haus gehen, du bist sicher hungrig und müde. Naemy erwartet dich bereits.«

4

»Sechzehn Sommer und noch immer keine Spur.« Tarek starrte in die Flammen des Kaminfeuers.

»Man kann Euch nicht vorwerfen, dass Ihr bei Eurer Suche nachlässig gewesen seid.« Der Sequestor hatte es sich in einem der wuchtigen ledernen Sessel vor dem Kamin bequem gemacht und blickte den obersten Kriegsherrn gelassen an.

»Und immerhin ist es Euch ja mit dieser winzigen Lüge gelungen, dass die Menschen von Thale den Glauben an Anthorks Prophezeiung verloren haben.«

»Aber das ist zu wenig«, erwiderte Tarek. »Das Kind mit dem Mal dürfte heute fast erwachsen sein und wir, die um die Wahrheit wissen, müssen deshalb besonders wachsam sein.«

»Vielleicht wurde es ja schon längst von einer der vielen Seuchen in den Dörfern dahingerafft.« Der Sequestor gähnte.

Tarek bedachte sein Gegenüber mit einem abfälligen Blick. Der oberste Richter war noch immer nicht bereit, die Gefahr, die von dem Kind ausging, wirklich ernst zu nehmen. Wie viele andere glaubte auch er, dass die Macht des Erhabenen durch nichts mehr zu gefährden sei, weil es nach fast dreißig Sommern unerbittlicher Herrschaft niemanden mehr zu geben schien, der den Mut aufbrachte, sich gegen An-Rukhbar aufzulehnen. Einzig die Rebellen in den Valdor-Bergen sorgten noch für Unruhe.

Der Gedanke an die Rebellen erinnerte Tarek daran, dass sein Sohn noch immer nicht von einem Einsatz zurückgekehrt war. Seine Patrouille war längst überfällig.

Heftiges Klopfen an der Tür riss Tarek aus seinen Gedanken. Noch bevor er eine Antwort geben konnte, betrat Asco-Bahrran den Raum. Mit wenigen Schritten war er bei den beiden Männern am Kamin. Der sonst so ausgeglichene Meistermagier wirkte nervös.

Tarek sah ihn an und zog erstaunt die Augenbrauen in die Höhe. »Nun?«, fragte er. »Was gibt es für Neuigkeiten?«

»Die Wächter haben einen Riss am Verbannungsort der Göttin entdeckt und ...«

Der Meistermagier wollte noch etwas hinzufügen, doch der Sequestor fiel ihm ins Wort. »Haben sie ihn schließen können?«

Asco-Bahrran nickte. »Ja, es war nur ein sehr schmaler Riss.«

»Dann weiß ich nicht, worüber Ihr Euch aufregt«, sagte der Sequestor. Er gähnte erneut und lehnte sich entspannt zurück. »Oder sind die Gefangenen etwa geflohen?«

»Nein, nach dem Bericht, den wir am Abend empfangen

haben, befinden sich die Verbannte und ihre Dienerin noch innerhalb der Sphäre«, erwiderte der Meistermagier. »Trotzdem bin ich beunruhigt. Vor wenigen Sonnenläufen hat mein Medium starke Energien der verbannten Göttin im Land gespürt.«

Tarek runzelte die Stirn. »Der Riss ist doch gerade erst entstanden«, sagte er nachdenklich. »Wieso glaubt Ihr, dass er etwas mit den vorherigen Ereignissen zu tun haben könnte?«

»Weil Zeit in der Dimension der Verbannten eine völlig andere Bedeutung hat als hier«, erklärte Asco-Bahrran. »Und weil wir vor vielen Sommern schon einmal einen solchen Riss hatten. Damals war es der Göttin sogar gelungen, ihre Dienerin ins Land zu schicken.« Er machte eine Pause und sah Tarek viel sagend an. »Das war zur Zeit der Zwillingsmondfinsternis.«

»Also ich kann an diesem Riss nichts Beunruhigendes entdecken«, warf der Sequestor ein. »Sagtet Ihr nicht gerade, dass sich die beiden Frauen noch innerhalb des Verbannungsortes befinden?«

»Ja, aber ...«

»Seht Ihr, schon damals ist der Versuch der Verbannten, Anthorks Prophezeiung zu erfüllen, kläglich gescheitert. Sicher war der Riss auch diesmal nur eine Folge ihrer aussichtslosen Fluchtversuche.« Der Sequestor wirkte gelangweilt. »Es ist schon spät«, sagte er. »Ich werde mich jetzt zurückziehen.« Schwerfällig erhob er sich aus dem Sessel. Im Gegensatz zu Tarek, der auch nach vielen Sommern noch immer einen muskulösen und durchtrainierten Körper besaß, hatte der Sequestor inzwischen so viel an Leibesfülle zugelegt, dass er sich nur noch mühsam fortbewegen konnte. Allein seinen acht Leibeigenen, die ihn in einer Sänfte durch die langen Gänge der Festung trugen, war es zu verdanken, dass er seine Gemächer überhaupt noch verlassen konnte.

»Heute Morgen auf dem Markt habe ich ein hübsches junges Ding gesehen und es mir bringen lassen«, sagte er kurzatmig. »Sicher wartet sie schon ungeduldig darauf, dass ich zu ihr komme.« Er lächelte viel sagend und wischte sich mit seinem Ärmel die Schweißperlen von der Stirn, als Tarek ihn zur Tür begleitete.

Auf dem Gang angekommen, bestieg der Sequestor umständlich seine Sänfte und ließ sich erschöpft in die weichen Polster sinken.

»Ich wünsche Euch noch einen angenehmen Abend«, sagte er atemlos. »Und lasst Euch durch Asco-Bahrrans Bericht nicht beunruhigen. Niemand kann die Herrschaft unseres erhabenen Meisters jetzt noch gefährden.«

Tarek nickte. Dann verabschiedete er sich von dem Sequestor und wartete, bis sich die Sänfte schaukelnd entfernt hatte. Dabei fragte er sich ernsthaft, wie er es eigentlich immer wieder schaffte, die Gesellschaft des Sequestors zu ertragen.

Der Meistermagier hatte vor dem Kamin Platz genommen und starrte in die Flammen. Als er bemerkte, dass Tarek zurückkehrte, drehte er sich um und sah dem obersten Kriegsherrn entgegen. »Er ist also noch immer der festen Überzeugung, dass dieses Kind nicht geboren wurde«, stellte er fest und wandte seinen Blick wieder den Flammen zu, während Tarek es sich in seinem Sessel bequem machte.

»Ich für meinen Teil werde wachsam bleiben«, erklärte der oberste Kriegsherr. »Das Kind von damals ist längst zum Mann herangewachsen und kann uns gefährlich werden ... wenn er noch lebt.« Dann richtete er sich auf und sagte: »Von nun an werdet Ihr mich rufen lassen, wenn Euer Medium eine Botschaft empfängt, die die verbannte Göttin betrifft. Ich möchte dabei sein, wenn das Medium zu Euch spricht. Jeder noch so kleine Hinweis könnte uns weiterhelfen und ...« Er sprach den Satz nicht zu Ende, denn in diesem Augenblick wurde die Tür des Arbeitszimmers schwungvoll geöffnet.

»Vater!«

Der vertraute Klang der Stimme ließ Tarek herumfahren. Vhait war endlich zurück.

Der Staub der Straßen hing noch in seinen Kleidern und er war so außer Atem, dass er zunächst nicht sprechen konnte. Aber er war gesund und lebte und das allein zählte.

Tarek sprang auf und schloss seinen Sohn in die Arme.

»Was ist passiert? Warum kommst du so spät?«, fragte er, doch Vhait winkte nur müde ab und ließ sich in den freien Sessel fallen.

»Geduld, Vater«, sagte er atemlos, während er den Meistermagier durch ein leichtes Kopfnicken grüßte. »Ich bin ohne Pause von Daran hierher geritten. Lass mich nur etwas ausruhen. Dann werde ich dir alles berichten.«

»Alle tot?« Ungläubig starrte Tarek seinen Sohn an.

»Alle, bis auf Kerym und mich«, bestätigte Vhait. Er spürte, wie sehr der Bericht seinen Vater enttäuschte. Diesmal gab es bei seiner Rückkehr keinen Sieg zu feiern und keine Ehrung zu empfangen. Seine Mission, das Lager der Rebellen zu zerstören, war gescheitert. Er hatte schmählich versagt.

»Wie konnte das geschehen?« Aufgebracht schritt Tarek im Zimmer auf und ab. »Ein verwahrloster Haufen halb verhungerter Rebellen vernichtet ein Dutzend hervorragend ausgebildeter und gut bewaffneter Krieger.«

»Ich sagte doch bereits, dass ihnen ein riesiger Vogel zu Hilfe kam«, erwiderte Vhait.

Tareks Kopf flog herum und seine Augen funkelten. »Du bist nicht der Erste, der mir sein Versagen mit einem solchen Gerede erklären will«, rief er wütend. »Scheinbar ist das unter meinen Kriegern eine beliebte Ausrede, in der Hoffnung, einer Bestrafung zu entgehen, aber ...«

»Vater!« Vhait fiel ihm ins Wort. Trotz der Unterstellungen bemühte er sich um einen ruhigen Tonfall. »Ich habe das Tier selbst gesehen. Glaub mir, dieser Vogel ist keine Einbildung betrunkener Krieger, er war wirklich da!«

Tarek seufzte. Sichtlich erregt trat er ans Fenster und starrte in die Dunkelheit hinaus.

»Mein Sohn«, begann er und Vhait spürte, wie sehr er sich dabei zur Ruhe zwingen musste. »Auch wenn ich dich mehr liebe als alle anderen Söhne, die ich gezeugt habe, kann ich dir nicht glauben. Nach deiner Beschreibung kann es sich bei dem Vogel nur um einen Riesenalp handeln. Aber diese Vögel haben wir schon vor mehr als fünfundzwanzig Sommern ausgerottet. Sie sind alle tot. Seit dem Fall Nimrods wurde kein Riesenalp mehr gesehen.«

Bei diesen Worten hielt es auch Vhait nicht mehr auf seinem Platz. »Er war ebenso lebendig wie ich, Vater«, beharrte er. »Und er hat getötet! Wenn Kerym hier wäre, könnte er meine Worte bezeugen.«

»So, und wo ist dieser Kerym?«, wollte Tarek wissen.

»Seine Eltern haben ein Gasthaus. Es liegt einen halben Tagesritt von Nimrod entfernt an der Straße nach Daran«, erklärte Vhait. »Dort haben sich unsere Wege gegen Mittag getrennt, denn der Oberbefehlshaber von Daran hat Kerym einen Kurierdienst übertragen. Vermutlich befindet er sich jetzt schon auf dem Weg zur Grasland-Division.«

»Deshalb können wir ihn leider nicht fragen«, fügte Tarek hinzu.

»Bei den Toren! Ich sage die Wahrheit!« Eindringlich sah Vhait seinen Vater an. »Gib mir ein paar Krieger, dann werde ich es dir beweisen. Ich werde das Ungeheuer finden und töten.«

»Nein!«

»Es war ein Riesenalp, Vater. So wahr ich hier stehe.« Vhait ließ sich nicht beirren. Seine Augen funkelten leidenschaftlich. »Ich werde es beweisen. Ich werde dieses Untier finden und töten. – Wenn es sein muss, auch ohne deine Erlaubnis.«

Ohne eine Antwort abzuwarten drehte er sich um und stürmte aus dem Zimmer.

Als Tarek am nächsten Morgen die Nachricht erhielt, dass sein Sohn Nimrod mit zehn Männern verlassen hatte, wunderte er sich nicht. Wenn ich jung wäre, würde ich genauso handeln, dachte er nicht ohne Stolz. Vhait ist eben ganz mein Sohn.

Es wurde ein langer und harter Winter. Auch zwei Mondläufe nach der Wintersonnenwende hielt er das Land noch immer fest im Griff. Mannshoher Schnee machte die Straßen unpassierbar und der klirrende Frost ließ die Menschen auch tagsüber in ihren Häusern bleiben. Nahrung und Brennholz wurden knapp. Hungernde Wölfe strichen des Nachts durch die menschenleeren Straßen von Daran und schreckten nicht einmal davor zurück, einen Menschen anzufallen.

Naemy hörte ihr lang gezogenes Heulen und seufzte.

Sie hatte nie vorgehabt, so lange bei Mino-They zu bleiben, doch der Schnee und die bittere Kälte hatten sie gezwungen, ihre Pläne zu ändern. Inzwischen hielt sie sich schon mehr als vier Mondläufe bei der Heilerin auf und wurde mit jedem Tag ungeduldiger.

Nachdenklich sah Naemy zu Sunnivah hinüber, die auf ihrem Lager neben dem Feuer eingeschlafen war. Sunnivahs Ausbildung war abgeschlossen. Es gab nichts mehr, das sie ihr noch beibringen konnte. Das Mädchen war jetzt mühelos dazu in der Lage, sich der Gedankensprache zu bedienen. Dafür hatte sie gesorgt. Sorgfältig hatte sie Sunnivahs angeborene Gabe an den langen Winterabenden geschult, auch wenn Sunnivah häufig lieber etwas anderes gemacht hätte.

Zusätzlich unterrichtete die Nebelelfe Sunnivah im Kre-An-Sor, einer waffenlosen Kampftechnik der Elfen. Hier war Sunnivah eine aufmerksame Schülerin, denn die Aussicht, sich jederzeit gegen Angreifer wehren zu können, begeisterte sie von Anfang an. Selbst die vielen schmerzhaften Stürze konnten nichts daran ändern. Sie lernte schnell und mit großem Eifer. Inzwischen musste selbst Naemy neidlos zugeben, dass Sunnivah ihr mit ihrem Können in nichts mehr nachstand.

Wieder heulte ein Wolf. Diesmal sehr viel näher.

Naemy sah aus dem Fenster. Ein grauer Schatten schlich im Mondlicht zwischen den hoch aufgetürmten Schneehaufen neben der Straße. Ein Wolf! Plötzlich hob er den Kopf und sah zu ihr herüber. Langsam kam er näher, blieb vor dem kleinen Fenster stehen und musterte die Nebelelfe mit einem langen Blick aus seinen funkelnden Augen. Naemy hatte das sonderbare Gefühl, dass der Wolf ihr etwas mitteilen wollte. Doch der Moment verstrich und nichts geschah. Schließlich wandte sich der Wolf um und verschwand in der der Nacht.

»Ein Wolf?« Mino-They betrat das Zimmer. Sie hatte gerade Holz aus dem Schuppen hinter dem Haus geholt und trug die Scheite zum Ofen. Naemy nickte. »Er war hungrig«, sagte sie. »Ich kann nur hoffen, dass dieser elende Winter bald ein Ende hat.«

Mino-They legte die Holzstücke neben dem Kamin auf den Boden und gab einen Scheit in die Glut. Das feuchte Holz knisterte und zischte in der Hitze.

»Du möchtest fort, nicht wahr?«, fragte sie mitfühlend und setzte sich zu der Nebelelfe an den Tisch.

Naemy seufzte. »Es war gut, dass ich den Winter hier verbringen konnte. Du weißt, wie sehr wir Elfen unter der Kälte leiden. Aber du weißt auch, dass ich dringend in die Valdor-Berge muss. Außerdem bin ich es nicht mehr gewohnt, so viele

Mondläufe in einem Haus zu verbringen. Ich sehne mich nach den Wäldern.« Wieder fiel ihr Blick auf das schlafende Mädchen. »Sunnivah braucht mich nicht mehr, sie weiß alles, was ich ihr beibringen konnte.«

»Ja, sie hat in der kurzen Zeit erstaunlich viel gelernt«, sagte die Heilerin. »Ich denke, ich werde deinem Rat folgen und sie nach Nimrod begleiten, sobald die Wege wieder passierbar sind.« Sie griff nach dem Krug, der auf dem Tisch bereitstand, und schenkte sich etwas Wasser ein. »Sunnivah scheint sich sogar darauf zu freuen. Und das, obwohl sie sich damals so gegen deinen Plan gewehrt hat, sich in Nimrod als neue Rekrutin für An-Rukhbars Heer anwerben zu lassen.«

»Sechs Mondläufe sind eine lange Zeit. Damals war sie noch nicht so weit.« Naemy wandte ihre Aufmerksamkeit wieder Mino-They zu. »Vieles ist seitdem geschehen. Inzwischen hat Sunnivah eingesehen, wie wichtig es für sie ist, den Umgang mit Schwert und Bogen zu erlernen.«

Die Heilerin musterte die Nebelelfe mit einem zweifelnden Blick. »Und du glaubst wirklich, dass sie stark genug ist, um sich unter den Kriegern der Garnison zu behaupten?«, fragte sie voller Unbehagen. »Du weißt, wie rau es dort zugehen soll.«

»Sie muss!«, erwiderte Naemy. »Selbst wenn es mir gelingt, die Rebellen dazu zu bringen, den Angriff auf Nimrod zu verschieben, haben wir nicht mehr viel Zeit. Sie braucht diese Ausbildung und du weißt, wie lange es dauert, den sicheren Umgang mit Schwert und Bogen zu erlernen.«

Mino-They nickte. »Du hast Recht«, sagte sie. »Wir müssen ihr vertrauen. Die Göttin hat sie erwählt und wir haben unser Bestes gegeben, um ihre Fähigkeiten zu fördern. Sobald der Schnee schmilzt, muss sie ihren Weg allein gehen.«

Am Eingang einer dunklen, von einem dicken Schneebrett halb verdeckten Höhle in den steilen, felsigen Hängen des Himmelsturms beobachtete der Riesenalp voller Sorge die dunklen Gestalten der Krieger, die sich viele Längen unter ihm über die glatten, schneebedeckten Felsvorsprünge kämpften.

Bald würden sie seine Höhle erreicht haben. Die Männer waren zu allem entschlossen. Nicht einmal der strenge Frost und die tief verschneiten Hänge konnten sie jetzt noch von ihrem Vorhaben abbringen, denn sie verfolgten ihn schon seit fünf Mondläufen und kamen, um ihn zu töten.

Der Riesenalp gab einen wütenden, zischenden Laut von sich. Eine Verletzung an seinem Flügel, die er denselben Kriegern zu verdanken hatte, hinderte ihn daran, seine Höhle zu verlassen. Und obwohl er wusste, dass er den schwer bewaffneten Männern bei einem Kampf in der engen Höhle hoffnungslos unterlegen war, war er längst nicht wehrlos.

Der strenge Winter hatte ihm eine gefährliche Waffe zur Verfügung gestellt und er würde nicht zögern sie zu benutzen.

Doch zunächst beschränkte sich der große Vogel darauf, die Krieger weiter zu beobachten. Erst als sie seine Höhle fast erreicht hatten, begann der Riesenalp damit, seinen schweren Schnabel rhythmisch gegen die Felswand zu schlagen. Über seinem Kopf hörte er das Schneebrett bedrohlich knacken und knirschen. Feiner Schnee rieselte auf sein Gefieder und er schob sich, ohne das Klopfen zu unterbrechen, noch einige Längen weiter in die Höhle hinein. Ein Blick auf den steilen Abhang unterhalb der Höhle zeigte ihm, dass die Männer die drohende Gefahr nicht bemerkten. Dicht nebeneinander suchten sie sich tastend ihren Weg über die glatte, freie Fläche und riskierten nur selten einen Blick nach oben.

Plötzlich ließ ein heftiges Dröhnen den Berg erzittern. Die Krieger blieben stehen und sahen erschrocken zur Höhle hinauf, von der sich ihnen eine weiße Wand mit rasender Geschwindigkeit näherte. Die ungeheure Wucht der entfesselten Schneemassen wurde von einer Wolke aus feinem Pulverschnee verdeckt, die der herandonnernden Lawine vorauseilte.

Als die Krieger die Gefahr erkannten, blieb ihnen nicht einmal mehr die Zeit zu schreien. Tonnenschwere Schneemassen wälzten sich den Abhang hinunter und ließen den Berg erzittern. Gnadenlos rissen sie alles mit sich, das ihnen im Weg war, und begruben die überraschten Krieger unter sich.

Wenige Augenblicke später war das Dröhnen verklungen und die Hänge lagen wieder weiß und unberührt in der Morgensonne. Nichts deutete darauf hin, dass hier gerade ein Dutzend Menschen ihr Leben gelassen hatten.

Der Riesenalp hockte nun wieder am schneebedeckten Eingang seiner Höhle. Zufrieden ließ er seinen Blick über den Abhang schweifen. Alles war wieder still und friedlich. Doch dann sah er ein winziges Stück roten Stoff einsam aus dem Schnee herausragen. Vermutlich gehörte es zu dem Umhang des Anführers der Gruppe, denn alle anderen Krieger hatten schwarze Umhänge getragen.

»Du musst den Krieger retten!«

Wer sprach da?

Verwundert blickte sich der Riesenalp um, konnte aber niemanden entdecken. Die Stimme kam ihm entfernt bekannt vor, so, als hätte er sie vor langer Zeit schon einmal gehört.

»Rette ihn! Schnell! Sonst wird er ersticken.«

Plötzlich fiel es ihm wieder ein. Es war dieselbe Stimme, die damals in seinen Träumen zu ihm gesprochen hatte.

»Bankivahr, rette ihn!« Die Stimme gab nicht auf. Woher kannte sie seinen Namen?

»Erhebe dich, im Namen der Göttin, und rette den Krieger! Schnell, sonst ist es zu spät!«, drängte die Stimme.

Warum sollte er das tun? Sollte der Krieger ruhig ersticken. Schließlich gehörte auch er zu seinen Feinden, die gekommen waren, um ihn zu töten.

»Bankivahr!« Der Boden seiner Höhle erzitterte und eine weitere kleine Lawine suchte sich ihren Weg ins Tal, als die Stimme erneut seinen Namen aussprach.

Missmutig erhob sich der große Vogel. Er wollte den Krieger noch immer nicht retten, war aber klug genug, sich nicht mit unbekannten Mächten anzulegen.

Ungeschickt betrat er den losen Schnee und rutschte mehr, als dass er den steilen Hang hinunterschritt. Sein Flügel schmerzte höllisch, aber er versuchte nicht darauf zu achten. Zum Glück war es nicht sehr weit. Der bewusstlose Krieger war mit einer dicken Schneeschicht bedeckt. Vorsichtig entfernte der Riesenalp den Schnee mit seinem Schnabel und zog den Krieger darunter hervor. Dann packte er ihn und machte sich daran, mit seiner Last zur Höhle zurückzukehren. Der Aufstieg gestaltete sich jedoch weitaus schwieriger als der Abstieg. Immer wieder gab der Schnee unter dem Gewicht des Riesenalps nach und ließ ihn straucheln. Mühsam kämpfte er sich Länge um Länge nach oben und ärgerte sich insgeheim über seine Nachgiebigkeit.

Hätte er den Krieger doch bloß im Schnee gelassen. Jetzt war er gezwungen, seine Höhle bis zum Ende des Winters mit einem der verhassten Krieger An-Rukhbars zu teilen. Mit einem Feind!

Der Riesenalp zischte wütend. Wieder hatte er sich von der seltsamen Stimme zu etwas verleiten lassen, dessen Folgen er nicht abschätzen konnte. Aber diesmal würde er schlauer sein. Sobald er wieder fliegen konnte, wollte er seinen ungebetenen Gast weit fort bringen und ihn irgendwo in der Nähe eines Dorfes absetzen.

»Dieser verdammte Schnee.« Ärgerlich klopfte Asco-Bahrran die Schneeflocken von seinem dicken Pelzmantel, als er das Arbeitszimmer des Sequestors betrat. Ohne den Mantel abzulegen durchquerte er den Raum, zog sich einen Stuhl vor den Kamin und hielt seine kalten Finger den wärmenden Flammen entgegen.

Der Sequestor legte die Schriftrolle, in der er gerade gelesen hatte, aus den Händen und sah stirnrunzelnd auf die feuchte Spur, die der Magier auf dem Boden hinterlassen hatte. Auch er trug einen pelzgefütterten Mantel und Handschuhe, denn obwohl das Feuer in dem Kamin Tag und Nacht brannte, war es nicht möglich, den großen Raum zu erwärmen.

»Das kann man wohl sagen«, erwiderte er mitfühlend und deutete auf die Schriftrolle. »Wenn es nicht bald wärmer wird, werde ich auch in der Festung die Nahrungsmittel rationieren müssen. Unsere Lager sind so gut wie leer.«

Asco-Bahrran schien ihm nicht zuzuhören. Statt einer Antwort starrte er schweigend in die Flammen. Dann stand er plötzlich auf, ging zum Fenster und kratzte mit seiner Hand ein kleines Loch in das Eis auf der Scheibe.

»Habt Ihr die Feuer gesehen?«, fragte er und deutete nach draußen. »Sie verbrennen ihre Toten draußen vor der Stadt. Ganz Nimrod stinkt nach verbranntem Fleisch.«

Der Sequestor ächzte. »Ja, der Gestank ist wirklich Ekel erregend«, pflichtete er dem Meistermagier bei. Dann zog er die Augenbrauen hoch und fragte erstaunt: »Seit wann interessiert Ihr Euch für diesen nutzlosen Haufen halb verhungerter Menschen? Jeder Einzelne von ihnen ist leicht zu ersetzen und es nicht wert, auch nur einen Gedanken an ihn zu verschwenden.« Schwerfällig erhob er sich und trat neben den Meistermagier.

»Aber Ihr habt Recht, seit wir ihre Vorräte und ihr Brennholz beschlagnahmt haben, sterben sie wie die Fliegen«, stellte er fest. »Tarek dürfte nicht zulassen, dass sie bettelnd vor den Toren der Festung herumlungern und ihre Toten so nahe an der Stadt verbrennen, aber …« Er sah den Meistermagier viel sagend an. »Ihr wisst ja, wie seltsam er ist, seit sein Sohn vermisst wird.« Asco-Bahrran schwieg und betrachtete interessiert die Menschenmenge vor den Festungsmauern; Männer, Frauen und Kinder, die verzweifelt darauf hofften, dass die wohlhabenden Bürger der inneren Festung sich ihrer erbarmten.

»Also, was gibt es?«, fragte der Sequestor. »Ihr seid doch sicher nicht zu mir gekommen, um Euch über den Schnee und den Gestank zu beschweren?«

»Nein, das nicht«, antwortete der Meistermagier. Er drehte sich um, ging zum Feuer zurück und setzte sich wieder. »Ich habe ein anderes Problem«, sagte er. »Heute Morgen habe ich eine Botschaft des Erhabenen erhalten. Diesmal fordert er von uns gleich fünfzig Menschen. Aber der Kerker ist inzwischen schon so gut wie leer. Wir wissen nicht mehr, wo wir die vielen Menschen hernehmen sollen ohne Aufsehen zu erregen.« Er nahm den Schürhaken zur Hand und stocherte damit in der Glut, bis knisternde Funken aufsprangen. »Hätten wir nicht so viel Schnee, könnten wir wieder Krieger in die abgelegenen Dörfer schicken. Aber die Straßen sind unpassierbar und der Erhabene will die Menschen schon morgen Abend.«

Der Sequestor trat vom Fenster zurück. Er ahnte bereits, was der Meistermagier von ihm erwartete, ließ sich mit seiner Antwort jedoch Zeit. »Warum schickt Ihr nicht jemanden vor das Tor?«, fragte er schließlich. »Wenn er den Menschen dort draußen etwas Nahrung verspricht, werden sie ihm scharenweise folgen.« Er lächelte kalt. »Ich denke, das wird am wenigsten Aufsehen erregen und Euer kleines Problem schnell beseitigen.«

Die wenigen Krieger an dem mächtigen Flügeltor zur inneren Festungsstadt hatten große Mühe, dem stetigen Strom der hereindrängenden Menschen Einhalt zu gebieten. Ihr Befehl lautete, das Tor wieder zu schließen, wenn es etwa hundert Menschen passiert hatten. Doch obwohl die Wachen vorsichtshalber nur einen der beiden Flügel geöffnet hatten, schafften es die Krieger kaum, ihn wieder zu schließen.

Immer wieder huschten verzweifelte Menschen durch den schmalen Spalt, in der Hoffnung, so dem Tod durch Hunger oder Erfrieren zu entgehen.

Auch Fayola stemmte sich mit aller Kraft gegen das Tor und hoffte, dass es ihnen bald gelang, es wieder zu verriegeln. Ihre Lage war aussichtslos, doch dann erhielten sie endlich Verstärkung und der Spalt nach draußen wurde rasch schmaler.

»Mein Kind! Kümmert Euch um mein Kind.« Irgendwie wusste die junge Kriegerin, dass die Worte der hysterischen Frauenstimme ihr galten. Sie wandte den Kopf und erkannte neben sich einen hageren Arm, der ein zerlumptes, schwarzhaariges Mädchen im letzten Moment durch den Spalt schob, bevor das Tor krachend ins Schloss fiel.

Atemlos lehnte sich Fayola an die hölzernen Pfähle des Tores und schloss die Augen. Als sie sie wieder öffnete, stand das Mädchen noch immer an derselben Stelle und sah sie mit ihren dunklen tief liegenden Kinderaugen unsicher an. Das Kind tat ihr Leid. Es konnte nicht viel älter sein als acht Sommer und war sicher noch nie so allein gewesen.

Fayola zwang sich zu einem Lächeln und streckte dem Mädchen ihre Hand entgegen. »Komm mit mir«, sagte sie freundlich. »Ich bringe dich zu den anderen. Vielleicht bleibt von dem Essen ja so viel übrig, dass du etwas davon für deine Mutter mitnehmen kannst.« Fayolas freundliche Worte verfehlten ihre Wirkung nicht. Schüchtern ergriff das Mädchen ihre Hand und folgte ihr.

Die Gruppe der Menschen, denen man etwas Nahrung versprochen hatte, wurde von mehr als einem Dutzend schwer bewaffneter Krieger des Schlangenordens eskortiert.

Seltsam, dachte Fayola. Normalerweise gehörten solche mildtätigen Dienste doch nicht zu den Aufgaben dieser gefürchteten Einheit.

Sie selbst hatte keinen Befehl erhalten, die Menschen aus Nimrod zu begleiten, aber das kleine Mädchen klammerte sich so fest an ihre Hand, dass sie es nicht übers Herz brachte, es allein zu lassen. Um zu verhindern, dass die Schlangenkrieger sie entdeckten und ihr unangenehme Fragen stellten, wahrte sie einen ziemlich großen Abstand zu der Gruppe vor ihnen.

Ich begleite das Mädchen nur, bis es etwas zu essen bekommt, dann verschwinde ich von hier, dachte sie und lächelte der Kleinen aufmunternd zu.

Als die Menschen an dem Eingang zu den Küchen vorbeigeführt wurden, wunderte sich Fayola. Doch erst als die Krieger direkt auf den Kerker und die daneben liegenden Gebäude der Magier zuhielten, begann sie zu ahnen, wozu diese angebliche Verteilung von Nahrungsmitteln wirklich diente.

Ohne dass sie es wollte, krampfte sich ihre Hand um die des Mädchens. Gleichzeitig wurde sie immer langsamer. Hin- und hergerissen zwischen dem Gedanken an das, was dem unschuldigen Kind an ihrer Seite bevorstand, und dem drängenden Gefühl, sofort kehrtzumachen und dieses grausame Schauspiel einfach zu vergessen, starrte Fayola auf den immer näher kommenden Kerkereingang.

»Gibt es auch Äpfel?« Die Worte des Mädchens hallten in ihrem Kopf. Sie musste sich schnell entscheiden.

Verstohlen sah Fayola sich um. Die enge Gasse hinter ihnen war leer und die letzten Krieger schon weit voraus. Plötzlich fasste sie einen Entschluss. Ohne richtig zu überdenken, was sie tat, presste sie dem überraschten Mädchen ihre Hand fest auf den Mund. Dann hob sie es einfach hoch und lief, so schnell sie konnte, den Weg zurück.

Keinen Moment zu früh. Fayola hatte die Gasse noch nicht ganz verlassen, als sie hörte, dass hinter ihr lauter Tumult ausbrach. Vermutlich hatten jetzt auch die Gefangenen den Betrug bemerkt und begonnen, sich gegen ihre Eskorte zu wehren. Befehle wurden gebrüllt und lautstark nach Verstärkung gerufen. Unzählige Krieger liefen an Fayola vorbei und eilten ihren Kameraden zu Hilfe, während sie mit dem Mädchen in entgegengesetzter Richtung durch die engen Gassen rannte. Niemand beachtete sie. Unbehelligt erreichte sie die Unterkünfte der Kriegerinnen und betrat ihre Kammer. Dort setzte sie das zitternde Mädchen auf ihr Bett, nahm es in den Arm und lächelte ihm aufmunternd zu.

»Wie heißt du?«, fragte Fayola freundlich und strich dem Kind eine Haarsträhne aus der Stirn.

Das Mädchen war völlig verängstigt. Mit großen Augen sah es zu der Kriegerin auf und wagte nicht zu sprechen.

»Du brauchst keine Angst vor mir zu haben, Kleines«, erklärte Fayola und setzte sich neben das Mädchen. »Also, wie heißt du?«

»Alani«, antwortete das Mädchen leise und blickte zu Boden.

»Also, Alani«, begann Fayola. »Ich bin deine Freundin. Ich weiß, das ist schwer zu verstehen, so wie ich dich mitgeschleift habe, aber du musst es mir glauben.« Zärtlich nahm sie die Hand des Mädchens und streichelte sie sanft. »Du warst in großer Gefahr, Alani, und ich musste so handeln, um dein Leben zu retten. Hier bist du vorerst in Sicherheit. Ich würde dich auch wirklich gern zu deiner Familie zurückbringen, doch die Tore sind noch geschlossen. Deshalb musst du noch etwas bei mir bleiben. Verstehst du das?« Das Mädchen nickte stumm, aber Fayola war sich nicht sicher, ob sie wirklich verstand, was hier geschah. »Ich verspreche dir, dass ich gut für dich sorgen werde«, fuhr sie fort. »Sobald die Tore wieder offen sind, begleite ich dich nach Hause. Und noch etwas.« Fayola warf Alani einen verschwörerischen Blick zu. »Niemand darf dich sehen. Verhalte dich ganz ruhig. Es ist sicherer für uns beide, wenn keiner weiß, dass du hier bist!« Alani nickte wieder.

Fayola ließ sich rückwärts auf das Bett sinken. Und während sie die kahle Decke anstarrte, fragte sie sich plötzlich, welcher Dämon sie bloß dazu getrieben hatte, dem Mädchen das Leben zu retten.

Die Sonne schien an einem wolkenlosen Himmel. Über die steilen Hänge des Himmelsturms, dem höchsten Berg der endlosen Kette der schroffen, schneebedeckten Gipfel des Ylmazur-Gebirges, floss das eisige Schmelzwasser in unzähligen silbernen Bändern. Mühsam suchte es sich seinen Weg durch das zerklüftete Gelände. Dabei vereinigte es sich immer wieder mit anderen Bächen zu kleinen und großen Wasserläufen, die schließlich als sprühende Wasserfälle in die dichten Wälder am Fuße des Himmelsturms hinabstürzten.

Der Riesenalp genoss die Wärme der ersten Sonnenstrahlen. Mit halb geöffneten Augen lag er dösend im Eingang seiner Höhle und wartete auf den Abend. Sobald es dunkel war, wollte er den jungen Krieger zu seinen Artgenossen zurückbringen.

Die Wunde an seinem Flügel war gut verheilt und er war froh seinen ungebetenen Gast endlich loszuwerden. Doch ihn plagten auch Zweifel.

Der Krieger bedeutete eine große Gefahr für ihn. Er war der Einzige, der den Weg in die Höhle, in der sich der große Vogel seit fünfundzwanzig Sommern verbarg, gefunden hatte. Der Riesenalp traute ihm nicht. Wie konnte er sicher sein, dass der Krieger nicht schon bald mit neuen Männern wiederkommen würde, um ihn zu vernichten?

Ich hätte nicht auf die Stimme hören und ihn im Schnee lassen sollen, dachte er grimmig und sah auf die verharschten Überreste der Lawine hinab.

Plötzlich hatte er eine Idee.

Er würde den Krieger in der einsamsten Gegend Thales aussetzen. Wenn er den unbekannten Mächten, die zu mir gesprochen haben, wirklich so wichtig ist, überlegte er, dann würden sie sich auch um ihn kümmern.

Der Gedanke gefiel ihm.

Sobald es dunkel war, trat der Riesenalp vor sein Nest und

ergriff den Krieger, der bereits fest geschlafen hatte, vorsichtig mit dem Schnabel. Dann drehte er seinen Kopf nach hinten und ließ den überraschten Krieger auf sein weiches Rückengefieder fallen.

Mit wenigen Schritten hatte der Vogel den Ausgang der Höhle erreicht. Er breitete die Flügel aus und startete mit einem kleinen Sturzflug in die Nacht, bevor er sich auf den weiten Weg nach Norden machte.

Das silberne Band des Junktun blieb weit hinter ihm zurück und er näherte sich in raschem Flug den endlosen Ebenen des nördlichen Graslandes. Weiter und weiter flog er und schließlich überquerte der Riesenalp die Grenze zur Finstermark. Noch niemals hatte er es gewagt, so weit nach Norden zu fliegen, denn die finsteren Wesen, die hier anzutreffen waren, schafften es, selbst einem so großen Vogel Furcht einzuflößen. Ihm war klar, dass sein Handeln für den jungen Krieger den Tod bedeuten konnte, doch sein Entschluss stand fest.

Als er glaubte weit genug geflogen zu sein, landete der Riesenalp auf der trockenen, staubigen Erde der Finstermark, hob den Krieger von seinem Rücken und verschwand in der Dunkelheit.

Fluchend ließ sich Vhait auf die karge Erde sinken. Um ihn herum herrschte fast vollkommene Dunkelheit, doch er brauchte auch nichts zu sehen, um zu erkennen, wohin der Vogel ihn gebracht hatte.

Er war in der Finstermark!

Vhait griff in den staubtrockenen Sand und ließ die feinen Körner langsam durch seine Finger rinnen. Er wusste, dass es keinen Sinn hatte, hier nach Wasser zu suchen. Trotzdem brachte er es nicht fertig, einfach aufzugeben, und machte sich auf den Weg.

Er würde laufen, solange er noch die Kraft dazu besaß.

Naemy war fort.

Auf Sunnivahs Lager im Haus der Heilerin standen zwei fertig gepackte Rucksäcke. Daneben saß Sunnivah und blickte gelangweilt auf den Boden, wo ein heller Lichtfleck, den die aufgehende Frühlingssonne durch das kleine Fenster auf den Boden warf, langsam über die staubigen Bretter wanderte.

Naemy war gegangen, als der Schnee zu schmelzen begann. Am liebsten hätte Sunnivah sie begleitet, doch die Nebelelfe hatte nur gelacht und erklärt, dass sie nicht nach Nimrod gehen würde. Nimrod!

Sunnivah konnte sich noch genau daran erinnern, welche Furcht ihr dieser Name eingeflößt hatte, als sie In-Gwana-Thse verlassen musste. Doch nun, nicht einmal sieben Mondläufe später, war davon nichts mehr zu spüren. Naemys Unterricht und Mino-Theys intensive Bemühungen, sie mit der Gesellschaft vertraut zu machen, hatten ihr Selbstbewusstsein gestärkt und ihre Persönlichkeit gefestigt. Sie wusste sich zu wehren, und die Gewissheit, Naemy jederzeit mit ihren Gedanken erreichen zu können, gab ihr das sichere Gefühl, nicht allein zu sein. Sie fühlte sich stark und mutig und brannte darauf, die Festungsstadt endlich kennen zu lernen. Deshalb konnte sie Mino-Theys Rückkehr auch kaum erwarten.

Plötzlich wurde die Tür geöffnet und der Luftzug brachte einen Schwall kühler, feuchter Frühlingsluft mit sich.

»Es hat leider etwas länger gedauert«, entschuldigte sich die Heilerin und zog ihre schlammigen Stiefel aus.

»Ich habe schon alles fertig«, sagte Sunnivah. »Wann brechen wir auf?«

»Du weißt, dass ich lieber noch einige Sonnenläufe gewartet hätte«, erklärte Mino-They und deutete auf ihre Stiefel. »Der Frost steckt noch tief im Boden und die Wege bestehen nur aus Schlamm.« Die Heilerin bemerkte Sunnivahs Enttäuschung und lächelte. »Allerdings habe ich gerade mit einem Händler gesprochen, der aus Nimrod kommt. Er sagte mir, dass die Wege außerhalb Darans längst nicht so schlecht seien wie in der Stadt. Deshalb denke ich, wir sollten uns besser gleich auf den Weg machen.«

Der Händler hatte Recht gehabt.

Während es den beiden Frauen in Daran fast unmöglich gewesen war, die Straßen zu benutzen, und sie sich ihren Weg mühsam entlang des unwegsamen Straßenrandes hatten suchen müssen, kamen sie außerhalb der Stadt sehr viel besser voran.

Am frühen Nachmittag hielt Mino-They plötzlich an und sah prüfend zum Himmel hinauf. »Es sieht nach Regen aus«, stellte sie fest. »Nicht weit von hier gibt es eine verlassene Hütte. In ihr habe ich schon oft eine Nacht verbracht, wenn ich im Wald Kräuter sammelte. Wenn wir etwas schneller gehen, können wir sie erreichen, bevor es dunkel wird.«

Sie schafften es nicht ganz.

Ein böiger Wind kam auf und trieb dunkle schwere Regenwolken vor sich her. Schon bald verdeckten sie die Sonne und ließen das Tageslicht noch schneller schwinden. Fast gleichzeitig setzte ein so heftiger Regen ein, dass die beiden Frauen gezwungen waren zu laufen, um die Hütte nicht völlig durchnässt zu erreichen.

In der Hütte war es dunkel. Dennoch gelang es den beiden Frauen, genügend trockenes Holz für ein kleines Feuer zu finden. Danach hängten sie die regennassen Umhänge zum Trocknen auf und rollten sich nach einer kurzen Mahlzeit neben dem Feuer in ihre Decken, um zu schlafen. Sunnivah schloss die Augen. Sie war froh, die Nacht nicht im Freien verbringen zu müssen. Eine Zeit lang glitt sie noch an der Schwelle zum Schlaf entlang und lauschte dem Geräusch des Regens, der heftig auf das Dach prasselte. Dann war sie eingeschlafen.

Mitten in der Nacht erwachte sie. Regen und Wind hatten

aufgehört und sie fror. Das Feuer war fast völlig heruntergebrannt. Vorsichtig tastete sie im Dunkeln nach den Holzscheiten, die Mino-They ganz in der Nähe bereitgelegt hatte, und warf drei davon in die Glut. Sie hatte Glück. Das trockene Holz entzündete sich sofort und mit den knisternden Flammen kam auch die Wärme zurück.

Sunnivah stand auf und befühlte ihren Umhang. Er war noch nicht ganz trocken, doch das war ihr egal. Sorgfältig breitete sie ihn über ihre Decke, rollte sich darunter zusammen und wartete darauf, dass der Schlaf zurückkehrte.

Plötzlich durchbrach ein silberner Lichtschein die Wolkendecke und im selben Moment heulte ein Wolf. Er musste sich unmittelbar neben der Hütte befinden, denn Sunnivah konnte seine leisen Schritte auf dem nassen Laub hören. Sie wagte nicht zu atmen. Angespannt zog sie die Decke noch fester um ihre Schultern und lauschte. Immer wieder umkreiste der Wolf die Hütte und mehr als einmal konnte Sunnivah seinen Atem durch das kleine Fenster neben der Tür hören.

Dann war er plötzlich fort. So leise, wie er gekommen war, verschwand er wieder in dem dichten Unterholz des Waldes.

Sunnivah atmete auf, schloss die Augen und wartete darauf, dass sich ihr hämmernder Herzschlag beruhigte. Auch wenn der Wolf dort draußen keine echte Gefahr für sie darstellte, hatte seine Gegenwart doch etwas Unheimliches und Bedrohliches an sich. Sie war froh, dass er endlich fort war.

Als die Dämmerung am nächsten Morgen ihr erstes zartes Licht in den Wald sandte, machten sich die beiden Frauen wieder auf den Weg. Die Luft war mild und der Himmel klar. Mino-They äußerte die Hoffnung, dass der Sturm der vergangenen Nacht den Winter nun endgültig vertrieben habe.

Sie kamen gut voran. Das milde, frühlingshafte Wetter blieb ihnen auch in den darauf folgenden Tagen treu. So kam es, dass sie nur vier Sonnenläufe später die Wälder von Daran verlassen konnten und ihren Weg durch eine hügelige, grasbewachsene Ebene fortsetzten. Auch hier hielt der Frühling bereits Einzug. Der feuchte Boden dampfte im warmen Sonnenlicht und die letzten Schneefelder schmolzen dahin.

Zunächst begegneten ihnen nur ganz vereinzelt andere Reisende, doch je weiter sie sich der Festungsstadt näherten, desto mehr Menschen waren unterwegs. Meist waren es Händler oder Bauern, die sich auf den schlammigen Straßen ihren Weg nach Nimrod bahnten, um ihre Waren nach dem langen Winter auf dem großen Markt der Festungsstadt feilzubieten. Die Räder ihrer Wagen und Handkarren gruben sich tief in den weichen Boden und hinterließen dort ausgefahrene Wagenspuren, in denen sich sofort braunes, schmutziges Wasser sammelte. Nicht selten blieb einer der schwer beladenen Karren stecken und musste erst völlig entladen werden, bevor er seinen Weg fortsetzen konnte.

Das Chaos wurde immer schlimmer, je mehr sie sich der Festungsstadt näherten. Sunnivah und Mino-They sahen sich schließlich dazu gezwungen, an den Straßenrand auszuweichen. Hier war der Boden noch fest und die beiden Frauen kamen gut voran.

Acht Sonnenläufe nachdem sie Daran verlassen hatten, standen sie endlich vor den Toren Nimrods.

»Geht es hier immer so zu?«, fragte Sunnivah, die große Mühe hatte, Mino-They in dem Gedränge vor dem Tor nicht aus den Augen zu verlieren. Die Heilerin lachte. »Nein, so schlimm habe ich es auch noch nicht erlebt«, erklärte sie. »Es scheint viele Händler zu geben, die nach dem langen Winter auf ein gutes Geschäft in Nimrod hoffen.« Sie deutete auf eine breite, gepflasterte Straße, die sich zwischen zwei niedrigen Häuserreihen einen Hang hinaufschlängelte. »Wir müssen dort entlang«, sagte sie. »Eine Freundin von mir wohnt oben auf dem Hügel.«

Mino-Theys Freundin entpuppte sich als eine äußerst wohlhabende Heilerin, die ein großes gepflegtes Haus in der mittleren Festung besaß. Offensichtlich hatte Mino-They ihr bereits eine Nachricht über ihren Besuch zukommen lassen. Sie nahm Sunnivah und Mino-They herzlich bei sich auf und versprach, gleich am nächsten Morgen eine ihrer Schülerinnen zur inneren Festung zu schicken, um dort in Erfahrung zu bringen, wann in diesem Frühling die neuen Kriegerinnen rekrutiert werden sollten.

Fayola hielt den Augenblick für günstig.

Draußen wurde es bereits dunkel, aber die Straßen waren noch immer voller Menschen. Überall herrschte dichtes Gedränge.

Erst vor drei Sonnenläufen waren auch die Tore zur inneren Festung wieder geöffnet worden. Das einsetzende Tauwetter hatte die hungernden Menschen wieder in ihre Häuser zurückkehren lassen. Endlich konnte sie versuchen, Alani unbemerkt aus der Festung heraus und zu ihrer Familie zu bringen.

Aus dem anfänglichen Misstrauen, welches das Mädchen ihr gegenüber gezeigt hatte, war mittlerweile echte Zuneigung geworden. Die Kleine war Fayola ans Herz gewachsen. Sie musste jedoch so viel Zeit für das Mädchen aufwenden, dass selbst ihr Kommandant schon misstrauisch wurde. Es wurde höchste Zeit für Alanis Heimkehr.

»Komm, Alani«, sagte sie sanft und legte dem Mädchen ihre Hand auf die Schulter. »Jetzt bringe ich dich nach Hause.«

Erleichtert, dass nun alles ein gutes Ende nahm, führte Fayola Alani zielstrebig durch die überfüllten Straßen der inneren Festung. Dabei ließ sie das Mädchen nicht von der Hand.

Unbehelligt erreichten sie den großen Platz vor dem Tor zur inneren Festung. Auch hier hatten in diesen Tagen unzählige Händler ihre Stände aufgebaut, obwohl das eigentlich nicht erlaubt war. Trotz der späten Stunde wurde noch überall gehandelt und die junge Kriegerin sah sich gezwungen, auf dem breiten Weg zwischen den Ständen zu gehen, um in dem dichten Gedränge voranzukommen.

Plötzlich begann sich die Menschenmenge vor ihnen zu teilen. Respektvoll drängten sich die Leute an die Stände der Händler, um Platz für eine Sänfte zu schaffen, die sich mit einer Eskorte von sechs Kriegern ihren Weg über den Markt bahnte. Fayola erkannte sofort, dass es sich um die Sänfte des Sequestors handelte, und trat eilig zur Seite.

Besser, er sieht uns nicht, schoss es ihr durch den Kopf. Gleichzeitig zog sie Alani zur Seite und versuchte das Mädchen, so gut es ging, zwischen die Menschen hinter ihrem Rücken zu schieben. Dort war jedoch niemand bereit, für das Kind Platz zu machen, und Fayola blieb nichts anderes übrig als stehen zu bleiben und zu hoffen, dass der Sequestor sie nicht bemerkte.

Nur langsam näherte sich die Sänfte. Immer wieder mussten die Krieger der Eskorte von ihren Peitschen Gebrauch machen, um Menschen, die im Weg standen, zurückzutreiben. Als der Sequestor schließlich an Fayola vorbeigetragen wurde, hielt sie ihren Blick gesenkt und wagte nicht zu atmen.

»Halt!« Der Befehl des Sequestors übertönte mühelos das Gemurmel der wartenden Menschen.

»Das ist aber ein besonders hübsches Mädchen«, hörte Fayola ihn sagen. »Ist es dein Kind, Kriegerin?«

Was für eine hinterhältige Frage. Kriegerinnen war es strengstens verboten, eigene Kinder zu haben.

Fayola schüttelte den Kopf. »Sie hat sich verlaufen und ich bringe sie zu ihren Eltern zurück«, antwortete sie mit fester Stimme und hoffte, der Sequestor würde sich damit zufrieden geben.

»Das ist wirklich sehr edelmütig von dir, Kriegerin«, sagte der Sequestor lächelnd. »Aber ich entbinde dich von dieser

Aufgabe und nehme das Mädchen mit in die Festung. Komm, mein Kind!«

Der Sequestor machte ein Zeichen mit der Hand und forderte Alani auf, zu ihm in die Sänfte zu steigen.

Nein! Niemals!

Fayola schlang die Arme um Alani, presste das Mädchen an sich und funkelte den Sequestor wütend an.

»Du weigerst dich meinem Befehl zu gehorchen?«, fragte der Sequestor lauernd.

Als Fayola nicht reagierte, winkte der Sequestor zwei Krieger heran. »Ergreift das Kind!«, befahl er. »Und bringt es in die Festung.«

Fayolas Kräfte reichten nicht aus, um das Mädchen zu halten. Obwohl sie Alani fest in den Armen hielt, entrissen die Krieger ihr das Kind. Alani begann zu schreien und wehrte sich nach Leibeskräften. Verzweifelt streckte sie ihre kleinen Hände nach Fayola aus und flehte um Hilfe.

Die junge Kriegerin konnte sich nur mühsam beherrschen. Alles in ihr schrie danach, Alani zu helfen, doch sie konnte nichts für sie tun. Fayola wusste nur zu gut, dass der Sequestor das Recht besaß, dieses Kind für sich zu beanspruchen, und war klug genug nichts dagegen zu unternehmen. In ohnmächtiger Wut ballte sie die Fäuste.

»Sag mir deinen Namen, Kriegerin!«, hörte sie den Sequestor sagen. Fayola antwortete zähneknirschend, während sie hilflos mit ansehen musste, wie die beiden Krieger mit der schreienden Alani in der Menge verschwanden.

»Du wirst noch von mir hören, Fayola!« Verärgert gab der Sequestor den Trägern ein Zeichen und die Sänfte setzte sich schaukelnd in Bewegung. Wenig später war sie in dem dichten Gedränge verschwunden und die Menschen auf dem Markt gingen wieder ihren Geschäften nach, als sei nichts geschehen.

Als die dritte Nacht über der Finstermark anbrach, schaffte Vhait es nicht mehr, aufzustehen. Seine trockenen Lippen waren aufgesprungen und blutverkrustet und in seinem Mund schien es keinen einzigen Tropfen Speichel mehr zu geben. Auch sein Geist litt. Immer wieder glaubte er, unmittelbar neben sich einen großen Teich mit frischem, klarem Wasser zu sehen, doch jedes Mal wenn er ihn erreichte, war er verschwunden und in seinen ausgestreckten Händen befand sich nichts als Staub.

Irgendwann fiel er ohne es zu merken in einen unruhigen Halbschlaf. Im Traum sah er sich durch einen endlosen Wald aus schwarzen Bäumen laufen. Um ihn herum war es totenstill. Auch seine Schritte verursachten keinen Laut, während er blindlings über trockene Äste und verdorrtes Laub hastete. Dabei rief er wieder und wieder einen Namen, der ihm vage bekannt vorkam, dessen Bedeutung er allerdings nicht erkannte. Niemand antwortete ihm. Er lief immer schneller und der Wald begann sich um ihn herum zu drehen. Verzweifelt versuchte er noch schneller zu laufen, denn das Mädchen, das er suchte, musste sich ganz in seiner Nähe befinden.

Furcht und Entsetzen packten ihn, während die Bäume mit rasender Geschwindigkeit um ihn herumwirbelten und lachten. Sie verhöhnten ihn! Sie lachten ihn aus, weil er sie nicht fand! Er füllte seine Lungen mit Luft und schrie den Bäumen entgegen, dass sie ihn in Ruhe lassen sollten. Er musste raus aus ihrem Tanz! Sie brauchte ihn!

Doch die Bäume beachteten ihn nicht. Sie tanzten und lachten und berührten ihn mit ihren feuchten Zweigen im Gesicht. Unzählige Äste mit schwarzen glitschigen Blättern streckten sich ihm entgegen und berührten ihn, bis ihr feuchter Schleim in dicken Tropfen über seine Wangen lief. Angeekelt versuchte Vhait die Zweige zur Seite zu schlagen, doch es kamen immer neue und er konnte sich nicht befreien.

Plötzlich sah er durch das Gewirr der Zweige die leuchtenden Augen eines riesigen Wolfes. Der Blick des Tieres bohrte sich tief in seinen Geist und holte ihn langsam in die Wirklichkeit zurück.

Als Vhait die Augen öffnete, waren die Bäume verschwunden. Sein Herz hämmerte wie wild. Er lag noch immer am Boden, den Mund voller Staub, und wünschte sich, er wäre gestorben. Und doch hatte sich etwas verändert. Vhait sammelte seine letzten Kräfte, richtete sich auf und versuchte die Sandkörner aus seinen Augen zu blinzeln.

Endlich wurde sein Blick wieder klar.

Er war nicht mehr allein!

Nur wenige Längen von ihm entfernt hatte sich ein großer, grauer Wolf auf seine Hinterläufe niedergelassen und sah ihn gleichmütig an.

»Wenn du mich fressen willst, dann hättest du es besser gleich machen sollen«, krächzte Vhait mit brüchiger Stimme. »Ich bin zwar durstig und schwach, aber ich kann mich immer noch wehren.«

Der Wolf blinzelte. In seinem ausdruckslosen Raubtiergesicht zeigte sich nicht die geringste Regung. Langsam erhob er sich und verschwand hinter dem riesigen Felsen, in dessen Schatten Vhait am Morgen Schutz vor den Strahlen der Sonne gesucht hatte.

Als er zurückkam, trug er in seinem Maul einen prall gefüllten Wasserschlauch. Er legte ihn direkt vor Vhait auf den Boden und verschwand sofort wieder hinter dem Felsen.

Das musste ein Traum sein! Ungläubig starrte Vhait den Wasserschlauch an, wagte aber nicht danach zu greifen.

Wenig später kehrte der Wolf zurück. Diesmal trug er einen kleinen, leblosen Hasen in seinem Maul, den er neben den Wasserschlauch legte. Dann trat er einige Schritte zurück, setzte sich auf seine Hinterläufe und wartete.

Vhait zögerte noch immer. Aber mit der Zeit wurde sein

Durst so unerträglich, dass er doch nach dem Wasserschlauch griff.

Er verschwand nicht!

Gierig ließ Vhait das kühle, klare Wasser durch seine trockene Kehle rinnen. Er war gerettet!

Als er seinen schlimmsten Durst gelöscht hatte, lehnte er sich erschöpft an den Felsen in seinem Rücken und betrachtete den Wolf.

»Danke, mein Freund«, sagte er, obwohl er nicht ernsthaft daran glaubte, dass der Wolf seine Worte verstand. Dann fiel sein Blick auf den toten Hasen. Vhait war wirklich sehr hungrig, doch der Gedanke, den Hasen roh zu essen, hielt ihn davon ab, das Geschenk des Wolfes anzunehmen.

»Es tut mir Leid«, sagte er zu dem Wolf und deutete auf den Hasen. »Ich weiß, du meinst es gut, aber ich kann das wirklich nicht essen.«

Von nun an wanderten Vhait und sein ungewöhnlicher Begleiter gemeinsam durch die unendliche staubige Einöde der Finstermark. Vhait fürchtete den Wolf nicht mehr und ertrug ihn schweigend, wohl wissend, dass er ihm das Leben gerettet hatte. Dankbar nahm er das Wasser, welches der Wolf ihm hin und wieder brachte, entgegen und trank es gierig, ohne sich zu fragen, woher es stammte. Den zweiten Hasen, den der Wolf ihm während einer langen Rast brachte, verzehrte er sofort und roh, denn sein Hunger war inzwischen so unerträglich geworden, dass ihm sogar das zähe, blutige Fleisch des kleinen Tieres hervorragend schmeckte.

Zwei Sonnenläufe später wurde Vhait krank. Hohes Fieber und Schüttelfrost quälten seinen ausgemergelten Körper, doch er schleppte sich weiter. Endlich, bei Anbruch des fünften Sonnenlaufes, glaubte er am Horizont die Silhouette eines kleinen Dorfes zu erkennen. Er versuchte zu laufen. Die Erkenntnis, dass er gerettet war, durchdrang selbst den dichten Nebel, der seine Sinne umfing. Sterne tanzten vor seinen

Augen und er konnte sich nur noch mühsam auf den Beinen halten, aber er gab nicht auf. Er durfte nicht stolpern. Nicht jetzt! Nicht so dicht vor dem Ziel.

Der Wolf war fort! Nur undeutlich bemerkte Vhait, dass sein Begleiter ihn verlassen hatte. Aber er besaß nicht mehr die Kraft, darüber nachzudenken, und es war ihm auch nicht wichtig. Die Häuser unmittelbar vor ihm waren das Einzige, was jetzt noch zählte.

»Hier schläfst du!« Mit einer kräftigen Bewegung warf Fayola das Kleiderbündel von ihren Armen auf eines der drei Betten in der Kammer.

Sunnivah sah sie erstaunt an, während sie ihr Bündel ebenfalls auf das Bett legte. Ihre Zimmergefährtin schien ziemlich schlechter Laune zu sein. Sunnivah beschloss, nicht weiter darauf einzugehen. Aufmerksam blickte sie sich in der kleinen Kammer um, die von nun an für unbestimmte Zeit ihr Zuhause sein würde. Außer drei einfachen Holzbetten gab es noch drei schmale Schränke neben dem Fenster und eine Truhe darunter. Drei Stühle standen um einen wackligen Tisch, auf dem sich ein heruntergebranntes Talglicht, ein leerer Krug und ein schmutziger Teller befanden. Sonst gab es in dem Raum wenig zu entdecken.

»Danke, Fayola«, sagte sie freundlich und setzte sich neben ihrer neuen Kleidung auf das Bett. »Kommen in jedem Jahr so viele neue Krieger nach Nimrod?« Die lange Schlange von Wartenden vor dem Eingang zur Waffenmeisterei hatte Sunnivah überrascht.

»Nicht in jedem Jahr«, antwortete Fayola. »Ich denke, es geht ihnen wie dir. Alle hoffen, als Krieger einmal ein besseres Leben führen zu können.«

Fayolas Stimme klang so abfällig, das Sunnivah stutzte. »Ist es denn nicht so?«, fragte sie.

»Pah!« Fayola schüttelte den Kopf und zog sich einen Stuhl heran. Dann deutete sie auf Sunnivahs Bett.

»Da hat bis zum letzten Sommer Deshyre geschlafen«, sagte sie bitter. »Sechzehn Sommer hatte sie gesehen und hoffte, als Kriegerin eines Tages zu großem Reichtum zu kommen. Und dann hat sie nicht einmal ihr erstes Turnier überlebt.«

Sunnivah erschauerte. Verstohlen warf sie einen Blick auf das dritte Bett.

Fayola bemerkte ihn dennoch. »Willst du auch wissen, wer dort geschlafen hat?«, fragte sie und fuhr ohne eine Antwort abzuwarten fort: »Dort hat Ash-Naron geschlafen, ein wunderschönes, aber armes Mädchen aus den Sümpfen von Numark. Sie war gerade vierzehn Sommer alt, als sie im letzten Frühling hierher kam. Ash-Naron war keine Kriegerin und hätte mit Sicherheit Deshyres Schicksal geteilt. Doch der Sequestor wurde schon bald auf sie aufmerksam und hat sie für sich beansprucht. Sie hat ihre Ausbildung niemals begonnen.«

Sunnivah bemerkte den wehmütigen Ausdruck in Fayolas Gesicht und fragte sich, woran die schwarzhaarige Kriegerin wohl dachte. Sie wollte gerade zu einer neuen Frage ansetzten, als Fayola plötzlich heftig mit der Faust auf den Tisch schlug. Dann stützte sie den Kopf auf die Hände, schloss die Augen und murmelte etwas Unverständliches.

Sunnivah wartete und schwieg. Fayola war nicht nur ihre Zimmergefährtin, man hatte ihr auch die Aufgabe übertragen, sich um sie zu kümmern, bis sich Sunnivah in der neuen Umgebung allein zurechtfand.

Schließlich seufzte Fayola, hob den Kopf und sah Sunnivah an. »Es ist besser, wenn du deine neuen Sachen anziehst, bevor wir uns auf den Weg machen«, erklärte sie und deutete auf einen der Schränke. »Deine alten Sachen und alles, was du sonst nicht brauchst, kannst du dort hineinlegen. Und ...« Sie machte eine Pause und strich über ihr kurz geschnittenes, schwarzes Haar. »Es ist besser, wenn du deine langen Haare zu einem Zopf flichtst, sofern du sie nicht sogar abschneiden willst. Dann behindern sie dich nicht während der Ausbildung und du ersparst dir unnötigen Ärger mit den Kriegern.«

Sunnivah nickte und begann ihre Haare im Nacken zu einem dicken Zopf zu flechten. Als sie damit fertig war, reichte ihr der Zopf bis zu den Schulterblättern. Für Fayola war das noch immer viel zu lang. Eindringlich riet sie dazu, die Haare abzuschneiden, doch das kam für Sunnivah nicht in Frage.

Fayola zuckte mit den Schultern. »Du wirst schon sehen, was du davon hast«, murmelte sie. »Ihr Mädchen seid doch alle gleich.« Sunnivah überhörte Fayolas abfälligen Tonfall und begann sich umzuziehen.

Als sie nur noch ihr dünnes Hemd anhatte, zögerte sie und richtete einen bittenden Blick an Fayola, die sie gelangweilt beobachtete.

»Du brauchst dich vor mir nicht zu genieren«, erklärte Fayola. »Es wird bestimmt nicht das letzte Mal sein, dass ich dich nackt sehe. Am besten, du gewöhnst dich gleich daran. Ach, und die Kette«, sie deutete auf Sunnivahs Amulett, »nimmst du besser ab. Man hat dir doch sicher gesagt, dass es uns verboten ist, Schmuck zu tragen.«

»Aber das kann ich nicht«, erwiderte Sunnivah.

»Was?«, fragte Fayola.

»Beides.«

Fayola seufzte. »Was habe ich bloß immer für ein Glück mit meinen Zimmergefährtinnen«, klagte sie. »Zuerst eine Schöne, dann eine Schwache und nun auch noch eine Schüchterne.« Doch dann drehte sie sich um und kehrte Sunnivah den Rücken zu.

»Nun mach schon«, sagte sie. »Sonst schaffe ich es vor dem Mittagsmahl nicht mehr, dir die Übungs- und Turnierplätze zu zeigen.«

Als es dunkel war, lag Sunnivah auf ihrem Bett und konnte nicht einschlafen. Die vielen neuen Eindrücke hielten den Schlaf von ihr fern und sie hatte noch so viele Fragen. Aber Fayola war nicht da. Sunnivah hatte sie seit der Abendmahlzeit nicht mehr gesehen und wartete ungeduldig darauf, dass sie zurückkehrte.

Als Fayola später den Raum betrat und die Tür hinter sich ins Schloss warf, schreckte Sunnivah hoch. Die junge Kriegerin gab sich keine Mühe, leise zu sein. Fluchend zog sie sich um und stieg in ihr Bett. Sie schien noch schlechtere Laune zu haben als am Morgen und Sunnivah wagte zunächst nicht, sie anzusprechen. Lange Zeit lagen die beiden in der Dunkelheit wach, starrten zur Decke und hingen ihren eigenen Gedanken nach.

Irgendwann fragte Sunnivah sie dann. »Hast du Ärger gehabt?« Fayola antwortete nicht.

»Ist es meinetwegen?«, hakte Sunnivah nach.

»Dieses Schwein von Sequestor. Ich bin sicher, dass er den obersten Kriegsherrn dazu gebracht hat, mich zu degradieren«, stieß Fayola schließlich hervor. »In zwei Sonnenläufen sollte ich mit einer der vier Patrouillen aufbrechen, die den vermissten Sohn des obersten Kriegsherrn suchen. Und jetzt ...« Sie machte eine Pause. Ihr lauter und heftiger Atem ließ Sunnivah ahnen, wie verärgert sie war. Dann holte sie tief Luft und sagte: »Jetzt muss ich den neuen Kriegerinnen das Kämpfen beibringen. Das habe ich allein dem Sequestor zu verdanken.«

»Und?«, fragte Sunnivah vorsichtig.

Fayola schlug ihre Decke zurück und setzte sich auf. »Der oberste Kriegsherr hat der Patrouille, die seinen Sohn findet, eine hohe Belohnung in Aussicht gestellt. Außerdem sollen alle befördert werden.« Sie schlug mit der Faust auf das Bett.

»Weißt du, was das für mich bedeutet hätte? Ich hätte Hauptmann werden können. Hauptmann! Eine solche Gelegenheit gibt es so schnell nicht wieder.«

Noch bevor die Sonne am nächsten Morgen aufging, begann die Ausbildung.

Sechzehn junge Frauen und achtundzwanzig Männer versammelten sich in der frühmorgendlichen Kälte auf dem großen Turnier- und Übungsplatz der Festung, um ihre ersten Erfahrungen im Umgang mit dem Schwert zu machen.

Gegen Abend war Sunnivah so verkrampft, dass sie glaubte, ihren rechten Arm niemals wieder anheben zu können. Fayola lachte darüber nur und meinte, dass sie sich nicht so anstellen solle. Im Gegensatz zu den Dingen, die ihr in den nächsten drei Mondläufen noch bevorständen, seien die Schwertübungen ein richtiges Kinderspiel.

Tatsächlich verging in den kommenden zwanzig Sonnenläufen kein Abend, an dem Sunnivah ihre Ausbildung nicht verwünschte. Die unzähligen Schürfwunden und Prellungen, die sie sich immer wieder zuzog, machten es ihr nicht gerade leicht, die schwere Zeit durchzustehen. Und häufig spürte sie am Ende eines langen, harten Übungstages auch Schmerzen in Muskeln, von denen sie nicht einmal wusste, dass sie sie besaß.

Nach zwanzig Sonnenläufen war von den sechzehn Frauen nur noch die Hälfte übrig. Doch Sunnivah ließ sich nicht beirren und biss die Zähne zusammen. Sie war fest entschlossen ihre Ausbildung zu beenden und würde sich nicht so leicht unterkriegen lassen.

Die Tatsache, dass Sunnivah noch immer dabei war und sich jeder noch so harten Prüfung unterzog, änderte kaum etwas an Fayolas Meinung. Noch immer war sie fest davon überzeugt, dass aus Sunnivah niemals eine Kriegerin werden würde.

Erst als die Ausbildung im Umgang mit Schwert und Bogen nach zwei Mondläufen abgeschlossen war und die neuen Kriegerinnen und Krieger das Kämpfen zu Pferd erlernen sollten, änderte sich Fayolas Einstellung ein wenig.

Wie keine andere verstand es Sunnivah, die großen Streitrosse zu lenken. Dabei spielte es keine Rolle, ob man ihr ein temperamentvolles oder ein gutmütiges Tier zuwies. Mühelos gelang es Sunnivah, aus jedem Pferd die besten Leistungen herauszuholen.

»Wenn ich nicht genau wüsste, dass es unmöglich ist«, sagte Fayola eines Abends zu Sunnivah, »dann würde ich meinen, dass du mit den Pferden sprichst.«

Ihre Stimme hallte in den langen Gängen der Festung. Sunnivah lächelte viel sagend und wartete, bis das letzte Echo verklungen war, bevor sie antwortete. »Du hast Recht, es ist unmöglich«, sagte sie dann.

»Aber wie schaffst du es, dass jedes Pferd genau weiß, was es machen soll«, wunderte sich Fayola. »Ich habe dich heute genau beobachtet. Du benutzt weder Zügel noch Sporen, um die Tiere zu lenken.«

Sunnivah erschrak. Sie musste unbedingt vorsichtiger sein. Fayolas Vermutung kam der Wahrheit schon sehr nahe. Als Naemy ihre große Begabung im Umgang mit der Gedankensprache entdeckt hatte, hatte sie Sunnivah auch beigebracht, sich mit Tieren zu verständigen. Sprechen war dafür sicher nicht das richtige Wort, doch es beschrieb am besten, wie Sunnivah dem Pferd ihre Befehle mitteilte.

»Ich liebe Pferde«, beeilte sie sich zu erklären. »Ich weiß selbst nicht, woran es liegt, aber sie verstehen mich eben auch ohne Worte.« Die Antwort war nicht einmal gelogen und Sunnivah hoffte, dass Fayola sich damit zufrieden geben würde. Doch ihre Kameradin runzelte nur die Stirn.

Plötzlich hörten sie das laute Geräusch unzähliger schwerer Stiefel, die sich ihnen rasch näherten. Schon im nächsten

Moment bog mehr als ein Dutzend junger Krieger in den Gang ein und kam auf sie zu.

Fayola war neugierig und stellte sich ihnen in den Weg. »Was ist los?«, fragte sie.

»Die dritte Patrouille wird jeden Moment zurückerwartet«, erwiderte einer der Krieger. »Es geht das Gerücht, dass sie den Sohn des obersten Kriegsherrn gefunden haben.«

»Ich komme mit.« Mit einem Mal wirkte Fayola sehr aufgeregt. Sie hatte es noch immer nicht verwunden, dass sie an der großen Suche nicht hatte teilnehmen dürfen, und missgönnte jedem den Erfolg.

»Kommst du auch mit?«, fragte sie Sunnivah.

»Nein, ich gehe etwas essen.« Sunnivah deutete in die Richtung der großen Speisesäle. Fayola zögerte. Auf unerklärliche Weise fühlte sie sich noch immer für ihre Zimmergefährtin verantwortlich, selbst wenn sie ihre Hilfe längst nicht mehr benötigte.

»Geh ruhig«, sagte Sunnivah. »Ich komme schon allein zurecht.«

Als die Schritte der Krieger verklungen waren, setzte Sunnivah ihren Weg fort. Langsam ging sie durch die menschenleeren Gänge. Es war Zeit für das Abendessen und normalerweise waren jetzt Hunderte von Kriegern unterwegs in die großen Säle, in denen das Essen ausgegeben wurde. An diesem Abend schien Sunnivah jedoch die Einzige zu sein, die Hunger hatte.

Sicher sind alle auf dem Hof, um die Patrouille zu sehen, beruhigte sie sich und wollte gerade in den nächsten Gang einbiegen, als sie eine sonderbare Wärme zwischen ihren Brüsten spürte. Sunnivah blieb stehen und vergewisserte sich, dass sie nicht beobachtet wurde. Dann zog sie vorsichtig das Amulett ihrer Mutter unter dem Gewand hervor. Der kleine orange Stein leuchtete sanft und pulsierte in ihrer Hand. Staunend betrachtete Sunnivah das Amulett. Sie besaß es seit ihrer Geburt, hatte jedoch noch nie etwas Derartiges erlebt. Inzwischen fühlte sich der Stein fast heiß an und pulsierte stärker.

Plötzlich entsprang dem Stein ein leuchtender Funke. Er war nicht viel größer als einer der Leuchtkäfer, die Sunnivah häufig in den Wäldern von Daran gesehen hatte, und knisterte wie ein Holzscheit im Feuer. Wie ein kleiner oranger Stern schwebte er nur eine Armeslänge von Sunnivah entfernt in der Dunkelheit des Ganges und schien auf etwas zu warten.

Sunnivah verspürte keine Furcht.

Interessiert beobachtete sie, wie der Funke sich langsam in Bewegung setzte. Fast unmerklich schwebte er in die entgegengesetzte Richtung, die Sunnivah eigentlich einschlagen wollte. Dabei hielt er immer wieder an, als wolle er sich vergewissern, ob Sunnivah ihm auch folge.

Eilig verbarg sie das Amulett wieder in ihrem Gewand und ging dem merkwürdigen Lichtpunkt neugierig nach. Ihr Weg führte immer tiefer in die Festung hinein. Unzählige Treppen hinab und durch Gänge, die von keiner Fackel erhellt wurden. Schon nach kurzer Zeit blieb Sunnivah gar nichts anderes übrig als dem Funken zu folgen. Sie hatte sich hoffnungslos verlaufen. Blind tastete sie sich durch die finsteren, engen Gänge, bis sie irgendwann keinen gemauerten Ziegel mehr unter ihren Händen spürte. Doch der Funke blieb nicht stehen. Nackter, nur grob behauener Fels begleitete sie von nun an auf ihrem Weg durch das verschlungene Labyrinth der Tunnel und Stollen, die seit Generationen sicher kein Mensch mehr betreten hatte und in denen nicht einmal die haarigen Kerkerspinnen ihre Netze spannen. Längst bereute Sunnivah ihre Neugier, die sie dazu getrieben hatte, dem Licht zu folgen, denn sie hatte jedes Zeitgefühl verloren und auch der Hunger machte ihr schon zu schaffen.

Endlich sah sie weit voraus den flackernden Schein eines

Feuers. Zu ihrer großen Erleichterung schwebte der Funke direkt darauf zu. Wenig später fand sie tatsächlich eine Fackel in einer rostigen Halterung an der Wand einer natürlichen Höhle. Doch mit der Fackel stimmte etwas nicht. Aufmerksam betrachtete Sunnivah die einsame Lichtquelle und stellte überrascht fest, dass die Flamme der Fackel überhaupt nicht qualmte. Dennoch beleuchtete ihr unstetes schwaches Licht fast die ganze Höhle, an deren Stirnseite sich eine verwitterte Eichentür befand.

Verschlungene Schriftzeichen, die Sunnivah noch nie gesehen hatte, prangten in roter Farbe auf der Tür. Doch im Gegensatz zur verwitterten Eichentür wirkte die Schrift sehr viel neuer. So überdeckte die Farbe an vielen Stellen das grüne Geflecht aus Schimmelpilzen, das die unzähligen Vertiefungen in der Tür ausfüllte, und selbst die dünnsten Linien der seltsamen Zeichen waren noch nicht verblasst.

Was war das für ein seltsamer Ort?

Sunnivah löste ihren Blick von der Tür und sah sich um.

Eisiger Schrecken durchfuhr sie.

Wo war der leuchtende Funke?

Sie durchsuchte die ganze Höhle und ging sogar ein Stück weit in den Gang hinein, durch den sie gekommen war, doch der Funke blieb verschwunden. In der Hoffnung, dass er vielleicht in ihr Amulett zurückgekehrt war, zog sie es aus ihrem Gewand hervor und hielt es sanft in der Hand. Doch der Stein blieb dunkel und kühl und Sunnivah erkannte, dass ihr das Amulett nicht helfen würde.

»Warum lässt du mich im Stich?«, rief sie. »Warum hast du mich überhaupt hierher geführt? Was soll ich hier?« Noch niemals hatte sie eine solche Hilflosigkeit verspürt.

Sunnivah zwang sich zur Ruhe, setzte sich auf den harten Steinboden der Höhle und schloss die Augen, um ihre Gedanken zu ordnen. Der einzige Weg aus dieser Höhle war der, den sie gekommen war. Doch die vielen finsteren Gänge mit ihren verwinkelten Abzweigungen hielten sie davon ab, den Rückweg zu suchen. Blieb nur noch die Tür. Vielleicht gab es dahinter einen Ausweg.

Entschlossen stand sie auf und ging zur Tür. Doch diese besaß weder Riegel noch Klinke und anstelle eines Schlüssellochs gab es nur eine sonderbare, kreisförmige Vertiefung.

Sunnivah überlegte nicht lange. Wenn sich die seltsame Tür nicht auf normalem Wege öffnen ließ, dann musste sie es eben anders versuchen. Sie trat so weit von der Tür zurück, wie es die Höhle zuließ, nahm kräftig Anlauf und warf sich mit der Schulter gegen das morsche Holz.

Ein greller Blitz flammte auf, noch bevor Sunnivah die Tür berührte, und die Wucht der Explosion schleuderte sie zurück.

Geblendet blieb sie am Boden liegen und wartete darauf, dass die bunten tanzenden Punkte vor ihren Augen wieder ein Bild ergaben und das Klingeln in ihren Ohren nachließ.

Die Tür war ihre letzte Hoffnung gewesen, aus diesem Labyrinth herauszufinden. Jetzt konnte sie nur noch versuchen den Weg zurückzugehen.

Plötzlich kam ihr ein Gedanke.

Naemy! Natürlich! Sie konnte noch immer die Nebelelfe rufen. Naemy brauchte keine Gänge und Tunnel, um sich fortzubewegen, und konnte sie mühelos auf den geheimen Pfaden der Elfen hier herausbringen.

Sunnivah wusste, dass es gefährlich sein konnte, innerhalb der Festung einen Gedankenruf auszusenden. Naemy hatte sie ausdrücklich davor gewarnt.

Doch das war Sunnivah jetzt egal. Sie brauchte dringend Hilfe. So wie Naemy es ihr beigebracht hatte, setzte sie sich hin, betrachtete die Eichentür und versuchte sich so viele Einzelheiten wie möglich einzuprägen. Dann schloss sie die Augen, öffnete ihren Geist und richtete einen kurzen, dringenden Hilferuf an Naemy, während sie der Nebelelfe gleichzeitig ein Bild von der Tür übermittelte.

Dann öffnete Sunnivah die Augen und wartete. Jeden Moment würde Naemy erscheinen.

Aber nichts geschah.

Sunnivah versuchte es noch einmal, doch auch ihr zweiter Ruf blieb ungehört. Als auch ihr dritter und vierter Ruf erfolglos blieben, kauerte sie sich in eine Ecke und begann zu weinen.

»Warum erfahre ich erst heute davon?« Mit raschen Schritten durchquerte Tarek den kleinen Raum, der den Magiern für gewöhnlich als Vorratskammer diente. Unmittelbar vor der leuchtenden blauen Kugel im hinteren Teil des Raumes blieb er stehen und sah den Meistermagier vorwurfsvoll an.

»Nun, wir waren uns über ihren Wert nicht sicher und ...« Asco-Bahrran wollte seine Entschuldigung noch weiter ausführen, doch Tarek unterbrach ihn sofort wieder.

»Wie auch immer, das ist jetzt unwichtig. Seid Ihr ganz sicher, dass sie etwas über das prophezeite Kind weiß?« Interessiert betrachtete Tarek die hoch gewachsene anmutige Gestalt der Elfe hinter dem magischen blauen Licht ihres Gefängnisses. Nachdem auch die dritte Patrouille ohne Hinweis auf seinen Sohn zurückgekehrt war, kam ihm die reichlich verspätete Nachricht des Meistermagiers gerade recht, um sich von seinen trüben Gedanken abzulenken. Deshalb hatte er sich auch sofort auf den Weg gemacht, um die Gefangene mit eigenen Augen zu sehen.

»Ganz sicher«, erwiderte Asco-Bahrran.

»Seit Eure Krieger sie vor zehn Sonnenläufen gefangen nahmen und zu mir brachten, verhören wir sie mit allen uns zur Verfügung stehenden Mitteln. Aber sie ist stark und schützt ihr Wissen mit unüberwindlichen Barrieren aus Elfenmagie gegen unseren Zugriff.«

»Was gedenkt Ihr zu unternehmen?«, wollte Tarek wissen.

»Nun ...« Die Frage war dem Meistermagier sichtlich

unangenehm. »Ich fürchte, wir haben kaum noch eine Möglichkeit, an sie heranzukommen, ohne dass ihr Geist dabei Schaden nimmt oder sie stirbt«, gab er zu. »Doch damit wäre auch ihr Wissen für uns verloren.«

»Habt Ihr es schon mit der Folter versucht?«, fragte Tarek. »Sie hat schon so manche Zunge gelöst.«

Asco-Bahrran schüttelte den Kopf. »Ich sagte doch bereits, dass sie außergewöhnlich stark ist.« Er deutete auf die Elfe. »Seht Ihr die frischen Wunden auf ihren Armen. Kein Mensch hätte diese Schmerzen ertragen, aber Nebelelfen sind in der Lage, ihr Schmerzempfinden einfach auszuschalten.« Er schüttelte den Kopf. »So kommen wir bei ihr auch nicht weiter.«

»Was dann?«

»Wir könnten es noch einmal mit einem Traumflüsterer versuchen«, sagte Asco-Bahrran.

»Dann versucht es! Worauf wartet Ihr noch?« Tarek sah den Meistermagier ungeduldig an.

»Nun, es gibt da ein kleines Problem«, begann Asco-Bahrran gedehnt. »Seit wir das letzte Mal die Dienste eines Traumflüsterers in Anspruch genommen haben, bestehen sie darauf, nur noch mit Neugeborenen entlohnt zu werden.«

Tarek schluckte. »Wie viele braucht Ihr?«

»Zehn!«

»Ich nehme an, Ihr wisst, dass es einige Zeit dauern kann, bis wir so viele zusammenhaben«, gab Tarek zu bedenken. »Ich werde die Krieger des Schlangenordens in weit abgelegene Dörfer schicken müssen, um sie zu bekommen. Sonst haben wir hier sofort einen Aufstand. Die Menschen in der Stadt sind noch immer aufgebracht über Eure Aktion im Winter.«

Der Meistermagier nickte. Auch er wusste, dass es in der Bevölkerung von Nimrod gärte, seit bekannt geworden war, dass keiner der hundert Bewohner von Nimrod, die man mit

Aussicht auf Nahrung in die Festung lockte, zurückgekehrt war. Damals konnten Tareks Krieger nur mit großer Mühe einen Aufstand verhindern.

»Besteht die Gefahr, dass sie flieht?« Tareks Worte unterbrachen die Gedanken des Meistermagiers. Hastig schüttelte er den Kopf.

»Nein! Durch den magischen Käfig ist sie von ihrer Umgebung völlig isoliert. Sie kann mit niemandem Kontakt aufnehmen. Und auch die Elfenpfade sind ihr verwehrt.«

»Gut!« Tarek schien zufrieden. »In spätestens zehn Sonnenläufen werden meine Schlangenkrieger mit den Kindern hier sein.« Bevor er den Raum verließ, warf er noch einen letzten langen Blick auf die Nebelelfe.

»Ich muss erfahren, was sie weiß«, sagte er.

In diesem Moment wurde die Tür geöffnet und ein Diener stürzte herein. Als er Tarek und den Meistermagier erblickte, blieb er abrupt stehen und verbeugte sich tief.

»Entschuldigt, Meister«, sagte er leise. »Ich wusste nicht, dass Ihr Besuch habt. Ich habe eine wichtige Nachricht für Euch.«

»Dann lass sie hören«, forderte Asco-Bahrran ungeduldig.

»Magier Sempas lässt Euch ausrichten, dass soeben versucht wurde die verbotene Tür zu öffnen. Er bittet um Erlaubnis, mit ein paar Wachen hinunterzugehen, um dort nach dem Rechten zu sehen.«

»Bei den drei Toren!« Tarek sah den Meistermagier erstaunt an. »Kommt so etwas häufig vor?«

Asco-Bahrran schüttelte den Kopf. »Natürlich nicht, wie Ihr wisst, liegt die verbotene Tür tief im Berg verborgen. Es ist völlig unmöglich, aus dem Labyrinth der Gänge den richtigen Weg herauszufinden. Sempas und ich sind die Einzigen, die ihn kennen. Allerdings ist es schon zweimal vorgekommen, dass sich einige Ratten vor die Tür verirrten und dabei den Alarm auslösten. Ich vermute, dass sie auch diesmal der Grund dafür sind.« Er winkte den Diener zu sich und sagte: »Richtet dem Magier Sempas aus, dass er meine Erlaubnis hat. Ich erwarte seinen Bericht noch in dieser Nacht.«

Der Diener verneigte sich und verließ eilig den Raum.

Auch Tarek wandte sich zum Gehen. »Es ist schon spät«, sagte er, während er zur Tür ging. »Aber benachrichtigt mich, wenn dort unten etwas Ungewöhnliches vorgefallen sein sollte.«

»Darauf habt Ihr mein Wort«, versprach der Meistermagier und Tarek verließ den Raum.

Asco-Bahrran trat noch einmal vor das magische Gefängnis der Nebelelfe. Sie schien zu schlafen. Ihre Augen waren geschlossen und sie rührte sich nicht.

»Wir werden deine Geheimnisse schon noch erfahren«, flüsterte er grimmig, obwohl er wusste, dass die Elfe ihn nicht hören konnte. »Ich komme wieder.«

Naemy kam nicht!

Sunnivah schluchzte leise und ihre Schultern bebten. Ihre letzte Hoffnung auf Rettung war zerstört. Bald würde sie aufstehen müssen, um in dem finsteren Labyrinth der Gänge nach einem Ausweg zu suchen. Sie hatte keine andere Wahl, wusste jedoch, dass dies den Tod für sie bedeuten würde, und zögerte den entscheidenden Moment deshalb immer wieder hinaus.

Sie saß mit dem Rücken zur Wand und hatte die Knie dicht an ihren Körper gezogen. Ihre Arme umschlangen die Beine und ihre Stirn ruhte auf den Knien. So kauerte sie schon eine ganze Weile in der Höhle, starrte zu Boden und schalt sich, weil sie zu feige war den Rückweg anzutreten.

»So bist du also gekommen, Schwertpriesterin!« Die dunkle Stimme eines Mannes hallte durch den Raum und ihr unheimlicher Klang jagte Sunnivah einen eisigen Schauer über den Rücken. Erschrocken hob sie den Kopf, konnte jedoch niemanden sehen.

»Du brauchst dich nicht vor mir zu fürchten, meine Tochter«, sagte die Stimme. »Ich bin hier. Sieh mich an.«

Nur zögernd kam Sunnivah der Aufforderung nach und sah sich um. Unmittelbar neben ihr schwebte die Gestalt eines weißhaarigen alten Mannes in der Luft. Er trug ein dunkelblaues Gewand und hielt in der rechten Hand einen langen Stab. Auf seinem schlohweißen Haar saß ein hoher dunkelblauer Hut mit goldenen Verzierungen. Ein Druide!

»Wer bist du?«, stieß sie hervor.

»Erkennst du mich nicht?«, fragte der Alte. »Du hast mich schon einmal gesehen. In deinen Visionen.«

Sunnivah dachte angestrengt nach und plötzlich fiel es ihr wieder ein. Es war derselbe Druide, der ihr in den Visionen bei der Priesterinnenweihe erschienen war.

Der Druide schien ihre Gedanken zu lesen und lächelte. »Siehst du, jetzt erinnerst du dich wieder.«

Sunnivah nickte. »Ja, ich habe dich schon einmal gesehen«, gab sie zu. »Aber wer bist du?«

»Einstmals nannte man mich Anthork«, erklärte der Druide und in seine Augen trat ein wehmütiger Ausdruck. »Ich war der oberste Druide dieses herrlichen Landes und der Letzte unserer Kaste, den An-Rukhbar tötete. Aber ich habe ihn verflucht. Mit meinem letzten Atemzug habe ich seinen Untergang prophezeit, auf dass er niemals Ruhe finde.«

Die Stimme des Druiden war immer zorniger geworden und er machte eine Pause, um sich zu beruhigen. Dann sah er Sunnivah an und aller Zorn verschwand aus seinen Augen. »Seit damals wache ich hier und warte auf dich.«

»Auf mich?« Sunnivah schluckte.

»Ja, auf dich, Schwertpriesterin. Denn du trägst das Mal der Göttin auf deiner Schulter. Und du wirst diejenige sein, die der Göttin ihre Macht zurückgibt.« Er drehte sich um und deutete auf die Tür. »Hinter dieser Tür befindet sich der Stab der Weisheit. Wenn die Göttin ihn zurückbekommt, kann sie sich aus ihrem Verbannungsort befreien und die Finsternis aus diesem Land vertreiben. Und du«, er deutete mit seinem hageren Finger auf Sunnivah, »... bist dazu ausersehen, der Göttin ihren Stab zurückzubringen.«

»Aber die Tür ist verschlossen«, erwiderte Sunnivah. »Ich kann sie nicht öffnen. Sie hat kein Schloss.«

»Niemand kann das«, bestätigte der Druide. Sunnivah öffnete den Mund und wollte etwas fragen, aber er brachte sie mit einer Geste zum Schweigen. »Höre mir nun gut zu. Es gibt einen Schlüssel für diese Tür. Du findest ihn auf dem schwarzen Thron im Thronsaal des Erhabenen. An der Rückenlehne des Throns windet sich eine Schlange um die Leiber der Unschuldigen, die ihr Leben für dieses schwarze Monstrum lassen mussten. Sie besitzt einen Kopf aus grünem Stein. Ihn musst du abschlagen und den Stein in die Vertiefung dieser Tür drücken. Aber gib Acht! Wenn du den Stein an dich genommen hast, musst du dich beeilen. An-Rukhbar wird den Diebstahl spüren. Er wird seine Dimension sofort verlassen und im Thronsaal erscheinen.« Wieder wollte Sunnivah etwas sagen, aber der Druide war noch nicht fertig. Eindringlich sah er Sunnivah an und fuhr fort: »Was auch immer geschieht, du darfst den schwarzen Thron nicht anfassen, meine Tochter. Er besitzt eine mächtige Aura aus Bosheit, die jeden, der ihn berührt, in ihren Bann schlägt. Wenn es dazu kommt, ist alles verloren. Hast du mich verstanden?«

Obwohl ihr vor der ungeheuerlichen Aufgabe, die der Druide ihr übertrug, schwindelte und sie fürchtete ihr nicht gewachsen zu sein, nickte Sunnivah.

Wieder schien der Druide ihre Gedanken zu lesen. »Du hast Recht, wenn du glaubst deine Aufgabe nicht allein lösen zu können. Dazu brauchst du Hilfe.«

»Aber ich habe keine Freunde in Nimrod, denen ich vertrauen kann«, warf Sunnivah ein.

Der Druide lachte. »Doch, die hast du. Mit einer teilst du

dein Zimmer, und die, nach der du gerufen hast, wird von dem Meistermagier in der Festung gefangen gehalten.«

»Sie haben Naemy gefangen?«, rief Sunnivah entsetzt.

Der Druide nickte. »Sie hoffen durch die Elfe etwas über dich zu erfahren, haben es bisher jedoch nicht geschafft, sie zum Sprechen zu bringen. Wenn du sie retten willst, bleibt dir nicht mehr viel Zeit, denn der Meistermagier hat beschlossen einen Traumflüsterer zu rufen, um hinter ihr Geheimnis zu kommen.« Er verstummte und sah Sunnivah fast traurig an. »Gegen ein solches Wesen sind selbst die starken Nebelelfen machtlos. Wenn es dir nicht gelingt, deine Freundin innerhalb von zehn Sonnenläufen zu befreien, wird sie freiwillig in den Tod gehen, um dich zu schützen.«

Sunnivah sprang auf. »Aber ich finde nicht mehr zurück«, rief sie aufgebracht. »Wie soll ich Naemy befreien, wenn ich mir nicht einmal selbst helfen kann?«

»Sei unbesorgt, mein Kind.« Der Druide lächelte. »Ich werde dir den richtigen Weg zeigen. Begleiten kann ich dich aber nur ein kleines Stück, denn noch bin ich an diesen Ort gebunden.«

»Dann lasst uns nicht noch mehr Zeit verschwenden.« Sunnivahs Augen glühten vor Eifer, als sie auf den Höhleneingang zuging. Aufmerksam folgte sie dem leuchtenden Schemen des Druiden in die finsteren Gänge. Unterwegs bemerkte sie, dass sich ihr dicker Zopf gelöst haben musste. Irgendwo in der Höhle musste sie das Lederband, welches ihre Haare zusammengehalten hatte, verloren haben.

Plötzlich bog der Druide in einen engen Seitengang ab, der schon nach wenigen Schritten endete.

»Was ...?« Sunnivah sprach nicht weiter, denn der Druide legte mahnend einen Finger auf die Lippen. »Wir müssen vorsichtig sein«, flüsterte er. »Ich spüre viele Menschen, die in den Gängen unterwegs sind.«

»Was wollen sie hier?«, fragte Sunnivah.

»Sie haben bemerkt, dass jemand die verbotene Tür berührt hat«, erklärte der Druide. »Jetzt kommen sie, um nachzusehen, was hier unten vorgefallen ist.«

Wenig später hörte auch Sunnivah die Schritte vieler Krieger durch die dunklen Gänge hallen. Sie kamen ihrem Versteck bedrohlich nahe, änderten dann aber die Richtung und die Geräusche wurden wieder leiser.

»Sie werden schon bald zurückkommen«, sagte der Druide. »Folge ihnen, dann findest du am schnellsten den Weg nach draußen.«

Sunnivah nickte zunächst, schüttelte jedoch gleich darauf den Kopf. Was der Druide vorschlug, war überaus gefährlich. »Wenn sie mich entdecken, ist alles aus«, gab sie zu bedenken.

Der Druide lächelte viel sagend und streckte ihr seine Hand entgegen. »Zeig mir dein Amulett.«

Sunnivah zog den Stein aus ihrem Gewand hervor und hielt ihn dem Druiden entgegen. Fasziniert beobachtete sie, wie er mit seiner Hand ein paar verschlungene Zeichen über dem Amulett machte, während er leise melodische Worte in der alten Sprache der Druiden sprach.

Als das letzte Wort verklungen war, begann der Stein zu glühen. Ein schwaches, warmes Leuchten floss durch Sunnivahs Finger. Es dehnte und streckte sich, bis es sie schließlich ganz einhüllte.

»Halte den Stein fest in deiner Hand«, erklärte der Druide. »Das Licht wird dich vor den Blicken der Wachen verbergen. Sie werden nicht merken, dass du ihnen folgst.«

Sunnivah war sprachlos. Schweigend blickte sie an sich herunter und betrachtete die feinen leuchtenden Streifen, die sich rastlos hin und her bewegten und sie wie ein Kokon umhüllten.

»Ich werde dir nun die Worte verraten, welche die Magie des Talismans wecken, Schwertpriesterin«, sagte der Druide.

»Wir haben nicht viel Zeit, denn die Wachen werden schon bald zurückkehren. Darum höre gut zu und präge dir die Worte genau ein.«

Langsam rezitierte der Druide den Spruch, der den Stein zum Leuchten gebracht hatte. Sunnivah lauschte aufmerksam, doch erst beim vierten Mal war sie in der Lage, den Spruch fehlerlos nachzusprechen.

Der Druide schien zufrieden. »Präge dir den Spruch gut ein«, riet er noch einmal. »Du wirst die Hilfe deines Amulettes noch brauchen. Wann immer du dich verbergen musst, nimm den Stein in die Hand und richte deinen Blick fest auf ihn. Streiche mit deinem Finger sanft über den Stein und sprich die Formel, um die Macht in ihm zu wecken. Die Göttin möge dich beschützen.« Mit diesen Worten begann die Gestalt des Druiden vor dem dunklen Hintergrund der Wand langsam zu verblassen. Dann war er fort.

Sunnivah brauchte nicht lange zu warten. Schon bald hörte sie wieder die gleichmäßigen Schritte, die sich ihrem Versteck rasch näherten. Wenig später erkannte sie den auf und ab tanzenden Schein der Fackeln, der den Kriegern in dieser lichtlosen Welt weit vorauseilte. Als die Krieger dicht an ihr vorübergingen, schloss sie für einen Moment die Augen und wagte nicht zu atmen.

Niemand bemerkte sie. Als der letzte Fackelträger ihr Versteck passiert hatte, schlüpfte Sunnivah aus dem Gang und beeilte sich den Männern zu folgen.

Völlig unbemerkt erreichte Sunnivah ihre Kammer. Leise öffnete sie die Tür und trat ein. Drinnen war es dunkel. Der Schein ihres Amulettes war erloschen und auch das Talglicht auf dem kleinen Tisch brannte nicht.

Unter dem kleinen Fenster am Ende des Raumes befand sich Fayolas Lager. Sie schlief. Sunnivah hörte die leisen gleichmäßigen Atemzüge ihrer Zimmergefährtin, während sie sich vorsichtig zu ihrem eigenen Lager vortastete. Ohne sich auszuziehen legte sie sich hin und schloss die Augen.

Der Meistermagier hielt Naemy gefangen!

Nur zehn Sonnenläufe! Die Zeit war viel zu knapp für einen guten Plan.

Und dann musste sie auch noch den Kopf der Schlange aus dem Thronsaal stehlen und den Stab der Göttin aus den Tiefen der Festung holen. Sunnivah seufzte. Je länger sie darüber nachdachte, desto unlösbarer erschienen ihr die Aufgaben, die ihr der Druide übertragen hatte. Außerdem hatte er ihr nicht gesagt, was sie mit dem Stab anfangen sollte, wenn er in ihrem Besitz war.

Sie gähnte. Der Stab konnte warten. Zuerst musste sie sich um Naemy kümmern. Langsam zog sie das Amulett aus ihrem Gewand hervor und betrachtete es eingehend. Der Druide hatte Recht, sie würde die Magie des Steins noch dringend brauchen.

Plötzlich erinnerte sie sich an etwas anderes, das der Druide ihr gesagt hatte. »... *du hast Freunde. Mit einer teilst du dein Zimmer ...*« Sunnivah richtete sich auf und sah zu ihrer schlafenden Zimmergefährtin hinüber.

War Fayola wirklich ihre Freundin?

Wie weit konnte sie der jungen Kriegerin vertrauen?

Fragen über Fragen, auf die sie keine Antwort wusste. Doch die Zeit drängte und es gab niemanden in der Festung, dem sie so nahe stand wie Fayola. Sie musste das Risiko eingehen, selbst wenn sie sich nicht sicher war, wie ihre Zimmergefährtin wirklich zu ihr stand.

Sunnivah zögerte. Doch schließlich verdrängte sie alle Zweifel. Voll Vertrauen auf die Worte des Druiden erhob sie sich und trat zu Fayola.

»Wach auf!« Sanft berührte Sunnivah ihre Zimmergefährtin am Arm. Doch Fayola schlug ihre Hand einfach fort und drehte sich brummend auf die andere Seite.

»Fayola, aufwachen!« Sunnivah blieb hartnäckig und schüttelte die schlafende Kriegerin an der Schulter. Unwillig warf sich Fayola herum. »Was willst du denn mitten in der Nacht?«, fragte sie ohne die Augen zu öffnen und wickelte sich noch fester in ihre Decke.

»Fayola, bitte. Mach die Augen auf und hör mir zu«, bat Sunnivah. »Ich muss dir etwas Wichtiges sagen. Ich habe nicht viel Zeit und brauche dringend deine Hilfe.«

Endlich öffnete Fayola die Augen. »Na gut, aber fass dich kurz. Ich bin müde«, murmelte sie schläfrig. Dann gähnte sie und ihre Augen fielen wieder zu.

»Wach endlich auf, Fayola«, drängte Sunnivah. »Es ist mir wirklich sehr ernst.«

Fayola streckte sich ausgiebig, schob die Decke fort und richtete sich auf. »Ist ja schon gut«, brummte sie. »Ich bin jetzt wach. Also, was ist los?«

In dem kleinen Dorf am Rande der Finstermark dämmerte es. Bald würde die warme Sommersonne ihre ersten Strahlen über das weite Grasland senden und die sanften, von wogendem Gras bewachsenen Hügel in ihr goldenes Licht tauchen. Ein leichter Wind strich über die langen grünen Halme der Gräser und bewegte sie wie die Wellen auf einem riesigen See. Er hatte schon einen weiten Weg hinter sich, denn er kam von den ewig schneebedeckten Gipfeln des Ylmazur-Gebirges herab und trug den würzigen Duft der Berge in sich.

Vhait blickte von seinem Lager durch das geöffnete Fenster zum Himmel hinauf und atmete tief ein. Der Geruch der Morgenluft erinnerte ihn an seine Heimat und stimmte ihn traurig. Noch viele Sonnenläufe würden vergehen, ehe er nach Nimrod zurückkehren konnte. Sein geschundener Körper erholte sich nur sehr langsam von den Strapazen, denen er in der Finstermark ausgesetzt gewesen war, und Vhait ärgerte sich über seine Schwäche.

Er war schon viel zu lange fort!

Als er nach langer Krankheit das erste Mal seine Augen aufschlug, erklärten die Dorfbewohner ihm, dass er mehr als zwanzig Sonnenläufe zwischen Wachen und Schlafen im Fieberwahn gelegen habe. Allein der hervorragenden Pflege durch die Heilerin Kuomi hatte er es zu verdanken, dass er die schwere Krankheit besiegen konnte und sich schon bald besser fühlte. Dafür war Vhait ihr sehr dankbar. Trotzdem wollte er sich so bald wie möglich auf den Heimweg machen.

Doch ein voller Mondlauf verstrich und er fühlte sich immer noch zu schwach, um aufzubrechen. Vhait seufzte. Wie es aussah, konnte er von Glück sagen, wenn er es bis zum Beginn des Herbstes schaffte, die Festungsstadt zu erreichen.

Ein Schatten fiel durch die Tür und er erkannte die schlanke Gestalt Kuomis, die ihm eine Mahlzeit aus Fladenbrot, etwas Ziegenkäse und einen Krug mit Wasser brachte.

»Es wird ein heißer Tag werden«, sagte sie lächelnd und stellte die Speisen auf den Tisch neben seinem Lager. Dann setzte sie sich auf einen Stuhl und begann, ihrem erst fünf Sonnenläufe alten Jungen, den sie in einem Tuch stets bei sich trug, wie selbstverständlich die Brust zu geben.

Vhait wandte den Blick ab. Er war ein solches Verhalten nicht gewohnt und beschäftigte sich verlegen mit dem Essen, während Kuomi leise ein kleines Lied für ihren Sohn summte. Nicht zum ersten Mal ertappte sich Vhait dabei, dass er die Menschen dieses Dorfes um ihr friedliches Leben beneidete. Weitab jeder größeren Stadt und am Rande einer Gegend, die von jedem Lebewesen gemieden wurde, lebten sie arm, aber zufrieden und ahnten nichts von den Dingen, die überall im Land geschahen.

Vhait wusste, dass er diesem Umstand seine Rettung verdankte. Als die Dorfbewohner ihn fanden, trug er noch immer einen Teil seiner Rüstung und war als Krieger An-Rukhbars deutlich zu erkennen. In jeder anderen Stadt hätten die Bewohner ihn sterben lassen, dessen war er sich sicher.

Wieder fiel ein Schatten durch die Tür und Rangun, Kuomis Gefährte, betrat den Raum. Er war ein hoch gewachsener, breitschultriger Mann mit großem Selbstbewusstsein und wirkte älter, als er in Wirklichkeit war.

»Ich sehe, du bist schon wach«, sagte er erfreut und setzte sich neben Vhait. »In zwei Sonnenläufen werde ich mit einigen Männern aufbrechen, um Steppenbüffel zu jagen«, erklärte er, während er sein schulterlanges dunkles Haar nach hinten strich und im Nacken mit einer dünnen Lederschnur zusammenband. »Fühlst du dich schon kräftig genug, um uns zu begleiten?«

Vhait sah den jungen Steppenkrieger überrascht an.

Das Angebot ehrte ihn und er wollte den jungen Krieger nicht enttäuschen. Außerdem bot eine solche Jagd nach der langen Untätigkeit eine willkommene Abwechslung.

»Wenn Kuomi es mir erlaubt, werde ich euch gern begleiten«, erwiderte er. Fragend sah er zu der Heilerin hinüber, die gerade ihren kleinen Sohn in den Schlaf wiegte.

»Ich denke, du bist kräftig genug, um mit den Männern zu gehen«, antwortete sie leise, um ihr Kind nicht zu wecken. Dann lächelte sie Rangun an. »Aber Rangun muss mir versprechen darauf zu achten, dass man dir nicht zu viel zumutet. Ich möchte nicht, dass alle meine Bemühungen durch die Jagd wieder zunichte gemacht werden.«

Rangun erhob sich und trat neben Kuomi. Liebevoll schloss er seine Gefährtin in die Arme und hauchte seinem Sohn einen Kuss auf die Stirn. »Das werden sie nicht«, versicherte er. »Du kannst dich auf mich verlassen.«

Kuomi sah ihn zärtlich an und stand auf. Vorsichtig brachte

sie ihren schlafenden Sohn in sein kleines Bett. Als sie die Decke über den winzigen Körper breitete, trat Rangun hinter sie und umfing sie in einer leidenschaftlichen Umarmung.

Vhait erhob sich lautlos und verließ die Hütte. Er spürte, dass die beiden allein sein wollten, und begann den Tag mit einer langen Wanderung. Wenn er wirklich mit auf die Jagd gehen wollte, musste er wissen, wie sehr er seinen Körper belasten konnte.

»Bei den Toren, du bist wirklich die Auserwählte.« Fayola schüttelte ungläubig den Kopf. »Und alle dachten, es würde ein Mann sein.« Sunnivah verdeckte des verräterische Mal auf ihrem Schulterblatt wieder unter ihrem Gewand und setzte sich zu ihrer Zimmergefährtin auf das Bett.

»Alles ist so geschehen, wie ich es dir berichtet habe«, sagte sie leise und sah Fayola fragend an. »Wirst du mich nun verraten? Oder mir helfen?«

Fayola schwieg und starrte zu Boden, während sie versuchte die ganze Tragweite dessen, was sie soeben gehört hatte, zu erfassen. Nur ein leichtes Zucken ihrer Mundwinkel verriet, unter welcher Anspannung sie stand.

Sunnivah wartete. Schweigend beobachtete sie, wie die ersten Sonnenstrahlen langsam über den Boden der Kammer wanderten und auch das letzte Grau aus den Ecken vertrieben.

Fayolas gleichmäßige Atemzüge waren lange Zeit das einzige Geräusch, wurden jedoch schon bald von dem geschäftigen Treiben des neuen Tages übertönt. Fayola schwieg noch immer. Sie würde sich entscheiden müssen zwischen dem Eid, den sie als Kriegerin An-Rukhbars geschworen hatte, und ihrem tief verwurzelten, aber sorgfältig verborgenen Glauben an die Gütige Göttin. Immer wieder stand ihr das Gesicht ihrer Mutter vor Augen, die geweint hatte als sie erfuhr, dass man das Kind mit dem Mal gefunden und getötet haben sollte. Fayola hatte damals erst fünf Sommer gesehen. Doch selbst in ihrem Alter konnte sie schon die Hoffnungslosigkeit und Verzweiflung der Menschen ihres Heimatdorfes spüren, denen die Nachricht vom Tod des prophezeiten Kindes alle Hoffnung nahm.

Und dann dachte sie wieder an Alani. Das Bild des verzweifelten Mädchens in den Armen der Krieger, das sie unter Tränen um Hilfe anflehte, entfachte in ihr unvermittelt eine heftige Wut. Sie sah die vielen hungernden Menschen vor sich, die an jenem kalten Wintertag in der Hoffnung auf etwas Nahrung ihrem sicheren Tod entgegengestrebt waren.

Fayola seufzte, schloss die Augen und verbarg ihr Gesicht in den Händen, als könne sie damit die schrecklichen Bilder vertreiben.

Dann hob sie den Kopf und sah Sunnivah geradeheraus an. »Ich werde dich nicht verraten«, erklärte sie mit fester Stimme. »Aber ich weiß noch nicht, ob ich dir helfen werde!«

»Danke, Fayola«, sagte Sunnivah erleichtert. Eindringlich sah sie die junge Kriegerin an. »Bitte hilf mir!«, bat sie noch einmal. »Hilf unserem Volk sich aus der Unterdrückung und Knechtschaft An-Rukhbars zu befreien. Lass uns ihm seine rechtmäßige Göttin zurückbringen.«

Fayola schüttelte den Kopf und sah Sunnivah an. »Du glaubst doch nicht wirklich, dass wir beide das ganz allein vollbringen können?«, fragte sie zweifelnd, doch der Blick in Sunnivahs Augen war unnachgiebig.

»Natürlich, du musst daran glauben«, fuhr Fayola fort. »Schließlich ist es deine Bestimmung. Aber was du vorhast, ist völlig unmöglich. Man wird dich gefangen nehmen, bevor du auch nur einen Fuß in die Gewölbe der Magier gesetzt hast.«

»Wenn du mir nicht hilfst, werde ich allein versuchen Naemy zu befreien«, sagte Sunnivah entschlossen. »Ich kann nicht zulassen, dass sie stirbt!«

»An deiner Stelle würde ich wahrscheinlich genauso handeln.« Fayola wirkte nachdenklich. Schließlich holte sie tief

Luft und sagte: »Gib mir noch etwas Zeit, Sunnivah! Heute Abend werde ich dir sagen, wie ich mich entschieden habe.« Sie hielt inne und fügte dann hinzu: »Doch wie ich mich auch entscheide, du kannst dich darauf verlassen, dass ich dich nicht verraten werde. Aber nun müssen wir uns beeilen«, sagte sie, während sie sich erhob. »Es ist schon heller Tag und wir kommen ohnehin zu spät zu den Pferden.«

Der Tag verlief schleppend. Sowohl Sunnivah als auch Fayola wirkten häufig abwesend und hingen ihren eigenen, ganz unterschiedlichen Gedanken nach.

Sunnivah suchte nach einer Möglichkeit, die Nebelelfe zu befreien, während Fayola immer daran denken musste, dass man sie ebenfalls hinrichten lassen würde, wenn Sunnivah scheiterte und man entdeckte, dass sie in ihre Pläne eingeweiht gewesen war.

Als es dunkel wurde, wanderte Fayola lange ziellos durch die menschenleeren Gänge der Festung. Wie zufällig führte sie ihr Weg zu den Gewölben der Magier. Dort angekommen, ertappte sie sich dabei, wie sie ihre Umgebung auf mögliche Verstecke untersuchte und darüber nachdachte, welches wohl der kürzeste Weg zurück in ihre Kammer sein mochte. Noch immer war sie nicht bereit sich einzugestehen, dass sie ihre Entscheidung längst getroffen hatte. Das änderte sich erst, als sie auf dem Rückweg an den Gemächern des Sequestors vorüberging. Er befand sich offensichtlich nicht in seinen Räumen, denn die großen Flügeltüren waren fest verschlossen und es standen keine Wachen davor.

Ein Geräusch hinter der Tür erregte ihre Aufmerksamkeit. Vorsichtig trat sie näher und vergewisserte sich, dass niemand sie beobachtete. Dann legte sie ihr Ohr an den Türspalt und lauschte. Sie hatte sich nicht getäuscht. Hinter der Tür hörte sie ganz deutlich das klägliche Wimmern eines Mädchens. »Alani?«, rief Fayola leise, verstummte aber sofort, denn das

Echo ihrer Stimme hallte verräterisch durch die leeren Gänge.

»Fayola? Bist du da?«, hörte sie eine Stimme hinter der Tür ungläubig fragen. Doch aus Angst, entdeckt zu werden, wagte Fayola nicht zu antworten.

»Fayola?«, rief das Mädchen jetzt lauter. Und als sie wieder keine Antwort erhielt, schrie sie verzweifelt: »Fayola, bist du da? Bitte hilf mir! Er tut mir so weh.« Die helle Stimme des Mädchens überschlug sich fast bei den Worten und sie begann wieder zu weinen.

Erschüttert wandte sich Fayola ab. Alani war dort drinnen! Daran gab es keinen Zweifel. Dieses Schwein quälte sie noch immer! Ein brennender Hass, wie sie ihn noch nie gespürt hatte, stieg in ihr auf und trieb ihr Tränen in die Augen.

Plötzlich wusste Fayola genau, was sie zu tun hatte. Entschlossen drehte sie sich um und machte sich auf den Weg zu Sunnivah.

Als die Tür aufging, blickte Sunnivah Fayola erwartungsvoll entgegen. Ihre Zimmergefährtin wirkte erregt, aber auch sehr entschlossen.

Fayola warf die Tür hinter sich ins Schloss und setzte sich neben Sunnivah. Wortlos ließ sie sich auf den Rücken fallen und starrte lange schweigend an die Decke. Schließlich sah sie Sunnivah geradeheraus an. »Was du vorhast, ist wirklich Wahnsinn«, erklärte sie. »Aber ich helfe dir.« Die Gründe, die sie zu diesem Entschluss bewogen hatten, behielt sie für sich. Stattdessen sprang sie vom Bett, ging zu ihrer Truhe und zog ein vergilbtes Pergament hervor, das sie auf dem Tisch ausbreitete.

»Ich wusste doch, dass ich diese uralten Pläne irgendwann einmal brauchen könnte«, sagte sie lächelnd.

»Was ist das?« Sunnivah war herangetreten und betrachtete interessiert das verworrene Muster auf dem Pergament.

»Ein alter Plan der Festung«, erklärte Fayola. »Er lag

schon in der Truhe, als ich hier ankam. Aus irgendeinem Grund konnte ich mich bisher nicht dazu entschließen, ihn wegzuwerfen.« Vorsichtig strich sie mit den Fingern das spröde und rissige Pergament glatt. »Allerdings muss ich zugeben, dass ich mich bisher nicht weiter damit beschäftigt habe. Ich weiß nur, dass dies hier ...«, sie deutete mit dem Finger auf einen großen fast runden Kreis in der Mitte, »... der Thronsaal ist.« Dann zog sie zwei Stühle an den Tisch, setzte sich und bedeutete Sunnivah es ihr gleichzutun. »Setz dich, Sunnivah«, sagte sie. »Wenn wir Naemy befreien wollen, haben wir nicht mehr viel Zeit. Vor uns liegt noch eine Menge Arbeit.«

Die kleine Gruppe der Steppenkrieger hatte gute Beute gemacht. In nur zwei Nächten war es ihnen gelungen, drei der großen Steppenbüffel zu erlegen.

Alle waren zufrieden. Schon früh am Morgen hatten sie ihr Lager abgebrochen und den Rückweg angetreten. Inzwischen hatte die Sonne ihren höchsten Stand längst überschritten. Bald würden sie ihr Heimatdorf erreichen. Die Männer lachten und freuten sich über die gelungene Jagd, während sie zügig neben dem kleinen, zottigen Steppenpony hermarschierten, das den schweren Karren mit dem Büffelfleisch zog.

»Bald wirst du nach Hause gehen können«, sagte Rangun lachend und klopfte Vhait kameradschaftlich auf die Schulter. »Kuomi macht sich zu viele Sorgen. Du bist viel kräftiger, als sie glaubt.«

Vhait erwiderte das Lachen und sagte: »Das stimmt. Es ist gut, dass ich euch begleitet habe.« Tatsächlich waren die langen Märsche durch das Grasland für ihn weit weniger anstrengend gewesen, als er befürchtet hatte, und er begann mit dem Gedanken zu spielen, Kuomis Dorf schon bald zu verlassen. Er wollte noch etwas sagen, doch dann sah er plötzlich die kleine dunkle Gestalt eines Jungen auf einem Hügel direkt vor ihnen.

Auch die anderen Männer hatten ihn gesehen und verstummten. Gespannt beobachteten sie, wie der Junge eilig den Hügel hinunterlief und direkt auf sie zuhielt. Er war noch zu weit entfernt, als dass sie seine Rufe hören konnten, doch selbst aus dieser Entfernung war deutlich zu erkennen, dass er völlig erschöpft war. Seine Bewegungen wirkten kraftlos und er schien zu taumeln, während er lief. Schließlich strauchelte er, fiel hin und war nicht mehr zu sehen.

Sofort rannten die Männer los. Vhait folgte ihnen.

Als sie die Stelle erreichten, wo der Junge verschwunden war, fanden sie ihn erschöpft im Gras liegen. Schweiß bedeckte sein Gesicht und sein Atem ging stoßweise. Er hatte die Augen geschlossen. Dennoch bemerkte er die Männer. Seine Lider flatterten, als er die Augen öffnete, und er richtete sich mit letzter Kraft auf.

»Sie ... sie haben ... unser Dorf überfallen«, stieß er keuchend hervor und verdrehte die Augen. Die Männer sahen sich erschrocken an. Rangun packte den Jungen und schüttelte ihn so lange, bis er ihn wieder ansah.

»Wer war es und wann?«, fragte er barsch.

»Sie kamen am frühen Nachmittag. Es waren so viele. Mit Waffen und Pferden. Wir konnten uns nicht wehren.« Plötzlich begann der Junge zu zittern und hemmungslos zu weinen.

»Sie haben meinen kleinen Bruder mitgenommen und noch viele andere Neugeborene«, schluchzte er. »Mein Vater wollte das nicht zulassen, da haben sie ihn einfach getötet und Mutter haben sie ...« Seine Stimme versagte und er konnte nicht mehr weitersprechen. Schluchzend vergrub er sein Gesicht an Ranguns Schulter, der den Jungen erschüttert an sich presste.

»Wir müssen sofort zum Dorf«, sagte er mit brüchiger Stimme und winkte den Jüngsten der Gruppe zu sich heran. Mit wenigen Worten trug er ihm auf, sich um den Jungen und den Karren zu kümmern. Dann machte er sich mit den übrigen Männern auf den Weg.

Schon von der nächsten Anhöhe sahen sie die Rauchsäulen. Mindestens vier der dreißig Hütten des Dorfes brannten und der leichte Wind trug ihnen den Geruch nach verbranntem Holz zu.

Jetzt gab es kein Halten mehr. Voller Sorge um Kuomi und seinen Sohn eilte Rangun den Männern voraus und schien dabei alles um sich herum vergessen zu haben.

Vhait folgte ihm, so schnell er konnte. Eine schreckliche Ahnung stieg in ihm auf und er konnte nur hoffen, dass sie ihn täuschte.

Doch als er wenig später am Rand des Dorfes einen toten Krieger entdeckte und ihn umdrehte, fand er seine schlimmsten Befürchtungen bestätigt. Auf dem Harnisch des Kriegers prangte das Wappen der grünköpfigen Schlange. Ein Messer hatte die Brust des Kriegers durchbohrt und das Schwert, um das die Schlange ihren schwarzen Leib wand, wurde von seinem frischen Blut getränkt.

Plötzlich ertönten laute Schreie aus dem Dorf. Die Krieger waren noch immer dort!

Vhait erhob sich und hastete weiter. Das grausige Bild, das sich ihm kurz darauf bot, überstieg seine schlimmsten Erwartungen. Überall zwischen den Häusern fand er die Leichen der Dorfbewohner. Geschändete Frauen, tote Männer, die ihre Speere noch in den Händen hielten, und auch Kinder. Gleich darauf fand er die Leiche eines jungen Mädchens vor dem Eingang zu ihrem brennenden Elternhaus. Ihre Kleider waren zerrissen und die nackten Brüste blutverschmiert. Erschüttert erkannte er, dass es sich bei dem geschändeten Mädchen um Kuomis Schülerin handelte. Sie hatte sich während seiner langen Krankheit häufig um ihn gekümmert und viel Zeit bei ihm verbracht. Vhait hatte sie ins Herz geschlossen, weil sie keine Gelegenheit ausließ, von ihm etwas über Nimrod zu erfahren. Später hatte sie ihm verraten, dass sie ihr Dorf einmal verlassen würde, um in der Festungsstadt zu leben.

Vhait kniete neben dem Mädchen nieder und schloss sanft ihre angstvoll geweiteten Augen, die nun niemals die Festungsstadt erblicken würden. Mit Tränen in den Augen stieg er über ihren leblosen Körper hinweg und gelangte schließlich ins Zentrum des Dorfes.

Vor dem Haus der Heilerin hatte sich eine Gruppe von Kriegern versammelt. Mit lauten Rufen feuerten sie einen Kameraden an, als finde dort gerade ein Kampf statt. Langsam trat Vhait näher, doch als er sah, was sich dort abspielte, stockte ihm vor Schreck der Atem.

Vor der Hütte stand Kuomi mit dem Rücken zur Wand. Sie hatte ihren schreienden Sohn auf dem Arm und hielt in der freien Hand ein langes Messer, mit dem sie einen muskulösen Krieger bedrohte, der sie lauernd umkreiste. Der Krieger spielte mit ihr und ergötzte sich an ihrer Furcht.

Rangun stand nicht weit von ihr entfernt. Er war gefesselt. Einer der umstehenden Krieger hielt ihm ein Kurzschwert an die Kehle und zwang ihn das grausame Schauspiel hilflos mit anzusehen. Ranguns Kleidung war zerrissen und an vielen Stellen von frischem Blut getränkt. Offensichtlich hatten die Krieger ihn überwältigt, als er versuchte Kuomi zu helfen.

Beim Anblick der großen Not, in der sich die Menschen befanden, die ihm das Leben gerettet hatten, erfüllte Vhait eine nie gekannte Wut.

Er musste ihnen helfen!

Rücksichtslos bahnte er sich einen Weg durch den dichten Ring der Krieger, die ihren Kameraden bei dem ungleichen Kampf beobachteten.

»Aufhören!«, brüllte er und stellte sich schützend vor Kuomi.

Der hünenhafte Krieger knurrte und wollte sich auf ihn stürzen. Doch bevor es dazu kam, rief ein anderer: »Bei den Toren, es ist Vhait!« Sofort wurde es still.

»Lasst die Frau in Ruhe!«, rief Vhait in einem Ton, der keinen Widerspruch duldete, und funkelte die Krieger zornig an. »Wo ist euer Hauptmann?«

Sofort machte sich einer der Krieger auf den Weg, um den Hauptmann zu holen. Vhait stand noch immer vor Kuomi, die ihn dankbar ansah. Aber auch sie spürte, dass die Gefahr noch nicht vorbei war.

Bald darauf erschien der Hauptmann und trat vor seine Männer. Schweigend musterte er den jungen Mann vor der Hütte und nickte. »Der Krieger hat Recht«, stellte er gleichmütig fest. »Du bist tatsächlich Tareks Sohn. Was machst du in dieser Einöde? Man hat überall nach dir gesucht.«

Vhait antwortete nicht. Der gelassene Tonfall des Hauptmanns, der für das grausame Schicksal der friedlichen Dorfbewohner verantwortlich war, widerte ihn an.

»Zuerst verrätst du mir, was ihr hier zu suchen habt«, sagte er zähneknirschend und sah sein Gegenüber herausfordernd an.

Der Hauptmann spuckte in den Sand. »Wir haben den Befehl, zehn Neugeborene nach Nimrod zu bringen«, erwiderte er knapp und ein siegessicheres Lächeln umspielte seine Lippen.

»Dieses Kind werdet ihr nicht mitnehmen«, sagte Vhait und deutete auf Kuomi und Rangun. »Und ihr werdet auch seine Eltern in Frieden lassen.«

»Du hast nicht das Recht, mir Befehle zu erteilen.« Der Tonfall des Hauptmanns wurde schärfer. »Der Schlangenorden nimmt nur Befehle des obersten Kriegsherrn entgegen.« Er gab dem Krieger, der Kuomi bedrängt hatte, einen Wink. Drohend kam er auf Vhait zu und machte Anstalten, nach dem Kind zu greifen.

»Halt!« Vhait hatte Kuomi das Messer entrissen und hielt es dem Krieger warnend entgegen. »Ich sagte, das Kind bleibt hier. Oder wollt ihr, dass ich meinem Vater berichte, wie der Schlangenorden die Menschen belohnt, die seinem Sohn das Leben gerettet haben?«

Im Gesicht des Hauptmanns arbeitete es. Schließlich lenkte er ein. »Schon gut«, sagte er versöhnlich. »Ihnen wird nichts geschehen, darauf hast du mein Wort.« Er gab dem Krieger, der Rangun festhielt, ein Zeichen, worauf dieser zurücktrat und die Fesseln des jungen Mannes zerschnitt.

Vhait senkte das Messer und reichte es Kuomi. »Es tut mir Leid, aber mehr kann ich nicht für euch tun«, flüsterte er bedauernd.

Kuomi nickte und presste ihren Sohn schützend an sich. »Danke«, sagte sie mit erstickter Stimme. Tränen standen in ihren Augen, als sie sich abwandte und in der Hütte verschwand. Rangun trat heran, sagte jedoch nichts. Nur vor dem Eingang zur Hütte hielt er noch einmal an und bedachte Vhait mit einem langen verbitterten Blick aus seinen traurigen braunen Augen, bevor er seiner Gefährtin folgte.

»In Nimrod halten dich alle für tot!« Die dunkle Stimme des Hauptmanns beendete den bedrückenden Moment. »Es ist besser, wenn du uns begleitest.«

Vhait nickte. Er wusste, dass er die Krieger begleiten musste, doch seinen Glauben an die Gerechtigkeit An-Rukhbars würde er in Kuomis Dorf zurücklassen. Er war mit den Bewohnern, die ihn so selbstlos in ihrer Mitte aufgenommen hatten, gestorben.

Lautlos huschten Sunnivah und Fayola durch die schlafende Festungsstadt. Vorsichtig stiegen sie über die unzähligen schnarchenden Gestalten, die in dieser Nacht überall trunken in den Gängen lagen. Es war sehr dunkel. Keiner der Bediensteten kümmerte sich an diesem Abend darum, die heruntergebrannten Fackeln auszuwechseln.

Fünf Sonnenläufe nachdem sie begonnen hatten ihren Plan auszuarbeiten, wagten die beiden Frauen schließlich den Versuch, die Nebelelfe zu befreien.

Die Zeit drängte, aber es hatte sich bislang keine günstige Gelegenheit ergeben. An diesem Nachmittag war ihnen jedoch der Zufall zu Hilfe gekommen.

Ein völlig erschöpfter Reiter war in den Hof gepresscht und hatte dem obersten Kriegsherrn die Botschaft überbracht, dass eine Gruppe von Kriegern seinen Sohn am Rande der Finstermark gefunden hätte. Binnen zweier Sonnenläufe würde er in der Festungsstadt eintreffen.

Die Nachricht, dass sein tot geglaubter Sohn noch am Leben war, hatte Tarek zu ungewöhnlicher Großzügigkeit veranlasst. Noch am selben Abend ließ er Unmengen von Wein aus den Kellergewölben heraufbringen und lud alle Krieger und Bewohner der inneren Festung ein, die glückliche Heimkehr seines Sohnes zu feiern. Besonders die Krieger machten von dem unverhofften Angebot reichlich Gebrauch. Als es dunkel wurde, schien es in der ganzen Festung keinen Krieger mehr zu geben, dessen Sinne nicht vom Wein getrübt waren. Viele von ihnen brachen einfach auf den Gängen zusammen und schliefen dort ihren Rausch aus. Andere schafften es noch, ihre Schlafplätze zu erreichen, doch gegen Mitternacht gab es kaum noch einen Krieger, der sich auf den Beinen halten konnte.

Die Festung wirkte wie ausgestorben. Nur das laute, misstönende Lied dreier Krieger, die sich im Hof noch immer beharrlich an ihren Weinkrügen festhielten, hallte gespenstisch durch die leeren Gänge.

Ihr Weg führte die beiden Frauen unmittelbar an den Sälen vorbei, in denen der Wein ausgeschenkt wurde. Hier trafen sie auf besonders viele schlafende Krieger und hatten große Mühe, zwischen den ausgestreckten Leibern noch einen freien Platz für ihre Füße zu finden. Es roch streng nach Wein und Erbrochenem und auf dem Boden glänzten dunkle Pfützen, deren Bestandteile sich nur erahnen ließen.

Als sie die Gewölbe der Magier erreichten, hielt Sunnivah kurz an und atmete erleichtert auf. »Das ist ja scheußlich«, flüsterte sie angewidert und zog die frische Luft in ihre Lungen. »Wenigstens haben sich die Magier in ihre Kammern zurückgezogen. Wie weit ist es noch?«

»Sie ist dort hinten.« Fayola deutete mit ausgestrecktem Arm zum Ende eines langen Flures, der sich zu ihrer Rechten erstreckte. Vor zwei Sonnenläufen hatte sie herausgefunden, wo man die Nebelelfe gefangen hielt, und den Weg dorthin auf ihrem Plan eingezeichnet.

»Dann sollten wir keine Zeit mehr verlieren«, sagte Sunnivah leise und setzte sich wieder in Bewegung. Vorsichtig huschte sie durch den Flur und erreichte unbemerkt die kleine Tür, hinter der sich Naemy befinden musste. Wachposten waren weit und breit nicht zu sehen. Vermutlich hatten auch sie an dem großen Fest teilgenommen und schliefen irgendwo ihren Rausch aus.

»Keine Wachen! Das erspart uns viel Arbeit!« Entschlossen griff Fayola nach der Klinke und drückte sie hinunter. Die Tür war fest verschlossen.

»Das war auch nicht anders zu erwarten«, flüsterte sie grimmig und kniete sich vor die Tür. Aus ihrer Tasche zog sie einen kleinen eisernen Haken, den sie langsam in das Schlüsselloch schob und vorsichtig hin und her drehte. Ihre Bemühungen wurden von einem lauten metallischen Klacken begleitet.

Sunnivah blickte sich nervös um. »Beeile dich«, drängte sie ungeduldig. »Sonst weckt der Lärm noch jemanden auf.«

Fayola seufzte. »Ich tue, was ich kann«, erklärte sie. »Aber ohne den passenden Schlüssel ist es nun mal schwer, ein Schloss zu öffnen.«

Plötzlich ertönte ein schnappendes Geräusch und der Riegel sprang zurück.

»Geschafft«, sagte Fayola erleichtert. Eilig erhob sie sich, überließ es jedoch Sunnivah, die Tür zu öffnen.

Nach der Dunkelheit in den Gängen blendete das gleißende blaue Licht, welches sie hinter der Tür erwartete, die beiden Frauen so sehr, dass sie für einen Moment die Augen schließen mussten. Es ging von einer großen durchsichtigen Kugel im hinteren Teil des Raumes aus, in der undeutlich die zusammengekauerte Gestalt einer Frau zu sehen war.

Naemy!

Sofort eilte Sunnivah zu dem seltsamen Gefängnis, in dem ihre Freundin gefangen gehalten wurde. »Naemy!«, rief sie leise, wagte es jedoch nicht, die leuchtende Wand zu berühren.

Die Nebelelfe hörte sie nicht. Sunnivah rief noch etwas lauter, doch ihre Bemühungen blieben vergebens.

»Was ist das?« Fayola war herangetreten und betrachtete misstrauisch die blaue Kugel.

»Ich weiß es nicht«, gab Sunnivah zu. »Sieht aus wie eine Art magischer Käfig, doch ich habe so etwas noch nie gesehen.«

»Und ich habe doch tatsächlich geglaubt, wir gehen hier rein, öffnen eine ganz normale, vergitterte Zellentür und verschwinden mit der Nebelelfe.« Enttäuscht schüttelte Fayola den Kopf. »Das kriegen wir niemals auf.«

Sunnivah war jedoch nicht bereit so schnell aufzugeben. Vorsichtig streckte sie ihre Hand aus, um die Kugel zu berühren. Als sie sich ihr bis auf eine Elle genähert hatte, traten winzige blaue Blitze aus der Kugel hervor und trafen wie spitze Nadeln auf die Innenseite ihrer Hand. Je weiter sie sich der Kugel näherte, desto stärker und schmerzhafter wurden die Blitze.

»Hör auf damit!« Fayola legte ihre Hand in einer beschwörenden Geste auf Sunnivahs Arm und drückte ihn herunter. »Wir kommen nicht an sie heran. Wir sind keine Magier. Lass uns von hier verschwinden, bevor uns jemand bemerkt.«

Sunnivah warf einen traurigen Blick auf Naemy. Die Nebelelfe war soeben erwacht und richtete sich benommen auf. Offenbar war es ihr nicht möglich, durch die blaue Wand zu sehen, denn sie bemerkte Sunnivah nicht.

Plötzlich spürte Sunnivah eine vertraute Wärme zwischen ihren Brüsten. Sofort zog sie das Amulett hervor und betrachtete es eingehend. Es pulsierte in einem schwachen orangen Licht und schien auf etwas zu warten. Sunnivah streifte das Band über ihren Kopf und nahm das Amulett in die Hand.

»Was hast du vor?«, wollte Fayola wissen. Doch Sunnivah antwortete ihr nicht. Sie wusste selbst noch nicht, ob und wie ihr das Amulett weiterhelfen konnte, vertraute aber ganz auf ihr Gefühl. Langsam näherte sich ihre Hand mit dem Amulett wieder der blauen Wand. Diesmal traten keine Blitze aus der Kugel heraus und es gelang ihr sogar, die Wand zu berühren.

Zunächst geschah nichts, doch als sie das Amulett wieder fortnahm, blieb ein winziger leuchtender Punkt auf der Kugel zurück, der sich rasch vergrößerte. Bald wurde aus dem Punkt ein feuriger Ring, der das blaue Licht mit großer Geschwindigkeit verzehrte und ein Loch in die Kugel fraß.

Sunnivah und Fayola beobachteten gespannt, was geschah, und auch die Nebelelfe bemerkte jetzt die Veränderung. Misstrauisch trat sie vor das Loch und spähte hinaus. Als sie Sunnivah erkannte, begannen ihre Augen zu leuchten. »Sunnivah!«, rief sie überrascht aus und schüttelte ungläubig den Kopf.

Wenige Augenblicke später hatte der glühende Ring ein so großes Loch in die Hülle der magischen Kugel gefressen, dass Naemy problemlos hindurchsteigen konnte. Vorsichtig trat die Nebelelfe heraus und drückte Sunnivah an sich. Sie wirkte erschöpft und bewegte sich wie unter Schmerzen, doch sie beklagte sich nicht.

»Ich hätte nie gedacht, dass ich dich noch einmal wiedersehe«, sagte sie mit leiser Stimme. Dann begann sie zu erzählen: »Die Krieger haben mich durch Zufall erwischt. Ich war nur ein einziges Mal unachtsam und geriet, als ich die Zwischenwelt verließ, mitten in eine Gruppe von Kriegern aus Nimrod, die an einem verwaisten Lagerplatz nach Hinweisen auf die Rebellen gesucht haben. Es waren einfach zu viele. Sie haben mich überwältigt, gefangen genommen und hierher gebracht. Der Meistermagier versuchte ständig von mir etwas über dich zu erfahren ...«

Bei der Erinnerung an die erlittenen Qualen versagte Naemy die Stimme. Dann holte sie tief Luft und sagte: »Aber ich habe dich nicht verraten. – Ich verdanke dir mein Leben, Sunnivah ... Danke!«

»Nicht nur mir musst du danken.« Sunnivah wandte sich um und deutete auf Fayola, die etwas zurückgetreten war. »Das ist Fayola, meine Zimmergefährtin und Freundin. Ohne sie hätte ich es niemals geschafft, dich zu finden. Du kannst ihr vertrauen. Sie weiß über alles Bescheid.«

Fayola nickt Naemy schweigend zu und die Nebelelfe bedankte sich bei ihr mit einem herzlichen Lächeln. Als Sunnivah sich wieder zu Naemy umdrehte, streifte ihr Blick die magische Kugel. Sie konnte kaum glauben, was sie sah. Der feurige Ring war fort. Dort, wo gerade noch ein großes Loch in der magischen blauen Kugel geklafft hatte, war die Wand wieder geschlossen und so makellos, als wäre sie niemals beschädigt worden.

»Dein Amulett ist wirklich erstaunlich«, bemerkte Fayola.

»Wenn es uns auch weiterhin so gute Dienste leistet, kann eigentlich nicht mehr viel schief gehen.«

»Leider weiß ich nie, wann ich es einsetzen kann. Ich denke, wir sollten uns besser nicht auf seine Hilfe verlassen«, sagte Sunnivah und legte sich das Band mit dem Amulett wieder um den Hals.

»Wir sollten jetzt besser von hier verschwinden«, drängte Naemy. »Bevor uns jemand entdeckt.«

Fayola ging sofort zur Tür und spähte vorsichtig in den Gang hinaus. »Niemand zu sehen«, verkündete sie leise und verschwand in der Dunkelheit hinter der Tür.

Sunnivah und Naemy folgten ihr.

Die Nacht war schon weit vorangeschritten und ein schwacher grauer Schimmer am östlichen Himmel kündete bereits von der nahen Ankunft des Morgens. Sie hatten Glück. Das Fest hatte bis weit in die Nacht gedauert und die Bewohner der Festung schliefen noch tief und fest. Unbemerkt erreichten die drei Frauen die Unterkünfte der Kriegerinnen.

Als Fayola die Tür zu ihrer Kammer wenig später sorgfältig hinter sich verschloss, atmete sie erleichtert auf. »Das hätten wir geschafft«, sagte sie und ließ sich auf ihr Bett fallen.

»Bist du wirklich sicher, dass Naemy in den nächsten Sonnenläufen hier bleiben kann?«, wollte Sunnivah von ihrer Freundin wissen.

»Ganz sicher!« Fayola gähnte. Plötzlich musste sie wieder an die Zeit mit Alani denken und ein dunkler Schatten huschte über ihr Gesicht.

»Was hast du?«, fragte Sunnivah, der Fayolas Gesichtsausdruck nicht entgangen war. Doch ihre Freundin wollte nicht darüber sprechen und rollte sich umständlich in ihre Decke. »Mach dir keine Sorgen, Sunnivah«, murmelte sie. »Niemand hat uns beobachtet. Hier sind wir in Sicherheit. Du solltest versuchen noch etwas zu schlafen.« Fayola verstummte und drehte den anderen den Rücken zu.

»Leg dich ruhig hin, Sunnivah«, pflichtete Naemy Fayola bei. »Ich werde so lange Wache halten.« Doch Sunnivah schüttelte den Kopf. Sie war überhaupt nicht müde und es gab noch so vieles zu berichten.

So saßen Sunnivah und Naemy noch lange an dem kleinen Tisch beisammen und erzählten, wie es ihnen ergangen war, seit sie sich im Frühling getrennt hatten, und später erläuterte Sunnivah der Nebelelfe auch ihre weiteren Pläne.

»Wie konnte das geschehen?«

Tareks Stimme donnerte durch den Raum. Aufgebracht lief er vor der leeren magischen Kugel auf und ab. Dabei sah er wütend von einem Magier zum anderen, doch die meisten senkten nur betreten den Blick und schwiegen.

»Nun?« Der oberste Kriegsherr wandte sich jetzt direkt an den Meistermagier. »Wenn keiner Eurer Magier in der Lage ist, mir zu erklären, warum sich die Elfe nicht mehr in ihrem Gefängnis befindet, werdet Ihr es mir sicher sagen können.«

Der sonst so selbstsichere Asco-Bahrran wand sich unter Tareks zornigen Blicken. »Nach den Regeln der Magie hätte sie die Kugel niemals verlassen können. Sie ist für Elfen ein absolut sicheres Gefängnis. Wir haben sie früher häufig verwendet.«

»Eure Regeln interessieren mich einen Dreck«, wetterte Tarek. »Sie ist fort und niemand will etwas davon bemerkt haben. Das ist einfach unglaublich.« In seiner Wut ballte er die Faust und erhob sie gegen die Kugel.

»Nein!« Erschrocken stellte sich Asco-Bahrran vor Tarek. »Versucht nicht die Kugel zu zerstören! Ihre Energie würde Euch töten.«

Tarek zögerte, doch dann senkte er schließlich die Hand. »Also kann die Elfe keine Hilfe aus der Festung erhalten haben«, überlegte er.

»Ich sagte doch bereits, dass die Kugel für Menschen unzerstörbar ist und sich selbst schützt«, erklärte der Meistermagier. »Nur deshalb konnten wir auch darauf verzichten, eine Wache vor der Tür aufzustellen. Vielleicht haben wir die Elfe unterschätzt. Ich bin sicher, dass sie nur mithilfe ihrer Elfenmagie entkommen konnte.«

»Dann ist sie für uns verloren.« Tarek schüttelte fassungslos den Kopf. »Die Möglichkeit, etwas über das prophezeite Kind zu erfahren, lag zum Greifen nahe vor uns und wir haben sie nicht genutzt.«

»Das ist wirklich sehr bedauerlich!« Der Sequestor hatte den Raum betreten und schob seinen massigen Körper schnaufend zwischen den umstehenden Magiern hindurch. »Es ist also wahr! Sie ist tatsächlich geflohen«, sagte er in gespieltem Erstaunen, während er die Kugel betrachtete. »Euer ständiges Versagen wird allmählich peinlich, Tarek. Habt Ihr nicht gerade gestern bei der Audienz unseres erhabenen Meisters versprochen, dass Ihr schon bald genaue Informationen über die Prophezeiung haben werdet?«

Der oberste Kriegsherr murmelte etwas Unverständliches, verzichtete jedoch darauf, dem Sequestor zu antworten. Der oberste Richter wusste genau, dass er Recht hatte, und Tarek ärgerte sich über sich selbst, weil er in seinem Eifer wieder einmal vorschnell gehandelt hatte.

»Ich denke, Ihr werdet An-Rukhbar bei der nächsten Audienz einiges zu erklären haben.« Das breite Lächeln des Sequestors ließ Tarek innerlich vor Wut kochen. Zum ersten Mal seit vielen Sommern trat die alte Feindschaft zwischen ihnen wieder zutage und er konnte sich nur mühsam beherrschen. Der Sequestor warf einen geringschätzigen Blick auf Tareks geballte Fäuste und trat einen Schritt zurück.

»Nun, ich bin sicher, dass Ihr bis dahin die passenden Worte gefunden habt«, sagte er mit unverhohlener Schadenfreude. »Immerhin habt Ihr noch zehn Sonnenläufe Zeit, um eine passende Erklärung für Euer Versagen zu finden.«

Mit diesen Worten drehte er sich um und zwängte sich durch die schmale Tür in den Flur, wo seine Sänfte auf ihn wartete.

»Er scheint ganz genau zu wissen, wann der richtige Augenblick für solche Auftritte ist. Immer kommt er im ungelegensten Moment.« Tarek schnaubte verächtlich. Dann wandte er sich wieder dem Meistermagier zu und fragte: »Glaubt Ihr, es würde sich lohnen, den Traumflüsterer durch die Festung zu schicken, damit er die Elfe für uns findet?«

»Ich sagte doch bereits, dass sie die Kugel nicht auf normalem Weg verlassen konnte«, erwiderte der Meistermagier und deutete auf die Kugel. »Seht selbst, sie ist völlig intakt und zeigt keine Spuren von Gewaltanwendung. Nein, ich bin mir sicher, dass sich die Nebelelfe nicht mehr in der Festung aufhält. Die ist schon weit weg.«

Tarek seufzte. »Dann brauchen wir auch keinen Traumflüsterer mehr zu rufen. Ihr könnt die Vorbereitungen dafür abbrechen«, entschied er und wandte sich zur Tür. »Ich erwarte, dass Ihr sehr sorgfältig untersucht, wie die Elfe entkommen konnte«, befahl er den Magiern. »Ich muss sicher sein können, dass ihr Verschwinden nichts mit dem Vorfall an der verbotenen Tür zu tun hat.«

Es war schon fast dunkel, als Vhait zusammen mit den Kriegern des Schlangenordens in den Hof der Festungsstadt einritt. Zu beiden Seiten hatten sich unzählige Menschen versammelt, um ihn zu begrüßen, doch selbst ihr freudiges Rufen und Lachen schaffte es nicht, ihn aus seinen düsteren Gedanken zu reißen.

Kurz vor den Toren der Stadt hatten die Krieger die letzten fünf Kinder getötet. Ihr Geschrei sollte den Menschen der Festungsstadt nicht verraten, welche Fracht sie noch mit sich führten. Man wickelte ihre winzigen Leichname in Decken und legte die leblosen kleinen Körper zu den anderen toten Kindern auf das Packpferd.

Jedes Mal wenn Vhait sich umdrehte und die zehn kleinen Bündel auf dem Pferd sah, krampfte sich sein Herz zusammen und er schämte sich dafür, ein Krieger zu sein. Er konnte nicht glauben, dass sein Vater in der Lage war, solche Grausamkeiten zu befehlen, und war fest entschlossen, ihn deshalb zur Rede zu stellen.

Der helle Ton eines Signalhorns unterbrach seine Gedanken. Die Krieger hatten das Tor der inneren Festung hinter sich gelassen und ritten nun über den großen gepflasterten Hof vor dem Haupteingang der Festung. Über die Köpfe der Menschen hinweg erkannte Vhait seinen Vater. Er stand zwischen dem Sequestor und dem Meistermagier auf der obersten Stufe der breiten Treppe, die zu einer kunstvoll verzierten Flügeltür hinaufführte. Ein glückliches Lächeln zeigte sich auf seinem Gesicht, als er seinen Sohn erblickte, und er eilte die Stufen hinunter, um Vhait zu begrüßen.

Auch Vhait stieg von seinem Pferd. Ohne Eile näherte er sich der Stelle, an der Tarek ihn erwartete, und trat mit versteinerter Miene vor seinen Vater. Tareks Lächeln verschwand schlagartig. »Was ist geschehen?«, fragte er besorgt. Doch Vhait wollte vor all den Menschen nicht sprechen und blieb ihm die Antwort schuldig.

Auch dem Sequestor war Vhaits seltsames Verhalten nicht entgangen. Verstohlen beugte er sich zu Asco-Bahrran hinüber und flüsterte: »Man könnte meinen, Tareks verlorener Sohn freut sich gar nicht über seine Rückkehr.« Dabei achtete er sorgsam darauf, nicht zu leise zu sprechen, damit auch Tarek und Vhait seine Worte hörten.

»Wir müssen miteinander reden, Vater. Allein!«, sagte Vhait knapp. Ohne ein Wort der Begrüßung ging er an Tarek vorbei und stieg die Stufen hinauf. Tarek folgte ihm schweigend und fragte sich, was wohl in seinen Sohn gefahren sei. Als sie nebeneinander durch die Gänge der Festung zu seinem Arbeitszimmer gingen, sprach keiner ein Wort.

Sie hatten ihr Ziel fast erreicht, als sich ihnen von hinten hastige Schritte näherten. Fast gleichzeitig drehten sich die beiden Männer um. Ein Krieger des Schlangenordens, der mit Vhait angekommen war, kam eilig den Gang entlang. Er deutete eine leichte Verbeugung an.

»Vergebt mir, Herr, wenn ich Euch störe«, sagte er. »Mein Hauptmann schickt mich. Er hat noch keine Befehle erhalten, was mit den toten Kindern geschehen soll.«

Tarek war gereizt. Er machte eine wegwerfende Handbewegung und sagte: »Verbrennt sie. Wir haben keine Verwendung mehr für sie!«

»Ihr habt was?« Fassungslos starrte Vhait seinen Vater an. »Weißt du überhaupt, was deine Schlangenkrieger angerichtet haben, um die Kinder zu bekommen?« Seine Stimme überschlug sich fast, so aufgebracht war er. Tarek bedeutete ihm vergeblich zu schweigen. Nachdrücklich schob er seinen Sohn in das Arbeitszimmer und schloss rasch die Tür.

»Sie haben die Menschen eines ganzen Dorfes gequält, geschändet und ermordet«, schrie Vhait. »Und jetzt sagst du, dass ihr die Kinder gar nicht braucht!« Er schnaubte verächtlich. »Ich schäme mich! Ich schäme mich dafür, dass ich ein Krieger bin, und dafür, dein Sohn zu sein.«

»Beruhige dich, Vhait. Es ist nicht so, wie du denkst«, versuchte Tarek zu erklären. »Diese Kinder waren für uns sehr wichtig, doch die Dinge haben sich geändert und ...«

»Ganz recht, die Dinge haben sich geändert«, fiel Vhait seinem Vater ins Wort. »Und sie werden sich noch weiter ändern, weil ich dies hier ...«, mit einer raschen Handbewegung griff er an seine Schulter, riss das Rangabzeichen herunter und warf es Tarek vor die Füße, »... von nun an nicht mehr tragen werde.«

»Vhait, du weißt nicht, was du tust.« Tarek sah seinen Sohn erstaunt an. Dann bückte er sich, hob das Abzeichen auf und sagte einlenkend: »Ich kann mir denken, dass du in den letzten Mondläufen viel durchgemacht hast. Ruh dich erst einmal aus, Vhait, und überdenke alles. Solche voreiligen Entschlüsse sind niemals richtig. Wenn du ...«

»Ich war blind!« Vhait hatte seinem Vater überhaupt nicht zugehört. »Ich war blind und taub. Ich wollte die Wahrheit nicht sehen, obwohl ich ihr an jedem Sonnenlauf meines Lebens begegnet bin. Kennst du sie, Vater?« Er erwartete nicht wirklich eine Antwort auf seine Frage und sprach sofort weiter. »Du kennst sie, nicht wahr? Aber du lebst hier ja gut, solange du nur An-Rukhbar gehorsam dienst. Und dafür sind dir alle Mittel recht.« Er trat ans Fenster und schaute hinaus. »Da draußen leben Menschen, Vater. Keine Aufrührer oder Verbrecher. Einfache Menschen! Sie sind freundlich und hilfsbereit und wollen nichts weiter als in Frieden leben. Und wir quälen sie. Wir beuten sie aus und verkaufen sie wie eine Ware an den Erhabenen, damit er uns in Ruhe lässt. WIR bringen Tod und Verderben in ihre armseligen Hütten. – WIR sind die Verbrecher, Vater.« Erschöpft ließ er sich in einen Sessel fallen und starrte in die Dunkelheit hinaus.

Tarek schwieg. Vhaits Wutausbruch wunderte ihn zwar, berührte ihn aber nicht. Nachdenklich drehte er das Rangabzeichen in der Hand und überlegte, wie er seinen Sohn umstimmen konnte.

»Es ist wirklich bedauerlich, dass du dich so vorschnell zu diesem Schritt hinreißen lässt«, begann er vorsichtig und ließ seinen Sohn nicht aus den Augen. »Gerade hatte ich mich entschlossen, dir den Oberbefehl über die Garnison in Daran zu geben.«

Auf Vhaits Gesicht zeigte sich nicht die geringste Regung. Sein Blick ruhte noch immer auf einem unsichtbaren Punkt hinter dem Fenster und seine Gedanken schienen weit weg.

»Du solltest darüber nachdenken, Vhait.« Tarek trat vor den Sessel und hielt seinem Sohn das Rangabzeichen entgegen. »In einer solchen Position kannst du viel Gutes für die Menschen tun, die dir plötzlich so sehr am Herzen liegen. Eine solche Gelegenheit kommt nicht so schnell wieder.«

»Da gibt es nichts zu überlegen!« Vhait war fest entschlossen. Tarek spürte die tiefe Bitterkeit hinter seinen Worten. Was immer er auch sagen mochte, er würde Vhait nicht erreichen.

»Dann geh!« Tarek deutete auf die Tür. »Wir haben uns nichts mehr zu sagen.« Vhait schwieg und betrachtete seinen Vater mit einem langen, schwer zu deutenden Blick. Dann drehte er sich um und verließ ohne ein Wort des Abschieds den Raum.

Ziellos wanderte Vhait an diesem Abend durch die endlosen Gänge der Festung. Überall traf er bekannte Gesichter und achtete sorgsam darauf, dass keiner etwas von seiner düsteren Stimmung merkte. Die meisten Menschen lächelten ihm im Vorübergehen zu oder sagten ein paar freundliche Worte. Manche klopften ihm auch kameradschaftlich auf die Schulter oder begrüßten ihn überschwänglich. Vhait spielte eine Zeit lang mit, doch bald wurde es ihm zu viel. Er brauchte dringend Ruhe zum Nachdenken und hielt nach einer Möglichkeit Ausschau, den vielen Menschen aus dem Weg zu gehen.

In der Nähe des Thronsaals waren die Gänge fast menschenleer.

Hier war er richtig.

Mit wenigen Schritten erreichte Vhait die gewaltige Tür, hinter der An-Rukhbar seine Audienzen abhielt. Sie besaß keine Schlösser und wurde auch nicht bewacht. Niemand würde es wagen, den Thronsaal ohne Erlaubnis zu betreten.

Außer Vhait!

Ein kurzer Blick den Gang entlang zeigte ihm, dass er nicht beobachtet wurde. Geräuschlos gelang es ihm, die Tür einen Spalt weit zu öffnen, und er schlüpfte hindurch.

Die eisige Kälte, die ihm hinter der Tür entgegenschlug,

schien nicht von dieser Welt zu sein und ließ ihn erschauern. Es war das erste Mal, dass Vhait den Thronsaal betrat, und er sah sich aufmerksam um.

Der Raum musste riesig sein, doch es brannten keine Fackeln und er lag weitgehend im Dunkeln. Die einzige Lichtquelle bestand aus einer kreisrunden schwach leuchtenden Scheibe, die sich hoch oben an der Decke unmittelbar über dem Thron befand. Das kalte grüne Licht, welches von der Scheibe ausging, schaffte es jedoch nicht, bis in alle Winkel des Raumes vorzudringen, und erhellte außer dem Thron nur noch wenige Längen des mattschwarzen Fußbodens.

Der Thron!

Vhait hatte schon viele Berichte über ihn gehört, doch was er sah, übertraf seine schlimmsten Erwartungen. Langsam ging er um den schwarzen Koloss in der Mitte des Saales herum und betrachtete ihn voller Abscheu. Die lebensgroßen, täuschend echt wirkenden Nachbildungen der in entsetzlicher Qual erstarrten Menschen weckten in ihm bittere Erinnerungen. Entsetzt wich er einige Schritte zurück.

In seinem Kopf hallten die stummen Schreie der gequälten Menschen und Vhait hielt sich die Ohren zu. Doch die Schreie ließen sich nicht aussperren. Die Stimmen waren überall. Sie schrien und jammerten und flehten um Hilfe, als wären die Seelen der Menschen auch jetzt noch in dem Thron gefangen und sehnten sich danach, endlich erlöst zu werden.

Als Vhait schon fürchtete verrückt zu werden, fiel ein schmaler Lichtstreifen von draußen in den Thronsaal und brachte die Stimmen zum Schweigen.

Vhait blieb keine Zeit zum Nachdenken. Er brauchte dringend ein Versteck!

Gehetzt sah er sich um. Als Kind hatte er einmal zufällig einen Geheimgang entdeckt, der in den Thronsaal führte. Damals hatte ihn seine Furcht davon abgehalten, den dunklen, unheimlichen Saal zu betreten, und so wusste er nicht, an welcher Stelle er ihn suchen musste. Eilig ließ er seinen Blick über die reich mit Fresken verzierten Wände wandern, konnte jedoch nichts Auffälliges entdecken. Die Wände waren absolut glatt. Nirgends gab es einen Spalt oder eine Unebenheit in der Wand, die auf eine Geheimtür schließen ließ. Es gab auch keine Nischen oder Gegenstände, hinter denen er sich verstecken konnte. Im ganzen Saal gab es nur den schwarzen Thron.

Etwas bewegte sich hinter der Tür. Ein langer Schatten verdeckte den schmalen Lichtstreifen und jemand betrat den Raum. Mit einem Satz war Vhait hinter dem Thron. Sicher waren es nur einige Diener, die kamen, um hier ihrer Arbeit nachzugehen. Doch auch sie durften ihn hier nicht finden.

Die Gesichter zweier sterbender Kinder direkt vor Augen, hockte sich Vhait hinter den Thron und versuchte die erstarrten Blicke zu meiden, während er wartete.

Gleich darauf wurde die Tür leise wieder geschlossen.

Vhait lauschte. Wer immer sie geöffnet hatte, befand sich noch im Raum. Er hörte Stoff rascheln und leise Atemzüge.

Das waren keine Diener!

Angespannt lauschte er weiter in die Stille hinein, um zu erkennen, wie viele Personen hereingekommen waren.

Er brauchte nicht lange zu warten, denn an der Tür wurde jetzt leise geflüstert.

Frauenstimmen! Vhait traute seinen Ohren nicht. Irgendwo in der Dunkelheit befanden sich drei, vielleicht sogar mehr Frauen und sprachen leise miteinander. Was, bei den drei Toren, suchten sie hier? Die Stimmen kamen immer näher.

Plötzlich packte ihn jemand an den Haaren und bog seinen Kopf nach hinten. Gleich darauf fühlte er den kalten Stahl eines Messers an seiner Kehle.

»Keinen Laut!«, zischte eine weibliche Stimme hinter seinem Ohr, während er an den Haaren emporgerissen und zur Tür gedrängt wurde. Dort bewegten sich zwei weitere Gestalten, deren Gesichter in dem Zwielicht jedoch kaum zu erkennen waren.

»Was ist, Fayola?«

Die Kriegerin hinter Vhait antwortete nicht. Unsanft schob sie ihn vor sich her. »Der hier hatte sich hinter dem Thron versteckt«, erklärte sie schließlich. »Was machen wir mit ihm?«

»Töte ihn«, erwiderte eine dunkle Frauenstimme. »Wir dürfen kein Risiko eingehen. Sunnivah, du holst den Stein, wir erledigen das hier.«

Sunnivah! Diesen Namen hatte er irgendwo schon einmal gehört. Vhaits Gedanken überschlugen sich fast. Er fürchtete den Tod nicht. Aber er wollte nicht sterben. Nicht hier. Nicht so und nicht von der Hand einer Frau. Endlich fiel es ihm wieder ein.

»Sunnivah!«, stieß er hervor, doch der Schnitt, den die Klinge des Messers in seine Kehle ritzte, brachte ihn sofort zum Schweigen. Seine Worte blieben jedoch nicht ohne Wirkung. Auf halbem Weg zum Thron hielt Sunnivah plötzlich inne, kehrte um und kam auf ihn zu.

»Du kennst mich?«, fragte sie leise.

»Ich bin Vhait«, presste Vhait mühsam hervor. »Ich ... ich habe dich nach Daran begleitet.«

»Schluss jetzt, du hast schon viel zu viel geredet.« Unsanft bog Fayola seinen Kopf noch weiter nach hinten.

»Fayola, warte!« Sunnivah hob die Hand und nahm das Messer vorsichtig von Vhaits Kehle.

»Wir müssen ihn töten!«, zischte die Dritte. »Er ist ein Krieger und wird uns verraten.«

»Nein«, sagte Sunnivah bestimmt. »Das kann ich nicht zulassen. Ich schulde ihm etwas.«

»Pah!« Die Kriegerin hinter Vhait spuckte verächtlich auf den Boden. »Alle Krieger sind freundlich zu dir, wenn sie etwas von dir wollen. Wenn du nicht bald den Stein holst, wird man uns entdecken.«

»Ich gehe, aber ihr tötet ihn nicht«, erklärte Sunnivah bestimmt. Sie löste ein langes Lederband aus ihren Haaren und reichte es Naemy. »Fessle seine Hände und knebelt ihn. Wir nehmen ihn mit.« Mit diesen Worten drehte sie sich um und lief leise zum Thron.

»Sunnivah!« Naemy war ganz und gar nicht mit der Entscheidung ihrer Gefährtin einverstanden. Doch Sunnivah war bereits hinter dem Thron verschwunden und antwortete nicht.

Vhait wurde gefesselt. Er hatte keine Ahnung, was die Frauen im Thronsaal suchten, brannte aber darauf, es zu erfahren. Die rothaarige Frau gab ihm Rätsel auf. Als er sie das letzte Mal gesehen hatte, war sie schüchtern gewesen und hatte vorgegeben, die Schülerin einer Heilerin zu sein. Und nun traf er sie hier inmitten der Festung bei dem Versuch, etwas aus dem Thronsaal zu stehlen. Sie trug die Kleidung einer Kriegerin und wirkte wesentlich älter und reifer als noch bei ihrer letzten Begegnung. In kürzester Zeit hatte sie sich auf eine Weise verändert, die Vhait beeindruckte. Geheimnisse schienen sie zu umgeben wie ein Mantel, und auch wenn er es nicht in Worte fassen konnte, spürte er, dass sie etwas Besonderes war. Diese Sunnivah machte ihn neugierig. Widerstandslos ließ er sich fesseln und knebeln.

Plötzlich erhellte ein gleißender Blitz den Thronsaal und eine grüne Lichtsäule schoss von der leuchtenden Scheibe in der Decke auf den Thron hinab. Ihr folgte ein lauter Donner, der den Boden erzittern ließ, und eine Welle eisiger Kälte, die durch den Thronsaal flutete. Das Tor war offen. Jeden Augenblick konnte An-Rukhbar auf dem Thron erscheinen. Sunnivah stürzte hinter dem schwarzen Koloss hervor. In ihrer Hand hielt sie einen pulsierenden grünen Stein. Ohne anzuhalten hastete sie an Naemy und Vhait vorbei und öffnete die Tür.

»Schnell!«, rief sie. »Wir müssen die Gänge erreichen, bevor er hier ist.«

Naemy schob Vhait unsanft vor sich her. »Lauf, wenn du am Leben bleiben willst. Ohne dich bin ich schneller. Vergiss das nicht!«

Sie machten sich nicht die Mühe, die Tür des Thronsaales zu schließen. Doch im Hinausgehen gelang es Naemy, sich noch einmal umzusehen. Auf dem schwarzen Thron war eine wirbelnde Säule aus grünem Licht entstanden, die bis zur Decke hinaufreichte. Und in dem Leuchten erkannte sie undeutlich die Umrisse einer dunklen Gestalt. Es wurde höchste Zeit, diesen Raum zu verlassen. Energisch schob sie Vhait in den Gang hinaus und folgte den anderen.

Sie rannten, so schnell sie konnten. Der Boden unter ihren Füßen bebte noch immer und die Erschütterungen ließen den Putz von der Decke rieseln. Noch waren die Gänge menschenleer, doch hinter vielen Türen hörten sie bereits aufgeregte Rufe.

Naemy schob Vhait an Fayola vorbei und schloss zu Sunnivah auf, die die kleine Gruppe anführte. Sie fasste ihre Freundin am Arm und bedeutete ihr anzuhalten.

»Hier«, sagte sie und gab Vhait einen leichten Stoß. »Er ist dein Gefangener. Du musst dich jetzt eine Weile um ihn kümmern. Ich habe hier noch etwas Wichtiges zu erledigen.« Sunnivah wollte etwas erwidern, doch die Nebelelfe legte nur den Finger auf die Lippen und mahnte sie still zu sein. Wortlos trat sie einige Schritte zurück, bis ihr Rücken die Wand berührte. Dabei formten ihre Lippen lautlos ein paar Worte und sie verschmolz mit den Schatten.

»Lauft weiter«, hörte Sunnivah die Stimme der Elfe in ihren Gedanken. »Ich folge euch später.«

»Wie praktisch«, bemerkte Fayola. »So etwas könnten wir jetzt auch gut ...« Plötzlich verstummte sie und lauschte. »Wir bekommen Besuch«, stellte sie fest und deutete auf den langen Flur hinter sich.

Jetzt hörte Sunnivah es auch. Laute Schritte näherten sich

von dort und die erregten Stimmen unzähliger Krieger hallten zu ihnen herauf.

Hastig sah sich Sunnivah nach einem Versteck um, doch der Gang, in dem sie sich befanden, war lang und gerade und bot nirgends eine ausreichende Deckung.

»Hier hinein, schnell!« Fayola hatte eine kleine Tür entdeckt, die in der Dunkelheit kaum zu erkennen war. Offenbar war der Raum dahinter leer, denn Fayola stand bereits in der geöffneten Tür und winkte Sunnivah zu sich. Sunnivah schob Vhait vor sich her in die kleine Kammer. Kaum hatte Fayola die Tür geschlossen, hörten sie die Krieger auch schon vorbeilaufen.

»Danke«, seufzte Sunnivah, als die Schritte verklungen waren. »Das war knapp. Ich hatte die Tür gar nicht gesehen. Wo sind wir?«

»In einer alten Waffenkammer«, erklärte Fayola, die sich hier offensichtlich besser auskannte. »Sie stammt noch aus der Zeit der Druiden, wird heute aber nicht mehr genutzt. Aber wir sollten besser leise sein. Das waren bestimmt nicht die letzten Krieger. Ich schätze, dass es in der Festung inzwischen zugeht wie in einem Bienenkorb.« Sie seufzte. »Hoffentlich hast du eine gute Idee, wie wir hier wieder rauskommen.«

Sunnivah antwortete nicht. Umständlich versuchte sie, in der Dunkelheit das Amulett unter ihrer ledernen Rüstung hervorzuziehen. Dabei traf ihr Ellenbogen Vhait unsanft am Kinn und der junge Krieger stöhnte vor Schmerzen.

»Sunnivah, was machst du?«, fragte Fayola erschrocken.

Statt einer Antwort ertönte ein neuer Donnerschlag, begleitet von einem Fauchen und Brüllen, das so unmenschlich klang, als käme es aus den tiefsten Abgründen der Finsternis.

»Sunnivah«, mahnte Fayola ungeduldig. »Wir sollten jetzt wirklich schnell von hier verschwinden.«

Das Amulett in Sunnivahs Hand begann zu leuchten.

Zunächst nur schwach, dann immer stärker breitete sich das Licht in der kleinen Kammer aus. Schließlich umschloss es außer Sunnivah und Vhait auch Fayola, die noch immer an der Tür stand.

»Jetzt können wir gehen«, sagte Sunnivah.

»So?« Fayola starrte sie ungläubig an. »Da hätten wir uns ja gleich mit Fackeln auf den Weg machen können, damit uns jeder sofort sieht.«

»Niemand wird uns sehen, Fayola«, erklärte Sunnivah. »Das Licht verbirgt uns vor den Augen der anderen. Vertrau mir. Ich habe es schon einmal benutzt.«

Fayola schüttelte den Kopf. »Das ist wirklich schwer zu glauben«, sagte sie zweifelnd. »In dem Licht komme ich mir ja vor wie ein Leuchtkäfer.« Dann zuckte sie die Schultern, deutete auf Vhait und zog ihr Messer.

»Willst du ihn immer noch mitnehmen?« Sie zwängte sich an Sunnivah vorbei und hielt Vhait das Messer unter die Nase. »Hier ist ein guter Platz zum Sterben. Man würde ihn sicher nicht so schnell finden.«

Sunnivah wusste, dass Fayola Recht hatte. Gefesselt und geknebelt, wie er war, bedeutete der junge Hauptmann ein großes Hindernis. Dennoch kam es für sie nicht in Frage, ihn zu töten. Nachdenklich trat sie einen Schritt vor und sah ihm tief in die Augen. Sie musste einfach wissen, ob sie ihm vertrauen konnte. »Nimm ihm den Knebel aus dem Mund«, bat Sunnivah ihre Freundin. Fayola zögerte, tat dann aber doch, was Sunnivah verlangte.

»Danke!« Vhaits Stimme war rau und er befeuchtete erleichtert seine trockenen, rissigen Lippen.

»Ich werde euch nicht verraten«, schwor er aufrichtig. »Ihr könnt mir vertrauen.«

»Pah!« Fayola schnaubte verächtlich, verkniff sich jedoch die bissige Bemerkung, die ihr auf der Zunge lag.

Aber Sunnivah glaubte Vhait. Irgendetwas in seiner Stimme

sagte ihr, dass er es ernst meinte. »Du folgst uns und unternimmst keinen Fluchtversuch?«, fragte sie.

Vhait nickte. »Darauf hast du mein Wort!« Wortlos zog Sunnivah ihr Messer und löste seine Fesseln.

»Sunnivah, bist du verrückt?«, stieß Fayola hervor.

»Nein, ich vertraue ihm!«, erklärte Sunnivah und ging zur Tür. »Folgt mir«, sagte sie leise. »Aber achtet darauf, dass ihr immer in dem Licht bleibt.« Vorsichtig öffnete sie die Tür und trat wieder in den Gang hinaus.

Im Schein des Amuletts verborgen folgten sie unbemerkt den langen Fluren. Niemand beachtete sie. Wie Geister bewegten sie sich unter den aufgeregten Menschen und ließen das Beben und Donnern schon bald hinter sich zurück.

Plötzlich hielt Fayola an. »Warte in den Gängen auf mich«, bat sie Sunnivah. »Es gibt da noch etwas, das ich tun muss.« Verstohlen sah sie sich um und trat aus dem Leuchten heraus. Sunnivah blickte ihr verwundert nach. Sie sah, wie Fayola eilig eine lange Treppe hinauflief. Dann war sie nicht mehr zu sehen.

Es sah ganz so aus, als müsste sie den Stab alleine holen.

Tarek und Asco-Bahrran knieten demütig vor dem schwarzen Thron und pressten die Stirn auf den eisigen Boden. Sie hatten keine Antwort auf die Frage des Erhabenen und suchten verzweifelt nach den richtigen Worten.

»WIE?«

»Vielleicht war es einer der Diener, erhabener Meister«, versuchte der Meistermagier vorsichtig zu erklären. »Der Stein ist sehr wertvoll und ...«

»SCHWEIG!« Ein greller grüner Blitz schoss aus dem wallenden Nebel unter der weiten Kapuze des Erhabenen hervor und bohrte sich zischend neben dem Meistermagier in den Boden. »Welche Ausrede hast du vorzubringen?«

Die Frage galt Tarek. Der oberste Kriegsherr spürte den

Blick An-Rukhbars auf seinem Rücken und erschauerte. Er hatte einen schlimmen Verdacht, wagte jedoch nicht ihn auszusprechen.

»SPRICH! Ich spüre, dass du etwas weißt.«

Tarek schluckte. Es hatte keinen Sinn, zu schweigen. »Nun«, begann er vorsichtig. »Ich hatte heute Abend eine heftige Auseinandersetzung mit meinem ältesten Sohn. Er hat in den letzten Mondläufen viel durchgemacht und ...«

»Deine Familie interessiert mich nicht«, zischte An-Rukhbar gefährlich leise. »Sag mir, wo der Stein ist!«

»Ich fürchte, mein Sohn hat ihn«, gab Tarek widerstrebend zu. »Er wurde am Abend in der Nähe des Thronsaals gesehen und ist seitdem spurlos verschwunden.«

»Dein Sohn? Wie kann das Fleisch und Blut meines obersten Kriegsherrn es wagen, sich gegen mich aufzulehnen?«

Tarek zuckte zusammen. Er wusste, dass Vhaits unglaubliche Tat auch auf ihn zurückfiel, und hoffte inständig, dass er sich täusche.

»Ich werde meinen Sohn finden, Erhabener«, sagte er mit fester Stimme. »Sollte er den Stein tatsächlich gestohlen haben, wird er seine gerechte Strafe erhalten.«

»NEIN!« Die donnernde Stimme An-Rukhbars ließ den Boden erneut beben. »Nicht du wirst ihn bestrafen, Versager. Ich werde es tun! Ich lasse ihm bei lebendigem Leib die Haut abziehen und sie als Warnung vom höchsten Turm der Festung wehen. Jeder in diesem verfluchten Land soll sehen, wie es dem ergeht, der seine Hand gegen mich erhebt.« Er machte eine Pause und Tarek spürte den unheimlichen Blick An-Rukhbars auf sich ruhen. »Wenn du mir den Stein nicht bald zurückbringst, wirst du für dein Versagen büßen«, drohte An-Rukhbar. »Du hast schon zu oft versagt. Der Sequostor wird dann deine Aufgaben übernehmen.« Erst jetzt schien An-Rukhbar aufzufallen, dass der oberste Richter noch immer nicht zugegen war. »Wo bleibt der Sequostor?«

Tarek und Asco-Bahrran sahen sich unsicher an. Auch sie hatten den Sequestor seit dem Abend nicht mehr gesehen.

»Geht jetzt!« An-Rukhbar beendete die Audienz mit einer knappen Geste, kehrte jedoch nicht in seine Dimension zurück, sondern blieb auf dem Thron. »Und schickt mir sofort den obersten Richter. Ich warte nicht gern!«

Draußen auf dem Flur atmete der Meistermagier erleichtert auf. »Euch bleibt nicht viel Zeit, um den Dieb zu finden«, meinte er mit einem kurzen Seitenblick auf Tarek. »Ich halte es zwar für unwahrscheinlich, dass der Dieb die wahre Bedeutung des Steins kennt. Dennoch werde ich Meister Sempas vorsichtshalber mit einem Dutzend Krieger zur verbotenen Tür schicken.«

»Ich kann mir nicht vorstellen, dass mein Sohn so etwas machen würde.« Tarek hatte die Worte des Meistermagiers gar nicht gehört. Er konnte noch immer nicht glauben, dass Vhait den Stein gestohlen haben sollte, und seine Gedanken beschäftigten sich mit ganz anderen Dingen. Er musste Vhait unbedingt finden. Nachdenklich schritt er den Gang entlang und ließ den Meistermagier einfach hinter sich zurück.

Asco-Bahrran seufzte und wandte sich an einen der Wachposten, die vor dem Thronsaal Aufstellung bezogen hatten. »Geh und such den Sequestor«, befahl er dem Krieger. »Wahrscheinlich befindet er sich noch in seinen Gemächern. Sag ihm, An-Rukhbar wünsche ihn zu sprechen. Und sag ihm auch, dass der Erhabene bereits sehr ungeduldig ist.«

Sunnivah und Vhait hatten die bewohnten Bereiche der Festung verlassen. Hinter ihnen brannte die letzte Fackel und vor ihnen lag das verworrene Labyrinth finsterer Tunnel und Stollen, von denen einer zur verbotenen Tür führte. Doch noch zögerte Sunnivah hineinzugehen.

»Worauf wartest du?«, fragte Vhait leise. Es waren die ersten

Worte, die er seit dem Verlassen der Kammern an sie richtete. Sunnivah fuhr erschrocken zusammen.

»Auf Fayola«, sagte sie. »Sie bat mich, hier auf sie zu warten.«

»Aber wir warten nun schon so lange«, flüsterte Vhait. »Woher willst du wissen, dass sie noch kommt? Vielleicht hat man sie gefangen genommen? Oder sie hat es sich anders überlegt und will nicht mehr ...«

»Sei ruhig!« Sunnivah konnte es nicht ertragen, dass Vhait die Ängste, die sie plagten, laut aussprach. Auch sie fürchtete inzwischen, dass Fayola nicht mehr kommen würde. Dennoch schob sie den Augenblick des Aufbruches immer wieder hinaus. Der Gedanke, dass ihre Freundin sie im Stich gelassen haben könnte, lähmte sie und erschwerte es ihr, eine Entscheidung zu treffen.

»Sunnivah, wir sollten ...« Vhait verstummte und lauschte. »Es kommt jemand!«, stellte er fest.

Jetzt hörte auch Sunnivah die eiligen Schritte, die sich ihnen rasch näherten. Obgleich das orange Licht sie noch immer einhüllte, trat sie zur Seite und zog auch Vhait aus der Mitte des Tunnels. Mit dem Rücken an der Wand warteten sie gespannt darauf, wer dort kam.

Es war Fayola, aber sie war nicht allein.

In ihrer Begleitung befand sich ein sehr junges Mädchen. Es hatte dunkle Haare und große, ängstliche Augen. Ein viel zu weiter Mantel hing lose um ihre schmalen Schultern und ihre nackten Füße steckten in dünnen Samtschuhen.

Im Schein der Fackel hielt Fayola an und blickte sich vorsichtig um. »Sunnivah?«, flüsterte sie atemlos.

Froh darüber, dass Fayola zurückgekehrt war, wollte Sunnivah das Licht des Amulettes löschen, doch Vhait hielt sie davon ab.

»Warte noch«, flüsterte er ihr zu. »Wir wissen nicht, ob sie verfolgt werden.«

»Sunnivah?«, rief Fayola nun etwas lauter und das Echo ihrer Stimme hallte durch die Tunnel. Das Mädchen zuckte erschrocken zusammen und klammerte sich ängstlich an Fayola. Die junge Kriegerin schloss sie liebevoll in ihre Arme und sprach tröstend auf sie ein.

Sunnivah wollte nicht länger warten. Mir einem kräftigen Ruck löste sie ihre Hand aus Vhaits Griff und verdeckte das Amulett. Das Licht erlosch.

»Sunnivah!«, rief Fayola erfreut. »Ich hatte schon befürchtet, dass du nicht mehr hier bist!«

»Wir wollten gerade aufbrechen«, erwiderte Sunnivah. »Ich bin froh, dass du doch noch gekommen bist.«

»Wer ist das?«, unterbrach Vhait die beiden und deutete auf das Kind.

»Das ist Alani«, erklärte Fayola. »Ich habe ihr im Winter das Leben gerettet. Doch dann wurde der Sequestor auf sie aufmerksam und nahm sie mit, als ich sie zu ihrer Familie zurückbringen wollte.« Bei diesen Worten begann das Mädchen leise zu weinen. Fayola kniete sich neben sie und schlang ihre Arme um das Mädchen. Dann hob sie den Blick und sah Vhait herausfordernd an. »Weißt du, was er der Kleinen angetan hat?«, fragte sie hasserfüllt.

Vhait schüttelte schweigend den Kopf.

»Dann sieh gut hin!« Für einen winzigen Moment öffnete Fayola den Mantel des Mädchens, und was darunter zum Vorschein kam, ließ Sunnivah und Vhait vor Schreck den Atem stocken.

Alani war nackt. Ihr ganzer Körper war durch unzählige Schnittwunden verunstaltet und auf den knospenden Mädchenbrüsten waren deutliche Bisswunden zu erkennen. Prellungen in allen Farben überzogen ihren geschundenen Körper und die Fuß- und Handgelenke trugen unverkennbar die Spuren von Fesseln.

»Nun wisst ihr, warum ich sie geholt habe«, sagte Fayola bitter. »Bei dieser Gelegenheit habe ich auch gleich dafür gesorgt, dass er nie wieder ein Mädchen quälen wird.« Fayola lächelte boshaft und zog ihr Schwert aus der Scheide. Triumphierend hielt sie die blutige Klinge in die Höhe.

»Fayola!« Sunnivah war sichtlich entsetzt. Eine solche Kaltblütigkeit hatte sie ihrer Freundin nicht zugetraut.

»Bist du sicher, dass du nicht verfolgt wirst?«, fragte Vhait beunruhigt.

Fayola nickte. »Ganz sicher! Ich hatte Glück. Der Sequestor war gerade allein. An-Rukhbar erwartete ihn im Thronsaal und er hatte seine Wache fortgeschickt, um die Sänftenträger zu holen.«

Zufrieden lächelnd zog sie mit ihrem Finger eine Spur durch das feuchte Blut auf ihrem Schwert.

»Er sah nicht nur so aus, er hat sogar gequiekt wie ein Schwein«, sagte sie gedankenverloren, während sie den Moment ihrer Rache noch einmal durchlebte. Dann holte sie tief Luft, erhob sich und sah Sunnivah an. »Wollen wir jetzt weiter?«, fragte sie, als sei nichts geschehen. Sunnivah nickte. Es kam ohnehin nicht mehr darauf an, wie viele Verbrechen man ihnen anlasten würde, wenn man sie fand. Alani tat ihr Leid und sie konnte verstehen, was Fayola zu dieser grausamen Handlung getrieben hatte. Sorgsam legte sie das Amulett in ihre geöffnete Handfläche, streckte die Hand aus und wartete.

Lange Zeit geschah nichts.

Zeig uns den Weg, dachte Sunnivah ungeduldig, doch der Stein blieb kalt. Als sie schon fürchtete, das Amulett würde sie im Stich lassen, wurde es plötzlich warm. Dann begann es zu leuchten und endlich löste sich ein winziger Funke aus dem Innern des Steins. Nur eine Handbreit über dem Amulett verharrte er einen Moment in der Luft, bevor er zielstrebig auf einen der dunklen Tunnel zuflog. Vor dem Eingang hielt er an und tänzelte aufgeregt auf und ab.

Fayola nahm eine Fackel aus der Halterung und ergriff

Alanis Hand. »Es geht los! Komm mit.« Entschlossen trat sie neben Sunnivah.

»Das ist deine Aufgabe, Schwertpriesterin«, sagte sie und reichte ihr die Fackel.

Sunnivah nickte. »Folgt mir«, forderte sie die anderen auf und trat in den Tunnel.

Fayola wartete, bis Vhait an ihr vorbeigegangen war. »Du brauchst keine Angst zu haben«, sagte sie leise zu Alani. »Ich bin bei dir.« Das Mädchen schwieg, wehrte sich aber nicht, als Fayola sie in den Tunnel führte. Er war finster, aber nicht unbewohnt.

Spinnweben bedeckten die Wände. Einige von ihnen waren klein und fein gesponnen, andere wiederum so groß, dass Fayola hoffte, keinem ihrer Bewohner zu begegnen. Es gab nichts, das sie so sehr verabscheute wie die haarigen Kerkerspinnen.

Plötzlich ertönte aus der Dunkelheit vor ihnen ein leises Rascheln und Piepsen, das schnell lauter wurde. Gleich darauf näherte sich ihnen auf dem Boden eine wogende, schwarze Wolke.

»Ratten!« Sunnivahs Warnung kam zu spät. Hunderte der pelzigen Nager zwängten sich in dem engen Tunnel bereits an ihnen vorbei. Dicht aneinander gedrängt, häufig sogar übereinander, wimmelten sie ihnen um die Beine und rasten an der kleinen Gruppe vorbei.

Alani schrie erschrocken auf und klammerte sich an Fayola. Die junge Kriegerin strich ihr beruhigend übers Haar und mahnte sie, stillzustehen. Was sie jetzt am wenigsten gebrauchen konnten, war ein Rattenbiss. So standen die vier wie erstarrt und hofften, dass die quirlige Masse der bepelzten Leiber bald vorüber sein würde.

Endlich huschte die letzte Ratte vorbei.

Der Funke setzte sich wieder in Bewegung. Sunnivah und Vhait folgten ihm, doch als Fayola weitergehen wollte, spürte sie, dass Alani zitterte. »Es ist vorbei, Alani«, sagte sie sanft. »Sie werden nicht wiederkommen. Aber wir müssen jetzt weiter.«

»Wird es gehen?« Sunnivah war zurückgekommen und sah Alani besorgt an. Das Mädchen schluckte und nickte tapfer.

»Wo kamen die bloß alle her?«, fragte Fayola. »Ich habe noch niemals so viele Ratten gesehen.«

»Ich auch nicht«, erwiderte Sunnivah. »Als ich das letzte Mal hier unten war, war nicht eine einzige Ratte da. Wir sollten vorsichtig sein. Es sah ganz so aus, als würden sie vor etwas fliehen.«

Fayola teilte Sunnivahs Ansicht, ging aber aus Rücksicht auf Alani nicht weiter darauf ein. Schweigend folgte sie Sunnivah, die nun wieder die Führung der kleinen Gruppe übernommen hatte.

Bald wurde der Tunnel breiter und sie kamen in eine kleine Höhle. Der Schein ihrer Fackel weckte einige der kleinen Fledermäuse, die hier überall unter der Decke hingen. Aufgeregt flatterten sie über die Köpfe der Eindringlinge hinweg, um sich in der Dunkelheit einen neuen Platz zu suchen. Die Höhle besaß zwei Ausgänge. Doch der kleine Funke schien den Weg genau zu kennen und flog ohne zu zögern in den größeren der beiden hinein.

Die Tunnel schienen kein Ende zu nehmen. Immer wieder verzweigten sie sich und wurden gleichzeitig niedriger und schmaler. Die Fledermauskolonie blieb weit hinter ihnen zurück und es gab auch keine Spinnweben mehr. Alles war leblos und leer, doch der kleine Funke führte sie zielsicher durch das finstere Labyrinth.

Plötzlich hielt er an und begann aufgeregt auf und ab zu tänzeln.

Dann flog er auf Sunnivah zu und verschwand wieder in dem Amulett.

»Sind wir …?«, begann Fayola, verstummte aber sofort.

Sunnivah legte mahnend ihren Zeigefinger auf die Lippen und eilte einige Schritte voraus. Trotz des flackernden Scheins der Fackel war die Anspannung in ihrem Gesicht deutlich zu erkennen, während sie lauschte. Irgendetwas in der Dunkelheit des Stollens hatte ihre Aufmerksamkeit erregt.

Keiner wagte zu atmen. In dem Tunnel war es totenstill. Und dann hörten es auch die anderen. Aus dem Stollen vor ihnen ertönte leise ein heiseres Röcheln. Das rhythmische Geräusch klang wie der rostige Blasebalg einer Schmiede, besaß aber auch erschreckend große Ähnlichkeit mit dem Atem eines riesigen Tieres.

Als sie wieder zu den anderen trat, wirkte Sunnivah besorgt.

»Was ist das?«, flüsterte Fayola.

»Ich weiß es nicht.« Sunnivah zuckte ratlos mit den Schultern. »Aber als ich das letzte Mal hier war, gab es dieses Geräusch noch nicht.« Dann reichte sie Vhait die Fackel. »Ich werde mal nachsehen. Ihr wartet hier.« Mit diesen Worten drehte sie sich um und verschwand in der Dunkelheit.

Als sie wieder zurück war, setzte sie sich schweigend auf den Boden, stützte den Kopf in die Hände und starrte in die Richtung, aus der sie gekommen war. Ihre Schultern bebten.

»Was ist los?« Fayola kniete sich neben ihre Freundin und fasste sie am Arm. »Was hast du gesehen?«

»Wir sind da«, erwiderte Sunnivah leise und deutete in den Stollen. »Hundert Schritte vor uns ist die Höhle mit der Tür. Aber wir können sie nicht erreichen. Vor der Tür wartet ein, ein ...« Ihr fehlten die Worte.

»Ein was?«, fragte Fayola. Doch Sunnivah antwortete ihr nicht. Schweigend starrte sie weiter in den dunklen Gang.

»Dann sehe ich es mir eben selbst an.« Fayola sprang auf und verschwand in dem Stollen. Sie war noch nicht weit gegangen, da schlug ihr ein scharfer Geruch entgegen. Fayola konnte sich seinen Ursprung nicht erklären, aber er wurde immer schlimmer, je weiter sie in den Stollen vordrang. Dann erkannte sie vor sich einen Lichtschein. Den Rücken fest an die Wand gedrückt, schob sie sich langsam auf den Stollenausgang zu. Aus dem scharfen Geruch war inzwischen ein unerträglicher Gestank geworden. Fayola musste sich die Hand auf den Mund pressen, um die aufkommende Übelkeit zu unterdrücken.

Vor dem Eingang zur Höhle war der Gestank so stark, dass er ihr das Atmen fast unmöglich machte. Fayola nahm all ihren Mut zusammen und spähte um die Ecke.

Was sie sah, ließ ihr das Blut in den Adern gefrieren.

Vor der Tür, hinter der sich der Stab der Göttin befinden musste, kauerte ein monströses, gepanzertes Wesen. Es war so groß, dass es aufgerichtet die Decke der Höhle berühren musste. Seine vier, mit säbelartigen Klauen bewehrten Arme waren überlang und besaßen jeweils drei Gelenke. Auf seinem dicken wulstigen Hals saß ein unförmiger Kopf mit zwei Gesichtern. Jedes Gesicht hatte nur ein einziges großes Auge. Es leuchtete grün und befand sich genau in der Mitte des massigen Schädels. Ein Auge war der Tür zugewandt, während das andere regungslos in die Höhle starrte.

Trotz der geöffneten Augen schien das Monstrum zu schlafen. Wie versteinert saß es da und bemerkte Fayola nicht.

Die Kriegerin hob einen kleinen Stein auf und warf ihn in die Höhle.

Sofort schnellte der Kopf des Monstrums herum. Ein drohendes Knurren kam aus seiner Kehle. Gleichzeitig schoss ein dünner grüner Lichtstrahl aus seinem Auge hervor und traf den Stein noch während des Fluges. Dieser glühte kurz auf und fiel als leuchtender Funkenregen zu Boden.

Fayola hatte genug gesehen. Sie warf noch einen letzten Blick auf das Ungeheuer. Dann zog sie sich lautlos zurück.

Als sie wieder bei den anderen war, blickte Sunnivah sie fragend an. Fayola nickte stumm und setzte sich zu ihr.

»Es stimmt«, sagte sie leise. »Wir haben ein großes Problem.« Mit wenigen Worten schilderte sie den anderen, was sie in der Höhle gesehen hatte.

Lange sagte keiner ein Wort. Jeder hing seinen eigenen Gedanken nach und starrte in die Dunkelheit. Nur Alani schien sich nicht zu sorgen. Glücklich, dass Fayola zurückgekehrt war, hatte sie es sich auf deren Schoß bequem gemacht und kuschelte sich in die Arme der Kriegerin.

»Aber das letzte Mal war der Wächter noch nicht da.« Sunnivah brach als Erste das Schweigen. »Auch der Druide hat mir nichts davon gesagt.«

Ein Druide? Vhait horchte auf. Er wusste zwar immer noch nicht, was die beiden Frauen hier unten suchten, doch die jüngsten Ereignisse hatten seine Neugier noch verstärkt.

»Der Wächter ist eine gefährliche Kampfmaschine«, sagte Fayola. »Und wir haben nicht die richtigen Waffen.« Ratlos ritzte sie mit ihrem Messer ein Muster in den Staub auf dem Boden. »Wenn doch Naemy hier wäre«, überlegte sie laut. »Sie könnte uns sicher weiterhelfen.«

Doch von der Nebelelfe war weit und breit nichts zu sehen.

Schweigend saßen die drei Frauen nebeneinander und starrten in das immer schwächer werdende Licht der Fackel.

Plötzlich hörte Vhait ein Geräusch.

Erschrocken ließ er die Fackel fallen, sprang auf die Füße und erstickte das Feuer mit seinem Stiefel.

»Es kommt jemand«, flüsterte er erregt. »Sunnivah, schnell, du musst den Stein benutzen!«

Sunnivah beeilte sich aufzustehen und zog ihren Talisman aus dem Gewand hervor. Hastig sprach sie die magischen Worte und weckte erneut seinen orangefarbenen Schein.

Für eine Flucht war es längst zu spät. Die Schritte klangen schon bedrohlich nahe und vor ihnen in der Höhle wartete der Wächter. Vhait zögerte nicht. Entschlossen schob er die drei Frauen vor sich her in eine kleine Nische des Stollens und stellte sich schützend vor sie. Das Licht des Talismans hüllte sie ein. Niemand rührte sich, während sie mit angehaltenem Atem auf die Neuankömmlinge warteten.

Gleich darauf sahen sie den tanzenden Schein mehrerer Fackeln, die den Stollen hinter ihnen erhellten. Ein Magier im langen blauen Gewand eilte mit raschen Schritten den Stollen entlang und kam direkt auf sie zu. Ihm folgte ein Dutzend schwer bewaffneter Krieger in Kettenhemden und ledernen Rüstungen. Den Blick starr geradeaus gerichtet hasteten sie durch den engen Gang. Keiner von ihnen, nicht einmal der Magier, bemerkte die vier Gefährten, die sich nur wenige Handbreit von ihnen entfernt dicht an der Stollenwand zusammendrängten.

Der letzte Krieger war noch nicht an Sunnivah und ihren Begleitern vorbei, da zerriss plötzlich ein markerschütterndes Brüllen, gefolgt von einem grauenhaften Schrei, die Luft. Weit voraus in der Höhle flammten blaue und grüne Blitze in unregelmäßiger Folge auf und erhellten den Stollen mit ihrem unheimlichen Licht. Staub erfüllte die Luft und Schmerzensschreie hallten durch die Stollen, als die Krieger auf den Wächter trafen und in der Höhle ein erbitterter Kampf entbrannte.

Das Monstrum tobte.

Sein Brüllen und Stampfen ließ den Boden erbeben und verursachte feine Risse in der Stollenwand. Der aufgewirbelte Staub drang tief in den Stollen. Er ließ Sunnivah und ihre Begleiter husten und nahm ihnen die Sicht.

»Wir müssen hier weg«, keuchte Sunnivah. »Schnell!«

Entschlossen trat sie aus der Nische und bedeutete den anderen ihr zu folgen. Im schützenden Schein des Amuletts hasteten die vier den Weg zurück und ließen das Chaos hinter sich. Erst als sie wieder frei atmen konnten, hielten sie an. Sunnivah wollte das Amulett mit ihrer Hand bedecken, um den Schein zu löschen, doch Vhait hinderte sie daran.

»Noch nicht!«, mahnte er. »Wir müssen damit rechnen, dass die Krieger zurückkommen.« Sunnivah nickte und zog ihre Hand zurück.

»Also, eines verstehe ich nicht«, überlegte Fayola. »Wenn der Stab durch eine von An-Rukhbars Kreaturen bewacht wird, warum schickt er dann noch Krieger hierher? Und warum in der Welt greift der Wächter die eigenen Krieger an, als seien sie die Gefahr?«

»Vielleicht weiß selbst in der Festung niemand etwas von dem Wächter«, vermutete Vhait. »An-Rukhbar hat es nie für nötig gehalten, seinen obersten Kriegsherrn in alles einzuweihen.«

»Du redest, als würdest du ihn persönlich kennen.« Fayola sah Vhait misstrauisch an. »Wer bist du?«

»Das könnt ihr auch später noch besprechen.« Naemys Stimme ließ Fayola überrascht herumfahren.

»Naemy«, rief sie erstaunt. »Wo bist du so lange gewesen?«

»Ich hatte im Zimmer des Meistermagiers noch etwas vergessen«, erwiderte die Nebelelfe und deutete auf den Bogen über ihrer Schulter. Dann zog sie einen kleinen Lederbeutel aus ihrer Tasche und wog ihn zufrieden in der Hand. »Außerdem habe ich mir noch das hier besorgt. Es ist ein sehr seltenes und wertvolles Pulver. Der Meistermagier wird den Verlust sicher verschmerzen können.« Lächelnd zog sie die Schultern in die Höhe. Dann steckte sie den Lederbeutel wieder in ihre Tasche und wechselte das Thema. »Ich muss schon sagen, ihr habt da oben ein ziemliches Durcheinander angerichtet«, sagte sie kopfschüttelnd und deutete auf Vhait. »Sie vermuten, dass du den Stein aus dem Thronsaal gestohlen hast. Überall wird nach dir gesucht. Allerdings können sie sich nicht vorstellen, dass jemand versuchen könnte den Stab zu stehlen. Die Krieger waren eine reine Vorsichtsmaßnahme.«

Die Nebelelfe machte eine Pause und wandte sich an Fayola. »Der qualvolle Tod des Sequestors gibt ihnen zusätzliche Rätsel auf. Niemand glaubt, dass Vhait etwas damit zu tun hat, deshalb vermuten sie, dass Alani es getan hat.«

Alani stöhnte entsetzt, aber Fayola legte schützend den Arm um sie. »Hab keine Angst«, sagte sie leise. »Niemand wird dir je wieder ein Leid antun. Dafür werde ich sorgen.«

Naemy lauschte angestrengt und schloss für einen Moment die Augen. »Du kannst das Amulett jetzt löschen, Sunnivah«, erklärte sie schließlich.

»Aber die Krieger …?«

»Du kannst es löschen. Dort …« Naemy deutete voraus. »… ist niemand mehr am Leben.«

Sunnivah erschauerte, sagte aber nichts und löschte das Licht. »Wir sollten hier nicht zu lange bleiben«, sagte sie schließlich. »Vielleicht schicken sie doch noch mehr Krieger.«

»Sunnivah hat Recht.« Naemy hatte eine neue Fackel entzündet und war bereits ein Stück vorausgegangen. »Folgt mir. Lasst uns nachsehen, wie der Kampf ausgegangen ist.«

»Wartet!« Fayola hatte ihren Umhang abgenommen. Sie kniete auf dem Boden und schnitt mit ihrem Messer hastig fünf breite Streifen davon ab. »Hier!« Sie reichte jedem der Gefährten einen Streifen. »Haltet euch das vor Mund und Nase, wenn wir in die Nähe der Höhle kommen. Der Wächter stinkt bestialisch.«

»Ich hab schon einige Kämpfe miterlebt, aber so etwas Scheußliches habe ich noch nie gesehen!« Unter dem dicken Tuch, das Fayola vor ihren Mund presste, klang ihre Stimme seltsam dumpf. Schützend barg sie Alanis Gesicht an ihrer Brust und schob das verängstigte Mädchen eilig in den Stollen zurück, um ihr den schrecklichen Anblick zu ersparen.

Vor ihnen in der Höhle bot sich den Gefährten ein Bild des Grauens.

Alle Krieger, die dem Magier gefolgt waren, waren tot. Der Wächter hatte sie auf entsetzliche Weise verstümmelt. Arme, Beine und Köpfe waren von ihren zerschmetterten Körpern getrennt und lagen in einem blutigen Durcheinander auf dem Boden.

Die Wände der Höhle waren rot von Blut und unzählige schwarze Brandstellen zeugten davon, dass der Magier sich verzweifelt gewehrt haben musste. Von dem Magier selbst war nirgendwo etwas zu entdecken. Nur ein kleiner Rest dunkelblauen Stoffes, der noch aus dem vorderen Maul des Wächters hervorschaute, ließ sein schreckliches Schicksal erahnen.

Der Wächter war unverletzt. Er hatte wieder seinen Platz vor dem Tor eingenommen und starrte mit einem Gesicht in die Höhle hinein, während die Zähne des anderen noch genüsslich an einem Arm kauten.

»Es ist einfach unglaublich«, flüsterte Sunnivah. Auch sie konnte den beißenden Gestank in der Höhle kaum ertragen und nahm ihr Tuch nicht von Mund und Nase, während sie sprach. »Ein Dutzend Krieger und ein Magier – und der Wächter hat nicht einmal einen Kratzer abbekommen.« Erschüttert wandte sie sich ab, ging wieder ein Stück in den Stollen zurück und hockte sich neben Alani an die Wand. Die anderen folgten ihr.

Naemy wirkte sehr nachdenklich.

»Ich habe solche Wesen schon einmal gesehen«, erklärte sie. »Damals, als An-Rukhbar die Festungsstadt stürmte, dienten knapp zwei Dutzend dieser Kreaturen in seiner Armee. Fürchterliche Kampfmaschinen, die er aus seiner Dimension hierher brachte. Sie haben Hunderte unserer Elfenkrieger getötet.« Sie schüttelte den Kopf. »Ich hätte nie gedacht, dass ich noch einmal einem von ihnen begegnen würde.«

»Weißt du, wie man den Wächter bezwingen kann?«, fragte

Sunnivah. Die Tatsache, dass die Nebelelfe ein solches Wesen schon einmal gesehen hatte, ließ sie neue Hoffnung schöpfen. »Gibt es eine Möglichkeit, an ihm vorbeizukommen?«

Naemy sah ihre Gefährtin ernst an. »Ich weiß es nicht«, sagte sie bedauernd, und zum ersten Mal seit Sunnivah Naemy kannte, sah sie die Nebelelfe ratlos.

Wenig später hatten sich die fünf Gefährten noch etwas weiter in den Stollen zurückgezogen. Hier war der Gestank längst nicht so unerträglich wie vor der Höhle und sie konnten auf die Tücher verzichten. Schweigend saßen sie nebeneinander auf dem harten staubigen Boden und suchten fieberhaft nach einem Plan, um an dem Wächter vorbeizukommen.

Allen war klar, dass sie nicht mehr viel Zeit hatten. Früher oder später würden neue Krieger hier unten auftauchen. Wenn sie die Leichen ihrer Kameraden entdeckten, würde es hier schon bald von Menschen nur so wimmeln.

Schließlich stand Sunnivah auf und nahm ihr Amulett in die Hand. »Es ist meine Aufgabe«, erklärte sie. »Also werde ich es allein versuchen!«

»Du bist verrückt!« Erregt sprang Fayola auf und griff nach Sunnivahs Arm. »Der Wächter hockt genau vor der Tür. Du müsstest ihn schon wegschieben, um die Tür zu öffnen.«

»Mach dir meinetwegen keine Sorgen.« Sunnivah zwang sich zu einem Lächeln. »Ich werde das Amulett benutzen, dann kann der Wächter mich nicht sehen. Vielleicht gelingt es mir ja, an ihm vorbeizukommen, ohne dass er mich bemerkt.«

»Nein, Sunnivah!« Naemy erhob sich ebenfalls. »Fayola hat Recht, es ist zu gefährlich. Selbst mit dem Amulett wirst du den Wächter nicht ohne Hilfe von der Tür fortbekommen.« Entschlossen zog sie ihr Schwert. »Ich werde versuchen ihn abzulenken, dann kannst du die Tür öffnen.«

»Und ich helfe dir dabei«, sagte Fayola entschlossen.

»Ich auch!« Die drei Frauen wandten sich erstaunt um. Vhait hatte zwar bewiesen, dass er sie nicht verraten würde, aber keine von ihnen hätte damit gerechnet, dass er auch bereit sein würde sein Leben für sie aufs Spiel zu setzen.

»Weißt du überhaupt, worauf du dich da einlässt?«, fragte Fayola skeptisch. Vhait zuckte mit den Schultern. Was immer die Frauen planten, es richtete sich gegen die Herrschaft An-Rukhbars. Das allein zählte. Er hatte mit seinem bisherigen Leben gebrochen und wäre jetzt sogar bereit gewesen sich den Rebellen anzuschließen, um den Menschen von Thale zu helfen.

Entschlossen trat er auf Sunnivah zu und streckte die Hand aus. »Gib mir ein Schwert!«, forderte er und sah ihr fest in die Augen. Sunnivah zögerte. Zu gern wollte sie den Worten des jungen Kriegers glauben, doch mit einem Schwert in der Hand konnte er zu einem gefährlichen Gegner für sie werden.

»Sunnivah, nicht!«, zischte Fayola. Ihre Augen funkelten. Sie machte keinen Hehl daraus, dass sie Vhait misstraute. Im Stollen wurde es plötzlich sehr still. Nur der rasselnde Atem des Wächters war noch zu hören.

Sunnivah zögerte noch immer. Nachdenklich kaute sie auf ihrer Unterlippe, während ihr Blick unruhig zwischen Fayola und Vhait hin- und herwanderte.

Am Ende war es die Nebelelfe, die ihr die Entscheidung abnahm. Naemy trat neben Sunnivah und reichte Vhait ihr Schwert. »Hier, nimm meines«, sagte sie lächelnd. »Ich brauche es nicht, um den Wächter abzulenken.«

»Naemy, wie kannst du ...?« Aufgebracht wollte Fayola nach dem Schwert greifen, doch Naemy hielt sie zurück.

»Ich vertraue ihm!«, erklärte sie nachdrücklich. »Wir können jede Hilfe gebrauchen.«

Fayola schnaubte und murmelte etwas Unverständliches, erhob aber keine weiteren Einwände mehr.

Nachdem nun alles geklärt war, wandte sich Naemy wieder an Sunnivah. »Wir werden im Höhleneingang warten«, erklärte sie. »Dort wird uns der Wächter nicht bemerken. Wenn du in Schwierigkeiten kommst oder Hilfe brauchst, werde ich versuchen den Wächter mit meinen Feuerkugeln abzulenken. Ich kann aber nicht versprechen, wie lange mir das gelingt. Deshalb musst du sofort versuchen die Tür zu öffnen, sobald der Wächter seinen Platz verlassen hat.«

Sunnivah nickte und hielt das Amulett vor sich. Leise flüsterte sie die magischen Worte und brachte das Amulett zum Glühen. Sein Licht breitete sich aus und hüllte Sunnivah ein. Dann war sie verschwunden.

Vhait pfiff beeindruckt durch die Zähne.

»Ich gehe jetzt.« Sunnivahs Worte erklangen leise in Naemys Gedanken. »Wenn ich Hilfe brauche, werde ich dich rufen.«

»Die Göttin behüte dich, Sunnivah!«, erwiderte die Nebelelfe leise. Sie wartete so lange, bis sie glaubte, dass Sunnivah im Stollen war. Dann band sie sich ihr Tuch wieder vor Mund und Nase und gab den anderen ein Zeichen, ihr zu folgen.

Wenige Längen vor dem Höhleneingang ermahnte Fayola Alani, sich hinzusetzen und nicht von der Stelle zu rühren. Das Mädchen nickte tapfer und tat wie ihm geheißen. Fayola war erleichtert. Ein letztes Mal strich sie über Alanis Wange, dann folgte sie Naemy und Vhait zur Höhle.

Der Wächter schien zu schlafen.

Obwohl sie wusste, dass er sie nicht hören konnte, betrat Sunnivah die Höhle nur sehr vorsichtig. Ihr Herz klopfte vor Anspannung bis zum Hals und das Blut rauschte in ihren Ohren.

Im Innern der Höhle mischte sich der unerträgliche Gestank des Wächters mit dem süßlichen Geruch des Blutes, das den Höhlenboden fast überall bedeckte. Nicht einmal das

Tuch vermochte jetzt noch den Gestank abzuhalten und Sunnivah presste ihre Hand fest auf den Mund. Schwindel und Übelkeit drohten sie zu überwältigen und machten es ihr zunächst unmöglich, weiter in die Höhle vorzudringen. Nur mit enormer Willensanstrengung gelang es ihr, die unerträglichen Reize zu ignorieren und ihre Gedanken so zu steuern, dass der Gestank sie nicht mehr von ihrer Aufgabe ablenkte.

Schritt für Schritt suchte sich Sunnivah ihren Weg zwischen den zerschmetterten Leibern der Krieger und sah dabei immer wieder zu dem Wächter hinüber. Er rührte sich nicht. Das viele Blut hatte den Boden schlüpfrig gemacht. Sunnivah achtete genau darauf, wohin sie ihre Füße setzte, musste sich aber gleichzeitig dazu zwingen, nicht auf die grauenhaft verstümmelten Körper zu blicken.

Als sie die Höhle zur Hälfte durchquert hatte, warf sie einen raschen Blick über die Schulter und erkannte ihre Gefährten im Eingang der Höhle. Angespannt starrten sie in die Höhle, jederzeit bereit einzugreifen, wenn es nötig werden sollte. Sunnivah schluckte und wandte ihre Aufmerksamkeit wieder nach vorn. Sie konnte jetzt nicht mehr zurück.

Als sie nur noch wenige Längen von der Tür trennten, bemerkte Sunnivah, dass der Wächter nach dem Kampf nicht wieder auf seinen alten Platz zurückgekehrt war. Die Mulde, in die Sunnivah den Schlangenkopf pressen sollte, lag jetzt frei und einladend vor ihr.

Noch zwei Schritte, dann hatte sie die Tür erreicht. Der Wächter hatte sich nicht gerührt. Teilnahmslos starrte er noch immer mit halb geöffneten Augen zum Höhleneingang. Mit etwas Glück konnte sie die Tür öffnen, den Stab holen und zu ihren Gefährten zurückkehren, ohne dass der Wächter etwas davon bemerkte.

Die Vertiefung, in die sie den grünen Stein stecken musste, lag nun unmittelbar vor ihr. Umständlich suchte sie in ihrer Tasche nach dem Schlangenkopfstein und nahm ihn heraus.

Doch kaum hielt sie ihn in den Händen, da sprühten plötzlich unzählige grüne Funken aus dem Stein. Zielsicher strömten sie in alle Richtungen. Wo immer sie Sunnivahs leuchtenden Schutzschild berührten, setzten sie sich fest und begannen kleine grüne Löcher in das orange Licht des Amuletts zu fressen und den Schutzschild zu zerstören.

Der Wächter knurrte. Als säße neben ihm eine lästige Fliege, drehte er langsam den Kopf und hob einen seiner klauenbewehrten Arme.

»Naemy!« Sunnivahs Hilferuf war überflüssig. Die Nebelelfe hatte die Gefahr bereits erkannt und war mit einem Satz in der Höhle. Schreiend riss sie einem toten Krieger das Schwert aus der Hand und schwang die blitzende Klinge hoch über dem Kopf. Der Wächter reagierte sofort. Schnaubend und geifernd erhob er sich und stapfte auf Naemy zu. Seine langen Arme schossen vor und versuchten den Eindringling zu ergreifen, während aus seinem grünen Auge ein knisternder Blitz hervorschoss, der Naemy nur um Haaresbreite verfehlte.

Naemy zögerte nicht. Mit geballter Faust schleuderte sie dem Wächter einen grellen silbernen Feuerball entgegen. Das Monstrum hob die Arme, um den Blitz abzuwehren, doch seine Reaktion kam zu spät. Ein grauenhafter Schmerzensschrei zerriss die Luft, als Naemys Elfenfeuer mitten in das lidlose Auge des Wächters fuhr. Ihm folgte ein zweiter, ebenso gut gezielter Feuerball, der das glühende Licht des Auges endgültig zum Erlöschen brachte. Rasend vor Schmerz und Zorn versuchte der Wächter sich in der engen Höhle umzudrehen, damit er die Angreiferin mit seinem hinteren Auge wieder sehen konnte.

Naemy nutzte den Moment zur Flucht und zog sich eilig wieder in den Stollen zurück.

Jetzt handelte auch Sunnivah. Die grünen Funken hatten ganze Arbeit geleistet. Von ihrem Schutzschild war so gut wie nichts mehr übrig und ihre einzige Möglichkeit, dem Wächter zu entkommen, bestand darin, die Tür zu öffnen. Mit aller

Kraft presste sie den Funken sprühenden Stein in die Vertiefung und wartete. Ein lautes Knarren erklang und quälend langsam öffnete sich die Tür.

Sunnivah sah sich um. Der Wächter hatte es endlich geschafft, sich umzudrehen. Außer sich vor Wut suchte er nach dem Angreifer. Dabei hob er mit seinen kräftigen Armen immer wieder die Leichenteile der Krieger in die Höhe und schleuderte sie durch die Höhle.

Als die Tür knarrte, hielt er plötzlich inne und drehte sich zu Sunnivah um.

Ihr Amulett war erloschen. Völlig ungeschützt stand sie vor der Tür. Als der Wächter sie erblickte, stürmte er brüllend auf sie zu. Sein gesundes Auge flammte auf und ein Funken sprühender Blitz schlug nur wenige Handbreit von Sunnivah entfernt zischend in die Felswand ein. Alle vier Arme des Wächters schnellten vor und die messerscharfen Klauen näherten sich unaufhaltsam.

Sunnivah hörte Naemy rufen. Gleichzeitig explodierte ein silbernes Feuer auf dem Rücken des Wächters, doch der kümmerte sich nicht darum. Den verhassten Eindringling vor Augen, gab es für ihn kein Halten mehr.

Im letzten Moment warf sich Sunnivah gegen die Tür. Sie war längst nicht offen genug und der vorhandene Spalt war für Sunnivah noch viel zu schmal. Scharniere knirschten und Holz knackte. Dann endlich gab die Tür nach und schwang auf.

Völlig überrascht stürzte Sunnivah kopfüber in eine weitere dunkle Höhle. Obwohl es ihr noch gelang, sich abzurollen, prallte ihre Schulter hart auf den steinernen Boden der Höhle. Eine heiße Flamme schoss von der Schulter bis in ihre Hand hinab und Sunnivah unterdrückte nur mit Mühe einen Aufschrei. Ein hämmernder Schmerz wütete in ihrer Schulter und lähmte ihren linken Arm.

Ein Blick nach oben zeigte ihr, dass der Wächter ihr nicht folgte.

Der Durchgang war zu klein. Wie ein Berserker wütete er vor der offenen Tür. Er brüllte und stampfte und schlug mit seinen Krallen immer wieder gegen die Wand. Dabei setzte er seine ganze Kraft ein. Es war nur eine Frage der Zeit, bis es ihm gelingen würde, den Fels zu zertrümmern. Schon jetzt rieselte ein dichter Staubregen von der Decke und das massive Gestein knirschte bedrohlich.

»Ich hatte schon befürchtet, du würdest es nicht schaffen!« Die schemenhafte Gestalt des Druiden erschien völlig unerwartet vor Sunnivah.

»Warum habt Ihr mir nicht geholfen?« Insgeheim hatte Sunnivah schon die ganze Zeit gehofft, der Druide würde ihr zu Hilfe kommen. »Und warum habt Ihr mir nichts von dem Wächter erzählt? Hattet Ihr etwa Angst, ich würde nicht wiederkommen?« Sunnivah presste ihre gesunde Hand auf die verletzte Schulter und funkelte den Druiden wütend an.

»Ich habe nichts von ihm gewusst.« Der Druide wirkte betroffen. Er sprach nicht sehr laut und Sunnivah musste sich anstrengen, um seine Worte bei dem Lärm, den der Wächter verursachte, überhaupt verstehen zu können.

»Im gleichen Moment, als du den Schlangenkopf abschlugst, brach er aus einem Teil der Höhlenwand hervor, setzte sich vor die Tür und wartete. Ich vermute, dass An-Rukhbar ihn in den Felsen einschloss, als er den Stab hierher brachte. Für den Fall, dass jemand versuchen sollte die Tür zu öffnen.« Der Druide machte eine entschuldigende Geste. »Ich habe es wirklich nicht gewusst.«

»Aber Ihr seid doch auch schon so lange hier!«

»Nein, nicht ganz.« Der Druide schüttelte den Kopf. »Als man mich damals hinrichtete, befand sich der Stab bereits hier unten. In all den Sommern, die ich auf deine Ankunft wartete, habe ich nichts von dem schlafenden Wächter bemerkt.«

»Trotzdem hättet Ihr mir helfen können«, sagte Sunnivah

vorwurfsvoll. Sie versuchte aufzustehen und zog scharf die Luft durch die Zähne, als der Schmerz wieder aufflammte.

»Das hätte ich gern getan, aber ich besitze so gut wie keine Waffen«, erwiderte der Druide. »Meine Aufgabe besteht allein darin, dir das nötige Wissen mitzuteilen, damit ...«

Am Eingang der Höhle krachte es und ein gewaltiges Felsstück brach aus der Wand. Nur wenige Längen neben Sunnivah schlug es auf und zerbrach. Sunnivah wich erschrocken zurück, während der Wächter triumphierend brüllte und seine Anstrengungen noch verstärkte.

»Wo ist der Stab der Göttin?«, fragte Sunnivah und spähte in die Dunkelheit vor sich. »Schnell, wir dürfen keine Zeit verlieren.«

»Er ist dort!« Der Druide malte mit seiner Hand ein verschlungenes Zeichen in die Luft und die ganze Kammer wurde von einem matten blauen Licht erhellt.

Sunnivah sah den Stab sofort. Er befand sich in der Mitte des Raumes und steckte bis zur Hälfte in einem schwarzen Felsen. Eilig trat sie vor und betrachtete ihn eingehend.

Er war wunderschön, etwas länger als Sunnivah und in einem Stück aus poliertem, schwarzem Holz gearbeitet, das selbst in dem schwachen blauen Licht noch glänzte. Das obere Ende zierte eine kunstvoll gearbeitete, mit fremdartigen Schriftzeichen versehene silberne Hülle, die von einer goldenen Sonnenscheibe gekrönt wurde, auf der sich eine symbolische Nachbildung der Zwillingsmonde To und Yu befand. Sie zeigte die ebenmäßigen runden Körper der Monde, die sich unter einem sternenübersäten Himmel küssten.

Trotz der drohenden Gefahr, die noch immer von dem Wächter ausging, durchströmte Sunnivah bei dem Anblick ein heftiges Glücksgefühl. Sie war am Ziel!

Ohne auf die Schmerzen in ihrer Schulter zu achten trat sie vor den Felsen, ergriff den Stab und zog kräftig daran.

»Er steckt fest«, sagte sie enttäuscht. »Ich bekomme ihn nicht heraus.«

»Du musst es schaffen. Du bist die Schwertpriesterin«, erwiderte der Druide. »Die Göttin hätte dich nicht erwählt, wenn du nicht in der Lage wärst, es zu vollbringen.«

»Aber wie?« Sunnivah streckte die Hand aus und berührte den Stab noch einmal. Er steckte so fest in dem Felsen, als wäre er ein Teil von ihm.

In diesem Moment gelang es dem Wächter, ein weiteres Stück Felsen aus der Wand zu brechen. Die Öffnung war jetzt so groß, dass er seinen halben Oberkörper und zwei der vier Arme in die Höhle strecken konnte.

Als er feststellen musste, dass seine Arme nicht lang genug waren, um Sunnivah zu erreichen, brüllte und fauchte er vor Wut. Grüne Blitze schossen aus seinem gesunden Auge. Wo immer sie auf die Felswand trafen, sprengten sie mit einem lauten Knall kleine Brocken aus dem Gestein, die von einem Funkenregen begleitet zu Boden fielen. Der Wächter steckte jedoch so unglücklich in der Felsöffnung, dass er es nicht schaffte, seine Blitze in Sunnivahs Richtung zu lenken. Rasend vor Zorn zwängte er seinen Körper immer weiter in die Höhle hinein und versuchte dabei seinen Kopf so zu drehen, dass er Sunnivah im Blick hatte. Nadelspitze Felszacken der Öffnung hatten sich tief in seine pelzige Haut gebohrt, doch obwohl ihm jede Bewegung höllische Schmerzen bereiten musste, setzte der Wächter seine Bemühungen fort, bis er schließlich ganz in der Öffnung stecken blieb.

»Du musst dich beeilen«, drängte der Druide. Seine Stimme ging in dem wütenden Brüllen des Wächters fast unter.

Sunnivah überlegte fieberhaft. Der Talisman war das Einzige, das sie außer ihrem Schwert bei sich trug. Vielleicht konnte er ihr weiterhelfen. Hastig nahm sie ihn zur Hand und wartete. Der Stein blieb dunkel und kalt. Erst als Sunnivah das

Amulett so dicht an den Stab heranführte, dass sie ihn fast damit berührte, spürte sie eine leichte Wärme.

Was nun?

»Berühre den Stein mit dem Amulett«, riet der Druide.

Wegen des zornigen Brüllens des Wächters hörte Sunnivah nur die Worte Stein und Amulett, aber sie verstand sofort. Ohne zu zögern legte sie den Talisman direkt neben dem Stab auf den schwarzen Felsen und wartete.

Unendlich langsam begann der Stein zu leuchten. Zunächst matt, doch dann immer stärker breitete sich sein Schein rings um den Stab aus und brachte den Felsen zum Glühen. Dann begann sich seine glühende Oberfläche an der Stelle, an der der Stab in dem Stein steckte, zu kräuseln und Blasen zu schlagen. Am Ende sah es so aus, als stecke der Stab inmitten eines Teiches aus glühender Lava.

»Sunnivah, wo bist du?« Naemys besorgter Ruf hallte in Sunnivahs Gedanken.

»Beim Stab«, antwortete sie knapp, ließ den Stein jedoch nicht aus den Augen. »Er steckt in einem Felsen, aber ich werde ihn bald herausziehen können.«

»Wir können nicht mehr zu dir kommen. Der Weg ist blockiert. Was sollen wir tun?«, fragte Naemy.

»Zieht euch zurück. Ich schaffe das auch allein. Es ist sicherer, wenn ihr die Höhle verlasst.«

Am Eingang zur Höhle polterten einige Felsen krachend in die Tiefe. Das Geräusch ließ Sunnivah erschrocken herumfahren. Der Wächter versuchte noch immer seinen Oberkörper so zu drehen, dass er Sunnivah in Reichweite seines Auges bekam, und brach dabei immer wieder kleinere Felsbrocken aus der Wand.

»Der Felsen schmilzt!« Der erregte Ausruf des Druiden lenkte Sunnivahs Aufmerksamkeit wieder auf den Stein, in dessen Mitte sich der Stab langsam zur Seite neigte.

Entschlossen streckte sie die Hand aus und griff nach ihm.

Er war sehr heiß. Überrascht zog Sunnivah ihre Hand zurück und tastete an ihrem Hals nach dem Stoffstreifen, der ihr zuvor als Mundschutz gedient hatte. In fliegender Hast öffnete sie die Knoten und wickelte den Streifen um ihre Hand. Dann griff sie erneut nach dem Stab und zog ihn mit einem einzigen kräftigen Ruck aus dem Felsen.

Als der Wächter den Stab in ihren Händen sah, gebärdete er sich wie wild. Immer dichter schlugen seine Funken sprühenden Blitze neben Sunnivah ein und glühende Gesteinsbrocken brannten Löcher in ihren Umhang.

»Naemy, ich habe ihn! Komm zu …!« Plötzlich brach Sunnivah ab, hob die Hände an den Kopf und schloss gepeinigt die Augen. Ein unerträgliches Knistern, Pfeifen und Rauschen wütete hinter ihrer Stirn und machte jede weitere Verständigung mit Naemy unmöglich. Noch einmal wagte sie den Versuch, die Verbindung zu ihren Gefährten wiederherzustellen, doch die Geräusche zwangen sie sogleich, ihre Bemühungen aufzugeben.

Als ihr Blick wieder klar wurde, traute sie ihren Augen nicht. Fassungslos starrte Sunnivah auf den schwarzen Felsen, in dem noch bis vor kurzem der Stab der Göttin gesteckt hatte.

Das Amulett!

Starr vor Entsetzen sah sie ihren Talisman in dem geschmolzenen Gestein versinken. Langsam und unaufhaltsam glitt er immer tiefer in die glühende Lava und verlor dabei mehr und mehr an Kraft. Gleichzeitig wurde der glühende Ring in dem Felsen immer kleiner und erkaltete von den Rändern her. Der Prozess beschleunigte sich, je weiter das Amulett versank. »Nein!« Sunnivah ließ den Stab fallen und griff nach dem Lederband ihres Amuletts. Das grüne Feuer des Wächters zischte nur knapp an ihr vorbei, doch Sunnivah achtete nicht darauf. Mit aller Kraft zerrte sie an dem Band und versuchte den Talisman aus dem Stein zu befreien. Aber es war zu spät. Der Felsen wurde wieder fest und schwarz und das Lederband zerriss in ihren Händen.

»Nein!« Wütend schlug Sunnivah mit der Faust auf den schwarzen Stein. Im gleichen Moment traf ein Blitz des Wächters den Felsen und seine Wucht schleuderte sie zurück. Benommen blieb sie an der Höhlenwand liegen und spürte, wie der Boden bebte. Sie versuchte ihre Benommenheit abzuschütteln, doch die Sterne vor ihren Augen hörten nicht auf zu tanzen und das Rauschen in ihren Ohren wollte sich einfach nicht beruhigen.

»Erhebe dich, Schwertpriesterin. Schnell! Die Höhle wird gleich einstürzen.« Wie durch einen dichten Nebel hörte sie die Stimme des Druiden. Noch länger brauchte sie, um den Sinn seiner Worte zu verstehen.

Doch dann reagierte sie ohne zu überlegen. Die Sterne vor ihren Augen waren einem grauen, alles verdeckenden Nebel gewichen, den nur die vereinzelten Blitze des Wächters noch zu durchdringen vermochten. Hastig kniete sie sich hin und suchte auf dem Boden nach dem Stab, der irgendwo zwischen ihr und dem Felsen liegen musste. Endlich fanden ihre tastenden Finger, wonach sie suchte. Sunnivah nahm den Stab der Göttin an sich und schob sich vorsichtig an die rückwärtige Wand der Kammer.

Der Boden bebte nun immer stärker. Sunnivah hatte das Gefühl, auf einem bockenden Pferd zu sitzen. Vergeblich tastete sie mit ihren Händen nach einem sicheren Halt, denn auch die Wand hinter ihr bewegte sich, als sei sie ein lebendiges Wesen und nicht aus massivem Fels.

Sunnivah hörte das Bersten riesiger Steine, die sich von der Höhlendecke lösten und auf dem Boden zerbarsten. Dicke Felsnadeln fielen herunter und bohrten sich wie Speere in die breiten Risse, die sich nun überall im Boden auftaten.

»Was ist das?« Obwohl Sunnivah die Frage schrie, war ihre Stimme in dem Dröhnen und Krachen kaum zu verstehen.

Der Nebel vor ihren Augen hatte sich inzwischen so weit geklärt, dass sie zumindest die Umrisse in ihrer näheren Umgebung erkennen konnte. Der Druide schwebte direkt neben ihr und antwortete auf ihre Frage. Aber es war Sunnivah unmöglich, seine Worte zu verstehen. Hinter ihr knirschte das Gestein und der Wächter gab ein triumphierendes Brüllen von sich. Das Beben hatte die Öffnung, in der er feststeckte, stark vergrößert und es ihm ermöglicht, seinen massigen Oberkörper tief in die enge Höhle zu schieben. Endlich gelang es ihm, seinen Kopf so zu drehen, dass er Sunnivah mit den tödlichen Blitzen seines gesunden Auges erreichen konnte. Der erste donnerte nur eine Handbreit neben ihr in die Felswand und nur eine starke Erschütterung des Berges verhinderte, dass der nächste ihr Leben beendete. Knisternd schlug er eine Armeslänge über ihrem Kopf in die Wand und ließ einen staubigen Gesteinsregen auf sie herabfallen.

»Anthork, hilf mir.« Der Staub behinderte Sunnivahs ohnehin getrübte Sicht so sehr, dass sie völlig die Orientierung verloren hatte. Sie wagte weder nach rechts noch nach links auszuweichen. Eine Flucht schien unmöglich. Über das Bersten und Krachen des gepeinigten Berges hinweg hörte sie die harten Klauen des Wächters nun unmittelbar vor sich über den Höhlenboden schaben. Seine riesigen Hände öffneten und schlossen sich in schnappenden Bewegungen und versuchten Sunnivah zu ergreifen.

»Anthork!« Plötzlich hatte Sunnivah Angst, der Druide könne sie verlassen haben. Aber noch bevor sie eine Antwort erhielt, hieb der Wächter mit der Spitze einer Klaue in ihren Umhang und hinterließ dort einen langen Riss. Sunnivah hörte das Monstrum fauchen und spürte seinen stinkenden Atem in ihrem Gesicht.

Das war das Ende! Hastig murmelte Sunnivah ein paar Worte, mit denen sie die Göttin um Vergebung für ihr Versagen bat. Dann schloss sie die Augen und wartete auf den Tod.

Plötzlich erschütterte ein gewaltiger Schlag die Höhle. In der Mitte der Höhlendecke hatte sich ein riesiger Felsbrocken gelöst und traf den Kopf des Wächters mit zerstörerischer Gewalt. Knochen barsten und Blut spritzte durch die Höhle, als der Felsen den Schädel des Monstrums zerschmetterte und seine Arme ein letztes Mal emporzucken ließ.

Dann lag er still.

Aber das Beben und Dröhnen ließ nicht nach. Als habe der Tod des Wächters den ganzen Berg erzürnt, steigerte er seine Wucht so sehr, dass Sunnivah sich hinknien musste, um nicht zu stürzen.

»Komm, Schwertpriesterin!«

Ungläubig wandte Sunnivah den Kopf. Der Druide war noch immer an ihrer Seite. Wortlos machte er ein Zeichen und bedeutete ihr, ihm schnell zu folgen. Ihnen blieb nicht mehr viel Zeit. Schon in wenigen Augenblicken würde es diese Höhle nicht mehr geben.

Indem sie sich vorsichtig an der rissigen Höhlenwand entlangschob, folgte Sunnivah dem Geist des Druiden. Keinen Moment zu früh, denn hinter ihr verschwand die Höhle in einem dichten Nebel aus Staub und Steinen.

In einer kleinen Nische hielt der Druide an und begann mit seiner Hand unsichtbare Linien auf den Felsen zu zeichnen. Seine Lippen bewegten sich dabei hastig, doch Sunnivah verstand die Worte nicht. Hinter ihr knirschten, knackten und barsten die vom Beben gepeinigten Felsen. Der ganze Berg schien lebendig geworden zu sein und Sunnivah fragte sich, wie lange die Höhle den enormen Kräften, die auf sie einwirkten, noch standhalten konnte.

Panik stieg in ihr auf. Sie hatte keine Ahnung, was der Druide vor ihr tat, doch was immer es auch sein mochte, es ging entschieden zu langsam.

Dann geschah endlich etwas.

Ein Teil der massiven Felswand begann zu verschwimmen.

Ihre raue Oberfläche kräuselte sich wellenförmig und Sunnivah hatte den Eindruck, als stehe der Druide vor einer senkrechten Wasserwand. Plötzlich waren die Wellen verschwunden und der Felsen wurde durchsichtig. Völlig unbeeinträchtigt von dem massiven Beben, das den Berg erschütterte, füllte nun ein senkrechter Teich die kreisrunde Öffnung in der Felswand aus, auf dessen spiegelglatter Oberfläche sich die Gestalt des Druiden schemenhaft widerspiegelte.

»Komm!« Der Druide schwebte auf die glitzernde Fläche zu, tauchte darin ein und war verschwunden. Sunnivah folgte ihm ohne zu zögern. Was immer sich hinter dem seltsamen Tor befand, konnte nicht schlimmer sein als das, was sie hier erwarten würde.

Sie hatte den Durchgang gerade hinter sich gelassen, da stürzte die Höhle hinter ihr mit einem ungeheuren Dröhnen in sich zusammen. Während sich der Druide noch bemühte den Durchgang wieder zu schließen, quoll eine gewaltige Wolke aus Staub und Steinen durch die Felsenöffnung und nahm Sunnivah den Atem. Ein letztes Mal erzitterte der Berg, dann ließ das Beben nach. Wie bei einem abziehenden Gewitter spürte Sunnivah noch hin und wieder leichte Stöße und Erschütterungen im Felsen, doch sie wurden immer schwächer und hörten schließlich ganz auf.

Erschöpft lehnte sie sich an die grob behauene Felswand und hielt die Augen geschlossen. Ihre Kehle war ausgetrocknet und der viele Staub in der Luft ließ sie husten.

»Danke«, stieß sie schließlich hervor und öffnete vorsichtig die Augen. Der Druide hatte bereits sein magisches blaues Licht erzeugt. Es erhellte einen uralten Gang mit feucht glänzenden Wänden. Ein unangenehmer Geruch von brackigem Wasser und Fäulnis lag in der Luft und Millionen winziger Staubteilchen tanzten im Licht des Druiden.

»Du hast es geschafft, Schwertpriesterin!«, bemerkte er anerkennend.

»Aber nur mit Eurer Hilfe.« Sunnivah lächelte matt und warf einen Blick auf den Stab. Ja, sie hatte es geschafft. Doch der Sieg, den sie errungen hatte, besaß einen bitteren Beigeschmack. Ihr Amulett war fort. Eingeschlossen in schwarzen Stein und unter tonnenschweren Gesteinsmassen begraben, lag es nun für immer unerreichbar in der Höhle.

Doch Sunnivahs nächster Gedanke galt schon ihren Gefährten. Waren sie noch am Leben?

Zögernd öffnete sie ihre Gedanken und sandte einen kurzen Ruf aus, doch niemand antwortete. Nur das Knistern und Rauschen erfüllte wieder ihren Geist. Es war zwar leiser und erträglicher als in der Höhle, aber ebenso undurchdringlich.

Sunnivah versuchte es noch einmal. Diesmal lauter.

Vergeblich!

Schließlich gab sie es auf und blickte sich um.

»Gibt es von hier einen Weg nach draußen?«, fragte sie.

»Folge mir«, sagte der Druide und deutete den Gang entlang. »Ich werde dich hier herausbringen.«

Schon nach kurzer Zeit hatte Sunnivah die Orientierung verloren.

Die Tunnel und Stollen mussten weitaus älter sein als die anderen, die sie schon kannte. Uralte, modrige Balken stützten die niedrige Decke, und dort, wo sie dem enormen Druck nicht mehr hatten standhalten können, waren die Tunnel eingestürzt und oft nicht mehr passierbar. Manchmal gab es zwischen den Steinen noch einen kleinen Spalt, durch den sich Sunnivah gerade noch hindurchzwängen konnte.

Sunnivahs Kräfte ließen nun rasch nach. Zwar gelang es ihr, den quälenden Durst an den unzähligen kleinen Rinnsalen, die überall an den Stollenwänden zu finden waren, zu stillen. Aber sie besaß nichts, womit sie ihren knurrenden Magen besänftigen konnte.

Irgendwann fühlte sie sich so erschöpft, dass sie einfach stehen bleiben musste und sich an die feuchte Wand lehnte. Ihr war schwindelig und ihre Beine zitterten vor Schwäche. »Ist es noch weit?«, fragte sie matt. Jeder Muskel ihres Körpers schmerzte so stark, dass sie die unzähligen Schnitte und Schürfungen auf ihrer Haut gar nicht bemerkte.

Der Druide kam heran und lächelte. »Riechst du es nicht?«, fragte er.

Sunnivah zog die kühle, feuchte Luft tief in ihre Lungen. Trotz des modrigen Geruchs in dem Tunnel spürte sie eine leichte Frische, die sie entfernt an den Duft des Waldes erinnerte.

»Komm«, sagte der Druide. Er nickte ihr aufmunternd zu und machte eine einladende Geste, ihm zu folgen. »Wir sind gleich am Ziel.«

Je weiter sie gingen, desto besser wurde die Luft. Sunnivah schöpfte neue Kraft und schaffte es sogar, ihren Hunger für kurze Zeit zu vergessen. Und endlich lag das Ende des Tunnels vor ihr. Die ungewohnte Helligkeit schmerzte in ihren Augen und sie unterdrückte den Impuls, sofort hinauszulaufen. Für eine kurze Weile würde sie noch in dem angenehmen Zwielicht des Tunnels bleiben und warten, bis sich ihre Augen wieder an das Sonnenlicht gewöhnt hatten.

»Schwertpriesterin, hier trennen sich unsere Wege.«

Sunnivah sah den Druiden traurig an. »Ich danke Euch für Eure Hilfe«, sagte sie leise.

»Dir zu helfen ist meine Bestimmung.« Der Druide lächelte. »Wenn deine Mission erfüllt ist, werde auch ich endlich meinen Platz in der Unendlichkeit einnehmen können.«

Sunnivah nahm den Stab der Göttin fest in die Hand. »Ich werde nicht scheitern«, sagte sie ernst.

»Ich vertraue dir, Schwertpriesterin. Meine Wünsche werden dich begleiten«, erwiderte der Druide. »Jetzt habe ich nur noch eine Botschaft für dich.« Er schwebte etwas näher heran und deutete auf den Stab. »In der Nacht der Lichter musst du den Stab auf den Himmelsturm bringen. Nur in dieser einen

Nacht besteht von dort eine Verbindung zum Verbannungsort der Gütigen Göttin.«

»Ich werde Euch nicht enttäuschen.« Sunnivahs Stimme schwankte nicht.

»Dessen bin ich mir sicher«, erwiderte der Druide und seine Gestalt begann bereits zu verblassen. »Aber sei vorsichtig. Man wird dich verfolgen und versuchen den Stab zurückzubekommen. Sei auf der Hut, Schwertpriesterin.«

Dann war er fort.

Als Sunnivah den Tunnel verließ, stand die Sonne schon tief über dem Horizont. Blinzelnd sah sie sich um. Der Tunnel, aus dem sie kam, endete in einer schroffen Felswand, die nach allen Seiten von einem dichten Nadelwald umgeben war und von deren Kante ein kleiner Bach senkrecht in die Tiefe stürzte.

Wasser!

Kurz entschlossen riss sich Sunnivah die Kleider vom Leib und stellte sich unter den Wasserfall. Das eisige Quellwasser spülte den Staub und Schmutz der Unterwelt von ihrem Körper und sie fühlte sich wieder frisch und lebendig.

»Ich grüße dich, Schwertpriesterin.«

Sunnivah fuhr erschrocken zusammen und sprang aus dem Wasser. Wer immer zu ihr gesprochen hatte, musste sich ganz in der Nähe befinden. Hastig strich sie ihre Haare zurück, wischte sich das Wasser aus dem Gesicht, und griff nach ihren Kleidern.

Als sich ihr Blick klärte, sah sie den Wolf. Das große nebelgraue Tier hatte sich nur wenige Schritte von ihr entfernt auf die Hinterläufe niedergelassen und musterte sie gleichmütig. Dann erhob er sich, schnappte mit seinem Maul einen toten Hasen, der vor ihm auf dem Boden lag, und kam langsam auf Sunnivah zu.

»Ich grüße dich, Schwertpriesterin.« Noch einmal erklang die freundliche Stimme in Sunnivahs Gedanken. Sie war weiblich und stammte zweifellos von dem Wolf. Also eine Wölfin, dachte Sunnivah. Zu ihrer eigenen Überraschung verspürte sie keine Furcht. Sanft strichen ihre Finger über das weiche Nackenfell der Wölfin, die den Hasen vor ihr ins Gras legte.

»Und ich grüße dich, Wölfin«, sandte sie einen Gedanken an das Tier. »Und ich danke dir, denn ich sterbe vor Hunger.«

»Naemy und Sunnivah? Frauen? Ist Euer Medium sich dessen ganz sicher?« Mit langen Schritten folgte Tarek dem Meistermagier in die finsteren Tunnel unter der Festung. Dieser hatte es so eilig, dass die zwei Dutzend Krieger, die ihnen als Eskorte dienten, große Mühe hatten, Schritt zu halten.

»Daran gibt es nicht den geringsten Zweifel!«, versicherte ihm Asco-Bahrran. »Die Gedankenrufe kamen eindeutig aus der Höhle des Stabes.« Nachdenklich zog er das lederne Haarband aus seiner Tasche hervor, welches der Magier Sempas viele Sonnenläufe zuvor in der Höhle des Stabes gefunden hatte. »Ich bin mir sicher, dass eine der beiden schon einmal dort gewesen ist«, erklärte er grimmig und starrte angespannt voraus.

Die Tatsache, dass die Eindringlinge in der Lage waren, sich mithilfe der Gedankensprache zu verständigen, machte ihm Sorge und legte die Vermutung nahe, dass es sich bei ihnen nicht um gewöhnliche Diebe handelte. Daher hatte er auch sofort ein sphärisches Störgeräusch erzeugt, das es den Eindringlingen unmöglich machen würde, sich miteinander zu verständigen.

Der Meistermagier hatte es bisher nicht für nötig gehalten, Tarek über diese Vorfälle zu unterrichten. Der Stab der Göttin wurde bestens geschützt. Asco-Bahrran selbst hatte damals den mächtigen Zauber geschaffen, der die gesamte Höhle zum Einsturz bringen würde, sollte jemand versuchen den Stab aus dem Stein zu ziehen. Er war sich ganz sicher, unter den Trümmern der Höhlendecke die zerschmetterten Leiber der Diebe zu finden, die versucht hatten den Stab der Göttin an sich zu nehmen.

Trotzdem war er vorsichtig. Aus den Gedanken der beiden Frauen war deutlich zu entnehmen, dass sie voneinander getrennt worden waren. Es konnte also gut sein, dass sie hier in den Tunneln auf die Eindringlinge stießen.

Aber wo war Sempas?

Das Schicksal seines Freundes und Stellvertreters lag völlig im Dunkeln. Es gab keinen Hinweis darauf, was aus ihm und seiner Eskorte geworden war. Zu dem Zeitpunkt, als das Medium die Gedanken der beiden Frauen auffing, hätten sie die Höhle des Stabes längst erreicht haben müssen.

Zwar waren die beiden Frauen nicht allein. Aber der Gedanke, dass sich eine Hand voll Diebe gegen Sempas und seine schwer bewaffneten Krieger durchgesetzt haben könnte, erschien dem Meistermagier ebenso unwahrscheinlich wie die Möglichkeit, dass Sempas sich verlaufen hatte.

»Ich kann einfach nicht glauben, dass Vhait etwas mit dem Ganzen zu tun hat«, hörte er Tarek neben sich sagen. Noch immer war der oberste Kriegsherr nicht bereit zu glauben, dass sein Sohn den Stein aus dem Thronsaal gestohlen haben sollte.

Asco-Bahrran verzichtete darauf, ihm zu antworten. Auch er glaubte inzwischen nicht mehr daran, dass Vhait wirklich der Dieb war, hielt es jedoch für besser, seine Meinung für sich zu behalten. Jetzt, da der Sequestor nicht mehr am Leben war, kam es ihm sehr gelegen, wenn ausschließlich Tarek die Wut des Erhabenen zu spüren bekam.

Schweigend folgte er der magischen Linie, die sich wie ein

unsichtbarer Faden durch die Tunnel zog und jedem Eingeweihten den Weg zur Höhle des Stabes wies.

Plötzlich erregte ein dunkler Fleck auf dem Boden die Aufmerksamkeit des Meistermagiers und er blieb stehen. Wortlos nahm er dem Krieger vor sich die Fackel aus der Hand und eilte ein Stück voraus, um den Gegenstand aus der Nähe zu betrachten. Im flackernden Schein der Fackel erkannte Asco-Bahrran einen schmalen Stoffstreifen, den er vorsichtig aufhob und prüfend ans Licht hielt.

»Also doch!«, murmelte der Meistermagier.

»Was habt Ihr gefunden?« Tarek blickte stirnrunzelnd auf den grauen Stoff.

»Nur einen kleinen Stoffstreifen.« Asco-Bahrran streckte die Hand aus und reichte ihn Tarek. »Er stammt vermutlich von dem Umhang einer Kriegerin«, erklärte er, »und ist der Beweis dafür, dass sich mein Medium nicht getäuscht hat.«

»Sunnivah, Naemy. In der ganzen Festung gibt es keine Kriegerinnen, die so heißen.« Tarek schüttelte den Kopf. »Vielleicht will uns jemand auf eine falsche Spur locken. In Anthorks Prophezeiung heißt es eindeutig, dass ein Mann der Göttin ihren Stab zurückbringen wird.«

»Habt Ihr in diesem Frühling nicht besonders viele neue Krieger rekrutiert?«, fragte Asco-Bahrran ohne auf Tareks Zweifel einzugehen. »Vielleicht gab es unter ihnen welche mit diesen Namen.«

»Bisher hielt ich es immer für überflüssig, mir alle Namen der neuen Rekruten zu merken. Zu viele von ihnen beenden die Ausbildung nicht.« Bedauernd zog Tarek seine Schulten in die Höhe. »Aber ihr habt Recht. Sobald wir zurück in der Festung sind, werde ich mich in der Waffenmeisterei erkundigen.«

Der Meistermagier schien zufrieden. Zusammen mit dem Lederband steckte er den Stoffstreifen in seine Manteltasche und gab das Zeichen zum Weitergehen.

Wenig später hatten sie die Höhle des Stabes erreicht. »Bei den drei Toren!«, stieß Tarek hervor. »Was ist hier geschehen?«

Die Höhle glich einem Trümmerfeld. Tonnenschwere Gesteinsmassen bedeckten den Boden und ließen nur ahnen, was sich unter ihnen verbarg. Noch immer hingen Millionen winziger Staubteilchen in der Luft und machten es unmöglich, den hinteren Teil der Höhle zu erkennen.

Vorsichtig traten Tarek und Asco-Bahrran an den äußeren Rand der Trümmer. Der Meistermagier hielt die Fackel dicht über den Boden und suchte angestrengt nach Hinweisen auf das, was sich hier zugetragen haben mochte.

»Warum haben wir davon nichts mitbekommen?«, wollte Tarek wissen. »Ein solcher Steinschlag verursacht doch gewaltige Erschütterungen, die wir auch in der Festung hätten spüren müssen.«

»Diese Höhle liegt nicht unter der Festung«, belehrte ihn Asco-Bahrran. »Sie liegt viel weiter östlich, tief unter den Bergen. Damals sind wir nur zufällig auf sie gestoßen, als wir nach einem sicheren Platz für den Stab suchten, weil es uns nicht gelang, ihn zu zerstören.«

Tarek staunte. Trotz des langen Marsches durch die eintönigen Tunnel und Stollen war ihm gar nicht aufgefallen, dass sie so weit gegangen waren.

Neben sich hörte er Asco-Bahrran erschrocken aufkeuchen. Der Meistermagier hatte sich gebückt und betrachtete im unsteten Licht der Fackel einen blutigen Arm, der unter den Felstrümmern hervorschaute.

»Das muss ein Krieger von Meister Sempas' Eskorte gewesen sein«, sagte er erschauernd. Tarek konnte nur hoffen, dass er damit Recht behielt. Obwohl sein Sohn sich von ihm abgewandt hatte, war die Vorstellung, dass Vhait hier irgendwo unter den Felsen begraben liegen könnte, für ihn nur schwer zu ertragen. Entschlossen drehte er sich um und gab den Kriegern ein Zeichen. »Legt die Waffen ab«, befahl er. »Zündet eure Fackeln an und seht nach, ob ihr weiter hinten noch Überlebende findet.« Dann wandte er sich wieder an den Meistermagier. »Ist der Stab noch hier?«

»Ich vermute, dass er sich irgendwo unter den Trümmern befindet«, erklärte Asco-Bahrran. Er hatte sich erhoben und beobachtete, wie sich die Krieger langsam ihren Weg über die hoch aufgetürmten scharfkantigen Felsen suchten. »Die Höhlendecke ist in dem Moment eingestürzt, als der Stab aus dem Stein gezogen wurde. Es ist unmöglich, dass hier jemand lebend herausgekommen ist.«

Tarek schluckte, sagte aber nichts. »Dann ist der Stab also verloren«, stellte er fest.

»Nein, das muss nicht sein«, erwiderte Asco-Bahrran. »Der Stab besitzt eine starke Aura aus reiner Magie. Wenn ich dicht genug an ihn herankomme, müsste es mir möglich sein, ihn zu finden. Die Krieger könnten ihn dann unter den Trümmern herausholen. Und wo der Stab ist, finden wir sicher auch den Dieb.«

Aufgeregte Rufe aus dem hinteren Teil der Höhle ließen Tarek herumfahren. Ganz offensichtlich waren die Krieger dort auf etwas gestoßen. Plötzlich hatte er es sehr eilig. Behände stieg er über die Felsen und eilte auf die Ansammlung von Fackeln an der gegenüberliegenden Höhlenwand zu.

Als er die Krieger erreichte und sah, was sie entdeckt hatten, blieb er entsetzt stehen. Unter einem gewaltigen Berg aus zertrümmertem Gestein schauten die haarigen hinteren Gliedmaße eines monströsen Tieres hervor. Es war tot. Bestialischer Gestank ging von ihm aus und Tarek hielt sich angewidert den Arm vor Mund und Nase.

Den Kriegern erging es ähnlich. Keiner von ihnen machte Anstalten, den Körper des Monstrums von den Felsen zu befreien. Schweigend standen sie um den Leib des Untiers herum und warteten auf Tareks Befehle.

»Ein Binahough!« Asco-Bahrran war Tarek gefolgt. Auch er hielt sich schützend die Hand vor die Nase und starrte voller Abscheu auf das tote Wesen. »Wie kommt ein solches Wesen hierher?«

»Ihr habt ein solches Ungeheuer schon einmal gesehen?«, fragte Tarek.

»Nicht mit eigenen Augen.« Der Meistermagier schüttelte den Kopf. »Aber ich weiß, dass solche Wesen in der Schlacht um Nimrod für den Erhabenen kämpften.« Angewidert betrachtete er die stark behaarten Gliedmaße des Wächters und schätzte die Entfernung zur Höhlenwand. »Sein Oberkörper dürfte bis zur Hälfte in der Nachbarhöhle stecken«, erklärte er schließlich. »Es hat keinen Sinn, ihn auszugraben, er steckt fest.«

»Was hatte er denn hier zu suchen?« Der Gedanke, dass ein solches Wesen schon viele Sommer unter der Festung hauste, gefiel Tarek gar nicht.

»Ich weiß es nicht«, gab der Meistermagier zu. »Vielleicht hat der Erhabene, ohne uns davon zu unterrichten, seine eigenen Vorkehrungen getroffen, um den Stab der Göttin zu schützen.«

Tarek nickte. Das war eine einleuchtende Erklärung. »Konntet Ihr schon herausfinden, wo sich der Stab befindet?«, wollte er wissen.

»Nein, dafür brauche ich etwas mehr Zeit«, erwiderte Asco-Bahrran. Ohne weitere Erklärung wandte er sich um und schritt vorsichtig über die Gesteinstrümmer. Gespannt beobachtete Tarek, wie sich der Meistermagier in voller Konzentration über die Felsen bewegte, während er mithilfe seiner Magie unter den Trümmern nach dem Stab suchte.

Die Zeit verging, doch der Stab blieb verschwunden. Schließlich brach Asco-Bahrran die Suche ab und trat neben Tarek. »Ich habe es überall versucht, aber ich kann die Aura nirgends entdecken«, sagte er bedauernd.

»Vielleicht befindet er sich noch in der anderen Höhle«, meinte Tarek und deutete auf den Leib des Wächters.

Asco-Bahrran schüttelte den Kopf.

»Die andere Höhle ist längst nicht so groß wie diese«, erklärte er. »Wäre der Stab dort drinnen, könnte ich es hier spüren.«

Also war der Stab fort! Den obersten Kriegsherrn überlief es eiskalt, als er die ganze Tragweite dieser Nachricht erkannte. Weder Asco-Bahrrans Zauber noch der Binahough hatten die Eindringlinge aufhalten können.

»Die ganze Geschichte nimmt langsam bedrohliche Ausmaße an«, knurrte er. »Wir sollten uns unsere Worte sehr gut überlegen, bevor wir dem Erhabenen Bericht erstatten.«

Der Meistermagier nickte und sagte: »Ruft Eure Krieger zusammen, Tarek. Wir gehen zurück.« Noch einmal zog er das Lederband und den Stoffstreifen aus seiner Tasche hervor. »Wir wissen zwar noch nicht, wer den Stab gestohlen hat, aber das wird sich bald ändern.« Nachdenklich wog er die beiden Teile in der Hand.

»Sobald wir wieder in der Festung sind, werde ich meine Sucher rufen. Sie allein sind in der Lage, die Diebe zu finden. Wo immer sie auch sein mögen.« Asco-Bahrrans Magierumhang bauschte sich und wirbelte eine kleine Staubwolke vom Boden auf, als er sich schwungvoll umdrehte und über die Felsbrocken zum Höhlenausgang zurückeilte.

Tarek blickte ein letztes Mal über die zertrümmerten Gesteinsmassen. Vhait ... Er seufzte tief und schluckte die aufkommende Trauer hinunter. Als oberster Kriegsherr durfte er sich keine Schwäche erlauben. Entschlossen hob er die Hand und gab seinen Kriegern ein Zeichen. »Kommt, Männer«, rief er. »Hier unten gibt es nichts mehr für uns zu tun.«

»Was ist mit Sunnivah?« Erschöpft lehnte Fayola ihren Kopf an die raue Stollenwand. Die vier Gefährten hockten unweit der eingestürzten Höhle in einem der unzähligen Tunnel und warteten darauf, dass das Beben nachließ.

Lange sagte niemand ein Wort. Doch als die letzten schwachen Erschütterungen verklungen waren, hielt es Fayola nicht mehr aus und durchbrach mit ihrer Frage die lastende Stille. Hoffnungsvoll schaute sie auf Naemy, doch die Nebelelfe lehnte mit geschlossenen Augen an der Wand und antwortete nicht.

»Wo ist Sunnivah?«, fragte Fayola noch einmal.

»Ich weiß es nicht!«, antwortete Naemy ohne die Augen zu öffnen. »Ich habe schon versucht sie zu erreichen, aber ich erhalte keine Antwort. Da ist so ein seltsames Geräusch ...«, müde fuhr sich Naemy mit den Händen über ihr staubiges Gesicht, »... das eine Gedankenverbindung mit Sunnivah unmöglich macht. Es sieht fast so aus, als versuche jemand absichtlich, eine Verbindung zwischen Sunnivah und mir zu verhindern.« Naemy wollte gar nicht daran denken, was der Verlust der Gedankenverbindung noch alles bedeuten konnte.

»Sie könnte aber auch tot sein.« Fayola sprach aus, was alle befürchteten, doch Naemy schüttelte energisch den Kopf. »Nein, Sunnivah lebt«, behauptete sie mit Nachdruck. »Wenn sie tot wäre, würde ich es spüren.« Dann stand sie auf und ging allein zurück zur Höhle, um sich ein Bild von dem Ausmaß der Zerstörung zu machen. Als sie zurückkam, nahm sie ihr Messer zur Hand und begann, unter den skeptischen Blicken der anderen, ein großes Pentagramm auf den staubigen Boden zu zeichnen. Als es fertig war, erhob sich die Nebelelfe und sah ihre Gefährten an. »Die Höhle ist vollkommen zerstört«, erklärte sie. »Weder uns noch Sunnivah wird es gelingen, dort einen Weg zu finden. Es macht also keinen Sinn, hier länger zu warten.« Sie trat in das Pentagramm und forderte die anderen auf, ihr zu folgen. »Kommt! Ich werde uns jetzt hier rausbringen und dann versuchen Sunnivah zu finden.«

»Damit?« Fayola warf einen skeptischen Blick auf die seltsame Zeichnung am Boden.

Naemy lächelte. »Du kannst mir vertrauen«, sagte sie. »Schon meine Vorfahren haben sich mithilfe solcher Pentagramme fortbewegt.«

Fayola wusste, dass sie den Rückweg niemals finden würde. Obwohl sie noch immer daran zweifelte, dass der Plan der Elfe funktionieren würde, nahm sie Alani bei der Hand und trat in das Pentagramm. »Was ist mit dir?«, fragte sie Vhait. »Kommst du mit uns? Ober willst du lieber hier verhungern?«

Vhait antwortete ihr nicht. Aber er erhob sich und stellte sich neben Fayola. Naemy lächelte ihnen aufmunternd zu und sprach leise ein paar Worte in der Elfensprache.

Plötzlich wurde es dunkel und bitterkalt. Alani schrie erschrocken auf, doch da wurde es schon wieder hell.

»Unglaublich!« Fayola musste sich die Hand vor die Augen halten, weil das Licht der Nachmittagssonne sie blendete. Dann kniff sie die Augen zusammen und sah sich um.

Vor ihnen lag eine kleine, von hohen Tannen gesäumte Lichtung, an deren gegenüberliegender Seite friedlich ein kleiner Bach plätscherte. Sein gurgelndes Geräusch erinnerte Fayola daran, wie durstig sie war. Gemeinsam mit den anderen eilte sie zum Bach und tauchte ihr staubiges Gesicht in das herrlich klare Wasser.

Als die Sonne unterging, saßen die vier an einem knisternden Feuer beisammen und verzehrten hungrig zwei knusprige Tauben, die Naemy geschossen hatte. Niemand sagte ein Wort. Nur das Rauschen des Windes in den hohen Kristalltannen und das melodische Zirpen der Felsengrillen begleitete ihre stumme Mahlzeit.

Als sie fertig waren, hielt Fayola es nicht mehr aus. »Hast du schon ein Lebenszeichen von Sunnivah erhalten?«, fragte sie die Nebelelfe leise.

Naemy schüttelte den Kopf. »Nein«, sagte sie bedauernd. »Ich habe schon so oft versucht, sie zu erreichen, habe aber noch keinen Gedankenruf von ihr aufgefangen. Wir können nur hoffen und beten, dass es ihr rechtzeitig gelungen ist, aus der Höhle zu entkommen.«

Hoffen und beten! Fayola seufzte. Sollte Sunnivah wirklich tot und ihre Mission schon zu Beginn gescheitert sein? So konnte es nicht enden! Sunnivah war doch am Morgen so voller Zuversicht gewesen. Der Gedanke an ihre Freundin stimmte Fayola traurig. Verstohlen wischte sie sich eine Träne aus dem Augenwinkel und zwang sich an etwas anderes zu denken. Schließlich gab es noch keinen Beweis für Sunnivahs Tod. Und während Vhait, Alani und Naemy sich längst zum Schlafen an das wärmende Feuer gelegt hatten, starrte Fayola noch immer schweigend in die kleiner werdenden Flammen.

Drittes Buch
Die Nacht der Lichter

1

»Hajun! Wach auf, Junge!«

Der junge Rebell fuhr erschrocken zusammen. Mit einem Satz war er auf den Beinen und versuchte den Schlaf abzuschütteln.

»Herr?«

Missbilligend schaute Kjelt auf Hajun herab. Der Junge war noch ein halbes Kind und längst nicht alt genug, um mitten in der Nacht Wache zu halten. Kein Wunder, dass er eingeschlafen war.

Kjelt schüttelte den Kopf und nahm sich vor, am nächsten Morgen ein ernstes Wort mit dem Hauptmann der Wache zu sprechen. So etwas durfte nicht noch einmal vorkommen.

Hajun schwieg und wartete mit gesenktem Blick auf seine Strafe. Ihm war klar, dass er bei der Erfüllung seiner Aufgabe versagt hatte, und er schämte sich entsetzlich. Ausgerechnet der Anführer der Rebellenarmee musste ihn dabei erwischen, dass er auf seinem Wachposten eingeschlafen war.

Zu seinem grenzenlosen Erstaunen blieb die erwartete Strafe jedoch aus.

Stattdessen legte Kjelt in einer väterlichen Geste seine Hand auf die Schulter des Jungen. »Geh schlafen, Junge!«, sagte er mit ungewohnt sanfter Stimme. »Ich bin nicht müde und werde die Wache für dich beenden.«

»Danke, Herr!« Hajun schluckte. Bei so viel Großzügigkeit fehlten ihm die Worte. Und wie damals an seinem ersten Tag fühlte er wieder den Stolz in seiner Brust und das Glück darüber, unter einem so bewundernswerten Mann dienen zu dürfen.

»Ich verspreche Euch, dass so etwas nie wieder vorkommen wird, Herr.« Hajun straffte sich und sah dem Rebellenführer, der sein Vater hätte sein können, aufrichtig in die Augen.

Kjelt schenkte ihm ein Lächeln. Ein fast wehmütiger Ausdruck trat in seine Augen. »Dessen bin ich mir sicher, Hajun«, sagte er und mahnte dann: »Wir sind hier in ständiger Gefahr.

Ein unaufmerksamer Wachposten kann für uns alle den Tod bedeuten.«

Hajun nickte ernst. »Es wird nicht noch einmal vorkommen«, beteuerte er ernsthaft. Dann salutierte er unbeholfen, drehte sich um und machte sich auf den Weg in die Höhle, die den Rebellen nun schon seit vielen Sonnenläufen als Unterschlupf diente.

Kjelt sah dem Jungen nach, bis er hinter einer Anhöhe verschwunden war. Dann suchte er sich einen freien Platz zwischen den kleinen dürren und dornigen Sträuchern, die den Abhang unterhalb der Höhle überall bedeckten, und ließ seinen Blick langsam über die mondhelle Landschaft streifen. Und wie so oft, wenn er des Nachts Wache hielt, wanderten seine Gedanken weit zurück. Voller Sehnsucht dachte er an seine große Liebe, die durch An-Rukhbars Krieger ein so grausames Ende gefunden hatte.

Ilahja! Der vertraute Klang dieses Namens riss die alten Wunden wieder auf und nährte die Flammen des Hasses in seinem Herzen. Grimmig schluckte er die aufkommenden Tränen herunter und kämpfte das alles verzehrende Feuer in sich nieder. Er durfte sich keine Schwäche erlauben. Die Gefahr, dass er sich durch Kummer und Hass zu einer voreiligen Handlung hinreißen ließ, war groß.

Er drehte sich um und warf einen kurzen Blick in Richtung der verborgenen Höhle, die seit dem Frühling seine Heimat darstellte. Dabei wurde er sich erneut seiner ungeheuren Verantwortung bewusst. Die vielen hundert Männer, die sich den Rebellen in den vergangenen Sommern angeschlossen hatten, glaubten an ihn und hatten ihr Leben vertrauensvoll in seine Hände gelegt. Er durfte sie nicht enttäuschen.

Plötzlich hörte er hinter sich Zweige knacken und sah sich aufmerksam um.

»Kjelt?« Die warme Stimme gehörte Rojana, seiner langjährigen Gefährtin. Sie kam näher und setzte sich zu ihm. Trotz der kalten Bergluft ging sie barfuß und hatte sich ihren Mantel nur lose über die Schultern geworfen. Ihr dichtes braunes Haar fiel offen bis zu den Hüften herab.

»Ich konnte nicht schlafen«, sagte sie.

Kjelt zögerte. Er hatte sie nicht erwartet und brauchte einen Moment, um seine schwermütigen Gedanken zu vertreiben.

Rojana sah ihn von der Seite an. Sie wusste um seinen Kummer und den ungestillten Durst nach Rache. Doch sie wusste auch, dass er niemals freiwillig mit ihr darüber sprechen würde, und bedrängte ihn nicht. In den vielen Sommern, die sie nun schon das Lager des Mannes teilte, den sie liebte, hatte sie sich damit abgefunden, dass er ihr niemals ganz gehören würde. Aber damit konnte sie fertig werden, denn das Mädchen, nach dem sich Kjelt sehnte, war lange tot und bedeutete keine Gefahr für sie.

»Geht es dir gut?«, fragte sie behutsam.

Kjelt nickte, schüttelte dann jedoch den Kopf. »Die Nebelelfe ist schon viel zu lange fort«, erklärte er. »Und wir haben noch nichts von ihr gehört. Ich fürchte, ihr ist etwas zugestoßen.«

»Elfen sind vorsichtig«, wandte Rojana ein. »Und schlau. Diese Dummköpfe aus Nimrod werden sie niemals erwischen.«

»Aber wir haben nicht mehr viel Zeit«, sagte Kjelt. »Wenn wir noch lange warten, werden wir Nimrod nicht vor Ende des Sommers erreichen. Dann noch anzugreifen wäre Wahnsinn. Regen, Schlamm und Kälte würden unseren Angriff zum Erliegen bringen, lange bevor wir die Stadtmauern erreichen.«

»Du sagtest doch, Naemy habe dir geraten mit dem Angriff so lange zu warten, bis die Auserwählte bereit sei auf eurer Seite zu kämpfen«, erinnerte ihn Rojana.

»Die Auserwählte. Natürlich!« Kjelts Stimme wurde plötzlich laut. »Hast du sie denn schon einmal gesehen, diese Auserwählte?«

Rojana schwieg. Sie wusste, wie schwer es Kjelt fiel, daran zu glauben, dass sich Anthorks Prophezeiung doch erfüllt haben sollte. Nicht einmal die Berichte der Nebelelfe, die die Auserwählte mit eigenen Augen gesehen haben wollte, hatten ihn davon überzeugen können. Nur mit großer Mühe war es der Elfe im vergangenen Winter gelungen, Kjelt davon abzubringen, Nimrod gleich nach der Schneeschmelze anzugreifen.

»Nein, das habe ich nicht«, antwortete Rojana versöhnlich und schmiegte ihren Kopf sanft an die breite Schulter ihres Gefährten. »Aber ich glaube den Worten der Nebelelfe. – Und ich habe Angst, dich zu verlieren, wenn du den Angriff jetzt schon wagst. Nimrods Mauern sind hoch und An-Rukhbar besitzt ein großes Heer. Wir können wirklich jede Hilfe gebrauchen.«

Kjelt schnaubte. »Noch drei Sonnenläufe«, erklärte er grimmig, als habe er Rojanas Einwände gar nicht gehört. »Wenn ich bis dahin keine Nachricht von Naemy erhalten habe, brechen wir auf!«

»Naemy! Hinter dir!« Mitten in der Nacht sprang Vhait auf und deutete auf die dunklen Schatten des Waldes. Die Nebelelfe war sofort hellwach. Mit einem Satz war sie auf den Beinen, zog ihr kurzes Jagdmesser und suchte in der Dunkelheit nach dem Grund für Vhaits Warnung. Zuerst konnte sie nichts entdecken, doch dann blieb ihr Blick an einem leuchtenden Augenpaar haften, das sie aus den Schatten heraus anstarrte. »Ich komme in Frieden, Elfe!« Die Worte in den Gedanken der Nebelelfe klangen seltsam fremd. Dann trat eine große graue Wölfin auf die Lichtung.

Fayola, die am Feuer saß, keuchte erschrocken auf, wagte es aber nicht, sich zu rühren, weil Alani in ihren Armen eingeschlafen war. Naemy selbst verspürte keine Furcht. »Wer bist du?«, fragte sie laut.

»Eine Freundin!«, kam die lautlose Antwort.

»Zwischen Elfen und Wölfen hat es niemals Freundschaft gegeben«, erwiderte Naemy in ihren Gedanken, ohne die Wölfin dabei aus den Augen zu lassen.

»Dann ist es jetzt an der Zeit, das zu ändern.« Die sanfte und wohlklingende Stimme der Wölfin strafte ihre äußere Erscheinung Lügen. »In finsteren Zeiten muss auch eine Elfe bereit sein, ungewöhnliche Wege zu gehen, um an ein gemeinsames Ziel zu gelangen.«

»Was willst du von uns?« Noch immer war Naemy nicht bereit ihr Messer zu senken.

»Ich bin gekommen, zusammenzuführen, was nicht getrennt werden durfte«, erwiderte die Wölfin geheimnisvoll. »Nicht weit von hier, am Fuße eines Wasserfalls, befindet sich das Lager der Schwertpriesterin, die ...«

»Sunnivah!« Die unverhofften Neuigkeiten ließen Naemy für einen Moment ihr Misstrauen vergessen. »Sie lebt! Sie hat es tatsächlich geschafft! Wie geht es ihr und wie ...?«

»Folgt mir«, unterbrach sie die Wölfin. »Dann kann die Schwertpriesterin deine Fragen selbst beantworten.« Ohne Naemys Reaktion abzuwarten drehte sie sich um und schritt wieder auf den Waldrand zu.

»Sunnivah lebt!«, rief Naemy den anderen zu. Mit raschen Schritten ging sie zum Feuer, um es zu löschen. »Die Wölfin ist gekommen, um uns zu ihr zu führen. Weck Alani auf, Fayola, wir werden uns sofort auf den Weg machen.«

Als Tarek die Gewölbe der Magier am frühen Morgen betrat, eilte Asco-Bahrran ihm bereits entgegen. Sein blasser und übernächtigter Anblick ließ Tarek zu Recht vermuten, dass der Meistermagier in der vergangenen Nacht kein Auge zugetan hatte.

»Ihr kommt im richtigen Moment«, begrüßte ihn Asco-Bahrran. »Wir haben soeben alle Vorbereitungen abgeschlossen, um die Sucher auf die Jagd zu schicken.«

Er drehte sich um und deutete in die Mitte des Raumes, wo sich noch sechs weitere Magier befanden. Jeder von ihnen hielt eine dicke Eisenkette in den Händen, an deren Enden fremdartige, geflügelte Wesen auf dem Boden kauerten. Ein Ekel erregender säuerlicher Gestank ging von ihren braunen, ölig glänzenden Leibern aus und ließ Tarek angewidert die Nase rümpfen.

»Das sind also Eure so genannten Sucher«, stellte er voller Abscheu fest und stieß eines der Wesen unsanft mit dem Stiefel an. Die hagere Kreatur schnellte fauchend in die Höhe und breitete empört ihre fledermausartigen Flügel aus. Dabei entblößte sie in ihrem langen Schnabel eine doppelte Reihe messerscharfer, spitzer Zähne und schnappte angriffslustig nach Tarek. Die winzigen grünen Vogelaugen zu beiden Seiten des Schnabels funkelten den obersten Kriegsherrn boshaft an.

»Ich würde Euch raten, ihn nicht noch mehr zu reizen«, sagte Asco-Bahrran. »Sie sehen zwar nicht so aus, sind aber erstaunlich kräftig. Wollte er Euch wirklich angreifen, würde ihn auch die Kette nicht davon abhalten.«

Tarek räusperte sich und trat einige Schritte zurück.

»Seid Ihr Euch auch ganz sicher, dass sie keine Gefahr für meine Krieger bedeuten, wenn Ihr sie aus diesem Gewölbe entlasst?«, wollte er wissen. Der Gedanke, dass solch widerliche Kreaturen sich frei im Land bewegen sollten, gefiel ihm gar nicht. Zumal auch er am Morgen ein Dutzend Patrouillen in alle Himmelsrichtungen ausgesandt hatte, um nach Vhait und den Frauen zu suchen.

»Da könnt Ihr ganz beruhigt sein.« Asco-Bahrran war sichtlich bemüht, Tareks Befürchtungen zu zerstreuen. Er drehte sich um und nahm einige Gegenstände von dem kleinen Tisch hinter seinem Rücken. Dann wandte er sich wieder an Tarek und streckte dem obersten Kriegsherrn das Stoffstück aus den Tunneln, ein ledernes Haarband und eine silberne Spange, die zweifellos einmal Vhait gehört hatte, hin. Tarek runzelte die Stirn und wollte gerade fragen, wie er zu der Spange gekommen sei, doch der Meistermagier sprach bereits weiter.

»Ich habe immer zwei Sucher die Witterung eines dieser Teile aufnehmen lassen. Solange sie sich in unserer Dimension bewegen, wird es ihr einziges Ziel sein, die Gesuchten zu finden und sie unschädlich zu machen. Sie werden nicht fressen und nicht schlafen, bis ihre Aufgabe erfüllt ist.«

»Wie könnt Ihr Euch dessen so sicher sein?«, fragte Tarek.

»Nun«, der Meistermagier machte ein zufriedenes Gesicht, »weil ich ihnen die Freiheit versprochen habe, wenn sie die Gesuchten finden«, erklärte er. »Ihr müsst wissen, dass die Sucher nicht ganz freiwillig hier sind. Ich habe sie sozusagen eingetauscht. Das war nicht ganz einfach, aber ich will Euch jetzt nicht mit den Einzelheiten solchen transdimensionalen Handels langweilen. Seid jedoch gewiss, dass sie für niemanden eine Gefahr darstellen. Ihr vordringliches Ziel ist es, unsere Dimension so schnell wie möglich wieder zu verlassen.«

Damit gab sich Tarek vorerst zufrieden.

»Worauf wartet Ihr dann noch?«, fragte er ungeduldig. Der Gestank, der von den Suchern ausging, wurde langsam unerträglich. »Schickt sie los!«

»Sie wären längst unterwegs, wenn Ihr mich nicht mit Euren Bedenken aufgehalten hättet«, erwiderte Asco-Bahrran spitz. Dann drehte er sich um, gab den Magiern ein Zeichen und eilte mit großen Schritten auf eine versteckte Klappe im Mauerwerk zu.

Die rostigen Scharniere des wenig benutzten Ausgangs ließen sich nur langsam öffnen und quietschten entsetzlich. Hinter der Klappe war es dunkel. Kühle und feuchte Luft strömte herein und brachte denselben modrigen Geruch mit sich, den Tarek schon aus dem Kerker kannte. Die Magier befreiten die Sucher von der Kette und ließen sie nacheinander durch den

Ausgang schlüpfen. Froh, endlich frei zu sein, stürzten sie sich mit lautem Gekreische in den dahinter liegenden Schacht und waren sofort verschwunden. Als der letzte Sucher die Tür passiert hatte, verschlossen die Magier die Klappe wieder sorgfältig und verließen schweigend den Raum.

Tarek machte Anstalten, es ihnen gleichzutun, doch der Meistermagier hielt ihn zurück.

»Ich habe keinen Zweifel daran, dass die Sucher die Eindringlinge finden werden«, erklärte er zuversichtlich. »Bald wird sich der Stab wieder in unserem Besitz befinden.«

Dann umwölkte sich seine Stirn und er fügte hinzu: »Aber es gibt da etwas, das mir noch Sorgen bereitet.«

»Was?« Tareks Bedarf an Sorgen war zurzeit reichlich gedeckt.

»Die Nebelelfe!« Asco-Bahrran machte eine kurze Pause. Tarek spürte, dass es seinem Gegenüber äußerst unangenehm war, darüber zu sprechen. Erstaunt zog er eine Augenbraue in die Höhe und wartete.

»Ich habe es in der Aufregung nicht sofort bemerkt«, begann Asco-Bahrran zögernd. »Erst heute Morgen entdeckte ich, dass die Nebelelfe mich bestohlen hat.«

»Bestohlen?«, fragte Tarek erstaunt. »Wie ist das möglich? Sagtet Ihr nicht, dass die Elfe ihr magisches Gefängnis nicht in die Festung hinein verlassen hätte?«

Asco-Bahrran schüttelte bedauernd den Kopf. »Ich kann es mir auch nicht erklären«, gab er zu. »Aber die Spuren, die sie hinterlassen hat, sind eindeutig.«

»Was hat sie Euch denn gestohlen?«, wollte Tarek wissen.

»Ein seltenes magisches Pulver mit enormer Zauberkraft«, erklärte der Meistermagier. »Es ist in der Lage, jede Form der Magie in ihr Gegenteil zu verwandeln. Wir haben es nach der Schlacht um Nimrod aus den Krallen der toten Riesenvögel gewonnen. Niemand außer mir weiß über die vernichtende Wirkung des Pulvers Bescheid.« Wieder zögerte der

Meistermagier und maß Tarek mit einem langen, schwer zu deutenden Blick. »Da ich jedoch auf Eure Hilfe angewiesen bin, um es zurückzubekommen, werde ich Euch alles darüber sagen. Ihr müsst mir aber schwören niemandem davon zu erzählen.«

»Ihr habt mein Wort!« Tarek nickte.

Asco-Bahrran holte tief Luft und sagte: »Diese einzigartige und seltene Substanz wäre in größeren Mengen – die ich allerdings nicht besitze – mühelos in der Lage, die Macht des Erhabenen ernsthaft zu gefährden.« Asco-Bahrran sah Tarek viel sagend an. Der oberste Kriegsherr begriff sofort die Ungeheuerlichkeit dieser Nachricht. Die Vorstellung, dass einer der engsten Vertrauten An-Rukhbars die ganze Zeit über im Besitz eines Mittels war, das selbst dem Erhabenen gefährlich werden konnte, ließ ihn erschauern. Gleichzeitig wurde ihm klar, dass Asco-Bahrrans Offenheit ihn unfreiwillig zu dessen Komplizen machte.

»Ich muss dieses Pulver unbedingt zurückhaben«, erklärte Asco-Bahrran. »Wenn es in die Hände der Rebellen gelangt, könnte das schreckliche Folgen für uns haben. Versteht Ihr?«

Die Worte des Meistermagiers drangen nur undeutlich durch Tareks wirbelnde Gedanken.

»Ich vermute, dass die Elfe über dieses Pulver Bescheid wusste. Deshalb werde ich alles in meiner Macht Stehende unternehmen, um es zurückzubekommen!« Er verstummte und sah Tarek fragend an. »Werdet Ihr mir dabei helfen?«

Tarek wirkte skeptisch. »Ihr wisst doch, dass wir Nebelelfen immer nur durch Zufall gefangen haben«, gab er zu bedenken. »Ihre geheimen Wege sind meinen Kriegern verwehrt. Außerdem sind sie in der Lage, sich so gut wie unsichtbar zu machen. Sollte es aber noch eine andere Möglichkeit geben, sie zu fangen, müsstet Ihr sie mir erklären.«

»Ich habe es bisher noch nicht gewagt, doch es gibt einen Weg.« Der Meistermagier flüsterte fast. »Nachdem wir Nimrod erobert hatten, entdeckten wir in den untersten Verliesen dieser Festung einen Quarlin. Er ist der Letzte seiner Art und nicht weniger als fünfhundert Sommer alt. Einst lebten diese gefährlichen Raubtiere in den Sümpfen von Numark. Damals waren sie die größten Feinde der Elfen. Doch die Elfen waren ihnen zahlenmäßig weit überlegen und es gelang ihnen, die Quarline auszurotten. – Bis auf diesen einen.«

»Und was habt Ihr nun mit ihm vor?«

»Quarline besitzen eine niedere Form von Intelligenz. Außer den Elfen sind sie die Einzigen, die in der Lage sind, die geheimen Wege der Zwischenwelt zu betreten. Ich werde versuchen den Quarlin dazu zu bringen, in die Zwischenwelt zu gehen und die Elfe dort für mich zu fangen.«

Der Meistermagier trat wieder an den Tisch und kehrte gleich darauf mit einem Pfeil zurück. »Hier. Der Pfeil gehört der Elfe. Der Quarlin wird daran seine Witterung aufnehmen. An der Elfe selbst habe ich kein Interesse, sie gehört dem Quarlin. Aber das Pulver darf auf keinen Fall verloren gehen und dafür brauche ich die Hilfe Eurer Männer. Mindestens vier von ihnen müssten den Quarlin begleiten, damit wenigstens einer von ihnen das Pulver zurückbringen kann.«

»Einer?«, fragte Tarek. »Und die anderen?«

Der Meistermagier drehte den Pfeil verlegen in den Händen. »Nun, die Zwischenwelt ist für uns Menschen überaus lebensfeindlich, müsst Ihr wissen«, erklärte er. »Außerdem ist ein Quarlin unberechenbar. Er besitzt zwar eine gewisse Intelligenz, doch würde ich mich niemals auf sein Wort verlassen.«

»Ein Todeskommando also!« Tarek blieb gelassen. »Vier Krieger, sagtet Ihr?«

»Besser mehr«, erwiderte der Meistermagier. »Und erfahrene Kämpfer. Keine Schwächlinge. Sonst sehen wir am Ende keinen von ihnen wieder.«

Tarek schwieg lange. Dann wandte er sich um und ging zur Tür. »Ich werde darüber nachdenken und Euch meine Entscheidung am Nachmittag mitteilen«, erklärte er und zog die Tür hinter sich ins Schloss.

Der Meistermagier starrte ihm grimmig nach. Die Tatsache, dass er gezwungen war den obersten Kriegsherrn in sein größtes Geheimnis einzuweihen, gefiel ihm gar nicht. Das konnte fatale Folgen für seine langfristig angelegten Pläne haben, in denen es für Tarek keinen Platz gab.

»Nun, in diesem Fall bin ich auf seine Hilfe angewiesen. Daran lässt sich jetzt nichts ändern«, murmelte Asco-Bahrran, während er den Pfeil wieder auf den Tisch zurücklegte.

Plötzlich lächelte er. Die Sache war doch eigentlich ganz einfach. Es musste ihm nur gelingen, Tarek auszuschalten, bevor er ihm gefährlich werden konnte. Und er wusste auch schon wie.

 Die dunklen Schatten der steilen Felswände wichen nur langsam den ersten Strahlen der Morgensonne und würden die Lichtung, auf der sich die Gefährten spät in der Nacht zur Ruhe gelegt hatten, noch lange bedecken.

Die fünf Menschen hatten sich rund um das kleine Feuer zum Schlafen niedergelegt, während die graue Wölfin die Lichtung immer wieder wachsam umrundete. Sie war zufrieden. Gegen Mitternacht hatte sie die Nebelelfe und deren Gefährten dazu bewegen können, ihr zu folgen. Unterwegs hatte die Wölfin deutlich gespürt, dass keiner von ihnen ihr wirklich vertraute, aber das änderte sich schlagartig, als die vier die schlafende Sunnivah entdeckt hatten. Nach dem glücklichen Wiedersehen hatten sie noch lange zusammengesessen und geredet, aber jetzt schliefen alle tief und fest.

Die Wölfin setzte sich auf ihre Hinterläufe und gönnte sich

eine kurze Rast, während sie ihre feine Nase witternd dem Wind entgegenstreckte. Ihre Aufgabe war es, über den Schlaf der Menschen zu wachen. Erst als sich die Gefährten im Morgengrauen verschlafen streckten, verließ sie lautlos die Lichtung, um im Wald zu jagen.

»Verdammt kalt ohne Decke!« Fayola schlang fröstelnd die Arme um ihren Oberkörper. Sie hatte ihren Umhang am Abend Alani überlassen, die in ihrem dünnen Gewand erbärmlich gefroren hatte.

»Wer hätte auch damit gerechnet, dass wir die Nacht hier draußen in den Bergen verbringen würden?« Sunnivah griff mit ihren kalten Fingern nach einem Stück Holz und warf es auf die glimmende Feuerstelle. Dann stand sie auf, um sich zu bewegen und die Kälte aus ihren Gliedern zu vertreiben.

Vhait hatte sich ebenfalls erhoben und schürte mit einem langen Stock die Glut, während er weitere Äste und Stöcke in die züngelnden Flammen warf.

Als das Feuer wenig später knisternd und Funken sprühend in die Höhe sprang, kehrte die Wölfin zurück. In ihrem Maul trug sie ein fettes Kaninchen, das sie wie selbstverständlich am Feuer niederlegte, bevor sie sich schläfrig unter einem Busch zusammenrollte.

Vhait beobachtete, wie sie es sich umständlich bequem machte und blinzelnd die Augen schloss. »Ich hätte niemals geglaubt, dass ich dem Wolf noch einmal begegnen würde«, sagte er. »Ich war fest davon überzeugt, dass er nur ein Teil meiner Fieberträume war.«

»Er ist eine Wölfin!«, erklärte Sunnivah lächelnd. Sie hatte sich neben dem jungen Krieger am Feuer niedergelassen und streckte ihre Hände der willkommenen Wärme entgegen. Ihr Blick ruhte ebenfalls auf dem grauen Tier. »Sie hat etwas Besonderes an sich, auch wenn ich noch nicht dahinter gekommen bin, was es sein könnte.« Abrupt wandte sie den Kopf und sah den jungen Krieger aufmerksam an. »Wo bist du ihr schon einmal begegnet?«, fragte sie mit unverhohlener Neugier. Vhait zögerte, doch dann berichtete er mit knappen Sätzen von seinem sonderbaren Erlebnis in der Finstermark. Dabei verschwieg er bewusst die Umstände, die ihn so tief in diese lebensfeindliche Gegend geführt hatten, und gab auch über die weiteren Ereignisse keine Auskunft.

»Nun, jedenfalls scheint sie dich zu mögen. Immerhin hat sie dir das Leben gerettet«, bemerkte Naemy, als er geendet hatte. Sie hatte dem Kaninchen das Fell abgezogen und war gerade dabei, es auszuweiden. Die Nebelelfe spürte, dass der Krieger ihnen nicht alles erzählte, und sah ihn nachdenklich von der Seite an.

Vhait hielt dem Blick gelassen stand. Das Schicksal hatte ihn aus einem ganz bestimmten Grund mit den Frauen zusammengeführt, dessen war er sich jetzt ganz sicher. Doch er blieb vorsichtig und war nicht bereit, mehr von sich preiszugeben, als unbedingt notwendig war.

Naemy verscheuchte eine Fliege und wandte sich wieder dem Kaninchen zu. »Sobald wir gegessen haben, werde ich Alani von hier fortbringen!«, erklärte sie ohne den Blick zu heben.

»Warum?« Fayola schlang die Arme um ihren Schützling und sah die Nebelelfe überrascht an.

»Weil dies nicht der richtige Ort für ein Kind ist!« Naemy legte ihr Messer zur Seite, schob einen fingerdicken Ast durch den Körper des Kaninchens und hängte es über das Feuer. »Ich weiß, du hast Alani das Leben gerettet und fühlst dich deshalb für sie verantwortlich«, sagte sie zu Fayola und ihre Worte klangen versöhnlich. »Aber das, was sie jetzt dringend braucht, können wir ihr dort, wo wir hingehen, nicht geben.«

Fayola drückte Alani an sich und strich sanft über ihr Haar. Obwohl ihr Herz sich noch dagegen sträubte, wusste sie, dass Naemy Recht hatte. Schon als Sunnivah ihnen am vergangenen Abend berichtet hatte, welche Aufgabe der Druide ihr übertragen hatte, hatte sie geahnt, dass es so kommen würde. Alani war viel zu schwach, um sie weiter zu begleiten, doch es fiel Fayola schwer, sich von ihr zu trennen.

»Wohin wirst du sie bringen?«, fragte sie betrübt.

»Zu Mino-They, einer Heilerin in Daran«, erwiderte Naemy. »Wir können ihr vertrauen. Sie ist eine gute Freundin von Sunnivah und mir und wird sich liebevoll um Alani kümmern.«

»Naemy hat Recht«, sagte Sunnivah. »Alani kann uns nicht begleiten. Bei Mino-They ist sie in Sicherheit.«

Fayola widersprach ihr nicht. »Du brauchst keine Angst zu haben«, sagte sie leise zu Alani. »Naemy wird dich an einen sicheren Ort bringen, an dem du dich ausruhen kannst. Wenn alles vorbei ist, werde ich zu dir kommen und dich nach Hause bringen.«

Der Morgen verrann und der Moment des Abschieds rückte näher. Naemy stand in der Mitte eines Pentagramms und sprach leise mit Sunnivah. Alani saß noch am Feuer und hatte ihre dünnen Arme fest um Fayolas Hals geschlungen. Sie sagte kein Wort, doch die Tränen auf ihren Wangen und der flehende Ausdruck in ihrem zarten Kindergesicht zeigten der Kriegerin, dass sie sich getäuscht hatte.

Alani wollte nicht fort.

Obwohl sie der Nebelelfe schon einmal durch die Zwischenwelt gefolgt war, weigerte sie sich nun ängstlich, das Pentagramm ohne Fayola zu betreten. Alle liebevollen Versuche, das Mädchen zu beruhigen, prallten wirkungslos an der Mauer aus Angst, die Alani um sich errichtet hatte, ab und brachten die Kriegerin fast zur Verzweiflung. Sie konnte Alani nicht begleiten. Sunnivah brauchte ihre Hilfe. Andererseits brach es ihr das Herz, mit anzusehen, wie sehr Alani unter der bevorstehenden Trennung litt. Plötzlich spürte sie das weiche Fell der Wölfin an ihrem Handrücken. Erstaunt blickte sie hinunter und sah das graue Tier unmittelbar neben sich stehen. Aber die Wölfin beachtete sie nicht. Ihre ganze Aufmerksamkeit richtete sich auf Alani und der durchdringende Blick ihrer Wolfsaugen zog das Mädchen in ihren Bann.

Alani starrte die Wölfin an, stand auf und folgte ihr zu dem Pentagramm. Naemy streckte ihr einladend die Hand entgegen. Die Nebelelfe lächelte und sagte etwas, das Fayola nicht verstehen konnte. Auch Alani lächelte. Widerspruchslos ergriff das Mädchen die Hand der Nebelelfe und trat in das Pentagramm. Fayola sah, wie sich die Lippen der Nebelelfe bewegten und die beiden Gestalten verschwammen. Dann waren sie fort.

Fayola seufzte. »Wie lange wird sie wegbleiben?« Ihre Frage galt Sunnivah, die sich gerade daranmachte, frisches Wasser aus dem Bach zu holen.

»Nicht lange. Naemy wollte zurückkommen, sobald sie alles zusammenhat, was wir für unsere Reise benötigen.«

»Ich hoffe, du hast Recht.« Fayola warf einen raschen Blick zum Himmel. »Der Gedanke, noch eine Nacht so dicht an der Festungsstadt zu verbringen, gefällt mir gar nicht.« Sie erhob sich und ging zu Vhait, der etwas abseits saß und sein Messer mit einem Stein schärfte. »Und was ist mit dir?«, fragte sie. Ihr Misstrauen gegenüber dem jungen Krieger war zwar nicht völlig verschwunden, es war aber auch längst nicht mehr so stark wie noch in den Stollen unter der Festung. »Wirst du uns freiwillig zum Himmelsturm begleiten?«

Vhait wusste, dass er keine Wahl hatte. Sunnivah hatte sich am vergangenen Abend nicht die Mühe gemacht, ihren Bericht vor ihm zu verheimlichen. Dabei hatte er einiges über die Absichten der Frauen erfahren können, wenn auch noch Fragen offen geblieben waren. Was sie planten, erschien ihm so unmöglich und aussichtslos, dass es ihn erstaunte, mit welcher Zuversicht die drei darangingen, ihr Vorhaben in die Tat umzusetzen. Offensichtlich glaubten sie fest daran, dass es ihnen gelingen würde, der verbannten Göttin den Stab der Weisheit zurückzubringen. In seinen Augen hatte ihr Vorhaben allerdings kaum eine Chance. Wahrscheinlich würden sie es nicht einmal schaffen, den Himmelsturm lebend zu erreichen. Doch er behielt seine Meinung für sich und beteiligte sich auch nicht an den Reisevorbereitungen.

Fayolas Frage überraschte ihn daher nicht.

Tatsächlich hatte er in der vergangenen Nacht lange wach gelegen und sich gefragt, was er machen sollte. Dabei musste er schnell feststellen, dass er eigentlich nur zwei Möglichkeiten hatte: Er konnte die Frauen entweder begleiten oder verlassen. Doch wohin sollte er gehen? Der Weg zur Festung war ihm verwehrt, denn dort hielt man ihn jetzt für einen Dieb. Überall wurde nach ihm gesucht und er besaß nicht die Mittel, seine Unschuld zu beweisen. Umständlich legte er den Stein und das Messer zur Seite und sah Fayola an. »Ich komme mit euch!«, sagte er fest und der Ausdruck in den Augen der Kriegerin verriet ihm, dass sie genau diese Antwort von ihm erwartet hatte.

»Gut«, erwiderte sie knapp. »Du hast mir zwar bisher keinen Grund gegeben, an deiner Aufrichtigkeit zu zweifeln ...« Während sie weitersprach, wurden ihre Augen schmal und funkelten drohend. »Aber du sollst wissen, dass ich nicht zögern werde dich zu töten, wenn du versuchst zu fliehen oder dich gegen uns wendest.« Damit erhob sie sich und wandte sich der erlöschenden Glut des Feuers zu, um es zu schüren.

»Ich habe gewusst, dass du auf unserer Seite bist.« Sunnivah legte einen prall gefüllten Wasserschlauch in das Gras und setzte sich neben Vhait. Sie erwiderte den erstaunten Blick des jungen Kriegers ohne eine Spur von Misstrauen und lächelte ihn an. »Wir können jede Hilfe brauchen. Der Weg, den wir gehen müssen, ist gefährlich.« Wieder lächelte sie und ihre

Augen strahlten. »Wie wäre es, wenn du mir zur Abwechslung einmal etwas von dir erzählst?«, fragte sie. »Wir wissen so gut wie gar nichts über dich.«

Vhait schwieg. Es war nicht seine Art, über sich zu sprechen, aber er sah ein, dass er diesmal wohl nicht umhinkonnte, wenn er das Vertrauen der Frauen gewinnen wollte. Er musste ihnen die Wahrheit sagen. Eine Weile suchte er noch nach dem passenden Anfang, dann begann er zu erzählen. Die Tatsache, dass er der Sohn des obersten Kriegsherrn war, verschwieg er dabei ebenso wenig wie die Ereignisse, die zu dem Zerwürfnis mit seinem Vater geführt hatten.

Kurz vor Sonnenuntergang kehrte Naemy zurück. Sie brachte Decken, Rucksäcke und ausreichend Proviant für die nächsten Sonnenläufe mit und, zu Sunnivahs großer Überraschung, auch ein Schwert für Vhait. Offenbar war sich die Nebelelfe der Rolle, die der junge Krieger in ihrer kleinen Gruppe spielte, weitaus sicherer als Fayola und Sunnivah.

»Ich habe noch zwei Geschenke von Mino-They für dich«, sagte Naemy und reichte Sunnivah eine kleine Flasche aus durchsichtigem Glas und ein Paar lederne, pelzgefütterte Handschuhe.

»Was ist das?« Prüfend hielt Sunnivah die Flasche der niedrig stehenden Sonne entgegen und kippte den Inhalt mal in die eine, mal in die andere Richtung. Rote Flüssigkeit schwappte im Inneren der Flasche träge hin und her. Wäre die Farbe nicht gewesen, hätte man glauben können, in der Flasche befinde sich Öl. Sunnivah runzelte die Stirn. Sie hatte keine Ahnung, wozu sie dienen sollte.

»Es ist ein hochwirksamer Trank gegen die Kälte«, erklärte Naemy, der Sunnivahs Gesichtsausdruck nicht entgangen war. »Mino-They glaubt, dass du ihn bei deinem Aufstieg zum Himmelsturm gut gebrauchen kannst.«

»Aber wir haben Sommer! Selbst in den Bergen herrscht

längst kein Frost mehr«, meinte Sunnivah. »Die gute Mino-They macht sich wirklich zu viel Sorgen.« Lachend steckte sie die Flasche und die Handschuhe in ihren Rucksack. Danach verstauten die Gefährten auch die anderen Sachen, die Naemy besorgt hatte, und setzten sich anschließend um das Feuer, um zu beraten, wie es weitergehen solle.

»Bevor ich euch durch die Zwischenwelt zum Himmelsturm bringe, muss ich euch noch einmal verlassen«, erklärte Naemy.

»Warum?« Fayola klang bestürzt. Sie hatte gehofft die Lichtung schon bald verlassen zu können. Seit dem frühen Morgen plagte sie eine seltsame Unruhe, die schlimmer geworden war, je weiter die Sonne über den Himmel wanderte. Jetzt, gegen Abend, war die Unruhe einem beängstigenden Gefühl drohender Gefahr gewichen, das Fayola kaum zu ertragen vermochte.

»Das Rebellenheer lagert in den Valdor-Bergen und steht unmittelbar davor, auf Nimrod zu marschieren«, sagte Naemy ernst. »Ich selbst bin nicht ganz unschuldig daran, dass es dazu gekommen ist. Über meiner Gefangennahme und den Ereignissen in der Festung habe ich ein Versprechen, das ich dem Anführer der Rebellen gab, bevor ich aufbrach, völlig vergessen. Wenn ich mich beeile, dann kann ich das Schlimmste vielleicht noch verhindern. – Die Rebellen dürfen Nimrod auf keinen Fall angreifen, bevor die Göttin ihren Stab zurückerhalten hat, sonst haben sie nicht die geringste Chance.«

Fayola war überhaupt nicht damit einverstanden, den Aufbruch zu verschieben. »Wenn du unbedingt gehen musst, dann gleich«, bat sie. »Je eher wir von hier fortkommen, desto besser. Ich habe das ungute Gefühl, dass wir hier nicht mehr lange sicher sind.«

Auch in den Gewölben der Magier war alles bereit.

Auf den steinernen Boden hatten Diener ein riesiges Pentagramm gezeichnet. Es war so groß, dass außer dem Quarlin noch acht Krieger in seiner Mitte Platz fanden.

Eine fast greifbare Spannung hatte von allen Besitz ergriffen und machte die Luft schwer. Nur der Quarlin saß gelassen inmitten der Krieger und blinzelte mit seinen gelben Raubtieraugen in den Schein der Fackeln, die das Gewölbe erhellten. Trotz der langen Gefangenschaft und seines hohen Alters war der Quarlin noch immer ein Furcht einflößendes Geschöpf.

Tarek, der ein solches Wesen nur aus den Legenden kannte, konnte nicht umhin, die kraftvolle Schönheit und das seidige Fell des muskulösen Tieres zu bewundern, und hielt respektvollen Abstand zu den beiden langen gebogenen Säbelzähnen des Quarlin und dessen klauenbewehrten Pranken. Insgeheim fragte er sich, wie sich die acht Krieger fühlen mussten, die rund um den Quarlin Aufstellung bezogen hatten und ungeduldig darauf warteten, ihren Auftrag zu erfüllen.

Keiner der Krieger wusste, wie gefährlich das Wesen an ihrer Seite wirklich war. Sie ahnten auch nicht, dass wahrscheinlich nur einer von ihnen die Festung wiedersehen würde. Alle waren auf die großzügigen Versprechungen hereingefallen, die der oberste Kriegsherr ihnen in Aussicht stellte, damit sie seinem Plan zustimmten.

Tarek sah es in ihren Augen. Die Krieger brannten darauf, die Elfe zu fangen, und hofften, schon bald zurückzukehren, um dann in dem ihnen versprochenen Reichtum und Überfluss leben zu können.

Endlich hob Asco-Bahrran die Hand und sprach die magischen Worte. Die Krieger und der Quarlin begannen zu verschwimmen und wenige Augenblicke später war das Pentagramm leer.

»Es wird nicht lange dauern, das verspreche ich euch.« Naemy hatte die Spitzen des Pentagramms mit neuen Schriftzeichen versehen und trat in die Mitte des fünfzackigen Sterns. Doch sie machte sich nicht sofort auf den Weg. Einer plötzlichen Eingebung folgend griff sie in ihren Rucksack und reichte Sunnivah einen kleinen braunen Beutel.

»Was ist das?«, fragte Sunnivah erstaunt. »Ist das nicht der Beutel, den du …«

»Das ist jetzt nicht wichtig«, unterbrach sie Naemy. »Aber der Inhalt des Beutels ist sehr wertvoll und deshalb möchte ich, dass du gut auf ihn Acht gibst, während ich fort bin.«

»Du kannst dich auf mich verlassen!« Sunnivah nahm den Beutel fest in die Hand.

Naemy nickte und machte sich bereit. Sie wusste, dass sie es sehr viel leichter haben würde, den Anführer der Rebellen zum Abwarten zu bewegen, wenn Sunnivah sie begleitete. Dennoch hielt sie es nicht für ratsam, wenn die beiden sich jetzt schon begegneten. Sunnivah war ihrer Mutter wie aus dem Gesicht geschnitten und es stand zu befürchten, dass Kjelt sie nicht wieder fortlassen würde, wenn er sie erkannte. Der Rebellenführer hatte keine Ahnung, dass er eine Tochter besaß, und auch Sunnivah hatte noch nie nach ihrem Vater gefragt. Und so sollte es vorerst auch bleiben.

Leise sprach sie die Worte, die sie durch die Zwischenwelt in das Lager der Rebellen bringen würden, und spürte sogleich ein vertrautes und angenehmes Prickeln auf der Haut – ein Zeichen dafür, dass sich das Tor zur Zwischenwelt öffnete. Langsam löste sich ihr Körper aus der Wirklichkeit und glitt, das Ziel fest vor Augen, durch das dunkle Tor in die Kälte der Zwischenwelt.

Naemy war noch nicht weit gekommen, als ihr plötzlich ein eisiger Schauer über den Rücken lief und ihre feinen Elfensinne alarmierte. Aufmerksam blickte sie sich um, aber die Dunkelheit dieser Sphäre machte es selbst ihr unmöglich, etwas zu erkennen. Für einen winzigen Moment trug sie sich mit dem Gedanken umzukehren, verwarf ihn aber gleich wieder.

Sie musste sich täuschen. Nebelelfen waren die einzigen Wesen, die die Zwischenwelt betreten konnten. Hier drohte ihr keine Gefahr. Energisch versuchte Naemy das beklemmende Gefühl abzuschütteln, während sie gleichzeitig immer tiefer in die Zwischenwelt hineinglitt.

Ohne jede Vorwarnung griff der Quarlin an.

Seine mächtigen Pranken prallten heftig gegen Naemys Schultern und stießen sie nach vorn. Noch im Fallen gelang es ihr, sich umzudrehen, aber ihr blieb nicht genügend Zeit, nach ihrem Messer zu greifen. Der Quarlin war ein erfahrener Jäger. Seine klauenbewehrten Pranken pressten Naemys Arme schmerzhaft auf den Boden und das Gewicht seines Körpers lähmte ihre Beine, als er sich drohend über sie stellte.

Naemy war entsetzt. Fassungslos starrte sie auf das riesige Tier. Das konnte nicht wahr sein! Der letzte Quarlin war schon vor über hundert Sommern getötet worden.

Der Quarlin öffnete sein riesiges Maul und brüllte seinen Sieg in die Finsternis hinaus. Seine langen gebogenen Zähne blitzten trotz des schwachen Lichts gefährlich und das ohrenbetäubende Brüllen ließ den Boden erzittern. Naemy schloss die Augen und wartete darauf, den reißenden Schmerz der messerscharfen Zähne an ihrer Kehle zu spüren, doch der Quarlin tötete sie nicht.

»Wo ist das Pulver?« Die raue Stimme eines Mannes übertönte den hechelnden Atem des Quarlins. In der Sphäre der Zwischenwelt klang sie dunkel und seltsam gedämpft, trotzdem waren seine Worte gut zu verstehen.

Überrascht öffnete Naemy die Augen und sah in das bärtige Gesicht eines Kriegers, der furchtlos neben dem Quarlin kniete und sie mitleidlos ansah.

»Sag schon, wo hast du es versteckt, Elfe?«, fragte er ungeduldig und zog drohend seinen Dolch.

Der Quarlin knurrte, doch der Krieger schenkte ihm keine Beachtung und setzte Naemy den Dolch an die Kehle.

Naemy schluckte. Sie war froh, den Beutel mit dem Pulver Sunnivah gegeben zu haben. »Ich habe ihn nicht bei mir«, presste sie hervor.

»Hast du nicht, wie?«, fragte der Krieger grimmig. »Das werden wir ja sehen!« Er nahm den Dolch von Naemys Kehle und legte ihn auf den Boden. Dann begann er mit seinen großen Händen den Körper der Nebelelfe abzutasten, wobei der Quarlin, der noch immer über Naemy stand, ihn erheblich behinderte.

»Hau ab, du Mistvieh«, knurrte der Krieger ärgerlich. »Du hast sie gefangen. Damit ist deine Aufgabe beendet.« Offenbar war er sich der Gefahr, die von dem unberechenbaren Tier ausging, überhaupt nicht bewusst, denn er versuchte das große Tier mit der Schulter zur Seite zu schieben.

Der Quarlin legte gereizt die Ohren an und fauchte böse. Die Nebelelfe gehörte ihm! Fast spielerisch hob er seine Pranke zu einem kurzen und kräftigen Hieb und schlug zu. Blut spritzte, als der Quarlin die Kehle des Kriegers zerfetzte. Mit einem erstickten Laut brach er zusammen und stürzte neben Naemy zu Boden.

Der Krieger starb langsam. Mit jedem Herzschlag sickerte mehr Blut aus der klaffenden Wunde oberhalb seiner Schulter. Blankes Entsetzen stand in seinen Augen, doch er konnte nicht mehr schreien, denn dort, wo eben noch seine Kehle gewesen war, gab es nur noch einen Haufen blutiger Hautfetzen. Alles, was er zustande brachte, war ein heiseres Gurgeln. Dann sackte er kraftlos zusammen und das Licht seiner Augen erlosch.

Ohne die Nebelelfe loszulassen begann der Quarlin das warme Blut des Kriegers vom Boden zu lecken, dessen Dolch nicht einmal eine Armeslänge von Naemy entfernt auf dem Boden lag. Die Nebelelfe unternahm einen vorsichtigen Versuch, ihn zu erreichen, doch die Pranke des Quarlins hielt sie mit eisernem Griff und ließ ihr nicht die geringste Chance. Plötzlich hörte Naemy weitere Stimmen in der undurchdringlichen Dunkelheit. Offenbar war der Krieger nicht allein.

Gleich darauf traf ein Pfeil den massigen Körper des Quarlins und ließ ihn gequält aufschreien. Mit einer für seine Größe unglaublich geschmeidigen Bewegung fuhr er herum und sprang den Angreifern mit einem gewaltigen Satz entgegen.

Naemy hörte die Männer schreien und den Quarlin brüllen, hatte jedoch nicht vor abzuwarten, wer von ihnen den Kampf gewann. Mühsam setzte sie sich auf. Ihr rechter Arm schmerzte höllisch. Er ließ sich nicht bewegen und hing nutzlos herunter. Vermutlich war er gebrochen. Naemy schloss kurz die Augen und verdrängte die hämmernden Schmerzen aus ihrem Bewusstsein. Dann drehte sie sich um, ergriff den Dolch des toten Kriegers mit der linken Hand und richtete sich auf.

Sie musste hier fort! Die Gelegenheit war günstig.

Hinter ihr tobte der Kampf mit unverminderter Heftigkeit.

Hastig zwang sie sich zur Ruhe, um in ihren Gedanken noch einmal das Bild ihres Zielortes entstehen zu lassen. Doch als das Bild fast vollständig war, bemerkte der Quarlin ihren Fluchtversuch und wandte sich von seinen Angreifern ab. Wie ein Dämon tauchte er vor Naemy auf. Eisiger Schrecken durchzuckte die Nebelelfe und ließ die Gedankenbilder augenblicklich verblassen.

Der Quarlin fauchte und knurrte böse. Sprungbereit kauerte er vor der Elfe, die ihm den kurzen Dolch drohend entgegenstreckte. Vor dem Hintergrund des riesigen Raubtieres wirkte die kurze Waffe fast lächerlich, doch ihr langes Jagdmesser konnte Naemy mit der linken Hand nicht erreichen und so blieb ihr nur der Dolch, um sich zu verteidigen. »Nun spring schon«, rief sie herausfordernd, bereit, ihr Leben so teuer wie möglich zu verkaufen.

Der Quarlin sprang, doch er erreichte sie nicht.

Mitten im Sprung wurde seine ungeschützte Flanke von drei Pfeilen getroffen, die ihm die Kraft nahmen und ihn wie einen Stein zu Boden stürzen ließen, wo er benommen liegen blieb. Die Pfeile konnten ihn nicht schwer verletzt haben, doch Naemy hatte dadurch genügend Zeit gewonnen, um zu verschwinden.

»Und jetzt zu dir!« Völlig überraschend packte sie jemand von hinten und schlug ihr den Dolch aus der Hand.

Naemy spürte die stählerne Spitze eines Messers an ihrem Rücken und einen Arm um ihren Hals, der ihr fast die Luft abschnürte. Die Krieger waren zu dritt. Ihre Rüstungen waren zerrissen und blutverschmiert, doch sie selbst schienen unverletzt zu sein. Zwei hielten sie von hinten fest, während der Dritte ungeduldig vor ihr auf und ab ging.

»Wo ist das Pulver, das du gestohlen hast?«, fragte er nervös, während sein Blick ständig zwischen der bewusstlosen Raubkatze und der Elfe hin und her wanderte.

Naemy schwieg.

Mit einem Schritt war der Krieger heran, ergriff ihren verletzten Arm und drehte ihn mit eisigem Lächeln nach hinten. Naemy hatte Glück. Die Barriere, die sie um ihr Bewusstsein gelegt hatte, hielt und sie verspürte keinen Schmerz.

»Bei den drei Toren«, stieß der Krieger hervor. »Das ist Zauberei! Aber ich werde dich schon noch zum Reden bringen.« Er trat einige Schritte zurück und nahm seinen Bogen zur Hand. Langsam zog er einen Pfeil aus dem Köcher auf seinem Rücken, legte ihn auf die Sehne und richtete den gespannten Bogen auf Naemy.

»Wenn du tot bist, nützt du mir wenig«, erklärte er mit grausamem Lächeln und ließ den Pfeil fliegen. Ein heißer

Schmerz schoss durch Naemys Bein und sie schrie ihre Qual in die Dunkelheit hinaus.

»Na also!« Der Krieger lächelte zufrieden und legte einen neuen Pfeil an. »Wenn du mir verrätst, wo du das Pulver versteckt hast, werde ich sofort damit aufhören!«, versprach er und sah Naemy erwartungsvoll an. »Hast du schon genug?«

Naemy dachte nicht daran, dem Krieger zu antworten. In ihrem Kopf arbeitete es. Sie musste hier fort. Obwohl der Schmerz in ihrem Bein sie peinigte, gelang es ihr mit einer verzweifelten Anstrengung, ein Bild des Rebellenlagers in ihren Gedanken entstehen zu lassen. Verbissen hielt sie es fest und sammelte ihre Kräfte.

Wenige Augenblicke später begann die Gestalt des Kriegers vor ihren Augen zu verschwimmen und sein erstaunter Ausruf erreichte sie nur mehr schwach. Doch die beiden anderen Krieger waren noch da. Naemy spürte nach wie vor das Messer an ihrem Rücken und den Arm um ihre Kehle, doch das war ihr egal. Mit dem Mut der Verzweiflung hielt sie das Bild des Rebellenlagers vor ihren Augen aufrecht. So schnell sie konnte, eilte sie darauf zu und riss die völlig überraschten Krieger einfach mit sich.

Im Rebellenlager herrschte rege Aufbruchsstimmung.

An die dreitausend Rebellen mit ihren über fünfhundert Pferden hatten in den vergangenen Sonnenläufen ihre weit verstreut liegenden Verstecke in den Bergen verlassen und sich hier um ihren Anführer versammelt.

Spannungsvolle Erwartung lag in der Luft, denn in zwei Sonnenläufen würde sich das Heer endlich auf den Weg nach Nimrod machen. Überall wurden Waffen geschärft und Pfeile geschnitzt, Rüstungen geflickt und Pferdegeschirr überprüft, Proviant verpackt und Bündel geschnürt.

Und inmitten dieses hektischen Treibens erschien Naemy mit den beiden Kriegern. Niemand bemerkte das leichte

Flimmern in der Luft, das ihr Nahen ankündigte. Wie aus dem Nichts erschien sie plötzlich unmittelbar vor der riesigen Höhle und ließ die Rebellen, die sich in ihrer Nähe befanden, erschrocken aufspringen. Die beiden Krieger, die Naemy mit sich brachte, waren nicht weniger überrascht und ebenso wie die Rebellen nicht sofort in der Lage zu reagieren.

Diesen Moment nutzte Naemy für sich.

Mit einer einzigen schnellen Drehung entwand sie dem ersten Krieger das Messer und stieß ihm ihren Ellenbogen in die Magengrube. Gleichzeitig rammte sie dem zweiten mit einer halben Drehung ihr Knie mit aller Wucht zwischen die Beine und der Arm um ihren Hals verschwand.

»Wo ist euer Anführer?«, rief Naemy den überraschten Rebellen entgegen, während sie eilig außer Reichweite der beiden Krieger humpelte, die sich mit schmerzverzerrtem Gesicht am Boden krümmten. »Worauf wartet ihr noch? Fesselt sie!«, rief sie gereizt und deutete auf die Krieger. Endlich reagierten auch die anderen. Einige zogen ihre Schwerter, während andere Seile holten, mit denen sie die beiden Krieger fesselten.

Inzwischen hatte sich eine große Menschenmenge versammelt. Alle redeten aufgeregt durcheinander. Die meisten hatten nicht gesehen, was vorgefallen war, und wollten wissen, wie An-Rukhbars Krieger in das Lager gekommen waren.

Naemy schloss die Augen. Sie hatte starke Schmerzen und war zu Tode erschöpft. Ganz allmählich begann der Lärm um sie herum zu einem einzigen monotonen Gemurmel zu verschwimmen und sie spürte, wie ihr Bewusstsein langsam in einen gnädigen Schlaf hinüberglitt. Naemy wehrte sich nicht dagegen. Hier war sie in Sicherheit und hieß den Schlaf willkommen.

Naemy kehrte nicht zurück.

Als es dämmerte, saßen die drei Gefährten unschlüssig und voller Sorge um das kleine Feuer und berieten, was zu tun sei. Keiner von ihnen hatte damit gerechnet, dass die Nebelelfe so lange fortbleiben würde.

»Wir können hier nicht weg, solange wir nichts von Naemy gehört haben«, erklärte Sunnivah. »Wo sollten wir auch hingehen? Ohne Pferde würden wir nicht weit kommen. Ich schätze, die ganze Gegend um Nimrod ist inzwischen voller Krieger, die nach uns suchen.« Sie schüttelte den Kopf. »Wenn ihr meine Meinung hören wollt, dann sollten wir zumindest bis morgen warten. Und dafür ist dieser Platz ebenso gut geeignet wie jeder andere.«

»Aber wir haben nicht mehr viel Zeit!« Fayola deutete zum Himmel hinauf, wo sich die fast vollendeten Scheiben der Zwillingsmonde eben über die Gipfel der Tannen erhoben.

»Die Nacht der Lichter ist nicht mehr fern. Uns bleiben höchstens noch fünf Sonnenläufe, um den Himmelsturm zu erreichen.«

»Was du sagst, klingt vernünftig, Fayola«, meinte Sunnivah. »Aber gerade weil die Zeit drängt, sollten wir warten. Durch die Zwischenwelt dauert die Reise zum Himmelsturm nur wenige Augenblicke.«

»Es könnte aber doch sein, dass Naemy etwas zugestoßen ist«, gab Fayola zu bedenken. »Immerhin antwortet sie nicht auf dein Rufen.« Sie machte eine Pause, denn es fiel ihr schwer, auszusprechen, was dieses Schweigen bedeuten konnte. Dann senkte sie den Blick und sagte leise: »Vielleicht ist sie sogar tot.«

Sunnivah wollte etwas erwidern, doch Vhait kam ihr zuvor. »Das ist nur eine Möglichkeit. Es könnte aber ebenso gut andere Gründe dafür geben. Ich denke, Sunnivah hat Recht. Erst wenn wir bis zum Morgen nichts von Naemy gehört haben, brechen wir auf.«

»Wohin?« Sunnivah sah ihren Begleiter erstaunt an. »Weißt du eigentlich, wie weit es zum Himmelsturm ist? Ohne Pferde werden wir ihn niemals rechtzeitig erreichen.«

»Die Pferde lasst ruhig meine Sorge sein.« Vhait lächelte viel sagend. »Aber vielleicht brauchen wir sie ja gar nicht. Ich für meinen Teil würde Naemys schnelle Elfenwege einem langen Ritt vorziehen. Deshalb sollten wir warten.«

Die Entscheidung war gefallen.

Fayola erhob sich murrend, nahm Naemys Bogen und ein paar Pfeile und ging zum nahen Wald, um etwas für das Abendessen zu besorgen. Die Unruhe in ihr war inzwischen unerträglich und sie brauchte dringend eine Aufgabe, um sich abzulenken.

Ihr Weg führte sie geradewegs am Schlafplatz der Wölfin vorbei. Dort angekommen, fand sie ihn jedoch verlassen vor. Offenbar nutzte auch die Wölfin das dämmrige Licht des frühen Abends zur Jagd. Aufmerksam betrat Fayola das lichte Unterholz im Schatten der hohen Kristalltannen, die nur hier, in den Höhenlagen der Valdor-Berge, wuchsen. Farne, Brombeerranken und andere niedrige Sträucher bedeckten den Boden überall dort, wo das Sonnenlicht das immergrüne Dach der riesigen Tannen zu durchdringen vermochte. Dazwischen war der Waldboden dunkel und mit einer dicken, braunen Schicht aus langen Kristallnadeln bedeckt.

Je tiefer sie in den Wald hineinging, desto stiller wurde es. Zunächst bemerkte Fayola es gar nicht, denn das Rauschen des Wasserfalls übertönte noch alle Geräusche. Dann spürte sie es plötzlich überdeutlich. Kein einziger Vogel war zu hören und in den Wipfeln der Tannen stritten sich auch keine Eichhörnchen. Nicht einmal die sonst sehr geschäftigen Bergmäuse waren an diesem Abend im Unterholz auf Nahrungssuche.

Irgendetwas stimmte nicht!

Fayola lauschte angestrengt. Lange hörte sie nichts, doch

dann erreichte ihre Ohren ein Schrei, der ihr das Blut in den Adern gefrieren ließ. Irgendwo über den weit ausladenden Zweigen der Kristalltannen nahte Gefahr.

Angespannt hielt sie den Atem an. Der erste Schrei war noch weit entfernt gewesen, doch der nächste folgte nur wenig später und klang schon sehr viel näher.

Ihr blieb nicht viel Zeit!

Fayola drehte sich um und hastete zurück. Sie musste die anderen warnen! Was immer sich dort oben bewegte, näherte sich ihrem Lagerplatz mit großer Geschwindigkeit, und Fayola war sicher, dass es sich dabei nicht um einen Freund handelte.

Sie schaffte es nicht ganz.

Noch bevor Fayola den Rand der Lichtung erreichte, hörte sie die Kampfgeräusche. Vorsichtig schlich sie auf den nahen Waldrand zu, legte einen Pfeil auf die Sehne und spannte den Bogen.

Als sie die letzten Bäume erreicht hatte, suchte sie Deckung hinter einer dicken Tanne und spähte auf die Lichtung. Dort standen Sunnivah und Vhait Rücken an Rücken und waren in einen aussichtslosen Kampf mit vier Furcht erregenden, geflügelten Kreaturen verwickelt, die sie schreiend und fauchend umkreisten.

Immer wieder stießen die vier auf die beiden Gefährten herab, denen es nur mit großer Mühe gelang, den scharfen Schnäbeln der Angreifer zu entgehen.

Fayola zögerte nicht länger.

Schon sirrte der erste Pfeil in die flatternden Leiber der Angreifer. Sie achtete nicht darauf, ob er sein Ziel fand, sondern legte gleich den zweiten Pfeil an. Dieser flog mit tödlicher Präzision über die Lichtung und sie sah eines der Wesen getroffen zu Boden stürzen.

Fayola schoss weiter und verletzte ein weiteres Wesen am Flügel. Es stürzte zu Boden, griff jedoch sofort wieder an.

Offenbar war es so auf Sunnivah fixiert, dass es den Pfeil, der noch immer in seinem Flügel steckte, gar nicht spürte. Immer wieder schnappte es nach Sunnivahs Beinen und versuchte sie zu Fall zu bringen.

Trotz der Verluste änderten die beiden flugfähigen Kreaturen ihre Vorgehensweise nicht. Unvermindert stießen sie so lange aus der Luft auf Vhait und Sunnivah herab, bis einer von ihnen den Fehler machte, in die Nähe von Vhaits Schwertarm zu kommen. Dieser Leichtsinn kostete ihn seinen Kopf. Grünes Blut spritzte und das kopflose Wesen stürzte wie ein Stein zu Boden, wo es flügelschlagend liegen blieb.

Sunnivah nutzte die kurze Atempause, die ihr Vhait verschafft hatte, um das verletzte Tier zu ihren Füßen zu töten. Voller Abscheu bohrte sie ihm ihr Schwert in den zuckenden Körper. Das geflügelte Wesen öffnete ein letztes Mal seinen Schnabel und ein grässlicher Schrei gellte über die Lichtung. Dann erschlaffte es. Mit einem kräftigen Ruck riss Sunnivah ihre Waffe wieder heraus und wandte sich Vhait zu, der noch immer große Mühe mit dem letzten Angreifer hatte. Dieser umkreiste Vhait nun ungehindert und mit unglaublicher Geschwindigkeit. Dabei bewegte er sich so geschickt, dass Vhaits Schwert ihn nicht erreichen konnte.

Sunnivah zögerte. Das Schwert in der Hand, stand sie nicht weit von Vhait entfernt, wagte es jedoch nicht, in den Kampf einzugreifen, weil sie befürchtete auch ihren Gefährten zu verletzen.

Fayola hatte ihren letzten Pfeil verschossen. Fluchend warf sie den Bogen zur Seite und rannte über die Lichtung, um ihren Freunden zu Hilfe zu eilen. Sie hatte noch nicht einmal die Hälfte der Strecke zurückgelegt, als Vhait plötzlich stürzte. Pfeilschnell stieß das geflügelte Wesen auf ihn herab und holte mit seinem geöffneten Schnabel zu einem Hieb nach der ungeschützten Kehle des Kriegers aus.

Fayola erkannte, dass sie es nicht rechtzeitig schaffen würde.

Sie hörte Sunnivah entsetzt aufschreien und sah, wie diese ihr Schwert hob. Doch auch sie würde zu spät kommen.

Plötzlich schoss ein grauer Schatten über die Lichtung. Wie eine Windböe kam er aus dem Wald und raste pfeilschnell auf die kreischende Kreatur zu, die ihre scharfen Krallen schon tief in Vhaits Brustpanzer gegraben hatte.

Im gleichen Moment, als das Wesen seinen Schnabel senkte, um Vhaits Kehle zu zerreißen, riss es der Schatten mit sich fort. Als die beiden nur wenige Längen hinter Vhait auf die Lichtung stürzten, lebte das grauenhafte Wesen schon nicht mehr. Leblos hing es in den Fängen der Wölfin. Grünes Blut rann in breitem Strom aus der zerfetzten Kehle des Wesens, als sich das graue Tier erhob und die Beute zum Feuer schleppte. Mit einer kraftvollen Bewegung warf die Wölfin den braunen Körper in die Flammen. Dann wandte sie sich um, schnappte sich das geköpfte Wesen und warf es ebenfalls ins Feuer.

Gierig griffen die kleinen Flammen der Feuerstelle nach den beiden Körpern und wuchsen in nur wenigen Augenblicken zu einem lodernden Feuer heran, das fauchend in die Höhe sprang. Schwarzer Rauch stieg auf und verbreitete einen unerträglichen Gestank nach verbranntem Fleisch. Das schien die Wölfin jedoch nicht zu kümmern, die sich gerade daranmachte, ein weiteres Wesen in die Flammen zu werfen.

»Hör auf!«, rief Sunnivah entsetzt. »Das Feuer wird uns verraten.«

Die Wölfin hielt inne, setzte sich auf die Hinterläufe und sah zum Himmel hinauf. »Zu spät«, klangen ihre Worte in Sunnivahs Gedanken. Verwirrt legte Sunnivah den Kopf in den Nacken und folgte dem Blick der Wölfin. Weit oben, vor dem ersten Licht der Sterne, erblickte sie zwei schwarze Schatten, die sich rasch in Richtung Nimrod entfernten.

»Sucher«, hörte sie die Wölfin ohne eine weitere Erklärung sagen. »Es waren sechs. Die beiden kamen etwas später hier an als die anderen. Sie haben den Kampf beobachtet ohne einzugreifen. Jetzt fliegen sie nach Nimrod, um euch zu verraten. Ihr müsst so schnell wie möglich von hier fliehen.«

Naemy erwachte von der ungewohnten Kälte eines feuchten Tuches, das ihr jemand auf die Stirn legte. Sie blinzelte und versuchte etwas hinter den verschwommenen Farben zu erkennen, die sich vor ihren Augen wie ein buntes Tuch bewegten. Doch sosehr sie es auch versuchte, das Bild blieb verschwommen. Schließlich gab sie es auf und schloss die Augen.

Gleich darauf hörte sie eine weibliche Stimme, die etwas zu ihr sagte. Hinter dem Rauschen in ihren Ohren konnte sie die Worte zwar nicht verstehen, aber es tat gut, zu wissen, dass sie nicht allein war. Wieder griffen die sanften Arme des Schlafes nach ihr, doch bevor Naemy sich ihnen überließ, bemerkte sie noch, dass ihre Schmerzen zu einem dumpfen Pochen abgeklungen waren.

»Naemy!«

Als die Nebelelfe wieder erwachte, war es dunkel und still. Für einen winzigen Moment fragte sie sich, was sie geweckt haben konnte, doch dann hörte sie erneut die leise Stimme in ihren Gedanken, die immer wieder nach ihr rief.

Shari? Naemy war verwirrt. Die Stimme klang ähnlich, aber ihre Schwester war doch schon lange tot. Wer sonst konnte sie rufen? Sie musste sich erinnern! Nur langsam kehrten ihre Erinnerungen zurück und endlich fiel ihr auch ein, wem die Stimme gehörte. Eisiger Schrecken durchzuckte sie. Ihre Freunde! Naemy hatte keine Ahnung, wie viel Zeit seit ihrer

Flucht aus der Zwischenwelt vergangen war, und fragte sich entsetzt, wie lange sie hier schon untätig herumlag.

»Sunnivah!«

Ihr erster Versuch, einen Gedankenruf auszusenden, misslang gründlich, weil sie noch nicht die nötige Kraft dafür besaß. Trotzdem versuchte sie es weiter. Sunnivah musste wissen, dass sie nicht zurückkommen würde, damit sie sich unverzüglich auf den Weg zum Himmelsturm machen konnte.

»Sunnivah!«

»Naemy? Bei der Göttin, du lebst.« Sunnivahs Gedanken glichen einem Aufschrei. »Wir dachten schon, du seist …«

»Sunnivah, hör mir zu«, unterbrach Naemy ihre Gefährtin. In rascher Folge sandte sie alle Informationen, die sie für wichtig hielt, ohne weitere Erklärungen an Sunnivah. »Ich bin im Rebellenlager … schwer verletzt … kann euch nicht erreichen … die Zwischenwelt ist nicht mehr sicher … müsst ohne mich zum Himmelsturm.« Sie wollte noch etwas hinzufügen, doch ihre Kraft war verbraucht. Undeutlich hörte sie noch, wie Sunnivah ihren Namen rief und Fragen stellte, dann brach die Verbindung zwischen ihnen endgültig ab und Naemy fiel erschöpft in einen Schlaf aus wirren Träumen.

»Hast du Naemy erreicht?« Fayola blickte hoffnungsvoll auf, als Sunnivah an die Feuerstelle zurückkehrte. Sunnivah setzte sich neben ihre Gefährtin und nickte stumm.

»Wo ist sie? Warum kommt sie nicht zurück?«, fragte Fayola, die nicht mehr damit gerechnet hatte, dass die Nebelelfe noch am Leben war. Sunnivah presste ihre Hände an die Schläfen. Die enorme Anstrengung, Naemy zu erreichen, hatte ihr hämmernde Kopfschmerzen eingebracht und sie fühlte sich nicht dazu in der Lage, auf Fayolas Fragen zu antworten.

»Du solltest sie nicht so bedrängen!«, meinte Vhait. »Siehst du nicht, wie erschöpft sie ist?« Fürsorglich reichte er Sunnivah ihren Wasserschlauch. Das kühle Wasser tat ihr gut. Schon bald wandte sie sich um und sah ihre Freunde ernst an.

»Naemy lebt«, murmelte sie. Ihre Stimme war nicht mehr als ein Flüstern und wurde von dem Rauschen des Wasserfalls fast übertönt. »Ich konnte sie nicht gut verstehen. Ihre Stimme war sehr schwach. Ich weiß nur, dass sie im Rebellenlager ist. Und sie kommt nicht zurück. Irgendjemand hat sie verwundet und sie sagte mir, dass die Zwischenwelt nicht mehr sicher ist – was sie damit meint, weiß ich aber nicht.« Sunnivah machte eine Pause und trank noch einen Schluck Wasser. Dann sah sie zunächst Vhait und darauf Fayola an. »Das heißt, wir müssen uns allein auf den Weg zum Himmelsturm machen«, sagte sie.

Fayola seufzte, während Vhait schwieg.

Schließlich erhob sich Fayola, griff nach einem der fertig gepackten Rucksäcke und warf ihn Vhait zu. »Dann mal los«, sagte sie. »Wir brauchen jetzt schnellstens drei Pferde.«

Der junge Hauptmann fing den Rucksack geschickt auf. Dann erhob er sich, schulterte das schwere Gepäck und machte einige Schritte auf den Wald zu. Nach wenigen Längen hielt er jedoch inne und blickte die beiden Frauen an. »Was ist los?«, fragte er leise. »Wollt ihr nicht mitkommen?«

Sunnivah hätte gern noch gewartet, bis sie sich erholt hatte. Trotzdem ergriff sie ihren Rucksack und den Stab und gesellte sich zu Fayola, die ebenfalls ihr Bündel geschultert hatte. Klaglos folgte sie Vhait durch den nächtlichen Wald.

Ihr Weg führte stetig bergab und, wie Fayola richtig bemerkte, direkt auf Nimrod zu. Die junge Kriegerin hatte noch immer kein echtes Vertrauen zu Vhait und blieb trotz der Müdigkeit wachsam. Auch ihr Kurzschwert legte sie nicht aus der Hand.

»Wenn er uns in eine Falle führt, kann ich mich wenigstens wehren«, flüsterte sie Sunnivah zu, die das Misstrauen ihrer Freundin jedoch nicht teilte.

Ein leises Knacken im Unterholz verriet Sunnivah, dass die Wölfin sich ganz in ihrer Nähe befand. Sie konnte es sich nicht erklären, doch die Anwesenheit des großen, grauen Tieres beruhigte sie. Sie spürte, dass die Wölfin etwas ganz Besonderes war, auch wenn diese oft ihre eigenen Wege ging. Trotzdem war sie immer sofort zur Stelle, wenn sie gebraucht wurde.

»Elende Schlepperei! Hat dieser Weg denn nie ein Ende?« Fayola fluchte leise, aber in der nächtlichen Stille klangen ihre Worte gefährlich laut. Insgeheim musste Sunnivah ihr Recht geben. Auch ihr machte das Gewicht des Rucksacks zu schaffen, während sie gleichzeitig gegen die bleierne Müdigkeit in ihren Beinen ankämpfte und versuchte die Augen offen zu halten.

»Pass doch auf!«, zischte Vhait direkt neben ihr. Offenbar hatte sie ihre Augen einen Moment zu lange geschlossen und nicht gesehen, dass er angehalten hatte. Sunnivah öffnete den Mund und wollte etwas erwidern, doch Vhait legte ihr mit beschwörender Geste den Finger auf die Lippen und deutete voraus.

Zwischen den Bäumen, etwa hundert Schritte entfernt, lagerte eine Patrouille aus Nimrod. Die meisten Krieger schliefen. Sie hatten sich gegen die nächtliche Kälte fest in ihre Umhänge gewickelt und dicht am Feuer zusammengerollt. Auf einer abseits gelegenen Lichtung standen die Pferde der Krieger. Die sechs Tiere grasten friedlich im Mondlicht und wurden nur von einem einzelnen Posten bewacht.

»Wir haben wirklich Glück«, murmelte Vhait und stellte seinen Rucksack ab. »Ich werde versuchen uns drei der Pferde zu besorgen.«

»Wenn du glaubst, dass ich dich allein dorthin gehen lasse, damit du uns in aller Ruhe verraten kannst, hast du dich gründlich getäuscht«, knurrte Fayola und legte ihren Rucksack neben Vhaits. »Am besten, du bleibst hier und ich hole die Pferde.« Ohne Vhaits Antwort abzuwarten huschte sie davon.

»Diese Närrin!«, entfuhr es Vhait. Dann verschwand auch er in Richtung des Lagers.

Sunnivah folgte ihm nur wenig später.

Lange bevor sie die Pferde erreichte, hörte sie die Tiere nervös schnauben. Sunnivah ging hinter einem dichten Gebüsch in Deckung und spähte aufmerksam voraus. Im schwachen Mondlicht zwischen den Bäumen erkannte sie schon bald Fayolas schlanke Gestalt, die sich geduckt zwischen den Körpern der Tiere bewegte. Sie war gerade dabei, das erste Pferd von seinem Strick zu befreien, als der Wachtposten sie bemerkte. Geduckt schlich er sich von hinten an die junge Kriegerin heran und hob sein blitzendes Schwert zu einem tödlichen Hieb. Fayola hatte keine Chance. Eingezwängt zwischen den tänzelnden Leibern der Pferde blieb ihr nicht einmal genug Zeit, ihr eigenes Schwert zu ziehen.

Sunnivah war noch zu weit entfernt, um ihr helfen zu können, aber Vhait, der ihr ein paar Längen voraus war, handelte sofort. Ohne auf die Geräusche zu achten, die seine Bewegungen verursachten, hastete er durch das Unterholz und tauchte plötzlich hinter dem Wachtposten auf. Mit einer Hand hielt er dem überraschten Krieger den Mund zu, während er mit der anderen dessen Schwertarm nach unten zwang.

Fayola zögerte nicht. Mit einer kraftvollen Bewegung war sie auf den Beinen und zog ihr Messer. Ein kurzer Stich beendete das Leben des Kriegers, dessen erstickter Schrei nur als dumpfer Laut hinter Vhaits flacher Hand hervorquoll. Ein letztes Mal bäumte er sich auf und starrte mit weit aufgerissenen Augen zum Himmel hinauf, dann sackte er leblos zu Boden.

»Danke!« Fayolas brüchige Stimme war nicht mehr als ein Flüstern. Sie wollte noch etwas hinzufügen, doch Vhait bedeutete ihr zu schweigen. Eilig löste er die Stricke zweier Pferde und führte sie von der Lichtung, während Fayola ihm mit dem dritten folgte.

Sunnivah schloss zu ihnen auf, als die beiden in einem weiten Bogen um das Lager herumgingen. Sie war über den Verlauf der Ereignisse nicht gerade glücklich, sagte jedoch nichts. Trotz ihrer Ausbildung zur Kriegerin war sie dem Tod noch nicht sehr oft begegnet und das Leid in den Augen des Kriegers war für sie nur schwer zu ertragen gewesen.

Plötzlich huschte ein grauer Schatten im Zwielicht zwischen den Bäumen an ihnen vorbei auf das Lager der Krieger zu. Vhait und Fayola schienen ihn nicht zu bemerken, doch die Pferde spürten seine Nähe und zerrten unruhig an den Stricken. Eine braune Stute wieherte angstvoll und stieg in die Höhe, während die anderen nervös schnaubten. Sunnivah hörte Vhait fluchen und sah, dass er seine Schritte beschleunigte, um möglichst weit von dem Lager fortzukommen, bevor man sie bemerkte.

Sie waren noch nicht weit gekommen, als ein lang gezogenes Heulen durch den Wald hallte. Gleich darauf hörte Sunnivah die zurückgebliebenen Pferde wiehern und sah die Krieger am Feuer aufspringen.

Aber sie kamen zu spät! Die Pferde hatten sich bereits losgerissen und preschten in entgegengesetzter Richtung in den Wald hinein. Befehle wurden gebrüllt und entsetzte Rufe zeugten davon, dass die Krieger ihren toten Kameraden gefunden hatten.

Atemlos hasteten die drei Gefährten durch den Wald. Obwohl sie sich jetzt keine Mühe mehr gaben, leise zu sein, folgten die Krieger ihnen nicht. Ihre ganze Aufmerksamkeit konzentrierte sich auf die geflohenen Tiere.

»Sie werden euch nicht verfolgen.« Die Gedanken der Wölfin klangen überraschend nahe. Erstaunt wandte Sunnivah den Kopf. Unmittelbar neben ihr trottete das graue Tier und sah mit blitzenden Augen zu ihr auf. Blut tropfte von ihrer Schnauze und auch ihre Pfoten waren blutverschmiert.

»Und niemand wird erkennen, dass ein Messer den Wachtposten getötet hat«, erklärte die Wölfin, während sie mit der Zunge das Blut aus ihrem Fell leckte. »Sie werden glauben, dass ihn ein wildes Tier angefallen hat. Alle Pferde sind geflohen. Es wird also niemanden wundern, wenn drei nicht zurückkehren.«

Sunnivah bewunderte die Weitsicht der Wölfin. Sie war wirklich ein erstaunliches Tier. Wie selbstverständlich hatte sie in das Geschehen eingegriffen und ihnen damit die Flucht ermöglicht.

Wenig später erreichten die Gefährten die Stelle, an der sie ihre Rucksäcke zurückgelassen hatten. Vhait band die Stricke der Pferde an einem niedrigen Ast fest und warf einen verwunderten Blick zurück. »Alle Krieger sind fort«, stellte er fest. »Aber keiner von ihnen verfolgt uns. Ich frage mich, was dort unten vorgefallen ist.«

»Die Wölfin hat die Krieger auf eine falsche Fährte gelockt«, erklärte Sunnivah. »Sie sind immer noch dabei, ihre Pferde einzufangen.«

Vhait zog erstaunt die Augenbrauen in die Höhe und griff nach seinem Rucksack. »Wenn das so ist, sollten wir die Gelegenheit nutzen und schnellstens von hier verschwinden«, sagte er und wollte zu einem der Pferde gehen. Doch Fayola hielt ihn zurück.

»Ich verdanke dir mein Leben«, sagte sie leise. »Es tut mir Leid, dass ich dir so lange misstraut habe. Jetzt weiß ich, dass ich mich getäuscht habe.«

Schweigend hob sie ihre rechte Hand in der Art der Krieger und trat vor Vhait. Dieser zögerte nicht lange und schlug ein. Seine muskulöse Hand umschloss die schlanke Hand der Kriegerin zum Zeichen der Brüderschaft und Fayola lächelte.

»Bruder«, sagte sie feierlich. »Ich stehe in deiner Schuld.«

Kurz nach Sonnenaufgang gellte ein wütendes Kreischen durch die langen unterirdischen Gänge in den Gewölben der Magier.

Die Diener Asco-Bahrrans hatten die beiden zurückgekehrten Sucher in Ketten gelegt, nachdem sie dem Medium des Meistermagiers ihre Bilder übermittelt hatten, und schickten sich nun an, sie wieder in das Verlies zu bringen.

Das war jedoch nicht so einfach, denn die kleinen geflügelten Kreaturen fühlten sich betrogen und wehrten sich nach Leibeskräften. Zornig schnappten sie nach den Dienern und hieben mit ihren spitzen Schnäbeln auf sie ein. Oft gelang es den Männern nur mit Mühe, den messerscharfen Zähnen zu entgehen.

»Warum lasst ihr sie nicht frei«, fragte Tarek über das Lärmen hinweg.

»Sie haben versagt!«, antwortete der Meistermagier in gespieltem Zorn.

Er war gerade dabei, verschiedene Gegenstände auf einem Tisch zu ordnen, die er für die Befragung der Sucher benötigt hatte. »Sie hatten den Auftrag, die Verräter zu finden und mir zu berichten, wo sie sich aufhalten. Niemand hatte ihnen erlaubt sich auf einen Kampf einzulassen. Jetzt sind vier Sucher tot, und wenn wir die Verräter nicht finden, ist das allein ihre Schuld.«

In diesem Moment fiel die schwere Tür zu den Verliesen hinter den Suchern ins Schloss und sperrte ihr Toben und Kreischen aus.

Tarek seufzte. Seit er am frühen Morgen die Nachricht erhalten hatte, dass Vhait noch am Leben war, fühlte er sich hin- und hergerissen zwischen Erleichterung und dem Zorn darüber, dass sein eigener Sohn sich ganz offensichtlich mit den Verrätern verbündet und gegen ihn gestellt hatte. Entschlossen schob er die trüben Gedanken zur Seite und räusperte sich. »Als ich Eure Nachricht erhielt, haben sich meine

Krieger sofort auf den Weg gemacht, gegen Mittag erwarte ich sie zurück.«

»Ich fürchte, sie werden niemanden mehr finden.« Asco-Bahrran schüttelte mürrisch den Kopf. »Diese hirnlosen Wesen haben alles verdorben. Die Verräter wissen jetzt, dass sie entdeckt wurden, und sind sicher längst geflohen.« Damit Tarek nicht bemerkte, dass seine Verärgerung nur vorgetäuscht war, schlug er mit der Faust auf den Tisch. »Wieso konnten sie sich auch nicht an ihre Befehle halten? Dann hätten wir die Verräter mühelos gefangen nehmen können und mit ihnen auch den Stab zurückbekommen.«

Während der Meistermagier sich nach außen hin enttäuscht gab, war er insgeheim hoch zufrieden. Natürlich hatte auch er nicht damit gerechnet, so viele Sucher zu verlieren, aber sein Plan war aufgegangen. Die Verräter waren gewarnt und Tareks Krieger würden sie nicht gefangen nehmen können.

An-Rukhbar würde darüber natürlich nicht erfreut sein.

»Wir sollten abwarten, was meine Männer berichten«, sagte Tarek beschwichtigend und warf einen Blick auf die hagere Gestalt des Mediums, das hinter dem Tisch in der Ecke des Raumes zusammengesunken war und mit halb geöffneten Augen ins Leere starrte. »Wenn ich Euer Medium richtig verstanden habe, sind die Verräter zu Fuß auf der Flucht. Selbst wenn sie sofort aufgebrochen sind, können sie noch nicht weit gekommen sein. Ich bin sicher, dass die Krieger sie finden.«

Langsam schritt er zu dem Pentagramm, das noch immer auf dem steinernen Fußboden zu sehen war, und betrachtete es schweigend. »Was ist mit dem Quarlin«, fragte er schließlich. »Habt Ihr schon Informationen darüber, ob er erfolgreich war?«

Wieder schüttelte Asco-Bahrran den Kopf. »Leider steht es nicht in meiner Macht, die Elfe zum Betreten der Zwischenwelt zu zwingen«, erklärte er. »In den frühen Morgenstunden ist es mir jedoch gelungen, die Frequenz, auf der sich die Elfen mithilfe ihrer Gedanken verständigen können, nachhaltig zu stören. In einem Umkreis von drei Tagesritten vermag nun niemand mehr eine Botschaft zu senden oder zu empfangen.« Der Meistermagier machte ein zufriedenes Gesicht. »Ich hoffe, dass dieser Umstand die Nebelelfe zwingt sich bald in die Zwischenwelt zu begeben.«

In diesem Moment wurde die Tür geöffnet und ein junger Krieger trat ein. Er hob kurz seine Hand zum Gruß und wandte sich dann gleich an Tarek. »Herr, eine der Patrouillen ist soeben zurückgekehrt«, sagte er und seinen Worten war die Erregung deutlich anzuhören. »Der Anführer der Gruppe erwartet Euch bereits in Euren Gemächern.« Er zögerte, als wolle er noch etwas hinzufügen, schien aber nicht recht zu wissen, ob es ihm erlaubt war. Schließlich holte er tief Luft und sagte hastig: »Die Krieger berichten, dass sie in der vergangenen Nacht von einem unheimlichen Wesen angegriffen wurden. Einen Krieger soll es getötet haben.« Dann salutierte er und verließ eilig den Raum.

Tarek runzelte die Stirn und sah den Meistermagier missbilligend an. »Ihr sagtet doch, dass keines Eurer seltsamen Geschöpfe für meine Männer eine Gefahr darstellt«, bemerkte er grimmig. »Wie erklärt ihr Euch diesen Vorfall?«

Asco-Bahrran schien selbst überrascht.

»Das kann keines meiner Geschöpfe, wie Ihr es nennt, gewesen sein«, beeilte er sich zu erklären. »Ihr habt mein Wort, dass sich außer dem Quarlin zurzeit kein fremdes Wesen in Thale befindet.«

»Nun«, sagte Tarek und ging zur Tür. »Das mag vielleicht sein, aber woher wollt Ihr wissen, dass sich der Quarlin noch immer in der Zwischenwelt aufhält? Mir scheint, die Kreaturen, deren Hilfe Ihr Euch so gern bedient, gehen nur allzu oft ihre eigenen Wege.« Tarek warf dem Meistermagier noch einen scharfen Blick zu, dann drehte er sich um und ließ die Tür geräuschvoll hinter sich ins Schloss fallen.

Asco-Bahrran lächelte gelassen. Die wütenden Worte des obersten Kriegsherrn prallten wirkungslos an ihm ab. Ohne Hast ging er zu einer kleinen Tür, hinter der sich einer der vielen Arbeitsräume der Magier befand, und öffnete sie leise.

»Wie weit seid Ihr?«, fragte er.

Der Magier Akim blickte überrascht von einem dicken Buch auf, in dessen vergilbten Seiten er gerade las. »Macht Euch keine Sorgen«, antwortete er zuversichtlich. »Ich bin fast fertig. Der Regen wird bald einsetzen.«

Die Sonne hatte ihre Himmelsbahn hinter dem wolkenverhangenen Himmel gerade begonnen, als Naemy schreiend aus einem unruhigen Schlaf hochschreckte. Sie zitterte und ihr Herz klopfte wie wild. Die Bilder des Alptraumes, aus dem sie erwachte, standen ihr noch deutlich vor Augen und waren sich nur schwer abzuschütteln. Ihr Schrei ließ Rojana, die an ihrem Lager gewacht hatte, erschrocken aufspringen. Voller Sorge blickten ihre dunklen Augen auf die verletzte Nebelelfe, während sie mit der Hand sanft über Naemys Arm strich. »Beruhigt Euch«, sagte sie leise. »Es war nur ein schlimmer Traum.« Sie wandte sich um und verschwand. Gleich darauf kehrte sie wieder zurück. In der Hand hielt sie einen hölzernen, mit frischem Wasser gefüllten Becher, den sie Naemy reichte.

»Danke, Rojana«, sagte Naemy mit heiserer Stimme. Jetzt erst spürte sie, wie durstig sie war. Als sie getrunken hatte, hielt sie Rojana den Becher hin, um ihn erneut füllen zu lassen. Rojana lächelte. »Es ist gut, zu sehen, dass es Euch wieder besser geht«, sagte sie freundlich und verschwand. Diesmal dauerte es jedoch länger, bis sie zurückkam, und Naemy nutzte die Zeit, um sich umzuschauen.

Der schmale, fensterlose Raum, in dem sich ihr Lager befand, verdiente diesen Namen eigentlich nicht. Genau genommen handelte es sich nur um eine kleine Felsnische, die mit drei Fellen von einer großen Höhle abgeteilt war und nur von einem schwachen Talglicht erhellt wurde. Naemy lauschte. Nach den Geräuschen, die hinter den Fellen zu hören waren, musste es sich um eine sehr große Höhle handeln, in der zurzeit reges Treiben herrschte. Die unzähligen Stimmen der Männer und Frauen, die sich dort aufhielten, hallten lange nach und wurden durch die kahlen Wände noch verstärkt. Metall klirrte, Stoff raschelte und den wenigen Gesprächsfetzen, die Naemys Ohren hin und wieder erreichten, ließ sich entnehmen, dass sich die Rebellen im Aufbruch befanden.

In diesem Augenblick wurde eines der Felle zur Seite geschlagen und Rojana kehrte zurück. Ihr folgte ein großer, breitschultriger Mann, dessen von großem Kummer gezeichnetes Gesicht zur Hälfte von einem dunklen Bart verdeckt wurde. Als er Naemy sah, lächelte er. »Wir waren in großer Sorge um dich, Elfe«, sagte er freundlich und trat zu Naemy. »Was ist geschehen? Woher stammen deine Verletzungen und woher kamen die Krieger?«

Naemy ließ sich Zeit damit, auch den zweiten Becher bis zur Neige zu leeren. Dann stützte sie sich auf ihren gesunden Arm und versuchte umständlich sich aufzurichten. Sofort war Rojana zur Stelle, um sie zu stützen. Mit ihrer Hilfe gelang es Naemy schließlich, in halbwegs bequemer Haltung auf dem Bett zu sitzen. »Auch ich bin froh, dich gesund zu sehen, Kjelt«, begrüßte sie ihren Besucher und lud ihn mit einer knappen Handbewegung ein, sich neben sie zu setzen. »Ich bringe wichtige Nachrichten über die Schwertpriesterin«, begann sie ihren Bericht. »Vieles ist geschehen, seit ich dich im Frühling verließ.« Als sie geendet hatte, fühlte sich Naemy völlig erschöpft. Rojana erhob sich und half der Nebelelfe sich wieder hinzulegen.

Kjelt schwieg lange. Nur das Zucken der Muskeln in seinem

Gesicht deutete darauf hin, unter welch enormer Anspannung er stand.

Endlose Augenblicke verstrichen, in denen außer den Geräuschen in der Höhle nichts zu hören war. Naemy hatte die Augen geschlossen und kämpfte gegen den Schlaf an, während sie auf Kjelts Antwort wartete. Irgendwann spürte sie, wie der Rebellenführer sich streckte, und hörte ihn seufzen.

»Du hättest die Schwertpriesterin diesmal mit herbringen müssen, Naemy! Nur ein einziges Mal, damit ich sie mit eigenen Augen sehen kann.« Kjelt schüttelte verständnislos den Kopf. »Wie kannst du von mir erwarten, dass ich mein Handeln nach jemandem richte, den bisher niemand außer dir gesehen hat. Die Schwertpriesterin mit eigenen Augen zu sehen wäre für mich von großem Wert gewesen. Doch du hältst sie vor uns verborgen und verlangst, dass wir warten.« In Kjelts Stimme schwang eine Spur Zorn mit.

»Wenn es Sunnivah und ihren Gefährten gelingt, sich Pferde zu besorgen, sind es doch nur drei oder vier Sonnenläufe Aufschub, um die ich dich bitte«, erklärte Naemy. »Du hast schon so viele Sommer gewartet, was macht es da für einen Unterschied, ob du vier Sonnenläufe früher oder später angreifst?«

»Und wenn sie keine Pferde bekommen?«, warf Kjelt ein.

»Dann haben sie einen langen und gefährlichen Fußmarsch vor sich, der einen halben Mondlauf dauern kann. – Wenn Tareks Krieger sie nicht vorher erwischen.« Aufgebracht schritt der Rebellenführer vor Naemys Lager auf und ab. »Du magst es für töricht und verantwortungslos halten«, fuhr er fort. »Aber ich kann nicht mehr warten. Das Lager ist bereits abgebrochen und die Vorbereitungen für den Angriff sind fast abgeschlossen. Nein, Elfe, ich kann nicht mehr warten. Mein Entschluss steht fest. Morgen nach Sonnenaufgang brechen wir auf.« Ohne ein Wort des Abschieds drehte sich Kjelt um und verschwand hinter dem Vorhang.

»Du musst ihn verstehen«, sagte Rojana leise. »Er fürchtet sein Gesicht zu verlieren, wenn er seine Befehle jetzt noch zurückzieht. Außerdem ...« Sie verstummte und warf einen vorsichtigen Blick zu dem Fell, hinter dem ihr Gefährte soeben verschwunden war. »... ist er wie besessen von dem Gedanken an diesen Kampf. Sein Kummer quält ihn schon viel zu lange. Ich glaube, nicht einmal die Schwertpriesterin hätte ihn noch umstimmen können.«

Naemy ging nicht auf Rojanas Worte ein. Zum ersten Mal verzweifelte sie fast daran, wie sich die Dinge entwickelten. Ein Quarlin in der Zwischenwelt. Sie selbst schwer verletzt und an einen Ort gebunden, an dem man ihre Hilfe nicht annehmen wollte. Seufzend legte sie sich zurück und schloss die Augen.

Rojana deutete Naemys Schweigen als Zeichen der Erschöpfung und verließ leise den Raum. Doch die Nebelelfe war nicht müde. Ihre Gedanken kreisten um Sunnivah und die anderen, die den Weg zum Himmelsturm jetzt ohne sie antreten mussten.

Nun, dann muss ich eben versuchen, sie von hier aus zu unterstützen, dachte Naemy bitter und öffnete ihren Geist, um die Gedankenverbindung zu Sunnivah herzustellen. Das Rauschen und Knistern, das sie daraufhin empfing, war ihr nicht ganz unbekannt. Doch im Gegensatz zu den Geräuschen, die ihre Verbindung zu Sunnivah in den Stollen unter der Festung gestört hatten, war der Lärm diesmal unerträglich laut und Naemy musste ihren Versuch, Sunnivah zu erreichen, sofort abbrechen.

4

Sunnivah, Fayola und Vhait lenkten ihre Pferde langsam durch das lockere Unterholz des lichten Laubwaldes, durch den sie nun schon seit dem Morgengrauen ritten. Die Sonne hatte sich früh hinter den dicken Wolken verborgen, die am Morgen heraufgezogen waren, und Regen lag in der Luft.

Sunnivah war missmutig. Regen war das Letzte, was sie jetzt brauchen konnten. Ebenso wie ihre Gefährten war sie müde und erschöpft und schaffte es kaum noch, die Augen offen zu halten. Die ganze Nacht hatten sie ohne Schlaf auskommen müssen und ihr Körper forderte nun nachdrücklich sein Recht auf Ruhe ein. Doch an eine Rast war nicht zu denken. Sie mussten Nimrod so schnell wie möglich hinter sich lassen, denn die Gefahr, entdeckt zu werden, war hier besonders groß. Mehrmals hatten sie auf ihrem Weg Krieger gesehen, die sich entweder auf Patrouille befanden oder ihr Lager neben einer Straßensperre errichtet hatten.

Bisher schien das Glück jedoch auf ihrer Seite zu sein. Mehrfach war es ihnen gelungen, sich unbemerkt an den Kriegern vorbeizuschleichen, auch wenn sie dafür oft einen gewaltigen Umweg hatten in Kauf nehmen müssen. Sunnivah fragte sich, wie lange das wohl noch gut ging. Ein rascher Blick auf ihre Begleiter zeigte, dass auch Vhait und Fayola völlig erschöpft waren und sich nur noch mühsam auf den Pferden hielten. Sunnivah ließ ihr Pferd anhalten und wartete, bis Vhait zu ihr aufgeschlossen hatte. »Wir müssen dringend rasten und schlafen«, sagte sie leise und unterdrückte ein Gähnen. »Ich kann meine Augen kaum noch offen halten.« Vhait schüttelte den Kopf. »Hier nicht! Es ist zu gefährlich!«, erklärte er. »Der Wald bietet uns keine Deckung.« Er deutete voraus. »Sieh selbst, wie weit man sehen kann. Außerdem wimmelt es hier geradezu von Kriegern. Ich bin auch todmüde, aber hier können wir wirklich nicht rasten.«

Am frühen Nachmittag begann es zu regnen. Zunächst

waren es nur wenige Tropfen, die den Weg durch das dichte Blattwerk der Bäume bis zum Boden schafften. Doch dann wurde der Regen immer stärker und schließlich machte es keinen Unterschied mehr, ob sie durch den Wald oder über freies Feld ritten. Auf den Blättern der Bäume, die den Regen zunächst fern gehalten hatten, sammelte sich das Regenwasser nun zu großen Tropfen, die schwer zu Boden fielen und die Gefährten schon bald völlig durchnässten.

»Ein Goldstück für eine Herberge.« Vergeblich strich sich Fayola mit den Händen das Wasser aus dem Gesicht. »Wir werden uns den Tod holen, wenn wir noch lange durch den Regen reiten.«

Sunnivah dachte das Gleiche. Unter ihrem dünnen durchweichten Umhang fror sie entsetzlich und wünschte, Naemy hätte auch daran gedacht, für alle Regenumhänge zu besorgen. Der einzige Vorteil, den der Regen hat, ist, dass jetzt keine Patrouillen unterwegs sind, dachte sie mürrisch, während sie spürte, wie ihr das Wasser in einem dünnen Rinnsal den Rücken hinunterlief. »So können wir nicht weiter, Vhait«, sagte sie. »Wir brauchen dringend ein Dach über dem Kopf, damit wir unsere Sachen trocknen können. Gibt es in dieser Gegend nicht irgendeine Hütte, in der wir warten können, bis der Regen aufhört?«

»Eine Hütte nicht ...« Vhait überlegte kurz. »Aber an der Straße nach Daran gibt es einen Gasthof, der den Eltern eines Kameraden gehört. Dort hinzugehen ist aber nicht ganz ungefährlich. Der Gasthof wird häufig von Kriegern besucht. Sicher weiß der Wirt schon, dass ich gesucht werde. Ich bin nicht sicher, ob er dann noch bereit ist mir zu helfen!«

»Gefährlich oder nicht. Hauptsache, ich werde endlich wieder trocken.« Fayola war fest entschlossen, das Risiko einzugehen.

Auch Sunnivah sehnte sich nach etwas Wärme. »Wir sollten es wenigstens versuchen«, sagte sie.

Der Regen kannte kein Erbarmen. Zum Abend hin schüttete es wie aus Kübeln. Ein heftiger Wind kam auf. Er peitschte den Gefährten die kalten Tropfen ins Gesicht und durchweichte auch das letzte trockene Stück Stoff. Der andauernde Regen verwandelte den Waldboden in eine rutschige Masse aus Schlamm und Blättern und machte es den erschöpften Pferden zunehmend schwerer, voranzukommen. Mehr als einmal blieben sie einfach stehen und ließen sich nur mit sanfter Gewalt zum Weitergehen bewegen.

Als es dunkel wurde, erreichten die drei endlich den Gasthof. Es war ein großes Gebäude, bestehend aus einem Haupthaus, in dem sich auch die Schankstube befand, und zwei langen Flügelbauten, die zu beiden Seiten des Hauses abzweigten und als Ställe dienten. Das Gasthaus machte einen soliden und gepflegten Eindruck. Wie die Ställe war es aus riesigen Stämmen errichtet, die auf einem Steinfundament ruhten, während das hohe Dach sorgfältig mit Holzschindeln gedeckt war.

Vor dem Gasthaus waren keine Pferde zu sehen und auch die Ställe lagen im Dunkeln. Die Schankstube hingegen war hell erleuchtet. Aus ihrem Innern drangen gedämpfte Stimmen, die auf ein paar späte Gäste schließen ließen, welche in dem Gasthof Zuflucht vor dem Regen gesucht hatten. Aus einem halb geöffneten Fenster zog der Geruch von Braten in den Wald und erinnerte Sunnivah daran, dass sie seit dem Morgen nichts mehr gegessen hatte.

Die drei Gefährten waren abseits der Straße abgesessen und schauten aufmerksam durch den strömenden Regen zum Gasthaus hinüber.

»Ihr wartet hier.« Die weite Kapuze ihres Umhangs hing Fayola schwer ins Gesicht und ließ das aufgesogene Wasser in dünnen Bächen über ihre Wangen rinnen. Trotzdem hatte die junge Kriegerin den tropfnassen Stoff über ihren Kopf gezogen, um zu verhindern, dass man sie erkannte. »Ich werde versuchen einen Blick durch das Fenster zu werfen«, murmelte sie und huschte auf die Straße hinaus.

Sunnivah und Vhait beobachteten, wie Fayola an eines der erleuchteten Fenster trat und vorsichtig hineinspähte. Gleich darauf kam sie zurück. »Drinnen sind nur ein paar Holzfäller und der Wirt zu sehen«, berichtete sie. »Keine Krieger.«

»Gut!« Vhait streckte sich. »Ich werde zunächst allein hineingehen und mit dem Wirt sprechen. Wenn er bereit ist uns zu helfen, gebe ich euch ein Zeichen.« Mit diesen Worten machte er sich auf den Weg zum Gasthaus. Vor der Tür zur Schankstube hielt er noch einmal inne und sah sich aufmerksam um. Er war allein. Entschlossen schob er den schweren Schnappriegel zurück, zog an dem Knauf und öffnete die Tür. Ohne zu zögern betrat Vhait die Schankstube. Der große Raum war von zahlreichen Talglichtern auf den Tischen hell erleuchtet und in dem großen offenen Kamin an der Rückwand der Schankstube brannte ein Feuer. In der Mitte standen zahlreiche hochlehnige Stühle um lange Holztische, während an den Wänden hölzerne Bänke die Gäste zum Verweilen einluden.

Mit den Gästen, die sich im Gasthaus befanden, hatte Fayola Recht. Bis auf wenige Männer, die sich an der Theke versammelt hatten und wirklich wie Holzfäller aussahen, war der Raum leer. Auch der Wirt war nirgends zu sehen.

Als Vhait an die Theke trat und nach ihm Ausschau hielt, unterbrachen die Männer ihr Gespräch, hoben die Köpfe und sahen ihn mit unverhohlener Neugier an. Vhait nickte ihnen freundlich zu und beachtete sie nicht weiter. Wenig später wurde die Tür zur Küche geöffnet und der Wirt kam heraus. Er war ein grauhaariger, rundlicher Mann fortgeschrittenen Alters, dessen bartloses Gesicht selbst dann noch freundlich wirkte, wenn er nicht lachte. In jeder Hand trug er einen Teller mit dampfenden Speisen, die er vor den Holzfällern auf die Theke stellte. Fast beiläufig wandte er den Kopf, um den neuen Gast zu begrüßen, und erstarrte. »Was ... womit kann ich Euch dienen, Krieger?« Der Wirt hatte seine Fassung schnell wiedergefunden und zeigte sich bereit, Vhait nicht zu verraten.

»Ich habe eine lange Reise hinter mir«, erklärte Vhait und deutete auf seine nasse Kleidung. »Ich brauche dringend ein warmes Zimmer, in dem ich meine Sachen trocknen kann, und einen Platz für mein Pferd in Eurem Stall.«

Der Wirt räusperte sich. »Ihr habt Glück, Krieger. Bei diesem Wetter sind nicht viele Menschen unterwegs.« Er machte ein verschwörerisches Gesicht. »Obgleich in den vergangenen Sonnenläufen mehr Krieger als gewöhnlich bei mir zu Gast waren.« Vhait erwiderte nichts, ahnte jedoch, dass der Wirt Bescheid wusste.

Einer der Gäste rief nach dem Wirt, doch dieser winkte ab. »Ich komme sofort«, sagte er. »Aber zuerst muss ich diesem Krieger zeigen, wo er sein Pferd unterstellen kann.« Er ging zur Tür und forderte Vhait auf ihm zu folgen. Bevor sie in den Regen hinaustraten, legte Vhait dem Wirt seine Hand auf die Schulter und hielt ihn zurück.

»Draußen warten noch zwei Kriegerinnen, die mich begleiten«, flüsterte er. »Es geht ihnen wie mir. Auch sie sind müde, durchgefroren und durchnässt und dürfen nicht erkannt werden.«

Der Wirt zog erstaunt eine Augenbraue in die Höhe. Doch dann nickte er und sagte leise: »Mach dir darüber keine Sorgen, Vhait. Wie ich schon sagte, sind die Ställe leer, und bei diesem Wetter wird sich daran so schnell auch nichts ändern.«

Kurze Zeit später fanden sich Sunnivah, Fayola und Vhait in einem kleinen, warmen Fremdenzimmer des Gasthauses wieder und genossen das herrliche Gefühl, endlich im Trockenen zu sitzen. Alle drei hatten sich in raue Decken gewickelt und ihre völlig durchweichten Kleider im ganzen Zimmer zum

Trocknen aufgehängt, während der Regen mit unverminderter Heftigkeit auf die Holzschindeln des Daches prasselte. Der Wind hatte weiter zugenommen und drückte die dicken schweren Regentropfen wütend gegen die Scheibe des kleinen Fensters, hinter dem die Gefährten Zuflucht gefunden hatten.

»Können wir ihm wirklich trauen?«, wollte Fayola wissen. Sie saß auf einem der vier einfachen Betten, die an den Seitenwänden des Zimmers standen, und starrte auf die Regentropfen an der Scheibe. Der Wirt hatte ihr zwar versichert, dass ihnen hier keine Gefahr drohe, doch es war ihm nicht gelungen, die Zweifel der jungen Kriegerin zu zerstreuen.

»Ich habe seinem Sohn Kerym im letzten Sommer das Leben gerettet«, erklärte Vhait knapp. Er hatte sich einen Stuhl vor den kleinen eisernen Ofen gezogen, dessen Feuer das Zimmer wärmte, und streckte seine Hände dem heißen Eisen entgegen. »Dafür war der Wirt mir sehr dankbar und bot mir seine Hilfe an, falls ich einmal in Schwierigkeiten kommen sollte.« Er schüttelte den Kopf und lachte bitter. »Damals habe ich darüber nur lachen können. Welchen Dienst sollte ein einfacher Schankwirt einem Hauptmann aus Nimrod schon erweisen können, dachte ich. Wer konnte auch ahnen, wie sich die Dinge entwickeln?«

»Gefährlich ... oder nicht«, murmelte Sunnivah unter einem Berg aus Decken. »Ich ... bin nur froh ... dass wir im Trockenen sind.« Sie fühlte sich schlecht. Zähneklappernd hatte sie sich hingelegt und in alle verfügbaren Decken gewickelt, was allerdings nicht den gewünschten Erfolg brachte, denn sie fror noch immer entsetzlich.

In diesem Moment klopfte es an der Tür.

»Ich bringe das Essen«, ertönte eine weibliche Stimme auf dem Flur. Vhait erhob sich und öffnete. Eine rundliche Frau trat ein. Um ihre grauen Haare hatte sie ein schlichtes Kopftuch gebunden und trug einen einfachen Kittel, dessen buntes Fleckenmuster darauf schließen ließ, dass sie in der Küche arbeitete. In den Händen hielt sie ein großes hölzernes Tablett, auf dem sich drei Teller mit Braten und ebenso viele Krüge mit schäumendem Gerstensaft befanden.

»Wir haben nichts verlangt«, erklärte Vhait bedauernd, doch die Frau ließ sich nicht beirren und stellte das Tablett auf dem Tisch in der Mitte des Raumes ab. »Nehmt es wieder mit«, sagte Fayola mit einem sehnsüchtigen Blick auf das Essen. »Wir können es nicht bezahlen.«

»Das geht auf Kosten des Wirtes«, erwiderte die Frau mit breitem Lächeln. »Er hat es selbst angeordnet. Ich fürchte, er wird sehr enttäuscht sein, wenn ihr es nicht annehmt.« Plötzlich fiel ihr Blick auf Sunnivah und eine steile Falte erschien auf ihrer Stirn. Besorgt trat sie an das Lager der jungen Kriegerin und legte ihre Hand prüfend auf Sunnivahs Stirn. »Ist sie schon lange so krank?«, wollte sie wissen.

»Krank?« Fayola sprang erschrocken auf und stellte sich neben die Frau. »Ich wusste nicht, dass es so schlimm ist.«

»Sie hat hohes Fieber«, bemerkte die Frau. »Es ist sicher das Beste, wenn ich unseren Küchenjungen losschicke, um die Heilerin zu holen.«

»Nein, bitte nicht«, bat Sunnivah mit zitternder Stimme. »Ich ... muss nur etwas schlafen ... Morgen kann ich ... sicher weiterreiten.« Sie wollte unter allen Umständen verhindern, dass noch mehr Menschen erfuhren, wo sie sich aufhielten. Die Frau sah Sunnivah missbilligend an. »Es ist deine Entscheidung, Mädchen«, sagte sie in einem Tonfall, der keinen Zweifel daran ließ, dass sie Sunnivahs Bitte für sehr unvernünftig hielt. »Aber dann werde ich dir wenigstens einen Tee bereiten, der dich schlafen lässt und dein Fieber senkt.«

»Danke, das ist sehr freundlich von Euch.« Sunnivah lächelte schwach, worauf die Frau eilig den Raum verließ.

»Warum hast du uns denn nicht gesagt, dass es dir nicht gut geht?«, fragte Fayola vorwurfsvoll, erhielt aber keine Antwort.

Kopfschüttelnd setzte sich die junge Kriegerin zu Vhait an den Tisch, um zu essen.

Sunnivah verspürte keinen Hunger. Fröstelnd zog sie sich die Decken noch enger um den Körper und versuchte zu schlafen. Aber der Schlaf wollte nicht kommen. So wartete sie ungeduldig darauf, dass die Frau mit dem Tee zurückkehrte. Endlich klopfte es und die Frau trat ein. Mit einem Becher, der randvoll mit heißem Tee gefüllt war, ging sie zu Sunnivah und half ihr sich aufzusetzen. »Trink, Mädchen«, sagte sie sanft und reichte Sunnivah den Becher. Der Tee war heiß und sehr stark und Sunnivah trank ihn mit kleinen Schlucken. Noch bevor sie den Becher zur Hälfte geleert hatte, spürte sie, wie sich eine angenehme Müdigkeit in ihr ausbreitete. Eilig schluckte sie auch den Rest des Tees hinunter und ließ sich auf das strohgefüllte Kissen zurücksinken. Das Zimmer begann vor ihren Augen zu verschwimmen und die sanften Wogen des Schlafes trugen sie mit sich fort.

Sunnivah hieß den Schlaf willkommen und ließ sich erleichtert in die Welt der Träume gleiten. Hier war es dunkel. Ruhe und Frieden umgaben sie von allen Seiten und Sunnivah fühlte, wie sich ihr geschwächter Körper langsam entspannte. Irgendwann nach einer endlosen Zeit der Dunkelheit spürte sie plötzlich, dass sie nicht mehr allein war. Ein seltsames Gefühl beschlich sie, das ihr irgendwie bekannt vorkam. Leuchtende orange Augen schienen sie aus der Dunkelheit heraus anzublicken und Sunnivah glaubte die graue Gestalt der Wölfin in ihrer Nähe zu erkennen. Sie wollte nach ihr rufen, stellte jedoch fest, dass sie keine Stimme besaß. Seltsamerweise beunruhigte sie diese Tatsache nicht. Das Gefühl, nicht allein zu sein, tat ihr gut und sie verspürte keine Furcht.

»Sei gegrüßt, Schwertpriesterin!« Die melodische Stimme einer Frau erklang aus der Dunkelheit. »Sei gegrüßt und höre gut zu, meine Tochter, denn was ich dir jetzt sage, werde ich nicht wiederholen.«

Vergeblich versuchte Sunnivah die Dunkelheit vor ihren Augen fortzublinzeln und zu erkennen, wen sie da hörte. Aber die Stimme sprach bereits weiter. »Du musst dich beeilen, den Himmelsturm zu erreichen«, mahnte sie. »Es bleibt nicht mehr viel Zeit. Am Fuße des Berges wirst du deine Gefährten verlassen und den Berg allein besteigen. Lass die Bäume hinter dir und auch die Grenze, wo der Sommer den Schnee berührt. Hoch oben an der Nordseite des Berges findest du einen Felsen, der wie ein Finger zu den Sternen hinaufzeigt. Diesen Felsen musst du in der Nacht der Lichter erklimmen. Warte, bis To und Yu ihre Antlitze über den Horizont erheben. Wenn ihr Schein dich erreicht, strecke ihnen den Stab der Weisheit entgegen. Wenn du das Licht, das ihr Menschen Elfenfeuer nennt, am Himmel erblickst und die Berührung der Flammen auf deiner Haut spürst, darfst du den Stab loslassen.« Die Stimme verstummte. Sunnivah wollte etwas fragen, doch dann fiel ihr ein, dass sie ja keine Stimme besaß. So nickte sie nur zum Zeichen, dass sie verstanden hatte. »Ich gebe dir meinen Segen, Schwertpriesterin.« Sunnivah fühlte, wie ein zarter Hauch ihr Gesicht berührte. »Sei vorsichtig, meine Tochter. Die finsteren Mächte werden versuchen dich aufzuhalten.« Die Frauenstimme klang jetzt deutlich schwächer.

Plötzlich ertönte ein lauter Knall.

Sunnivah zuckte erschrocken zusammen und öffnete die Augen. Der Traum war fort. Sie befand sich wieder in dem Zimmer des Gasthauses und blickte in das erschrockene Gesicht Fayolas, die gerade das Fenster öffnen wollte, um frische Luft hereinzulassen. Ein plötzlicher Windzug hatte ihr den hölzernen Riegel aus der Hand gerissen und das Fenster so heftig zugeschlagen, dass zwei der vier kleinen Scheiben in Scherben auf den Boden gefallen waren.

»Was war das?« Verwundert sah Fayola zunächst auf die Glasscherben und dann nach draußen. »Es ist doch überhaupt kein Sturm mehr.« Dann bemerkte sie, dass Sunnivah erwacht war. »Sunnivah!«, sagte sie erfreut. »Wir dachten schon, du willst den ganzen Tag verschlafen. Wie fühlst du dich?«

»Gut! Ich glaube, das Fieber ist weg.« Sunnivah sah zum Fenster. Helles Sonnenlicht schien in flachem Winkel herein und zeigte ihr, dass es noch früh am Morgen sein musste. »Wo ist Vhait?«, wollte sie wissen.

»Unten bei den Pferden«, erklärte Fayola. »Er will fort von hier, bevor wieder Krieger kommen. Kannst du weiterreiten?«

Sunnivah nickte. Dann erhob sie sich und ging zu dem Tisch, auf dem noch immer ihr Teller mit dem erkalteten Braten stand. Die Worte der Frau aus ihrem Fiebertraum klangen ihr noch deutlich in den Ohren. *Es bleibt nicht viel Zeit ...* Plötzlich hatte sie es sehr eilig. »Ich glaube, ich bin wieder gesund«, sagte sie mit vollem Mund. »Sobald ich gegessen habe, können wir aufbrechen.«

5

»... Solltest du noch einmal versagen, werden die finstersten Verliese des Kerkers bis an dein Lebensende deine Heimstatt sein. – Und sei gewiss, Tarek, du wirst dir wünschen, dass es bald so sein werde.«

Die Wachen vor der verschlossenen Flügeltür des Thronsaales von Nimrod erzitterten unter den zornigen Worten des Erhabenen und warfen sich verstohlene Blicke zu. Keiner von ihnen hätte in diesem Moment mit den drei Männern tauschen mögen, die An-Rukhbar zu dieser frühen Stunde zu sich befohlen hatte.

Wenig später wurde eine der beiden schweren hölzernen Türen geöffnet. Augenblicklich nahmen die Wachen Haltung an und richteten ihre Blicke starr geradeaus. Der oberste

Kriegsherr trat als Erster in den schwach beleuchteten Gang hinaus. Ihm folgten der Meistermagier und der junge Magier Akim.

»Wenn der starke Regen nicht gewesen wäre, hätten meine Männer sie längst gefunden«, murmelte Tarek, als sie sich ein gutes Stück vom Thronsaal entfernt hatten. Die Audienz hatte ein beunruhigendes Gefühl in ihm hinterlassen. Noch nie hatte er An-Rukhbar so zornig erlebt.

»Ja, in diesen Tagen scheint sogar das Wetter gegen uns zu sein«, bemerkte Asco-Bahrran bedauernd. Mit einem verschwörerischen Seitenblick wandte er sich an seinen Begleiter. »Oder habt Ihr vielleicht eine Erklärung dafür, warum alle Eure Versuche, den Regen zu beenden, bis heute Morgen erfolglos geblieben sind, Meister Akim?« Der Angesprochene schüttelte stumm den Kopf. Namenlose Furcht schnürte ihm noch immer die Kehle zu und er fühlte sich unfähig zu sprechen. Tarek beachtete die Magier nicht weiter. Ihn beschäftigten weitaus wichtigere Gedanken als das Wetter.

»Das Rebellenheer befindet sich auf dem Weg nach Nimrod. In vier Sonnenläufen werden fünftausend bewaffnete Bauern vor den Toren dieser Stadt stehen.« Im Vorbeigehen schlug er seine Faust heftig gegen eine hölzerne Tür. »Verdammt! Ich habe eine Stadt zu verteidigen und kann jetzt keinen einzigen meiner Krieger entbehren, um die Verräter zu suchen. Außerdem ist das Gebiet am Himmelsturm einfach zu groß. Selbst wenn ich alle Krieger losschicken würde, bestünde immer noch die Gefahr, dass sie die Gesuchten übersehen. Die einzige Möglichkeit, wo sie noch abgefangen werden könnten, ist an der Furt des Junktun. Aber ihr Vorsprung dürfte inzwischen so groß sein, dass wir sie von hier aus nicht mehr einholen können.« Mürrisch setzte er seinen Weg fort. »Wie wäre es, wenn Ihr die Sucher noch einmal losschicktet?«, wandte er sich schließlich an den Meistermagier. Doch Asco-Bahrran schüttelte bedauernd den Kopf. »Das hat keinen

Sinn. Ich fürchte, sie würden nicht mehr zurückkehren. Diesmal müssen wir ohne sie auskommen.«

»Gibt es denn nicht ein anderes magisches Wesen, das uns bei der Suche nach dem Stab weiterhelfen könnte?«, erkundigte sich Tarek.

»Nein!« Asco-Bahrran warf dem Magier Akim einen ungeduldigen Blick zu.

»Was ... was ist mit den Cha-Gurrlinen?«, fragte der Magier daraufhin mit heiserer Stimme.

»Den Cha-Gurrlinen?« Tarek blieb stehen. »Wer oder was ist das?«

»Cha-Gurrlinen sind Halbwesen.« Asco-Bahrran hatte das scheinbar zufällige Gespräch sorgfältig vorbereitet. Wie selbstverständlich griff er die Worte des Magiers Akim auf und übernahm es, zu antworten. »In der Schlacht um Nimrod kämpften sie an der Seite des Erhabenen. Er selbst hat sie aus seiner Dimension mit hierher gebracht. Cha-Gurrline sind von Natur aus grausam und kennen kein Erbarmen. Wenn sie angreifen, gibt es keine Überlebenden. Sie töten jeden, der sich ihnen in den Weg stellt. Furcht ist ihnen fremd. Damals waren sie An-Rukhbars mächtigste Verbündete. Doch nach der Schlacht um Nimrod weigerten sich die Überlebenden in ihre Welt zurückzukehren. An-Rukhbar ließ sie gewähren und schenkte ihnen die menschenleere Gegend am Ende der Finstermark.«

»Warum weiß niemand etwas davon?« Tarek runzelte die Stirn. Natürlich wusste auch er, dass der Erhabene Nimrod nur deshalb hatte erobern können, weil sein Heer zu einem großen Teil aus Kriegern fremder Dimensionen bestanden hatte. Doch bisher war er wie alle anderen davon ausgegangen, dass die Halbwesen nach dem Sieg wieder in ihre Heimat zurückgekehrt waren.

»Aber, aber«, begann Asco-Bahrran gedehnt. »Ihr wollt doch nicht etwa behaupten, dass Ihr noch nie etwas von den finsteren, Furcht einflößenden Wesen gehört habt, die hinter der nördlichen Grenze der Finstermark hausen sollen?«

»Natürlich habe ich davon gehört«, erwiderte Tarek. »Diese Ammenmärchen kennt wohl jeder. Aber dass dort tatsächlich Wesen hausen ist mir neu!«

»Nun, wir hielten es damals für ratsam, die verängstigte Bevölkerung in dem Glauben zu lassen, dass alle gefürchteten Krieger An-Rukhbars zurückgekehrt seien«, erklärte der Meistermagier mit einem entschuldigenden Lächeln. »Nach dem tragischen Tod des Sequestors und Meister Sempas' sind Akim und ich die Einzigen, die noch von ihrer Existenz wissen.«

Tarek murmelte etwas Unverständliches und setzte seinen Weg fort ohne darauf zu achten, ob die Magier ihm folgten. Kaum hatte er den Teil der Festung erreicht, in dem sich seine Gemächer befanden, kam ein Krieger mit raschen Schritten auf ihn zu und grüßte knapp. »Die Späher sind soeben zurückgekehrt, Herr«, berichtete er. »Sie erwarten Euch vor Euren Gemächern.«

»Ich komme sofort.« Tarek entließ den Mann mit einem leichten Kopfnicken und wandte sich an den Meistermagier, der inzwischen wieder zu ihm aufgeschlossen hatte. »Haltet Ihr es denn für möglich, dass die Cha-Gurrlinen uns helfen werden?«, fragte er.

Asco-Bahrran nickte. »Die Gegend, in der sie hausen, ist karg. Es mangelt ihnen an vielem, aber An-Rukhbar hat ihnen untersagt, dieses Land zu betreten, solange sie nicht gerufen werden. Ich denke, für einen guten Lohn werden sie sich unverzüglich auf den Weg machen.«

»Könnten sie denn rechtzeitig an der Furt sein?«

»Zeit spielt für die Cha-Gurrlinen keine Rolle. Sie reisen mit dem Nordwind und sind mühelos in der Lage, auch große Strecken in kürzester Zeit zurückzulegen.«

»Wisst Ihr, wie man sie erreichen kann?«

»Natürlich!«

»Also gut!« Die Gewissheit, seinen eigenen Sohn solch mörderischen Halbwesen auszuliefern, belastete Tarek schwer. Doch die Zeit drängte und er hatte keine andere Wahl. An-Rukhbar wollte den Stab. »Dann versucht Kontakt mit ihnen aufzunehmen«, entschied er. »Ich denke, zehn dieser Cha-Gurrlinen müssten ausreichen, um den Stab zurückzuholen. Sie sollen die Furt über den Junktun bewachen und die Verräter dort abfangen. Der Stab und die Gefangenen sind dann unverzüglich nach Nimrod zu bringen.«

Der Meistermagier nickte. Doch Tarek war noch nicht fertig. Mit ernster Miene trat er auf Asco-Bahrran zu und sagte leise: »Wie Ihr wisst, befindet sich Vhait unter den Gesuchten. Ich will ihn lebend. Habt Ihr mich verstanden?«

»Selbstverständlich!«

»Gut!« Tarek sprach nun wieder lauter. »Es ist von größter Wichtigkeit, dass wir den Stab zurückbekommen. Versprecht den Cha-Gurrlinen für ihre Dienste, was immer sie verlangen, seid dabei aber nicht zu großzügig.«

»Ihr könnt Euch auf mich verlassen«, versicherte Asco-Bahrran und deutete lächelnd eine Verbeugung an. Alles läuft nach Plan, dachte er zufrieden. Du wirst deine zehn Cha-Gurrline bekommen, Tarek. Auch wenn nicht alle von ihnen kämpfen werden. Dann wandte er sich um und betrat gemeinsam mit dem Magier Akim die Treppe, die zu den Gewölben der Magier hinabführte.

Tarek sah den beiden grimmig nach. Die Dinge entwickelten sich längst nicht so, wie er es sich gewünscht hätte. An-Rukhbar hatte ihm befohlen den Stab zurückzubringen und ihm gleichzeitig die Aufgabe übertragen, Nimrod zu verteidigen. Jedes für sich allein war schon schwierig genug. Beides gleichzeitig zu schaffen erschien ihm fast unmöglich. Eigentlich hätte er froh sein müssen, dass der Meistermagier ihn nach Kräften unterstützte, doch aus irgendeinem Grund hinterließ Asco-Bahrrans Verhalten bei ihm ein sehr ungutes Gefühl.

Tarek rieb sich die Augen und versuchte die trüben Gedanken zu vertreiben. Ohne die Hilfe des Meistermagiers würde es ihm nie gelingen, den Stab zurückzuholen. Er musste ihm einfach vertrauen. Doch das Gefühl, dass Asco-Bahrran etwas gegen ihn im Schilde führte, wollte einfach nicht weichen.

Tarek seufzte und drehte sich um. Er wurde erwartet. Und während er auf seine Gemächer zueilte, hörte er in Gedanken noch einmal die Stimme An-Rukhbars, der das Rebellenheer geringschätzig als einen lästigen Schwarm kriechender Insekten bezeichnet hatte, den man ohne großen Aufwand zertreten könne. *Wozu habe ich dich Krieger ausbilden lassen, wenn sie nicht einmal mit einem Haufen aufgebrachter und feiger Bauern fertig werden*, waren An-Rukhbars abschließende Worte gewesen. Tarek hatte entgegnen wollen, dass das Rebellenheer weit mehr war als ein Haufen Bauern, doch der Erhabene hatte ihn nicht mehr zu Wort kommen lassen und die Audienz für beendet erklärt. Damit war klar, dass die gesamte Verantwortung für die Verteidigung Nimrods allein auf seinen Schultern ruhte.

Als Tarek seine Räume wenig später erreichte, wurde er bereits von den Kriegern des Spähtrupps erwartet. Der Ausdruck in den Augen der völlig erschöpften Männer verhieß nichts Gutes und Tarek ahnte, dass die kommenden Nächte ihm wenig Schlaf bringen würden.

Es wurde ein heißer und stickiger Tag. Die Luft war schwül und feucht und trug die Hoffnung auf ein kühlendes Gewitter am Abend in sich. Trotz der Hitze kamen Sunnivah, Fayola und Vhait gut voran. Das dichte Blätterdach des Waldes hielt die Sonne fern und spendete ihnen angenehm kühlen Schatten. Je weiter sie sich von Nimrod entfernten, desto weniger Krieger begegneten ihnen. Auch Straßensperren gab es hier im Gegensatz zu dort keine mehr.

Die Wölfin hatte sich an diesem Vormittag noch nicht blicken lassen, doch Sunnivah spürte hin und wieder den Blick ihrer Augen aus dem Dickicht am Wegrand auf sich ruhen.

Gegen Mittag kündigte donnernder Hufschlag eine große Gruppe von Reitern an und veranlasste die Gefährten sich hastig im Unterholz zu verbergen. Eine Einheit von mehr als drei Dutzend Kriegern preschte in vollem Galopp an ihnen vorbei. Die schwer bewaffneten Männer befanden sich auf dem Weg nach Nimrod und waren zweifellos in großer Eile.

»Anscheinend gibt es inzwischen Wichtigeres als nach uns zu suchen«, meinte Fayola und blickte den Reitern nach.

»Vielleicht hat es ja etwas mit den Rebellen zu tun«, vermutete Sunnivah. »Sobald wir rasten, werde ich versuchen Naemy zu erreichen. Sicher kann sie uns etwas darüber sagen, was die Rebellen vorhaben.« Die drei lenkten ihre Pferde wieder auf die Straße zurück und ließen sie antraben.

»Wenn wir weiter so gut vorankommen, werden wir den Junktun noch vor Sonnenuntergang erreichen«, rief Vhait über das Klappern der Hufe hinweg. »Vielleicht schaffen wir es ja sogar bis zur Furt, dann können wir den Fluss heute noch überqueren.«

»Das wäre nicht schlecht«, antwortete Fayola. »Ich möchte die Nacht nur ungern auf dieser Seite des Flusses verbringen. In dem unbewohnten Land auf der anderen Seite sind wir sicherer.«

Als die Sonne ihren höchsten Punkt überschritten hatte, entdeckte Sunnivah etwas abseits des Weges eine Lichtung mit einem kleinen Weiher. Niemand hatte etwas gegen eine kurze Rast einzuwenden und so saßen die Gefährten ab, führten ihre Pferde zum Wasser und ließen sie trinken.

Kein Lufthauch rührte sich. Kein Vogel sang. Über dem Weiher flimmerte die Luft und im trockenen Gras zirpte einsam ein Heupferd. Sunnivah, Fayola und Vhait suchten sich einen schattigen Platz unter den Bäumen, um der drückenden

Hitze auf der Lichtung zu entgehen. »Wenn ich könnte, würde ich bis zum Abend hier schlafen und dann erst weiterreiten.« Fayola legte ihren Wasserschlauch aus der Hand, streckte sich im Gras aus und schloss die Augen. »Diese Hitze ist einfach unerträglich. Ich würde am liebsten ...«

»Still!«

Verwundert öffnete Fayola die Augen und sah zu Vhait hinüber. Er lehnte schräg hinter ihr an einem Baum und hatte den Finger mahnend an die Lippen gelegt, während er mit der anderen Hand auf Sunnivah deutete, die sich nur wenige Schritte entfernt mit geschlossenen Augen und überkreuzten Beinen niedergelassen hatte. Plötzlich begann sie zu schwanken. Ihr eben noch entspanntes Gesicht war schmerzverzerrt und sie griff sich mit den Händen an den Kopf. Fayola sprang erschrocken auf und legte ihren Arm beruhigend um Sunnivahs Schultern.

»Was ist los, Sunnivah?«, fragte sie besorgt.

»Ich ... ich kann Naemy nicht erreichen!«

»Wieso nicht?«

»Es ist wie in den Gängen unter der Festung – aber viel schlimmer. Ich höre nur Rauschen, Knacken und Pfeifen.« Sunnivah machte eine Pause, um Atem zu schöpfen.

»Woher kommen die Geräusche?«, wollte Fayola wissen.

Sunnivah zuckte mit den Schultern. »Ich habe keine Ahnung«, gab sie zu. »Es ist erst das zweite Mal, dass ich so etwas erlebe. Naemy war damals davon überzeugt, dass unsere Verbindung absichtlich gestört wurde, als wir uns unter der Festung aus den Augen verloren hatten.«

»Asco-Bahrran!«, murmelte Vhait grimmig.

»Glaubst du wirklich, dass der Meistermagier so etwas vollbringen könnte?«, fragte Fayola.

Vhait nickte. »Er ist der Beste!«

»Dann kommen die Geräusche vermutlich aus Nimrod!«, folgerte Fayola und wandte sich wieder an Sunnivah. »Du solltest es noch einmal versuchen, wenn wir den Junktun überquert haben«, meinte sie. »Vielleicht sind wir dann ja weit genug von Nimrod entfernt und die Störungen erreichen dich nicht mehr.«

»Wahrscheinlich hast du Recht.« Sunnivah blinzelte. Der hämmernde Schmerz hinter ihrer Stirn ließ allmählich nach und sie öffnete die Augen. »Ich werde es später noch einmal versuchen.« Müde streckte sie sich im Gras aus. »Lasst mich noch einen Moment ausruhen«, bat sie. »Dann reiten wir weiter.«

Am frühen Nachmittag war selbst die Luft zwischen den Bäumen schwül und stickig. Nichts rührte sich. Der Wald und die Straße wirkten in der Hitze wie ausgestorben. Kein einziger Händler, Bauer oder Krieger begegnete ihnen auf ihrem Weg. Fayola vermutete ein drohendes Unheil, doch Vhait lachte nur und meinte, sie solle sich freuen, dass sie so schnell vorankämen. Tatsächlich legten sie an diesem Nachmittag eine beträchtliche Strecke zurück und am frühen Abend sahen sie endlich das breite, silberne Band des Junktun zwischen den Bäumen im Sonnenlicht glänzen.

»Der Junktun!« Vhait zügelte sein Pferd und deutete voraus. »Jetzt ist es nicht mehr weit bis zur Furt. Wenn es dunkel wird, haben wir den Fluss schon hinter uns.«

»Wir sollten uns nicht zu früh freuen«, meinte Fayola. »Wahrscheinlich wird es an der Furt nur so von Kriegern wimmeln – und dann haben wir ein ernstes Problem.«

»Ich werde vorausreiten und die Lage erkunden«, bot Vhait an.

Fayola wollte etwas erwidern, doch Sunnivah kam ihr zuvor. »Das ist eine gute Idee, aber gib Acht, dass man dich nicht entdeckt. Wenn die Furt tatsächlich von Kriegern bewacht wird, müssen wir ein Stück flussaufwärts reiten und den Junktun im Schutze der Dunkelheit woanders überqueren.«

»Schwimmen? Glaubst du, dass die Pferde das schaffen?« Fayola hatte ihre Zweifel. »Auch wenn der Junktun zu dieser Jahreszeit nicht allzu viel Wasser führt, hat er doch noch immer eine starke Strömung. Wenn die Kräfte der Pferde nicht ausreichen, um das andere Ufer zu erreichen, wird der Fluss uns direkt in die Arme der Krieger treiben.«

»Die Zeit drängt«, erwiderte Sunnivah bestimmt. »Wenn die Furt bewacht wird, müssen wir schwimmen. Wir haben keine andere Wahl.«

»Und genau das werde ich jetzt herausfinden.« Vhait gab seinem Pferd die Sporen und galoppierte davon, während Sunnivah und Fayola ihm etwas langsamer folgten.

Bald darauf lichteten sich die Bäume und der riesige Wald lag hinter ihnen. Zu beiden Seiten der Straße befanden sich jetzt undurchdringliches Gestrüpp und große Büsche, die nur vereinzelt von grasbewachsenen Flecken unterbrochen wurden. Über die Büsche hinweg konnten die beiden Frauen zum ersten Mal die majestätische Silhouette des Ylmazur-Gebirges erkennen, hinter dessen schneebedeckten Gipfeln sich der Himmel bereits rot färbte.

Ungeduldig warteten die beiden Frauen auf Vhaits Rückkehr. Aber von ihrem Begleiter war weit und breit nichts zu sehen. Fayola wurde allmählich unruhig und verfiel wieder in ihre alten Zweifel. »Vielleicht hat er an der Furt ja einen alten Freund getroffen«, sagte sie grimmig und erntete dafür einen scharfen Blick von Sunnivah, die zwar auch beunruhigt war, es sich aber nicht anmerken ließ. Im Gegensatz zu Fayola hegte sie keine Zweifel an Vhaits Loyalität, machte sich dafür aber ernste Sorgen um ihn. Der Gedanke, dass ihm etwas zugestoßen sein könnte, beschäftigte sie mehr, als sie sich eingestehen wollte, und die Intensität der Gefühle, die sie in diesem Moment bewegten, überraschte sie.

Endlich ertönte auf dem Weg vor ihnen der Hufschlag eines Pferdes. Sunnivah und Fayola lenkten ihre Pferde an den Wegrand und ließen sie anhalten. Fast gleichzeitig zogen sie ihre Schwerter. Als sie jedoch erkannten, wer sich ihnen aus dunklen Schatten auf dem Weg näherte, ließen sie sie sofort wieder sinken.

»Die Furt ist frei!«, hörten sie Vhait schon von weitem rufen. »Weit und breit ist kein einziger Krieger zu sehen.« Atemlos kam er näher und brachte sein Pferd neben Sunnivah zum Stehen. »Ich bin ein ganzes Stück flussaufwärts und flussabwärts geritten und habe die Furt sogar bis zur Hälfte durchquert«, berichtete er. »Nirgends habe ich Anzeichen dafür gefunden, dass sich dort Krieger aufhalten. Nicht ein einziger Hufabdruck war im Sand zu sehen.«

»Ich kann einfach nicht glauben, dass An-Rukhbar uns so einfach ziehen lässt«, sagte Fayola. »Er muss doch wissen, dass in der Nacht der Lichter vom Himmelsturm eine Verbindung zum Verbannungsort der Göttin besteht. Wenn ihr mich fragt, dann geht das alles hier viel zu leicht. Ich bin sicher, dass er uns irgendwo eine Falle gestellt hat.«

»Damit könntest du sogar Recht haben«, stimmte Vhait ihr zu. »Vielleicht steht das Rebellenheer aber auch schon vor den Toren Nimrods und sie können keine Krieger mehr aussenden. Falls es aber doch eine Falle geben sollte, dann gewiss nicht an der Furt. Da unten ist wirklich alles friedlich.«

»Ja, zu friedlich«, murmelte Fayola, zog es dann aber vor, zu schweigen, und überließ Sunnivah die Entscheidung, wie es weitergehen sollte. »Unsere Pferde sind erschöpft und wir haben nicht mehr viel Zeit«, sagte Sunnivah. »Es bleibt uns also nichts anderes übrig, als den Junktun in der Furt zu überqueren und zu hoffen, dass Vhait sich nicht täuscht.« Noch während sie sprach, lenkte sie ihr Pferd in die Mitte der Straße zurück und machte sich auf den Weg zum Fluss.

Der Riesenalp ließ seinen Blick gleichmütig über die schroffen Felsmassive des Ylmazur-Gebirges gleiten. Hin und wieder hob er seinen mächtigen Kopf und blinzelte zum Himmel hinauf, um nach dem Stand der Sonne zu sehen. Aber es war noch zu früh. Noch hatte die glühende Scheibe ihre Bahn nicht vollendet, auch wenn ihr grelles Licht sich schon mit den warmen Rottönen des nahen Abends schmückte.

Der Riesenalp seufzte. Wie so oft, wenn die Dunkelheit die Herrschaft über Thale gewann, würde er auch heute seinen Flug beginnen. Aber diesmal war es anders. Diesmal kannte er sein Ziel bereits. Am vergangenen Abend hatte er das gewaltige Heer entdeckt, das sich langsam, aber unaufhaltsam auf Nimrod zubewegte. Und heute würde er wieder dorthin fliegen, um es zu beobachten. Der Riesenalp wusste, dass es sich bei den Kriegern um Freunde handelte, und wünschte sich sehnlichst, es möge anders sein. Zu lebendig waren seine Erinnerungen an die letzte Schlacht, die einst vor den Toren der Festungsstadt getobt hatte, und das entsetzliche Leid, das daraufhin über das herrliche Land und seine Bewohner hereingebrochen war.

Er wusste auch, dass die Rebellen einem aussichtslosen Kampf entgegeneilten, und das Wissen darum machte sein Herz schwer. Wie verzweifelt müssen diese Menschen sein, dachte er traurig, dass sie bereit sind ihr Leben für eine Sache zu opfern, die so sinnlos ist.

Plötzlich streifte eine eisige Böe sein Gefieder.

Überrascht schaute der Riesenalp auf die Bäume im Tal hinunter, deren Kronen sich in einem breiten Streifen unter der Kraft des Windes beugten. Zurück blieb eine eisige Kälte, die ihren Ursprung nicht allein im Wind haben konnte. Eine dunkle Ahnung drohender Gefahr und großen Unheils hing in der Luft. So schnell wie er gekommen war, war der Wind vorüber. Wenige Augenblicke später war die Luft wieder ruhig und so mild, wie man es von einem friedlichen Sommerabend erwarten konnte.

Doch der Riesenalp fand keine Ruhe mehr. Die Tatsache,

dass der unnatürliche Wind aus dem Norden kam, verhieß nichts Gutes. Er musste herausfinden, was es damit auf sich hatte.

Entschlossen richtete er sich auf, schüttelte sein Gefieder und trat an den äußersten Rand des Höhleneingangs. Mit einem kräftigen Satz erhob sich der Riesenalp in die Lüfte und ließ sich hoch hinauftragen. Dann schwenkte er in Richtung des Junktun und folgte im raschen Gleitflug der Linie, die auch der Wind genommen hatte.

»Scheint tatsächlich alles ruhig zu sein!« Vorsichtig lenkte Fayola ihr Pferd aus dem schützenden Dickicht auf den breiten sandigen Uferstreifen des Junktun. Immer wieder sah sie sich aufmerksam nach allen Seiten um. Doch auch sie konnte weit und breit nichts Verdächtiges erkennen.

»Ich habe es euch doch gesagt«, meinte Vhait lachend. »Die Furt ist sicher.«

»Na gut. Ich gebe zu, dass ich mich getäuscht habe«, lenkte Fayola ein. »Aber ich bin noch immer der Meinung, dass wir viel zu leicht vorankommen.«

»Auch ich habe ein besseres Gefühl, wenn der Fluss zwischen uns und der Festungsstadt liegt.« Sunnivah zügelte ihr Pferd neben Vhait und betrachtete den Fluss. Ruhig und träge floss er dahin und verbarg seine gefährliche Strömung unter der spiegelglatten Wasseroberfläche.

Plötzlich fuhr am anderen Ufer eine heftige Windböe durch die Büsche und bog die langen Halme des Ufergrases fast bis auf den Boden. Im trockenen, feinen Sand des Flussufers ließ die Böe kleine Wirbel entstehen und tanzen, die jedoch bald wieder in sich zusammenfielen, während sich das glatte Wasser des Flusses für einen Moment bis zu dessen Mitte kräuselte. Der Wind erstarb so schnell, wie er gekommen war, und erreichte die Gefährten nicht. Weder Fayola noch Vhait hatten etwas davon bemerkt.

»Merkwürdig«, murmelte Sunnivah und fuhr sich mit der Hand durch das Haar. Sie musste sich getäuscht haben. »Also, wo ist die Furt?«, fragte sie.

»Dort!« Mit seinem ausgestreckten Arm deutete Vhait ein Stück flussaufwärts. »Da, wo die Steine aus dem Wasser ragen.«

»Dann lasst uns hinüberreiten, solange es noch hell ist«, sagte Sunnivah und trieb ihr Pferd mit einem sanften Tritt ihrer Fersen an. Sie hatte die Furt fast erreicht, als sie glaubte eine sanfte Berührung ihres Geistes zu spüren.

Sunnivah ließ ihr Pferd anhalten und versuchte eine Gedankenverbindung herzustellen, doch die störenden Geräusche waren noch immer zu stark und verhinderten, dass sie die Botschaft empfangen konnte. Dann brach der Kontakt ab. Müde rieb sich Sunnivah über die Augen und ließ ihr Pferd weitergehen. Aber noch bevor die Hufe ihres Pferdes in das seichte Wasser traten, ertönte hinter ihnen aus dem Wald das lang gezogene Heulen eines Wolfes.

Eine Warnung? Sunnivah zögerte.

»Was ist mit dir?« Fayola sah Sunnivah fragend an. Doch die wollte ihre Freundin nicht beunruhigen und schüttelte den Kopf. »Es geht schon wieder«, sagte sie und zwang sich trotz ihrer Unsicherheit zu einem Lächeln. »Mir war nur etwas schwindelig.«

»Wirklich?« Fayola war deutlich anzusehen, dass sie ihr nicht recht glaubte.

»Ja, es geht mir gut!« Entschlossen gab Sunnivah ihrem Pferd einen Tritt in die Flanken und lenkte es in die Furt. Fayola folgte ihr dichtauf, Vhait bildete den Abschluss. Sie kamen gut voran. Der Fluss war an dieser Stelle kaum zwanzig Längen breit und die Furt in dem klaren Wasser gut zu erkennen.

Plötzlich schoss ein schwarzer Schatten an den Pferden vorbei und die Wölfin versperrte ihnen zähnefletschend den Weg. Sunnivahs Pferd stellte sich erschrocken auf die Hinterläufe und es gelang ihr nur mühsam, das verängstigte Tier zu beruhigen.

»Was ist denn in dich gefahren, die Pferde so zu erschrecken?«, rief sie wütend und versuchte ihr Pferd um die Wölfin herumzuführen. Doch die Wölfin war schneller und versperrte ihr erneut den Weg.

»He, lass das!« Sunnivah war nun wirklich ärgerlich. So eigenartig hatte sich die Wölfin bisher noch nie aufgeführt. »Geh aus dem Weg«, befahl sie. »Hier ist die einzige Stelle, an der wir den Fluss überqueren können. Wir müssen hier rüber!« Wieder wollte sie ihr Pferd vorantreiben, doch die Wölfin sprang so lange vor den Hufen des Tieres auf und ab, bis es erneut scheute.

»Hau endlich ab«, rief Fayola von hinten. »Siehst du denn nicht, dass wir hier zu einer Zielscheibe werden?« Aber die Wölfin dachte nicht daran, den Weg freizugeben. Unermüdlich sprang sie von rechts nach links und versperrte den Gefährten so die gesamte Furt.

Schließlich wurde es Fayola zu bunt. Ärgerlich lenkte sie ihr Pferd an Sunnivah vorbei und versuchte ihrerseits an der Wölfin vorbeizukommen. Auch ihr Pferd scheute, als es in die Nähe der aufgeregten Wölfin kam, doch die Kriegerin hielt die Zügel fest im Griff und zwang es weiterzugehen. Das Pferd schnaubte und tänzelte nervös, während es sich gleichzeitig um seine eigene Achse drehte. Immer wieder scheute es und stieg auf. Fayola hatte alle Mühe, im Sattel zu bleiben. Fluchend gab sie dem aufgebrachten Tier einen Tritt in die Flanke und riss die Zügel herum, worauf sich das Pferd wiehernd auf die Vorderhufe stellte und mit den Hinterläufen ausschlug. Die eisenbeschlagenen Hufe trafen die Wölfin mit voller Wucht in die Seite und schleuderten sie in den Fluss.

»Fayola, nein!« Hilflos musste Sunnivah mit ansehen, wie der Körper des grauen Tieres von der Strömung mitgerissen wurde und hinter einer Biegung verschwand.

»Oh, nein! – Das wollte ich nicht!« Fayola war erschüttert. Auch sie hatte die Wölfin immer als eine Freundin betrachtet. Fassungslos starrten die Frauen flussabwärts.

»Einige Wölfe sind gute Schwimmer«, sagte Vhait in das Schweigen hinein. »Ich bin sicher, dass sie es schafft, irgendwo wieder an Land zu kommen.«

»Ich hoffe, du hast Recht«, flüsterte Sunnivah. Die geheimnisvolle Wölfin bedeutete ihr mehr, als sie zugeben wollte. »Warum hat sie sich bloß so aufgeführt?«, überlegte sie laut, während sie das gegenüberliegende Flussufer betrachtete. »Da drüben ist doch nichts!«

»Wer weiß schon, was in dem Kopf eines Wolfes vorgeht«, erwiderte Fayola schuldbewusst. »Ich kann nur hoffen, dass Vhait Recht behält.« Dann gab sie sich einen Ruck und sagte: »Es hat keinen Sinn, hier noch länger herumzustehen. Wir müssen weiter.«

Sie hatten die Furt gerade zur Hälfte durchquert, als Sunnivahs Pferd plötzlich wie angewurzelt stehen blieb und sich hartnäckig weigerte auch nur einen Schritt weiterzugehen.

»Was ist denn jetzt wieder los?«, hörte Sunnivah Fayola hinter sich rufen. Sunnivah wollte etwas erwidern, doch in diesem Moment fegte eine eisige Böe heran und wirbelte den feinen, staubtrockenen Ufersand weit über den Fluss. Die winzigen, scharfkantigen Sandkörner zwangen die Gefährten dazu, ihre Augen zu schließen. Dann war die Böe vorüber und die warme Luft des Sommerabends stand wieder unbeweglich über dem Flussbett.

»Was, bei den drei Toren ...«, begann Fayola ärgerlich und

rieb sich den Sand aus den Augen, doch als sie die Augen wieder öffnete, stockte ihr der Atem. Vor ihnen, am anderen Ende der Furt, versperrte ihnen gut ein Dutzend hünenhafter, in schwarzen Stahl gekleideter und schwer bewaffneter Krieger den Weg. »Eine Falle!«, schrie sie entsetzt.

»Zurück!« Auch Sunnivah hatte die Krieger gesehen. Sie riss ihr Pferd herum – und erstarrte. Auch in der Mitte der Furt hatten drei Krieger Stellung bezogen. Mit gezogenen Waffen standen sie im knietiefen Wasser und das rote Licht der untergehenden Sonne spiegelte sich unheilvoll in den Klingen ihrer Schwerter.

»Vhait, pass auf, hinter dir!« Sunnivahs Warnung kam gerade rechtzeitig, denn in diesem Moment begannen zwei der Krieger mit dem Angriff.

»Die übernehme ich!« Vhait riss sein Pferd herum, zog sein Schwert und sprengte den Kriegern entgegen. Fayola wollte ihm zu Hilfe eilen, hatte aber große Schwierigkeiten, ihr unruhiges Pferd in der schmalen Furt zu wenden. Als sie es schon fast geschafft hatte, zischte ein schwarzer Pfeil vom Ufer aus nur knapp an ihr vorbei. Gleich darauf folgte ein weiterer und traf ihr Pferd in die Flanke. Rasend vor Schmerz bäumte es sich auf und schleuderte Fayola aus dem Sattel. Der Sturz ins Wasser war schmerzhaft, verlief jedoch glimpflich. Fayola war sofort wieder auf den Beinen und zog ihr Schwert. Aber ihr Pferd war fort. In heilloser Flucht stürmte es ans andere Ufer. Kaum hatte es die Krieger hinter sich gelassen, traten zwei von ihnen ins Wasser. Der eine trug eine gewaltige zweischneidige Axt und wandte sich Fayola zu, während der andere langsam auf Sunnivah zukam. An der siegessicheren, fast lässigen Art ihrer Bewegungen erkannte Sunnivah, dass sie glaubten mit den Frauen ein leichtes Spiel zu haben. Entschlossen, ihr Leben so teuer wie möglich zu verkaufen, zog sie ihr Schwert und machte sich bereit.

Der erste Hieb des Kriegers galt den Beinen ihres Pferdes.

Es war pures Glück, dass der Hengst sich in diesem Moment auf die Hinterläufe stellte und seine Vorderbeine der scharfen Klinge entzog. Aber für das junge Pferd gab es kein Halten mehr. Angesichts der tödlichen Gefahr gebärdete es sich wie wild und versuchte seine Reiterin abzuschütteln.

Sunnivahs Versuche, ihr Pferd mithilfe der Gedankensprache zu beruhigen, scheiterten an den lauten störenden Geräuschen in der Sphäre. Geistesgegenwärtig kam sie einem Sturz zuvor, indem sie in einem günstigen Moment aus dem Sattel sprang. Noch in der gleichen Bewegung griff sie nach dem Stab der Weisheit, der mit einer Schlaufe am Sattel befestigt war, aber gerade als sie zupacken wollte, bäumte sich ihr Pferd auf und raste davon.

Die zurückgebliebenen Krieger am Ufer versuchten vergeblich das Tier aufzuhalten. In einem unglaublichen, aus purer Angst geborenen Sprung setzte es über sie hinweg und verschwand im schützenden Dickicht hinter dem Uferstreifen. Sunnivah und Fayola blieb nicht die Zeit, den Verlust des Stabes und ihrer Pferde zu bedauern. Seite an Seite standen sie den beiden Angreifern im knietiefen Wasser gegenüber, während die Strömung des Junktun unermüdlich an ihren Beinen zerrte.

Hinter ihrem Rücken ertönte ein lautes, platschendes Geräusch und dann preschte auch Vhaits braune Stute reiterlos an ihnen vorbei.

»Achtung, Sunnivah!« Fayola parierte den ersten Hieb der zweischneidigen Axt so geschickt, dass sie den Harnisch ihres Gegners in Höhe des Oberschenkels aufschlitzte. Der Krieger krümmte sich zusammen und brüllte vor Schmerz, als die messerscharfe Klinge tief in sein Fleisch schnitt. Fayola zögerte nicht. Entschlossen, den günstigen Moment für sich zu nutzen, sprang sie nach vorn und fegte dem verletzten Angreifer mit einer geschickten Drehung die Beine unter dem Leib weg.

Der Krieger heulte vor Schmerz und Überraschung auf und stürzte ins Wasser. Dunkelrotes Blut schoss aus seinen Beinstümpfen und färbte das Wasser des Junktun rot, während die abgetrennten Gliedmaßen von der Strömung fortgerissen wurden.

Sunnivah hatte es mit ihrem Gegner weitaus schwieriger. Unermüdlich hieb der schwarze Krieger mit seinem Breitschwert auf sie ein und machte es ihr fast unmöglich, die rasch aufeinander folgenden, gut gezielten Schläge zu parieren. An einen eigenen Angriff war nicht zu denken. Sunnivah konnte sich nur verteidigen und ihre Arme schmerzten schon bald unter den wuchtigen Schwerthieben.

»Fayola! Hinter dir!« Vhaits heisere Stimme war über dem lauten Klirren der Schwerter kaum zu verstehen, aber Fayola reagierte sofort. Mit einer geschmeidigen Bewegung drehte sie sich um und trat einem weiteren Krieger gegenüber, der sich ihr vom Ufer aus näherte. Aufmerksam maß sie den Angreifer mit den Augen, um den günstigsten Moment für einen Angriff abzupassen.

Doch der schwarze Riese hatte nicht vor zu warten, bis Fayola bereit war. Mit wütendem Gebrüll stürzte er sich auf die junge Kriegerin und hieb gnadenlos auf sie ein. Verbissen parierte Fayola Hieb um Hieb, aber ihre Kräfte verließen sie nun immer schneller. Die völlig durchnässte Kleidung behinderte sie in ihren Bewegungen und machte es ihr schwer, sich der kraftvollen Schläge des zweiten Angreifers zu erwehren. Immer wieder glitt sie auf dem schlüpfrigen Untergrund aus und oft war es nur reines Glück, dass sie der tödlichen Klinge des Breitschwertes entging.

Endlich glaubte sie eine Lücke in der Deckung des Angreifers zu erkennen und stieß zu. Aber der Krieger sah ihr Schwert kommen und wich dem Angriff geschickt aus. Fayola wurde von dem Schwung ihrer eigenen Bewegung mitgerissen und stolperte. Sie versuchte noch den Sturz abzufangen, doch der verstümmelte Leichnam des erschlagenen Kriegers trieb vor ihr im seichten Wasser und brachte sie zu Fall. Dann ging alles sehr schnell. Noch bevor sie sich erheben konnte, war der Krieger heran, hob sein Schwert und stieß zu.

»Fayola!«

Sunnivahs Warnung kam zu spät.

Ungläubiges Entsetzen spiegelte sich in Fayolas Blick, als sie auf die Klinge in ihrem Leib hinabblickte, und obwohl sie um ihren nahen Tod wissen musste, hob sie noch die Hände und packte den blutigen Stahl, um die Waffe aus ihrem Körper herauszuziehen. Der Krieger knurrte, drehte das Schwert mit einem kurzen, kräftigen Ruck herum und Fayola krümmte sich. Ein Schwall dunkelroten Blutes quoll zwischen ihren Lippen hervor. Ihre Hände lösten sich von dem Schwert und sie sackte kraftlos zusammen.

»Fayola, nein!« Wie eine Furie begann Sunnivah mit ihrem Schwert auf den Krieger einzuschlagen, der sie noch immer bedrängte, während sie gleichzeitig versuchte ihre sterbende Freundin zu erreichen. Zu spät! Aus den Augenwinkeln sah sie, wie der Krieger Fayolas leblosen Körper triumphierend in die Höhe hob und mit einer kraftvollen Bewegung weit in den Fluss hinausschleuderte.

»Neiiiin!«

Tränen der Verzweiflung schossen Sunnivah in die Augen und verschleierten ihren Blick. Fast hätte sie das ihr Leben gekostet, doch dann stürzte auch sie über den Körper des im Wasser treibenden Kriegers und der Schwerthieb ihres Gegners zischte so dicht über ihren Kopf hinweg, dass sie den Luftzug spüren konnte.

In einer unbewussten Abwehrreaktion hob Sunnivah ihr Schwert. Dabei traf sie das Bein des Kriegers, der sie bedrängte, und brachte ihn zu Fall. Wasser und Schlamm spritzten auf und nahmen Sunnivah die Sicht, als der Krieger ins Wasser stürzte. Aber es gelang ihr, als Erste wieder auf die Beine zu kommen. Mit dem Handrücken wischte sie sich das Wasser aus den Augen und hob ihr Schwert zu einem tödlichen Schlag, konnte den Streich jedoch nicht zu Ende führen. Der Krieger, der Fayola getötet hatte, kam nun auch auf sie zu und zwang sie, sich zu verteidigen, während sich sein verletzter Kamerad an das sichere Ufer zurückziehen konnte.

Im Gegensatz zu dem ersten Angreifer verhielt sich Sunnivahs neuer Gegner so vorsichtig, als verfolge er eine bestimmte Taktik. Den ersten Hieb spürte Sunnivah mehr, als dass sie ihn kommen sah. Mit einer halben Drehung fuhr sie herum und parierte den Schlag mit ihrer Klinge. Der zweite folgte gleich darauf, doch auch diesmal gelang es ihr, sich zu wehren. Der Angreifer ließ sich nun Zeit und umkreiste Sunnivah wie ein blutrünstiges Raubtier seine Beute.

Plötzlich hörte Sunnivah Vhait aufschreien. Ihrem Gefährten erging es nicht viel besser als ihr selbst. Doch im Gegensatz zu Sunnivah musste er sich noch immer zweier Angreifer erwehren und hatte große Mühe, sich diese vom Leib zu halten. Außerdem war der junge Hauptmann verletzt und wankte vor Schwäche. Seine Bewegungen wirkten kraftlos und schlecht koordiniert, während er die Schwerthiebe der Angreifer parierte ohne dabei selbst zu treffen.

Es sind einfach zu viele, dachte Sunnivah bitter, das Gesicht der sterbenden Fayola vor Augen. Wir werden alle sterben!

In raschem Flug glitt der Riesenalp über die Baumwipfel hinweg. Geschickt nutzte er die Deckung des grünen Blätterdaches, um vom Boden aus nicht sofort gesehen zu werden. Er war dem Junktun schon sehr nahe und spürte die Nähe der fremden Wesenheit jetzt ganz deutlich.

Kurz bevor er den Fluss erreichte, sah der Riesenalp zwei reiterlose Pferde, die unter ihm über einen grasbewachsenen Hügel preschten. Ihnen folgte ein drittes, doch das bewegte sich so langsam, als sei es verletzt. Gleich darauf hörte er

Kampfgeräusche, die vom nahen Fluss zu ihm heraufklangen.

Der Riesenalp breitete seine mächtigen Schwingen aus und ließ sich von dem warmen Aufwind über der Flussniederung sanft hinauftragen. Als er die hohen Bäume am Ufer überflogen hatte, erblickte er unter sich zwei Krieger aus Nimrod, die in einen aussichtslosen Kampf mit drei schwarzen Kriegern verwickelt waren.

Cha-Gurrline!

Dem Riesenalp stockte der Atem. Grausame Bilder, die er glaubte längst verwunden zu haben, erwachten beim Anblick der verhassten Diener An-Rukhbars zu neuem Leben. Noch einmal durchlebte er das grauenhafte Sterben seiner Brüder und Schwestern, die von unzähligen schwarzen Pfeilen getroffen zu Boden stürzten und dort von den Schwertern der Cha-Gurrline gnadenlos niedergemetzelt wurden. Der glühende Hass von damals flammte wieder auf und ließ ihn alle Vorsicht vergessen. Endlich bot sich ihm eine Gelegenheit, den Tod seiner Artgenossen zu rächen und es den verhassten schwarzen Kriegern heimzuzahlen.

Noch hatten die Kämpfenden ihn nicht bemerkt, doch der Riesenalp wusste, dass er schnell handeln musste. Sobald die Cha-Gurrline gesiegt hatten, würden sie sich in ihre kalte, dunkle Heimat am Ende der Finstermark zurückziehen, wo sie für ihn unerreichbar wären. Entschlossen legte er seine Schwingen eng an den Körper und schoss pfeilschnell auf die Kämpfenden herab.

Bei seinem ersten Angriff packte er einen der Cha-Gurrline mit den Krallen und stieg mit ihm in die Höhe. Der Krieger war so überrascht, dass die Waffe seinen Händen entglitt und in den Fluss stürzte. Hilflos um sich schlagend hing der Krieger in den Krallen des Riesenalps, der ihn rasch immer weiter hinauftrug.

Hundert Längen über dem Junktun verharrte der große

Vogel wenige Herzschläge lang fast regungslos in der Luft. Dann öffnete er seine Krallen. Der lange, gellende Todesschrei des Kriegers verschaffte dem Riesenalp eine bittere Genugtuung. Dann griff er wieder an. Mit einem lauten markerschütternden Schrei setzte er zu einem weiteren Sturzflug an, um sein blutiges Werk fortzusetzen. Als ihn die Cha-Gurrline auf sich zukommen sahen, knieten zwei von ihnen nieder und spannten ihre mannshohen Bögen.

Zwei Pfeile zischten an dem großen Vogel vorbei und verfehlten ihn nur um Haaresbreite. Die Cha-Gurrline brüllten vor Wut und Enttäuschung und zogen eilig weitere Pfeile aus ihren Köchern. Ihnen blieb jedoch nicht mehr die Zeit, sie abzuschießen, denn der Riesenalp war bereits heran und packte einen der Bogenschützen mit seinen Krallen.

Diesmal flog der Riesenalp nicht über den Fluss. Geschickt landete er auf einer nahe gelegenen Gruppe großer grauer Felsen und presste den zuckenden Körper des Cha-Gurrlins fest auf den Stein. Der Riesenalp hob seinen Kopf und ließ den scharfen Schnabel hinabsausen. Der Schrei des Cha-Gurrlins ging in ein ersticktes Gurgeln über und erstarb. Dunkles Blut färbte den Felsen rot und sammelte sich als glänzende Pfützen in dessen Vertiefungen, als der Vogel das Leben des Cha-Gurrlins mit einem wuchtigen Hieb beendete. Achtlos ließ der Riesenalp den zerschmetterten Körper des Kriegers zurück und hob sich in die Lüfte, um seine Rache zu beenden.

In der Zwischenzeit war einer der Krieger aus Nimrod gestürzt. Waffenlos kniete er im seichten Wasser und versuchte verzweifelt den Schwerthieben seines Gegners zu entgehen. In seiner Wut schlug der Cha-Gurrlin blindlings mit der Axt auf seinen Gegner ein und achtete nicht auf den Riesenalp. Als er ihn schließlich bemerkte, war es zu spät. Der große Vogel packte die Axt mit dem Schnabel und den Cha-Gurrlin mit beiden Krallen. Doch diesmal flog er nicht fort. Nur wenige Schritte von dem Kampfplatz entfernt landete er an einer tieferen Stelle der Furt und drückte den Cha-Gurrlin so lange unter Wasser, bis dessen zuckender Körper erschlafft war.

Plötzlich ergriffen die restlichen sechs Cha-Gurrline wie auf ein geheimes Kommando hin die Flucht. Mit wenigen Sätzen erreichten die im Wasser stehenden Krieger das Ufer und verschwanden gemeinsam mit ihren Kameraden in einem turmhohen Sandwirbel, den ein plötzlich aufkommender Wind über den Uferstreifen trieb.

Enttäuscht darüber, dass ihm so viele der verhassten Cha-Gurrline entkommen waren, wandte sich der Riesenalp einem der Krieger aus Nimrod zu. Der junge Mann hatte sein Schwert gesenkt und blickte den großen Vogel unsicher an. Etwas in seinem Blick ließ den Riesenalp zögern. Gerade noch war er fest entschlossen, auch die beiden Krieger aus Nimrod zu töten, doch irgendetwas hielt ihn davon ab, sein Vorhaben auszuführen. Und plötzlich erkannte er einen von ihnen wieder. Der völlig erschöpfte und durchnässte Krieger war derselbe, den er vor wenigen Mondläufen in der Finstermark ausgesetzt hatte. Instinktiv wusste der Riesenalp, dass er ihn nicht töten durfte. Ende des Winters hatte er das Leben das Kriegers in die Hände der Göttin gelegt und ihn in der Finstermark seinem Schicksal überlassen. Und er hatte überlebt! Die Göttin selbst hatte entschieden. Der Riesenalp wandte sich um, erhob sich in die Lüfte und flog in den Abendhimmel hinauf.

Fassungslos starrte Sunnivah dem riesigen Vogel hinterher, bis er nur noch als winziger schwarzer Punkt vor dem letzten Schimmer des Tageslichts über dem Ylmazur-Gebirge zu erkennen war. Dann erhob sie sich, schleppte sich aus dem Wasser und ließ sich erschöpft in den noch sonnenwarmen Ufersand sinken. Vhait folgte ihr. Achtlos warf er sein Schwert zur Seite und setzte sich neben sie.

»Wie hast du das gemacht?«

Vhait zuckte mit den Schultern. »Ich glaube, er hat mich wiedererkannt.«

»Ihr seid Freunde?« Sunnivah zog erstaunt die Augenbrauen in die Höhe. Sie hatte noch nie zuvor einen so großen Vogel gesehen und konnte sich nicht vorstellen, dass jemand mit ihm Freundschaft schließen konnte.

»Hat er uns deswegen geholfen?«

»Nein, sicher nicht. Wir sind eigentlich Feinde«, erklärte Vhait. »Der Vogel ist ein Riesenalp. Er kämpft auf der Seite der Rebellen und hat im vergangenen Sommer viele meiner Männer getötet.« Vhait verstummte und wischte sich mit dem Handrücken das Blut von der Stirn. »Aber das ist eine lange Geschichte«, sagte er. »Jetzt müssen wir dringend eine geschützte Stelle suchen und ein Feuer entzünden, an dem wir unsere Sachen trocknen können. Es wird bald ganz dunkel sein.«

Sunnivah nickte und wollte aufstehen, als die Ereignisse des Abends plötzlich mit grausamer Gewissheit auf sie einstürzten. Fayola war tot! Bei dem Gedanken an ihre treue Freundin krampfte sich ihr Herz zusammen und ihre Augen füllten sich mit Tränen. Blindlings folgte sie Vhait durch das Dickicht, machte aber keine Anstalten, ihm bei seiner Suche nach einem Lagerplatz zu helfen. Ihre Gedanken kreisten allein um Fayola und dennoch fand sie keine Antwort auf die Frage: Warum?

Erst als To und Yu schon hoch am Himmel standen, fanden Sunnivah und Vhait einen Platz, der ihnen sicher genug erschien, um ein Feuer zu entzünden. Sofort machten sie sich daran, trockenes Holz zu suchen, doch es war nicht leicht, in der Dunkelheit zwischen den Bäumen geeignetes Material zu finden. Schließlich entdeckte Vhait einen alten, toten Baum, dessen trockene Äste so morsch waren, dass sie sich mit den Händen abbrechen ließen, und wenig später sprangen die ersten kleinen Flammen des Feuers knisternd in die Höhe.

»Warum Fayola?« Sunnivah hatte sich dicht am Feuer niedergelassen und ihren geflochtenen Zopf gelöst, damit ihre Haare besser trocknen konnten. Nun starrte sie traurig in die Flammen und schüttelte immer wieder verständnislos den Kopf.

»Es ist das Los eines jeden Kriegers zu sterben«, erwiderte Vhait leise. Auch er saß dicht am Feuer, um seine nasse, klamme Kleidung zu trocknen und die nächtliche Kälte aus seinen Gliedern zu vertreiben. Die kurze Frage waren Sunnivahs erste Worte, seit sie aufgebrochen waren, und machten deutlich, wie sehr sie unter dem Tod ihrer Freundin litt. Vhait hatte es bisher vermieden, sie darauf anzusprechen. Er fühlte sich hilflos, weil er wusste, dass kein Wort ihren Schmerz lindern würde. Er selbst trauerte nur wenig. In den vielen Jahren als Krieger hatte er gelernt den Tod eines Kameraden klaglos hinzunehmen – selbst wenn es sich bei dem Gefallenen um einen Freund handelte.

Vhait hob den Blick und sah seine Gefährtin über das Feuer hinweg an. Das dichte rote Haar verdeckte ihr Gesicht und leuchtete im Schein des Feuers, als stünde es selbst in Flammen.

Wie schön sie war!

Der Gedanke kam völlig überraschend und Vhait schämte sich noch im selben Moment für seine unpassenden Gefühle. Um sich abzulenken, warf er einen dicken Ast in die Flammen und beobachtete, wie er zu brennen begann. Er wünschte sehr, Sunnivah trösten zu können, fürchtete aber die falschen Worte zu wählen, da er ihren Kummer nicht teilte.

»Ich bin sicher, Fayola wusste, dass es eines Tages so kommen würde«, begann er vorsichtig. »Früher oder später trifft es jeden Krieger. Nur wenigen ist es vergönnt, ein hohes Alter zu erreichen. Man muss lernen mit der Gewissheit zu leben, dass der nächste Tag auch der letzte sein könnte.«

»Wenn ich ihr doch nie begegnet wäre«, schluchzte Sunnivah. »Dann würde sie jetzt noch leben und ...«

»Lass das, Sunnivah!« Vhaits Stimme klang plötzlich scharf. »Fayola wird auch nicht wieder lebendig, wenn du dich mit sinnlosen Selbstvorwürfen quälst.«

Energisch stand er auf und kam um das Feuer herum auf sie zu. »Fayola ist dir gefolgt, weil sie an dich glaubte. Sie hat ihr Leben gegeben, damit du dein Ziel erreichen kannst. Jetzt ist es an dir, ihrem Tod einen Sinn zu geben, indem du deine Aufgabe erfüllst.«

»Aber wie kann ich das?« Sunnivah hob den Kopf und strich sich eine Haarsträhne aus dem Gesicht. »Die Pferde sind fort und der Stab verloren. Ohne ihn ist meine Mission gescheitert!«

»Die Pferde sind sicher nicht weit fortgelaufen«, erklärte Vhait zuversichtlich. »Sobald es hell genug ist, werden wir nach ihnen suchen.« Er wandte seinen Blick zum Himmel und deutete auf die beiden Monde. »Bis zur Nacht der Lichter bleiben uns noch zwei Sonnenläufe. Mit etwas Glück können wir es schaffen.« Zuversichtlich legte er seine Hände auf Sunnivahs Schultern und blickte ihr fest in die Augen. »Wir finden sie, du wirst sehen«, sagte er so nachdrücklich, als könne allein sein fester Wille die Pferde zurückbringen. Sunnivah erwiderte seinen Blick, sagte aber nichts.

»Wir sollten jetzt beide versuchen etwas zu schlafen«, sagte Vhait und löste seine Hände von ihren Schultern. »Der morgige Tag wird hart.«

Schlafen! Das war nun wirklich das Letzte, zu dem sich Sunnivah jetzt in der Lage fühlte. Trauer, Kummer und Schmerz wüteten mit unverminderter Heftigkeit in ihren Gedanken und die Ungewissheit darüber, wie es weitergehen sollte, hielt sie wach. So zog sie es vor, weiter schweigend in die Flammen zu starren, während Vhait sich auf dem harten Boden neben dem Feuer zum Schlafen zusammenrollte.

Quälend langsam verging die Zeit. Vhait schlief inzwischen tief und fest und irgendwo in den Bäumen schrie ein Käuzchen durch die mondhelle Nacht. Obwohl ihre Kleider schon fast trocken waren, sehnte sich Sunnivah nach einer wärmenden Decke, und auch der Hunger machte sich langsam bemerkbar. Fröstelnd schob sie sich noch etwas dichter an das Feuer heran, wobei sie die Knie eng an den Körper zog und mit den Armen umschlang.

Hinter ihr im Unterholz knackte es. Tappende Schritte und ein unheimliches Schnaufen klangen in der nächtlichen Stille gefährlich nahe und die Geräusche berstender Zweige ließen darauf schließen, dass sich etwas sehr Großes dem Lagerplatz näherte.

»Vhait!« Sunnivah war sofort auf den Beinen und zog ihr Schwert. Was immer sich ihnen dort in der Dunkelheit näherte, gab sich keine Mühe, unbemerkt zu bleiben.

»Vhait! Wach doch auf!« Ungeduldig stieß Sunnivah ihren schlafenden Gefährten mit dem Stiefel in die Seite. Aber Vhait reagierte nur unwillig und drehte sich auf die andere Seite. Angespannt starrte Sunnivah in die Richtung, aus der sich die Geräusche näherten. Jeden Augenblick musste der nächtliche Besucher ihren Lagerplatz erreichen.

»Vhait!« Sunnivah gab sich nun keine Mühe mehr, leise zu sein, und endlich reagierte ihr Gefährte. Verschlafen setzte er sich auf und rieb sich die Augen. »Was …?«

»Still«, flüsterte Sunnivah und deutete auf die Stelle im Unterholz, wo sie den ungebetenen Gast vermutete. »Nimm dein Schwert.« Weitere Erklärungen konnte sie sich sparen, denn nun hörte auch Vhait, dass sich ihnen etwas näherte. Sofort war er hellwach und sprang auf. Es blieb ihm jedoch nicht mehr die Zeit, sein Schwert zu ziehen, denn in diesem Moment teilte sich das Dickicht vor ihnen und eine graue, pelzige Gestalt sprang mit einem Satz heraus.

Nach einem ersten Augenblick des Schreckens erkannte

Sunnivah, wer dort vor ihr stand, und ließ ihr Schwert fallen. »Der Göttin sei Dank, du lebst«, rief sie erleichtert und schloss ihre Arme glücklich um den weichen Nacken der Wölfin.

»Ich wusste doch, dass sie eine gute Schwimmerin ist!« Auch Vhait hatte sein Schwert gesenkt und war herangetreten, um die Wölfin zu begrüßen. Sanft strich er mit der flachen Hand über ihren Rücken.

Wieder knackte es laut im Dickicht. Vhait fuhr erschrocken herum, erkannte aber sofort, dass ihnen keine Gefahr drohte. An derselben Stelle, an der zuvor die Wölfin aus dem Unterholz gekommen war, trat nun Sunnivahs Pferd aus dem Gewirr verschlungener Äste, dicht gefolgt von Vhaits brauner Stute.

»Unsere Pferde!« Selbst im schwachen Mondlicht war Sunnivahs erleichtertes Lächeln zu erkennen. Trauer und Schmerz waren für einen Moment vergessen.

»Wo hast du sie gefunden?« Ihre Frage galt der Wölfin, blieb jedoch unbeantwortet. Mit wenigen Schritten war Sunnivah bei ihrem Pferd. Sie nahm die Zügel in die Hand und führte es um das Feuer herum zu einer Stelle mit saftigem, weichem Gras. Dort band sie es an einen Baum und begann ihr Gepäck zu durchsuchen. Mit Verbandzeug und etwas zu essen in der einen und dem Stab der Weisheit in der anderen Hand kehrte sie schließlich zu Vhait zurück, der seine Stute gerade auf Verletzungen hin untersuchte.

»Du hast Recht«, sagte sie mit fester Stimme. »Fayolas Tod darf nicht umsonst gewesen sein.« Entschlossen hielt sie ihrem Gefährten den Stab entgegen. »Der Stab ist nicht verloren. Morgen reiten wir zum Himmelsturm.«

»Oberster Kriegsherr?«

Überrascht legte Tarek die Pläne der Befestigungsanlage von Nimrod aus der Hand und blickte auf die vier hoch gewachsenen, breitschultrigen Krieger, die seine privaten Räume unaufgefordert betreten hatten. »Hauptmann«, sagte er unwirsch. »Ich hoffe, Ihr habt einen guten Grund für Euer ungebührliches Verhalten.«

Der Hauptmann verzichtete darauf, zu antworten. »Oberster Kriegsherr, ich habe Befehl, Euch in den Kerker zu bringen«, sagte er mit ausdrucksloser Miene. Aufgebracht fuhr Tarek in die Höhe und trat dem Hauptmann drohend entgegen, während die übrigen Krieger ihre Schwerter zogen. Aber der Hauptmann ließ sich durch Tareks Verhalten nicht aus der Ruhe bringen. Gelassen erwiderte er dessen zornigen Blick und sagte: »Für den Fall, dass Ihr Euch weigert mir zu folgen, habe ich den Befehl, Euch in Ketten zu legen.«

»Wer wagt es, Euch einen solchen Befehl zu erteilen?«, fragte Tarek streng, doch seine Selbstsicherheit täuschte. Was ging hier vor?

Der Hauptmann schwieg. Tarek holte tief Luft und zwang sich zur Ruhe. Und obwohl es ihm nur mühsam gelang, nicht die Beherrschung zu verlieren, fragte er noch einmal: »Redet, Mann! Wer hat Euch diesen absurden Befehl erteilt?«

In diesem Moment wurde die Tür erneut geöffnet. Ein Schwall eisiger Kälte fegte durch den Raum und ließ die Krieger trotz der warmen, spätsommerlichen Luft frösteln. Dann erschien in der Tür die dunkle Gestalt eines Kriegers. Er war von Kopf bis Fuß in eine fremdartige schwarze Rüstung gekleidet und so groß, dass er sich bücken musste, um den Raum zu betreten. Sein massiger Kopf wurde von einem gehörnten schwarzen Helm verdeckt, hinter dessen schmalen Sehschlitzen gleich zwei Augenpaare in unheilvollem Rot funkelten.

Tarek straffte sich und trat dem fremden Krieger furchtlos entgegen. »Wer seid Ihr? Und wer hat Euch erlaubt hier hereinzukommen?«, fragte er und blickte den Krieger herausfordernd an.

»Ich bin dir keine Rechenschaft schuldig«, erwiderte der Krieger mit dumpfer, seltsam abgehackter Stimme. »Der Erhabene selbst hat befohlen dich in den Kerker zu werfen. Von nun an gebe ich hier die Befehle!« Drohend stellte er sich neben den Hauptmann und deutete ungeduldig auf Tarek. »Schafft ihn fort!«

Nun zog auch der Hauptmann sein Schwert. Eilig trat er hinter Tarek und hielt ihm die Klinge in den Rücken. »Folgt mir, Herr, bevor ich gezwungen bin Gewalt anzuwenden«, flüsterte er ihm zu. Doch so schnell war Tarek nicht bereit aufzugeben. »Warte!« Der Befehl seines obersten Kriegsherrn ließ den Hauptmann erstarren. Unsicher wanderte sein Blick zwischen Tarek und dem schwarzen Krieger hin und her. »Was wirft man mir vor?«, fragte Tarek.

»Versagen!« Langsam ging der schwarze Krieger um den Tisch herum und ließ sich demonstrativ in Tareks wuchtigen Stuhl fallen. »Und nun schafft mir diesen elenden Versager endlich aus den Augen«, sagte er gelangweilt. Die Wachen zögerten nicht länger. Mit gezogenen Schwertern nahmen sie Tarek in ihre Mitte und zwangen ihn den Raum zu verlassen. Auf dem Gang hinter der Tür warteten noch vier weitere Krieger, die Tarek sofort in Ketten legten.

»Bei den Toren, dass könnt ihr nicht machen«, rief er von draußen wütend in den Raum hinein. »Der Erhabene macht einen schweren Fehler wenn ...« In diesem Augenblick schloss einer der Krieger die Tür zum Arbeitszimmer und der Cha-Gurrlin war allein.

Auf diesen Moment hatte der Meistermagier gewartet. Er öffnete die schmale Tür zu Tareks Schlafgemach und trat vor den Krieger. »Genau wie wir es besprochen haben«, sagte er zufrieden lächelnd.

Alles verlief nach Plan. Selbst die Audienz des Erhabenen

in den frühen Morgenstunden war genau so verlaufen, wie er es sich erhofft hatte. Es war zwar nicht ganz einfach gewesen, dafür zu sorgen, dass Tarek nichts von der Audienz erfuhr, doch danach hatte er leichtes Spiel gehabt. Mühelos war es ihm gelungen, An-Rukhbar davon zu überzeugen, dass die gesamte Verantwortung für den gescheiterten Einsatz der Cha-Gurrline an der Furt allein bei Tarek lag, der der Audienz vermutlich aus Furcht fernblieb und dem Erhabenen seinen Bericht verweigerte.

Erbost über die Unfähigkeit seines obersten Kriegsherrn hatte sich An-Rukhbar zu dessen sofortiger Bestrafung entschlossen und die Verteidigung Nimrods auf Anraten des Meistermagiers dem Anführer der Cha-Gurrline übertragen. Asco-Bahrran war mit diesem Ergebnis mehr als zufrieden. Wenn es ihm jetzt noch gelang, den Stab zurückzubringen, konnte er der Gunst des Erhabenen bis in alle Ewigkeit gewiss sein.

»Sind deine Krieger bereit?« Asco-Bahrrans Frage galt dem Cha-Gurrlin und der Krieger nickte.

»Das ist gut, sehr gut!« Der Meistermagier lächelte. »Ich verlasse mich darauf, dass ihr diesen aufgebrachten Bauernhaufen zerschlagen werdet!« Wieder nickte der Krieger.

»Sehr gut, dann werde ich mich jetzt persönlich um die Verräter kümmern. Es wird höchste Zeit, den Stab zurückzuholen.«

»Was ist mit der Magie, die Ihr uns versprochen habt?«, fragte der Cha-Gurrlin.

»Sei unbesorgt. Meister Akim und ein Dutzend anderer Magier sind mit ihrer Arbeit fast fertig«, erklärte der Meistermagier. »Sobald der Angriff beginnt, wird die Magie dir und deinen Kriegern zur Verfügung stehen.«

»Und das Land?«

Der Meistermagier seufzte. »Warum so misstrauisch? Fürchtest du, ich hätte unsere Abmachung vergessen? Wenn ihr die Rebellen besiegt, wird das ganze Land östlich der Valdor-Berge den Cha-Gurrlinen gehören. Darauf hast du mein Wort.« Der Cha-Gurrlin knurrte etwas Unverständliches und Asco-Bahrran beeilte sich den Raum zu verlassen. In den vielen Sommern, die er nun schon mit den Cha-Gurrlinen verkehrte, hatte er nur allzu oft erfahren, wie unberechenbar diese Halbwesen waren. Sein großer Vorteil war es, dass sie An-Rukhbar fürchteten. Sonst wären sie mit Sicherheit längst in Thale eingefallen. Denn das Land, das An-Rukhbar ihnen zugewiesen hatte, war so lebensfeindlich, dass selbst die anspruchslosen Cha-Gurrline dort nur mit heimlicher Unterstützung des Meistermagiers überleben konnten. Nur so war es Asco-Bahrran gelungen, den Anführer der Halbwesen für seine Pläne zu gewinnen. Die verlockende Aussicht, ein blühendes, gesundes Land als Lohn für ihre Dienste zu erhalten, machte sie für ihn zu verlässlichen Verbündeten.

Bevor Asco-Bahrran seine eigenen Räume aufsuchte, beschloss er, noch einmal nachzusehen, ob sein Medium eine Nachricht des Quarlin oder ein Gespräch der Verräter empfangen hatte. Obwohl er wusste, dass sich die Verräter inzwischen am Fuße des Himmelsturms befinden mussten, hatte er am späten Abend die Störungen in der Sphäre aufgehoben. Das Gelände um den höchsten Berg Thales war riesig und er hoffte darauf, dass die Verräter ihm ihren genauen Aufenthaltsort verraten würden, wenn sie sich mithilfe der Gedankensprache verständigten. Mit etwas Glück konnte er seine Magie dann zielgerichtet einsetzen und brauchte nicht erst lange zu suchen.

Der hagere alte Mann, den Asco-Bahrran als Medium nutzte, lag apathisch auf dem schmutzigen Lager der kleinen Kammer, in der er nun schon seit vielen Sommern vor sich hin vegetierte. Selbst als der Meistermagier die Hand auf seine Stirn legte und den Geist des Mediums nach einer Botschaft durchsuchte, regte er sich nicht. Für einen langen Augenblick herrschte tiefes Schweigen. Schließlich nahm Asco-Bahrran die Hand fort und fluchte leise. Der Geist des Mediums war leer. Keine Nachricht des Quarlins. Kein Hinweis auf den Verbleib der Nebelelfe oder das Schicksal der Krieger. Nichts! Nicht zum ersten Mal kam dem Meistermagier der unangenehme Gedanke, dass der Quarlin ihn hintergangen hatte. Vermutlich waren die Krieger längst tot und der Quarlin irgendwohin verschwunden, ohne seine Aufgabe erfüllt zu haben.

Ärgerlich schloss Asco-Bahrran die morsche Tür hinter sich und eilte missmutig durch den langen dunklen Gang. Wie hatte ihm bloß ein solch fataler Fehler unterlaufen können? Nicht im Traum hätte er daran gedacht, dass die Nebelelfe um die Bedeutung des Pulvers wusste und versuchen würde es zu stehlen. Aber jetzt war es zu spät, noch etwas dagegen zu unternehmen. Die Dinge waren schon viel zu weit vorangeschritten. Und plötzlich lächelte der Meistermagier. Worüber machte er sich eigentlich Sorgen? Sein Ziel lag zum Greifen nahe vor ihm. Wenn er den Stab erst zurückgebracht hatte, würde ihn selbst die Elfe nicht mehr aufhalten können. Bald würde er der alleinige Herrscher von Thale sein.

Rojana hob die Hand über die Augen und ließ ihren Blick über die grüne Ebene schweifen. Vor wenigen Augenblicken hatte sich die goldene Scheibe der Sonne hinter dem fernen Ylmazur-Gebirge zur Ruhe begeben, doch es war noch immer hell genug, um zu sehen, dass die weite Ebene menschenleer war.

Die dunkle, vom Regen der vergangenen Sonnenläufe noch feuchte Erde dampfte in der kühlen Abendluft und ließ über dem sonnengewärmten Land einen samtigen Dunst entstehen. Hier und da verdichtete er sich zu feinen Wolken, die dicht über dem Boden schwebten und die Umrisse der Festungsmauern von Nimrod verschwimmen ließen. Gespannte Erwartung hing fast greifbar in der Luft, und während Rojana die hohen Mauern von Nimrod betrachtete, fühlte sie plötzlich mit tödlicher Sicherheit, dass man sie erwartete.

Es war so, wie Kjelt es am Morgen vorausgesagt hatte. Nimrods Krieger hatten sich hinter die hohen und unbezwingbaren Mauern der Festungsstadt zurückgezogen und harrten dort des Angriffs der Rebellen.

Das Licht schwand nun immer schneller. Die kleinen Feldgraulinge beendeten ihr abendliches Lied und eine fast unwirkliche Ruhe kehrte ein, die nur gelegentlich durch gedämpfte Geräusche aus dem Heerlager unterbrochen wurde. Rojana fröstelte, doch es war nicht der Wind, der an diesem Abend kühl von den ewig schneebedeckten Gipfeln der Valdor-Berge hinabkam, der sie dazu veranlasste, ihren Mantel fester um die Schulten zu ziehen. Die Kälte kam aus ihrem Innern, wo ohne jede Vorwarnung die schrecklichen Bilder einer verlorenen Schlacht vor ihrem geistigen Auge auftauchten.

Plötzlich sah Rojana nicht mehr die friedliche menschenleere Ebene. Das Land zu ihren Füßen war jetzt schlammig und aufgewühlt. Die Sonne stand hoch am Himmel und ihre silbernen Strahlen spiegelten sich in Hunderten von Dingen, die über die ganze Ebene verstreut lagen. Dingen, die einst den Rebellen gehörten. Zerbrochene Waffen und zersplitterte Schilde waren ebenso zu sehen wie die Teile lederner und stählerner Rüstungen. Und inmitten all dieser Trümmer lagen die Toten. Dicht an dicht waren sie über die ganze Ebene verteilt. Viele von ihnen waren so entsetzlich verstümmelt und entstellt, dass sie kaum mehr als Menschen zu erkennen waren. Tief in dem schlammigen Boden eingesunken, wirkten sie fast wie zerbrochene Puppen, die Kinder achtlos fortgeworfen hatten.

»Rojana, Liebes, was ist mit dir?«

Die vertraute Stimme ihres Gefährten vertrieb die grauenhafte Vision und holte Rojana in die Wirklichkeit zurück.

Sanft legte er den Arm um ihre Schultern und drückte sie an sich.

»Du sorgst dich, nicht wahr?«, fragte Kjelt leise.

Rojana schluckte. Die schrecklichen Bilder dessen, was vielleicht schon bald Wirklichkeit sein würde, wichen nicht so rasch und machten es ihr unmöglich, zu sprechen. Rojana wusste, dass sie keine verlässliche Seherin war, obgleich sie hin und wieder von Visionen heimgesucht wurde. Aber ihre Gabe war nur schwach und es kam vor, dass sie sich täuschte. So zog sie es vor, zu schweigen, um ihren Gefährten nicht zu beunruhigen. Kjelt durfte nichts von ihren dunklen Vorahnungen erfahren. Er musste jetzt stark sein. Die Männer und Frauen in dem gewaltigen Heerlager hinter ihnen glaubten fest an ihren Anführer und nährten ihren Mut aus seiner Zuversicht. Sie waren aus den verschiedensten Teilen Thales hierher gekommen und hatten ihr Leben in seine Hände gelegt, um mit ihm zu kämpfen. Männer und Frauen, Alte und Junge, Bauern und Handwerker. Sie alle vereinte der eiserne Wille, die schreckliche Gewaltherrschaft An-Rukhbars zu beenden. Und dafür würden sie Kjelt überallhin folgen – selbst in den Tod.

Rojana konnte nur hoffen, dass die Vision nichts weiter als ein Spiegelbild ihrer eigenen Sorgen und Ängste bleiben würde. »Es geht schon wieder«, sagte sie gefasst, ohne den Blick von der Ebene zu wenden. »Aber du hast Recht, ich mache mir Sorgen.« Plötzlich schlang sie ihre Arme um seinen Hals und schmiegte sich an ihn. »Welche Frau würde einen Sonnenlauf vor der Schlacht nicht um ihren Gefährten fürchten. Nimrod ist die gewaltigste Festung, die jemals von Menschenhand erbaut wurde. Und wir müssen damit rechnen, dass sie nicht nur von Menschen verteidigt wird.« Wieder ließ sie ein eisiger Schauer frösteln. »Viele unsere Freunde werden morgen den Tod finden, vielleicht auch du – davor fürchte ich mich.«

Kjelt nahm ihr Gesicht zärtlich in seine Hände und sah sie an. Leidenschaft und ungestillter Hass loderten in seinen Augen und zeigten Rojana, wie sehr er auf diesen Moment der Entscheidung gewartet hatte. Morgen würde sich erfüllen, worauf er seit vielen Sommern wartete. »Wir werden Nimrod stürmen, Rojana«, erwiderte Kjelt voller Zuversicht. »Wir sind eine starke Armee. Der Glaube an die Gütige Göttin vereint uns und gibt uns Kraft. Wir werden siegen, du wirst sehen.« Ein langer leidenschaftlicher Kuss verlieh seinen Worten Nachdruck.

Ohne dass sie es wollte, kam die Vision zurück. Rojana schloss die Augen und versuchte die bedrückenden Bilder abzuschütteln. Ihre Hände zitterten und glitten nervös über den stählernen Brustpanzer ihres Gefährten, den er an diesem Abend zum ersten Mal angelegt hatte. »Sei vorsichtig«, bat sie leise und schluckte die aufkommenden Tränen herunter. Sie wollte nicht, dass er sie weinen sah und vergrub ihren Kopf an seiner Schulter. Eng umschlungen gingen sie zurück ins Lager. Beide wussten, dass es ihre letzte gemeinsame Nacht sein konnte, doch keiner sprach es aus.

Am Fuße des Himmelsturms graute der Morgen.

Lange bevor die Sonne aufging, begann eine Bergammer mit ihrem einsamen Gesang und das abwechslungsreiche Lied hallte von den steilen felsigen Wänden der Berge hundertfach zurück. Vhait erwachte. Ein schrecklicher Alptraum, an den er sich nur noch undeutlich erinnern konnte, ließ ihn noch immer zittern und die verworrenen Bildfetzen von Tod und Zerstörung verblassten nur langsam. Das Gehölz, in dessen Schutz Sunnivah und er am vergangenen Abend ihr gemeinsames Lager aufgeschlagen hatten, lag noch in mattem Dämmerlicht. Ein kühler Wind wehte von den Hängen des Himmelsturms herunter und bewegte die Bäume.

Vhait fröstelte. Offenbar hatte er sehr unruhig geschlafen.

Die Decke war fort und sein Mantel hatte sich weit geöffnet, sodass die morgendliche Kälte ungehindert seine Haut hatte erreichen können. Sorgfältig schloss er den Mantel. Dann richtete er sich auf, griff nach seiner Decke und zog den rauen, grob gewebten Stoff bis unter das Kinn, um sich wieder hinzulegen. Dabei streifte sein Blick Sunnivah, die nur eine Armeslänge entfernt neben ihm schlief. Ihr dichtes rotes Haar war zerzaust und doch wirkte sie in diesem Augenblick unsagbar schön. Eine Woge von Sehnsucht überschwemmte ihn plötzlich, begleitet von einem Gefühl heftiger Leidenschaft. Sie wirkte so hilflos im Angesicht der gewaltigen Berge. Er wünschte sich nichts mehr als sie an diesem Morgen begleiten zu können, um sie zu beschützen. Aber er wusste, dass sie es nicht zulassen würde. Schon am vergangenen Abend hatten sie heftig darüber gestritten. Sunnivah war fest entschlossen allein zu gehen und ließ sich durch nichts davon abbringen.

Ohne dass er es wollte, streckte Vhait seine Hand aus und strich Sunnivah eine Haarstähne aus dem Gesicht, die sich in ihrem Mundwinkel verfangen hatte. Sunnivah seufzte und lächelte im Schlaf. Ihr Lächeln ließ Vhaits zärtliche Gefühle erneut aufflammen. Unendlich sanft strich er mit seinem Handrücken über ihre Wange, worauf Sunnivah sich auf die andere Seite rollte und ihr Gesicht abwandte. Plötzlich schämte sich Vhait. Er hatte jetzt nicht das Recht zu solchen Gefühlen. Bald würden sich ihre Wege trennen. Und wenn Sunnivah scheiterte … Aber daran wollte er jetzt nicht denken. Entschlossen warf er die Decke zur Seite, stand auf und ging zu den Pferden hinüber. Er musste sich ablenken, um die trüben Gedanken zu vertreiben. Die Pferde standen noch ruhig da, wo er sie angebunden hatte. Vhait löste die Zügel und führte die Tiere zum Bach hinunter, damit sie trinken konnten. Anschließend band er sie an einem Baum fest, von dem aus sie bequem die langen Triebe des weichen Schöngrases erreichen konnten, das hier überall zu finden war.

Während er zusah, wie die beiden Braunen grasten, spürte er erneut die quälende Ungewissheit in sich aufsteigen. Doch er wollte nicht darüber nachdenken, was dieser Sonnenlauf bringen würde. So stand er auf und sammelte dürres Holz am Rande der Lichtung. Zufrieden stellte er fest, dass die Äste ausnahmslos trocken waren, und schichtete ein kleines Feuer über der erkalteten Asche vom vergangenen Abend auf. Ein einziger Funke reichte aus, um es zu entzünden, und Vhait blieb eine Weile neben den Flammen sitzen, um sich zu wärmen. Gedankenverloren betrachtete er seine schlafende Begleiterin.

Als hätte sie seine Blicke gespürt, begann Sunnivah sich unter ihren Decken zu regen. Wenig später richtete sie sich verschlafen auf, strich die Haare aus ihrem Gesicht und sah sich um. »Wie spät ist es?«, fragte sie erschrocken, als sie Vhait am Feuer sitzen sah.

»Die Sonne steht noch nicht über den Bergspitzen.« Er deutete hinter sich, wo der glühende Himmel den nahen Sonnenaufgang ankündigte. »Aber ich denke, es wird nicht mehr lange dauern.«

»So spät schon?« Sunnivah blinzelte zum Himmel hinauf. Dann erhob sie sich und verschwand für einen Moment im Unterholz. Vhait sah ihr schweigend nach, während er in seinem Rucksack nach etwas Essbarem suchte. Als Sunnivah zurückkehrte, hatte er bereits trockenes Brot und etwas Dörrfleisch für sie bereitgelegt.

Sunnivah setzte sich ihm gegenüber an das Feuer, zog ihren Mantel fest um die Schultern und begann mit ihrem Morgenmahl. Vhait beobachtete sie verstohlen, während er aß. Winzige Wassertropfen hingen in ihren Haaren, die noch immer zerzaust waren. Offenbar war sie am Bach gewesen, um sich zu waschen. Nun starrte sie schweigend zum Himmelsturm hinauf. Ihr Gesicht zeigte keine Furcht, doch Vhait spürte ihre Anspannung und er fragte sich, woran sie wohl dachte. Und wieder überkam ihn das dringende Gefühl, sie bei ihrem Aufstieg zu begleiten.

»Du solltest wirklich nicht allein gehen«, nahm er die Fäden ihres Gespräches vom vergangenen Abend wieder auf. Doch schon während er sprach, ahnte er, dass er damit einen Fehler machte. Sunnivah war fest entschlossen allein zu gehen und würde sich auch durch einen erneuten Streit nicht davon abbringen lassen. Wie erwartet reagierte Sunnivah gereizt.

»Lass das, Vhait«, sagte sie warnend. »Du weißt, dass ich allein gehen muss. Ich möchte nicht noch einmal mit dir streiten.« Unvermittelt wurde ihr Blick weich. »Ich möchte nicht, dass wir uns im Streit trennen«, bat sie. »Es ist gut, zu wissen, dass hier unten ein Freund auf mich wartet – wenn ich zurückkomme.«

Plötzlich wünschte sie sich, Vhait möge zu ihr herüberkommen und sie in die Arme schließen. Der Gedanke kam völlig überraschend und verwirrte sie zutiefst. Das Bedürfnis, Trost und Schutz in den Armen eines Mannes zu suchen, war ihr fremd und sie schämte sich für ihre Schwäche.

In diesem Moment erhob die Sonne ihr Antlitz über die Berge und tauchte den Lagerplatz in warmes Licht. »Es wird Zeit!« Sunnivah war erleichtert, die peinliche Situation und das strittige Thema beenden zu können. Entschlossen stand sie auf und legte ihre Decken zusammen. Als sie nach ihrem Rucksack greifen wollte, stutzte sie. Weit geöffnet stand er neben ihrem Nachtlager. Sunnivah war sich sicher, dass sie ihn am Abend fest verschlossen hatte. Verstohlen warf Sunnivah einen Blick auf Vhait, der gerade seine eigenen Sachen zusammensuchte. Warum hatte er in ihren Sachen herumgewühlt? Sie öffnete den Mund, um ihn danach zu fragen, überlegte es sich dann jedoch anders. Es hatte keinen Sinn, sich wieder zu streiten. Sicher hatte er nur nach etwas zu essen für die Morgenmahlzeit gesucht. Schweigend schloss sie den

Rucksack, griff nach dem Stab und schulterte ihr Gepäck. Sie war bereit.

»Wenn alles gut geht, bin ich bis zum nächsten Sonnenaufgang zurück«, erklärte sie knapp, vermied es dabei aber, Vhait in die Augen zu sehen. Dieser hatte sich ebenfalls erhoben und kam auf sie zu. Sunnivah hob den Blick, um sich zu verabschieden, und erstarrte. Vhait stand nur eine Armeslänge von ihr entfernt und sah sie an. Der Ausdruck in seinen dunklen Augen wirkte ernst und besorgt, war aber gleichzeitig so sanftmütig und warm, wie sie es noch nie bei einem Menschen gesehen hatte. Gefühle, die sie nicht in Worte zu kleiden vermochte, spiegelten sich darin wieder.

Sunnivah war verwirrt. Sie wollte etwas sagen, doch Vhait kam ihr zuvor. Mit seinen starken Armen umfing er sie in einer zärtlichen Geste, die mehr sagte als alle Worte. Sunnivah ließ ihn gewähren und rührte sich nicht. Überwältigt von einer Fülle unbekannter und aufregender Gefühle, die ihre Gedanken plötzlich durcheinander wirbelten, wusste sie zunächst nicht, wie sie sich verhalten sollte. Schließlich hob sie wie unter einem inneren Zwang die Arme und erwiderte zögernd die Umarmung ihres Gefährten. »Pass auf dich auf!«, hörte sie Vhaits leise Stimme an ihrem Ohr. »Ich werde auf dich warten.« Ein letztes Mal drückte er sie sanft an sich, dann waren seine Arme fort und der Zauber des Augenblicks war erloschen.

»Ich komme zurück!« Sunnivah schluckte. In ihren Augen glänzten Tränen. Eilig wandte sie sich dem Himmelsturm zu und begann mit dem Aufstieg. Obwohl sie spürte, dass Vhaits Blicke ihr folgten, wanderte sie zielstrebig weiter ohne sich noch einmal umzusehen. Insgeheim hatte Sunnivah gehofft, dass die Wölfin sie begleiten würde. Doch das graue Tier hatte sich den ganzen Morgen über noch nicht blicken lassen. Vermutlich spürte die Wölfin, dass Sunnivah allein gehen musste. Irgendwann würde sie schon wieder auftauchen.

»Sunnivah!«

Naemys Stimme erreichte ihre Gedanken erstaunlich klar. Alle störenden Geräusche waren plötzlich verschwunden.

»Naemy, der Göttin sei Dank«, antwortete Sunnivah. »Ich dachte schon, ich würde deine Stimme niemals mehr hören.«

»Sunnivah, wo bist du?« Ungeduld lag in der Stimme der Elfe. »Ich habe schon so oft versucht dich zu erreichen, aber die Verbindung war voll störender Geräusche.«

»Ich bin am Himmelsturm und habe gerade mit dem Aufstieg begonnen«, erwiderte Sunnivah, doch dann wurde ihre Stimme leise. »Als wir den Junktun überquert haben, sind wir in eine Falle geraten. Fayola ist tot.«

Naemy schwieg und Sunnivah konnte spüren, wie betroffen sie war. »Sie war eine tapfere Kriegerin«, sagte die Nebelelfe schließlich. »Was ist mit Vhait?«

»Er hat ein paar leichte Verletzungen, aber es geht ihm gut. Wir hatten Glück. Ein riesiger grauer Vogel kam uns zu Hilfe und vertrieb die Angreifer. Sonst wären auch Vhait und ich nicht mehr am Leben.«

»Was war das für ein Vogel? Ein Riesenalp?«, fragte Naemy.

»Ich weiß es nicht genau. Ich habe ein solches Tier nie zuvor gesehen«, gab Sunnivah zu. »Aber Vhait schien ihn zu kennen. Er sagte, dass der Vogel auf der Seite der Rebellen kämpfe.«

»So.« Naemy wirkte plötzlich sehr nachdenklich. Nach kurzem Schweigen wechselte sie schließlich das Thema und fragte: »Kannst du dein Ziel schon sehen?«

»Nein!« Prüfend hob Sunnivah den Blick und schaute zum Gipfel empor. »Die Schneegrenze liegt noch viele hundert Längen über mir. Ich kann nur hoffen, dass ich den Felsen vor Einbruch der Dunkelheit finde.«

»Du musst!«, sagte Naemy ernst. »Du darfst nicht scheitern, Sunnivah! Die Rebellen stehen vor den Toren Nimrods. Ich habe versucht sie aufzuhalten, aber ihr Anführer weigert sich zu warten. Sie werden noch heute angreifen.«

In den Gängen der Festungsstadt herrschte aufgeregtes Treiben. Das gesamte Heer An-Rukhbars hatte sich hinter den dicken Mauern versammelt und harrte des bevorstehenden Angriffs der Rebellen. Nur die wenigsten von ihnen wussten um das Schicksal ihres obersten Kriegsherrn und die, die es wussten, nahmen es widerspruchslos hin, aus Angst, dass es ihnen sonst wie Tarek ergehen könnte. Ergeben nahmen sie die Befehle des obersten Cha-Gurrlins entgegen, stets darauf bedacht, nicht den Zorn des unberechenbaren Halbwesens auf sich zu lenken.

Auch in den Gewölben der Magier wurde fieberhaft gearbeitet.

Lange bevor die Sonne ihren höchsten Stand erreicht hatte, konnte der Magier Akim dem Meistermagier das Ergebnis seiner Arbeit präsentieren. »Zwanzig Kristalle!«

Asco-Bahrran lächelte. Vor ihm in einem Korb lag eine große Anzahl mattgrüner, präzise geschliffener Steine. »Ihr habt wirklich gute Arbeit geleistet, Meister Akim«, sagte der Meistermagier und wog einen der Kristalle prüfend in der Hand. Dann erhob er sich und trat vor eine der eisernen Feuerschalen, die seine Werkstatt an Wintertagen wärmten, jetzt aber erkaltet waren. Den Kristall in der halb geöffneten Hand deutete er mit ausgestrecktem Arm auf die Kohlen in der Schale.

»Nabar kun remarkardisch!« Die mächtigen Worte hallten durch den Raum und brachten den Kristall zum Glühen. Das grüne Licht wurde immer stärker und breitete sich aus, bis es die Hand des Meistermagiers vollständig umschloss.

»Raburn!«

Ein greller Strahl schoss aus dem Kristall und setzte die Kohlen mit einem lauten Knall in Brand. Asco-Bahrran war zufrieden. Mit der linken Hand verhüllte er den Kristall und flüsterte leise die Worte, die den Kristall zum Erlöschen brachten. Dann legte er den Stein zurück in den Korb und rieb sich die schmerzende Hand. »Wirklich gute Arbeit«, sagte er noch einmal. »Ein mächtiger Zauber, der nicht für Menschen gedacht ist.«

»Aber werden zwanzig Kristalle auch genug sein?«, fragte der junge Magier unsicher. »Wie ich hörte, befinden sich mittlerweile fast alle Cha-Gurrline in der Festung.«

Asco-Bahrran winkte ab. »Die Cha-Gurrline dürfen sich glücklich schätzen, dass wir diese Waffen für sie gefertigt haben«, sagte er. »Zwanzig müssen reichen.« Er nahm den Korb zur Hand und reichte ihn Meister Akim. »Bringt sie dem Anführer der Cha-Gurrline. Er soll zwanzig seiner Krieger auswählen, die Ihr dann im Gebrauch der Waffen unterweisen werdet.«

Meister Akim erbleichte. »Ich dachte, Ihr würdet selbst ...«

»Die Pläne haben sich geändert, Akim«, erklärte Asco-Bahrran knapp. »Mein Medium hat am frühen Morgen einige wichtige Neuigkeiten empfangen, die mich dazu zwingen, kurzfristig anders vorzugehen.« Er machte eine Pause, legte den Arm freundschaftlich um Akim und begleitete den Magier nachdrücklich zur Tür. »Nach dem tragischen Tod von Meister Sempas seid Ihr nun mein fähigster Magier und engster Vertrauter, Meister Akim«, sagte er lächelnd. »Ich übertrage Euch daher die ehrenvolle Aufgabe, die Cha-Gurrline im Umgang mit den Kristallen zu unterweisen.«

»Aber ich kenne ...«

»Das macht nichts.« Asco-Bahrran hatte es plötzlich sehr eilig. »Ihr findet den Anführer in Tareks Gemächern. Und beeilt Euch, die Rebellen werden bald angreifen.« Er öffnete Meister Akim die Tür.

»Ihr könnt Euch auf mich verlassen, Meister.« Die Stimme des jungen Magiers schwankte. Nur zögernd verließ er den Raum und trat in den Gang hinaus. Kaum hatte er die Tür hinter sich geschlossen, eilte der Meistermagier an den langen Tisch zurück, auf dem sein eigener Zauber auf die Vollendung wartete. Es würde einer der mächtigsten werden, die er in seinem ganzen Leben gewirkt hatte. Der Moment war günstig und der Erfolg war ihm sicher. Die Verräterin war jetzt ganz allein auf dem Himmelsturm. Diese Närrin glaubte doch tatsächlich, dass sie dort einfach hinaufspazieren und den Stab an die Göttin zurückgeben könnte. Eine unverzeihliche Dummheit. Der Meistermagier lachte. Vorsichtig nahm er die Schale mit dem frischen Jungfrauenblut zur Hand und begann ein spiralförmiges Muster auf den Boden zu zeichnen, dessen Ränder verschlungene Runen zierten.

Er hatte das Muster soeben beendet, als ihm das Geräusch schlagender Flügel die Rückkehr seines Boten verkündete. Asco-Bahrran öffnete eine kleine, hölzerne Tür in der Wand, hinter der ein schmaler Schacht nach oben führte. Ein kleines, behaartes Geschöpf von kaum zu übertreffender Hässlichkeit hüpfte herein und flatterte auf den Tisch. In seinem roten gebogenen Schnabel trug es einen schweren Lederbeutel, dessen Inhalt unzählige nasse Flecken auf dem Tisch hinterließ. »Gut gemacht«, murmelte Asco-Bahrran, während er das zeternde Tier wieder in seinen Käfig sperrte und mit einer toten Ratte belohnte. Jetzt musste alles sehr schnell gehen. Er musste den Zauber vollenden, bevor der Schnee, den das Tier in dem kleinen Beutel mitgebracht hatte, ganz geschmolzen war.

Blut und Wasser, Feuer und Eis, Sturm und Schnee. Ein Zauber, der seinesgleichen suchte. Dagegen war die Verräterin machtlos. Nicht mehr lange, und der Stab würde ihm gehören.

Der Boden erzitterte unter den Schritten vieler tausend Männer und den stampfenden Hufen der Pferde, die von ihren Reitern nur mit großer Mühe zurückgehalten werden konnten, als sich das Rebellenheer Nimrod bis auf wenige hundert Längen näherte. Kjelt ritt an der Spitze. Den Blick starr geradeaus gerichtet, wartete er darauf, dass die gewaltigen Festungsmauern von Nimrod aus dem Dunst des späten Morgens auftauchten.

Sein Wallach ließ sich nicht von der Unruhe, die das gesamte Heer erfasst hatte, anstecken. Erhobenen Hauptes schritt das stolze Tier voran, als wäre es selbst der Anführer der Rebellen. Rojana ritt neben Kjelt. Gegen den ausdrücklichen Willen ihres Gefährten hatte sie sich in der letzten Nacht dazu entschlossen, an seiner Seite zu bleiben. Sie hätte es nicht ertragen, im Lager zu bleiben, dafür liebte sie ihn zu sehr, auch wenn sie ahnte, dass seine Gedanken jetzt bei einer anderen waren. Schatten von Sehnsucht, Trauer und Hass huschten über sein Gesicht. Er war am Ziel.

Sie wusste, dass Kjelt auf diesen Augenblick gewartet hatte, seit er den leblosen Körper der von ihm über alles geliebten Ilahja vor siebzehn Sommern dem Feuer übergeben hatte. Zu ihrer eigenen Überraschung verspürte Rojana keine Eifersucht. Sie hoffte nur, dass Kjelts unbändiger Hass und grenzenloser Kummer nach dieser Schlacht endlich Ruhe finden würden – wenn er sie überlebte.

Plötzlich zügelte Kjelt sein Pferd und bedeutete seinen Kommandanten das Heer halten zu lassen. Dann wandte er sein Antlitz der Festungsstadt zu. Rojana schüttelte ihre trüben Gedanken ab und folgte dem Blick ihres Gefährten.

Das Heer hatte die Ebene bereits zur Hälfte durchquert, befand sich aber noch außerhalb der Reichweite der riesigen Steinschleudern, deren beladene Arme schon hinter den Zinnen der vorderen Festungsmauern zu erkennen waren. Vor ihnen erhob sich die Sonne soeben über die Gipfel der Valdor-

Berge und berührte mit ihren Strahlen die höchsten Türme Nimrods, die sich wie steinerne Finger aus dem feuchten Dunst über der Stadt erhoben.

Die Sonne stieg nun rasch. Der Dunst floh vor ihrer Wärme und gab zögernd den Blick auf die einstige Druidenfestung frei. Trotz der drohenden Gefahr fühlte sich Rojana auch diesmal von dem prächtigen Anblick Nimrods überwältigt. Aus dieser Entfernung hatte die Festungsstadt noch nichts von ihrer Herrlichkeit verloren. Neben sich hörte sie Kjelt leise mit seinen Kommandanten sprechen. Sein Gesicht verriet nichts über die Anspannung, unter der er stand. Aber seine Hände hielten die Zügel so fest, als wolle er sie zerreißen. Rojana schob den Bogen über ihrem Rücken zurecht und lenkte ihr Pferd neben Kjelt, um seine Worte besser verstehen zu können. »Irgendetwas stimmt hier nicht«, sagte Kjelt gerade. Die Männer murmelten zustimmend, doch keiner von ihnen vermochte den Grund dafür anzugeben.

»Was sollte nicht stimmen?«, fragte Rojana. »Tarek hat sich mit seinen Kriegern hinter die schützenden Mauern zurückgezogen und erwartet unseren Angriff. Nach den Regeln der Kriegsführung handelt er damit richtig.«

»Sie machen es uns viel zu leicht«, antwortete Kjelt und sah zur Stadt hinüber. »Obwohl sie seit vielen Sonnenläufen wissen, dass wir angreifen werden, haben sie auf der Ebene keine Hindernisse errichtet, die uns aufhalten sollen. Auch haben sie noch keinen einzigen Schuss abgefeuert, um uns einzuschüchtern.« Er schüttelte den Kopf. »Tarek ist ein erfahrener Kämpfer. Es kann nichts Gutes bedeuten, wenn er uns so ungehindert an die Stadt herankommen lässt.«

»Wir könnten Späher vorausschicken, um das Gelände zu erkunden«, schlug einer seiner Kommandanten vor, doch Kjelt schüttelte den Kopf. »Das wird uns nicht weiterbringen«, erklärte er. »Man würde sie mit Pfeilen spicken, lange bevor sie ihre Aufgabe erfüllt haben. Nein, wir ...«

Hufschlag ertönte.

Kjelt hielt inne und sah sich erstaunt um. Die Reihen der Rebellen öffneten sich und eine einzelne Gestalt löste sich von dem Hintergrund der geschlossenen Phalanx. In halsbrecherischem Galopp lenkte sie ihr Pferd auf die kleine Gruppe der Anführer zu. Naemy! Als Rojana sie erkannte, hielt sie überrascht den Atem an. Die Nebelelfe war noch längst nicht genesen und hatte strikte Anweisung, im Lager zu bleiben. Irgendwie musste es ihr dennoch gelungen sein, sich ein Pferd zu beschaffen und dem Heer zu folgen. Naemy ritt schnell und hielt die Zügel fest in der linken Hand. Jede Bewegung des Pferdes musste ihr große Schmerzen bereiten und es war deutlich zu sehen, wie sehr sie litt.

»Haltet ein, im Namen der Göttin!«, rief sie mit schmerzverzerrtem Gesicht und rang um Atem. »Es ist mir gelungen, den Kontakt zur Schwertpriesterin wiederherzustellen. Sie befindet sich am Himmelsturm und hat bereits mit dem Aufstieg begonnen.« Die unerwartete Nachricht brachte neue Unruhe. Die fünf Kommandanten sprachen erregt durcheinander, doch Kjelt schien die Worte der Elfe gar nicht zu hören. Regungslos blickte er zur Stadt hinüber. Nur das unruhige Zucken seiner Mundwinkel verriet, wie sehr es hinter seiner Stirn arbeitete.

»Kjelt!« Naemys Stimme wurde eindringlich. Sie ließ den Zügel los und ergriff den Arm des Anführers. »Du musst mit dem Angriff warten, bis die Schwertpriesterin ihre Aufgabe erfüllt hat – sonst werden deine Männer sinnlos sterben. Nur einen Sonnenlauf!«

»Nein!« Kjelts Kopf flog herum. Zornig funkelte er die Nebelelfe an. »Die Zeit der Abrechnung ist gekommen. Meine Männer sind bereit zu sterben, wenn es sein muss. Du hast dich geweigert die Schwertpriesterin zu mir zu bringen, damit ich weiß, worauf ich mich einlasse. Jetzt ist es zu spät. Ich habe meine Entscheidung getroffen und werde nicht län-

ger warten. Für mich gibt es kein Später mehr. Wir greifen an!«
Mit einem energischen Ruck riss er sein Pferd herum und galoppierte, gefolgt von seinen Kommandanten, zum wartenden Heer zurück.

Die beiden Frauen waren allein.

»Dieser Narr«, sagte Naemy. »Sein Hass macht ihn blind. Spürt er denn nicht die finsteren Mächte hinter diesen Mauern, die nur darauf warten, ihn zu vernichten?«

»Er spürt sie!« Rojana seufzte. »Aber sein Durst nach Rache ist zu stark.« Sie machte ein trauriges Gesicht. »Ich fürchte, es ist ihm egal, wie der Kampf ausgeht und ob er ihn überleben wird. Er will nur endlich kämpfen.«

»Dann bleibt uns also nur die Hoffnung, dass Sunnivah ihre Aufgabe rechtzeitig erfüllt«, murmelte Naemy und wendete ihr Pferd. Rojana begleitete sie. Vor der ersten Reihe der Rebellen zügelte die Nebelelfe ihr Pferd. Sie würde nicht kämpfen. Selbst ohne ihre schweren Verletzungen hätte sie sich geweigert bei diesem Wahnsinn mitzumachen. Sie musste einen ruhigen Platz finden, um Sunnivah mittels Gedankensprache zur Seite zu stehen. Bei diesem Gedanken verfluchte Naemy den Quarlin, der ihr den Weg durch die Zwischenwelt noch immer verwehrte und es ihr damit unmöglich machte, Sunnivah am Himmelsturm zu Hilfe zu eilen. »Die Göttin beschütze dich, Rojana«, sagte sie leise, als sie ihr Pferd wendete. Rojana nickte stumm. Sie glaubte der Nebelelfe, aber auch sie sah keine Möglichkeit, Kjelt umzustimmen.

Als Sunnivah den halben Weg zum Gipfel hinter sich gelassen hatte, änderte sich das Wetter plötzlich auf unheilvolle Weise. Sie war so sehr damit beschäftigt, auf dem vereisten Gestein einen sicheren Halt zu finden, dass sie zunächst nicht bemerkte, wie sich der Himmel verdunkelte. Es wurde immer kälter und der Wind nahm zu, doch auch das spürte Sunnivah nicht.

Verbissen hangelte sie sich mit klammen Fingern und tauben Füßen auf einem schmalen Grat entlang, der an einer steil aufragenden Felswand hinaufführte. Trotz der dicken Handschuhe schmerzten ihre Finger bei jedem Griff, doch das war ihr gleichgültig, solange sie nur einen der unzähligen scharfkantigen Felsvorsprünge zu fassen bekam, um sich wieder einen Schritt voranzuziehen.

In der Schlucht unter ihr wallten Nebel und machten es unmöglich, zu erkennen, wie tief der Abgrund wirklich war. Insgeheim war Sunnivah sogar froh darüber. Der Nebel vermittelte ihr das trügerische Gefühl, sich dicht über dem Boden zu bewegen, und ersparte ihr einen Blick in die tödliche Tiefe. Wieder fanden Sunnivahs tastende Finger einen Felsvorsprung und sie zog sich vorsichtig einen weiteren Schritt voran. Dann gönnte sie sich eine kurze Pause, um Atem zu schöpfen, und warf einen prüfenden Blick den Grat entlang.

Es war nicht mehr weit. Etwa dreißig Schritte von ihr entfernt endete der Grat an einem ebenen, sanft ansteigenden Felsplateau, auf dem sie ihren Weg gefahrlos fortsetzen konnte. Sunnivah schloss die Augen und sandte ein Gedankenbild ihrer Lage an Naemy, die so ihren Aufstieg vom Rebellenlager aus verfolgte. Dann löste sie ihre Hand und tastete an der steilen Wand nach einem nächsten Halt.

Plötzlich begann es zu schneien. Funkelnde weiße Sterne setzten sich in Sunnivahs Haar und schmolzen mit eisigen Küssen in ihrem Gesicht. Zunächst waren es nur wenige, doch ihre Zahl nahm rasch zu und bald war die ganze Luft erfüllt von dicken weißen Flocken, die der Wind wie einen riesigen Schwarm von Insekten vor sich hertrieb. Wind und Schnee lösten den Nebel auf und gaben den Blick in einen bodenlosen schwarzen Abgrund frei, der die Flocken wie ein gewaltiges Maul zu verschlucken schien.

Sunnivah musste innehalten. Ihr schwindelte und sie hatte große Mühe, auf dem schmalen Grat das Gleichgewicht zu halten. Mit einer hastigen Bewegung zog sie ihre Hand zurück und griff erneut nach dem Felsvorsprung. Als sie den harten Fels unter ihrem Handschuh spürte, schloss sie erleichtert die Augen. Doch die Gewissheit des gähnenden Abgrundes zu ihren Füßen ließ sich damit nicht aussperren.

Hinter dem wütenden Heulen des Windes hörte sie eine sanfte, warme Stimme, die aus der Dunkelheit der Tiefe nach ihr rief. Sie war nicht mehr als ein Hauch, der durch ihre Gedanken strich, und Sunnivah lockte, sich einfach fallen zu lassen und ihren gemarterten Muskeln jede weitere Qual zu ersparen. Es war so leicht. Sie brauchte nur ihre Hände von den Felsen zu lösen und in die tröstliche Dunkelheit einzutauchen. Ein Teil von Sunnivahs Bewusstsein fühlte sich von der Verlockung magisch angezogen, doch sie erkannte die Gefahr und kämpfte mit aller Kraft dagegen an. Endlich gelang es ihr, die Augen zu öffnen und nach oben zu schauen, um ihre Gedanken wieder auf ihr eigentliches Ziel zu richten.

Der heftige Wind wehte ihr die Schneeflocken jetzt direkt ins Gesicht. Wie spitze Nadeln trafen die kleinen Eiskristalle auf ihre Haut und trieben ihr die Tränen in die Augen. Sunnivah blinzelte die Tränen fort, doch es war unmöglich, etwas zu erkennen. Die ganze Welt war hinter einer weißen Wand aus dicken, wirbelnden Flocken verschwunden und der schmale Grat, auf dem sie ihren Weg suchte, fast völlig von Schnee bedeckt. Sunnivah fühlte ihre Hände und Füße nicht mehr. Ihr Gesicht war taub und die Muskeln in ihren Armen zum Zerreißen gespannt. Mit jedem Atemzug schnitt die Kälte schmerzhaft in ihre Lungen und traf sie wie ein Schwerthieb.

Du bist müde, Sunnivah, so müde. Komm zu mir. Ruh dich aus, säuselte es aus dem Abgrund zu ihr hinauf. Ja, sie war müde. Entsetzlich müde. Und sie hatte Schmerzen. Die melodische Stimme klang so verlockend. Warum sollte sie sich hier noch weiter quälen? Wieder schloss sie die Augen und überließ sich den einschmeichelnden Worten, die ihre Sinne mit leisen Versprechungen umwarben und ihren Willen lähmten. Langsam, ganz langsam lösten sich ihre Finger von dem Felsvorsprung.

»Sunnivah, wach auf!«

Naemys erschrockene Stimme hallte durch Sunnivahs Gedanken und riss sie aus ihrer tödlichen Lethargie. Instinktiv packten ihre Finger wieder zu, doch ihr Bewusstsein löste sich nur widerwillig aus den süßen und sanften Träumen.

»Sunnivah, wach auf. Du darfst nicht aufgeben!«, drängte die Nebelelfe. »Reiß dich zusammen, es ist nicht mehr weit. Nur noch wenige Längen, dann hast du das Plateau erreicht.« Endlich drangen Naemys Worte durch das feine Gespinst, mit dem die Stimme Sunnivahs Geist eingehüllt hatte, und weckten in ihr den Willen weiterzugehen. Nur mit enormer Willensanstrengung gelang es Sunnivah, die betörende Stimme des Todes aus ihren Gedanken zu verdrängen und die Benommenheit abzuschütteln. Vorsichtig setzte sie ihren Weg fort. Der Schnee machte die Steine tückisch und häufig fanden ihre Hände und Füße auf dem glatten Untergrund keinen richtigen Halt. Mit dem Mut der Verzweiflung kämpfte sich Sunnivah durch das Schneetreiben, Schritt für Schritt auf das rettende Plateau zu.

Der Wind heulte jetzt wie ein wütendes Tier, dem die sicher geglaubte Beute zu entkommen drohte, und drängte sich mit aller Macht gegen sie. Um seinem Toben zu entgehen, presste sich Sunnivah dicht an die Felswand, wurde aber trotzdem immer wieder von heftigen Böen getroffen, die versuchten sie von der Wand zu fegen. Die Luft war inzwischen so eisig, dass ihr Atem an der Felswand gefror. Jenseits allen Schmerzes bewegte Sunnivah ihre Arme und Beine und betete darum, dass das Plateau bald vor ihr auftauchen möge. Als es schließlich so weit war, bemerkte sie es zunächst nicht. Plötzlich griff ihre Hand ins Leere und ihr Fuß stieß gegen einen Felsen.

Sunnivah war überrascht und verlor das Gleichgewicht. Instinktiv verlagerte sie ihr Gewicht zur Seite, um nicht in den Abgrund zu stürzen, und schlug hart mit der Schulter auf den gefrorenen Boden des Plateaus. Den Schmerz, der dem Sturz folgte, spürte sie kaum. Erleichtert, den Grat endlich hinter sich zu haben, blieb sie auf den kalten Felsen liegen und versuchte neuen Mut zu schöpfen.

Geschafft!

Ihre Botschaft galt Naemy, die irgendwo auf der Ebene vor den Toren Nimrods um ihr Leben bangte. Sunnivah blieb jedoch keine Zeit für eine längere Nachricht, denn um sie herum wütete der Sturm mit unverminderter Heftigkeit. Sie war am Ende ihrer Kräfte und musste dringend einen geschützten Platz finden, um sich auszuruhen. Auf allen vieren tastete sie sich voran und stemmte sich gegen den Sturm. Der Schnee nahm ihr die Sicht. Verbissen konzentrierte Sunnivah sich ganz darauf, wohin sie ihre Hände und Füße setzte, um nicht in eine versteckte Felsspalte zu stürzen. In ihren Gedanken hörte sie Naemys besorgte Rufe, doch sie hatte jetzt nicht die Kraft, der Nebelelfe zu antworten.

Oh Göttin, betete sie verzweifelt. Lass mich eine geschützte Stelle finden. Ich bin so müde. In diesem Moment blies der Sturm für einen winzigen Augenblick die Schneeflocken fort und gab den Blick auf eine Ansammlung großer Felsen frei, die in einer dichten Gruppe am Fuße einer steil aufragenden Wand standen. Die wenigen Schritte dorthin fielen Sunnivah unglaublich schwer. Mit letzter Kraft zog sie sich in den Schutz der Felsen. Dahinter war der Sturm fast erträglich. Ohne die eisige Kälte des Windes wurde Sunnivahs geschwächter Körper von einer trügerischen Wärme ergriffen, die es in Wirklichkeit jedoch nicht gab. Sie fühlte sich geborgen und wünschte sich nichts sehnlicher als hier auszuruhen. Erschöpft schloss sie die Augen und ergab sich ganz dem wohligen Gefühl, endlich in Sicherheit zu sein.

»Sunnivah, warum antwortest du mir nicht?« Naemys drängende Rufe störten Sunnivah an der Schwelle zum Schlaf.

»Lass mich in Ruhe, Naemy, bitte! Ich bin müde und muss schlafen«, antwortete sie matt.

»Nein, das darfst du nicht.« Panik schwang in der Stimme der Nebelelfe mit. »Wenn du schläfst, wirst du erfrieren. Hörst du mich, Sunnivah?«

»Ja.« Bilder einer blühenden Sommerwiese tanzten vor Sunnivahs Augen und die milden Sonnenstrahlen wärmten ihre kalten Glieder.

»Naemy, sieh doch! Hier gibt es eine wunderschöne Wiese, voller Blumen und Sonnenschein und …!«

»Sunnivah, du darfst die Wiese nicht betreten! Hörst du?« Naemys Gedankenrufe überschlugen sich fast. Wieder und wieder rief sie Sunnivahs Namen. Doch Sunnivah war sich der Gefahr, in der sie schwebte, gar nicht bewusst. Das Einzige, das sie in ihrer Benommenheit spürte, war der Ärger über die ständigen Rufe der Nebelelfe, die sie immer wieder daran hinderten, die verlockende Wiese zu betreten.

»Sunnivah! Du musst etwas von dem Saft aus der kleinen Flasche trinken, die Mino-They dir geschenkt hat!«, forderte Naemy. »Sofort!«

Welche Flasche? Sunnivah gähnte.

»Die Flasche, Sunnivah, schnell!«

Flasche? Mino-They? Ach ja! Ohne den Blick von den herrlichen Blumen zu nehmen zog Sunnivah ihre vereisten Handschuhe mit den Zähnen aus. Dann tastete sie in ihrem Rucksack nach der Flasche, die ihr die Nebelelfe eine Ewigkeit zuvor gegeben hatte. Vielleicht würde Naemy dann endlich Ruhe geben. Als sie schließlich fand, wonach sie suchte, waren ihre Finger schon steif vor Kälte.

»Hast du sie?«

Sunnivah antwortete nicht. Der Verschluss der Flasche bereitete ihr große Schwierigkeiten.

»Sunnivah, du musst trinken!«

»Das versuche ich ja.« Endlich gab der Verschluss seinen Widerstand auf. Unwillig setzte Sunnivah die Flasche an die Lippen und ließ die bittere Flüssigkeit durch ihre Kehle rinnen. Die Flüssigkeit brannte in ihrem Magen und verströmte eine wohlige Wärme. Die Müdigkeit verschwand und mit ihr löste sich auch das herrliche Bild vor ihren Augen langsam auf. Dann war die Wiese fort und Sunnivahs Verstand arbeitete wieder klar. Plötzlich erkannte auch sie, dass sie dem Tod nur knapp entkommen war. »Danke, Naemy!«

»Bei der Göttin, Sunnivah! Ich dachte schon, ich hätte dich verloren.« Naemy war erleichtert. »Geht es dir jetzt besser?«

»Ich fühle mich gut«, beteuerte Sunnivah. Tatsächlich fühlte sie neue Kräfte in sich aufsteigen und die angenehme Wärme in ihren Gliedern war diesmal echt. Sie hatte keine Ahnung, wie viel Zeit inzwischen vergangen war, doch der Sturm tobte noch immer mit unverminderter Wucht vor dem schützenden Wall aus Felsbrocken. Wieder und wieder stoben Schneeflocken mit einem eisigen Luftstrom hinter die Felsen und ließen Sunnivah erschauern. Nichts würde sie dazu bringen, sich noch einmal dort hinauszuwagen.

Schlagartig wurde ihr klar, dass sie ihr Ziel nicht rechtzeitig erreichen würde, wenn sich das Wetter nicht bald besserte. Sunnivah seufzte und verzehrte einige Stücke trockenes Brot, die sie in ihrem Beutel fand. Als sie damit fertig war, suchte sie nach ihren Handschuhen. Sie waren zu Boden gefallen und inzwischen halb vom Schnee bedeckt. Ihr war zwar nicht mehr kalt, doch sie wusste nicht, wie lange die Wirkung des Kräutertranks noch anhalten würde. So klopfte sie den Schnee sorgfältig aus dem weichen Pelz und schob ihre Hände hinein. Dann kauerte sie sich mit dem Rücken an die Felsen, schloss die Augen und wartete.

Sunnivah versuchte Naemy zu erreichen, doch das Einzige, was sie hörte, war ein seltsamer heller Pfeifton, der in den

Ohren schmerzte und es ihr unmöglich machte, eine Gedankenverbindung aufzubauen. Sunnivah seufzte. Wenn doch nur der Schneesturm endlich aufhören würde.

Etwas geschah.

Vielleicht war es der nachlassende Schneefall oder ein veränderter Ton im wütenden Heulen des Windes, der Sunnivah aufhorchen ließ. Sie richtete sich auf, soweit es der Sturm zuließ, und starrte angespannt in die wirbelnden Flocken hinaus. Schnee, Wind, Kälte, sonst nichts. Aber alle ihre Sinne spürten deutlich die drohende Gefahr. Dann ließen Schneefall und Wind immer weiter nach.

Etwa zwanzig Längen von den schützenden Felsen entfernt, dort wo das Plateau an den Abgrund grenzte, erkannte Sunnivah einen kleinen weißen Wirbel aus Schnee, der sich rasch vergrößerte. Mit atemberaubender Geschwindigkeit zog er alle Schneeflocken in sich hinein, bis ein gewaltiger, schneebeladener Wirbel entstand. Der Wirbel wuchs immer weiter und entwickelte sich zu einem mächtigen Zyklon. Dahinter wurde der Himmel blau. Es schien, als habe der Wirbel jede einzelne Flocke des Sturms in sich aufgenommen und dabei nicht einmal die Wolken verschont. Selbst der Wind war fort – gefangen in einem tosenden Trichter aus Schnee und Eis.

Vorsichtig richtete Sunnivah sich auf, legte den Kopf in den Nacken und starrte zum Himmel hinauf, wo sich das Ende des Zyklons irgendwo in der blauen Unendlichkeit verlor. Sie wusste: Der Wirbel war kein Werk der Natur. Knisternde Magie umgab ihn wie eine unsichtbare Hülle und in seinem Innern zuckten tosende grüne Blitze. In diesem Moment ließ ein höhnisches Gelächter den Boden des Plateaus erzittern, dessen Echo von den schroffen Felswänden hundertfach widerhallte.

Erschrocken fuhr Sunnivah zusammen.

»Ja, zittere nur, Dienerin einer machtlosen Göttin!« Die dröhnende Stimme jagte ihr einen eisigen Schauer über den Rücken. Doch Sunnivah biss die Zähne zusammen, kämpfte die aufkommende Furcht nieder und blickte entschlossen nach oben. »Zeig dich!«, rief sie herausfordernd. »Ich habe keine Angst vor dir!« Offenbar ahnte der Erschaffer des Zyklons, dass Sunnivah sich längst nicht so sicher war, wie ihre mutigen Worte ihn glauben machen sollten, denn statt einer Antwort erhielt sie wieder nur ein höhnisches Gelächter.

Doch dann wurden die Blitze in der Mitte des Wirbels immer stärker und vor dem weißen Hintergrund aus Schnee erschien die unheimliche Gestalt eines Magiers. Sunnivah konnte seine Gesichtszüge unter der weiten, dunkelblauen Kapuze seines Magiergewandes nur undeutlich erkennen. Einzig die Augen funkelten in den Schatten wie glitzerndes Eis.

»Wer bist du?«, rief Sunnivah über das Tosen hinweg. »Fürchtest du dich so sehr, dass du dich hinter der Macht der Elemente verstecken musst, um mir gegenüberzutreten?«

»Ich fürchte dich nicht, Verräterin, denn du hast verloren!«, triumphierte der Magier. »Nur weil ich es wollte, bist du so weit gekommen. Ich habe dich hierher gebracht. Doch nun endet dein närrischer Versuch, dem erhabenen Herrscher von Thale zu trotzen. Ich werde dich so lange hier festhalten, bis du mir gibst, was du ihm gestohlen hast.«

»Niemals!« Sunnivahs Stimme blieb fest.

»Du Närrin.« Der Magier spie ihr die Worte entgegen. »Wenn ich die Gewalten des Wirbels entfessele, werden deine jämmerlichen Schutzfelsen binnen kürzester Zeit von mannshohen Schneemassen bedeckt sein. – Ein einsames, eisiges Grab für eine kleine, dumme Dienerin.«

Um seine Worte zu unterstreichen, schickte er eine weiße Schneelawine aus dem Zyklon zu der Stelle, an der Sunnivah stand. Der Angriff kam völlig überraschend und schleuderte Sunnivah zu Boden. Hustend befreite sie sich aus dem Schnee und richtete sich auf.

»Du bist ein Nichts, eine Versagerin. Nicht gefährlicher als ein störrisches Kind«, spottete der Magier. »Nie warst du eine ernst zu nehmende Gefahr für den Erhabenen. Deine schwächlichen Versuche, ihm zu trotzen, haben mich amüsiert, doch nun ist das Spiel vorbei. Ich werde dich zertreten wie ein lästiges Insekt und zurückbringen, was du ihm gestohlen hast.« Bei diesen Worten kam der tosende Zyklon immer dichter an Sunnivah heran. Sie spürte den ungeheuren Sog, der von ihm ausging, und stemmte sich mit aller Kraft dagegen an. Mit einer entschlossenen Bewegung zog sie den Stab der Göttin aus ihrem Rucksack und hielt ihn dem Magier drohend entgegen. »Ich warne dich, alter Mann«, rief sie mit dem Mut der Verzweiflung. »Wage es nicht, mich anzurühren.« Sunnivahs Stimme wankte nicht, doch der Magier wusste um ihre Unsicherheit und sein Lachen ließ den Berg erzittern. »Du dummes Ding! Niemand außer der Verbannten ist in der Lage, sich des Stabes zu bedienen«, erwiderte er geringschätzig. »Du langweilst mich!«

Wieder setzte sich der Wirbel in Bewegung. Sunnivah ließ den Stab sinken und duckte sich hinter die Felsen. Ihr Versuch, den Magier zu täuschen, war fehlgeschlagen und sie wusste, dass es nur eine Frage der Zeit war, bis der ungeheure Sog ihr auch den letzten Schutz fortriss. Sie hatte verloren. Anthork hatte sich in ihr getäuscht. Naemys Hoffen war vergebens und Fayola umsonst gestorben. Die Rebellen würden scheitern, und das Einzige, was die Legenden von Thale einst über die Schwertpriesterin berichten würden, wäre, dass sie vielen tausend Menschen einen sinnlosen Tod gebracht hatte. Tränen stiegen Sunnivah in die Augen. So konnte es doch nicht enden. So durfte es nicht enden, nach allem, was sie durchgemacht hatte, und den selbstlosen Opfern der anderen.

Plötzlich huschte ein Schatten über sie hinweg.

Sunnivah hob erstaunt den Kopf und sah die Wölfin geduckt und mit sturmgepeitschtem Fell über sich auf dem Felsen stehen. Es grenzte an ein Wunder, dass der Sog sie nicht davonschleuderte, und Sunnivah fragte sich, wie das Tier wohl hierher gekommen sein mochte. »Flieh, wenn ich springe!« Die Worte der Wölfin erreichten Sunnivahs Gedanken nur sehr schwach über das laute Heulen und Pfeifen in der Sphäre hinweg. Sunnivah hatte keine Ahnung, was die Wölfin gegen den Wirbel auszurichten vermochte, doch sie vertraute ihr und machte sich bereit.

Das Auftauchen der Wölfin schien den Magier nicht weiter zu beeindrucken. Unbeirrt setzte der Zyklon seinen Weg zu den Felsen fort, begleitet von einem unheimlichen mahlenden und krachenden Geräusch, das an berstende Knochen erinnerte. »Dein pelziger Schoßhund wird dich auch nicht retten können, Sterbliche«, spottete er und die Intensität der grünen Blitze im Innern des Wirbels nahm an Heftigkeit zu. »So fahrt nun gemeinsam dahin.«

Was dann geschah, dauerte nur wenige Herzschläge, doch für Sunnivah war es eine kleine Ewigkeit. Unendlich langsam, so sah es für sie aus, legte die tosende weiße Säule, in der die Augen des Magiers nun selbst wie grünes Feuer glühten, die wenigen Schritte zu den Felsen zurück. Gleichzeitig presste sich die Wölfin dicht an den kalten Stein, um dem ungeheuren Sog zu trotzen. Erst jetzt bemerkte Sunnivah, dass das graue Tier etwas zwischen den Zähnen hielt. Doch sosehr sie sich auch bemühte, sie konnte nicht erkennen, worum es sich handelte.

Nur eine knappe Länge trennte den Zyklon jetzt noch von den schützenden Felsen. Erste Felsbrocken begannen sich zu lösen und verschwanden hinter der weißen Wand aus wirbelndem Schnee, während das Mahlen und Krachen zu einem ohrenbetäubenden Lärm anschwoll.

In diesem Moment sprang die Wölfin. Ihr Sprung dauerte nicht mehr als einen winzigen Augenblick und doch reichte er aus, die Gestalt der Wölfin zu verändern. Vor Sunnivahs staunenden Augen verschwand das graue Fell und wich übergangslos einem fließenden weißen Gewand. Dann hatte sich die Wölfin vollständig in eine wunderschöne junge Frau mit langen schwarzen Haaren verwandelt, die sich, einen kleinen braunen Beutel in den Händen, todesmutig in das Toben der Elemente stürzte.

Der Magier brüllte vor Wut und Entsetzen, als er erkannte, wem er wirklich gegenüberstand. Immer wieder sandte er seine Blitze gegen die Gestalt der Frau und versuchte sie daran zu hindern, ganz in den Wirbel einzutauchen. Mit jedem Blitz, der ihren anmutigen Körper traf, wand sich die Frau wie unter großen Schmerzen, doch sie gab nicht auf. Angezogen von der ungeheuren Kraft des Zyklons näherte sie sich unaufhaltsam dessen Mittelpunkt.

Je weiter sie vordrang, desto mehr Blitze hüllten sie ein, und schon bald war sie ganz von einem Gewirr aus zuckendem Grün umgeben. Die zarte Gestalt flackerte und drohte unter der Wucht des Angriffs zu verblassen. Doch noch hielt sie den Beutel fest in den Händen. Dann schlug ein letzter greller Blitz in ihren Körper. Ein spitzer Schrei ertönte und die Frau war verschwunden. Der Beutel entglitt ihren Händen, wurde emporgeschleudert und verschwand in dem Wirbel. Sunnivah hörte den Magier entsetzt aufschreien und sah, wie sich der Zyklon von ihr entfernte. Der ungeheure Sog ließ nach und gestattete es ihr, sich vorsichtig aufzurichten. Nun zögerte sie nicht länger. Den Stab in der einen und ihren Rucksack in der anderen Hand verließ sie die schützenden Felsen und hastete mit langen Sätzen das Felsplateau hinauf. Hier gab es keine Deckung mehr, doch der Sturm blieb hinter ihr zurück und sie kam zügig voran.

Sie war noch nicht sehr weit gekommen, als ein gleißender Blitz den Himmel erhellte. Ihm folgte ein gewaltiger Donnerschlag, der den ganzen Berg erzittern ließ und sie zu Boden schleuderte. Unzählige Steine und Felsbrocken lösten sich von den Hängen des Himmelsturms und stürzten polternd in die Tiefe. Nur wenige Schritte von Sunnivah entfernt fuhr ein breiter Riss krachend durch das Plateau und spaltete es in zwei Hälften. Flach auf dem Bauch liegend presste sich Sunnivah an den eisigen Felsen und betete darum, von keinem der tödlichen Gesteinsbrocken, die noch immer in die Tiefe polterten, getroffen zu werden.

Ihre Geduld wurde auf eine harte Probe gestellt. Immer wieder erzitterte der Berg und wollte einfach nicht zur Ruhe kommen. Einmal hob Sunnivah den Kopf und sah aus dem Augenwinkel einen Teil des schmalen Grates, auf dem sie das Plateau erreicht hatte, in sich zusammenstürzen und krachend im Abgrund verschwinden. Seltsamerweise beunruhigte sie die Erkenntnis, dass ihr der Rückweg nun verwehrt war, nicht und sie gestattete es sich auch nicht, weiter darüber nachzudenken.

Endlich ließ das Beben nach und verhallte mit einem letzten Donnergrollen zwischen den Bergen. Erleichtert richtete sie sich auf, strich sich mit zitternden Händen die Haare aus dem Gesicht und sah sich um.

Die Nachmittagssonne hing schon tief über den Bergen, schien aber noch immer warm von einem strahlend blauen Himmel herab. Schnee, Wind und Wolken waren verschwunden, als hätte es sie niemals gegeben, und dort, wo sich noch vor kurzem der gewaltige Zyklon gedreht hatte, lagen jetzt nur noch die Fetzen eines kleinen, braunen Lederbeutels einsam auf dem nassen Fels. Sunnivahs Blicke wanderten weiter und erklommen die schroffen felsigen Höhen des Himmelsturms. Irgendwo dort oben musste sich der Felsen befinden, den sie suchte.

Ihr blieb nicht mehr viel Zeit.

Mit schmerzenden Gliedern erhob sie sich, griff nach Stab und Rucksack und machte sich wieder auf den Weg. Ihre Gedanken waren bei der Wölfin, die sich, bevor sie starb, in eine Dienerin der Gütigen Göttin verwandelt hatte und Sunnivah damit ihre wahre Identität offenbarte. Sunnivah fragte sich, ob ein solches Wesen überhaupt sterben konnte. Und da sie die Antwort nicht kannte, tröstete sie sich mit dem Gedanken, dass es vermutlich nicht der Fall war.

Sie kam jetzt zügig voran. Da sie nicht wusste, wie weit sie noch klettern musste, blickte sie häufig zurück, um nach dem Stand der Sonne zu sehen, deren rotgoldene Scheibe sich unaufhaltsam dem Horizont zuneigte. Dann wanderte ihr Blick wieder suchend voraus, aus Furcht, dass das immer schneller schwindende Licht nicht mehr lange genug ausreichen würde, um etwas zu erkennen.

»Sunnivah?«

Das Heulen und Pfeifen war verschwunden und Naemys Stimme erklang frei von jeder Störung in ihren Gedanken.

»Naemy!« Die vertraute Stimme tat gut.

»Ich konnte dich nicht erreichen, was ist geschehen?«, fragte Naemy besorgt. Mit wenigen Gedanken beschrieb Sunnivah die Ereignisse und ihre Rettung durch die Wölfin.

»Du vermutest, dass die Wölfin eine Dienerin der Gütigen Göttin war?« Sunnivah spürte, dass selbst die Nebelelfe das nicht so recht glauben konnte. Doch dann lenkte Naemy ein. »Vielleicht hast du damit sogar Recht. Schließlich wusste niemand außer mir, welch mächtiges Pulver sich in dem Beutel befand und ...«

»Naemy, ich sehe ihn!«, unterbrach sie Sunnivah erregt. »Dort oben ist der Felsen, der aussieht wie ein ausgestreckter Finger!«

»Ich wusste, dass du es schaffst!« Naemys Stimme war plötzlich ganz leise. »Die Rebellen haben bereits mit dem Angriff begonnen, vielleicht können wir das Schlimmste doch noch verhindern.«

Dichte Wolken aus Rauch und Flammen lagen über Nimrod. Die hohen Mauern der Festungsstadt hallten wider vom Lärm des Kampfes, dem Klirren von Stahl und den entsetzlichen Schreien der Verwundeten. Die weite Ebene am Fuße der Mauern hatte sich binnen weniger Augenblicke in ein brodelndes Schlachtfeld verwandelt, wie es das Land seit dem verheerenden Angriff An-Rukhbars nicht mehr gesehen hatte, und das Erdreich färbte sich rot vom Blut der Erschlagenen.

Am späten Nachmittag hatten Tausende Rebellen auf ein Zeichen ihres Anführers hin mit dem Sturm auf die Mauern begonnen, und obwohl die Ebene bereits schwarz war von den Leibern der Gefallenen, stürmten immer mehr von ihnen heran. Mit dem Mut der Verzweiflung versuchten sie die mitgeführten Sturmleitern in Position zu bringen, in der Hoffnung, irgendwo auf den Zinnen der Festungsstadt eine Lücke in die dicht gedrängten Reihen der Verteidiger schlagen zu können.

Keiner der Rebellen erreichte sein Ziel. Die Krieger An-Rukhbars hatten leichtes Spiel. Immer wieder brachten sie die Leitern mit langen Stöcken zu Fall oder gossen siedendes Öl aus großen Kübeln auf die Angreifer hinab, während die riesigen Steinschleudern Tod und Verderben unter die nachrückenden Rebellen säten.

Endlich, fast schon zu spät, waren auch die vielen hölzernen Belagerungstürme der Rebellen herbeigeschafft und wurden außerhalb der Reichweite der Steinschleudern in Stellung gebracht. Und noch während die Männer am Boden damit beschäftigt waren, die Belagerungstürme in der staubigen Erde zu verankern, begannen die Rebellen hoch oben auf den Türmen damit, Felsbrocken und brennende Teerklumpen mithilfe der eigens dafür geschaffenen, weit reichenden Katapulte in die Festungsstadt zu schleudern.

Schon bald zeigten sich erste Erfolge. Die Reihen der Verteidiger auf den Zinnen lichteten sich und dort, wo die Lücken nicht sofort wieder geschlossen wurden, gelangten die ersten Rebellen über ihre Leitern auf die Mauer.

Ein Siegesschrei ging durch die Reihen der Angreifer. Neue Hoffnung keimte auf und sie verstärkten ihre Anstrengungen noch. Doch der Schrei war noch nicht verhallt, als die Rufe plötzlich in blankes Entsetzen umschlugen. Auf den Zinnen erschienen gut drei Dutzend hünenhafte, in schwarze Panzer gekleidete Krieger. Sie trugen keine Waffen, doch die Pfeile und Schwerthiebe der Rebellen prallten wirkungslos von ihnen ab. Ohne zu zögern ergriffen sie die Angreifer und schleuderten ihre zuckenden Körper wie Puppen in die Tiefe.

Als sich kein Rebell mehr auf den Zinnen befand, taten sich immer drei der Krieger zusammen. Wie auf ein geheimes Zeichen hin hoben sie die rechte Hand und deuteten mit ihrem ausgestreckten Arm auf einen der Belagerungstürme. Grünes Feuer flammte auf und schoss in einem energiegeladenen Strahl auf die hölzernen Türme zu. Auf der Hälfte des Weges vereinigten sich die Stahlen der drei Krieger zu einem einzigen Funken sprühenden zerstörerischen Blitz, der mit einer gewaltigen Detonation in die Belagerungstürme einschlug und sie in tausend Stücke sprengte.

Glühende Trümmer regneten auf das Heer der Rebellen herab und beißender Qualm nahm ihnen die Sicht. In nur wenigen Augenblicken gelang es den schwarzen Kriegern, die stärkste Waffe der Rebellen zu zerstören. Als sich der Qualm verzogen hatte, waren von den stolzen Türmen nur noch verkohlte, schwelende Haufen übrig, deren glühende Überreste in der einsetzenden Dunkelheit wie Mahnfeuer aus der Masse der Angreifer herausragten.

Durch den überraschenden Verlust der Türme geriet der Angriff ins Stocken. Viele der Rebellen zogen sich entsetzt zurück. Doch so schnell gab sich Kjelt nicht geschlagen. Verzweifelt versuchte er Ordnung in die Reihen seiner Männer zu bringen. Doch als ihm das nicht gelang, sprang er selbst vom Pferd, entriss einem Rebellen die Leiter und stürmte allein auf die Mauer zu. Rojana, die an seiner Seite ritt, sprang ebenfalls vom Pferd, ergriff das Ende der langen Leiter und folgte ihrem Gefährten zur Mauer. Wenn ich schon sterben muss, dann hier, an seiner Seite, dachte sie entschlossen. Und obwohl sie wusste, dass ihr Tod vergebens sein würde, war ihr selbst das in diesem Moment egal, wenn sie nur einen der verhassten Krieger An-Rukhbars mit in den Tod nehmen konnte.

Kjelts Beispiel gab den Rebellen neuen Mut. Plötzlich waren er und Rojana nicht mehr allein. Unzählige Männer stürmten mit ihren Leitern schreiend auf die Mauern zu und eine neue Angriffswelle begann.

»Meistermagier, so antwortet doch!«

Unablässig hämmerte der junge Magier mit den Fäusten gegen die Tür. »Meister Asco-Bahrran, was ist mit Euch?«, rief er, so laut er konnte, und das Echo seiner Stimme hallte gespenstisch durch die menschenleeren Gänge. »Wir brauchen dringend Eure Hilfe! Meister Akim ist tot und die Magie der Kristalle schwindet. Ihr seid der Einzige, der sie wieder erneuern kann.«

Doch hinter der dicken Eichentür blieb es stumm.

Voller Sorge hämmerte der Magier weiter gegen das harte Holz, bis ihm die Hände wehtaten. Schließlich gab er auf. Atemlos hastete er die langen Gänge entlang, in der Hoffnung, irgendwo auf Krieger zu treffen, die ihm die Tür gewaltsam öffnen konnten. Endlich fand er drei, die trotz der heftig tobenden Schacht bereit waren ihn zu begleiten. Nacheinander folgten sie ihm zu den Gewölben der Magier. Vor der Tür zu Asco-Bahrrans Arbeitsräumen blieb der junge Magier stehen. »Hier ist es«, sagte er atemlos und deutete auf die Tür. »Schlagt die Tür ein.« Die Krieger sahen sich unschlüssig an. Was, wenn der Magier sich täuschte? Wenn sich herausstellte, dass sich der Meistermagier nicht in seinen Räumen befand, konnte es sie leicht ihren Kopf kosten, die Tür einzuschlagen.

»Nun macht schon!«, befahl der junge Magier ungeduldig. »Worauf wartet ihr noch?«

»Du bist dir wirklich ganz sicher, dass sich der Meistermagier hinter dieser Tür befindet?«, fragte einer der Krieger.

»Warum sollte ich euch sonst bitten die Tür einzuschlagen?«, erwiderte der Magier ärgerlich. »Er hat sich gegen Mittag dort eingeschlossen und den Raum seither nicht mehr verlassen. Ich fürchte, ihm ist etwas zugestoßen. Und jetzt beeilt euch, die Cha-Gurrline auf den Mauern benötigen dringend seine Hilfe.«

Krachend fuhren die Äxte der Krieger in die Tür. Holz splitterte und die eisernen Scharniere schlugen Funken unter ihren wuchtigen Hieben. Dennoch dauerte es sehr lange, bis die dicken Bohlen der Tür zerbarsten und es dem jungen Magier gelang, den Riegel auf der Innenseite zu erreichen, um die Tür zu öffnen.

Der Meistermagier lag zusammengekrümmt am Boden. Sein Gesicht hatte alle Farbe verloren, und obwohl er keinerlei Anzeichen äußerer Verletzungen zeigte, ging sein Atem nur noch flach und unregelmäßig. »Meistermagier!« Erschrocken kniete sich der Magier neben Asco-Bahrran auf den Boden. Dabei erkannte er, dass sein Meister inmitten eines spiralförmigen Musters lag, dessen äußerer Rand mit unzähligen Schriftzeichen versehen war. Zweifellos war er das Opfer eines misslungenen Zaubers geworden. Fluchend erhob sich der Magier und winkte die Krieger zu sich. »Schnell, bringt ihn zu den Heilerinnen«, befahl er. »Sie sollen sich um ihn kümmern.«

Sofort waren die Krieger heran. Vorsichtig hoben sie den bewusstlosen Meistermagier auf und trugen ihn fort.

Der junge Magier betrachtete noch einmal die Schriftzeichen und das Muster auf dem Boden, doch seine Kenntnisse der Magie reichten nicht aus, um den Sinn des Zaubers zu entschlüsseln. Dann erinnerte er sich plötzlich daran, dass er dem Anführer der Cha-Gurrline Bericht erstatten musste, und verließ eilig den Raum.

Als die Nacht ihr schwarzes Tuch über dem Ylmazur-Gebirge ausbreitete, erreichte Sunnivah endlich ihr Ziel. Das letzte Stück des Aufstiegs hatte auch ihre letzten Kraftreserven aufgezehrt und sie fühlte sich so erschöpft wie niemals zuvor. Mit zitternden Fingern löste sie die Riemen ihres Rucksacks und ließ ihn neben sich auf den steinigen Boden gleiten. Den Stab der Weisheit in den Händen, lehnte sie sich atemlos gegen den riesigen, von Wind und Wetter glatt geschliffenen Felsen, der wie ein mahnender Finger zum Himmel zeigte, und wartete darauf, dass sich die runden Scheiben der Zwillingsmonde über den fernen Gipfeln der Valdor-Berge zeigten.

Eine Ewigkeit schien zu vergehen, bis es endlich so weit war. Sunnivah nutzte die Zeit, um sich auszuruhen und neue Kräfte zu sammeln. Schließlich erblickte sie am Horizont zwei schmale Lichtstreifen, die sich so rasch vergrößerten, als könnten To und Yu es gar nicht erwarten, mit ihrer nächtlichen Wanderung zu beginnen.

Es war so weit. Die Dunkelheit floh vor dem silbernen Mondschein und Sunnivah machte sich bereit, die letzten und entscheidenden Längen ihres Weges zurückzulegen. Auf allen vieren, den Stab der Weisheit fest in einer Hand, schob sie sich vorsichtig voran. Der Felsen war rund und glatt wie polierter Marmor. Nirgends gab es eine Stelle, an der sie sich festhalten konnte. Unter ihr fiel die steile Nordwand des Himmelsturms viele hundert Längen senkrecht in die Tiefe und sie musste sich zwingen, nicht an den gähnenden Abgrund zu denken, während sie sich langsam Stück für Stück vorwärts zog. Endlich hatte Sunnivah das äußerste Ende des Felsens erreicht. Ihr Herz hämmerte wie wild und sie wagte nicht zu atmen. Sie wusste, dass sie ihr Gewicht verlagern musste, um in eine sichere Sitzposition zu gelangen. Doch es brauchte einen Moment, bis sie den Mut dazu aufbrachte. Unendlich langsam ließ sie ihre Beine zu beiden Seiten des Felsens hinuntergleiten, bis sie den kalten Stein wie einen Pferderücken umklammerten. Erst als sie das Gefühl hatte, sicher zu sitzen, hob sie den Kopf und sah sich um.

To und Yu hatten sich längst in ihrer ganzen Schönheit über den Horizont erhoben. Doch während To den Felsen bereits in sein mildes Licht tauchte, verhinderte noch der Schatten einer schroffen Felsnadel auf der anderen Seite der Schlucht, dass auch Yus Licht Sunnivah erreichte. Langsam wanderte der lichtlose Streifen über den Felsen und Sunnivah wartete gespannt auf den Moment, in dem er ganz verschwunden war. Dann wich der Schatten dem Licht und ein leises glockenhelles Klingen von unbeschreiblicher Schönheit drang aus den Tiefen der Schlucht zu ihr hinauf.

Sunnivah zögerte nicht länger.

Sie fasste den Stab der Göttin mit beiden Händen und streckte ihn den Zwillingsmonden entgegen. »Oh Gütige Göttin«, rief sie mit klarer Stimme. »Deine Schwertpriesterin hat ihre Aufgabe erfüllt. Mit ihren sterblichen Händen gibt sie zurück, was die finsteren Mächte der rechtmäßigen Herrscherin von Thale einst entrissen.« Demütig senkte Sunnivah den Blick und wartete.

Das Klingen aus der Dunkelheit der Schlucht schwoll weiter an und hüllte Sunnivah ein. Ein leichter Luftzug strich durch ihr offenes Haar und ließ es um ihren Kopf tanzen. Der Wind neckte auch den Stab und bog ihn mal in die eine, dann in die andere Richtung. Doch noch ließ Sunnivah ihn nicht los. Ihre Hände umschlossen das polierte Holz, während sie darauf wartete, dass der richtige Moment kam. Als sie schon glaubte, dass ihre Kräfte nicht mehr ausreichten, um den Stab noch länger zu halten, änderte das Klingen in der Luft plötzlich seinen Ton und wurde zu einem sanften verlockenden Summen. Die Töne erinnerten Sunnivah an einen Gesang, den die Priesterinnen von In-Gwana-Thse zu Ehren der Gütigen Göttin in der Nacht der Lichter stets gesungen hatten, und weckten in ihr ein tiefes Gefühl von Geborgenheit.

Auch der laue Wind veränderte sich und wurde ganz unvermittelt zu einem starken Sog, der an dem Stab der Weisheit zerrte. Der Stab begann zu glühen und sich unter Sunnivahs festem Griff zu winden, als wolle er sich befreien. Dann näherte sich aus dem Hintergrund der vielen tausend Sterne kometengleich und doch erstaunlich langsam eine lodernde, goldene Wolke. Sie schien ganz aus brennendem Sternenstaub zu bestehen und zog ihren feurigen Schweif viele hundert Längen durch die Nacht, während sie sich fast geräuschlos auf Sunnivah herabsenkte. Die brennenden Funken liebkosten Sunnivahs Haut mit ihren winzigen Flammen, während das Summen ihren Geist einhüllte. Ein nie gekanntes Glücksgefühl durchströmte sie und die milde Wärme des Feuers gab ihr neue Kraft. Sie fühlte sich ausgeruht und stark und die Schmerzen des vergangenen Sonnenlaufes waren vergessen. Sunnivah hob den Kopf und sah, dass sich die vermeintliche Wolke wie eine endlose feurige Schlange zu den Sternen hinaufwand, um sich irgendwo in der Unendlichkeit des Himmels zu verlieren.

Das Elfenfeuer! Obwohl Sunnivah das seltene Naturschauspiel nur aus den alten Erzählungen der Priesterinnen kannte, wusste sie sofort, dass sie sich nicht täuschte. Nur alle hundert Sommer konnte man das überwältigende Lichterspiel über den Gipfeln des Ylmazur-Gebirges beobachten. Es hieß, die Seelen der verstorbenen Elfen würden in diesem Licht für kurze Zeit in ihre alte Heimat zurückkehren, um die Trauer in den Herzen der Zurückgebliebenen zu lindern. – Und diesmal gab es etwas, das sie auf ihrer Reise in die Unendlichkeit mitnehmen würden.

Es war so weit. Sunnivahs Hände gaben den Stab der Weisheit frei. Wie ein orangefarbener Stern fuhr er durch die Straße aus funkelndem Staub und verschwand, gefolgt von Millionen glühender Funken, in der Dunkelheit.

Das Summen verstummte. Die Wärme war fort. Der Sog des Windes brach zusammen und mit ihm lösten sich auch die letzten Spuren des Elfenfeuers auf, als wäre es niemals da gewesen.

Plötzlich erhob sich aus den Tiefen des Raumes die körperlose Stimme der Gütigen Göttin: »Schwertpriesterin, ich danke dir.« Die Botschaft klang sanft und frei von jeder Störung in Sunnivahs Gedanken. »Ich wusste, du würdest mich nicht enttäuschen. Doch deine Aufgabe ist noch nicht beendet. Die Rebellen vor den Toren Nimrods befinden sich in arger Bedrängnis und brauchen deine Hilfe noch heute Nacht.«

Bevor Sunnivah etwas erwidern konnte, schwebte plötzlich eine orange Feuerkugel vor ihr in der Luft. Regungslos verharrte sie eine Armeslänge neben dem Felsen, als warte sie nur darauf, dass Sunnivah sie an sich nahm.

»Hier gebe ich dir eine mächtige Waffe von großer Zerstörungskraft«, hörte Sunnivah die Göttin sagen. »Trage sie für mich nach Nimrod und hilf den Rebellen. Doch wisse, du kannst sie nur ein einziges Mal benutzen. Darum handle klug, meine Tochter, dann werdet ihr siegen.«

»Aber Nimrod ist weit, ich werde es niemals rechtzeitig erreichen!«, rief Sunnivah den Monden entgegen, doch die Göttin ging nicht darauf ein und sprach bereits weiter. »Und es gibt noch etwas, das du vollbringen musst, Schwertpriesterin. Im Thronsaal von Nimrod befindet sich das einzige Tor in An-Rukhbars Dimension. Du musst den finsteren Herrscher dazu bringen, das Tor selbst zu öffnen. Nur so wird es dir gelingen, ihn für alle Zeit zu verbannen!«

»Aber wie …?«

»Du bist nicht allein, meine Tochter«, erwiderte die Göttin leise. »Gemeinsam werdet ihr es schaffen.« Die Stimme der Göttin wurde immer schwächer und Sunnivah wusste, dass sie ihr nicht mehr antworten würde.

Die Waffe! Vorsichtig löste Sunnivah ihre Finger von dem Felsen und berührte die Kugel. Sie hatte fest damit gerechnet, sich die Finger zu verbrennen. Doch die Kugel war kalt. Nun zögerte sie nicht länger. Mit beiden Händen griff sie nach der seltsamen Waffe.

Die Kugel fest in einer Hand, griff sie mit der anderen nach dem Felsen, um sich umzudrehen, fand jedoch keinen Halt. Aber die Bewegung verlagerte ihr Gewicht unheilvoll zu einer Seite, und obgleich sie den Felsen noch immer mit den Beinen umklammerte, spürte Sunnivah, wie sie langsam und unaufhaltsam immer weiter abrutschte. Ein Sturz war unvermeidlich und ihr gellender Schrei verhallte als vielfaches Echo zwischen den Felswänden, während sie in die Dunkelheit der Schlucht hinabstürzte.

Der Riesenalp hatte den ganzen Tag geschlafen, um Kräfte für die kommende Nacht zu sammeln. Nun fühlte er sich so frisch und voller Tatendrang wie in seinen jungen Jahren. Es war Zeit, aufzubrechen. Sicher hatten die Rebellen, deren Lager er bis zum Morgengrauen beobachtet hatte, schon mit dem Angriff auf Nimrod begonnen. Die endgültige Entscheidung, ob er sie in ihrem aussichtslos erscheinenden Kampf unterstützen sollte, hatte er zögerlich bis zum letzten Moment hinausgeschoben, doch schon als er die Augen öffnete, wusste er, dass er den Rebellen auch diesmal beistehen würde. Entschlossen erhob er sich, schritt zum Höhleneingang und sah zum Himmel hinauf. Wie ein juwelenbesetzter Teppich spannte sich die Nacht über die Gipfel des Ylmazur-Gebirges, geschmückt von Abermillionen funkelnder Sterne.

Die Nacht der Lichter, dachte der Riesenalp. Sie trug ihren

Namen zu Recht. In keiner anderen Nacht leuchteten die Sterne so hell und der Himmel schien so nahe.

Es wird Zeit, aufzubrechen, dachte der Riesenalp, breitete die Flügel aus und spannte seine kräftigen Beine, um sich mit einem Satz in die Lüfte zu erheben. Doch gerade als er losfliegen wollte, drangen durch die Stille der kalten Hochgebirgsnacht seltsame Geräusche an sein Ohr und brachten ihn dazu, seine Pläne kurzfristig zu ändern. Irgendwo, nicht weit von ihm entfernt, hörte der Riesenalp ein glockenhelles Klingen, dessen Ursprung er sich nicht erklären konnte. Neugierig geworden stieß sich der große Vogel von dem Felsvorsprung vor seiner Höhle ab, direkt in die warmen Luftströmungen hinein, die hier im Sommer von den Tälern aufstiegen. Kreisend gewann er rasch an Höhe, wobei er die Hänge des Himmelsturms mit seinen scharfen Augen nach dem Grund für die lieblichen Töne absuchte. Eine Zeit lang sah er nichts, aber das Klingen wurde immer lauter, je weiter er den Berg umrundete. Kurz bevor er die Nordseite des Berges erreichte, wurde der große Vogel plötzlich von einem starken Aufwind erfasst, der ihn für einen Moment aus dem Gleichgewicht brachte und weit hinauftrug. Was ging hier vor? Mit kräftigen Flügelschlägen kämpfte der Riesenalp gegen den Aufwind an und suchte sich seinen Weg den Berg hinab.

Plötzlich stockte ihm der Atem. Nur wenige Längen unter sich entdeckte er auf einem langen Felsen, der weit über eine tiefe Schlucht hinausragte, eine junge Kriegerin, die mit einem Arm eine feurige Kugel an sich presste. Verzweifelt klammerte sie sich mit ihren Beinen an den glatten Stein, während sie mit der freien Hand vergeblich nach einem Halt suchte.

Der Riesenalp traute seinen Augen nicht. Die Ähnlichkeit der Kriegerin mit der Frau aus seinen Träumen war einfach unglaublich! Aber wie konnte das sein? Die Frau, die ihn vor mehr als sechzehn Sommern in seinen Träumen um Hilfe angefleht hatte, war doch längst tot. Zum ersten Mal kamen ihm Zweifel. Sollte er sich damals vielleicht geirrt haben? Er musste unbedingt ihr Gesicht sehen. Der Riesenalp legte seine Schwingen an und verlor rasch an Höhe. Noch bevor er die Kriegerin erreicht hatte, kam sie ins Rutschen. Ihr gellender Schrei hallte durch die Nacht, als sie, die Kugel in den Armen, in den bodenlosen Abgrund stürzte.

Nein! Oh nein!

Eisiges Entsetzen durchzuckte den Riesenalp. Instinktiv wusste er, dass er die Kriegerin retten musste. Aber ihm blieb nicht mehr viel Zeit. Bald würde ihr Körper auf den Felsen am Boden der Schlucht aufschlagen und zerschmettern. Todesmutig legte der Riesenalp seine Flügel noch enger an den Körper und setzte zu einem solch steilen Sturzflug an, wie er ihn selbst als Jungvogel nie gewagt hatte.

Sunnivah verlor nicht das Bewusstsein. Die feurige Kugel fest an den Körper gepresst, strebte sie in freiem Fall unausweichlich ihrem Ende entgegen. Es war fast wie in einem Traum, doch Sunnivah wusste, dass sie diesmal nicht erwachen würde, bevor sie den Boden erreichte.

Es war vorbei. Unzählige Bilder von Ereignissen und Menschen, die in ihrem Leben eine Rolle gespielt hatten, zogen in rascher Reihenfolge an ihrem geistigen Auge vorbei und hinter alledem hörte sie immer wieder Naemys Stimme, die verzweifelt ihren Namen rief.

So ist es also, zu sterben, dachte Sunnivah. Jeden Moment musste der Aufprall kommen und sie schloss die Augen in Erwartung dieses letzten Augenblicks. Als es so weit war, hatte sie das sonderbare Gefühl, in einem Berg aus weichen Federn zu landen. Kein Schmerz und keine Qualen, sondern ein weicher und sanfter Tod schloss sie liebevoll in seine Arme. Sunnivah hielt die Augen geschlossen und spürte, wie ihre Seele auf den Schwingen des Todes emporgetragen wurde.

Traurig dachte sie an Vhait, der nun am Fuße des Himmelsturms vergeblich auf ihre Rückkehr warten würde. Auch den Rebellen würde sie nicht mehr helfen können und Naemys Stimme nie mehr hören.

»Sunnivah?«

»Naemy?«

»Sunnivah, was ist geschehen? Ich habe dich gerufen, doch du hast mir nicht geantwortet!«

»Ich bin gestorben, Naemy!«

»Wie? Nein, das kann nicht sein. Sonst könnte ich dich nicht hören.«

Sie war nicht tot? Verwundert öffnete Sunnivah die Augen. Über ihr spannte sich tatsächlich der vertraute sternenübersäte Nachthimmel von Thale. »Naemy! Ich lebe!« Fassungslos starrte Sunnivah auf die feurige Kugel in ihren Armen. »Aber ich bin doch in die Schlucht gestürzt, wie …?«

»Ich – habe dich gerettet!« Die fremde dunkle Stimme erklang so laut in Sunnivahs Gedanken, dass sie erschrocken zusammenfuhr.

»Wer … wer bist du?«, fragte sie verwirrt.

»Die Druiden nannten uns dereinst Riesenalpe. Aber das ist lange her. Du brauchst keine Angst vor mir zu haben. Ich bin der Letzte meiner Art – und dein Freund.«

Jetzt erst wagte Sunnivah den Kopf zu drehen. Zu beiden Seiten ihrer Schultern hoben und senkten sich riesige, grau gefiederte Flügel und ihre gleichmäßigen Bewegungen erzeugten ein sanftes Rauschen in der Nacht.

»Ein Riesenalp?« Naemy hatte alles mit angehört und konnte kaum glauben, dass es sich bei Sunnivahs mysteriösem Lebensretter um denselben Vogel handelte, dem sie vor vielen Sommern schon einmal begegnet war. »Sunnivah, was ist los? Du musst mir sofort erzählen, was vorgefallen ist!«

Stockend begann Sunnivah zu berichten. Nur mühsam gelang es ihr, alles in die richtige Reihenfolge zu bekommen, doch schließlich konnte sich auch Naemy ein Bild von den Ereignissen machen. »... die Göttin hat mir aufgetragen, die feurige Kugel nach Nimrod zu bringen«, erklärte Sunnivah zum Schluss. »Sie nannte sie eine mächtige Waffe, die dazu dient, den Rebellen zu helfen.«

»Dann musst du dich unverzüglich auf den Weg machen«, erwiderte Naemy erregt. »Es sieht hier nicht gut aus. Schwarze Krieger mit magischen Kräften verteidigen die Festung. Die Rebellen haben große Verluste erlitten. Alle Belagerungstürme sind zerstört. Wenn du nicht eingreifst, werden wir die Schlacht verlieren.«

»Aber Nimrod ist weit! Wie könnte ich es jemals rechtzeitig erreichen?«, fragte Sunnivah ratlos.

»Ich werde dich dorthin bringen!« Der Riesenalp war voller Tatendrang. Viele Sommer waren vergangen, doch nun hatte er endlich das rothaarige Mädchen seiner Träume gefunden. Und diesmal würde er sie nicht im Stich lassen.

Wartend schwebten die beiden körperlosen Wächter vor der gewaltigen phosphoreszierenden Kugel. Es war noch nicht an der Zeit, die nächste Runde zu beginnen, und so hingen sie schweigend und schwerelos in der Unendlichkeit der fremden Dimension.

Ihre einzige Aufgabe bestand darin, die Kugel und deren Bewohner zu bewachen, und so achteten sie nicht auf den hellen orangefarbenen Stern, der sich ihnen mit unglaublicher Geschwindigkeit aus den Tiefen des Raumes näherte. Ungehindert durchstieß er die äußere Hülle der Kugel und verschwand mit einem zischenden Geräusch in ihrem Inneren. Das Geräusch riss die Wächter aus ihrer Lethargie. Kaum hatten sie damit begonnen, nach dem Grund dafür zu suchen, als eine heftige Detonation die Kugel erschütterte und sie in einem gewaltigen Feuerball explodieren ließ. Unvorstellbare Energien wurden freigesetzt. Die Druckwelle ergriff die überraschten Wächter und schleuderte sie weit in die Finsternis hinaus. Zurück blieb eine wogende, glitzernde Wolke aus reinem Sternenstaub.

Zunächst nur langsam, doch dann immer schneller formte sich aus den wirbelnden Teilchen eine silbern leuchtende Gestalt von unbeschreiblicher Anmut und Eleganz. Ihr Gewand schien aus Sternen gewoben und ihr Haar glich flüssigem Gold. In ihrer rechten Hand hielt sie den Stab der Weisheit und auf ihren Lippen zeigte sich ein glückliches Lächeln. Nichts konnte sie jetzt noch davon abhalten, diesen finsteren und lebensfeindlichen Ort zu verlassen.

Sie war frei!

Das schlagende Geräusch großer Flügel riss Vhait aus seinem unruhigen Schlaf und ließ ihn erschrocken aufspringen. Die Klinge seines Schwertes blitzte im Mondschein, als er es mit einer fließenden Bewegung aus der Scheide zog, während er sich gleichzeitig nach dem Verursacher der Geräusche umsah. Doch der Himmel über der kleinen Lichtung war leer und auch das Rauschen in der Luft war schon wieder verschwunden. Angespannt lauschte und starrte Vhait in die Nacht hinaus, konnte jedoch nichts Ungewöhnliches entdecken.

Als er schon glaubte sich getäuscht zu haben, ließ ihn ein lautes Rascheln und Knacken in dem Gebüsch hinter seinem Rücken herumfahren. Es klang, als nähere sich etwas sehr Großes der Lichtung, und Vhait trat einige Schritte zurück, um für einen möglichen Kampf die bessere Position zu haben.

Das Erste, was er sah, war der riesige Kopf des Riesenalps, der viele Längen über den Büschen auftauchte. Mit wiegenden Bewegungen schritt der große graue Vogel auf ihn zu, wobei er seinen massigen Leib achtlos über das dornige Brombeergestrüpp hinwegschob.

»Was willst du von mir?«, rief Vhait dem Riesenalp entgegen und hob drohend sein Schwert. Doch der Vogel schien ihn gar nicht zu beachten. Sowie seine Krallen das weiche Gras der Lichtung berührten, ließ er sich nieder und hinter seinem gefiederten Nacken erschien das vertraute Gesicht Sunnivahs.

»Steck dein Schwert ein, Vhait!«, rief sie ihm zu und winkte. »Er ist unser Freund.«

»Sunnivah!« Vhait war so überrascht, dass ihm die Worte fehlten.

»Schnell, Vhait, nimm deine Sachen und komm zu mir herauf«, rief Sunnivah ungeduldig. »Wir dürfen keine Zeit verlieren.«

Vhait zögerte zunächst, kam dann aber doch Sunnivahs Aufforderung nach. Ohne den Riesenalp aus den Augen zu lassen, der ihn seinerseits gleichgültig anblickte, ging er zu seinem Lager und rollte die Decken zusammen. Als er alles beisammen hatte, trat er neben den Vogel und sah zweifelnd zu Sunnivah hinauf, die zwischen den Flügeln des Riesenalps auf ihn wartete. Erst jetzt sah er, dass sie etwas in den Armen hielt. Es war eine feurige Kugel, die einen so hellen Glanz verbreitete, dass Vhait sich verwundert fragte, warum Sunnivah sich nicht daran verbrannte.

»Was ist das?«, fragte er und deutete auf die Kugel.

»Das erzähle ich dir später«, erwiderte Sunnivah. »Lass erst einmal die Pferde frei und komm herauf.«

Vhait stellte sein Bündel neben dem Vogel auf die Lichtung und gab den beiden Pferden die Freiheit. Dann schulterte er sein Gepäck, suchte aber vergeblich nach einer Möglichkeit, auf den Rücken des Vogels zu gelangen.

Plötzlich breitete der Riesenalp seinen Flügel aus. »Das ist eine Einladung«, sagte Sunnivah lächelnd. »Klettere ruhig den Flügel hinauf.«

Kjelts erste Versuche, die Sturmleiter zu besteigen, waren kläglich gescheitert. Immer wieder war seine Leiter von den Kriegern auf den Zinnen umgestürzt worden und er konnte von Glück sagen, dass er bisher nur einige Prellungen davongetragen hatte. Doch obwohl es schon weit nach Mitternacht sein musste und er um die großen Verluste unter seinen Männern wusste, dachte Kjelt nicht daran, aufzugeben. Als könne er Nimrod allein durch seinen eisernen Willen erobern, stellte er die Sturmleiter erneut an und begann hinaufzuklettern.

Als er sie zur Hälfte bestiegen hatte, riss die dichte Bewölkung über der Ebene plötzlich auf und ein rauschender Ton erfüllte die Luft. Angreifer wie Verteidiger verharrten in ungläubigem Staunen und wandten ihre Gesichter einem großen geflügelten Wesen zu, das sich ihnen aus dem hellen Mondlicht hinter den Wolken mit rasender Geschwindigkeit näherte. Als es heran war, erkannten die Rebellen, dass es sich bei dem Tier um denselben riesenhaften Vogel handelte, der ihnen schon so manches Mal geholfen hatte, und sie begrüßten ihn mit lautem Jubel.

Doch der Vogel kam nicht allein. Auf seinem Rücken saßen zwei Menschen. Einer von ihnen hielt einen glühenden Feuerball in den Händen. In raschem Gleitflug schoss der Vogel über die Kämpfenden hinweg, direkt auf das große Tor der Festungsstadt zu. Die schwarzen Krieger auf den Zinnen begannen sofort ihre todbringenden Blitze gegen den unverhofften Angreifer zu schleudern. Doch die grünen Strahlen hatten längst nicht mehr die Kraft, mit der sie noch am Abend die Belagerungstürme vernichtet hatten, und erreichten den Vogel nicht.

Immer dichter flog der Riesenalp an die Mauer heran. Dann hatte er sein Ziel erreicht. Eine der Gestalten auf seinem Rücken erhob sich und schleuderte die glühende Kugel gegen das Tor der Festungsstadt. Wenige Augenblicke geschah nichts, doch dann erschütterte eine gewaltige Detonation den Boden und riss ein riesiges Loch in die Festungsmauer. Mit einem Satz war Kjelt von der Leiter. Auch seine Männer reagierten sofort. Ungeachtet des dichten Pfeilhagels der Bogenschützen und der tödlichen Blitze, welche die schwarzen Krieger auf sie herabregnen ließen, stürmten sie unter lauten Siegesschreien durch das geöffnete Tor in die Stadt.

Der Riesenalp flog einen weiten Bogen und steuerte dann wieder auf die Festungsstadt zu. Er hatte sein ganzes Geschick aufwenden müssen, um in der Druckwelle, die der gewaltigen Detonation folgte, sein Gleichgewicht zu halten und die beiden Menschen auf seinem Rücken vor einem Sturz in die Tiefe zu bewahren. »Wohin soll ich jetzt fliegen?« Seine lautlose Frage galt Sunnivah.

»Ich muss in den Thronsaal.« Sunnivah reckte sich und versuchte in dem spärlichen Licht zu erkennen, ob der große Vogel irgendwo in der Nähe der inneren Festung ungehindert landen konnte. Doch in den Straßen der Stadt waren bereits überall heftige Kämpfe entbrannt. Häuser standen in Flammen und die Bewohner versuchten verzweifelt, sich irgendwo in Sicherheit zu bringen. Nirgends gab es ausreichend Platz für eine Landung.

»Vhait?«, rief Sunnivah und der heftige Wind riss ihr die Worte von den Lippen. »Ich muss so schnell wie möglich in den Thronsaal. Weißt du einen Ort, wo wir landen können?«

Vhait verstand sie trotzdem. »Die alten Höhlen der Kuriervögel«, rief er. »Sie befinden sich in der Felswand auf der anderen Seite der Festung und haben einen direkten Zugang zum Thronsaal.«

»Genau das, was wir brauchen!«

»Kennst du die alten Höhlen der Kuriervögel, Freund?« Sunnivahs stumme Frage galt wieder dem Riesenalp.

»Ich bin niemals dort gewesen«, erklärte der Vogel. »Doch ich weiß, wo sie sich befinden.«

»Dann flieg uns schnell dorthin«, bat Sunnivah.

Der Riesenalp breitete die Schwingen aus und begann zu steigen. In weitem Bogen umrundete er die Festungsstadt und nahm Kurs auf die massiven, steilen Felswände, an deren Flanke sich die Festung mit ihrer Rückseite schmiegte. Hier gab es noch keine Kämpfe, aber die fliehenden Menschen verstopften schon die engen Gassen und machten ein Fortkommen unmöglich. Sunnivah konnte nur hoffen, dass Vhait Recht behielt. Sollte sie gezwungen sein, die Straßen der Festung zu benutzen, würde sie den Thronsaal niemals rechtzeitig erreichen.

»In welcher soll ich landen?«, fragte der Riesenalp. Sunnivah hob den Blick und erkannte hoch oben in der Felswand drei unregelmäßige Öffnungen, die auf einer Linie nebeneinander in den Fels gehauen waren. »In welche Höhle müssen wir?«, gab sie die Frage an Vhait weiter und spürte, wie sich der junge Krieger hinter ihr reckte, um einen Blick über ihre Schulter zu werfen. »In die linke!« Sunnivah gab die Antwort sofort an den Riesenalp weiter und nur wenige Augenblicke später tauchte der große Vogel in die Dunkelheit der riesigen Höhle ein. Flügelschlagend kam er zum Stehen, konnte jedoch nicht verhindern, dass seine kräftigen Krallen einige Längen über den glatten Höhlenboden kratzten. Die stahlharten Hornkrallen verursachten auf dem Gestein ein verräterisch schabendes Geräusch, das von den kahlen Wänden der Höhle noch verstärkt wurde.

»Jedenfalls kann man uns nicht vorwerfen, dass wir uns hereingeschlichen hätten«, murmelte Vhait, als er hinter Sunnivah vorsichtig über den ausgestreckten Flügel des Riesenalps zu Boden stieg.

»Leise!« Sunnivah legte mahnend den Finger auf die Lippen und sah sich um.

»Keine Sorge, Sunnivah«, erwiderte Vhait. »Hier ist niemand. Seit An-Rukhbar über Thale herrscht, wurden diese

Höhlen nicht mehr benutzt. Es ist sogar verboten, sie zu betreten.«

»Woher kennst du sie dann?« Noch immer ließ Sunnivah ihren Blick aufmerksam an den Felswänden entlanggleiten.

»Nun ...« Vhait lächelte plötzlich. »Ich war eben schon immer sehr abenteuerlustig und um Verbote kümmerte ich mich damals wenig.«

Sunnivah lächelte ebenfalls, ging aber nicht weiter darauf ein. »Wohin müssen wir jetzt?«, fragte sie und zog ihr Kurzschwert.

»Dort hinüber!« Vhait deutete auf den hintersten und dunkelsten Teil der Höhle. »Hoffentlich finden wir an den Wänden noch irgendwo eine alte Fackel.«

»Dann sollten wir keine Zeit mehr verlieren.« Entschlossen machte sich Sunnivah auf den Weg. Doch dann fiel ihr noch etwas ein. »Danke, Freund«, wandte sie sich in Gedanken noch einmal an den Riesenalp. »Du warst mir eine große Hilfe, doch den Rest meines Weges muss ich ohne dich gehen. Warte hier nicht auf mich. Die Göttin beschütze dich, mein Freund.«

Der Riesenalp senkte seinen Kopf und blinzelte. »Ich wünsche dir viel Glück, Sunnivah.« Leise, fast traurig ertönten seine Worte in ihren Gedanken. Dann drehte er sich um, trat aus der Höhle und verschwand mit wenigen kräftigen Flügelschlägen in der Nacht.

»Sunnivah, ich habe so etwas wie eine Fackel gefunden!« Vhaits gedämpfte Worte erklangen irgendwo aus dem hinteren Teil der Höhle. Dort flackerte in unregelmäßigen Abständen ein schwacher Lichtschein auf und machte es Sunnivah leicht, ihren Gefährten zu finden. Endlich gelang es Vhait, ein langes morsches Holzstück in Brand zu setzen. Zufrieden hob er es in die Höhe. »Das ist zwar keine richtige Fackel, aber immer noch besser als im Dunkeln herumzulaufen. Für unseren Weg wird es reichen.«

Die ersten Eindrücke, die in Asco-Bahrrans Bewusstsein drangen, dienten nicht gerade dazu, den pochenden Schmerz hinter seinen Schläfen zu lindern. Der Raum, in dem sich sein Lager befand, war erfüllt von den Geräuschen hektischer Geschäftigkeit, die viel zu oft von dem Stöhnen und Schreien schmerzgepeinigter Männer und Frauen unterbrochen wurde. Die Luft war stickig und verbraucht. Jeder Atemzug brachte einen unerträglichen Gestank nach Schweiß, Blut und beißendem Kräuterdampf mit sich, auf den der leere Magen des Meistermagiers heftig reagierte. Er hatte keine Ahnung, wo er war und wie er dorthin gekommen war. Das Einzige, was er wusste, war, dass er sich noch nie in seinem Leben so schlecht gefühlt hatte. Alle Kraft schien aus seinem Körper gewichen zu sein. Seine Arme und Beine spürte er so gut wie gar nicht und es kostete ihn große Mühe, die Augen zu öffnen.

»Oh, Meistermagier, Ihr seid endlich erwacht!« Die helle freundliche Stimme gehörte einer jungen Frau im schlichten grauen Gewand der Heilerinnen, die offenbar an seinem Lager gewacht hatte. Asco-Bahrran versuchte zu antworten, doch seine Kehle war wie ausgetrocknet und seine Stimme nicht mehr als ein heiseres Krächzen.

»Wartet, ich gebe Euch etwas Wasser.« Asco-Bahrran spürte, wie die Heilerin seinen Kopf anhob und ihm einen Becher mit frischem Wasser an die Lippen setzte. Die kühle Flüssigkeit erweckte die Lebensgeister des Meistermagiers zu neuem Leben. Noch bevor er den zweiten Becher geleert hatte, konnte er aus eigener Kraft sitzen. Auch sein Blick wurde wieder klar, sodass er endlich erkennen konnte, wo er sich befand.

Der große Saal der Heilerinnen war zum Bersten mit verwundeten Kriegern gefüllt. Überall saßen, standen oder lagen Verletzte, zwischen denen die Heilerinnen von einem zum anderen gingen, um Verbände zu wechseln, Kräutermedizin zu verteilen oder einem Sterbenden die Hand zu halten. Vier Krieger waren vollauf damit beschäftigt, immer wieder Tote aus dem Saal zu bringen, um Platz für neue Verwundete zu schaffen.

Die Schlacht! Plötzlich erinnerte sich Asco-Bahrran wieder, was geschehen war. Und der Stab! Die Verräterin hatte ihn noch immer! Ein seltsames Wesen, halb Wolf, halb Mensch, hatte ihn angegriffen und seinen mächtigen Zauber mit dem Pulver aus Riesenalpkrallen zerstört. Wie lange mochte das her sein? Bei den Toren! Wie konnte er hier herumliegen! Er musste verhindern, dass die Göttin den Stab zurückbekam! Und die Schlacht. Er musste sich um die Schlacht kümmern. Die Magie der Kristalle würde nicht ewig anhalten und musste dringend erneuert werden. Hastig schlug Asco-Bahrran die Decke zurück und sprang aus dem Bett. Doch seine Beine versagten ihm den Dienst. Nur der schnellen Reaktion der Heilerin hatte er es zu verdanken, dass er nicht zu Boden stürzte.

»Meistermagier, seid Ihr noch bei Verstand?«, schalt die Heilerin erschrocken. »Was ist bloß in Euch gefahren?«

Asco-Bahrran verzichtete auf eine Antwort. Kraftlos ließ er sich auf sein Lager sinken und sagte leise: »Schickt sofort nach Meister Akim, er soll ...«

»Aber Meister Akim ist tot!«, unterbrach ihn die Heilerin. »Ein Pfeil der Rebellen durchbohrte sein Herz, als er oben auf der Festungsmauer stand. Wir konnten nichts mehr für ihn tun.«

Tot? Die unerwartete Nachricht warf die Pläne des Meistermagiers durcheinander, doch er überlegte nicht lange und sagte: »Dann schickt mir zwei andere Magier her. Und sagt ihnen, sie sollen mein Medium mitbringen.« Ich muss unverzüglich erfahren, was inzwischen geschehen ist, fügte er in Gedanken hinzu.

»Naemy, hörst du mich?«

»Sunnivah!« Überrascht stellte die Nebelelfe den Wasserkrug aus der Hand und reichte dem Verwundeten neben sich etwas zu trinken. Obgleich sie wegen ihrer schmerzhaften Beinverletzung noch immer nicht richtig gehen konnte, tat sie ihr Möglichstes, um den Frauen im Heerlager dabei zu helfen, die Verwundeten zu versorgen. Es war ein grausamer Wettlauf gegen die Zeit, den sie nur allzu oft verloren. Je länger die Schlacht dauerte, desto entsetzlicher wurden die Verletzungen der Verwundeten. Naemy wagte nicht daran zu denken, wie viele der tapferen Kämpfer bereits auf dem Weg zurück ins Lager starben. Und auch denen, die den Transport überstanden, konnte viel zu oft nicht mehr geholfen werden.

Sunnivahs Stimme erreichte Naemy wie ein Sonnenstrahl in der Nacht. Sofort zog sie sich in eine ruhige Ecke zurück, um ungestört zu sein. »Naemy, ich bin in der Festung«, berichtete Sunnivah. »Vhait führt mich jetzt zum Thronsaal.«

»Was hast du vor?«, wollte die Nebelelfe wissen.

»Das weiß ich selbst noch nicht«, kam Sunnivahs ehrliche Antwort. »Die Göttin hat mir aufgetragen in den Thronsaal zu gehen. Dort soll ich das Tor zu An-Rukhbars Dimension öffnen.«

Der Thronsaal! Plötzlich war Naemy es leid, tatenlos herumzusitzen. Sunnivah brauchte ihre Hilfe. Naemy schloss die Augen und verbannte den Schmerz in ihrem Bein in einen der hintersten Winkel ihres Bewusstseins. Wieder ärgerte sie sich, dass sie die Zwischenwelt wegen des Quarlins nicht betreten konnte. Das hätte ihr den Weg sehr vereinfacht.

Um den Quarlin würde sie sich später kümmern müssen. Entschlossen schob sie die trüben Gedanken zur Seite und holte ihre Waffen. Dann stahl sie eines der Packpferde und machte sich eilig auf den Weg zur Festungsstadt.

Wütend zog der Meistermagier seine Hand vom Kopf des Mediums zurück. Er spürte ganz deutlich, dass der Mann neue, vermutlich wichtige Botschaften aufgefangen hatte, konnte sie jedoch nicht erreichen. Das Pulver aus Riesenalpkrallen hatte nicht nur seinen Zauber zerstört, es hatte ihm auch seine magischen Fähigkeiten genommen. Asco-Bahrran war verzweifelt. Nicht im Traum hatte er damit gerechnet, dass so etwas geschehen könnte.

»Schlechte Neuigkeiten?« Die besorgte Frage des Magiers brachte Asco-Bahrran auf eine Idee. Wenn er sich nicht allzu ungeschickt anstellte, musste keiner etwas von seinem Versagen erfahren.

»Man soll die Wachen vor dem Thronsaal sofort verstärken«, befahl er. »Es ist zu befürchten, dass die Rebellen versuchen werden den Erhabenen selbst anzugreifen.« Eine solche Schlussfolgerung zu treffen war nicht sonderlich schwer, selbst wenn Asco-Bahrran die Gedanken des Mediums verschlossen blieben. Der Magier nickte und verließ den Raum.

»Was ist mit den Kristallen?« Der zweite Magier hob den Korb mit den erloschenen Kristallen in die Höhe und sah den Meistermagier fragend an. Asco-Bahrran bemühte sich um einen leidenden Gesichtsausdruck und seufzte erschöpft. »Berichte dem Anführer der Cha-Gurrline, dass ich zu geschwächt bin einen solch mächtigen Zauber nochmals zu vollbringen.« Ermattet ließ er sich auf das Kissen zurücksinken.

»Aber die Rebellen stehen bereits vor den Toren der inneren Festung«, erwiderte der Magier. »Ohne die Unterstützung durch die Magie wird es unseren Kriegern nur schwer gelingen, sie zurückzudrängen.«

Asco-Bahrran seufzte noch einmal übertrieben und sagte ohne die Augen zu öffnen: »Richte dem Anführer der Cha-Gurrline aus, dass ich vollstes Vertrauen in die Fähigkeiten seiner Männer habe. Darüber hinaus fordere ich jeden Magier dazu auf, bei der Verteidigung der inneren Festung nach Kräften mitzuwirken und die Krieger auf den Mauern zu unterstützen.«

Enttäuscht blickte der junge Magier auf die erloschenen Steine in dem Korb. »Aber wir brauchen dringend ...«

»Der Meistermagier braucht seine Ruhe«, unterbrach ihn die Heilerin bestimmt und schob ihn in Richtung Tür. Dann winkte sie zwei Krieger heran und trug ihnen auf, das Medium in die Gewölbe der Magier zurückzubringen. »Ihr solltet euch besser schonen«, mahnte sie, als sie an Asco-Bahrrans Lager zurückkehrte.

Schonen! Davon konnte keine Rede sein. Im Kopf des Meistermagiers überschlugen sich die Gedanken. Er musste so schnell wie möglich zurück in seine Gemächer und seine Flucht vorbereiten. Wenn es der Verräterin tatsächlich gelungen war, der Göttin den Stab zurückzugeben, würde es in Thale bald keinen Platz mehr für ihn geben. Plötzlich erschien ihm das karge, unwirtliche Land nördlich der Finstermark längst nicht mehr so menschenfeindlich wie in der Vergangenheit. Außerhalb des Machtbereiches der Gütigen Göttin würde er in Sicherheit sein.

Die protestierenden Einwände der Heilerin missachtend erhob sich der Meistermagier und verließ mit kleinen vorsichtigen Schritten den Raum.

»Wir sind da!« Mit dem spärlichen Rest des brennenden Holzstückes deutete Vhait auf eine schmale, von unzähligen Spinnweben verdeckte Tür am Ende des Ganges. »Hinter dieser Tür befindet sich der Thronsaal.«

»Sieht aus, als wäre sie schon lange nicht mehr benutzt worden«, stellte Sunnivah flüsternd fest.

»Seit über fünfundzwanzig Sommern nicht mehr. Ich vermute, dass der Erhabene nicht einmal etwas von der Existenz dieser Tür weiß«, sagte Vhait leise. »Sie ist so geschickt in das Muster der Wände eingearbeitet, dass sie vom Thronsaal aus nicht zu erkennen ist.« Er ging zur Tür und verbrannte die dicken Spinnweben mit der Fackel. »Wie geht es nun weiter?«

Sunnivah machte ein bedrücktes Gesicht und zog die Schultern hoch. »Ich weiß es nicht«, gab sie kleinlaut zu. »Die Göttin hat mir aufgetragen, An-Rukhbar dazu zu bringen, das Tor in seine Dimension zu öffnen. Aber ich habe nicht die leiseste Ahnung, wie ich das machen soll.« Hilfe suchend sah sie Vhait an, doch der junge Krieger schüttelte nur ratlos den Kopf. »Hat die Göttin dir wirklich nichts weiter gesagt?«, fragte er noch einmal.

»Nein. Sie sagte nur, dass wir beide es gemeinsam schaffen können.«

»Das Vertrauen deiner Göttin ehrt mich«, flüsterte Vhait. »Aber ich sehe keine andere Möglichkeit als einfach in den Thronsaal hineinzugehen.«

»Bist du verrückt?«, fragte Sunnivah erschrocken. »Vor den Toren der Festung tobt die Schlacht. Ich bin sicher, dass sich der finstere Herrscher im Thronsaal befindet. Sobald wir die Tür öffnen, wird er uns bemerken.«

»Also gut«, erwiderte Vhait und setzte sich auf den Boden. »Du bist die Auserwählte. Ich werde tun, was du für richtig hältst.«

Unbehelligt hatte Naemy die äußeren Mauern von Nimrod erreicht. Auf der Ebene davor fanden keine Gefechte mehr statt. Das weite, flache Gelände gehörte nun den Heilerinnen, die zwischen den vielen Toten nach Verwundeten suchten, den Leichenfledderern und den Raben, die in Scharen über das Schlachtfeld herfielen und genüsslich ihre grausige Nachtmahlzeit vertilgten.

Vor dem zerstörten Tor ließ die Nebelelfe das Packpferd frei und hastete zu Fuß in die Stadt. Auch hier fanden nur noch vereinzelt Gefechte statt, da sich das Zentrum der Schlacht inzwischen vor dem Tor zur inneren Festung befand. Straße um Straße hatten sich die Rebellen bis dorthin vorgekämpft, doch an den gut befestigten Mauern war ihr schwungvoller Angriff ins Stocken geraten. Die Verteidiger waren gut vorbereitet. Unterstützt von den schwarzen Kriegern gelang es ihnen mühelos, die Mauern gegen die Rebellen zu verteidigen, und diesmal gab es niemanden, der den Rebellen zu Hilfe kam.

Dank ihrer Elfenmagie gelangte Naemy völlig unbemerkt durch die zerstörte Stadt. Tote und Verwundete beider Lager säumten ihren Weg zu Hunderten und das Leid und Elend der vielen Menschen machte ihr Herz schwer. Der Wahnsinn musste endlich ein Ende haben! Wie ein Schatten huschte die Nebelelfe durch die engen, verwinkelten Gassen von Nimrod und erreichte schließlich das Tor zur inneren Festung.

Hier tobte die Schlacht mit unverminderter Härte. Die Flammen der brennenden Häuser beleuchteten das Gemetzel und die Straßen waren rot von Blut.

Über ihr auf den Zinnen ertönte ein schrecklicher Schrei und Naemy sah, wie einer der schwarzen Krieger von Dutzenden Pfeilen getroffen über die Mauer zu Boden stürzte. Ein Cha-Gurrlin! Der Anblick der schwarzen Krieger weckte in Naemy schreckliche Erinnerungen. Sie hasste die Cha-Gurrline. Viele Elfen hatten in der Schlacht um Nimrod durch ihre Klingen den Tod gefunden. Dennoch würde sie sich nicht an dem Kampf beteiligen. Ihr Ziel lag jenseits der Mauer und sie überlegte fieberhaft, wie sie das unüberwindliche Hindernis bewältigen konnte.

Am Ende kam ihr der Zufall zu Hilfe. Plötzlich verschwanden die schwarzen Krieger von der Mauer und das Tor der inneren Festung öffnete sich für einen Ausfall. Mit wütendem Kampfgeschrei stürmten die Cha-Gurrline durch das Tor und mähten die völlig überraschten Rebellen einfach nieder. Dutzende verloren ihr Leben, bevor es ihren Anführern endlich gelang, auf den unerwarteten Angriff zu reagieren.

Naemy erkannte ihre Chance und zögerte nicht. Sie

brauchte alle ihre Elfensinne, um das Kampfgetümmel vor dem Tor mit heiler Haut zu überstehen und nicht selbst verletzt zu werden, aber sie schaffte es. Atemlos gönnte sie sich eine kurze Pause in einem Hauseingang der inneren Festung, während sie beobachtete, wie der letzte Cha-Gurrlin wieder in die Festung zurückkehrte und das Tor geschlossen wurde.

Naemy sah sich um. Wenn ihre Erinnerung sie nicht täuschte, musste sich der Thronsaal irgendwo zu ihrer Rechten befinden. Vorsichtig verließ sie den Hauseingang und schlich, geschützt durch ihre Elfenmagie, aufmerksam durch die schmalen Gassen.

»Wir haben Glück, der Thronsaal ist leer!« Vhaits Stimme war nicht mehr als ein Wispern. Nach einem kurzen Blick durch den Türspalt hatte er die Tür wieder geschlossen und war zu Sunnivah zurückgekehrt.

»Leer?« Sunnivah konnte sich nicht vorstellen, dass An-Rukhbar die Verteidigung Nimrods nicht selbst überwachte.

Nach langem Zögern hatten sie sich dazu entschlossen, einen Blick hinter die Tür zu wagen, doch was Vhait im Thronsaal entdeckt hatte, widersprach all ihren Erwartungen.

»Sieh selbst!« Vhait deutete zur Tür. »Der Saal wird von ein paar Fackeln erleuchtet, ist aber absolut leer.«

Sunnivah kam seiner Aufforderung nach und warf selbst einen Blick in den Thronsaal. Sämtliche Fackeln in den eisernen Halterungen an der Wand brannten, aber der Thronsaal war verlassen. Vorsichtig öffnete Sunnivah die Tür noch ein Stück weiter, um einen besseren Blick auf den schwarzen Thron zu haben. Auch er war leer. Obwohl es nun eigentlich keinen Grund mehr gab, noch länger in dem engen Gang zu bleiben, zögerte Sunnivah. Ein unbestimmtes Gefühl warnte sie davor, den Raum zu betreten.

»Worauf wartest du, Sunnivah?«, ertönte Vhaits Stimme unmittelbar hinter ihr. »Wenn wir hier noch weiter herumstehen, werden wir gar nichts erreichen. Der Thronsaal ist leer. Es könnte gar nicht besser sein. Lass uns die Gelegenheit nutzen und hineingehen.«

Vhait hatte Recht. Ihre Aufgabe war dort drinnen. Wenn sie noch lange zögerte, vergrößerte sich nur die Gefahr, dass sie entdeckt wurden. Ohne auf ihre innere Stimme zu achten zog Sunnivah ihr Kurzschwert und öffnete die Tür. Entschlossen betrat sie den Thronsaal und sah sich um. Sie hatten sich nicht getäuscht. Außer Vhait, der gerade hinter ihr durch die Tür trat, und ihr selbst befand sich niemand in dem riesigen Saal. Vorsichtig tastete sich Sunnivah an der Wand entlang in Richtung des schwarzen Throns. Vhait folgte ihr mit dem Schwert in der Hand. Als die beiden den halben Weg zum Thron zurückgelegt hatten, fiel die kleine Holztür mit einem leisen, schnappenden Geräusch ins Schloss.

Ein Windzug?

Sunnivah fuhr erschrocken herum. Aber die Tür war verschwunden. Nahtlos fügte sie sich in das Muster der reich verzierten Wände. Kein Spalt verriet, wo sie sich befand. Und obwohl sich Sunnivah noch nicht weit von der Stelle entfernt hatte, an der sie den Thronsaal betreten hatte, war es ihr unmöglich, sie wiederzufinden. Neben sich hörte sie Vhait leise fluchen und ihr wurde klar, dass ihnen der sichere Rückweg durch die Gänge jetzt versperrt war.

Plötzlich wurde die Luft eisig. Sunnivahs Atem hing als feiner Nebel in der Luft und sie begann zu zittern. Der Thronsaal verfinsterte sich und formlose Schatten wogten durch den Raum. Direkt über dem Thron öffnete sich ein leuchtender Kreis, aber anstelle von Licht flutete eine undurchdringliche Schwärze hinein und brachte lähmende Kälte mit sich. Doch der Eindruck war flüchtig. Die Schwärze verschwand und über dem Thron entstand eine grüne Lichtsäule, die bis zum Boden hinabreichte. In ihrer Mitte erschien die in dunkles Blau gehüllte Gestalt An-Rukhbars.

»Ihr Narren!«, dröhnte seine Stimme durch den Raum und die leuchtend grünen Augen unter der weiten Kapuze funkelten böse. »Kniet nieder, Verräter, und huldigt eurem einzig wahren Herrscher.«

Sunnivah und Vhait standen wie erstarrt. Zum ersten Mal in ihrem Leben standen sie dem Erhabenen von Angesicht zu Angesicht gegenüber und spürten die abgrundtiefe Bosheit, die ihn wie ein zweiter Mantel umgab. »Auf die Knie mit euch, Nichtswürdige!«, befahl An-Rukhbar. Eine knappe Bewegung seiner Hand ließ den Boden unter ihren Füßen scheinbar verschwinden und brachte sie zu Fall. Auf allen vieren und mit schmerzenden Gelenken knieten Sunnivah und Vhait auf dem harten, kalten Steinboden und wagten nicht sich zu rühren. Zwei dünne grüne Strahlen aus An-Rukhbars Fingern trafen zischend auf die Schwerter der Gefährten und brachten den Stahl zum Glühen. Zwei rauchende Metallklumpen waren das Einzige, was von ihnen übrig blieb.

Vhait starrte ungläubig auf die Überreste seines Schwertes. Zornig sprang er auf und zog sein Jagdmesser. »Ich werde mich nicht ...« Er kam nicht dazu, den Satz zu beenden. Kaum war er auf den Beinen, als eine winzige Geste An-Rukhbars den jungen Krieger mitten in der Bewegung erstarren ließ.

»Vhait! Oh nein!« Fassungslos starrte Sunnivah auf die regungslose Gestalt.

»Nun zu dir, Schwertpriesterin.« An-Rukhbar spie ihr die Worte mit größter Verachtung entgegen. »Du elende kleine Diebin hast gewagt mir zu trotzen und den Stab der Weisheit zu stehlen. Schade nur, dass du ohne dein kostbares Amulett nichts, aber auch gar nichts gegen mich auszurichten vermagst.«

Obwohl Sunnivah sein Gesicht nicht sehen konnte, war sie sicher, dass An-Rukhbar lächelte. »Und jetzt wirst du für deine Unverfrorenheit büßen, Sterbliche!«, drohte er. »Du wirst leiden. So lange leiden, wie noch nie ein Sterblicher gelitten hat, bis du mich um den Tod anflehst.« Langsam hob er seine Arme und streckte die Hände aus. Die Luft begann zu knistern und eine Flut von Blitzen entlud sich an Sunnivah. Jeder einzelne Einschlag verursachte ihr große Schmerzen und ließ ihren Körper unkontrolliert zusammenzucken. Sunnivah war dem Angriff An-Rukhbars wehrlos ausgeliefert. Sie hatte keine Kontrolle mehr über ihre Muskeln und wand sich hilflos auf dem eisigen Boden vor dem Thron.

An-Rukhbar lachte und weidete sich an ihrer Qual. »Wie fühlt man sich, wenn man verloren hat, Schwertpriesterin?«, fragte er höhnisch. »Ihr Sterblichen seid so schwach und eure Körper sind so zerbrechlich. Mit einem einzigen Fingerzeig könnte ich dich vernichten, aber das wäre zu einfach.« Immer mehr Blitze trafen Sunnivahs Körper und sie spürte, wie ihre Kräfte schwanden. Aber sie würde nicht schreien. Sie wusste, dass An-Rukhbar nur darauf wartete, dass sie ihr Leid hinausschrie, aber eine solche Genugtuung würde sie ihm nicht geben. Verbissen presste sie die Lippen zusammen und versuchte dem Angriff zu trotzen. Irgendwo jenseits der Schmerzen drangen An-Rukhbars höhnische Worte an ihr Ohr. »Ja, du wirst leiden. Doch der Tod wird nicht kommen. – Noch lange nicht.« Schon der nächste Angriff brach Sunnivahs Widerstand. Eine rasche Folge grüner Blitze hüllte ihren Körper ein und schien ihn zu zerreißen.

Sunnivah schrie. Nie zuvor hatte sie solche Schmerzen gespürt und wünschte sich sehnlichst, eine gnädige Ohnmacht würde ihr Bewusstsein entführen. Dann war der Angriff plötzlich vorüber. Sunnivah lag zitternd vor dem Thron und wagte nicht sich zu rühren.

»Oh nein. Ich werde nicht zulassen, dass du dich in den Schlaf flüchtest«, hörte sie An-Rukhbar sagen. »Du wirst bei Bewusstsein bleiben und für deinen Frevel bezahlen.« Wieder knisterte die Luft und der nächste Angriff erreichte Sunnivahs

Körper. Sie würde sterben. Tränen der Verzweiflung traten in ihre Augen und ihre gellenden Schreie hallten durch den Thronsaal.

Wie ein Schatten huschte Naemy durch die menschenleeren Gänge der Festung. Die Geräusche der Schlacht blieben weit hinter ihr zurück und die Stille in der Festung wirkte fast unheimlich. Jeder Krieger, der noch in der Lage war zu kämpfen, befand sich auf den Mauern der inneren Festung, und die wenigen Menschen, denen sie begegnete, waren ausnahmslos Diener oder Heilerinnen, die sich hastig ihren Weg durch die verwaisten Gänge suchten.

Als Naemy in die Nähe des Thronsaales kam, hörte sie plötzlich Schreie. Irgendwo vor ihr stand eine Frau unter unsäglichen Qualen Todesängste aus. Sunnivah? Sofort beschleunigte die Nebelelfe ihre Schritte und folgte den immer lauter werdenden Schreien. Unvermittelt fand sie sich in den Gängen wieder, die zum Thronsaal führten. Die Schreie kamen von dort! Vorsichtig näherte sie sich dem langen Flur, an dessen Ende sich der Thronsaal befand. Als sie die letzte Biegung erreicht hatte, hielt Naemy inne und spähte um die Ecke.

Vor der großen Flügeltür des Thronsaales hielten mehr als ein Dutzend bewaffneter Krieger Wache und machten es ihr unmöglich, unbemerkt hineinzugelangen. Auch Elfenmagie half ihr da nur wenig. Plötzlich ließ ein gellender Schrei die Nebelelfe zusammenfahren. Sunnivah! Es gab keinen Zweifel. Das war ganz eindeutig Sunnivahs Stimme! Sie musste ihrer Freundin helfen. Aber wie?

»Sunnivah?« Ihr vorsichtiger Gedankenruf blieb ohne Antwort. Auch ihr zweiter Versuch scheiterte. Ein energiegeladenes Knistern verhinderte, dass sie Sunnivah erreichen konnte.

Was ging dort vor?

Die gellenden Schreie verstummten und Naemy spürte, dass sie keine Zeit mehr zu verlieren hatte. Hastig durchsuchte sie das kleine Bündel an ihrem Gürtel nach Feuerkugeln, fand aber nur drei. Die anderen hatte sie in der Höhle unter der Festung verbraucht, als sie versucht hatte den Wächter von Sunnivah abzulenken. Ärgerlich wünschte sie sich, dass sie damals etwas sparsamer damit umgegangen wäre. Feuerkugeln waren selten und selbst für eine Elfe schwer zu bekommen. Nachdenklich wog Naemy die Kugeln in der Hand. Drei Kugeln waren für die vielen Krieger vor dem Tor einfach zu wenig. Schließlich schob sie ihre Zweifel entschlossen zur Seite. Sie musste es versuchen.

Das Schwert in der einen und die Kugeln in der anderen Hand trat sie in den Flur hinaus. Noch schützte sie ihre Elfenmagie vor den Blicken der Krieger, doch das allein würde nicht ausreichen, um in den Thronsaal zu gelangen. Ein Kampf schien unausweichlich und es war wichtig, dass sie ihren ersten Angriff gut platzierte.

Das magische Feuer der Blitze erlosch. Langsam ließ An-Rukhbar seine Hände sinken und sah spöttisch auf Sunnivah herab. »Und nun, kleine Närrin, werde ich dir zeigen, was ...«

Drei rasch aufeinander folgende Explosionen ließen die große Flügeltür des Thronsaales bersten. Beißender Qualm und Kampfgeräusche drangen hinein. Gleichzeitig stolperte ein blutüberströmter Krieger durch die Türöffnung und blieb regungslos auf dem glatten Boden liegen.

Zornig wandte An-Rukhbar seine Aufmerksamkeit der Tür zu. »Wer wagt es, den erhabenen Herrscher von Thale zu stören?«, rief er, erhielt jedoch nur den Schrei eines sterbenden Kriegers zur Antwort. »Wachen?«, brüllte An-Rukhbar ungeduldig. »Was geht dort vor?« Niemand antwortete. Dann verstummte das Klirren der Schwerter und zwischen den rauchenden Türflügeln erschienen drei Gestalten.

Sunnivah blinzelte. Roter Nebel, der sich nur zögernd auflöste, verschleierte ihren Blick. Wieder blinzelte Sunnivah.

Sie musste sehen, was im Thronsaal vor sich ging, schaffte es aber nicht, den Kopf zu heben. Jeder Muskel ihres Körpers brannte wie Feuer und sie fühlte sich so entsetzlich schwach.

»Was ist da los?« An-Rukhbars zornige Frage galt den beiden Wachen, die den Thronsaal betreten hatten. In ihrer Mitte führten sie eine hoch gewachsene, anmutige Frau, die An-Rukhbar trotz des Messers an ihrer Kehle hasserfüllt ansah. »Sie hat uns angegriffen und versucht in den Thronsaal zu gelangen, Erhabener«, erklärte einer der Krieger mit gesenktem Blick.

»Ah! Eine Nebelelfe, wie interessant«, bemerkte An-Rukhbar. »Ich dachte, wir hätten euch schon lange ausgerottet. Gehörst du vielleicht auch zu diesen Verrätern?«

Naemy schwieg. Sie spürte, wie die Augen An-Rukhbars ihren Blick gefangen hielten. Ein eisiger Hauch strich durch ihr Bewusstsein, als er in ihren Gedanken nach der Antwort suchte. Doch die Nebelelfe war vorbereitet und die Barrieren, die sie um ihren Geist errichtet hatte, hielten dem Angriff stand. An-Rukhbar würde nichts von ihr erfahren.

»So, du weigerst dich also mir zu antworten«, stellte An-Rukhbar fest. »Nun, dann werden wir eben die kleine Verräterin hier fragen.« Sein ausgestreckter Finger deutete auf Sunnivah.

Plötzlich spürte Sunnivah, wie sie angehoben wurde. Gefangen in der Magie An-Rukhbars schwebte sie kraftlos eine Handbreit über dem Boden in der Luft. »Sprich! Kennst du die Elfe?« Sunnivah wollte Naemy nicht verraten. Alles in ihr sträubte sich heftig dagegen, die Frage zu beantworten, doch ihr Körper war nun ein willenloses Werkzeug An-Rukhbars und gehorchte ihr nicht mehr. »Naemy!« Der Name kam wie von selbst über ihre Lippen.

»Also auch eine Verräterin.« An-Rukhbar lächelte kalt. »Du kommst wie gerufen.« Während er Sunnivah weiter in seinem Bann hielt, deutete An-Rukhbar mit einer Hand auf Vhait.

»Du!« Der ausgestreckte Finger An-Rukhbars hielt Vhaits verklärten Blick gefangen. »Steh auf!« Der junge Krieger erhob sich und sah zum Thron hinauf. »Knie nieder und huldige deinem Meister.« Demütig sank Vhait auf die Knie. »Womit kann ich Euch dienen, Erhabener?« Seine Stimme klang seltsam verzerrt. An-Rukhbar deutete auf Naemy. »Bring mir das Herz der Elfe«, befahl er kalt.

Starr vor Entsetzen musste Sunnivah mit ansehen, wie Vhait sich erhob. Mit seinem Messer in der Hand ging er auf Naemy zu. Die Nebelelfe sah ihn kommen und wehrte sich verzweifelt, doch die Wachen hielten sie fest im Griff und das Messer an ihrer Kehle hinterließ erste blutige Streifen in ihrer Haut.

Panik stieg in Sunnivah auf. Sie wollte Naemy helfen, doch die Muskeln ihres Körpers unterstanden nicht mehr ihrem Willen. »Sieh genau hin, Verräterin«, befahl An-Rukhbar und Sunnivah spürte, wie ihr Nacken erstarrte. Jeder Versuch, das Gesicht von dem schrecklichen Geschehen an der Tür abzuwenden, war vergebens.

Mit einem einzigen kräftigen Ruck entblößte Vhait die Brüste der Elfe, die nun jede Gegenwehr aufgegeben hatte. Kein Laut kam über ihre Lippen. Im Angesicht des Todes wirkte Naemy wie erstarrt. Erhobenen Hauptes, den Blick starr geradeaus gerichtet, stand sie zwischen den Wachen und wartete. Vhait hielt das Messer in den Händen, zögerte jedoch zuzustechen. Er zitterte am ganzen Körper.

»Töte sie!«, fauchte An-Rukhbar ungeduldig. Die Furcht einflößende Stimme des Erhabenen brach auch Vhaits letzten Widerstand und die Klinge des Jagdmessers blitzte im Fackelschein, als er die Hände zu einem tödlichen Stoß erhob.

Ein unerträgliches Grauen packte Sunnivah. Hilflos musste sie mit ansehen, wie sich das scharfe Messer unaufhaltsam Naemys blasser Haut näherte.

»Jantora linkua sum!«

Unmittelbar vor dem schwarzen Thron erschien wie aus dem Nichts die durchscheinende Gestalt Anthorks, des Druiden. Vhait erstarrte mitten in der Bewegung.

»Du?« Wutentbrannt wandte sich An-Rukhbar seinem einstigen Gegenspieler zu. Grünes Feuer loderte in seinen Augen, und noch bevor der Druide etwas dagegen unternehmen konnte, schossen zwei mächtige Blitze durch seinen Körper hindurch.

»Du vergisst, dass du mich bereits getötet hast, Dämon.« Der Druide lachte. »An der Schwelle des Todes endet auch deine Macht.«

»So, glaubst du?«, entgegnete An-Rukhbar zornig und in seiner Hand erschien ein gleißender Feuerball, den er dem Druiden entgegenschleuderte. Für einen winzigen Moment flackerte Anthorks schemenhafte Gestalt, doch dann stand sie wieder deutlich vor dem schwarzen Thron. »Erkennst du sie?«, fragte er siegesgewiss und deutete auf Sunnivah. »Ich habe den Weg bereitet und die Göttin hat das Gefäß geformt. Die Auserwählte ist gekommen, um dich zu vernichten.«

An-Rukhbar lachte. Er lachte wie ein Ungeheuer, ein Dämon der Folter und des Triumphes und seine Stimme ließ den Boden des Thronsaals erzittern. »Niemals!« Mit seinen grünen Augen funkelte er den Druiden hasserfüllt an. »Du bist nicht mehr als ein Schatten, Anthork. Allein dein lächerlicher Fluch hält dich noch in dieser Welt. Und du bist blind. Siehst du nicht, dass ich sie in meiner Gewalt habe, deine Auserwählte? Von nun an wird sie alles tun, was ich ihr befehle.«

»Hüte dich vor mir, Dämon«, warnte der Druide und hob beschwörend die Hände. »Ich bin nicht so schwach, wie du glaubst. Neburan-toadimosa!« Seine mächtigen Worte hallten durch den Thronsaal und brachen den Bann, mit dem der finstere Herrscher Sunnivah und Vhait seinem Willen unterworfen hatte. Und noch während Sunnivah zu Boden stürzte, nutzte Vhait das Messer in seiner Hand, um es einem der

Wachtposten, die Naemy festhielten, in den Leib zu rammen. Auch die Nebelelfe reagierte sofort und zertrümmerte dem Zweiten mit einen gut gezielten Kre-An-Sor-Schlag den Kehlkopf.

»Ihr wagt es, mir zu trotzen, Sterbliche?«, dröhnte die Stimme des finsteren Herrschers vom Thron herab. »Narren! Ihr entkommt mir nicht.« Eine fast beiläufige Handbewegung An-Rukhbars schleuderte Naemy und Vhait an die rückwärtige Wand des Thronsaales. Mit einem Geräusch, das an berstende Knochen erinnerte, prallten ihre Körper gegen den harten Stein und rutschten zu Boden, wo sie benommen liegen blieben.

»Ich, ich allein habe die Macht!« Ein feuriger Ring erschien über dem Thron und die grüne Aura An-Rukhbars verwandelte sich urplötzlich in einen rasenden Feuersturm. Rings um ihn loderten rauchlose Flammen bis zur Decke des Thronsaales hinauf, und eine Hitze, die aus den tiefsten Abgründen der Finsternis zu kommen schien, wallte Sunnivah entgegen. Die Macht des finsteren Herrschers übertraf alles, was sie je gesehen hatte.

An-Rukhbar stand nun hoch aufgerichtet auf dem Thron und breitete die Arme aus, um die gewaltigen Energieströme aus seiner Dimension zu empfangen. »Ah, Macht! Macht!«, rief er mit wollüstiger Stimme, während die Flammen sein Gewand verzehrten und er sich allmählich in eine fürchterliche Erscheinung verwandelte, deren verschwommene Umrisse auf eine nahende Katastrophe schließen ließen.

Unfähig zu fliehen, fühlte Sunnivah, wie sie von dem gewaltigen Feuersturm angezogen wurde. Unaufhaltsam glitt sie über den glatten Steinfußboden auf die fürchterliche Gestalt An-Rukhbars zu, dessen Anblick nun nichts Menschliches mehr an sich hatte.

»Sieh hin, Druide!«, rief er über das Brausen des Sturms hinweg und in den Tiefen seiner Augen züngelten blutrote

Flammen. Dann ruckte sein Kopf nach hinten, als hätte man ihm das Genick gebrochen, und sein grausames urgewaltiges Lachen ließ klaffende Risse durch die Wände des Thronsaales rasen. »Sie kommt zu mir, deine Auserwählte. Mein Wille ist ihr Befehl. Und mein Wille ist ihr Tod.«

»Schwertpriesterin, das Tor!« Sunnivah hörte Anthork rufen, doch es war zu spät. Sie konnte sich nicht mehr bewegen. Gefangen im feurigen Blick An-Rukhbars fühlte sie sich wie gelähmt. Da löste sich plötzlich ein kleiner Gegenstand aus der Hand des Druiden, flog im hohen Bogen auf sie zu und fand wie von selbst den Weg in ihre Hand. Kaum hatte er Sunnivah berührt, als sie eine vertraute Wärme zwischen den Fingern verspürte. Das Amulett! Mit einer verzweifelten Willensanstrengung schlossen sich ihre Finger um den Stein, doch da hatte der Sog des Feuersturms schon ihr Gewand erfasst und zerrte sie mitten in die Flammenhölle hinein.

Über den Gipfeln der Valdor-Berge kündeten bereits die ersten zarten rosa Wolken vom Beginn des Morgens. Das rasch zunehmende Tageslicht gab den Blick auf ein Schlachtfeld frei, das es in Thale seit mehr als fünfundzwanzig Sommern nicht mehr gegeben hatte. Viele hundert Tote und Verwundete waren zu beklagen, und während die Menschen auf der Ebene vor der Festungsstadt schon damit begonnen hatten, die Toten auf großen Scheiterhaufen zu verbrennen, ging die Schlacht um die innere Festung mit unverminderter Härte weiter.

Unweit der Mauer zur inneren Festung kniete Rojana im Schutz eines umgestürzten Händlerkarrens und hielt einem sterbenden Jungen die Hand. »Ich ... habe ihn nicht enttäuscht ... nicht wahr?« Nur mühsam gelang es dem Halbwüchsigen, seine Augen offen zu halten.

»Nein, Hajun«, sagte Rojana. Sie schluckte die Tränen herunter und lächelte tapfer. »Du hast gekämpft wie ein Mann.

Kjelt ist sehr stolz auf dich.« Sanft streichelte ihre Hand die Wange des Jungen. Hajuns Atem ging flach. Dunkles Blut sickerte aus seinem Mundwinkel. Ein letztes Mal sammelte er seine Kräfte und blickte Rojana flehend an. »Sagt ihm ... bitte, sagt ihm ... dass ... dass ich ... damals auf der Wache ... wirklich nicht einschlafen wollte.« Mit seinem letzten Atemzug presste er die Worte hervor. Dann begannen seine Augenlider zu flattern und sein Körper erschlaffte.

Rojana schluchzte, schloss die Augen des Jungen und starrte traurig zum Himmel hinauf. Sie hatte Hajun sehr gern gehabt. Trotzdem hatte sie nicht geahnt, wie wichtig dem Jungen Kjelts Anerkennung war. Kjelt! Ach, Kjelt! Sie wusste ja nicht einmal, ob ihr Gefährte noch am Leben war. Irgendwann im Laufe der Nacht hatten sie sich aus den Augen verloren. Hunderte waren seitdem gestorben. War der Preis für die Freiheit wirklich so hoch? Plötzlich wünschte sich Rojana, sie hätten den Kampf niemals begonnen, und zum ersten Mal in ihrem Leben sprach sie ein Gebet.

Noch während sie sprach, färbte sich der Himmel im Osten rot. Dann wurde aus dem Rot ein sanftes Orange, das über den Bergen wie eine Wolkenfront heraufzog und mit seinem milden Licht wenig später den ganzen Himmel bedeckte. Vor den Mauern zur inneren Festung kam der Kampf zum Erliegen. Angreifer wie Verteidiger wandten ihre Gesichter ehrfürchtig zum Himmel hinauf. Der Kampflärm verstummte und ein leiser summender Ton erfüllte die Luft. Dann begann es zu regnen. Doch der Regen, der aus den orangefarbenen Wolken zur Erde herabschwebte, war von einer Art, wie Rojana ihn noch niemals gesehen hatte. Wie funkelnder Staub senkte er sich auf Krieger und Rebellen herab und blieb an ihren Rüstungen hängen.

Was konnte das sein? Rojana wagte nicht sich zu bewegen, während sie staunend beobachtete, wie der glitzernde Staub nach und nach ihre blutbefleckte Rüstung bedeckte. Plötzlich spürte sie, wie aller Zorn und Hass von ihr abfielen. Warum kämpfte sie hier? Die Krieger auf den Mauern waren doch ihre Brüder! Auch wenn sie sich durch die Bosheit An-Rukhbars zu schrecklichen Taten verleiten ließen, waren sie immer noch Kinder dieses herrlichen Landes. Langsam ließ Rojana ihr Schwert sinken. Dabei fiel ihr Blick auf Hajun, dessen bleiches Gesicht nun fern aller Schmerzen auf ihrem zerrissenen Umhang ruhte. Und plötzlich schämte sie sich. Auch sie hatte in dieser Nacht getötet. Viele Männer und Frauen, deren Rüstungen die Farben An-Rukhbars trugen, hatten ihr Leben durch ihr Schwert verloren. Tränen stiegen ihr in die Augen. Ich bin nur ein Mensch, ging es Rojana durch den Kopf. Ich habe nicht das Recht, über Leben und Tod zu entscheiden. Angewidert schleuderte sie ihr blutiges Schwert fort. Es prallte hart gegen eine Hauswand und das metallische Geräusch schallte als hundertfaches Echo zu ihr zurück.

Rojana wischte ihre Tränen fort und sah sich um. Das Echo hallte noch immer durch die Straßen und sie erkannte, dass das endlose Klirren von Stahl nicht allein von ihrem Schwert stammte. Auch die Rebellen am Fuße der Mauer warfen ihre Waffen fort, während die Krieger auf den Mauern fast gleichzeitig ihre Schwerter und Bögen fallen ließen und den Kampf beendeten. Überall standen sich jetzt Gegner waffenlos gegenüber, die sich eben noch ein erbittertes Duell geliefert hatten, und sahen sich verwundert an.

In der Nähe der schwarzen Krieger fiel der Staub besonders dicht, doch die Halbwesen beachteten ihn nicht. Die besänftigende Wirkung des Staubes erreichte ihre schwarzen Seelen nicht, aber die dicke glitzernde Schicht auf ihren Rüstungen nahm ihren Bewegungen den Schwung. Trotzdem kämpften sie unbeirrt weiter. Erst als es bereits zu spät war, bemerkten die Krieger, was mit ihnen geschah, und versuchten eilig den Staub von den Rüstungen zu entfernen. Doch ihre Bemühungen blieben erfolglos. Ihre Bewegungen wurden immer schwächer und hörten schließlich ganz auf. Wie glitzernde Statuen standen die Krieger auf den Mauern der Festungsstadt, erstarrt in einer Hülle aus funkelndem Gold.

So plötzlich wie er gekommen war, hörte der seltsame Regen auf und in den Straßen Nimrods ertönten laute Jubelrufe.

Rojanas erste Gedanken galten ihrem Gefährten. Kjelt! Wo mochte er sein? War er noch am Leben? Sie musste ihn suchen! Mit zitternden Knien richtete sie sich auf und machte sich auf den Weg zum Tor der inneren Festung, denn dort glaubte sie ihn zu finden.

An-Rukhbar hatte das Dimensionentor geöffnet. Reine Magie aus der dunklen Welt jenseits des Tores strömte hindurch und floss in feurigem Strom in die Gestalt des finsteren Herrschers. Sunnivah stand nur wenige Schritte von ihm entfernt inmitten der Feuersbrunst und wunderte sich, wieso sie noch atmen konnte. Flammen züngelten auf ihrer Haut und hingen wie winzige Lebewesen in ihren Haaren. Aber sie verspürte keinen Schmerz. Jenseits aller Furcht und Ängste stand sie dem Erhabenen gegenüber. Es war, als hätte ihr Bewusstsein den Körper bereits verlassen. War das der Tod?

»Kämpfe, Schwertpriesterin!« An-Rukhbars Worte rauschten an ihr vorbei. »Hier, im Zentrum meiner Macht, werden dir die lächerlichen Zaubersprüche des Druiden nicht helfen. Und jetzt, kämpfe.«

Kämpfen? War das der richtige Weg? An-Rukhbar erwartete, dass sie in diesem ungleichen Duell den ersten Schlag führte, doch Sunnivah fühlte, dass sie es nicht vermochte. Die vielen Jahre im Dienste der Gütigen Göttin hatten ihr Wesen geprägt und machten ihr einen Angriff unmöglich. »Ich kann nicht«, sagte sie so leise, dass sie es selbst kaum hören konnte. An-Rukhbar verstand sie dennoch. »Kämpfe, sage ich!« Der purpurne Blick seiner Augen schien ihre Seele zu durchdringen.

Eine wütende und zerstörerische Macht stieg in ihm empor und drängte nach Anwendung. Der ganze Körper An-Rukhbars schien jetzt aus reiner Energie zu bestehen, die sich in einem gewaltigen Blitz an Sunnivah entlud.

Sie hatte keine Möglichkeit, sich des Angriffs zu erwehren oder ihm auszuweichen. Der Strahl durchfegte sie und der Aufprall schien ihr das Fleisch von den Knochen zu lösen. Aber sie wankte nicht. Nur das leichte Zucken ihrer Gesichtsmuskeln zeugte von ihrer Pein. Als der Schmerz endlich verebbte, fühlte sie sich seltsam gestärkt, als hätte ihr der Strahl, der sie vernichten sollte, neue Kräfte gegeben.

»Nein!«, hörte sie An-Rukhbar brüllen. Ungläubig starrte er auf Sunnivahs unversehrte Gestalt und sein Zorn steigerte sich zur Raserei. Unablässig schleuderte er nun seine Energien auf Sunnivah. Schlag auf Schlag, in immer schnellerer Folge. Selbst als er erkannte, dass er sie damit nicht vernichten konnte, hielt er nicht inne. Zu sehr hatte er sich in seine Wut und Erbitterung hineingesteigert. »Ich werde dich vernichten!«, dröhnte er, verlor aber mit jedem Angriff mehr und mehr an Kraft. Trotzdem attackierte er sie unbeirrt weiter, denn es war für ihn unvorstellbar, ihr zu unterliegen.

Erst als der tosende Feuersturm langsam an Kraft verlor und hinter den feurigen Wänden wieder die Umrisse des Thronsaales sichtbar wurden, erkannte auch An-Rukhbar den pulsierenden orangen Schein in Sunnivahs geballter Faust. »Nein, NEIN!«, schrie er, und die abscheuliche Fratze, die sein Gesicht darstellte, verzerrte sich in ungläubigem Entsetzen.

»Doch«, erwiderte Sunnivah mit fester Stimme. Ihr Kopf schmerzte und ihre Haut brannte, doch auf ihren Lippen zeigte sich ein schwaches Lächeln. Schlag um Schlag hatte sie die Kräfte des finsteren Herrschers absorbiert und in das kleine Amulett eingeschlossen. Nun, da die Kräfte An-Rukhbars versiegten, hob sie wie selbstverständlich die Hand und hielt das Amulett dem feurigen Ring über dem Thron entgegen.

»Neranbars-kar-num. Sorlum-disa!« Wer hatte sie die uralten Worte gelehrt? Sie drängten einfach aus ihrem Innern heraus, als hätten sie sich all die Sommer in einem der hintersten Winkel ihres Bewusstseins verborgen und nur auf diesen Augenblick gewartet. Mächtiges oranges Licht floss aus dem Amulett und vereinigte sich mit dem schwachen roten Schein der Feuersäule.

Als An-Rukhbar erkannte, dass sich die geballten Energien, die er zur Vernichtung Sunnivahs eingesetzt hatte, plötzlich gegen ihn wandten, unternahm er einen letzten verzweifelten Versuch, das Unabwendbare noch aufzuhalten. Mit Furcht einflößender Gebärde hob er die Arme und schleuderte Sunnivah seinen ganzen Hass und Zorn entgegen. Die ungeheuren Energien, die sein Angriff freisetzte, ließen seine Gestalt für einen Moment verschwimmen. Doch sie erreichten Sunnivah nicht und verpufften wirkungslos im warmen Schein des Amulettes.

»Adonna-sido Sarumma.« Sunnivahs Lippen formten die unbekannten Laute so mühelos, als hätte sie sich niemals einer anderen Sprache bedient. Ein aufwärts gerichteter Sog packte An-Rukhbar. Seine Gestalt krümmte und streckte sich, als er sich mit Leibeskräften gegen die reißende Strömung wehrte. Doch er besaß nicht mehr die Kraft, sich dem Sog zu widersetzen. Immer weiter strebte sein Körper dem geöffneten Tor entgegen, während seine Beine noch auf dem Thron verharrten, als seien sie mit dem schwarzen Stein verwachsen. Schließlich war seine Gestalt nur noch ein verzerrtes Abbild seiner selbst und ein lang gezogener Schrei gellte durch den Thronsaal. Dann schwanden auch die letzten Reste seiner Kraft und der Sog riss ihn mit sich fort.

Auch das Amulett wurde Sunnivah aus der Hand gerissen. Sie schrie erschrocken auf und versuchte es aufzuhalten, doch ihre Hand griff ins Leere. Mit angehaltenem Atem beobachtete sie, wie ihr Talisman auf das Tor zuraste, um von der Finsternis hinter dem glühenden Ring verschlungen zu werden. Doch so weit kam es nicht. Kaum eine Handbreit unter der Decke des Thronsaales verharrte das Amulett und ein sanftes Licht entströmte seinem Innern. Der Schein breitete sich aus, bis er die Größe des Feuerrings erreichte, und setzte sich wie eine Scheibe in die Öffnung der Decke, um das Dimensionentor für immer zu verschließen. Sunnivah starrte gebannt hinauf und sah, wie die Öffnung hinter dem Licht langsam immer kleiner wurde und schließlich ganz verschwand. Dann begann sich der Thronsaal plötzlich um sie herum zu drehen. Bunte Farbstreifen zogen an ihren Augen vorbei und ließen sie schwindeln, bis sie erschöpft zu Boden sank.

»Nimm es! Es gehört dir.« Anthorks Worte durchdrangen nur mühsam das pulsierende Rauschen in ihren Ohren. Sunnivah blinzelte. Das Erste, das sie erkannte, war ihr Amulett, das nur eine Armeslänge von ihr entfernt auf dem Boden lag. Mit zitternden Fingern streckte sie ihre Hand aus und griff nach dem Stein. Er war kalt. »Die Kälte täuscht. Die Macht des Steins ist nicht erloschen!« Anthork schien ihre Gedanken zu lesen. »Er hat große Kräfte darauf verwandt, das Tor zu schließen, doch eine Aufgabe wartet noch auf ihn. Nimm ihn an dich, Sunnivah, und bewahre ihn gut.«

»Ich werde ... gut auf ihn Acht geben«, presste Sunnivah, die den Worten des Druiden nicht recht hatte folgen können, mühsam hervor. Noch eine Aufgabe? Sie wollte den Druiden danach fragen, doch ihre Stimme war so heiser, dass sie kaum sprechen konnte. Die Hitze des Feuers hatte quälenden Durst in ihr hinterlassen und ihre Kehle wirkte wie ausgetrocknet. Die Frage würde warten müssen, bis es ihr wieder besser ging. Vorsichtig richtete sie sich auf und sah den Druiden an, der nur wenige Handbreit neben dem Thron schwebte. »Danke für die Zaubersprüche ...« Sunnivah hustete. »Ohne sie ...«

»Mir musst du dafür nicht danken«, unterbrach sie der

Druide und hob abwehrend die Hände. »Nicht einmal ich kannte die Worte, die die Macht des Amuletts weckten. Nein, dafür musst du allein der Gütigen Göttin danken, die dir die Worte mit auf den Weg gab, als sie dich erwählte.« Er lächelte Sunnivah an. »Niemand außer dir hätte all dies vollbringen können, Schwertpriesterin«, sagte er feierlich.

Sunnivah nickte matt und ließ ihren Blick durch den zerstörten Thronsaal wandern. Vor der weit geöffneten Tür des Thronsaales hatten sich inzwischen viele Menschen versammelt, die es jedoch nicht wagten, den Raum zu betreten. Ihre ehrfurchtsvollen Blicke hingen wie gebannt an Sunnivah, während sie einfach nur schweigend dastanden und warteten.

Als Sunnivah ihren Blick weiterwandern ließ, erinnerte sie sich wieder an alles. Ihre Freunde! Bei der Göttin! Waren sie am Leben? Obwohl ihre Beine noch immer vor Schwäche zitterten, richtete sie sich auf und ging, so schnell sie konnte, zu der Stelle, wo Vhait und Naemy lagen. Schon von weitem erkannte sie, dass der junge Hauptmann gerade dabei war, sich aus eigener Kraft aufzurichten. »Vhait, der Göttin sei Dank, dir ist nichts geschehen«, sagte sie erleichtert. Ihr Gefährte machte eine wegwerfende Handbewegung. »Mir geht es gut«, sagte er schwerfällig, doch seine tief gefurchte Stirn strafte seine Worte Lügen.

Sunnivah wandte ihre Aufmerksamkeit nun Naemys regungsloser Gestalt zu, die nur wenig von ihr entfernt zusammengekrümmt an der Wand lag. »Naemy?« Obwohl sie die Nebelelfe sanft an der Schulter berührte, regte sie sich nicht. Kalter Schweiß stand ihr auf der Stirn und ihr Atem ging flach und nur sehr unregelmäßig.

»Ich fürchte, sie hat etwas mehr abbekommen als ich.« Vhait war herangekommen und deutete auf das Bein der Nebelelfe. Dort hatte sich die noch nicht verheilte Pfeilwunde wieder geöffnet und blutete stark. Auch Naemys rechter Arm lag unnatürlich angewinkelt unter ihrem Körper und verhieß nichts Gutes.«»Sie muss sofort zu den Heilerinnen«, entschied Sunnivah und winkte zwei Krieger, die sich unter den neugierigen Menschen an der Tür befanden, heran. »Holt eine Trage und bringt die Elfe zu den Heilerinnen«, sagte sie wie selbstverständlich zu den Männern, die am Morgen noch ihre Feinde gewesen waren. Die Krieger gehorchten ihr ohne zu zögern und verließen eilig den Saal, um gleich darauf mit einer Trage zurückzukehren.

»Du solltest dich besser auch behandeln lassen, Vhait«, meinte Sunnivah, als Naemy hinausgetragen wurde. Besorgt strich sie über die geschwollene Schulter ihres Gefährten. Selbst die sanfte Berührung ihrer Finger ließ ihn zusammenzucken. »Ja, das sollte ich wohl.« Vhaits Lächeln wirkte gequält. »Aber dann musst du mich begleiten.« Er deutete auf die unzähligen Brandwunden, die Sunnivahs Haut an den Stellen verunstalteten, wo sie dem Feuer An-Rukhbars ungeschützt ausgesetzt gewesen war.

Sunnivah betrachtete ihre Arme und Beine und erschrak. Über die Sorge um ihre Gefährten hatte sie ihre eigenen Verletzungen gar nicht bemerkt. Auch jetzt verspürte sie noch keinen Schmerz, obwohl einige der Verbrennungen wirklich böse aussahen. »Du hast Recht«, sagte sie. »Wir sollten wirklich beide zu den Heilerinnen gehen.«

Vhaits unverletzter Arm stützte Sunnivah, als sie sich erhob. Sie fühlte sich immer noch schwach und selbst die geringe Anstrengung des Aufstehens ließ sie schwindeln. Dankbar, dass Vhait an ihrer Seite war, nahm sie seine Hilfe an. Plötzlich fiel ihr noch etwas ein. Wo war Anthork? Suchend sah sie sich im Thronsaal um, doch der Druide war verschwunden.

Als Vhait Sunnivah aus dem Thronsaal führte, traten die Menschen schweigend zur Seite. Viele von ihnen hatten Sunnivahs Duell gegen An-Rukhbar mit angesehen und starrten ungläubig auf die schlanke Gestalt der jungen Kriegerin, die, gestützt von dem Sohn des obersten Kriegsherrn, schwankend an ihnen vorüberging. Trotz ihrer Schwäche lächelte sie den Menschen freundlich zu und löste damit die ehrfürchtige Starre, die von ihnen Besitz ergriffen hatte. Ein einzelner zaghafter Hochruf ertönte, in den augenblicklich alle anderen mit einstimmten. Der aufkommende Jubel brandete durch die Gänge und Flure der Festung und fand seine Fortsetzung in den Straßen der Festungsstadt. Thale war frei!

Kjelt wusste nicht, ob er wirklich wach, oder in ein anderes Reich versetzt worden war. Wieder und wieder blinzelte er, doch das Bild vor seinen Augen blieb immer dasselbe. Ein schmerzlich vermisstes, von kupferrotem Haar umrahmtes Gesicht beugte sich über ihn und lächelte ihn an. Ilahja! Bei der Göttin, sie war in all den Sommern nicht einen Sonnenlauf gealtert und ebenso schön, wie er sie in Erinnerung hatte. Kjelt konnte es nicht fassen. Ohne auf den stechenden Schmerz in seinem Arm zu achten hob er die Hand, um das Gesicht seiner Geliebten zu berühren. Wieder lächelte sie ihn an und ergriff seine Hand mit ihren schlanken Fingern. Ihre Lippen bewegten sich und sprachen zu ihm, doch er konnte die Worte nicht verstehen. Dann war das Bild fort und die weichen Wogen des Schlafes trugen ihn sanft davon.

Als er die Augen wieder öffnete, war sie verschwunden. »Ilahja?« Angst durchflutete seinen Körper. Panische Angst, dass alles nur ein Traum gewesen sein könnte. »Ilahja?«, rief er noch einmal. Und plötzlich war sie wieder da. So jung und schön, als käme sie direkt aus seinen Erinnerungen, trat sie an sein Lager und lächelte ihn an. »Du musst dich schonen, Vater!«, sagte sie und ihre Augen strahlten vor Glück. Vater? Wieso Vater? Verwirrt hob Kjelt den Kopf und sah sich um. »Ilahja?«, fragte er noch einmal. Doch diesmal war es Rojana, die ihm antwortete. »Das ist nicht Ilahja«, erklärte sie mit leiser Stimme und drückte ihn sanft, aber bestimmt auf das Lager zurück. »Das ist Sunnivah, die Auserwählte der Gütigen Göttin. Ilahjas und deine Tochter.« Die Ungeheuerlichkeit ihrer Worte machten Kjelt benommen, doch diesmal kämpfte er die aufkommende Schwäche nieder. Er hatte eine Tochter! Nicht Ilahja war es, die dort vor ihm stand, sondern ihre Tochter! Trauer und Glück lagen in diesem Augenblick dicht beieinander und er konnte selbst nicht sagen, woher die Tränen auf einmal kamen.

Sunnivah sah das verräterische Glitzern in den Augen des schwer verletzten, bärtigen Rebellen und griff nach seiner Hand. »Naemy hat mir alles erzählt«, sagte sie. »Ich bin so glücklich dich gefunden zu haben, Vater.«

Am späten Nachmittag verließ Sunnivah die überfüllten Räume der Heilerinnen. Kjelt und Naemy schliefen jetzt. Kjelt würde noch einige Sonnenläufe dort bleiben müssen, bis seine schweren Verletzungen verheilt waren. Und auch Naemy, die am liebsten sofort auf die Suche nach den letzten, im ganzen Land verstreuten Nebelelfen gehen wollte, um gemeinsam mit ihnen Jagd auf den Quarlin zu machen, musste sich dem Willen der Heilerinnen zunächst noch beugen.

Beflügelt von der glücklichen Wendung, die ihr Leben genommen hatte, wanderte Sunnivah durch die Festungsanlage. Sie hatte ihren Vater gefunden. Selbst der Sieg über An-Rukhbar verblasste hinter diesem ganz persönlichen Glück. Sunnivah fühlte sich berauscht und in ihren Gedanken tummelten sich Hunderte von Fragen, die sie ihrem Vater morgen stellen wollte. Eigentlich war sie losgegangen, um Vhait zu suchen, doch ihre Schritte fanden wie von selbst den Weg zum Thronsaal. Sunnivah war so sehr in ihre Gedanken versunken, dass sie es erst bemerkte, als sie vor den von Naemys Feuerkugeln verkohlten Überresten der Flügeltüren stand. Dann fiel ihr Blick auf den düsteren schwarzen Thron und die Ereignisse des Morgens holten sie wieder ein.

Zögernd, fast widerwillig schritt Sunnivah durch die Tür,

magisch angezogen von den in grauenhafter Qual erstarrten Gesichtern, die das steinerne Monstrum umgaben.

Als sie den zerstörten Thronsaal betrat, hörte sie plötzlich Stimmen. Schwach und sehr leise, aber so unendlich traurig und verlassen, dass ihr Herz sich schmerzhaft zusammenkrampfte.

Hilf uns, riefen sie voller Verzweiflung. *Komm, komm her und erlöse uns aus unserer Qual.*

Sunnivah blickte sich um. Die Stimmen mussten vom Thron herrühren. Zögernd trat sie näher. Die Stimmen waren hier sehr viel lauter und besser zu verstehen. *Komm, Schwertpriesterin, und gib uns endlich Frieden*, flehten sie. Sunnivah zögerte. Was sollte sie tun?

Der Stein, der Stein, die wispernden Stimmen bedrängten sie nun unablässig. *Oh, gib ihn uns, wir brauchen seine Wärme.*

Eingehend betrachtete Sunnivah den Thron. Schwarz und glänzend stand er vor ihr, und wären da nicht die Abbildungen gequälter Menschen gewesen, hätte man ihn fast für einen aus gewöhnlichem schwarzen Felsen gehauenen Thron halten können. Seine dunkle, Furcht erregende Aura war fort, denn mit An-Rukhbar war auch die abgrundtiefe Bosheit, die dem schwarzen Stein innegewohnt hatte, verschwunden.

Sunnivahs Blick wanderte weiter bis zu der Stelle, aus der sie vor vielen Sonnenläufen den grünen Schlangenkopf herausgebrochen hatte. Und plötzlich erkannte sie, dass der grüne Stein genau dieselbe Form besessen hatte wie der Stein ihres Amulettes. Andächtig hob sie ihre Hand, zog das Lederband des Amulettes über ihren Kopf und fügte den Talisman in die Mulde, die der grüne Stein hinterlassen hatte.

Frei, frei, frei ...

Ein vielstimmiger Seufzer der Erleichterung ging wie ein Raunen durch den Thronsaal, als sich der schwarze Thron rund um das Amulett zu verändern begann. Ein schwacher oranger Schimmer breitete sich langsam über den ganzen Thron aus, und dort, wo er die erstarrten Körper der Menschen berührte, begannen sie sich zu verwandeln. Die Qual aus ihren Gesichtern verschwand und ihre Leiber zerfielen zu Staub. Jedes Mal verließ eine kleine weiße Rauchwolke den schwarzen Stein und verharrte schwebend über ihm. Am Ende war von dem riesigen Thron nur noch ein kleiner Haufen dunklen Staubes übrig, in dessen Mitte das erloschene Amulett funkelte.

Über dem Amulett begann die Luft zu flimmern und die durchscheinende Gestalt des Druiden erschien. Er lächelte. »Du hast ihnen den Frieden gegeben.« Anthork deutete auf die zarten durchscheinenden Wölkchen, die noch immer regungslos in der Luft über dem zerstörten Thron verharrten. »Und du hast deine Aufgabe erfüllt!« Seine Stimme war voller Stolz. Auf ein Zeichen seiner Hand erhob sich das Amulett aus den Überresten des Throns und schwebte zu Sunnivah, die ihre Hand wie selbstverständlich danach ausstreckte. Sie presste den Stein fest an ihre Brust und der Druide lächelte. Seine Gestalt flackerte und begann zu verschwimmen. Dann breitete er seine Arme aus, sah zu dem zarten Schleier über dem Thron hinauf und sagte: »Es wird Zeit! Kommt zu mir, meine Kinder!« Die durchscheinenden Wölkchen setzten sich langsam in Bewegung und sammelten sich in den Armen des Druiden. Als auch das letzte von ihnen Anthork erreicht hatte, fiel ein breiter Sonnenstrahl durch eine der Maueröffnungen und hüllte den Druiden ein.

Schweigend beobachtete Sunnivah, wie seine Gestalt in dem Strahl emporgetragen wurde und dabei immer mehr verblasste. Der letzte Druide von Thale hatte endlich seinen Frieden gefunden. »Danke für alles«, sagte sie leise.

»Du musst nicht traurig sein!« Ohne ihn zu bemerken war Vhait Sunnivah gefolgt. Er hatte alles mit angesehen. Als der Sonnenstrahl erlosch, trat er zu ihr und Sunnivah spürte seinen Arm um ihre Schultern. »Sie haben so lange gelitten. Du hast sie erlöst.«

»Ich bin nicht traurig«, entgegnete Sunnivah und wischte sich hastig eine Träne aus dem Augenwinkel. »Ich bin nur glücklich, dass es endlich vorbei ist. Ich habe nach dir gesucht, wo warst du?«

»Eine Heilerin erzählte mir, dass An-Rukhbar meinen Vater vor wenigen Sonnenläufen in den Kerker werfen ließ«, berichtete Vhait. »Du warst so glücklich bei deinem Vater und ich wollte dich nicht stören. Deshalb habe ich mich allein auf die Suche nach ihm gemacht.«

»Hast du ihn gefunden?«

»Ja, es geht ihm gut.« Vhait lächelte, als er an das erstaunte Gesicht seines Vaters dachte, der es kaum hatte glauben können, dass sein eigener, von ihm verstoßener und längst tot geglaubter Sohn ihn aus der schäbigen Zelle befreite.

»Das freut mich für dich.« Plötzlich schwankte Sunnivah und sie rieb sich die Augen.

»Wie fühlst du dich?« Vhaits Stimme klang ehrlich besorgt.

»Müde«, antwortete Sunnivah. »Schrecklich müde, am liebsten würde ich die nächsten Sonnenläufe durchschlafen.«

»Das wäre sicher das Beste für dich, aber es wird nicht gehen – jedenfalls nicht sofort.«

»Warum nicht?«

»Hörst du es nicht?« Vhait legte den Finger auf die Lippen und bedeutete ihr zu schweigen. Und plötzlich hörte sie es auch. Gedämpfte Rufe vieler hundert Menschen drangen von draußen in den Thronsaal.

»Was rufen sie?« Sunnivah war überrascht.

»Sie rufen deinen Namen!« Vhait lächelte. »Sie wollen die Auserwählte mit eigenen Augen sehen, die die Finsternis aus Thale vertrieben und ihnen den Frieden zurückgebracht hat.«

»Was soll ich jetzt machen?«, fragte Sunnivah unsicher.

»Geh hinaus und zeig dich ihnen.« Vhait lächelte. »Nur keine Angst. Sie mögen dich schon jetzt. Und wenn sie dich erst einmal gesehen haben, werden sie dich lieben.« Plötzlich trat er vor sie und schloss sie sanft in seine Arme. »So wie ich!«

Sunnivah sagte nichts. Stumm blickte sie zu ihm auf und tief in ihren Augen sah er, dass sie seine Gefühle erwiderte. Angezogen von einer Magie, die kein Magier vollbringen konnte, näherten sich ihre Lippen den seinen. Doch dann zögerte sie. »Wirst du mich begleiten, wenn ich hinausgehe?«, bat sie, ohne den Blick von seinen Augen zu nehmen.

»Ich werde dich überallhin begleiten, Schwertpriesterin«, erklärte Vhait feierlich. »Wenn du es willst, für immer.«

»Ja, das will ich«, murmelte Sunnivah undeutlich, denn ihr Mund wurde schon fast von seinen Lippen verschlossen.

Nach einiger Zeit löste sich Sunnivah zögernd aus seinen Armen. »Wir sollten jetzt besser hinausgehen«, sagte sie atemlos.

»Ja, das sollten wir!« Vhait legte seinen Arm fest um ihre Schultern und führte sie zur Tür. »Aber in einem haben wir uns dennoch alle getäuscht!«, meinte er lächelnd. Sunnivah blieb erschrocken stehen und Vhait beeilte sich weiterzusprechen. »Deine Aufgabe ist noch nicht zu Ende – sie beginnt erst!«

Epilog

Der riesige felsgraue Vogel glitt in stummer Bewunderung über das schlafende Land.

In die verschiedenen Schattierungen der mondhellen, warmen Sommernacht getaucht, lag es friedlich unter ihm. Er flog einen weiten Bogen und ließ sich mit der Luft, die von der sonnengewärmten Erde aufstieg, immer höher hinauftragen. Weit in der Ferne, dort wo die Sonne am Ende des Tages den Horizont berührt hatte, sah er das Band des Junktun wie geschmolzenes Silber im Mondlicht funkeln, und wäre die warme Luft nicht so dicht und voll gesogen mit Feuchtigkeit gewesen, hätte er am Horizont die gewaltige Silhouette des Ylmazur-Gebirges erkennen können, auf dessen höchstem Gipfel, dem ewig schneebedeckten Himmelsturm, er einst zu Hause war.

Doch die Zeit der Einsamkeit war vorüber. Er hatte Freunde gefunden. Als Sunnivah und ihre Gefährten nach dem Sieg über An-Rukhbar in die Festungsstadt eingezogen waren, hatten sie ihn gebeten zu bleiben. Sie hatten ihm die alten Höhlen der Kuriervögel hergerichtet und Nimrod war für ihn zu einer neuen Heimat geworden.

Er war glücklich. Und während er sich von der milden Sommerluft tragen ließ, durchlebte er in Gedanken noch einmal die vergangenen Mondläufe, in denen sich sein bisheriges Leben so grundlegend verändert hatte. Lediglich die betrübliche Tatsache, dass es seinen Freunden trotz intensiver Suche nicht gelungen war, einen anderen überlebenden Riesenalp zu finden, machte sein Herz schwer, und so gab es, trotz seiner vielen Freunde, tief in seinem Innern einen Platz, der für immer leer bleiben würde.

Im Osten zeigten sich die ersten zarten hellgrauen Streifen

der einsetzenden Morgendämmerung. Es wurde Zeit für ihn, sich auf den Rückweg zu machen. Auch für die langlebige Gattung, der er angehörte, hatte er bereits ein hohes Alter erreicht und fühlte, dass er sich ausruhen müsse.

Als er kurze Zeit später seine große Höhle unterhalb der Festungsstadt erreichte, überkam ihn bleierne Müdigkeit. Erschöpft ließ er sich in seinem Nest nieder und war augenblicklich eingeschlafen.

»Bankivahr!«

Hatte ihn jemand gerufen?

»Bankivahr!«

Er hatte sich nicht getäuscht, jemand rief ihn bei seinem Namen. Doch wer konnte es sein? Seit so langer Zeit hatte ihn niemand mehr so gerufen. Suchend blickte er sich um. Er konnte noch nicht lange geschlafen haben, denn der Morgen hatte noch nicht begonnen.

»Bankivahr!«

Die warme, wohlklingende Stimme klang seltsam vertraut und doch wollte ihm nicht einfallen, wo er sie schon einmal gehört hatte. Sein Blick wanderte zur Decke der großen Höhle hinauf und dort, nicht weit von ihm entfernt, erblickte er ein helles, warmes Licht.

»Bankivahr!«

Es gab keinen Zweifel. Die vertrauten Rufe kamen direkt aus dem Licht und er verspürte das große Verlangen, in das Licht einzutauchen, um herauszufinden, wer ihn rief. Mit wenigen Flügelschlägen erreichte er die Höhlendecke. Trotz des langen nächtlichen Ausfluges fühlte er sich so frisch und ausgeruht wie seit langem nicht mehr. Verwundert blickte er sich um und sah sich selbst friedlich schlafend auf seinem Lager liegen. Der Riesenalp erschrak. Was ging hier vor? Er musste träumen, denn das, was er gerade erlebte, konnte nur im Traum möglich sein.

»Bankivahr!«

Ah, diese Stimme. Später, wenn er erwachte, würde er noch genug Zeit haben, um über diesen seltsamen Traum nachzudenken. Zunächst galt es herauszufinden, warum er gerufen wurde. Neugierig flog er dichter an das warme Leuchten heran und blinzelte in die Helligkeit hinein, um etwas zu erkennen. Zunächst sah er nichts, doch dann bemerkte er, dass sich in dem Lichtschein etwas bewegte.

Der große Vogel traute seinen Augen nicht. Im hellen Schein des goldenen Lichts erblickte er seine Brüder und Schwestern, die ihm rasch entgegenflogen. Ein berauschendes Glücksgefühl überkam ihn. Dort waren sie also. Alle, die er so lange vergeblich gesucht hatte, forderten ihn auf, zu ihnen zu kommen und mit ihnen zu fliegen.

»Bankivahr! Komm!«

Die Stimme hätte ihn nicht noch einmal zu rufen brauchen. Es gab nichts, das ihn jetzt noch zurückhalten konnte. Zu übermächtig war sein Bedürfnis, endlich wieder ein Teil der Gemeinschaft zu sein, die er vor so unendlich langer Zeit verloren hatte.

Und als der große alte Vogel voller Freude in das goldene Licht hineinflog, erfüllte sich sein sehnlichster Wunsch.